ULLA HAHN, aufgewachsen im Rheinland, feiert mit ihren Romanen sowie lyrischen Werken große Erfolge. Sie wurde u. a. mit dem Leonce-und-Lena-Preis und dem Friedrich-Hölderlin-Preis ausgezeichnet und erhielt als erste Autorin den Deutschen Bücherpreis. Die Tetralogie ihres autobiografischen Romanzyklus um das Arbeiterkind Hilla Palm begeisterte Kritiker wie Leser und ist jetzt in neuer Ausstattung bei Penguin erhältlich.

Wir werden erwartet in der Presse:

»Ein Meisterstück.« *FAZ*

»Ein episches Werk von hohem literarischen Rang und zeithistorischer Bedeutung.«
Süddeutsche Zeitung

»Abschluss einer großartigen Tetralogie.« *DER SPIEGEL, LiteraturSPIEGEL*

Außerdem von Ulla Hahn lieferbar:

Das verborgene Wort. Roman
Aufbruch. Roman
Spiel der Zeit. Roman
Unscharfe Bilder. Roman
Liebesarten und andere Geschichten vom Leben. Erzählungen
Bildlich gesprochen. Ausgewählte Gedichte
Gesammelte Gedichte

Besuchen Sie uns auf www.penguin-verlag.de und Facebook.

ULLA HAHN

Wir werden erwartet

ROMAN

All denen, die mich auf meinem Weg
in die Freiheit begleiteten.

›Sagen Sie ihm, dass er für die Träume seiner Jugend
soll Achtung tragen, wenn er Mann sein wird.‹
FRIEDRICH SCHILLER, *DON CARLOS*, 4. AKT

Der Tod

›And death shall have no dominion.‹
DYLAN THOMAS

LOMMER JONN, sagt der Großvater und greift in die Luft: Ist sie schon dick genug zum Säen, dünn genug zum Ernten? Geht's an den Rhein, ans Wasser? He, Bertram, ruf ich, lauf zum Sandkasten, zum Bruder, greif mein Weidenkörbchen untern Arm, darin Großmutters Hasenbrote, der Oppa wartet schon! Ganz fest presst der Bruder meine Hand, so fest, es schmerzt, ich stöhne.

Aufwachen, küsste mich der Freund aus dem Schlaf, dem Traum, aus den frühen Jahren meiner Kindheit in Dondorf am Rhein. Unwillig räkelte ich mich aus den schönen Bildern, um in der nicht minder schönen Gegenwart anzukommen: in Hugos Armen, die mich seit Jahren umschlossen.

Hilla, rüttelte es an meiner Schulter, Hilla, wach auf. Hast du schlecht geträumt? Nein, nein, murmelte ich schlaftrunken, nur vom Oppa, alles gut, zog die Knie an die Brust und schmiegte mich rücklings in Hugos Brustbauchbogen. Alles gut.

Lommer jonn, sagte der Großvater, sagt er noch einmal, und griff in die Luft, greift er noch einmal, zum letzten Mal, denn ich muss die Geschichte weitererzählen, die Geschichte von Hilla Palm und Hugo Breidenbach. Die Zeit drängt. Drängt mich hinein in das Ende dieser Geschichte, ein Ende, vor dessen Anfang ich zurückschrecke wie der Arzt vor dem Schnitt. Ohne Betäubung. Der Patient bei vollem Bewusstsein, doch allein der schmerzhafte Schnitt ist das Mittel zur Rettung.

Rückkehr also noch einmal nach Köln, wo stud. phil. Hilla Palm, wohnhaft im katholischen Studentinnenwohnheim, dem Hildegard-Kolleg, in ihrem Verlobten cand. phil. Hugo Breidenbach den Mann für Leib und Seele gefunden hat; die beiden ein Paar, wie es sich liebenswerter nicht erfinden lässt. Auch ich, ihre Zeugin, möchte die beiden beschützen, ihnen ein glückliches langes Leben zuschreiben. Aber so wird es nicht sein. So war es nicht.

Und so lasse ich Hilla Palm noch einmal selbst zu Wort kommen, Hilla Palm, Arbeiterkind aus Dondorf am Rhein, katholisch getauft und erzogen, jetzt heidnisch-katholisch, wie sie und ihr Hugo aus dem rheinisch-katholischen Großbürgertum gern scherzen. Heidnisch-katholisch? Hilla hat ein Zimmer im Hildegard-Kolleg. Hier erlebte sie traurige Tage, als sie Gretel, ihrer besten Freundin, zur Abtreibung verhalf, und sie dann verlor, an Gott, ans Klosterleben. Nun wohnt Hilla meist bei Hugo, dem die Tante, Professorin in Berkeley, ihre Wohnung in der gutbürgerlichen Vorgebirgstraße überlassen hat.

Seit sie sich vor Jahren als Raupe und Käfer verkleidet auf einem Karnevalsball entdeckten, hatten sie sich nicht aus den Augen, aus Sinnen und Verstand gelassen. Gemeinsam zogen sie beim Ostermarsch von Bochum nach Essen, gingen mit im Trauermarsch für Benno Ohnesorg, protestierten gegen den Krieg in Vietnam. Rudi Dutschke erlebten sie in den Sartory-Sälen, Professor Rubin beim Teerbeutelsturm auf die Barrikaden vor der in Rosa-Luxemburg-Universität umgetauften Alma Mater, waren beim Sternmarsch auf Bonn gegen die Notstandsgesetze dabei, feierten die Essener Songtage und stimmten beim Katholikentag 1968 mit mehr als fünftausend Teilnehmern für einen Brief an Papst Paul VI., Pillen-Paule, er möge das Verbot jeglicher Empfängnisverhütung zurücknehmen.

Ja, die 68er Jahre. Alles schien möglich. ›Wir wollen auf Erden glücklich sein‹, hatte der Düsseldorfer Jong Heinrich Heine geschrieben, dafür wollten wir kämpfen, wenn wir es denn nicht schon waren; ›den Himmel überlassen wir den Engeln und den Spatzen‹, ging es bei Heine weiter, nicht ganz so bei Hilla und Hugo, bei uns, wir hatten Dendaoben recht gern, gönnten ihm aber sein Himmelreich, das wir irgendwann auch einmal mit ihm teilen würden. Irgend-irgendwann.

Mit Hugo war für Hilla, war für mich, dieser Traum vom Himmel auf Erden wahr geworden. Natürlich mit der nötigen irdischen Würze, kleinen Unvollkommenheiten, etwa Hugos gelegentlichem Schlürfen heißer Suppen, was ich mit der Frage: Heiß, was?, diskret zu stoppen verstand. Ihm missfielen mitunter meine Temperamentsausbrüche, natürlich nur, sofern sie nicht liebkosend zum Ausdruck gebracht wurden. Unsere Meinungen über den Umfang eines Butterrestes gingen auch nach Jahren auseinander; Hugo bestand auf großzügigen Stücken für die Pfanne, während ich noch teelöffelgroße Teilchen fürs Frühstück zusammenkratzte. Meine Teller fegte ich sauber wie vor einer Hungersnot; Hugo aß nur auf, was ihm schmeckte. Punkt.

Vor allem aber waren da unsere Familien, die uns klarmachten, dass unser Vorgebirgstraßenhimmel keine Selbstverständlichkeit war. Mein Vater, ungelernter Arbeiter, so der Eintrag des Lehrers ins Klassenbuch der Volksschule, was mich damals erheblich erbost hatte, da der Vater doch so vieles konnte, vom Bäumepfropfen bis zum Schuhebesohlen. Jetzt war er vorzeitig Rentner und suchte, sich im Haus nützlich zu machen. Geerbt hatte das Häuschen meine

Mutter von der Großmutter, Anna Rüppli. Obwohl uns der Garten Kartoffeln, Gemüse, Obst einbrachte, musste die Mutter putzen gehen, Krankenkasse und mitunter die Post dazu.

Für Hugos Eltern hingegen arbeitete das Geld. Geld so selbstverständlich wie die Luft zum Atmen. Entsprechend behandelten sie auch alle, die nicht mit dem besagten goldenen Löffel geboren waren: von oben herab; dort, auf wonnigen Höhen, hatte schließlich der Allerhöchste höchstselbst sie angesiedelt. Gemeinsam war unseren Familien die römisch-katholische Taufe; gelebt wurde diese Kirchenzugehörigkeit dem Geldbeutel gemäß. Geburtsrecht.

Hugo, nicht zuletzt wegen seines kleinen Buckels, in den Augen des Vaters ein Versager, fühlte sich in meiner Familie schnell zu Hause; Bertram fand einen Freund in ihm, und die beiden konnten von Plänen, wohin nach Bertrams Zeit bei der Bundeswehr die erste große Reise zu dritt gehen sollte, gar nicht genug kriegen.

Zu Beginn des Wintersemesters dieses verwirbelten 68er Jahres hatte ich mich mit Hugo verlobt, samt Ring und Anzeige im *Kölner Stadt-Anzeiger*. Aus dem Zeitungsblatt falteten wir ein Schiffchen und setzten es in Dondorf bei der Großvaterweide am Rhein aufs Wasser.

Lommer jonn, hieß das Böötchen, letzter Satz unserer Anzeige, Lommer jonn, der Großvatersatz. Er gehörte nun zu uns, dieser Satz, wie er zum Rhein gehörte. Und der Rhein zu Hugo und mir. Der Dondorfer Rhein, mein Gefährte aus Kinder- und Jugendtagen und für alle Zeit.

Wer dort Schönheit sucht, muss genau hinsehen. Gründlich. Sich hinabbeugen zu den Herzkapselsamen des Zittergrases, dem Strahlenkopf des Löwenzahns, zu den Klöppeln der Glockenblume, der Schnute vom Knabenkraut. Nichts für schnelle, über alles hinweggleitende Augen. Hinsehen und hineinsehen: Buchstaben und Geschichten in belesene Steine, Buchsteine, böse Gesichter in bösen Stein, den Wutstein, Wünsche und Wollen in magische Kiesel. Die Lieder des Schilfs in der Wiege der Luft. Das Unscheinbare zum Scheinen bringen, das Stumpfe zum Leuchten: Das lehrte mich der Dondorfer Rhein.

Und nicht nur das. Gerade weil nichts da war, was festhielt, überwältigte, ließ mich der Rhein auch träumen, verlockte zum Sehnen, Wegsehen mit dem Strom, ins Weite, ins Ferne. Freie. Weg von denen, die es nicht wagten, zu träumen, sich weg zu denken, weg zu gehen. Diese Landschaft ließ mir Raum; wann immer mir die Dondorfer Wirklichkeit nicht genügte, konnten die Blicke schweifen, die Augen wandern mit den Pappelsamen, nichts, was Augen und Gedanken begrenzte, als der Himmel über mir, gestirnt in der Nacht, waschblau im Sommer wie der Mantel der Madonna.

Hinsehen, hineinsehen, weitersehen; sich seine Überraschungen selbst zu bereiten: Das lernte ich bei ihm, meinem Dondorfer Rhein.

Daher machten wir, Hugo und ich, auch an unserem Verlobungstag den alten weisen Weitgereisten zu unserem Verbündeten, den Rhein und den Großvater: Lommer jonn!

Natürlich schickten wir Hugos Familie eine Verlobungsanzeige. Täglich erwarteten wir nach unserer Rückkehr aus Dondorf, wo wir schließlich doch noch gemeinsam mit Tante Berta, Onkel Schäng, Maria, Hanni und Rudi eine Flasche Mumm und noch eine auf dat junge Jlück geleert hatten, den Anruf vom Breidenbach'schen Anwesen in Marienburg. Man ließ sich Zeit. Wir nicht. Kaum hatte Hugo den Hörer aufgelegt, fuhren wir los; so schnell wie möglich wollten wir das, was wir den offiziellen Teil nannten, hinter uns bringen.

Auch hier stieß die Hausgemeinschaft, Hugos Eltern, seine Schwester, Großtante Sibille und Onkel Adalbert, auf unsere Verbindung an, wortkarg, wen wundert's. Lisbeth servierte Sekt vom Tablett und zwinkerte mir zu. Hugo bat, mich nun zu duzen, und die Mutter sagte Hildegard, als zöge sie sich die Silben mit einer Pinzette einzeln aus den Zähnen. Der Vater blieb bei Fräulein Palm. Onkel Adalbert gratulierte, Tante Sibille verschluckte sich. Brigitte kicherte, und Hugo und ich genehmigten uns auf der Heimfahrt ein paar Kölsch im Keldenich.

Der Brief kam postwendend. Adolph Breidenbach kündigte seinem Sohn die monatliche Überweisung und setzte ihn davon in Kenntnis – er formulierte wirklich so geschwollen bürokratisch –, dass er seiner Schwester Lilo nahegelegt habe, ihre Rechte und Pflichten als Wohnungseigentümerin wahrzunehmen und der zuchtlosen Untervermietung Einhalt zu gebieten. Wir kannten Lilo besser: Das genaue Gegenteil würde diese Aufforderung bewirken. Und das Geld? Der Großvater hatte, womöglich einen Bruch zwischen Vater und Sohn voraussehend, Hugo ein Erbe hinterlassen, mit dem er sein Studium in Ruhe beenden konnte. Vom Geld des Großvaters kauften wir uns Ringe, schmale Goldreifen, Hildegard in Hugos, Hugo in meinem Ring graviert, dazu das Zeichen für Unendlichkeit statt eines Datums. Unsere Zeit lag außerhalb der Zeit, Hilla und Hugo in saecula saeculorum, war heilige Zeit, in Ewigkeit.

Unser Alltag verlief wie zuvor, die profane Zeit forderte ihr Recht. Es fiel uns leicht. Wer so in inniger Gemeinschaft immer wieder aus der gewöhnlichen in eine ewige Zeit wechseln kann, wie viel leichter fällt es dem, den Alltag zu bestehen? Vergesst ihr auch euren Dendaoben nicht?, hatte Pastor Kreuzkamp gefragt, als wir ihm unsere glücklich beringten Hände vorgehalten hatten. Nein, unseren Dendaoben, das konnten wir ihm ohne Übertreibung versichern, vergaßen wir nicht. Im Gegenteil. Er war in unserem Bunde der Dritte. In einem Bunde, den wir gleich nach Hugos Rigorosum in ein Sakrament verwandeln würden; in der Dondorfer Marienkapelle, das mussten wir Kreuzkamp versprechen.

Nur eins noch, bat er. Derdaoben – fällt euch da nichts Besseres ein? Wie hört sich das denn an?

Dominus, schlug ich vor.

Paracletus, lachte Hugo.

Spiritus sanctus!

Deo!

Klingt wie eine Werbung gegen Achselschweiß, kicherte ich. Oder wie ein hessischer Theo.

Kreuzkamp schüttelte ein wenig wehmütig den Kopf: Der gute deutsche Gott genügt euch Akademikern wohl nicht. Aber meinetwegen. Immer noch besser als Derdaoben.

Wir hatten irgendwas wie Na gut gemurmelt, und so glatt kam uns dann das Derdaoben nicht mehr über die Lippen.

Sonntags, wenn wir gemeinsam kochten – oft so, wie ich es von zu Hause kannte, Rinderbrühe, Gemüse und für jeden ein Kotelett – und dann am gutbürgerlich gedeckten Tisch in Lilos Esszimmer saßen, sprach einer von uns, meist Hugo, ein Tischgebet. Wie in Kindertagen. Komm-Herr-Jesus-sei-unser-Gast-und-segne-was-du-uns-bescheret-hast. Und dann lachten wir einander an und wussten, hier saß wirklich der große bekannte Unbekannte mit am Tisch. Stets und überall in unserem Leben war Platz für diesen Dritten. Unter welchem Namen auch immer. Sogar in unserem Schweigen waren wir manchmal zu dritt. Ohne Beteworte. Wenn es stimmt, dass es zur wahren Freiheit immer einen zweiten Menschen braucht, dann war Hugo meine Freiheit.

Und diese Freiheit wurde zur Glückseligkeit, wenn sie aufging in jener Bindung, die alles Irdische übersteigt.

Eine eigene Wohnung würden wir mieten; als Professor Henkes Assistent verdiente Hugo genug. Bertram war dann mit der Bundeswehr fertig und könnte bei uns einziehen.

Aus den politischen Unruhen an der Uni hielten wir uns heraus. Plakate mit Sprüchen wie ›Alle Professoren sind Papiertiger‹ nahmen wir nur noch achselzuckend zur Kenntnis. Ein paarmal besuchten wir das Politische Nachtgebet in der Antoniterkirche; in St. Peter hatte Kardinal Frings es verhindert, was der Präses der evangelischen Kirche ausdrücklich begrüßte.

Protest gehörte nun zum guten Ton, bis hinein ins sogenannte Establishment, Opern- und Theaterpublikum.

Im Schauspielhaus diskutierten Arbeiter und Studenten mit Tankred Dorst dessen Stück *Toller* und beschworen gemeinsam nach stundenlangem hitzigem Hin und Her das ›Bündnis von Wissenschaft, Proletariat und Technik‹ zur ›revolutionären Umgestaltung‹ der Gesellschaft.

Brecht und APO waren auf den westdeutschen Bühnen angekommen: ›Wir leiten unsere Ästhetik von den Bedürfnissen unseres Kampfes ab.‹ Vielen aber reichte auch das nicht: Theater sei auch nur Konsum, Schluss mit dem symbolischen Charakter vieler Aktionen, maulte man, und ein Flugblatt zur Diskussion um *Toller* mahnte: ›Lasst uns das Theater zu einem Instrument des demokratischen Kampfes und der Befreiung der besten Kräfte des Volkes und der Arbeiterklasse machen. Die Kunst ist tot – es lebe die Revolution!‹

Zufällig wurde ich dann doch noch einmal hineingezogen. In den Kampf um das politische Mandat und die Hochschulreform, um Mitbestimmung, Drittelparität und wie die

Reizworte alle hießen. Wieder war es, wie bei meiner ersten Demo vor Jahren, damals gegen die Fahrpreiserhöhung der Kölner Verkehrsbetriebe, der KVB, wieder war es Katja, meine Nachbarin im Hildegard-Kolleg, die mich mitschleppte. Ich kam aus dem Lesesaal des Germanistischen Instituts und wollte nach Hause, doch Katja bugsierte mich mir nichts, dir nichts in die erste Reihe einer Gruppe von Studenten, die mit ernsten Gesichtern und ernsten Parolen Richtung Rektorat marschierten. Vor der Tür Polizisten. Unsere Parolen verstummten. Wir blieben stehen, riefen Grüße und Scherze hinüber. Die Polizisten drohten neckisch mit ihren Gummiknüppeln. Einer vor mir, um die vierzig, rundes, rotes Gesicht, beidseitig gezwirbelter Schnurrbart, eine Mischung aus Eifeler Bauer und französischem Schwerenöter. Seine Augen blickten sehnsüchtig an mir vorbei: Mädsche, hie is et wärm; isch wör jitz leewer doheim. Ming Frau hätt Rievkooche jebacke. Iss du och jern Rievkooche?

Ich brachte kein Wort heraus. Katja versetzte mir einen derben Rippenstoß. Der Polizist gähnte und trocknete sich die Stirn mit einem rot-weiß karierten Taschentuch, wie der Großvater eines hatte.

Eine Trillerpfeife. Katja sprang nach hinten, die anderen auch. Ich begriff nichts. Blieb stehen. Und derselbe Polizist, der gerade noch meinen Appetit auf Reibekuchen hatte wecken wollen, verpasste mir eins mit dem Gummiknüppel, während seine Kollegen meinen Kommilitonen nachsetzten. Er schlug nicht aus Leibeskräften zu, meist führte ihm der französische Schwerenöter die Hand, einige Male aber auch der Eifeler Bauer. Dann dachte er wohl an die Reibekuchen.

Wieder die Trillerpfeife. So unvermittelt, wie der Polizist auf mich eingeschlagen hatte, ließ er von mir ab. Ich blieb liegen.

Nu stang alt op, hörte ich von weither seine Stimme. Isch wollt dir doch nix dunn! Wat häste hie och ze söke? Jank heem. Sachte stupste mich eine Stiefelspitze. Zwei Hände, in der einen noch den Gummiknüppel, halfen mir auf die Beine. Katja drängte sich durch. Moni, Psychologie im vierten Semester, war bei ihr. Sie zogen mich beiseite.

Nicht der Polizist sei schuld, sagte Katja, sondern das Großkapital.

Nicht der Polizist sei schuld, sagte Moni, sondern seine schwere Kindheit.

Mir tat alles weh. Großkapital? Schwere Kindheit? Ich wusste es besser. Es war die Trillerpfeife. Und die Rievkooche. Ich machte, dass ich wegkam. Hugo war längst zu Hause. Und wartete auf mich. Mit Rievkooche.

Danach ging ich derlei Aktivitäten noch umsichtiger aus dem Weg.

Doch dem Rat der Mutter zu folgen – Kind, Hilla, halt dich da raus –, war nicht einfach. Sobald man die Nase aus den Büchern in die Wirklichkeit streckte, kam man an einer Stellungnahme kaum vorbei. Doch zu mehr als kopfschüttelnden Kommentaren morgens beim Frühstück oder einem Kölsch am Abend reichte Hugos und meine Empörung nicht. Und die Ohrfeige von Beate Klarsfeld für den Bundeskanzler Georg Kiesinger wegen dessen Nazi-Vergangenheit? Die brachte vor allem die Mutter und Tante Berta gegeneinander auf: Während die Tante der Meinung war, dä Kääl hätt die Watsch verdient, beharrte die Mutter: Sowat jehört sisch nit. Und irgendwie hatten beide recht, versuchte ich zu schlichten.

In der Uni wurde es allmählich still in diesem 68er Jahr. Weihnachten stand vor der Tür. Kurz vor Heiligabend mauerte das Kölner Straßentheater den Eingang von Karstadt zu. Mit Weihnachtspaketen und Schaumstoff. Darüber ein Transparent: ›Weihnachten. Fest der Freude. Vietnam. Biafra. Griechenland. Spanien.‹

Hugo fuhr über die Festtage gleich nach Dondorf mit. Schlief bei Hanni und Rudi. Gut sichtbar für aller Augen, besonders die der Nachbarinnen Julchen und Klärchen; brach spätabends auf und kam am nächsten Morgen ebenso demonstrativ zurück. Do hätt keiner jet ze schwade, kommentierten Mutter und Tante Berta vereint. Vereint stolzierten wir anschließend ins Hochamt, ein halbes Dutzend weihnachtlicher Kirchgänger, Tante Berta hatte sich die Teilnahme an dem frommen Aufmarsch nicht nehmen lassen, was Onkel Schäng schamlos ausnutzte, um sich, Weihnachten hin oder her, die Bettdecke über die Ohren zu ziehen.

Nach der Messe, beim Marienaltar vor der Krippe, wo sonst, fing uns Kreuzkamp ab. Er musste nichts sagen, als er das Christkind aus dem Silberstroh hob, an die Lippen führte und mir in die Hände legte. Ich küsste es auch und reichte es Hugo, der gab es nach seinem Kuss Mutter Maria zurück. Lateinisches murmelnd legte Kreuzkamp meine Hand in Hugos und die seinen darüber, am liebsten hätt er uns wohl Kraft seines Amtes an Ort und Stelle zu Mann und Frau erklärt. Seinen Segen jedenfalls hatten wir, daran ließ sein Lächeln, goldzahnblitzend breit wie in Kinderzeiten, keine Zweifel.

Ordentlich feierlich war uns allen zumute, bis die Tante – Jetzt brauch isch abber wat Reelles – uns an Hanni und Rudi erinnerte, die mit dem Mittagessen warteten. Hasenbraten. Das Tier, gut abgehangen, hatte Rudi schon vor Wochen geschossen. Pass auf de Küjelschen auf, mahnte die Tante. Die schieße noch im Bauch, lachte Onkel Schäng, froh, sich denselben endlich vollschlagen zu können. Was ihm nicht bekam, Hase, Rotkohl, Kloß auf nüchternen Magen, und der Tante, ganz die Tochter Anna Rüpplis, reichlich Stoff gab, dem klagenden Gatten seine Krämpfe als Gottes Strafe für das lästerliche Fernbleiben vom weihnachtlichen Kirchgang unter die Nase zu reiben.

Kaum zurück in Köln, saßen wir wieder über Büchern und Papier. Hugo hatte uns zu Weihnachten eine Reise nach Rom geschenkt, vorher aber wollte er einen Entwurf seiner Doktorarbeit fertig geschrieben, ich meinen Platz in Henkes Oberseminar erobert haben.

Vergraben in unser Studium sahen wir Freunde und Bekannte kaum noch außerhalb der Seminare und Vorlesungen. Die sie immer unregelmäßiger besuchten. Ihr Lebensstil hatte sich entscheidend verändert. ›Wir lassen uns nicht mehr kaputt machen‹, so die eine Parole. Und was machte sie kaputt? Die repressive Toleranz des väterlichen Schecks an jedem Monatsende? ›Wer sich nicht wehrt, lebt verkehrt‹, so These zwei. Also galt: Je mehr man sich wehrte, wogegen auch immer, desto richtiger lebte man. Mithin wehrte man sich zunächst einmal gegen die Ordinarienuniversität, gegen Anwesenheitslisten, Scheine machen, Klausuren schreiben, Referate verfassen, was auch immer. Jeder bestimmte seinen Zwang, seine Verweigerung selbst. Jede Befreiung, und sei es nur die vom BH oder Friseur, war ein Schritt in die richtige Richtung, sodass man bei geschickter Diskussionsführung irgendwann auch die Befreiung des vietnamesischen Volkes mit der freien Liebe unter den revolutionären Hut kriegte. Schließlich hatte man seinen Marcuse gelesen. Es war doch ganz einfach: Wozu noch Klassenkampf und Revolution? Alles viel zu anstrengend. Wozu die Macht erkämpfen und die Massen mobilisieren? Nichts als Stress. Nein: Sich den gesellschaftlichen Zwängen verweigern, das war's!

So einfach? Ja, so einfach. Einfach so. Wie ansteckend würde diese Befreiung wirken, dieses freie Leben, wer möchte nicht dabei sein. Bei Marcuse war es zu lesen: Die technologische Entwicklung habe einen Stand erreicht, der es ermögliche, die Grundbedürfnisse der Menschheit – und noch einige mehr – mit wenig Arbeitsaufwand zu befriedigen. Entfremdete Arbeit, Kriege um Ressourcen seien nur noch künstlich erhaltene Überreste einer längst überholten Gesellschaftsform.

Auch Arnfried, ein Kommilitone Hugos, hatte seinen Marcuse internalisiert, wie er es nannte. Konnte gar nicht genug kriegen vom Umfunktionieren, solange nur die väterlichen Schecks funktionierten. In einem ihrer Kölner Häuser hatten ihm seine Eltern eine Fünf-Zimmer-Wohnung überlassen, die Arnfried unverzüglich in eine Wohngemeinschaft, eine WG, umfunktionierte. Mit dieser Äktschen katapultierte er sich an die Spitze der Bewegung.

Das musste gefeiert werden. Wir waren eingeladen.

Gegen das Establishment, murrte ich auf dem Weg dorthin. Die sind doch genauso Establishment, nur auf der anderen Seite. Die wollen Macht, ihre Väter haben sie schon.

Hast ja recht, erwiderte Hugo verdrossen.

Letztens hatten wir vor der Uni seine Schwester Brigitte gesehen. Mit Megaphon. Und das Megaphon kleidete sie ganz allerliebst. Ihre Brüste, vom BH befreit, taumelten im Takt der Revolution.

Die Fassade bürgerlicher Gediegenheit von Arnfrieds Haus stand ungebrochen. Die Revolution fand hinter der Haustür statt. Da hatten die Wohngenossen reinen Tisch gemacht mit den Bedrängern. Arnfried hatte sein Zimmer rot, Martin sonnengelb gestrichen, Sylvias Wände zierten sonderbare Schlinggewächse, und Freddy ließ auf den Tapeten tausend

Blumen blühen. Im fünften Zimmer, grasgrün, logierten heute zwei Pärchen aus Frankfurt, denen Arnfried in puncto Selbstoptimierung in nichts nachstand: Auch ihm fielen die Locken nun bis zu den Schultern, überm lila Hemd ein halbes Dutzend Ketten, bunte Ringe an den Fingern.

Was Farbe an den Wänden ausmacht! Verschwunden das edle Weiß, dezenter Hintergrund für zweitrangige Gemälde aus dem 19. Jahrhundert. Stattdessen verkündeten Marx Engels Lenin: ›Alle reden vom Wetter, wir nicht!‹, Che Guevara blickte zuversichtlich unter seiner bestirnten Baskenmütze in eine bessere Welt, Mao lächelte vor strahlendem Sonnengold, einzig Rosa Luxemburg wusste sich in dieser Männerriege zu behaupten.

Und die Bücher?, wandte sich Hugo nach einem Rundgang ziemlich entsetzt an den Gastgeber, was hast du denn mit all deinen Büchern gemacht?

Von derlei manipulativem Ballast aus vorrevolutionären Epochen habe man sich getrennt, belehrte ihn Arnfried von oben herab. Notwendigerweise sei der Schriftsteller damals noch im Bürgertum verwurzelt und schon deshalb außerstande gewesen, für die Bedürfnisse des Proletariats eine Sprache zu finden. Daher habe man den ganzen Kram der Bewegung Roter Morgen zur Verfügung gestellt, die Spenden für Vietnam sammle. Auch auf Flohmärkten. Da hätten Goethe, Schiller, und wie sie alle heißen, doch noch einen Sinn. Und schließlich: Zu lesen und zu diskutieren gebe es ja genug. Viel brauche man nicht. Das aber gründlich studiert. Und privat sowieso nicht. Die Bücher gehörten allen.

Arnfried ging in die Küche voran. Hier diskutierte man, ich traute meinen Ohren nicht, um Marmelade. Genauer: Darf man Beeren zu Marmelade einkochen, oder spielt das dem Spießertum in die Hände?

Im Regal neben den Gläsern gab es dann doch noch ein paar Bücher. Die üblichen Raubdrucke – politisch korrekt: resozialisierte Druckerzeugnisse – Lukács, Adorno, Bakunin, Korsch, Benjamin und Balint. Dazu Pornos aus dem Hamburger Bumms Verlag, um sich von angemaßten Verboten zu befreien, wie Arnfried selbstbewusst erklärte. Neben dem Herd ein Kochbuch. In einer Bastschale Früchte. Sahen aus wie Birnen, nur größer und ohne Stiel und Blüte. Sie rochen nach nichts. Zum Reinbeißen verlockte die ledrig glatte Schale noch weniger.

Mangos, Arnfried ließ eine Frucht auf der Hand hüpfen. Muss man schälen. Keine Mahlzeit ohne Mango. Mao-Mango. Die Frucht der Revolution. Mao hasst Obst. Nur die Mango nicht. Hat sie in ganz China eingeführt.

Sozusagen kommunistisches Kernobst, spottete Hugo. Schon eine revolutionäre Mischung: Mao und das *Dr. Oetker Schulkochbuch*. Hugo griff das Buch vom Regal und reckte es mit großer Geste übern Kopf.

Arnfried grapschte es ihm wütend aus der Hand und räumte es achselzuckend, fast mit spitzen Fingern, zurück. Naja, sagte er entschuldigend, auch wir Männer müssen nun kochen. Alte Rollenmuster überwinden und so. Hat Sylvia ja recht. Hier, wir haben sogar zwei von der Sorte. Das andere ist von drüben. *Wir kochen gut*, versprach das DDR-Kochbuch. Sozusagen ideologisch neutralisiert wurden die revanchistischen Rezepte durch Maobibeln rechts und links.

Sylvia, die gerade ein neues Kölsch aus dem Kühlschrank holte, hörte ihren Namen, verschwand und kam mit einer schon ziemlich abgegriffenen Karteikarte zurück. Arnfried wandte sich gelangweilt ab.

Alle mal herhören, baute sich Sylvia neben der Spüle auf. Wie sieht sie denn aus, die Rolle der Frau? ›Pflegerin und Trösterin‹ sollte die Frau sein, ›Sinnbild bescheidener

Harmonie, Ordnungsfaktor in der einzig verlässlichen Welt des Privaten. Erwerbstätigkeit und gesellschaftliches Engagement sollte die Frau nur eingehen, wenn es die familiären Anforderungen zulassen.‹

Sylvia schaute sich beifallheischend um.

Wer sagt denn sowas?, fragte ich kopfschüttelnd.

Bericht der Bundesregierung über die Situation der Frau in Beruf, Familie und Gesellschaft von 1966, triumphierte Sylvia, steckte die Karteikarte in die Hosentasche und machte sich davon: Und da quasselt ihr hier von Marmelade!

Auch Katja hielt es nicht länger im Gehege des Hildegard-Kollegs. Horst, den Hugo aus seinem Soziologiestudium kannte, hatte eine große Wohnung am Eigelstein gemietet, offiziell für eine ›sozio-ökonomische Forschungsgruppe‹.

Katja war dabei. Schaut einfach mal rein, wenn ihr Zeit und Lust habt, es ist meist jemand zu Hause, hatte sie uns eingeladen und doziert: Nur die Kommune als verwirklichte Utopie eines vorweggenommenen Sozialismus garantiert verwirklichtes Glück. Ich habe, beruhigte sie mich beim Auszug, zur Bedingung gemacht, dass ich nicht mit jedem vögeln muss.

Ihre Schallplattensammlung und ein paar edle Klassikerausgaben hatte sie vorsichtshalber bei uns deponiert. Mit der Ablehnung der Kleinfamilie ging nicht selten die Verachtung jeder Form von Hochkultur einher. Als Inbild elitärer und kapitalistischer Manipulationskultur habe Horst ihre Karajan-Einspielungen kritisiert, da brächte sie die Platten doch lieber in Sicherheit. Was sie nicht daran hinderte, uns einen ihrer Vorträge zu halten, wie auf raffinierte Weise die Veränderung der Gesellschaft mit der höchst persönlichen Veränderung zu verbinden sei. Kannten wir schon. Auch die dazugehörige Lektüre: Herbert Marcuse, Wilhelm Reich und vor allem Reimut Reiche mit seinem Buch: *Sexualität und Klassenkampf. Zur Abwehr repressiver Entsublimierung*. Schuld an allem Elend auf der Welt war die traditionelle Kleinfamilie, Vater Mutter Kind. Schlichtweg *das* Unterdrückungssystem für Frauen und Kinder.

Die bürgerliche Familie, hatte uns schon Arnfried bei unserem Besuch verkündet, die bürgerliche Familie mit ihrer Triebunterdrückung ist die eigentliche Quelle des Faschismus. Hier habe der Muff von tausend Jahren seinen Ursprung. Im verklemmten Verhältnis zum Sex, in Sauberkeitswahn und Autoritätsgläubigkeit. Also: Weg mit dem ganzen individualistischen Scheiß, so Arnfried.

Hugo ließ sich lange drängen, bis wir Katjas Einladung endlich folgten.

Die Haustür stand offen. Wir mussten nur der Nase nachgehen. Der Rauch drang durch die Wohnungstür aus dem zweiten Stockwerk bis in den Flur.

Wir klingelten, ein Mädchen öffnete, machte eine Kopfbewegung in Richtung der Schwaden, wir folgten ihr in die Küche, sie deutete auf zwei Stühle an der Wand, drückte uns je eine Flasche in die Hand und setzte sich wieder an den Tisch.

Längst konnten Hugo und ich unterscheiden, ob sich in den staatlich sanktionierten Qualm ein schwarzer Afghane oder grüner Türke mischten oder Nikotin pur. Sogar die Sinnesrichtung der Bewohner erkannte man am Geruch. Harter Tobak signalisierte: Gesellschaft verändern. Weiche Schwaden: Selbstbefreiung.

In Horsts und Katjas WG waberte beides durcheinander; erst nachdem wir, Hugo und ich, der Diskussion eine Weile zugehört hatten, schälten sich die Richtungen heraus.

Elf Personen, zählte ich, saßen um den ovalen Tisch herum, ein schönes Möbel, sicher ein Erbstück. Sieben Männer, vier Frauen; zwei Kinder krabbelten auf dem Boden, ob Jungen oder Mädchen, war nicht auszumachen. Es wurde gestrickt. Neue Wolle. Nicht aus aufgeribbelten alten Sachen wie in meiner Kindheit.

Die Wohnung sah wie vor einem Umzug aus, oder nach einem? Jedenfalls kaum Möbel, dafür Schuhe, Dosen, Töpfe, Kissen auf dem Boden überall und durcheinander. Die Kinder, erklärte Katja später, brauchten kein Spielzeug. Puppen für Mädchen, Bagger für Jungen, das lege nur die Rollen fest und hemme die Phantasie. Und Möbel habe man kaum, weil nicht kaputt gemacht werden kann, was nicht da ist.

Bis Brusthöhe waren die Wände bekritzelt und beschmiert. Darüber klebten die gleichen Poster wie bei Arnfried, als habe man allenthalben röhrende Hirsche und waldige Wasserfälle, Chagall und Picasso über Nacht ausgetauscht gegen die Ikonen der Revolution.

In der Diskussion ging es, wie Katja sich ausgedrückt hätte, um Strukturen und Möglichkeiten der Selbstveränderung, die Aufhebung geschlechtsspezifischer Rollenteilung und um progressive Kindeserziehung. Konkret mithin um den Abwasch, das Einkaufen, die Wäsche, Kochen. Alles auf hohem theoretischem Niveau. Besonders bei der Kindererziehung.

Wir hatten kaum einen Schluck genommen, als eine Mitbewohnerin, der die gehobene Kinderstube noch unterm strähnigen Langhaar, der verkehrt herum geknöpften Jacke, der modisch-mutwillig zerschlissenen Jeans unschwer anzusehen war, erregt das Wort ergriff. Dass die Kinder auf dem Sofa hopsen durften, na klar. Auch mit Schuhen, klar. Dass es hier kein: Sei still, sitz ruhig, gebe, alles ok. Sie dürften essen, wann sie wollen, wie sie wollen, was sie mögen, dürften alles, alles bemalen, alles gebrauchen. Umfunktionieren, haha. Die Frau lachte lustlos auf.

Dann hast du wohl auch nichts gegen die Doktorspiele?, fragte der Mann rechts von Horst, ein stämmiger Kerl mit dunklem Pagenschnitt und Dreitagebart. Deine Jennifer hat sich beschwert, weil du ihr verboten hast, sich die Marmelade zwischen die Beine zu schmieren. Die leckt mir doch der Bubi ab, hat sie gesagt. Und ich frage euch nun: Warum nicht? Warum soll er das nicht tun? Der Mann setzte sich aufrecht, und ich ahnte, jetzt wurde es ernst, das heißt theoretisch.

Die moralische Hemmung der natürlichen Geschlechtlichkeit, begann der Stämmige, macht ängstlich, scheu, autoritätsfürchtig, gehorsam, im autoritären Sinn brav und erziehbar, brachte er mit drohendem Unterton hervor: Ihr Ziel ist die Herstellung des an die autoritäre Ordnung angepassten, trotz Not und Erniedrigung sie duldenden Untertans.

Beinah hätte ich Beifall geklatscht. So einen Satz musste man erst mal zustande bringen.

Jawohl, sprang Horst seinem Nebenmann zur Seite: Ohne Tabus kein Triebverzicht, ohne Triebverzicht keine aufgestauten Aggressionen. Aggressionen, die sich zu gegebener Zeit gegen Minderheiten oder äußere Feinde – Juden, Kapitalisten, Kommunisten – dirigieren lassen. Also müssen wir alles tun, die kindliche Sexualität gegen Faschismus und Neurosen zu aktivieren. Onanie, Exhibitionismus, Voyeurismus, Analerotik, sexuelle Spiele aller Art dürfen keine Tabus sein. All das dient der Verhinderung einer Zurichtung des Kindes, seiner Dressur zum Untertan.

Hilfeflehend suchte ich Hugos Blick. Der nuckelte an seiner Bierflasche und starrte mit unbewegter Miene gegen die Wand. Da würde ich mir auf dem Heimweg einiges anhören können: Und zu sowas schleppst du mich hin!

Darum geht es mir nicht!, fiel die mit der verdrehten Jacke Horst ins Wort. Hab ich doch kapiert. Aber dass die Kinder, und zwar alle, nicht nur die beiden hier, ihre Notdurft, die Frau unterbrach sich, weil einer dazwischenrief: Pisse und Scheiße! Notdurft, wiederholte sie, nicht im WC oder auf dem Topf verrichten, sondern, wo sie gerade gehen und stehen: Das reicht mir. Erst heute Morgen – *ich* gehe jedenfalls jeden Morgen in die Produktion – habe ich wieder ein Häufchen aufgenommen und weggewischt. So gut es ging. Direkt vor der Klotür. Von einer Vierjährigen kann man wohl verlangen zu wissen, wo das hingehört. Die Frau rang nach Luft. Offensichtlich hatte sie allen Mut zusammengenommen, dies hier vorzubringen. Den sie auch brauchte.

Nahezu einstimmig fiel die antiautoritäre Runde über sie her, wobei der stämmige Pagenkopf wiederum den Vogel abschoss. Strafende Erziehung zum Klogang, musste die falsch Geknöpfte sich belehren lassen, führe zu autoritären und sadistischen Persönlichkeiten, die Minderheiten unterdrückten. Reinlichkeit erzeuge eine Gesinnung, die ›Menschen in den Ofen schickt‹.

Gemurmel hob an. Protest?

Nein, das sei nicht von ihm, nachzulesen bei Wilhelm Reich, *Die Massenpsychologie des Faschismus*.

Mit diesem Kurzschluss von Hygiene und Holocaust aber hatte er den Bogen überspannt. Jedenfalls meldete sich jetzt die Frau neben Katja zu Wort, tatsächlich: Sie hob den Finger und wartete, bis Horst ihr zunickte. Die Frau sah mollig gemütlich aus und fragte im Tonfall des Rheinlands, ob man nicht dabei sei, alte Normen durch neue zu ersetzen. Auch sie halte nichts von diesem Hin-und-Her-Scheißen, jedenfalls schicke sie ihre Maja aufs Töpfchen. Und Lust zum Doktorspielen habe ihre Kleine auch nicht. Sei eben nicht ihr Bedürfnis. Und dazu zwingen dürfe man sie ja wohl auf keinen Fall.

Am Tisch ging es nun hoch her. Einig war man sich: Kinder waren sexuelle Wesen. Aber wie weit hatten sie als sexuelle Wesen zu agieren? Egal, ob das ihrem Bedürfnis entsprach oder nicht? Wie in einem Schneeballsystem reihten sich die Sätze aus den Raubdrucken revolutionärer Koryphäen aneinander. Ich verstand die Welt nicht mehr und gab Hugo einen Rippenstoß. Der zuckte die Achseln.

War es im vergangenen Jahr noch der Kapitalismus gewesen, der an allem schuld war, hatte der sich in diesem Jahr zum Faschismus gesteigert. Der war schuld an allem, was nicht in den Kram passte, und die herrschende Erziehung führte geradewegs hinein.

Was wollten die hier eigentlich? Ihr Leben in die Hand nehmen, wie Horst verkündete. Ja, solange eine zweite Hand mit im Spiel war, solange der Papah via Konto die Hand über die Selbstoptimierung des Sohnemanns hielt. Und später: erben. Der Pflichtteil war sicher. Bis dahin war jeder sein eigener Revolutionär, und wenn es nur ohne Schlips und Kragen in die heimische Villa ging.

Auf dem Heimweg vermischte sich das Bild der mutwillig zerrissenen Jeans des Mädchens aus der WG mit Bildern aus meiner Kindheit auf sonntäglichen Spaziergängen: Pass op de Schoh op! Pass op de Strömp op! Pass op! Pass op! Halt de Muul! Waat bis de Papp no Hus kütt!

Beneidete ich die Leute vom Eigelstein? Die tun und lassen konnten, was sie wollten. Was sie wollten? Falsch. Sie mussten. Mussten tun, was sie wollen sollten. Eine neue Norm ersetzte die alte: Frei sein müssen.

Hugo schäumte: Die armen Kinder! Geht es dieser Bande überhaupt um sie? Oder nur um ihre verstiegenen Thesen und Dogmen. Das Leben ist kein Labor! Auch nicht in einer

WG. Kinder sind doch keine Ratten, Meerschweinchen oder Kaninchen für irgendwelche Experimente. Möchte nicht wissen, was aus denen mal wird.

Hugos Freund Hubert aus Frankfurt hatte sich angesagt, er war mit seiner Freundin auf der Durchreise nach Frankreich, Zelten in der Provence. Hubert hörte eine Vorlesung bei Adorno, ›Einführung in dialektisches Denken‹, und redete in demselben grammatikalisch korrekt verdrehten Stil wie der Professor. Hubert war außer sich: ›Wer nur den lieben Adorno lässt walten, der wird den Kapitalismus ein Leben lang erhalten‹, stand an der Tafel von Hörsaal VI. Von Anfang an hätten Zwischenrufe die Vorlesung gestört, kennt ihr ja, so etwas. Adorno habe die Vorlesung abgebrochen: Ich gebe Ihnen fünf Minuten Zeit. Entscheiden Sie selbst, ob meine Vorlesung stattfinden soll oder nicht. Daraufhin seien drei Studentinnen aufgesprungen, hätten den Professor umringt und versucht, ihn zu küssen. Hätten ihre Jacken aufgerissen. Darunter nackt. Das, so Hubert mit sich überschlagender Stimme, sei keine Kampfansage gewesen. Das war eine Demütigung. Adorno, die Aktentasche vorm Gesicht, sei raus dem Hörsaal. Ja, er hatte Tränen in den Augen. Hinter ihm, dem Gejagten, Gejohle und Gelächter. Hubert klang, als schluchzte er selbst vor Empörung und Wut.

Ja, das kannten wir, Hugo und ich. Hatten es vor gar nicht langer Zeit in Gerhard Frickes Vorlesung erlebt. Aber, auch wenn er sich jetzt davon distanzierte, Frickes Nazi-Vergangenheit stand fest. Doch Adorno? Jude, Emigrant und zweifellos ein geistiger Vater derer, die ihn hier verhöhnten! Noch am selben Tag war Hubert aus dem SDS ausgetreten.

Es war Adornos letzte Vorlesung. Er starb am 6. August 1969 in der Schweiz an Herzversagen.

Während die APO-Bewegung allmählich immer stärker zersplitterte, gab es ein Ereignis, das uns alle gleichermaßen fesselte. Nicht nur die APO, nicht nur in Deutschland, vielmehr urbi et orbi, Stadt und Erdkreis, fieberten diesem Datum entgegen: dem 21. Juli. Stichwort: Apollo 11.

Ob Bertram bei uns in Köln würde mitfiebern können, war fraglich. Die Bundeswehr stellte mit einem Lehrgang nach dem anderen immer höhere Ansprüche. Nächstes Jahr würde er sich an der Pädagogischen Hochschule einschreiben. Aktionen gegen die Bundeswehr, wie sie auch in Köln stattgefunden hatten, stand Bertram abwartend gegenüber. Tja, wenn das alles so einfach wäre. Viel mehr als dieser Satz und ein Achselzucken waren ihm zu diesem Thema nicht zu entlocken.

Auch in Dondorf würde man am 21. Juli den Wecker stellen. Weltweit wäre das Fernsehen dabei, in Deutschland um 3 Uhr 56, also mitten in der Nacht. Die Tante räsonierte seit Wochen: Wat soll dat? Wat han die op dem Mond ze suchen? Sollen erst mal bei sisch doheim für Ordnung sorjen, wat Hilla? Wat se do met de Näjer machen, dat jehört sisch nit. Die Behandlung der schwarzen Bevölkerung, insbesondere der Mord an Martin Luther King, brachte die Tante jedesmal in Rage, wenn es um die USA ging. Und der Vater knurrte: Dä Nixon, den sollten se op dr Mond schießen. Mit dieser Meinung waren die beiden gar nicht weit entfernt von Hubert. Der hoffte, und das nicht einmal klammheimlich, dass irgendetwas schiefgehen würde. Er gönnte den Amis den Triumph nicht. Verstand das ganze Tamtam als gewaltige Propagandamaschine, die vom Krieg in Vietnam und den Rassenunruhen ablenken sollte. Sendungsbewusst und fortschrittsgläubig, die Amis, polterte er. Moderne Technologie, schön und gut. Kann bestens von gesellschaftlichen und politischen Schwierigkeiten ablenken. Fragt euch doch mal, was der Sinn vons Janze ist!

Wir hatten schon so manche Flasche Rotwein aufgeschraubt – seit Lilos Abreise hatte sich die Qualität der Getränke drastisch verschlechtert –, bis es endlich so weit war. Brav hatten wir ausgeharrt und das Unternehmen im Fernsehen noch einmal vom Beginn an verfolgt. Seit vier Tagen war das Raumschiff unterwegs, ununterbrochen wurden Daten über den Gesundheitszustand der Astronauten zur Erde gefunkt. Vom gewaltigen Anblick des Starts der Columbia und dem Mut der Männer waren wir beeindruckt, sogar Hugo und Hubert. Dennoch, die beiden waren sich einig: verschlingt Milliarden. Die woanders fehlten. Nix als kalter Krieg, ein bizarrer Wettbewerb zwischen den USA und der UdSSR. Daher war das Ganze ja auch Chefsache. Wettbewerb zwischen Kommunismus und Kapitalismus. Bis jetzt hatte Russland die Nase vorn: hatte den Sputnik und die Hündin Laika ins All geschickt und Gagarin als ersten Menschen um die Erde. Nun waren die Amis am Zug. Und setzten sich hoffentlich selbst schachmatt.

Doch nach dem Start nahm das Geschehen im Fernsehen ziemlich öde seinen Lauf und wäre ohne flüssige Anregung kaum erträglich gewesen. Die unbeholfenen Erklärungsversuche der Kommentatoren, die unverständliche Fachsprache der Wissenschaftler und des astronautischen Bodenpersonals waren schlicht langweilig, urteilten wir. Doch wie hätte man den Ablauf packender beschreiben können?

Anders als mit technischen Daten und Fachvokabular? Musste nicht die Sprache, selbst die der Poesie, vor diesem Ereignis versagen?

Ja, wir waren uns einig: Die Mondlandung ist etwas für die Augen. Das Wort spielt nur eine untergeordnete Rolle. Auch die Sprache der Astronauten, wenn sie denn zu uns durchdrang, klang vollkommen emotionslos, ließ nichts von der Größe des Ereignisses ahnen.

Stunde um Stunde zeigte das Fernsehen noch einmal die Arbeit der NASA, den Alltag in einer Raumstation. Fernsehbilder verschwommen und banal.

Doch das alles spielte keine Rolle mehr, als es endlich so weit war. Die Mondlandefähre, der Eagle, setzte auf. Nichts explodierte. Aus der Kapsel krochen zwei Raupen in Verpuppung, Neil Armstrong und Buzz Aldrin. Zwei Gespenster mit Bewegungen wie Kängurus oder in Windeln gepackte Kleinkinder bei ihren ersten Schritten. Mir tat der Dritte leid: Michael Collins, der die Stellung in der Kapsel halten musste.

Prost! Gleich hebt er ab. Hugo schwenkte sein Glas in Richtung Fernseher.

Jetzt kippt er um!, frohlockte Hubert bei den ersten täppischen Schritten Armstrongs.

Zwei Männer traten auf die größte Bühne der Welt vor das größte Publikum, das Menschen jemals hatten. Und doch erschien auf dem Bildschirm das Noch-nie-Dagewesene seltsam oberflächlich, nicht wirklicher, als die zuvor gezeigten Studien im Forschungslabor.

Mochte die Aktion großartig sein, der Anblick der beiden Männer war unfreiwillig komisch, grotesk, und so verfolgten wir jede Bewegung mit Spott und Bewunderung zugleich. Jeder Känguru-Hupfer ließ die Mühe durchscheinen, die es gekostet hatte, ihn hier und jetzt machen zu können.

Jeder Gewinn an Höhe war nicht nur eine Folge fehlender Schwerkraft. Es war auch ein Triumph der Technik über die Poesie.

Der Mond, bislang allen gehörig, Grundbesitz der Menschheit und der Poesie, brüderlich verschwistert den Dichtern, war nun Eigentum der NASA. ›Der Mond ist jetzt ein Ami‹, titelte die *Bild*.

Ich war erleichtert. Froh, dass die beiden dort oben wohlbehalten herumhüpften, und traurig war ich auch. Würde ich den Mond je wieder sehen können wie Matthias Claudius, wie Goethe, Eichendorff? Was hatte ich mit diesen Hopsern zu tun? Was hatten sie im Fernseher der Vorgebirgstraße zu suchen? Waren sie überhaupt echt?

Nein, behauptete Hubert noch am selben Abend. Alles Kulisse, maulte er. Raffinierter Betrug das Ganze. Alles eine im Fernsehstudio simulierte Wirklichkeit. Der Mond ein Testgebiet der NASA im Wilden Westen. Ausgebrannte tote Welt.

Hubert war mit seinem Verdacht nicht allein. Angezweifelt wurde vor allem der Fußabdruck von Aldrin, sauber wie im Schlamm, obwohl der Boden auf dem Mond absolut trocken war; mal wehte die amerikanische Flagge auf den Fotos, mal nicht. Doch die Russen schwiegen. Also waren all die perfekten Fotos doch keine Fälschung des Klassenfeinds.

›That's one small step for (a) man, one giant leap for mankind‹, so Armstrongs weltberühmtes Fazit.

Ein Menschheitstraum? Doch wohl eher ein Männertraum, kommentierte ich spöttisch, und Hugo frotzelte: Was meinst du, schreiben wir ein Gedicht: An den Mars. Da hüpft so schnell keiner drauf rum.

Mars? Ne, protestierte ich.

Ok, an die Venus. Hugo malte ein Herz in die Luft.

Schade, dass die Großmutter das nicht mehr erlebt hat, sinnierte ich. Der liebe Gott wohnt zwar nicht beim Mann im Mond, aber diese drei Amis rücken ihm doch ziemlich nah auf die Pelle. Wofür die wohl gebetet hätte!

In diesem Sommer ging ich vor den Semesterferien nicht zur studentischen Arbeitsvermittlung. Hilf mir, da kommen wir schneller weg, hatte Hugo mich gebeten, und so wechselte ich mich mit ihm im Rechenzentrum ab, um Texte aus Drehbüchern auf Lochkarten zu übertragen.

Weg hier. Lilo hatte uns nach Woodstock eingeladen. Sogar ein Plakat schickte sie uns, Zeitungsausschnitte und trockenes Gekrümel. Hanf, grinste Hugo. So ein Music and Art Festival, schrieb Lilo, dürft ihr euch nicht entgehen lassen. Dagegen schrumpfen eure Essener Songtage zum Kindergarten. Wohnen könnt ihr bei uns, lernt ihr auch mal NY kennen. Joe Cocker und Joan Baez, mehr als dreißig Bands – ist das nichts?

Ja, das war was! Wir blieben brav zu Hause, und das Einzige, was wir mitkriegten, war Tims erregte Stimme am Telefon: Lilo habe der Hitzschlag getroffen und sei mit dem Hubschrauber ausgeflogen worden. Ganz verrücktes Wetter. Besonders bei Joe Cocker. Sturm und Regen. Geradezu teuflisch. Und dann Joan Baez bei Blitz und Donner: ›We Shall Overcome‹. Drei Tage lang Wärmegewitter und Dauerregen, das Gelände ein einziger Sumpf. Überall shit and piss. Viel zu wenig Klos für vierhunderttausend Menschen. Aber alles friedlich.

Und Lilo?

Längst wieder ok. Sie habe es wohl nicht ausgehalten in diesem Dreck und Lärm. Schade, dass ihr nicht dabei wart.

Das fanden wir nicht. Unser Ziel stand ja ohnehin fest. Die Ewige Stadt.

Aber Gott ist doch tot, seufzte ich mit gespieltem Ernst.

Ach was, sagte Hugo. Der ist nicht totzukriegen. Der ist sowenig tot wie ein Gedicht, wenn es nicht gelesen wird. Es kann jederzeit wieder lebendig werden, bei jedem Lesen, bei jedem An-ihn-Denken.

Egal wie?

Egal wie. Noch Nietzsche mit seinem Gott ist tot hielt ihn lebendig. Jeder Atheist, jeder, der ihn leugnet oder bekämpft, belebt ihn.

Aber die Gleichgültigen, fiel ich dem Freund ins Wort.

Selbst die müssen ihre Gleichgültigkeit benennen, Hugo zog die Mundwinkel nach unten. Selbst im Linksliegenlassen, im Totschweigen ist er noch da. Gott, sagte Hugo in seinem für gewisse feierliche Zwecke bestimmten Tonfall, Gott ist wie ein Gedicht. Wir müssen das Alte immer neu lesen. So halten wir das Gedicht lebendig. Und unseren Deo auch. Das werden wir genauestens überprüfen. Andiamo a Roma!

Rom glühte, als wir in Fiumicino landeten. Unser Hotelzimmer in Trastevere war karg. Aus dem klapprigen Wandschrank roch es nach Mottenkugeln. Sittsam aufgedeckt lag das breite Hotelbett, es nahm fast das ganze Zimmer ein. Neben der Tür ein Gipsengelchen, vorm Bauch ein winziges Weihwasserbecken, ganz wie im Dondorfer Schlafzimmer der kleinen Hildegard.

Wir stießen die Fenster auf. Die Zweige einer Platane reichten fast bis an das Fenster heran, Wind trieb trockene Platanenfrüchte zwischen die gusseisernen Füße der Gasttische. Gelbe Staubfahnen jagten sich über den Platz, eine

Katze sprang unter den Holzbänken hervor, Tauben rauschten auf, ihre korallenroten Füße und das malvenfarbene grünschillernde Gefieder schienen in der grellen Sonne aufzulodern.

Hugo stand hinter mir, und ich konnte seinen Männerkörper riechen, die tintenfarbenen Halbmonde unter den Achseln, seinen Schweiß einatmen, das Pulsen des Blutes unter der leicht gebräunten Haut, dazu drang durchs offene Fenster die Nachmittagshitze, gedämpft durch die Schatten der Platane im Wind, der den Vorhang aus vergilbter Spitze klatschend auf und nieder schlug, als drängten Licht und Wind unter den tanzenden Zweigen zu uns hinein, in uns hinein, Hilla und Hugo, nichts als Licht und Wind, nichts sonst in diesem Zimmer, in dieser Welt, Hilla und Hugo, zwei Sonnenflecken, die zu einem verschmolzen, außerhalb dieses unabwendbaren Vorwärtsgleitens der Zeit, bis von draußen ein schrilles Kinderstimmchen hereindrang: Mamaa!

Unser Blick ging über einen kleinen Brunnen in der Mitte des Platzes auf eine unscheinbare Kirche mit einem schweren glattgehobelten Portal, ein Geistlicher im schwarz wehenden Gewand kehrte ihr eilends den Rücken, hinter einer rotvioletten abgenutzten Ziegelmauer waren zwischen zwei mageren Bäumchen Wäschestücke zum Trocknen ausgespannt. An der Mauer klebten Plakate, Hammer und Sichel, geballte Fäuste, das Wort dazu schauten wir im Lexikon nach: sciopero. Streik. Es würde uns nicht zum letzten Mal begegnen.

Aus dem Fenster nebenan trillerte ein Kanarienvogel, trällerte mich ins Wohnzimmer von Cousine Maria, zum Hänsjen, ihrem Trost, nachdem der Verlobte sie wegen ihres Brustkrebses hatte sitzen lassen. Jetzt war sie glücklich mit ihrem Heiner, und Hänsjen zwitscherte bei der Schwiegermutter.

Ein Eisverkäufer rollte sein Wägelchen auf den Platz, Kinder liefen aus allen Richtungen herbei, drängten sich um den Kasten und schauten gespannt zu, wie der Eismann einen der blitzenden Deckel, einem Chinesenhut gleich, abhob, den Arm bis zum Ellenbogen in ein Loch vergrub und gleich darauf einen zartrosa, grünen oder gelben Klumpen Eis auf ein Pappstückchen drückte. Ganz so, wie ich es aus meinen Kindertagen kannte. Uralt und erwachsen kam ich mir vor, hier in der fremden Stadt, der geliebte Mann so nah, dass mir die Hitze seines Körpers in den Rücken glühte; auch mir rann der Schweiß zwischen den Schulterblättern hinab, stickig, heiß war es wie in einem Treibhaus, wo ich – vor wie vielen Jahren – beinah den ersten Kuss geküsst hätte. Warum kamen mir ausgerechnet hier, wo alles neu und aufregend war, ständig Bilder von früher dazwischen?

Komm, sagte ich, andiamo.

Wir machten uns auf den Weg. Doch weit kamen wir nicht.

Vieni qua, vieni qua! Einladend winkten uns ein paar junge Männer, die auf Holzbänken an langen Tischen vor dem Hotel saßen, zu sich heran. Sonnenverbrannte Gesichter, beneidenswert blitzende Zähne, krause Locken. Federico, dachte ich, und wie der Gastarbeiter aus Sizilien der kleinen Hilla sonntagnachmittags bei den Weiden am Rhein mit einer Bürste, so wohlig weich, wie sie zu Hause keine jemals gespürt hatte, zärtlich durchs Haar gefahren war, wieder und wieder.

Wie in einer Kölner Kneipe gehörte man auch hier gleich dazu, sogar mitessen durften wir; weiches weißes Brot schob man uns zu, grüne und schwarze Oliven, kleingehackte Zwiebeln mit Knoblauch vermischt, vollgesogen mit Öl, das uns die Finger hinablief. Später gab es dicke weiße Bohnen, wie sie die Großmutter samstags in Buttermilch gekocht hatte, hier schwammen sie in Öl und Zitrone und schmeckten köstlich wie zu Hause.

Später setzten sich die Frauen zu uns, tobten Kinder um uns herum. Einer der Männer verschwand und kam mit einer Gitarre zurück, auch dem Pfarrer machten wir Platz, der leichte Wein ließ uns schweben, und alle miteinander trieben wir Bella Bimba, Marina, Santa Lucia himmelwärts.

So also konnte man auch arm sein: braungebrannt, singend, sich lachend auf die Schultern schlagend, konnte Maria! rufen und mit der leeren Flasche winken, karierte offene Hemden tragen oder einfach nur ärmellose Trikots. Der Vater, dachte ich, der Vater in Trastevere, einer von ihnen, das wär's. Ora et labora, dachte ich. Bete und arbeite. Wie in Dondorf. Aber hier kam sichtbar noch ein Drittes dazu. Gaudete! Freut euch. Diese Armut war eine furchtlose Armut.

Felice notte!, wünschte man sich, wünschten auch wir, als wir aufbrachen und das letzte Stück des öltriefenden Brotes der Katze zukommen ließen, die uns lange zutraulich beobachtet hatte. Sie lief uns nach und musste, unwillig miauend, vor der Türe bleiben.

Draußen war es nun so still, dass endlich auch das heitere Plätschern des kleinen Brunnens zu uns ins Zimmer hinaufsang. Im Licht einer Straßenlaterne warf die Platane ihre bewegten Schatten an die Zimmerdecke, ein zuckender Tanz von Armen und Beinen, die sich zusammenballten, auflösten, neu umschlangen und wieder von vorn. Einander mit müden Händen und Zungen liebkosend, konnten wir uns kaum sattsehen an diesem unaufhörlichen Gewimmel, dieser magischen Vielzahl der Schatten, bis wir die sonnengedörrten Läden vor die offenen Fenster klappten, und dann taten wir es, so schön wir es konnten.

Wir standen zeitig auf am nächsten Tag. Einfach raus und schauen. Fischen gehen, nannten wir das. Warfen die Augen aus wie Angeln, sammelten ein, was uns zufiel, einen struppigen Hund, einen Marmorengel, Kinder auf dem Weg zur Schule, Frauen, die Fenster aufstießen, auf winzigen Balkonen Gemüse putzten und Schlager aus den Radios mitsangen.

Rom war, wo auch immer wir hinschauten, schön. Vor allem genoss ich die verlässlich begrenzte Freiheit der Plätze. Ihre jahrhundertealte steinerne Umarmung meines freien Schreitens, meines freien Blicks, von nichts als von Schönheit begrenzt, menschengemachter Schönheit.

Weißt du, sagte ich zögernd zu Hugo, ich habe den Eindruck, ich wäre hier ununterbrochen am Lernen.

Am Lernen? Hugos Staunen verstärkte meine Unsicherheit.

Ja, antwortete ich noch verhaltener, nicht nur sehen und Eindrücke sammeln. Lernen. Als wollte mir jeder Stein dieser Ewigen Stadt etwas beibringen.

Und was?

Weiß ich nicht. Das Leben vielleicht. Immer da. Und schon vorbei.

Da hilft nur eines! Hugo legte mir den Arm um die Schultern. Hier hast du beides.

Damit wir es hinter uns hatten, wie beim Eislauf die Pflicht vor der Kür, machten wir uns am ersten Tag auf in den Petersdom. Pfadfindertrupps und Pfarrgemeinden unter der Obhut ihrer Hirten, Frauenvereine und deutsche Reisegruppen, die Leiter mit schwarz-rot-goldenem Fähnchen voran, bevölkerten den Platz, junge Priester, umflossen von schweren Düften, wehten schwarz und schlank an uns vorbei, Kinder umzingelten die beiden Brunnen, waren kaum wegzukriegen vom lebendigen Wasser in den Ernst der Glaubensfestung hinein. Und von der gab es jetzt erst mal Postkarten für meine Dondorfer, Mutter, Tante und Cousinen. Mit Schweizer Garde, versteht sich. Deren bunte Uniformen mussten dabei sein. Sogar Hugos Familie sandten wir: Liebe Grüße von Hugo und Hilla.

Und natürlich Lukas, Kaplan in Essen-Rüttenscheid. Lukas war im Aufbruch. Unsere Karte würde ihn gerade noch erreichen. Der Kardinal hatte seinem Gesuch nach Versetzung entsprochen. Nach Bogotá. Dorthin, wo Camilo Torres, der kolumbianische Kaplan, im Guerillakampf gefallen war. ›Die Revolution – ein christlicher Imperativ‹ waren seine Abschiedsworte gewesen. Ob Lukas sich dort tatsächlich den Guerillas anschließen wollte?

Unvergesslich, wie er uns auf Lilos Silvesterparty den Marxismus aus der Bibel abgeleitet hatte. Wie aus einem italienischen Schwarz-Weiß-Film der fünfziger Jahre stand er da mit seiner mageren Gestalt, seinem schmalen Gesicht, den dunklen entschlossen blickenden Augen. Sein Vorbild: Jesus, der die Händler und Geldwechsler mit Peitschenhieben aus dem Tempel trieb. Wie trauerte er seinem Johannes XXIII. nach, der den Fußkuss und den dreimaligen tiefen Kniefall bei einer Privataudienz abgeschafft hatte. Vor allem aber sein ›Aggiornamento‹, die Anpassung der Kirche an die moderne wissenschaftliche und technische Welt, die Theologie eines ›Gott vor uns‹ hatte Lukas sich zu eigen gemacht.

Nächstenliebe war für ihn nicht nur Hilfe für die Benachteiligten, sondern auch und vor allem Revolution gegen die strukturelle Ungerechtigkeit einer ausbeuterischen Gesellschaft, wie er nun formulierte. Weihnachten, das war für Lukas die Geburt des antiautoritären Menschen. Jesus, der Outsider, Urbild des Revolutionärs.

Gott will nicht, dass die Armen elend bleiben. Religion ist nicht Opium für das Volk. Die Religion ist eine Kraft, die die Niedrigen erhebt und die Hochmütigen stürzt. Wir haben die Pflicht, unser Brot und unser Hab und Gut zu teilen. Wenn einige wenige mit Beschlag belegen, was für andere notwendig ist, dann ist es Pflicht der öffentlichen Gewalt, eine Teilung zu erzwingen. Das war Lukas' Credo. Sein elftes Gebot: Die Unterdrückten befreien. Kein Welt*betrachter* wollte er länger sein, sondern Welt*veränderer*.

Hugos Schritte wurden langsamer, je näher wir der Basilica Sancti Petri in Vaticano kamen, und als wir es schließlich betraten, dieses Gotteshaus im Staate Vatikanstadt, wusste ich, warum. Ja, wir waren in einer anderen Welt. Doch auch im Haus des Gottes der Liebe und des Erbarmens? Dieser Säulen- und Marmorprunk glänzte bis in kleinste Mosaikstückchen kostbar, kalt, starr. Tot. Kaiser dieser Welt hatten sich hier im Glimmer von Kristallen, Quarz und Achat den Segen abgeholt, um ihre Macht auf den Schlachtfeldern zu festigen. Hier auf der Porphyrscheibe war Karl der Große am ersten Weihnachtstag im Jahre 800 nach Christi von Papst Leo III. zum Kaiser gekrönt worden, um alsdann auch weiterhin die Sachsen ins christliche Himmelreich zu schlachten. Kapellen säumten den Weg zum Hauptaltar, Geistliche und Ordensfrauen machten sich daran zu schaffen, ordneten Sträuße, lasen Messen, beteten. Hinter den offenen violetten Vorhängen der Beichtstühle erwarteten Beichtväter ihre Beichtkunden. In allen Sprachen, so die Tafel, konnte man sich seiner Sünden entledigen, und die Warteschar der reuigen Büßer war beträchtlich. Auch in Dondorf holte man sich Buße und Freispruch gern in Nachbargemeinden ab, wo einen niemand kannte. Hier erst recht konnte man anonymer Vergebung aus befugtem Munde sicher sein. Diener Gottes, gewiss, waren diese Männer in ihren schwarzen, roten, violetten und weißen Gewändern, Lateinisches murmelnd oder in stillen Hantierungen, doch auch Angestellte des Vatikans, eines Staates, der Dienstleistungen anbot.

Ich fühlte die jahrhundertealte steinerne Kälte, wie sie mir durch die Augen ins Herz drang, und fasste nach Hugos Hand. Mein Reich ist nicht von dieser Welt, hatte Jesus gesagt. Schlug hier, in diesem majestätischen Glanz nicht Erhabenheit um in einen ganz und gar diesseitigen Triumph? Beinah in Hochmut?

Erst die Pietà, die gewaltige Kraft barmherziger Liebe, versöhnte mich mit dem gesalbten gottverlassenen Pomp der heiligen Halle. Hier spürte ich die Wahrheit: Gott ist Liebe. Hier drückte ich Hugos Hand und wusste mich, wusste uns in der Obhut unseres himmlischen Verbündeten. Wir schlugen ein Kreuzzeichen, als schlügen wir das Übermaß weltlichen Prunks aus Hirn und Herz, und dann ergriffen wir buchstäblich die Flucht vor dieser demonstrativen klerikalen Gottesmacht.

Weißt du, sagte Hugo gedehnt, als wir den Petersplatz durchquerten, all die steinernen Zeichen dieser kirchlichen und weltlichen Macht sind ja nicht entstanden ohne die Ausbeutung der sogenannten kleinen Leute.

Zu viel Brecht gelesen, spöttelte ich und zitierte aus dem Gedächtnis: ›Das große Rom / ist voll von Triumphbögen. Wer errichtete sie? ... Caesar schlug die Gallier. / Hatte er nicht wenigstens einen Koch bei sich? ... Fragen eines lesenden Arbeiters.‹ Wie wahr!

Auch ich war froh, mich hier draußen wieder realer Gegenwart überlassen zu können, meine Augen auf irdische Beiläufigkeiten richten zu dürfen: Hunde mit ihrem müden, weich trottenden Gang; Autos, die sich hupend durch die engen Straßen wanden, dazwischen die Lambrettas mit ihren frechen Schleifen jenseits aller Verkehrsregeln, die Stuckfassade von Häusern der Jahrhundertwende, das bunte Flirren der Schaufenster und überall und immer wieder eine Espressobar, tausendfach Café Campi. Über die Engelsbrücke zur Engelsburg gingen wir, die Figuren mit ihren plumpen Marmorflügeln schwebten uns voran, brackig schwer wälzte sich der Tiber durch die alten Steinbögen nach Ostia und ins Meer, Katzen balgten am Ufer, fuhren Enten und Gänsen hinterher, die kreischend aufflogen. Und wenn Straßenjungen hin und wieder beim Anblick Hugos einen Buckel machten und ihm Quasimodo! hinterherriefen, konnten wir darüber nur lachen.

Was genossen wir mehr? Uns? Die Stadt? Wir badeten unsere Sinne in Schönheit. Wischten mit der Schönheit von Jahrhunderten, mit südlicher Sonne und Melodien den nordischen Dunst aus unseren Augen, den harten Vernunftton aus den Ohren.

Als Kind, lachte ich, hab ich Latein für die Sprache Gottes gehalten.

Dann spricht hier die ganze Stadt Göttlich, lachte Hugo zurück. Wenn auch etwas weichgespült. Irgendwie römisch-göttlich-kölsch.

Die Römer, mutmaßte ich, leben tagtäglich mit einem Bein im Himmel.

Und wir mit allen vieren! Hugo knuffte mich anzüglich in die Rippen.

Trotzdem, ich deutete auf eines der Plakate an einer Hauswand. Das eine Bein ist denen nicht genug. ›Diamo l'assalto al cielo.‹ Das Plakat zeigte einen kräftigen Jungarbeiter, dessen geballte Faust durch die Wolken stieß. In den Himmel.

Wieso trotzdem?, entgegnete Hugo. Gerade darum. Wo

der Himmel sich hier unten zumindest stückweise auf Schritt und Tritt spiegelt, hätte man gern noch mehr davon. Hätte ihn gern komplett. Du kennst doch deinen Heine. Tutto e subito.

Tutto e subito: Das lasen wir auf den alten Mauern immer wieder.

Jaja, ich weiß, seufzte ich: ›Wir wollen auf Erden glücklich sein ... den Himmel überlassen wir den Engeln und den Spatzen.‹

Und Hugo frotzelte: La fantasia al potere! Die Phantasie an die Macht!

Wie aufs Stichwort knirschte ein Lastwagen, mit roten Fahnen bestückt, um die Kurve. Fascisti, borghesi, ancora pochi mesi!, schrien die jungen Männer.

Hugo zückte unser Wörterbuch: Faschisten, Bürger, übersetzte er, nur noch ein paar Monate.

Flugblätter flatterten herab: Auf zum Kampf! Lotta continua sarà!

Roms Erde durch Jahrtausende blutgetränkt. Kein Tempel, keine Kathedrale, kein Dom machte eine Ausnahme. Doch all die Verbrechen, all die Toten waren in die verzeihende Dämmerung der Vergangenheit getaucht und in die alles überstrahlende Sonne der Gegenwart. Wir hatten im vergangenen Jahr von Straßenkämpfen zwischen rechten und linken Studentengruppen gelesen, und im Februar hatte es hier Demonstrationen gegen den Besuch des US-Präsidenten gegeben.

Dem Laster folgte dichtauf ein zweiter, dessen Besatzung ebenfalls mit Flugblättern, verstärkt durch ein Megaphon, meinungsbildend unterwegs war. Unser Wörterbuch-Italienisch reichte gerade, um die ideologische Verwerfung des Vorgängerwagens zu verstehen, der vom Nachfolger als anarchistisch gebrandmarkt wurde. Diese Flugblätter riefen zu einer Kundgebung der PCI, der kommunistischen Partei Italiens, auf.

Wir gingen hin und erlebten ein Volksfest. Was sicher vor allem daran lag, dass wir kein Wort verstanden. Oder doch nur einzelne Wörter. Auf die wir uns dann unseren Reim machen konnten. Wort und wörtlich. Im wahren Sinn der Worte. Denn der Redner war großartig. Ein Rhapsode. Seine Rede eine Ode an die classe operaia. Wir erlebten die unmittelbare Verwandlung von Gefühl in Sprache. Wenn Gott, wenn Kirchenpracht und Kirchenmacht eine Konkurrenz hatten, dann hier auf diesem Platz. Erst recht, als die Kapelle loslegte, mit Trommeln und Trompeten.

Die Melodien gingen ins Ohr, ein paar Wörter auch, ›Avanti o popolo, alla riscossa‹, zögernd erst, dann zunehmend mutiger sangen wir mit, ›bandiera rossa, bandiera rossa. Bandiera rossa trionferà‹, bekräftigten wir zum ersten, zum zweiten und zum dritten Mal. ›Evviva il comunismo e la libertà‹, befahl ein Lied nach dem anderen.

Schließlich beendeten die Musikanten ihr revolutionäres Potpouri und hielten inne. Die Männer nahmen Hüte und Mützen ab. Die *Internationale* wurde gern am Ende von Kundgebungen angestimmt, und Hugo und ich hatten uns stets davongemacht, wenn der harte Kern und seine begeisterungswilligen Anhänger per Gesang das Menschenrecht erkämpften. Hier gab es kein Verdrücken. Und als nun alle, was die Lungen hergaben, zu singen begannen, stimmten auch wir ein in den Lobgesang der Arbeiterklasse, ganz so wie am Morgen beim Gloria. Vom Text verstand ich kein Wort, nur das ›L'Internazionale‹ brüllte ich mit, und urplötzlich, wie hochgerissen, schoss meine geballte deutsche Arbeiterkindfaust in den römisch-kommunistischen Himmel, Hugos großbürgerlicher Faust hinterher.

Ich erschrak. Vor mir selbst. Sah Hugo an. Der grinste.

Nickte mir ermutigend zu. Schau dich um, sagte er. Nicht wie in der Uni. Alles gestandene Männer. Und Frauen, beeilte er sich hinzuzufügen, obwohl er auf den ersten Blick durchaus recht hatte. Männer waren deutlich in der Überzahl. Männer in billigen Anzügen, verschwitzten Hemden, T-Shirts, Männer und Frauen, wie sie gestern am Abend in Trastevere gesessen hatten, Bella Ciao oder Bella Bimba, *Avanti Popolo* oder *Santa Lucia*, ich hatte ja kaum verstanden, was ich da gesungen hatte. Aber die gestreckt geballte Faust, war die nicht echt gewesen?

Stell dir doch vor, fuhr Hugo zwischen mein Grübeln, als übersetzte er für mich, was ich nicht einmal in Gedanken in Worte zu fassen wagte, stell dir doch vor, dein Vater stünde hier bei denen. Wäre einer von ihnen. Wärst du da nicht stolz auf ihn?

Stolz auf meinen Vater? Die Frage traf mich wie eine Zumutung. Was hatte dieser invalide Frührentner, dieser seit Kindertagen unheilbar geknechtete Mann mit diesen leidenschaftlichen Kämpfern zu tun? Hatte der Vater, als Junge vom Stiefvater halbtot geprügelt, jemals auch nur aufzumucken gewagt? Doch hatte ich ihn mir nicht am Abend zuvor noch an den Tisch in Trastevere gewünscht? Singend: ja, schenkelklopfend und auf den Tisch schlagend: ja. Aber mit gereckter Faust? Wäre ich da stolz auf ihn?

Plötzlich war ich wütend. Auf Hugo. Und der deine? Gab ich patzig zurück.

Wenn der hier stünde?

Na hör mal. Hugo klang empört. Der hätte dazu gar kein Recht! Männern wie diesen hier gehört die Zukunft. Und *dein* Vater gehört zu ihnen. Meiner hat hier nichts zu suchen.

Ich schwieg. Nichts zu suchen, weil er alles hat, dachte ich. Und behalten will. So einfach ist das. Doch für eine Diskussion war ich zu faul und ließ dem Liebsten das letzte

Wort. Der zog mich mit sich durch die halbe Stadt auf die Terrasse eines viel zu teuren Restaurants auf der Piazza Navona, als wollte er mir bedeuten: Siehst du, die Zuckererbsen sind schon da. Nur noch nicht für alle. Und da saßen wir nun am Rande des harmonischen Ovals der alten Arena und genossen das Glück unserer friedlichen Zeit. Unsere Kämpfe waren vorüber. Vorerst. Wir aßen und genossen. Alle möglichen Speisen aßen wir, von allem ein bisschen, und wir fühlten uns leicht und satt. Nein, ein anderes Wort gehörte hierher, eines dieser alten Wörter: ›Gestillt‹ fühlten wir uns. Gelöst und gehalten zugleich. Dazu Wein, Gavi di Gavi, so jung und frisch, dass wir kaum merkten, wie uns Flügel wuchsen, römische Mondumrundung und zurück zwischen Pinien, Palmen, Platanen und die gotischen Dome der dunklen Zypressen.

Später bestiegen wir einen der überfüllten Busse zurück nach Trastevere. Leib an Leib stand ich mit Hugo und Leib an Leib mit anderen, schläfrig von Wein, Speisen und der Hitze der Körper, die mich willenlos machte und gefügig. Draußen brauste die Sommernacht, und ich spürte Hugos Hand unter der meinen und dachte: Ich halte das Glück in der Hand, und das Glück strömte aus der Hand in den Körper und versetzte jede Zelle in eine wohlige Erregung. Eine Erregung, die der Erfüllung sicher war. Und als wir uns schließlich auf dem nachlässig ausgespannten Laken unseres Hotelbetts ausstreckten, biss mir Hugo ins Ohr: Irdisch hab ich dich gewollt.

Caro, gab ich zurück: De forti dulcedo. Vom Starken kommt Süßes.

Q. e. d.

Nicht einen der folgenden Tage begannen wir ohne Einkehr in eine der sonnen- und schattendurchwirkten tiefräumigen

Kirchen; ohne diesen frommen Geruch aus Weihrauch, heißem Wachs, Staub und alten Gewändern, alten Frauen und alter Angst. Beichtstühle wie Festungen verteidigten das himmlische Reich, millionenfaches mea culpa, doch millionenfache Vergebung auch. Ab omni peccato, libera nos Domine, deine Sünden sind dir vergeben. Meist hielten alte Frauen knieend eines der Seitenfenster besetzt.

Kerzen zündeten wir an, ließen die Flammen flattern wie Eroberer ihre Fahnen, eine Spur geweihter Flaggen leuchtete auf unseren Wegen durch Rom, begleitet von den hellen Glöckchen der Ministranten, die aus den Morgenstunden in den Tag schallten. Danach stellten wir uns irgendwo in einer Espressobar an die Theke zwischen anzugbewehrte Männer auf dem Sprung in die Büros, tranken Cappuccino mit viel Milch und Zucker, genossen ein Tramezzino, meist Käse und Schinken, das trug uns durch den Tag bis zur Pasta am Mittag oder Abend. Denn meist war uns die Zeit fürs Essen zu schade in dieser Stadt der ununterbrochenen Offenbarungen. Wir hatten Zeit. Nicht wie im Alltag, wo die Zeit uns hat. Mit ihrem Zuchtmeister, der Uhr und deren Helfershelfern, den Verpflichtungen. In dieser Ewigen Stadt reichte unsere Liebe mindestens bis zu den Etruskern. In jedem Augenblick. Jetzt leben. Weil dieser selbstverständliche Umgang mit der Zeit dem Leben in der Gegenwart die Angst nahm, die Angst vor der Vergänglichkeit.

Anders als bei unserem Besuch in Meran verzichteten wir sogar auf Zeitungen. Heißgelaufene Unglücksmaschinen, nannte Hugo sie. Damals hatten wir aus den Zeitungen vom Attentat auf Rudi Dutschke erfahren. Hier in Rom wollten wir von nichts wissen, nur füreinander sein und gemeinsam mit dem Leben fertig werden, so wie all die vor uns mit dem Leben fertig geworden waren. Fertig machen sollte uns das

Leben nicht. Gemeinsam waren wir stark. Hatten uns füreinander aus unseren Herkünften befreit für ein neues Drittes: unsere Zukunft.

Und dann war unsere irdische Zeit in der Ewigen Stadt abgelaufen. Ja, wir hatten sie gespürt, in allen Poren, die Zeit, wie sie ausbrach aus Kirchen, Palästen und Überresten, aus den Mauerwerken wie flimmernder Schweiß. Hatten uns selbst ein wenig ewiger gefühlt im Gefolge unserer gigantischen Vorfahren und im Versuch, Rom näher zu kommen, dieser Stadt der großen Gesten und stolzen Leute. So bedingungslos hatte ich mich ihr ergeben, dass mir sekundenlang durch den Kopf schoss, hier könne ich glücklich sein, sogar allein.

An unserem letzten Abend überreichte mir Hugo ein kleines Tongefäß. Du weißt, woher das kommt?

Beinah jeden Tag hatten wir in dem Café beim Pantheon unseren Espresso getrunken und dort einen Händler mit seinem Bauchladen kennengelernt. Allerlei lag da durcheinander, Ringe, Ketten, Anstecknadeln, und ich hatte bedauernd den Kopf geschüttelt. Doch Hugo war wohl weniger strikt gewesen, denn als ich einmal von den gabinetti zurückkam, ließ er etwas in der Tasche verschwinden, und der Händler hinkte unter Mille grazie davon.

Jetzt hielt ich seinen Kauf in der Hand. Ein Tränenkrüglein, wie man es adligen Römerinnen einst zum Geschenk machte.

Für unsere Abschiedstränen, sagte er.

Toi toi toi, ich versuchte, kleine Speicheltropfen in die enge Öffnung zu sprühen. Ist doch nur ein Abschied von Rom. Solang du bei mir bist: her mit den Abschieden. Von wem und wovon auch immer.

Auch von …? Hugo warf den Kopf in den Nacken, Augen himmelwärts.

Ohne dich? Brauch ich den auch nicht. Ich warf eine reuige Kusshand in die Wolken. Entschuldigung, Deo. Drei Vaterunser Buße. Versprochen.

Ok. Ich bete mit. Auf den bin ich nicht eifersüchtig.

Beim Einsteigen in den Flieger ließen wir uns Zeit. Wir waren die Letzten. Auf der Gangway wandte sich Hugo noch einmal um.

Ite missa est. Seine Rechte ruderte einen Abschiedsgruß, als schlüge er ein Kreuzzeichen, dankbarer Segen über die Stadt und unsere seligen Tage darin.

Deo gratias! Nie hatte ich diese Worte aufrichtiger gemeint.

Zurück in Köln fanden wir unseren römischen Gruß an die Familie Breidenbach im Postkasten. Unser beider Namen durchgestrichen. Hugo biss die Lippen zusammen. Ich versuchte, ihm die Karte aus der Hand zu nehmen. Er hielt sie fest. Zieh, sagte er. Ich schüttelte den Kopf: Komm, wir werfen sie noch einmal ein.

Wir erhielten nie eine Antwort.

Lukas hatte uns zum Abschied die deutsche Ausgabe des *Holländischen Katechismus* geschickt, eine fast sechshundert Seiten starke aufmüpfige ›Glaubensverkündigung für Erwachsene‹, wie es im Untertitel hieß; wochenlang auf der *Spiegel*-Bestseller-Liste. Dazu eine Karte: Wenn ihr mal einen Trauspruch braucht, hier mein Vorschlag, aus dem Magnificat, Lukas I, 46-55: ›Er zerstreut, die im Herzen voll Hochmut sind;/er stürzt die Mächtigen vom Thron und erhöht die Niedrigen./Die Hungernden beschenkt er mit seinen Gaben und lässt die Reichen leer ausgehen ...‹ Wir tranken ein Kölsch auf Lukas' Wohl und stellten den Katechismus zu den ungelesenen Büchern in der Ecke: unbedingt lesen.

Ich verbrachte nun wieder mehr Zeit im Hildegard-Kolleg. Klausur. Umso zärtlicher jedesmal unser Beisammensein. Beinah drei Jahre kannten wir uns jetzt, küssten uns mitunter still und vertraut, Küsse voll ehelicher Süße. Nicht mehr als ein bloßes Ansaugen der Lippen, ein leichtes Öffnen, Anrühren der Zungenspitzen war nötig für dieses unverbrüchliche Gefühl, zu Hause zu sein, richtig zu sein, vollkommen. Sogar unser Miteinanderreden mutete mitunter an wie ein Liebesakt beim zweiten, dritten Mal, wenn die Gier gestillt ist, ein langsames Aus- und Einleiten der Gedanken, der Wörter und Sätze in den Kopf des anderen, ein Miteinanderdenken und Weiterdenken, ein liebkosendes, verlangendes, wohltuendes Denken und Reden, zurückgesprochen zu der Pforte des Gartens Eden, zur Einheit von Körper, Geist und Seele.

So einiges verpassten wir in dieser Zeit oder bekamen es nur aus der Zeitung mit. Demos gegen den Vietnamkrieg gab es wie im Jahr zuvor. Doch da hatte die Luft gebrannt, hatten Funken gesprüht, Zukunftsfunken. Die das Alte verbrennen und das Neue entzünden sollten. Es war aufgelodert, in diesem 68er Jahr, das Neue – und dann war Asche da. Daraus stiegen Rote Zellen in fast jedem Fach und an jeder Uni, stiegen KPD und KPD/ML, DKP und Spontis. ›Reinheit geht vor Einheit‹ war die Parole. Man marschierte in Blöcken. Bekämpfte den Klassenfeind so gut wie den Feind in den eigenen linken Reihen. Sogar, was APO meinte, war nicht mehr eindeutig: außer- oder antiparlamentarische Opposition. Nur das Dagegen – wie abstrakt und verschwommen auch immer – einte noch alle.

Daran änderte auch der Wahlkampf zum Bundestag nichts. Zwar versuchte die Aktion Demokratischer Fortschritt, die ADF, die Kräfte der außerparlamentarischen Opposition zu bündeln, erreichte aber nur den pazifistischen und traditionell kommunistischen Flügel, also DKP und Friedensunion. Von radikalen Gruppen wurde das Wahlbündnis als ›lächerlich kleinbürgerlich pazifistisches Parteilein‹ abgetan.

Doch dieser Wahlkampf packte auch Hugo und mich noch einmal. Würde die rechtsextreme NPD die Fünf-Prozent-Hürde nehmen? Die SPD stärkste Partei werden? Und nach zwanzig Jahren die CDU/CSU-Regierung ablösen? ›Wir schaffen das moderne Deutschland‹, versprach die SPD mit dezent schwarzer Schrift auf hellem Grund. ›Damit Sie auch morgen in Frieden leben können.‹ – ›Sichere Arbeitsplätze, stabile Wirtschaft. Wir haben die richtigen Männer‹, lockte die SPD.

Die richtigen Männer, maulte ich. Und die Frauen?

Die CDU/CSU versprach: ›Sicher in die siebziger Jahre‹, und hielt dagegen: ›Auf den Kanzler kommt es an.‹ Nicht immer fein. ›Sie entscheiden, wer Bundeskanzler wird: Kiesinger oder Brandt. Brandt kann Deutschland nicht führen. Darum Bundeskanzler Kiesinger. Am 28. September CSU.‹

Konnte Brandt aber doch. Mit den Stimmen der FDP wurde er im Oktober 1969 zum Kanzler gewählt.

Hugo und ich feierten den Sieg, als hätten wir mehr dazu beigetragen als unsere Stimmzettel. Dieser uneheliche Arbeitersohn, Emigrant und Antifaschist würde uns nicht enttäuschen. Auch in Dondorf waren sich die Meinungsführer, Tante Berta und der Vater, einig: auf jeden Fall besser als Kiesinger. Wobei der Vater entschiedener noch als die Tante für Brandt eintrat.

Hanni und Maria jedoch stellten die große Politik mühelos in den Schatten. Hanni machte den Führerschein. Eine Frau!

Dorfgespräch. Rudi, ihr Ehemann, musste ihr dafür die Erlaubnis geben. Schriftlich. Ungerschrieve moot dä dat! Hanni schäumte. Höchste Zick, dat dat affjeschaff wööd. Mir Fraue sin doch keen kleen Kenger! Vor Empörung war die Cousine ins Platt gerutscht, das die Familie sonst zu vermeiden suchte, wenn sie mit mir sprach. Hoffentlisch han mir dat Rischtije jewählt!

Sie hatte. 1977 wurde der Frau von der sozialliberalen Koalition die volle Geschäftsfähigkeit gesetzlich zugesichert; das heißt, nun durfte sie auch ohne Zustimmung des Mannes arbeiten gehen.

Höhepunkt des Herbstes aber war die Hochzeit ihrer Schwester Maria mit Heinrich Maas, Schreinermeister aus Strauberg. Heiner nannte Maria ihn; das fand sie ›apart‹. Wir hatten ihn im vergangenen Jahr vor unserer Abreise nach Meran kennengelernt, als die Mutter die gesamte Dondorfer Verwandtschaft eingeladen hatte. Sie alle wollten Hugo endlich treffen. Und waren so sehr von ihm angetan, dass Maria ihn zum Trauzeugen erkoren hatte. Und mich dazu. Trauzeugen. Was bedeutete das? Nun, aufs Standesamt im Dondorfer Rathaus mussten wir mit und per Unterschrift die aufrichtige Heiratsabsicht des Brautpaares beurkunden. (Seit 1998 nicht mehr erforderlich.)

Und in der Kirche? Das Aufgebot hing schon drei von den vorgeschriebenen vier Wochen im Kästchen. Im Kästchen zu hängen war so gut wie verheiratet. Nur einmal, so erzählte die Mutter, sei das anders gewesen. Da fand der Küster morgens die Glasscheibe des Kastens zerschmettert, die Anzeige rausgerissen. Weg. Verschwunden auch der Bräutigam, ein Antonio Sowieso, Itakker. Hatte wohl kalte Füße gekriegt und ab nach Haus, bei de Makkaronis. Nicht, ohne das Versprechen auch optisch zu annullieren. Sein Opfer, eine aus der kalten Heimat, war auch bald verzogen; hatte wohl die von Mitleid nur fadenscheinig verdeckte Schadenfreude der Alteingesessenen nicht ertragen. Nem äschte Dondorfer Mädsche konnte sowat nit passiere!

Was also hatten Hugo und ich als Trauzeugen in der Kirche zu tun?

Ohne Trauzeugen keine katholische Ehe, belehrte uns Kreuzkamp. Was wichtig ist? Zum christlichen Glauben müsst ihr euch bekennen. Klar. Der Kirche angehören müsst ihr nicht. Älter als vierzehn, also religionsmündig, seid ihr auch. Dass ihr bei der Trauung anwesend seid, ist wohl selbstverständlich. Und ihr müsst bei der Zeremonie so dicht beim Brautpaar sitzen, dass ihr die beiden Ja-Worte bezeugen könnt. Später unterschreibt ihr das Trauformular; erst mit eurer Unterschrift ist die Eheschließung kirchenrechtlich gültig. Nachträglich streichen lassen könnt ihr euch nicht. Alles andere ist nicht so wichtig.

Und dann war es soweit. Ein Raunen erhob sich, als wir im Triumph der Orgel – Honigmüller ließ dezent Wagners Hochzeitsmarsch anklingen – durchs Kirchenschiff in die ersten Reihen strebten. Maria schwebend in zartweißem bodenlangem Atlas mit Bolero am Arm von Onkel Schäng im schwarzen Anzug; dahinter ihr Heiner, geführt von seiner Schwester, einem drallen Dickerchen in rosa Taft, die nächste Verwandte. Folgten Hugo und ich. Die Festgemeinde. Bis zuletzt hatte Tante Berta gemault, dass Heiners Schwester und nicht sie den Bräutigam geleiten durfte.

Dem vor allem galt das Tuscheln der Festgäste, genauer, dessen Kleidung. Heinrich Maas war ein mittelgroßer Mann mit großem Kopf und breiten Schultern. Schwere Knochen, das zeigten nicht zuletzt seine Hände. Ein Mann, der zupacken konnte. Das versprachen auch seine Augen. Ich sah gern hinein, in dieses ruhige Grau, das so plötzlich aufstrahlen konnte und mich an die Augen des Großvaters erinnerte. Er hielt sich sehr aufrecht, was wohl daher rührte, dass er, tagtäglich über sein Handwerk gebeugt, in seiner Freizeit Rücken und Nacken bewusst straffte. Heute lagen seine dunklen Haare wie eine gescheitelte Pelzkappe auf dem runden Schädel. Wer nur hatte diesem bodenständigen Mann dieses Kleidungsstück aufgeschwatzt? Diese schwarzgrau gestreifte Hose, hellgraue Weste, weißes Hemd, silbergraue Krawatte, die Jacke vorne taillenkurz, hinten bis zu den Waden, im Knopfloch eine weiße Chrysantheme. Ene Kött heißt dat, erklärte Maria später, geliehen aus Düsseldorf, morgen gebe man ihn zurück.

Jetzt aber ging ich auf in den Stimmen des Kirchenchors, der seinem langjährigen Mitglied Maria diesen Tag zum Traum machen wollte. Zum Wahrtraum. Wie hatten wir hier vor vielen Jahren um die Genesung von ihrem Brustkrebs gefleht; bis nach Lourdes war die Tante gepilgert. Und erhört worden. Wenn auch nicht nach ihrem, sondern nach Gottes Willen. Doch war Maria nicht trotz des Verlusts ihrer einen Brust eine gesunde Frau? Hatte sie nicht, obwohl ihr damaliger Verlobter sie verlassen hatte, nun ihr Glück gefunden?

Während Maria und Heiner gemäß der Trauungszeremonie die vorgeschriebenen Fragen des Pastors gut hörbar beantworteten und einander die Ringe überstreiften, wechselten auch Hugo und ich die unseren im Namen des Vaters und des Sohnes und des Heiligen Geistes noch einmal, was Kreuzkamp mit einem nachsichtig kopfschüttelnden Lächeln begleitete.

Reichen Sie nun einander die rechte Hand, beendete er, an das Brautpaar gewandt, die feierliche Handlung: Gott der Herr hat Sie als Mann und Frau verbunden. Er ist treu. Er wird zu Ihnen stehen und das Gute, das er begonnen hat, vollenden.

Und ich war sicher, er meinte auch Hugo und mich.

Halb Dondorf erwartete das Brautpaar mit Glückwünschen draußen auf dem Kirchplatz. Und nicht nur die beiden. Aniana, die Schwester aus dem Orden der Armen Dienstmägde Jesu Christi, war glücklich, mich glücklich zu sehen. Sie kannte mich seit Kindergartenzeiten, ihr dickes Buch, aus dem sie nachmittags vorlas, war mir der erstrebenswerteste Gegenstand der Welt erschienen. Auch Mavilia war gekommen, der ich mich nach der Nacht auf der Lichtung beinah anvertraut hätte, wäre nicht die Mutter unversehens hereingeplatzt. Mavilia roch wie vor Jahren nach Melissengeist und Baldrian, und ihre Hand, mit der sie mir nun ein Kreuz auf die Stirn zeichnete, war so kühl und gewiss wie damals. Liebevoll umfing ihr Blick auch Hugo, und auch er bekam sein Kreuzchen. Eine Auszeichnung, wie wir beide wussten.

Hugo war mit dem Vater schon vorangegangen. Ein neues Herz, hörte ich den Vater. Zwei Jahre nach der sensationellen ersten Herztransplantation von Dr. Barnard war diese Operation nun auch in Deutschland gelungen.

Wat der wohl fühlt? Un wenn isch en neues Herz hätt! Dat von dem Krötz. Dann krischten erst mal alle wat mehr in die Tüte. Die Lohntüte! Beinah übermütig gab der Vater seinem Schwiegersohn in spe so etwas wie einen Rippenstoß, und dann quetschte sich Familie Palm in Hugos 2CV und folgte der Wagenkolonne Richtung Strauberg und ein Stück weit über den Ort hinaus.

Mühelos fanden wir einen Parkplatz auf dem Gelände vor dem Bungalow; Maßliebchen umklammerten die Fassade aus weißem Rauputz in schön berechneten Bogen, daneben die Werkstatt, fast doppelt so lang wie das Wohnhaus, umgeben von einem weitläufigen Garten. Ein leichter Wind wehte den prickelnden Geruch von frischgeschnittenem Holz herüber. Die Kapelle der Schützenbrüder hatte sich unter einer

Linde formiert und spielte, etwas verspätet, ›Wir winden dir den Jungfernkranz aus veilchenblauer Seide‹, gingen dann aber, sobald sie des Brautpaars ansichtig wurden, zu einem Tusch nach dem anderen über und markierten schließlich den Höhepunkt des Tages – den Transport der Braut über die Schwelle – nach alter Schützentradition: ›Mit dem Pfeil, dem Bogen‹.

Maria selbst trug das Tablett herum, Heiner schenkte ein, Hoosemans Alter Hausbrand, was sonst. Die Ehefrau folgte den raschen und zielstrebigen Bewegungen ihres Ehemanns mit Blicken, in denen mehr als Anerkennung, weniger als Bewunderung lag – vielmehr eine Art besitzerstolzen Behagens, ihn so selbstbewusst und mit der Umgebung vertraut hantieren zu sehen. Marias Gesicht blühte in rosiger Malvenfarbe wie über und über geküsst. Seltsam, dachte ich, wie ein glückliches Gesicht sogleich auch ein hübsches ist. Die Herbstluft sprühte Licht. Der Oktober süß wie seine späten Weintrauben. In den Bäumen neben der Werkstatt Cox Orange. Wie zu Hause. Wie in Dondorf.

Hanni erschien in der Tür. Auch sie trug ein prachtvolles Gewand, zartgelbe Seide, schwer wie Zuckerguss, ihr altes Brautkleid, umgefärbt. Habt ihr denn keinen Hunger?, lachte sie. Alles schon parat.

Heiner mein Schreiner, freute sich Maria an ihrem Reim.

Aber Heiner war nicht nur Schreiner. Er war Meister. Schreinermeister. Gewiss hätte man dieses Fest auch in Schmicklers Sälchen feiern können. Doch Heiner hatte sein Eigenheim nicht ganz uneigennützig gewählt. War dies doch *die* Gelegenheit, der Verwandtschaft, besonders der auswärtigen, so ganz beiläufig zu zeigen, mit wem sie es zu tun hatte. Sowohl im Hinblick auf seinen Wohlstand im Allgemeinen wie auf seine handwerklichen Fähigkeiten im Besonderen. Was mit dem kunstvoll ausgelegten Parkettboden begann, an den eichengetäfelten Wänden emporstieg und in zierlichen Schnitzereien, leicht wie Stickereien, an der Zimmerdecke endete. Schwere Übergardinen mit rotem und grünem Weinlaub auf beigem Grund vor bogenförmig gerafften Stores. Daneben das Porträt einer Frau mit dunklen Locken, blitzenden Zähnen, Kreolen, Goldketten, gebauschter weißer Bluse und rotem Rock, ein Tamburin schwingend, und ein sechseckiger Spiegel, der einen Keramikschwan samt Blumengesteck verdoppelte. Azaleen, Alpenveilchen, Farn auf den Fensterbänken; vorm Küchenfenster, zeigte mir Maria später, blühten Fleißige Lieschen.

In diesem Hause feierten wir. Gekocht aber wurde im Kasino. Hier serviert. Mit allem drum und dran. Geschirr, Besteck, Gläser, Servietten. Einfach alles. Das hatte in dieser Runde noch niemand erlebt. Das Kasino war die Speisestätte für höhere Angestellte der Shell-Raffinerie, normalen Sterblichen nur mit Einladung zugänglich. Schreinermeister Heinrich Maas hatte dort eine neue Holzvertäfelung angebracht. Die Erlaubnis, das Kasino-Personal für private Zwecke zu verdingen, war ihm von oberster Stelle zugekommen. Samt einer Flasche Champagner.

Hugo und ich saßen Maria und Heiner gegenüber. Hinter ihnen eine ausladende Vitrine mit ihren Kostbarkeiten. Gläser, die wir zu Hause als ›gute Gläser‹ bezeichneten, Sammeltassen mit Blumendekor, Zuckerdosen und Milchkännchen, Salz- und Pfefferstreuer, zu kostbar für den täglichen Gebrauch. Zierliche Vasen und zapfenförmige Kerzenständer und eine Teekanne in Gestalt eines Pudels, dem das Getränk aus dem emporgereckten Pfötchen tröpfeln würde.

Wenn ihr mal wiederkommt, errötend kniff mir Maria ein Auge, dann zeisch isch eusch noch mehr. Und die da drin, die holen mir dann raus. Und wat jlaubst du, wat mir für Tischwäsche haben!

Während ich noch dem Wort Tischwäsche nachhing – Wäsche vom Tisch für den Tisch auf dem Tisch –, rauschte die Bedienung heran, zwei adrette Mädchen, die ich in Dondorf noch nie gesehen hatte. Auf einen Wink des Hausherrn hielten sie noch einmal inne. Heiner, ganz Herr der Lage, hieß die Tafelrunde willkommen, und Brautvater Onkel Schäng erhob seine Stimme kurz und knapp aus einer Wolke Burger Stumpen, ein Duft, der ihn überall begleitete. Mehr Reden gab es nicht. Das fürs Gemüt hatte Kreuzkamp schon erledigt.

Ich warf der Mutter einen Blick zu. Sie saß neben der vornehmen Tante Gretchen aus Ruppersteg, von der ich auf meiner ersten heiligen Kommunion gelernt hatte, was ein Nässesähr ist, wat Feines für die Näjel. Ihre einst runden Bäckchen hingen runzlig und schlaff, und sie schaute von einem zum anderen mit diesem tastenden Blick, der sich zu erinnern sucht, während der Kopf nachrechnet und forscht, wann und wo man wen zum letzten Mal gesehen hat.

Zur Linken der Mutter thronte ihre Schwester Berta. Hatte die sich mittlerweile mit der ungewohnten Situation abgefunden? Mir kochen dem wohl nit jot jenuch, hatte sie wochenlang räsoniert und die Tochter andauernd vom Vorteil ihrer Kochkünste überzeugen wollen. Auch heute noch hatte es sie gequält lächelnd ein paarmal in die Küche gezogen.

Zu Beginn gab es auf Wunsch des Bräutigams Leberknödelsuppe. Die liebte er, seit er im bayerischen Iffeldorf die Bänke für eine kleine Kapelle hatte liefern dürfen. Ich sah zur Tante hinüber, die verdrossen ihren Löffel in die Fleischmasse presste, klar, sie vermisste ihren Eierstich wie sicher manch einer hier. Doch dann hellte sich ihr Gesicht zusehends auf. Dat schmaat wie Taat, urteilte sie schließlich. Bayrische Küche hatte zumindest einen Knödel ins Herz der rheinischen Küche gepflanzt. Es folgte Böff Stroganoff, so Maria, ihr Leibgericht. Und zu jedem Gang einen anderen Wein. Was die Festgemeinde sichtlich in Fahrt brachte. Die Tante, vollends versöhnt, war nun hochrot im Gesicht und die Lauteste von allen. Lümmelte sich über den Tisch, fuchtelte mit den Händen in der Luft und lachte laut und viel, ein Lachen, das ihr aus dem Mund übers zweifache Kinn bis hinunter in den Ausschnitt waberte. Wisst ihr noch, juchzte sie, wie der Vico Torriani im Fernsehen im *Hotel Victoria* immer am Schluss jesunge hat? De Kochrezepte jesunge? Die se vorher jekocht haben?

Jenau!, erschallte begeisterte Zustimmung.

Zuletzt hatte wat von ner Paellja jesonge. Reis mit alles ungereen. Nä, do ess esch sone Kning, e Höhnsche oder e Saurippsche leewer för sesch.

Die Tante schwenkte die Serviette übern Tisch, stand auf und setzte sich gleich wieder. Zum Nachtisch. Crêpe Suzette. Flambiert. Einer nach dem anderen. Flammende Eierkuchen: die hemmungslose kulinarische Überwältigung. Die familiäre Zusammenführung hätte nicht inniger sein können.

Die Gespräche flossen dahin wie der Dondorfer Rhein in seinem Bett: behäbig, selbstbewusst, unbeirrbar, gelegentlich von einem Aufjuchzen der Frauen, von Gelächtersalven der Männer unterbrochen. Irgendjemand lachte immer. In aller Herzen sprudelten die hellen Quellen von Rhein und Mosel in Gestalt vergorener Trauben. Es herrschte eine freimütige Zufriedenheit. Man feierte eine Ankunft, die zugleich ein Anfang war. Maria und Heiner gingen von Tisch zu Tisch und begrüßten jeden noch einmal, und ihre Stimmen und ihre Stimmung breiteten sich über das Haus und den Tag wie Sonnenfarbe und Wärme und Licht. Gesegnet sei das Leben.

Nach dem Essen nahm mich Hugo beiseite. Er habe eine Überraschung für uns, lockte der Freund. Nicht nur für mich. Bertram und der Vater kämen auch mit.

Und die Mutter?

Die saß mit den Frauen bei einem Likörchen, einem Aufgesetzten, was sonst, um den hausherrlich gezimmerten, runden, wetterbeständigen Teakholztisch in der Sonne. Tante Thresjen aus Miesberg fingerte wie eh und je an ihrem Medaillon, das mir als Kind keine Ruhe gelassen hatte. Man konnte es öffnen, doch soviel ich auch bettelte: Es blieb geschlossen. Da drin liescht ihre Trajödije, belehrte Hanni mich. Trajödije? Tante, zeisch mir deine Trajödije, bettelte ich. Da hatte Tante Thresjen beinah geweint, und ich hatte mich sehr geschämt und nie wieder gefragt. Später erfuhr ich, dass im Medaillon ein Foto ihres Verlobten steckte, ein Soldat in Uniform, kurz vor der Heirat gefallen.

Heute wurde sicher erörtert, dass Marias Tante Gretchen aus Ruppersteg und Heiners Tante Anneliese aus Düsseldorf die gleichen Kostüme trugen. Ostergaard-Modelle aus dem Quelle-Katalog, was keineswegs neidvolle Konkurrenz, vielmehr schwesterliche Nähe geschaffen hatte, weit über verwandtschaftliche Beziehung hinaus. So ne jute Jeschmack!

Oder sie würden über diesen Abgrund von Ausschnitt der Düsseldorfer Cousine des Bräutigams tuscheln, die bei den Männern saß und Karten spielte. Auch worum es sonst noch ging, ahnte ich. Wo immer Annie, die Friseuse, und Martha aus dem Krankenhaus auftauchten, standen Waschmethoden zur Debatte. Bei den jüngeren Frauen die der Haare; bei den älteren die der Wäsche. Von der Wahl des Waschautomaten über die richtigen Temperaturen bis zum besten Waschpulver: eine Wissenschaft für sich. Persil 65 – dafür wäre die Mutter in die Schlacht gezogen. Hier war sie jetzt nicht wegzukriegen.

Dafür erfuhr ich am Abend haarklein von dem Drama, das sich kurz nach unserer Abfahrt zugetragen hatte. Die vornehme Cousine aus Miesberg, noch immer Schaffnerin und Gewerkschaftsmitglied, sogar Vertrauensfrau, wie sie nicht müde wurde zu betonen, hatte noch immer keinen Mann. Aber Hühneraugen. Sodass sie in der gemütlichen Frauenrunde unterm Tisch verstohlen ihre Schuhe abstreifte. Was wiederum Fips, den Spitz, auf den Plan rief, der sich des linken Komfort-Pumps bemächtigte. Und diesen davon- und irgendwohin trug. Unbemerkt von allen. Erst Fips, der Wiederholungstäter, offenbarte den verruchten Akt. Beim Versuch, den linken durch den rechten Schuh zum Paar zu ergänzen, ein schöner, dem Anlass dieser Zusammenkunft würdiger Impuls, stieß seine feuchte Schnauze an die schutzlosen Nylonstrumpfzehen der Miesbergerin, worauf die sich mit beiden Händen in die Dauerwelle griff und quietschte wie gebissen. Alle Frauen, so die Mutter, seien aufgesprungen und dann runter, nachgeschaut unterm Tisch. Doch Fips mit dem rechten Roten bog schon hinter die Werkstatt ein. Natürlich sei nun bei allen, besonders den Männern, das Jagdfieber erwacht. Heiner habe nach Fips gepfiffen, und der habe aufs Wort gehorcht. Schwanzwedelnd Männchen gemacht. Die Unschuld selbst. Die Schuhe: weg. Ausgelassen sei Fips um jedermanns Beine gesprungen. Nur nicht in Richtung der Schuhe. Dann, als man ihn mit der Nase an die Füße der Miesberger Cousine gedrückt habe, damit er die Spur aufnehme, wie ein Suchhund im Fernsehen, habe dä dolle Houk auch noch zugebissen. Do moot dä Mickel, dä Doktor, kumme. Ob dat Vieh de Tollwut hatte, mer weiß jo nie. Also habe Mickel dem us Miesbersch auch noch eine Spritze verpasst. Dat wor fädisch un is fast ömjekipp. Maria habe der Cousine dann Schuhe von sich gebracht, viel zu klein, äwwer de Schluppe vom Heiner, die han jepass.

63

Gesucht hätten sie, bis es dunkel wurde. Nix. Kein Wunder. Nix wie Feld und Gebüsch. Und für dä Onkel Schäng habe der Mickel dann noch einmal kommen müssen. Der sei mit dem Fuß in eine Totschlagfalle geraten. Zwar nicht viel passiert. Nur den Schuh zerkratzt. Onkel Schäng aber umgekippt. Der kam kaum noch zu sisch. Et Hätz. Er is ja auch nit mehr der Jüngste.

Zuletzt hatte ich Onkel Schäng gesehen, dösend, ein wenig abseits von den anderen Gästen in der Sonne; überm Kopf eine aufgeklappte Zeitung wie ein Schutz vor der Welt.

Gefunden war von den Schuhen, als die Mutter abends die Geschichte zum besten gab, erst einer. Dafür hätten wir der Mutter einiges zu erzählen gehabt, wenn auch längst nicht so spannend und vor allem nicht aktuell.

Die Wildnis ruft!, hatte uns Hugo ins Auto gebeten. Und die Vergangenheit.

Wohin also ging es? An den Rhein, ans Wasser. Doch nicht nur. Durch die schlichte, beiläufige, beinah verlegene Schönheit der Auen ging es an den wilden uralten Strom. Es ging an den Rhenus. Durch die campi, die Kämpen. Alles von den Römern. Aber der Wind in den Weiden und Pappeln, der Geruch nach Brackwasser und säuerlich vergorenem Pappellaub, das Geschrei der Möwen, aufsässig und hungrig, der Wind, der eine finstere Wolke auseinanderzerrte, dass die Sonne Licht und Wärme durchsickern lassen konnte, das alles war in diesem Augenblick und nur für uns da. Die Bäume mitunter so dicht, dass sie nur dann und wann ein paar Strahlen wie goldene Streifen durchließen, die zu Boden flimmerten und in kühlem Schatten erloschen. Hugo hielt uns einen seiner gut vorbereiteten Vorträge, den besonders der Vater sichtlich genoss.

Im 14. Jahrhundert habe hier der Rhein sein Bett gewechselt, begann der Freund. Daher noch immer der feuchte

Boden. Und die Bauern hätten Mühe, die Wiesen trocken zu halten.

Gewechselt? Einfach so?, wollte Bertram wissen.

Wahrscheinlich durch schweres Hochwasser. Das Verrückte aber ist, dass dadurch die Plonser Kirche, Plons kennt ihr ja, linksrheinisch, zuerst rechtsrheinisch lag wie unser Dondorf.

Jonge Jonge, dä Rhing. Sucht der sisch einfach en anderes Bett, wenn et dem nit mehr passt. En anderes ze Hause, kommentierte der Vater sichtlich beeindruckt.

Aber er bleibt doch derselbe. Ich gab dem Vater einen fröhlichen Stups. Und vergisst nicht, wo er herkommt. Nicht zuletzt der Rhein hatte mich gelehrt, keine Angst vor Veränderung zu haben. So werden, so sein wie er wollte ich: immer anders und immer da.

Und die geistliche Mannschaft, fuhr Hugo fort, musste zum Gottesdienst jedesmal mit der Fähre zu ihrer Maternuskapelle übersetzen.

Wahrscheinlich stammt die Kapelle aus dem 4. Jahrhundert. Maternus war nämlich ein Zeitgenosse Konstantins I., des ersten christlichen römischen Kaisers. Die beiden, so Hugo, seien sich vermutlich sogar begegnet.

Ja, wer hat denn nun die Kapelle gebaut?, wollte Bertram wissen. Die Plonser oder die Römer?

Was weiß ich, erwiderte Hugo, war wohl kaum zu trennen. Die Einheimischen nehme ich an. Die Kapelle ist ja auch nicht das wichtigste Bauwerk. Das war ein Grenzkastell.

Während Hugo erzählte, waren wir auf überwachsenen Pfaden rheinaufwärts gewandert, Haus Bürgel entgegen, wie Bertram wusste. Erbaut auf den Grundmauern des römischen Kastells.

Da sind mir also all irjendwie Römer, sinnierte der Vater fasziniert.

Doch als wir den Gebäuden näher kamen, wich dieses Hochgefühl Wut und Ärger. Ein Bauernhof war da zu sehen und Reste alten Gemäuers in elendem Zustand, ohne Dach, verrottendes Mauerwerk, ein Turm, der eher nach Mittelalter aussah, notdürftig zusammengeflickt.

Hier muss der Denkmalschutz ran, empörte sich Hugo.

Oder dä Onkel Schäng mit Spies und Kies, grinste Bertram. Pappa, wär dat nix für euch zwei?

Die beiden hatten gerade unseren Hühnerstall fachmännisch umgebaut.

Ja, und wo is jetzt die Kapelle?, wollte der Vater wissen.

Die wurde Anfang dieses Jahrhunderts abgerissen. Die Pfarrei Bürgel gab es schon ein Jahrhundert vorher nicht mehr. Immerhin: Vier Jahrhunderte lang hatte man tapfer zu jeder Messfeier übergesetzt. Bei Hochwasser sicher nicht einfach. Hilla, du sagst ja gar nichts.

Statt einer Antwort wedelte ich unverdrossen gegen Fliegenschwaden an, die aus den feuchten Wiesen in die letzten Sonnenstrahlen und in unsere Gesichter schwärmten. Ich hatte auf unserem Weg einen ähnlichen Weg, ein anderes Bild vor Augen gehabt. Den Frühlingstag, als wir nach der Teufelsaustreibung auf der Lichtung hierhergefahren waren, uns wie heute einen Weg durch Erlen, Weiden und Pappeln gebahnt hatten und mir Hugo die Weiden und Auen mit ihren blühenden Bäumen, den Himmel und den Rhein zu Füßen gelegt hatte. Und sich. Solange der Rhein vom Gotthard nach Rotterdam fließt und ins Meer, hatte er gesagt.

›Oh, ihr überglücklichen Anwohner des Rheins, dass euch der Fluss alles Elend abwäscht‹, zitierte ich ihn wie er damals Petrarca.

Hugo lächelte mich hintergründig an, und da wusste ich, er hatte diesen Ausflug nicht allein zur Unterhaltung (die bei ihm nie ohne Belehrung abging) geplant, vielmehr als

Gedenk- und Hochzeitsreise für uns beide. Und einen Stein drückte er mir auch noch in die Hand. Einen lapis amoris. Darauf in seiner winzigen exakten Handschrift: Ich l(i)ebe dich.

Dat war schön, wat du da jesacht hast, Hilla. Alles Elend abwasche. Is dat en Jebet?

Nä, Pappa, das ist von einem Dichter. Aus Italien. Nicht ganz so alt wie die Römer, ist erst siebenhundert Jahre tot.

Wat ihr alles wisst! Der Vater bohrte seinen schweren orthopädischen Fuß in die weiche Erde. Auch wenn et für nix jut is. Et is doch schön. Dat Wissen.

Bei unserer Rückkehr zur Festgesellschaft war es fast dunkel. Die Mutter wartete schon. Viele hatten sich bereits verabschiedet. Das Brautpaar stand mit gepackten Koffern kurz vorm Aufbruch. Brautnacht in Köln im Excelsior am Dom und am nächsten Morgen mit dem Flieger nach Venedig. Dä hätt jet springe losse!, brüstete sich die Tante. Hätt jo och jett an de Fööß. Jetzt wird et abber auch Zeit für eusch zwei beide, gab sie uns auf den Weg und schob mir den kleinen Anton zwischen die Beine. Mir wolle doch noch all dobei sin, wenn et bei eusch eso weit is.

Leichten Herzens konnte ich ihr das versprechen. Und Hugo auch. Die Mutter sah mich an wie einen solide sprießenden Ableger vom Fleißigen Lieschen. Der Mond schillerte durch die Krone der Linde und warf eine Decke grünen Silbers über die letzten Gäste, die Sträucher im Garten und Fips, der seinem Herrchen schwanzwedelnd einen roten Pumps zu Füßen legte. Die Dahlien am Eingang sprühten buntes Metall, und der Holzduft aus der Werkstatt lag in der Luft wie ein würziges Versprechen. Dieses Fest hatte für jeden von uns so viele andere Feste in sich geborgen. So reich und gut war dieser Tag gewesen, er hatte andere, frühere Tage umfasst, all das Gute meiner Kindheit und Jugend war in diesem Tag beschlossen. Ich sah den Vater an, und mir war, als hätte ich auch ihm heute mein Jawort gegeben. Ich wollte alles tun, um seinen Nacken, Nacken wie den seinen, beschämte Nacken, Nacken voller Niederlagen, Nackenschlägen, um all die geduckten Nacken wieder aufzurichten.

Marias Heirat war für uns das letzte große Ereignis in diesem ruhigen 1969er Jahr gewesen und der letzte lichte Tag, so schien es uns im Nachhinein. Gespannt verfolgten wir den Prozess gegen Baader, Ensslin, Söhnlein und Proll. Arme Irre, war unser Kommentar. Was hat Brandstiftung mit Politik zu tun? Hoffentlich ein abschreckendes Beispiel.

Mochten draußen in der Welt folgenschwere Dinge geschehen, uns betrafen sie nicht. In unseren vier Wänden wurde das Häusliche groß und das Große da draußen klein.

Wir gingen in die Lupe und sahen *Spiel mir das Lied vom Tod*, und der Großvater blies auf der Mundharmonika Morricones Todesmelodie unter den Weiden am Rhein; wir bangten in Costa-Gavras Film *Das Geständnis* um das Leben der tschechischen Verschwörer. Wir lasen Lenz' *Deutschstunde* und Bulgakows *Der Meister und Margarita* und Henry Millers *Stille Tage in Clichy*. Und wenn dann doch einmal dunkle Wolken aufzogen, so schwebten sie fern und hoch genug und hatten einen goldenen Rand.

Heiligabend feierten wir wieder in Dondorf, und Hugo schlief bei den Palms, bei seiner Verlobten; verlobt, das war nun, Ende der sechziger Jahre, so gut wie verheiratet und kaum noch ein Lauffeuer wert. Dennoch hatte die Mutter auf dem Sofa im Zimmer der Großmutter ein Bett zurecht gemacht, das wir morgens ordnungsgemäß zerwühlten. Zum ersten Mal schlief ich mit Hugo unterm Dach der Altstraße, im Bett des Großvaters lagen wir, Fritz würden wir ihn nennen, unseren Erstgeborenen, den wir uns in dieser heiligen Nacht keusch und geschlechtlich herbeiliebten. Ernsthaft, beinah feierlich gaben wir unsere Körper einander preis, nicht allein einander lieben wollten wir, vielmehr Zeugnis ablegen von unserer Liebe, unsere Liebe bezeugen. Zeugen. Erschaffen. Uns offen-baren. In unserem Kind.

Schon am zweiten Weihnachtsabend drängte Hugo zurück nach Köln. Sein Onkel, Friedrich Breidenbach aus Meran, Arzt am dortigen Krankenhaus, und dessen Freund Richard waren zu Gast bei Hugos Familie, die nun endgültig den Kontakt zu Hugo abgebrochen hatte. Sobald wir zurück waren, zogen die beiden zu uns; auch ihre Vermittlungsversuche seien fehlgeschlagen, klagten sie.

Es war ein Wiedersehen, als hätten wir uns nie getrennt. Richard hatte zu schreiben begonnen. Keine Gartenbücher, sondern, wie er es nannte, wirklich schreiben. Friedrich vertraute uns an, Richard schreibe seine Geschichte, die Geschichte seiner Homosexualität. Seit September war die nicht mehr strafbar. Erstmals seit 1532. Es sei nicht leicht für ihn, das Schreiben. Immer wieder würgten ihn Erinnerungen. Vollkommen hilflos sei er diesen Überfällen des Gedächtnisses ausgeliefert. Doch blieben sie aus, sei ihm auch das nicht recht. Dann mache er sich missmutig in den Garten auf und schufte, bis sich die Bilder wieder einstellten. Bilder brauche er, selbst wenn die noch so peinigten. Wir wüssten ja, wie phantasievoll Richard die Wirklichkeit zudecken könne. Ja, das wussten wir. Ein detailfrohes Abenteuerleben als Seemann hatte Richard für uns, für sich selbst und alle Welt zurechtgelegt, um seiner Zeit im Gefängnis auszuweichen. Erst Friedrich hatte ihn behutsam dazu gebracht, sich seiner Vergangenheit zu stellen.

Für Hugo nahm Friedrich Breidenbach in seiner unaufdringlichen Fürsorglichkeit immer mehr die Rolle seines verstorbenen Großvaters ein, des verständnis- und liebevollen Begleiters, der sein Vater nie gewesen war. Hugo genoss diesen Umgang, bezog Richard mühelos mit ein, und ich genoss es, ihn in so selbstverständlicher Eintracht mit den beiden zu sehen, in einer Gemeinschaft, die ihm, dem ernsten klugen Gefährten sogar erlaubte, lustig und verspielt zu sein wie ein kleiner Junge; auch das hatte er bei seinem Vater nie sein dürfen.

Silvester blieben wir zu Hause, mit Kölsch, Champagner und Beethovens Neunter vom WDR, und zum Geläut vom Dicken Pitter und all der anderen Kölner Kirchen schmetterten wir eine vierstimmige *Ode an die Freude* ins neue Jahr.

KaJuJa in der Wolkenburg, der Fastelovendsball der katholischen Jugend, für Hugo und mich alljährlich ein Feiertag, schließlich hatten wir uns dort kennengelernt, ich verkleidet als über und über in Krepppapier verklumpte Raupe, damit mir niemand zu nahe kommen konnte, Hugo als Marienkäfer, um seinen Buckel zu tarnen. Diesmal gingen wir als Paar: ich im viel zu großen, Hugo im viel zu kleinen Clownskostüm, sein Buckel in zwei bunte Schmetterlingsflügel verwandelt.

Mit Rita aus dem Hildegard-Kolleg machte ich mich schon früher auf den Weg. Hugo würde nachkommen. Er paukte mit einem Kommilitonen, Klausur am nächsten Morgen. Der Kommilitone brauchte den Schein fürs Honnefer

Modell. Er wohnte mit seiner WG in einem alten Bauernhaus, Richtung Bonn, hatte Hugo gesagt. Müssen wir auch mal hin. Im Frühjahr.

Der Abend zog sich. ›Es war einmal ein treuer Husar‹, trumpfte die Kapelle auf, und die Jeckenschar brüllte den Text entfesselt mit bis zum bittern Ende des verliebten Mädchens: ›… ein schwarzes Kleid, nen schwarzen Hut/da kann man sehen, was Liebe tut‹. ›Es ist noch Suppe da‹, versuchte mich ein Scheich an die Theke zu locken und prostete mir zu. Ohne Hugo kam ich nicht in Stimmung. ›Wo mag er sein, wo mag er bleiben‹, tönte, höhnte die Kapelle, ›wo mag mein Herz-Allerliebster sein‹, grölten wir, reihten wir uns zur Polonaise, Rita stampfte an mir vorbei, die Hände auf den Schultern ihres Heribert, ich die meinen auf den geringelten Oberarmen eines Matrosen, ein Indianer hielt von hinten meine Hüftknochen im Takt, ›er weilt gewiss bei einer andern und lässt mich hier so ganz allein‹, schrie ich meine empörte Wut auf den säumigen Liebsten in dieses jecke Liedchen, ›so ganz so ganz so ganz allein‹, brüllte ich, na warte, der sollte was erleben, ›so ganz so ganz so ganz allein‹, was hatte ich ohne ihn hier verloren ›und lässt mich hier so gaaanz allein‹, die Polonaise nahm kein Ende, der Indianer umklammerte meine Knochen umso fester, je unwilliger ich den Griff durch Rütteln und Zucken zu lockern suchte, schließlich trat ich nach hinten aus, stieß ihm einen Ellenbogen in den Magen oder sonstwohin und brach aus der frohgemuten Sängerschlange aus.

Sag ihm, ich sei schon weg, nach Hause, zischte ich Rita zu, die sich mit ihrem Heribert auch aus der Polonaise befreit hatte. Die schreckte verdutzt zusammen.

Tut mir leid, war nicht so gemeint, ist ja nicht deine Schuld. Dieser Kerl!, versuchte ich mich zu entschuldigen.

Draußen war es kalt. Mir nicht. Dazu war ich viel zu

wütend. Ich leistete mir ein Taxi, wollte nur noch nach Hause, Standpauke halten. Doch kaum hatte ich die Wagentür hinter mir zugeschlagen und die Adresse genannt, wich meine Wut verstörender Angst. Noch nie hatte Hugo mich warten lassen. Das musste doch einen Grund haben.

Die Wohnung lag, wie ich sie verlassen hatte. Auf dem Küchentisch stand noch unser Frühstücksgeschirr, wir hatten uns zeitig und eilig auf den Weg gemacht. Meine Hände zitterten, als ich Teller und Tassen in den Geschirrspüler räumte, mitten in der Bewegung anhielt und alles wieder auf den Tisch stellte. Zurück. Was tue ich da?, fragte mein Kopf, ich muss den … anrufen, ja, aber wie hieß der Kommilitone, bei dem Hugo war, Hans? Vielleicht, aber wie weiter?

Halb eins. Wen konnte ich fragen? Hubert in Frankfurt, Kurt in Westberlin? Wie sollten die wissen, wo Hugo war? Ich riss mir die albernen Clownskleider herunter, zog einen Pullover Hugos über, sein Geruch besänftigte mich ein wenig, und rief in Arnfrieds WG an. Eine verschlafene Frauenstimme meldete sich. Ich fragte nach Arnfried. Nicht da, beschied mich die Frau und legte auf.

Nun ging es nicht mehr darum zu erfahren, wo Hugo war; wie sollte das jemand wissen außer diesem Kommilitonen. Ich wollte nur noch meine Angst mit jemandem teilen. Was sollte ich tun? Rat holen wollte ich mir, gesagt kriegen: Was tun?

Ich hatte Glück, Katja war am Telefon, und – noch mehr Glück – sie wusste, mit wem Hugo gelernt hatte, dem Bruder eines Mädchens ihrer WG. Das Mädchen kam gleich hinzu, nein, ihr Bruder habe in seiner Bude keinen Anschluss; aber sie wisse, dass Hugo ihn gegen zehn verlassen habe, zur KaJuJa habe er gewollt, der Bruder sei dann noch bei ihr vorbeigekommen, man habe über ein Geburtstagsgeschenk zum Fünfzigsten für die Mutter beraten.

Ich kriegte mit, wie Katja ihr den Hörer wegnahm, und dann sprach sie aus, was ich, seit ich in der Wolkenburg den alten Karnevalsmarsch gegrölt hatte, vergeblich hatte weggrölen, wegstampfen, wegdrängen, aus den Wörtern löschen wollen: Es ist etwas passiert.

Es ist etwas passiert. Gibt es harmlosere Wörter? Jedes für sich ein Nichtlein. Doch in diesem Verbund: grenzenloses Unheil in jeder Silbe. Gewissheit – ›es ist‹ – und Offenheit – ›etwas‹: das heißt Alles und kein Nichts, alles hat Platz in diesem ›etwas‹. Und dann ›passiert‹: passieren …

Katjas Stimme klang wie von weit her: Du musst die Polizei anrufen. Ich komm zu dir, nein, besser, du kommst zu uns.

Die Polizei anrufen. Das Etwas begann Gestalt anzunehmen. Ich wählte Friedrichs Nummer in Meran. Auch er riet zum Anruf. Polizei und Krankenhäuser. Ob ich Hugos Eltern schon verständigt habe. Nicht? Dann werde er das übernehmen.

Ein Unfall auf der Strecke, die Hugo hätte nehmen müssen, war bei keiner Polizeidienststelle gemeldet. In den Krankenhäusern war kein Hugo Breidenbach eingeliefert worden, nein, alle Verunglückten seien identifiziert.

Vater Adolph Breidenbach, so Friedrich, lasse seine Beziehungen spielen. Er, Friedrich, werde mich auf dem Laufenden halten. Katjas Angebot, zu ihr zu kommen, lehnte ich ab. Ich wollte in unserer Wohnung sein. Bei Hugo. Beim Telefon.

Ruf an, wann immer dir danach ist, versuchte Friedrich mich zu beruhigen. Versuch zu lesen. Vielleicht fallen dir dann irgendwann die Augen zu.

Ich setzte mich in der Küche an den Tisch. Auf meinen Platz. Zu unseren Tellern und Tassen; setzte mich zu ihnen, als müsse er gleich erscheinen, der doch dazugehörte zu

Messer und Gabel, der Käserinde, den Krümeln. Als könnte ich ihn, harrte ich nur geduldig genug aus, herbeisitzen, den Liebsten.

Ich erwachte am Küchentisch zwischen Tellern und Tassen in einen hohnvoll hellen Morgen. Die Sachlichkeit der Dinge triumphierend in ihrem Da-Sein. Ich musste an mich halten, sie nicht zu zertrümmern.

Friedrichs Anruf kam gegen Mittag. Ein Unfall. Tödlich. Fahrerflucht. Der Bruder habe angerufen. Nein, bei Breidenbachs wünsche man mich nicht zu sehen. Ob ich nach Hause fahren wolle, fragte er.

Nach Dondorf? Nein, nicht nach Hause, hörte ich mich schreien, das geht nicht.

Und zu einer Freundin? Hab keine, brachte ich heraus. Keine. Katja oder Yvonne. Aber im Hildegard-Kolleg bleiben oder in Katjas WG?

Hilla, drang Friedrichs Stimme zu mir durch. Hilla, du kannst in Köln nichts mehr tun. Du kannst da nicht bleiben. Pack deine Sachen. Setz dich in den nächsten Zug. Nach München. Da hole ich dich ab.

Ich glaubte den Tod nicht. Es war einfach nicht wahr. Beim Tod nach einer Krankheit kann man sich in Trivialphilosophie retten: Es ist besser so. Seine Zeit ist gekommen. Er ist erlöst ...

Bei Hugo musste gar nichts ›so sein‹, war nichts ›besser so‹. Ich sah mich um. Sein Lachen, sein Singen, sein Argumentieren hing doch noch an den Dingen. Nur genau hinhören musste ich. Wenigstens ein Echo, ganz leise.

Lange schaute ich in den Spiegel, der uns so oft in sein Glas gepaart hatte, uns als Paar zurückgegeben, uns unserer Gemeinsamkeit versichert hatte. Du bist nicht tot, flüsterte ich und strich über die glatte Fläche, nicht tot, nicht tot, meine Stimme steigerte sich zum Schrei. Ich ergriff den schweren Glasaschenbecher und warf ihn in das verlogene Oval, warf mich mit dem ganzen Körper gegen das Glas, er zerbrach wie eine der Eisschollen am Rhein, wenn einer unserer Steine sie getroffen hatte, strahlenförmige Risse im spiegelnden Glas, und gefangen in der Mitte des Netzes mein zerschmettertes Gesicht.

Ich wiegte mich vor und zurück, stöhnte, stöhnte, steckte mir die Finger tief in den Mund, um mein Stöhnen zu ersticken. Holte aus der Küche eine Schere und fuhr mir damit ins Haar, ihr sattes Knirschen mischte sich mit meinem Ächzen. Zuletzt, fast kahl, fühlte ich mich durch den Anblick fast ein wenig getröstet. Sekundenlang. Mein Gesicht von Tränen aufgeweicht und allein. Allein. Allein.

Ich musste raus. In den Bäumen hingen Luftschlangen. Frauen mit Einkaufstüten, Horden von Schulkindern, die schrien und umhersprangen. Ich ging schnell, schwer, kalt und steinern. Dann wieder, als schösse ich eine Klamm hinab im Inferno aus Gischt und Wirbeln, ich sterbe, dachte ich und presste mir doch die Lebensluft in die Lungen. Als brauchte ich es noch, dieses Leben, das mich mit einer Fülle von Lärm und Licht überfiel und ich die Augen schließen und die Ohren zuhalten musste, wie geblendet, wie betäubt.

Im Hildegard-Kolleg drückte ich mich an der Pforte vorbei, warf ein paar Sachen in den Koffer und lief davon. Flucht. Die ganze Nacht saß ich aufrecht im Zug. Im Herzen Hoffnung, bar jeder Vernunft. Friedrich würde es richten. Friedrich würde Rat wissen. Friedrich würde dafür sorgen, dass alles gut würde. Alles wird gut, wird gut, wird gut, ratterten die Räder, wird gut wird hu go wird gut gut gut hu go wird gut zu rück zu rück wird gut wird gut …

Der D-Zug fuhr bis München durch. Friedrich und Richard holten mich ab. Ich schaffte noch die Tritte aus dem Waggon. Dann brach ich in Friedrichs Armen zusammen.

Seit wann hast du nichts mehr gegessen, wollte Richard wissen, als ich gierig die Milch hinunterstürzte. Seit einem, seit zwei Tagen? Was hatte die Zeit noch für einen Sinn? Ich löffelte die weißen Bohnen in mich hinein, kaute, schluckte, ein tierisches In-mich-Hineinstopfen, und brach alles wieder aus.

Friedrich gab mir ein Beruhigungsmittel. Unheimlich, wie der Schmerz sich in matten Gleichmut verwandelte, dumpfem Wohlbehagen ähnlich. Nachts schlief ich zwischen Richard und Friedrich, klammerte mich an Friedrichs Rücken, mein Kopf zwischen seinen Schulterblättern.

Dann das Aufwachen am Morgen. Der Schwung des neuen Tages, gewaltiger als das verzweifelte Wüten der Nacht, riss mich aus der dumpfen Betäubung des künstlichen Schlafs. Und dann begann das dann und dann und dann ... Dann waren die Männer schon bei der Arbeit, und die Wirkung des Schlafmittels nahm langsam ab. Dann gab es diesen Augenblick nach dem Augenblick, in dem ich vergessen hatte, dass alles anders war. Dann fielen mir Dinge ein, von denen ich kaum noch wusste, dass sie überhaupt einmal geschehen waren. Scharf wie gestochen, aus dem Vergessen, dem Gedächtnis gestanzt, platzten sie mir vor die Augen: Hugos Hand in der Espressotasse rührend auf dem Aluminiumstühlchen vor dem runden wackligen Aluminiumtischchen auf der Piazza della Rotonda beim Pantheon, seine Beine baumelnd im Brunnen auf der Piazza Navona, seine Socken, seine Schuhe vorm Bett ... Weiter kam ich nicht, sprang aus Friedrichs Bett und unter die Dusche, als könnte ich sie für immer abwaschen, die Erinnerungen und diesen furchtbaren Traum, der sich Nacht für Nacht wiederholte, der Traum, in dem Hugo mir entgegenläuft: Ich will ihn umarmen und greife durch ihn hindurch in die Luft. Am schlimmsten aber war der Moment des Erwachens, wenn ich dachte: Den Traum muss ich gleich Hugo erzählen. Es gab ja nichts, was ich ihm jemals nicht erzählt hätte. Jetzt gab es nichts mehr.

Am Tag von Hugos Beerdigung ging Friedrich mit mir in die Berge. Zum Senn. Dorthin war ich damals allein hinaufgestiegen. Ohne Hugo. Der Alte war nicht da. Aber er lebe noch, wusste Friedrich und schlug einen neuen, mir unbekannten Weg ein. Noch steiler. Weiter hinauf. Vorwärts.

Doch was Friedrich erzählte, führte weit zurück. Friedrich erzählte von Giusi, seiner Frau. Wie sie zurückgekommen war vom Frauenarzt. Wie sie den Krebs aus ihrem Körper herausgekämpft hatte. Und wie sie dann eines Morgens beim Frühstück … nein, verbesserte Friedrich sich, nicht eines Morgens. Ein herrlicher Vorfrühlingsmorgen war's, ungefähr wie heute, die Forsythien schon in Knospen …

Und während Friedrich weitersprach, wusste ich, dass auch ich nie diesen Morgen vergessen würde, als der Telefonanruf kam; das fahle Februarlicht der Kölner Bucht durch Scheiben, die längst wieder einmal hätten geputzt werden müssen, das Gluckern der Heizung, das giftig grüne Telefon im Flur unter einem Wolkenbild von Gerhard Richter, das Lilo von der Art Cologne nach Hause geschleppt hatte.

Ja, ein Morgen, wie er im Buche steht, war Friedrich fortgefahren, ich hatte sie gerade gebeten, mir die Butter zu reichen, und sie hatte die Butterdose in der Hand, die Hand erhoben, mir entgegen über den Tisch mit der Vase, erste Narzissen, als die Hand sich plötzlich zusammenzog, krümmte, die Dose fiel, Giusi suchte sich festzuhalten, am Tisch, ich sprang auf, trug sie, schon bewusstlos, aufs Sofa.

Kein Puls. Kein Atmen mehr. Ich rief den Krankenwagen. Machte Druckmassage, klar. Beatmen, klar. Von Mund zu Mund. Mein letzter Kuss. Ich küsste und küsste.

Der Rettungswagen kam schnell. Mit dem Defi. Defibrillator. In Meran stand schon alles bereit. Auch hier: alles Menschenmögliche. Was die Medizin hergab. Ach, was soll's. Giusi hatte keine Chance. Sie kam nicht wieder zu sich. Bitte sehr, le beurre à la bonne heure, waren ihre letzten Worte. Unter der Hand gestorben ist sie mir. Mir, dem Arzt. Warum ich dir das alles erzähle? Nun verstehst du vielleicht. Ich sage nicht einfach so: Ich verstehe dich. Oder: Ich kann es dir nach-fühlen. Das kann ich wirklich. Kein Trost, ich weiß. Aber das Leben geht weiter.

Friedrich blieb stehen: Tut mir leid. Er zog mich an sich. Mehr als Floskeln gibt es einfach nicht. Aber: Hättest du all das Schöne mit Hugo lieber nicht erlebt?

Friedrich machte eine weitausholende Handbewegung, vom almgrünen Gras über den Wacholder in die Berge, den Himmel.

Komm, wir gehen hinunter nach Meran.

All das Schöne! Gemeinsam hatten wir die alltäglichsten Dinge ihrer Gewöhnlichkeit entreißen können. Und wo ist es jetzt, dieses Schöne, hätte ich schreien mögen, aber die Pillen dämpften meine Empörung zu einem unwilligen Kick gegen die Bordsteinkante in den Arkaden. Das chemische Polster zwischen mir und der Welt hielt dicht. Und die Zahlen. Eins zwei drei vier fünf sechs sieben, skandierte ich im Kopf, wo ist meine Katz geblieben, ich überließ mich diesem obsessiven Singsang, Katz geblieben, fünf sechs sieben, bis zwanzig und wieder von vorn. Ich zählte, sang und summte lautlos vor mich hin, die inwendigen Laute hielten die Gedanken fern. Eine Fertigkeit, die zur Gewohnheit wurde, abrufbereit, wann immer ich sie brauchte.

Als Friedrich den Weg zur Nikolaus-Kirche einschlagen wollte, lenkte ich ihn an die Passer. Ich zählte. Summte. Bohrte mir Zahlen und Töne in den Kopf und ließ sie in Endlosschleife kreisen. Bloß nicht denken. Und schon gar nicht beten.

Letzte Worte, letzte Worte, kreiste es in meinem Kopf. Was waren Hugos letzte Worte gewesen? An mich gerichtet waren sie nicht, seine letzten Worte. Wahrscheinlich hatte er Tschö zu Hans gesagt, oder see you. Hatte er noch etwas sagen können, im Rettungswagen, im Krankenhaus? Und seine letzten Worte für mich? Spätestens um zehn bin ich bei dir, so oder so ähnlich, hatte er mir in den Nacken geflüstert – wer gibt schon genau auf die Wörter acht, wenn ein leichtes Lippensaugen den Nacken kitzelt? Rita hatte mich abgeholt in der Vorgebirgstraße, und ich war in ihr Auto gestiegen und Hugo in seines. Du werden erwartet, hatte ich ihm ins Ohr genuschelt, das wusste ich genau. Ein paar Tage vorher hatten wir in der Katholischen Studentengemeinde einen Vortrag des Studentenpfarrers Wilhelm Nyssen gehört: ›Wir werden erwartet‹, und wie seit jeher mit Sätzen und Versen hatten wir auch mit diesem Motto gespielt, es unserem Alltag in den albernsten Verrenkungen einverleibt. Bildete ich es mir jetzt nur ein, dass er mich an jenem Abend mit einem langen melancholischen, ja, schwermütigen Blick bedacht hatte, einem Abschiedsblick, wie ich mir nun weismachen wollte, einem Blick, der viel mehr meinte als eine Trennung für nicht einmal zwei Stunden? War die Autotür fester und lauter als sonst hinter ihm ins Schloss gefallen?

Seine letzten Worte. Spätestens um zehn bin ich bei dir. Und davor? Was hatte er davor gesagt? Und davor und davor? Was immer er auch gesagt hatte: Es waren seine letzten Worte gewesen. Für immer. Nie wieder würden weitere

Worte folgen. Tod. Schweigen. Tod. Der hatte das letzte Wort.

Nein! Ich legte mir ein Notizbuch an. Trug es überall bei mir, wie früher mein Heft *Schöne Wörter, schöne Sätze*. Wo und wann auch immer mir ein Satz von Hugo einfiel, schrieb ich ihn auf. Egal, was ich von ihm erinnerte: Ich schrieb es auf. Was hatte Hugo an jenem Abend an? Jeans und sein rot-schwarz kariertes Hemd. Trug er auf dem Weg zur Wolkenburg schon sein Clownskostüm? Wahrscheinlich. Hatte er schon gegessen? Wahrscheinlich nicht.

Jeden noch so geringfügigen Umstand, jedes winzige Ereignis wollte ich mir ins Gedächtnis zurückrufen. Versuchte Bilder zu zeichnen, als trügen sie eine Bedeutung in sich, die ich nur zu enträtseln brauchte, um zu … Um was? Die Zeit anzuhalten? Ja, vielleicht war es das, was mein Selbsterhaltungstrieb mir vorgaukelte in diesen Tagen, als ich in Stunden und Minuten verharrte, getragen von der Gewissheit: Aber er hat doch dort gesessen, in der Mensa noch einen Kaffee getrunken, sein rot-schwarz kariertes Hemd getragen. Kein blaues, nein, kein blaues. War das der Fehler gewesen? Und wie er den Kragen seines Parka hochgeschoben hat, wie immer, das wusste ich genau, wie immer. Der letzte Tag. Einen Text, ein Buch, so lang wie ein Tag: vierundzwanzig Stunden, sechsundachtzigtausendvierhundert Sekunden, zahllose Silben. Auferstehung.

Sie gaben mir ihren Ring und ihre Uhr, hatte Friedrich gesagt. Ihre Halskette, das Kommunionskreuz, das sie seit ihrer Kindheit trug. Ihre Kleider im Plastiksack.

Mir gab niemand nichts.

Richard ließ mich nicht aus den Augen und hielt mich zur Arbeit an. Sobald Friedrich morgens in die Klinik aufbrach, machten wir uns auf in den Garten. Anders als im winterlichen Norden gab es hier schon allerhand zu tun. Richard drückte mir eine Schaufel in die Hand. Graben. Grab. In der Erde wühlen. In der Erde, in der Erde. Nein, ich dachte nicht an Hugo in der Erde. Hugo als Erde. Oder doch? Ich dachte gar nicht. Erde zu Erde, Staub zu Staub, vielleicht dachte ich das. Selbst nahezu erloschen bereitete ich den Boden für neues Leben vor. Tag für Tag.

Meist kochte Richard leichte Suppen und wartete geduldig und streng, bis mein Teller leer war. Dazu erzählte er. Keine Geschichten von der Seefahrt, nein, vormachen mussten wir uns längst nichts mehr. Geschichten aus seinem wahren Leben erzählte er, und manchmal gelang es ihm sogar, dass ich zuhörte. So, als er schilderte, wie er Gabi, mit der er doch so gern musiziert, gelernt, diskutiert habe und ins Kino gegangen sei, einfach nicht habe küssen können, obwohl sie, natürlich habe er das gemerkt, so gern gewollt hätte. Wie er es versucht und sich beinah übergeben hätte. Seine Verzweiflung.

Richard mit fünfzehn, sechzehn. Hugo mit fünfzehn, sechzehn. Richards erster Kuss. Mein erster Kuss. Hugos erster Kuss. Hugos erster Kuss? Ja, den hatte er mir gebeichtet, ach was, gebeichtet, da war nichts zu beichten gewesen. Sein erster Kuss … unser erster Kuss. Und schon wieder waren meine Gedanken bei ihm und Richards Worte nur noch sanfte Melodie, Stimme der Mutter fürs kranke Kind. Leid ist eine Krankheit, hatte Friedrich mir erklärt, das du irgendwann zurücklässt wie die Schlange ihre alte Haut, der Hirsch sein Geweih. Erzwingen kannst du das nicht.

Ich fahre mit dir nach Köln zurück, entschied er schließlich. Und nach Dondorf. Man wird sich dort Sorgen machen. Wie lange hat man da von dir schon nichts mehr gehört!

Nein, ich wollte bleiben. In diesem Zwischenort, dieser Zwischenzeit, wo nichts wirklich war. Am wenigsten: ich. Bloß nicht nach Hause.

Zu Hause. Bei Hugo war ich zu Hause gewesen. Zu Hause sein. Was heißt das? Es heißt, dass da jemand ist, den alles, was du erlebt hast und noch erleben wirst, interessiert. Beglückende und schreckliche Erlebnisse. Wenn ich nach Hause komme, ist da jemand, dem ich mich mit-teilen kann. So muss es den Menschen seit Urgedenken gegangen sein. So geht es dem Kind, wenn es etwas geleistet hat, die Sandburg gebaut und sie herzeigen will, das Knie aufgeschlagen und Trost braucht.

Bloß nicht nach Hause. Nach Dondorf. Zu Hause wusste man nichts. Zu Hause war Hugo noch lebendig. Dä leeve Jung. Solange ich ihnen nichts sagte, würde er in Dondorf am Rhein bei der Großvaterweide stehen, mich küssen, umarmen.

Nein, schrie ich, nein. Nein. Ich hämmerte auf Friedrichs Brust. Ich würde den Liebsten nicht zu den Toten schicken.

Friedrich ergriff meine Arme. Hugo ist tot, sagte er ruhig. Er legte mir einen Finger auf die Lippen. Irgendwann kannst du es aussprechen.

Nicht einmal gedacht hatte ich das Wort: tot. Hugo ist tot.

Friedrich fuhr mit mir nach Köln zurück. Lilo war noch da. Sie erzählte von der Beerdigung. Es erschien mir nicht wirklich, ging mich nichts an. Konnte ich, was ich wollte und was ich tat, überhaupt noch unterscheiden? Ich tat, was die Pillen erlaubten. Oder zwangen sie es mir auf? Friedrich hatte das Medikament gewechselt; es machte weniger müde, beinah heiter. Es versetzte mich in einen Zustand außerhalb eines jeden Zustands, ich hatte keine Worte für diesen

Nicht-Zustand. Die gewohnten Worte wie Verzweiflung, Wut, Trauer hatten für diesen Zustand keinen Sinn.

An der Oberfläche schien ich vernünftig. Sogar mir selbst. Flüchtige Bekannte mussten meinen, ich hätte vollkommen verstanden. Akzeptiert: Der Tod ist unumkehrbar. Nur, dass ich mir ständig übers Gesicht fuhr, als müsse ich eine Fliege verscheuchen, oder dass ich mir jedesmal, bevor ich einen Satz herausbrachte, mit einer Hand auf die Stirn trommelte, hätte auffallen können. Und ich konnte keinem mehr in die Augen sehen.

Lilo hatte in Hugos, in unserem Zimmer, in dem ich getobt hatte, nichts verändert. Das Chaos beruhigte mich. Ich fühlte mich verstanden. Ich schlief bei ihr im Bett. In ihren Armen. Ihren Flitter hatte sie abgelegt. Sie sah jetzt wirklich wie eine Tante aus. Oder wie eine Mutter.

Tags darauf kam Brigitte. Im schwarzen Maxi-Look. Er war auf dem Weg zu dir, fauchte sie. Weißt du, was das heißt? Er wäre noch am Leben, wenn er …

Halt den Mund!, fuhr Lilo dazwischen. Was willst du hier?

Das hier, Brigitte warf ein Päckchen auf den Tisch, hat man in seiner Tasche gefunden. Für dich. Für Hiiildegard. Hat er sich was kosten lassen. Schade drum. Naja, war eben ein Romantiker.

Mit diesen Worten drehte sie sich auf dem Absatz um und ließ die Tür ins Schloss knallen.

Komm, mach auf, Lilo legte den Arm um mich, warte, ich helf dir.

Sie löste das Päckchen aus meinen verkrampften Händen.

Es klappte leicht auseinander. Offensichtlich war es schon geöffnet worden. Eine Schmuckschatulle. Darin eine Perlenkette. Ein Kärtchen dazu. ›Aller guten Dinge sind ??? Dein ∞‹

Ja, so hatten wir die Tage vorher gescherzt: Aller guten Dinge sind drei. Unser dritter Jahrestag. Und die Perlenkette: dreireihig. Für mich der Gipfel von Luxus und Eleganz. Wenn du mich liebtest, hatte ich gealbert, hätt ich längst eine.

Wie die Queen, hatte Hugo mich mit gespieltem Abscheu ausgelacht.

Von wegen! Wie Audrey Hepburn, hatte ich gekontert und: Spätestens zu unserer Hochzeit hab ich die am Hals. Und dann kriegen wir das Dritte, also unser Erstes auch bald hin. Kannst du gar nix machen. Ist nun mal unsere Glückszahl: die Drei.

Ich klammerte mich an Lilos Brust.

Aller guten Dinge sind drei. Großvater Großmutter Hugo. Der Großvater erlöst vom Krebs. Die Großmutter alt und verwirrt. Der Liebste – jung, gesund, zukunftsfroh. Der Großvater, die Großmutter im Sarg mit ruhigen Zügen. Hugo. Im Sarg? Eins zwei drei vier fünf sechs sieben – ich heulte auf. Perlen: die Tränen der Auster. Hugos Vermächtnis: Tränen für mich.

Friedrich gab keine Ruhe. Er hatte recht: Ich musste den Eltern Bescheid sagen. Bertram. Doch wie sollte ich nach Dondorf zurückkehren? Ich war ausgezogen, um zu siegen. Den Schlag der Lichtung hatte ich verwunden. Mit Hugos Hilfe. Hugos Tod – Verlust, dachte ich, vermied dieses Tod-Wort noch immer – erschien mir wie mein eigenes Versagen; als trüge ich die Schuld, ihn verloren zu haben. Ich hatte ihn verloren. Ich war eine Verlorene. Verliererin.

Und dann standen wir, Altstraße 2, in der Tür. Die Tochter zusammen mit einem fremden Mann. Der mir vor der Fahrt hierher noch Blutdruck und Puls gemessen hatte.

Die Mutter machte auf. Hilla, da biste ja endlisch. Mir

haben uns Sorjen jemacht. Warum jeht denn bei eusch keiner an dat Telefon?

Die Mutter brach ab. Sah Friedrich groß an. Wen haste denn da mitjebracht? Wo is denn dä Hujo? Kind! Wat haste denn mit die Haare jemacht?

Weg, sagte ich.

Blieb vor der Mutter stehen. Die vor mir. Ich roch die muffige Strickjacke und ein süßliches Putzmittel.

Friedrich nahm die Mutter beiseite.

Nä, hörte ich ihren Aufschrei. Nä, dat is doch nit wahr. Josäff!

Der Vater kam. Wat es dann hie loss?

Nebenan ging das Fenster auf. Ich drängte mich an den Eltern vorbei ins Haus. Die Tochter war zurück. Ich hatte nichts mehr zu geben. Und wollte nichts haben. Keine Umarmung. Nichts. Nur weg.

Aber da waren sie auch schon, die Arme des Vaters, der Mutter, und ich dachte, dass sie diese Nähe, diese leibliche Vergewisserung wohl eher brauchten als ich in meiner Pillenseelenruhe.

Später kamen Tante und Cousinen. Hilflos. Sprachlos.

Dat is ja schlimmer als wie Kriesch, blieb mir von der Tante im Ohr. Und zum Schluss: Dat Leben jeht weiter. Du bis ja noch jung. Zwei Sätze, die ich in unzähligen Variationen zu hören kriegen sollte. Das Leben geht weiter, versicherte man mir, als hätte man eine große Entdeckung gemacht, stolz, sie mir mitzuteilen und Dankbarkeit erwartend.

Hanni brachte Hühnersuppe in einem Henkelmann. Und einen dicken selbstgestrickten Pullover. Woher wusste sie, dass mir so bitterkalt war? Kalt bis ins Mark. Die Seele, das Herz. Ich zog den Pullover gleich über, er kratzte. Hanni lächelte und nickte.

Hilla, denk dran, du bist jung. Und jesund. Maria knüpfte ihr schwarzes Halstuch mit weißen Tupfen ab und band es mir um. Du weiß, wovon isch rede, gab sie mir mit auf den Weg.

Härter konnte ihr Trostversuch mich kaum treffen: Ja, ich war gesund, hatte zwei Arme, zwei Beine, zwei Brüste, aber – wozu?

In Dondorf begann, was mir zur Gewohnheit werden sollte: Ich klammerte mich an Details, sinnlich erfahrbare Kleinigkeiten. Die nervöse Handbewegung, mit der Maria ihre Brustprothese nach oben schob. Die graue Strähne, die der Mutter in die Stirn fiel. Die Narbe auf der Wange des Vaters, blutrot zuckend wie seit Jahren nicht mehr; nicht mehr, seit er den Gürtel zur Bestrafung aus dem Hosenbund gezogen hatte. Und die Zahlen brauchte ich, das Zählen. Betäubung.

Beinah fluchtartig ließ ich Vater und Mutter, Tante und Cousinen zurück. Hugo war mein Ein und Alles gewesen. Meine Familie. Mit ihm erst hatte ich diese angeborene Familie als meine Familie annehmen können. Hugo hatte *eine* Familie zu *meiner* Familie gemacht. Sein Tod hatte sie wieder von mir gerückt. Beinah so weit wie zuvor. Ich hatte nicht nur Hugo verloren, sondern ein Stück Wirklichkeit. Eine neue Zeitrechnung begann für mich. Vor Hugo. Mit Hugo. Nach Hugo.

Bertram erfuhr es am Wochenende von der Mutter. Lange nahm er mir übel, dass ich ihn nicht gleich benachrichtigt hatte. Doch wem hätte das geholfen? Hätte er mir zu helfen vermocht? Nein. Ich wollte allein sein. Nur dann war mir Hugo nah.

Später, viel später, ging ich mit dem Bruder an den Rhein.

Weißt du noch, die Geschichte vom Pückelsche? Der allererste Buchstein? Bertram nahm meine Hand in seine. Da hat der Oppa schon den Hugo gekannt.

Meine Hand in der des Bruders. Eine ungewohnte Rolle. Der kleine Bruder half der großen Schwester.

Lilo war schon abgeflogen. Auch Friedrich musste zurück.

Ob wir gemeinsam Hugos Grab besuchen wollten, fragte er.

Ich schüttelte den Kopf. Was da unter der Erde lag, war mein Hugo nicht. Das da drin hatte nichts mit mir zu tun. Hatte nie die Arme um mich gelegt, mich in den Armen gehalten. Gehalten. Hugo, mein Halt. Erhalter.

Und die Stelle, wo es passiert ist?

Ich nickte.

Hugos 2CV war in einen Graben geschleudert worden. Daher hatte man den Unfall erst spät am nächsten Morgen entdeckt. Ich kroch über die neue Frühlingssaat, das vorsichtig aufkeimende Gras, erster Löwenzahn, Huflattich, Distelsprossen. Dafür war sie da, die Natur, darüber zu wachsen, das Vergangene ins Jetzt zu wenden. Ich fand einen Splitter, Windschutzscheibe?, und schluchzte auf, umklammerte das scharfe Glasstück. Der Schmerz tat wohl. Letzte Gemeinsamkeit. Der Schmerz. Brennende Gegenwart.

Vor meinen Augen lief der Film ab. Ich las die Schlangenlinien der Bremsspuren: Das Auto aus der Stadt, vielleicht von Hugos Scheinwerfern geblendet, hatte die Kontrolle verloren und war auf Hugos Seite geschlittert, direkt vor ihn. Aufgeschreckt hatte Hugo das Lenkrad nach rechts gerissen, dann nach links, die einzige winzige Chance zum Überleben. Der Schwung war zu scharf, der Wagen kam von der Straße ab, Bremsspuren sprangen aus dem Asphalt, zwangen meine Augen in den Graben, den Graben, das vom

Aufprall gezeichnete Erdreich, letzter Abdruck unseres Gefährts, unseres Gefährten auf unseren Reisen, stummer Zeuge unserer Umarmungen.

Gemeinsam vergruben Friedrich und ich ein Dutzend blaue Hyazinthenknollen, schon weit ausgetrieben. Wenn's nicht zu kalt würde, könnten sie es bis zum Blühen schaffen, versicherte Friedrich.

Dann war Friedrich fort. Jetzt war ich wirklich allein. Ich hätte ein halbes Dutzend Bekannte anrufen können. Ich tat es nicht. Welche Rolle sollte ich spielen? Die der Witwe? Der trauernden? Der verzweifelten? Der gefassten? Ich schleppte meinen Körper in die Uni. Oder schleppte dieser das, was von mir übrig war, dorthin? Ich war kein Ganzes mehr. Keine Einheit, wie man so schön sagt, von Körper, Geist und Seele.

Menschen, die ich kannte, hatten plötzlich diesen merkwürdigen Gesichtsausdruck, den ich zunächst nicht zu deuten wusste. Dann wurde mir klar: Ich gehörte zu denen, mit denen man Mitleid hatte. Man betrachtete mich wie eine Kranke. Und suchte dies durch reges Interesse zu verbergen. Also ging ich meinen Kommilitonen aus dem Weg, ja, ich versteckte mich vor ihnen. Doch allen konnte ich nicht entgehen.

Sie traten vor mich wie aus einer Verfilmung meiner, unserer, Hugos und meiner Vergangenheit. Nur viel netter, als sie im realen Leben jemals gewesen waren. Ihre Sympathie hungerte nach Details. Was genau war Hugo geschehen? Wie kam ich zurecht? Wie grausam war mein Leiden? Das vor allem. Ich erzählte jedem, der es wissen wollte: halb so schlimm. Das Leben geht weiter.

Ich verspürte keinen Hunger. Durst, ja. Ich trank, als könnte ich den Tod aus mir heraus, in die Welt hinein- und aus der Welt herausschwemmen. Aß ich – allein, immer allein, in meinem Zimmer im Hildegard-Kolleg, die Küche nutzte ich kaum noch –, schlang ich die Nahrungsmittel, ohne sie zu schmecken, hinunter. Manchmal erbrach ich mich, als wollte ich alles, was mir widerfahren war, ausspeien wie eine vergiftete Speise.

Ja, das Leben ging weiter. Ich verkroch mich unter einer Hülle aus undurchdringlichem Gleichmut, unverbindlicher Freundlichkeit. Meine Verwundung, meine Zerrissenheit, mein Schmerz gingen keinen etwas an. Die gehörten mir allein, wie mir Hugo allein gehört hatte.

Ja, es ging weiter, doch in der Vorgebirgstraße konnte ich mich kaum noch aufhalten. Lilo hatte mir angeboten, hier zu wohnen, natürlich ohne Miete. Es ging über meine Kraft. Hugo war überall und doch nicht da. Nie mehr da. Ich wusste das. Aber glaubte es nicht. Weil ich es nicht fühlte.

Sobald ich dort die Tür hinter mir zumachte, horchte ich auf seine Stimme. Einmal noch wagte ich es, in unserem Zimmer zu schlafen. Aufwachen und wissen: grauenhaft. Aufwachen und sich erinnern: unerträglich. Jeder Gegenstand schleuderte mir sein Weißt du noch? entgegen.

Ja, es ging weiter, das Leben, wenn ich mir abends Hugos blaues T-Shirt überstreifte, rücklings im schmalen Wohnheimbett lag und endlos in die Tiefe der Matratze fiel, durch den Himmel tauchend in leere Luft. Ich berührte mich selbst, wie es mitunter Hugo getan hatte, lebend, lebend. Es war ein Test meines Körpers – funktionierte er noch? –, der sich mitunter zu einer lauen Lust steigern konnte, solange mich meine Hände fernhalten konnten vom Denken. Doch wie demütigend war dieses scharfe Fingerwetzen zwischen den Beinen, dieser kurze Funken der Lust, dieser einsame Geruch meiner Fingerspitzen, diese doppelte, dreifache Verlassenheit danach.

Dann zog sich der Duft des geliebten Mannes allmählich aus dem immer schmuddeligeren Baumwollstoff zurück, verschwand schließlich ganz in meinem dumpfen Schweiß, und auch dieses Vortäuschen von Lebendigkeit war zu Ende. Denk immer daran, mich zu vergessen, hörte ich Hugos Stimme im Traum.

Von Katja erfuhr ich die Adresse des Kommilitonen, mit dem Hugo am letzten Abend gelernt hatte. Ob ich ihn besuchen dürfe. Na klar, war die Antwort. Wie denn alle Antworten auf meine Fragen oder Bitten von äußerster Zuvorkommenheit waren. Na klar.

Nimm die Bahn Richtung Bonn, hatte der Kommilitone gesagt, und steig am Walberberg aus. Bisschen wie aufm Dorf.

Hans Mülhens. Er hatte Hugo zuletzt gesehen. Lebendig. Diese vier Wände hatte Hugo zuletzt gesehen. Diese kitzlig säuerliche Luft vom Rauch einer Koksheizung, die mir die Nase zum Niesen reizte, hatte er zuletzt geatmet.

Jeder Gegenstand dieser durchschnittlichen Studentenbude, weder besonders unordentlich noch adrett, schlecht beheizt und schlecht gelüftet, schien mir bedeutsam. Vielleicht hatte Hugo aus eben dem Glas getrunken, in das Hans mir ein Kölsch goss, sicher in diesem zerschlissenen Sessel gehockt, in dem jetzt ich saß.

Hans' Gesicht war leidlos, schmal und sanft. Im Zimmer freundliche Stille.

Musik?, fragte er.

Ich schüttelte den Kopf. Nein, gut so. Wie in der Zeit nach der Lichtung konnte ich auch jetzt keine Musik ertragen. Über jedem Ton lag die Sterbeglocke.

Oder doch, warte. Habt ihr Musik gehört, ihr beiden, meine ich.

Nein, dazu hatten wir wirklich keine Zeit, erwiderte Hans. Sofort abgestellt habe ich die, als Hugo geklingelt hat. Ich weiß noch, Bob Dylan war's, *Like a Rolling Stone*.

Das hier hat er liegen lassen. Hans reichte mir ein schmales Inselbändchen. Es sei Hugo wohl aus den Unterlagen gerutscht, als er plötzlich auf die Uhr geschaut, Bücher und Papiere in die Tasche geworfen habe und hastig aufgebrochen sei.

Tschö, hat er aber doch gesagt, wollte ich wissen. Wieso zitterte meine Stimme? Zitterte meine Hand, die das schmale vergilbte Buch entgegennahm. Teresa von Avila: *Von der Liebe Gottes*. Es gelang mir kaum, Hans mit zusammengebissenen Zähnen zu danken.

Ja, Tschö sagte er ja immer, bekräftigte er meine Vermutung. Und dann noch: Ich werden erwartet. Hab ich mir gemerkt, weil er sonst so pingelig ist, äh, war, wenn es um Sprache geht.

Ich musste allein sein. Warf einen letzten Blick auf die Wand gegenüber der Tür, auf das aus Obst- und Gemüsekisten zusammengebastelte Regal, kaum Bücher, die ein Interesse für Literatur anzeigten. Auch Hugos Blick mochte dies klägliche Häufchen gestreift haben, bevor er die Klinke aufdrückte, die ich nun zärtlich umfasste, als könne ich ihm nachspüren, seinem letzten Händedruck in seinen letzten vier Wänden.

Zurück in der Stadt, stieg ich am Hauptbahnhof aus. Wie lang ich umherlief, ich weiß es nicht. Voller Verwunderung, ja, Verachtung und Abscheu vor mir selbst, fühlte ich durch Trauer und Verzweiflung hindurch ein übles Gefühl in mir aufsteigen, das ich vergeblich niederzukämpfen suchte. In seiner ganzen Gewalt musste ich es schließlich zulassen, dieses Gefühl rasender Wut gepaart mit einem maßlos schlechten Gewissens: Zorn auf Hugo. Sicher, er war an dem Unfall nicht schuld gewesen – aber was musste er auch zu diesem Kommilitonen, diesem Hans so weit draußen fahren, warum war er nicht früher aufgebrochen, warum, warum ... Er hatte ein Unheil heraufbeschworen, an dem ich ein Leben lang würde leiden müssen.

Und dann stand ich vor Maria im Kapitol. Nicht ein Mal hatte ich, seit ich ohne Hugo war, eine Kirche betreten. Ich wagte es.

Die Kirche war kalt und leer. Hier konnte ich mir einbilden, die Zeit liefe rückwärts oder habe stillgestanden, seit unserem ersten Apfel, seit unserer letzten Kerze, als wir, zurück aus Dondorf, noch auf einen Sprung hineingeschaut hatten.

Ich ging geradewegs auf die Muttergottes zu und nahm ihr die Äpfel weg. Steckte einen zu mir und warf den Rest unter den Altar, einen nach dem anderen, alle, die da lagen, zu Füßen dieser Figur aus Gips, mit diesem aufgepinselten Lächeln von Malers Gnaden. Bemalter Gips mit dem Kind aus Gips, auf dem Arm aus Gips, falscher Marmorsockel aus Gips, falsch alles, so wie Derdaoben mit seinem Sohn aus Gips am Gestell aus zwei Brettchen, und dann ging ich hin und knickte den Blumen – Hortensien, Lilien und Rosen – die Köpfe ab, dicht unterm Stengel. Alle Kerzen machte ich aus, eine nach der anderen, mit bloßen Fingern. Der Schmerz tat gut. Ich lebte noch. Der Duft der erloschenen Kerzen erfüllte den Raum, ihr Rauch stieg auf. Wie Gebete, hatte ich einmal gedacht. Meine Gebete lagen mir tot auf der Zunge. Letztes Licht erhellte den erhöhten Altar. Opfertisch. Roter Plattstich auf weißem Damast verkündete: ›Deus caritas est‹. Gott ist Liebe. Da konnte ich nur lachen. Hohnlachen. Derdaoben, dieses Deo, spielte sein Spiel mit mir. Nach seinen Regeln. Da gab es nichts zu verstehen. Nichts als bösartige Willkür.

Nun, da die Kerzen erloschen, fiel rasch die Dämmerung ein, und ich spürte, wie mein Zorn auf Hugo wich und ein neues, fast triumphales Gefühl von mir Besitz ergriff, nein, über mich herfiel dieses Gefühl, diese Erkenntnis, mit blitzender Klarheit und Gewalt. Erleuchtet fühlte ich mich. Nicht Hugo hatte mich verlassen, nicht Hugo hatte mir das angetan, nicht der Liebste ließ mich leiden, sondern dieser feine Herr da oben, der Herr über Leben und Tod.

Ich hasse dich, hörte ich mich durch zusammengebissene Zähne knirschen. Hasse dich!, schrie ich demselben Gott entgegen, den ich gemeinsam mit Hugo so selig angehimmelt hatte. Ich werde dir nicht den Gefallen tun, nicht mehr an dich zu glauben, dich zu leugnen. Mit der Kraft, mit der ich Hugo geliebt habe, mit der Kraft, die du mir gegeben hast, Hugo zu lieben, mit eben der Kraft werde ich dich hassen. Du hast mich beraubt. Hugos Tod war ein Raubmord. Ich dich lieben? Wofür? Nicht einmal einen Abschied hast du mir gegönnt. Hassen werde ich dich dafür mit der ganzen Kraft meiner Liebe. ›Jesus dir jauchzt alles zu/Herr über Leben und Tod bist du‹, hatten wir Ostern gesungen. Ich war mit ihm fertig, dem feinen Herrn. Dem heiligen Dreigestirn.

O nein, Gott war nicht tot, wie es uns ein nachsichtiger Philosoph tröstlich verkündet hatte, er war ein unbarmherziges, allmächtiges, herzloses Scheusal. Gott ist tot? Dann hätte ich ihn ja verscharren können; wie sie Hugo verscharrt hatten. Jener Nachmittag am Rhein fiel mir ein, wie ich, Schülerin des Aufbaugymnasiums, am Ufer entlanggelaufen war, weinend, weil mein verehrter Philosophielehrer uns Nietzsches Botschaft vom toten Gott so überzeugend dargelegt hatte.

Und wie wir, Hugo und ich, kurz vor unserer Reise nach Rom, den Satz noch einmal gestreift hatten und Hugo mich beruhigt hatte, der sei nicht tot zu kriegen, so wenig wie Gedichte bei jedem neuen Lesen.

Gott! Gedichte! Neu lesen! In welchem Jahrhundert war das gewesen. Jetzt fühlte ich nur noch Hass. Hass kann töten. Ich werde versuchen, dich zu töten, schwor ich ihm. Zu Tode hassen. Bis in den Tod die Treue.

Es war dunkel, als ich die Kirche verließ, die Stadt in ihrer Feierabendeile. Tausend Füße traten den letzten pappigen Schnee zu schmutzigem Wasser. Ich ging durch die Straßen wie ein zum bösen Leben erweckter Automat, Ding ohne Seele, ähnlich der jungen Frau, die ich vor gar nicht langer Zeit noch gewesen war. Äußerlich. Flüchtig sah ich mich, kurz bevor ich Hugo begegnet war, durch diese Straßen laufen, Aufbruch mit jedem Schritt in die Freiheit eines neuen Lebens.

Auch jetzt lief ich in ein neues Leben. Getragen vom Hass auf Gott.

In der Nacht nach meinem Besuch in Maria im Kapitol glitt ich in einen Traum von endlosem Glück und vollkommener Freiheit. Hoch über mir zogen Vögel dahin, die Wellen vom Rhein schlugen ans Ufer, und als ich mich ins Gras setzte, schmiegte es sich um meine Beine, und eine kleine grüne Schlange kroch auf meine Hand und an meinem Arm empor und strich mit einer kühlen freundlichen Zunge über meine Wange.

Belebt, wie seit langem nicht, wachte ich auf. Von Hass beseelt. Und ja, er war süß, dieser Hass, süß und scharf wie ein fremdes Gewürz. Hass beflügelte mich wie vordem die Liebe.

Du musst weiterleben, hatte Friedrich zum Abschied gesagt, fast befohlen: Das bist du ihm schuldig.

Hugo war unschuldig. Schuldig war Derdaoben allein. Doch kleinkriegen würde der mich nicht. Heimzahlen würde ich es ihm, heimzahlen, Tag für Tag.

Ich rannte los, am Morgen nach diesem Traum, machte, dass ich an den Rhein kam, den Mülheimer Rhein.

Da war das Wasser, da war der Wind, die Weiden waren da und die Steine. Hier war ich mit Gretel gewesen nach unserem Besuch bei Frau E. Schmitz, nach der Abtreibung. Eine Chance würde ich diesem Herrn über Leben und Tod noch einräumen: Gib mir ein Kind von ihm, bettelte ich. Lass mich nicht mit mir allein.

Wie ergeben die Wellen auf die Steine trafen; ihr mattes Schlagen, trübe Pflichtübungen, ja, ich bin noch da.

Von weitem ertönte ein Nebelhorn.

Zu Hause zog ich mir Hugos blaues T-Shirt über, schob das Kopfkissen darunter. Der Spiegel zeigte meinen hochgewölbten Bauch, meine eine Hand, die das Kissen hielt, die andere, die den Baumwollhügel streichelte.

Langsam zog ich das Kissen aus Hugos Hemd hervor, umarmte, wiegte und küsste es.

Tage später war auch diese Hoffnung dahin; dieser Herr Gott ließ sich nicht erpressen, nicht bestechen. Ich stopfte den Schaumgummiklumpen zum Müll.

Wieder rannte ich an den Rhein.

Da war das Wasser, da war der Wind, die Weiden waren da und die Steine. Wellen liefen auf mich zu und schluchzend fort in den Strom, kehrten wieder und schluchzten ins Wasser zurück. Ein ununterbrochenes Schluchzen. Mir entgegen schickte der alte Vater Rhein seine Wellen und befahl sie jedesmal heim. Schlepper tuckerten wie eh und je. Nur einer fehlte, und alles war Nichts. Ich raffte nach Steinen, kleinen und großen, presste die Handflächen ein. Tot, schrie ich, oder schrie ich Gott? Hugo, den geliebten Namen, schrie ich sicher. Schrie, bis mir die Stimme wegblieb und ich sie wieder hörte, die Sprache der Pappeln, der Weiden, der Wellen, der Steine. So zärtlich sprach der Wind mit den Blättern, die Wellen mit dem Sand, der Sand mit den Steinen, dass ich noch einmal meinen Hass hinausbrüllte gegen … Nein, Gott, dieses Wort war mir zu schade, dieses geliebte Wort für diesen einstmals so vorbehaltlos geliebten göttlichen Vater. Er war ein Nichts. Ein Niemand. Und so hasste ich dieses Nichts mit der Glut, mit der ich vormals mein Ein und Alles, meine Einheit von Gott und Hugo geliebt hatte. Mit derselben vermehrenden Kraft. Ich raste gegen Nichts und Niemand. Was konnte er mir noch antun? Dieser Niemand. Nichts. Und ich? Leiden lassen wollte ich ihn. Quälen wollte ich ihn. Sünde tun. Wie es der Beichtspiegel mich als Kind gelehrt hatte. Sobald mich mein Hass aus dem Elend erlöst, stark genug gemacht hätte.

Sah ich in den nächsten Wochen und Monaten den Dom nur von weitem, überfiel mich Hass. Hass, von dem zugleich ein sonderbarer Trost ausging. Ein geradezu wollüstiger Hass beflügelte mich. Hass füllte die Leere, den Abgrund, den Hugos Tod zwischen mir und der Welt gerissen hatte. Hass auf Gott überwucherte die Trauer um meine Liebe, machte sie beinah erträglich. Dieser Hass hielt mich am Leben. Weil da Etwas war und nicht Nichts.

Befriedigt spürte ich, wie mir aus dem Hass ein Gefühl der Unverwundbarkeit erwuchs. Ich war nicht länger ins Werden verwickelt. Musste einfach nur existieren. Verantwortungslos. Von keinem vermisst. Von keinem erwartet.

Nach Dondorf fuhr ich nicht mehr. Briefe des Bruders, Karten der Mutter ließ ich unbeantwortet. Zettel mit Benachrichtigungen über Telefonanrufe warf ich weg.

Nachts träumte ich, auf die Jagd zu gehen, Engel abschießen. Blutig, zerfetzt schleuderte ich sie Niemand entgegen, ehe ich ihn selbst mit Gewehrsalven niederstreckte, worauf er sich hohnlachend jedesmal wieder erhob, bis ich schreiend erwachte.

So wie mich als Kind der Sensenmann in Dienst genommen, ich in Bus und Straßenbahn sein Todeswerkzeug aus dem Fenster gehalten und jeden, der sich mir entgegenstellte, einen Kopf kürzer gemacht hatte, genauso unerbittlich verdingte ich mich nun meinem Gotteshass. Wie als Kind nie ohne Sense, verließ ich nun nie ohne geheime Pistole das Haus. Wann immer mir danach war, fielen Schüsse. Wer auch immer mir nicht passte, war so gut wie tot.

Täglich schwerer wurde es, zu mir durchzudringen. Ich ließ niemanden ein, wie auch ich mich auf niemanden einließ. Wenn sie zu mir sprachen, dann meinten sie eine andere, zu der ich auf Distanz gegangen war. Als nähme ich in Vertretung dieser anderen eine Aufmerksamkeit entgegen, die mir vage in Erinnerung rief, dass es eine Welt gab, in der man mich vorhanden glaubte.

Als spräche man nicht mit ihr, sondern mit ihrem Butler, überhörte ich Rita im Gespräch mit Yvonne im Hildegard-Kolleg.

Oder als hätte man einen Messdiener vor sich, der genau weiß, welche Antworten erwartet werden. Die gibt sie dir auch, aber du weißt nie, was sie wirklich meint, antwortete Yvonne.

Als ob sie das selbst wüsste, seufzte Rita. Manchmal macht sie mir Angst. Und dann dieser Apfel auf ihrem Schreibtisch, fault da vor sich hin und stinkt.

Ich zog. Zielte. Direkt aufs Herz. Beide auf der Stelle tot. Und ich machte die Tür zur Küche weit auf und lachte sie an: Na, ihr beiden?

Danach verbarg ich den Apfel tagsüber in der Schreibtischschublade. Holte ihn abends hervor und berauschte mich an seiner Verwesung. Wichtig war, mich in nichts von den anderen zu unterscheiden. Meine Fassade musste perfekt sein.

Es galt, das Frühjahr zu überstehen, diese ersten herrlichen Sonnentage, Vogelgeschrei, Blumenexplosionen. Das Frühlingswetter war fröhlich und warm, und das waren auch die Menschen, fröhlich und warm, paarweise auf Bänken und Bürgersteigen. Ich knallte sie ab. Alle miteinander. Manchmal sah ich Hugo, wie ich als Kind den Tod gesehen hatte, den Sensenmann im feinen schwarzen Anzug. Unheimlich war mir das nicht. Manchmal wartete ich geradezu auf ihn, wenn ich einen unserer Plätze aufsuchte, wo wir glücklich gewesen waren. Am besten geriet mir's im Sonnenschein, ihn zur Heimkehr in seinen Körper zu bewegen. Wenn ich nur tapfer genug bloßen Auges in das strahlende Feuer schaute, glaubte ich, ihn leibhaftig zu sehen in diesem leidenschaftlichen Glanz, sekundenlang, dann zwang mir das Licht die Lider zusammen.

Immer noch nahm ich Friedrichs Tabletten. Du brauchst Hilfe, mahnte er mich wieder und wieder am Telefon. Ich habe mich erkundigt. Es gibt eine Beratungsstelle beim Studentenwerk. Bitte. Lass dir helfen. Mir zuliebe.

Todesfall. Das Wort verhalf mir gleich zu einem Termin. Der Therapeut, ein gesetzter älterer Mann, die Mutter hätte ihn ene feine Herr genannt. Er begegnete mir mit einer Mischung aus Väterlichkeit und Wissenschaftlichkeit und einer spröden, äußerst exakten Artikulation der deutschen

Sprache mitsamt ihres psychotherapeutischen Vokabulars. Spontan sein, befahl er, einfach loslegen. Ich würgte noch einmal die Tatsache meines Verlustes heraus, bemüht, mich ähnlich abstrakt auszudrücken wie mein Gegenüber. Fakten in Begriffe verpackt. Meinen Schmerz, meine Wut, meine Trauer behielt ich für mich. Dann saß ich da und schwieg. Bis zum Ende der vorgeschriebenen Zeit. Einen Termin für die nächste Sitzung lehnte ich ab. Spazierte aus dem Sprechzimmer, vor dem auf wackligen Stühlen schon die nächsten Beichtlinge der Absolution harrten, hinaus in die Stadt, stolz, nicht einen Klang, eine Silbe von meiner lebendigen Liebe preisgegeben zu haben. Hugo lebte in mir. Sein Bild stand mir nicht nur *vor* Augen. ›Wo du hingehst, da will auch ich hingehn.‹ Der Satz erfuhr eine Vertiefung, die körperliche Gefolgschaft weit übertraf. Noch hörte ich seine Stimme. Noch war unser Gespräch nicht beendet.

Ich tat, was man ›sich in die Arbeit stürzen‹ nennt. Henke fragte, ob ich nicht Hugos Dissertation weiterschreiben wolle. Ich müsse nur das Forschungsfeld um den strukturalistischen Aspekt erweitern; dann könne er die Arbeit guten Gewissens annehmen. Und ob ich wollte. Hugos Denken lebendig zu halten, seine Gedanken mit meinen in einem festen Bund zu verschmelzen schien mir fast, als hätte ich nun doch noch vom ihm ›empfangen‹. Zwar nicht aus Fleisch und Blut würde unser Kind sein, doch ganz und gar unser geistiger Sprössling. Unsere Zeugung.

Ich vergrub mich ins Rechenzentrum. Übertrug Drehbücher auf Lochkarten, die nach einem Programm der mathematischen Fakultät ausgewertet wurden. Die Ergebnisse gingen über das, was Hugo mit gesundem Menschenverstand und Fachkenntnissen herausgefunden hätte, kaum hinaus. Nur meine gestelzten Formulierungen, die mir selbst lächerlich erschienen, machten den Unterschied. Und was für einen. Mit diesem Jargon, einer Kombination aus Strukturalismus und Datenerhebung, verlieh ich der *Funktion der Sprache im Spielfilm* ein wahrhaft avantgardistisches Gepränge. Henke war beeindruckt; jedenfalls tat er so. Wie gesagt, ob Menschen, die mich mit Hugo kannten, wirklich meinten, was sie sagten, oder mich nur schonen wollten, war kaum auszumachen. Und mir gleichgültig.

Du bist uns jederzeit willkommen, lud mich Friedrich nach Meran ein. Die Semesterferien standen vor der Tür. Ich schlug die Einladung aus. Meran: Das war zu nah an Hugo und mir. Auch fürchtete ich den untrüglichen Blick des Arztes. Er wusste nicht, dass ich noch immer Tabletten nahm, ein Arzt in der Südstadt versorgte mich mit Rezepten. Zudem brauchte ich Geld. Auch das fehlte mir nun wieder in einem Maße, das sichtbar machte, wie viel Hugo von unseren Alltagskosten getragen hatte. Aus der Statistendatei war ich gelöscht worden; zu häufig hatte ich, vor allem wegen meiner Arbeit im Rechenzentrum, Termine nicht einhalten können.

Büroerfahrung hatte ich unter ›Besonderheiten‹ bei der studentischen Arbeitsvermittlung angegeben, und so bot man mir die Urlaubsvertretung in einer Autowerkstatt an.

Ich teilte den Job mit einer Kommilitonin aus den Wirtschaftswissenschaften, Annegret, eine schicke Blondine, mit der ich mich gleich gut verstand, obwohl – oder vielleicht gerade weil – sie mich weit in den Schatten stellte, was Fähigkeit und Erscheinung betraf. So hatte ich meine Ruhe vor der meist männlichen Kundschaft, die ernsthaft besorgt um ihre blechernen Weggefährten wie um einen nahen Verwandten bei uns vorsprach.

Doch schon bald wurde diese Ruhe auf seltsame Weise

irritiert. August Heinzen sen., Vater des Werkstattbetreibers Karlheinz Heinzen, beehrte mich im gläsernen Büro-Pavillon tagtäglich in meiner Kabine. Zusammen mit seinem Sohn hatte er das Bewerbungsgespräch geführt, das die Grenze zum Privaten mehrmals, wenn nicht überschritten, so doch unangenehm berührt hatte. Beinah ohne Annegret eines Blickes zu würdigen, schwang er seinen Spazierstock gleich vor meinen Schreibtisch. August Heinzen sen. hatte die sechzig sicher hinter sich, war aber gut in Form, wie er selbst gern betonte und mit Aussehen und Auftreten unterstrich. Noch verbarg seine korrekte Kleidung die Anstrengung, die es ihn kostete, seine Figur gegen die Folgen guten Essens und Trinkens zu verteidigen. Er verbreitete ein Flair von Anstand und Wohlstand bis hinunter zur stramm sitzenden, scharf gebügelten Hose, die sich elegant unter der Weste herauswölbte. Auch wenn die geröteten Wangen, unter den immer noch überwiegend dunklen Haaren schon etwas zu rund und schlaff, bereits in ein leichtes Doppelkinn übergingen, sah man gern hinein in dieses gemütliche Gesicht mit den verschmitzten Lachfalten. Erst recht, wenn er den Mund auftat und alles, was er sagte, mit e paar kölsche Tön polierte.

Umstandslos platzierte sich Heinzen sen. in den einzigen Stuhl vor meinem Schreibtisch und hielt mich von der Arbeit ab. Die sich nicht eben häufte, Ferienzeit, sodass mir seine Besuche nicht unangenehm waren.

Nach ein paar Tagen blieb er während der Bürozeit weg, mag sein, der Junior hatte ihn ermahnt. Stattdessen wartete er nach Feierabend vorm Garagentor. Mit Stiefmütterchen, die er mir beinah verschämt überreichte. Annegret machte sich grinsend aus dem Staube; da würde ich mir am nächsten Morgen einiges anhören dürfen. Herr Heinzen sen. aber lud mich mit umständlicher Höflichkeit ins Café Kranzler ein.

Warum nicht? Ich ging noch einmal zurück, stellte die Blumen ins Wasser, Heinzen sen. sollte sehen, ich schätzte seine Gaben. Mit einer kleinen Verbeugung bot er mir seinen Arm, den ich leichthin ergriff. Warum nicht? Heinzen marschierte in seinem hellen Sommeranzug, dem Panamahut und dem unweigerlichen Spazierstock direkt aus einem Roman von Keyserling, Turgenjew oder Bunin, jedenfalls schien er in der Gegenwart noch nicht angekommen. Dass er so unwirklich anmutete, so aus der Zeit gefallen, beinah wie eine Erfindung, machte die Entscheidung einfach. Warum also nicht? Und so saß ich dann bis weit in den Sommerabend bei Königinpastete, Linzer Torte und Champagner, kühl sah ich die Menschen auf dem Hohenzollernring dahintreiben, Autos vorüberrauschen, und ab und zu trug ich ein paar Sätze zu einer belanglosen Konversation bei, ein nichtssagendes Hin und Her, das mir erlaubte, meinen Gedanken nachzuhängen, bunten Bildern der guten alten, der Hugo-Zeit, die wie Seifenblasen aus dem Gedächtnis stiegen und zerplatzten. Ich saß da und sprach und lächelte und war in Gedanken weit weg. Mein Lächeln galt dem, der weit weg war, weit weg, für immer. Und der da vor mir saß, nahm es für sich. Sollte er.

Vom Café war es nicht weit zum Hildegard-Kolleg, wo Heinzen sen. Fräulein Oppermann an der Pforte wie eine alte Bekannte und mit Handkuss begrüßte und sich ebenso galant von mir verabschiedete.

Seither holte mich Heinzen sen. Tag für Tag vor der Werkstatt ab. Meist lud er mich ins Café Kranzler ein, mitunter auch ins Excelsior Ernst, wo er Stammgast zu sein schien. In der vorletzten Woche meiner Bürozeit bat er mich zu sich nach Hause. Warum nicht?

So ließ ich mich vom Aufzug in den letzten Stock eines dieser vom Krieg verschonten Gründerzeithäuser tragen, höflich öffnete mir Heinzen sen. die Tür, höflich ließ er mir in seine Wohnung den Vortritt, höflich führte er mich in den Salon, wie er das Zimmer nannte, in dem er sich offenbar seinen Traum vom märchenhaften Luxus erfüllt. Geschweifte niedrige Sessel, kleine runde Tische, ein ovaler Esstisch in der Mitte, pralle Kissen, ein gebauschter Diwan mit Troddeln, reich geschnitzte Schränke und Kommoden, birnenförmige, von goldenen Schwänen umrankte Spiegel, Teppiche mit hohem Flor, Wölbungen, Rundungen, Ausschweifungen, Bögen und Gebauschtes, viel flammendes Rot. In scharfem Kontrast dazu wuchernde Blattpflanzen, deren natürliches Grün in dieser Umgebung giftige Künstlichkeit sprühte.

Der Hausherr rieb sich vergnügt die Hände, ein kurzer Wink verabschiedete das Serviermädchen, eigenhändig häufte mir Heinzen sen. den Kaviar auf die dampfenden Reibekuchen, schenkte wieder und wieder Champagner ein. Vor allem sich selbst. Öffnete die Tür zu einer Dachterrasse, Luft und Licht fielen in den Raum, spielten über die Speisen, ließen die Gläser funkeln, die Wangen des Gastgebers glühen. Das reichliche Essen und Trinken machte mich rund und voll und vergesslich. Alles war gut. Das war das Leben. Ohne Liebe. Ohne Hass. Platter gleichgültiger Sattheit verhaftet.

Wir plauderten, und die Zeit verging, und der Gastgeber bat, seine Weste aufknöpfen zu dürfen, und ließ das Telefon vergebens läuten, und dann geleitete mich August Heinzen sen. unter endlosen Dankesbezeugungen für die grandiosen Dämmerstunden, so seine Worte, ins Kolleg.

Mit Heinzen jun., einem stattlichen Mann Anfang vierzig mit kleidsamen Geheimratsecken im leicht ergrauenden Haar und dem jovialen Gesicht eines Geschäftsmanns, kam ich gut aus, und, soweit ich das beurteilen konnte, Annegret auch. Daher nahmen wir, als unsere Zeit zu Ende ging, seine

Einladung zu unserem Ausstand, wie er es nannte, gerne an. Zum Essen lud er uns ein. Auch der Vater komme mit. Etwas ganz Besonderes hätten sie sich ausgedacht, kleine Spritztour ins Bergische und: Machen Sie sich schick!

Kurz hinter Bergisch Gladbach bogen wir von der Landstraße ab, folgten der Werbetafel ›Landgasthof und Hotel – Zur bergischen Weide‹, darunter ein lachender Rinderkopf, und holperten über den breiten Feldweg einem schlossartigen Gebäude entgegen.

Vater und Sohn wurden wie alte Bekannte empfangen. Ich wäre gern draußen in der Abendsonne geblieben, doch wir wurden gleich hineingebeten, alles schon vorbereitet. Mit kurzen strammen Schritten ging der Restaurantchef voran und öffnete, eine Verbeugung andeutend, die kaum sichtbare Tür am Ende des Saales.

Ihr Kabinett, die Herren, dienerte der Mann mit einem müden Lächeln.

Annegret kicherte und zwinkerte mir zu. Ich zuckte die Achseln. Der Raum glich in seinem Plüsch-Pomp wie ein Küken der Henne dem Salon von Heinzen sen. War ich in einem Roman von Balzac?

Heinzen jun. rückte Annegret mit großer Geste den Stuhl zurecht, die schien seine Aufmerksamkeiten amüsiert zu genießen. Heinzen sen. sah mich unsicher an. Wie gewohnt zog ich die Mundmuskeln zu einem Lächeln auseinander und unterdrückte meinen aufsteigenden Ärger über diese Darbietung. Denn wie bei Balzac ging es auch weiter. Champagner floss, und erlesene Speisen wurden aufgetragen, wie gleichgültig war mir das alles. Ich hielt mich zurück, besonders beim Champagner, der die korrekte Volkswirtschaftsstudentin Annegret aus ihrem Alltagskorsett herauszusprudeln schien. Vater und Sohn suchten einander in ihren Gunstbezeugungen gegenüber den ›Damen‹ zu übertreffen, feuerten sich zu immer neuen Anekdoten und Witzeleien an, neu für Annegret und mich, doch mir schien, als hätten sie dies alles schon oft erzählt. Wir waren nun nach Austern, Lachs und Chateaubriand beim Dessert angelangt. Die Witze wurden anzüglich, die Bedienung blieb aus, die Tür geschlossen. Ob die Damen gestatteten, wollte Heinzen sen. wissen, ohne es wissen zu wollen, denn er hatte seine Weste schon aufgeknöpft und zog nun auch sein Jackett aus. Heinzen jun. tat es ihm nach und lockerte die Krawatte: Ob die Damen nicht auch ablegen möchten.

Während Heinzen jun. sich an Annegrets Jäckchenkleid zu schaffen machte, was diese kichernd unterstützte, warf mir Heinzen sen. einen genierten Blick zu.

Fräulein Palm, räusperte er sich, einen verächtlichen Blick auf seinen Nachwuchs werfend, der inzwischen mit Annegret auf einem Kanapee neben der Musikkommode lagerte und gemeinsam mit ihr die Blusenknöpfe erschloss.

Fräulein Palm. Ich habe Ihnen einen Vorschlag zu machen. Sie kennen meine Wohnung. Sie haben mein Bad gesehen. Die Wanne. Heinzen sen. hielt inne. Rote Flecken traten auf seine Wangen. Nervös schabten die Finger seiner rechten die Innenfläche seiner linken Hand. Gar nichts verlange ich von Ihnen. Nur eine Bitte habe ich, ich, ein alter Mann. Kommen Sie und baden Sie bei mir. Nichts will ich. Nur zuschauen. Haben Sie schon einmal in Patschuli oder Ylang-Ylang gebadet?

Die Dondorfer Zinkwanne im ausgedienten Schweinestall vor Augen, prustete ich los. Irritiert kniff Heinzen sen. sekundenlang die Lippen zusammen, doch dann nahm er mein Lachen wohl als Zustimmung, beugte sich über den Tisch mir weit entgegen und griff in die Hosentasche. Zog eine Schatulle hervor, öffnete sie und hielt mir den Inhalt buchstäblich unter die Nase. Ließ das Brillantarmband hin-

und herpendeln, während er weitersprach in seinem vertraulich sonoren Kölsch. Vor kurzem habe ich ihm im Schaufenster des Schmuckladens am Neumarkt dieses Armband gezeigt, es gefalle mir doch so gut, voilà, es sei mein. Übermorgen um achtzehn Uhr? Eine halbe Stunde würde reichen. Kein Schaumbad. Durchsichtig müsse das Wasser schon sein. Aus- und Anziehen extra. Einen Frisör bezahlen würde er auch. Zum Rasieren.

Ich griff nach meiner Handtasche, murmelte etwas von Überlegen, frisch machen und bin gleich wieder da. Der Speisesaal menschenleer. Ich lief zur Hoteltür. Da stand der Restaurantchef. Ich machte kehrt, fand das Klo. Und kletterte aus dem Fenster. Landete zwischen den Mülltonnen, bahnte mir meinen Weg durchs Gebüsch auf den Feldweg, klammerte meine Gedanken an: Dunkel war's der Mond schien helle – was er Gottseidank wirklich tat – schneebedeckt die grüne Flur als ein Wagen blitzesschnelle langsam um die Ecke fuhr drinnen saßen stehend Leute schweigend ins Gespräch vertieft, und dann fehlten mir ein paar Zeilen, und ich fing wieder von vorne an. Das half. Ich konnte durchatmen. Noch einmal grinste mich das Rindvieh von der Hotelwerbung an. Dann hatte ich die Landstraße erreicht. Und da war sie wieder, die Nacht nach der Johannisfeier der katholischen Landjugend in Großenfeld, da war die letzte Bahn schon abgefahren, und das Auto hielt neben mir, versprach den Heimweg nach Dondorf, bog ab in den Krawatter Busch, auf die Lichtung. Vergewaltigung. Erst Hugo hatte mich geheilt. Erst seither hatte diese Nacht ihren Schrecken verloren.

Jetzt musste ich zusehen, wie ich nach Köln kam. Wenigstens bis zum Bergisch Gladbacher Bahnhof.

Wirklich stand am Himmel der gute Mond, reingewaschen vom Regen, klarer Himmel, klarer Verstand, lobte ich mich selbst, was sollte mir noch geschehen, was mir nicht schon angetan worden war? Ich nahm die Schuhe in die Hand – Machen Sie sich schick –, diese verfluchten Stöckel, und marschierte los. Schon wieder hatte mir dieser Niemand da oben einen Streich gespielt. Lächerlich. Als ob mich das noch treffen würde, lästerte ich. Damit kriegst du mich nicht klein. Und mit dem, was ich mit dem Liebsten genossen hatte, all die Schönheit deiner Schöpfung, schon gar nicht. Silbern leuchtet die Straße im Mondlicht, aber sie führt nicht nach Haus, hell segnet der Mond den Himmel, aber nie mehr mich, Licht über den Hügeln und herab auf die Felder und Weiden, bleich wölkt der Holunder aus dunklem Laub, aber die Tannen stehen schwarz. Wie ich. Wie ich vor dir.

In der Ferne bellte ein Hund, gedämpft, als steckte sein Kopf in einem Sack. Kunstdüngergeruch stieg aus den Feldern. Ein endloser schwerer Güterzug rasselte herüber, der Bahndamm konnte nicht weit sein. Dann rauschten Räder auf dem Asphalt, und ein Auto hielt neben mir. Ich duckte mich zusammen. Das Fenster wurde hochgeklappt.

Mädschen, wat machste hier in de Nacht? Is wat passiert? Eine Frauenstimme. Ich richtete mich auf. Sah eine feste blonde Dauerwelle, darunter ein kräftiges rundes Gesicht, das mich an meine Rüppricher Tanten erinnerte. Nur das Auto ließ mich schaudern. In einem Auto wie diesem war Hugo in den Tod gefahren. Nie mehr war ich seither in einen 2CV gestiegen.

Kommen Sie, steijen Sie ein, die Frau stieß die Tür auf. So allein in de Nacht, dat is doch nix für e jung Mädsche. Wo wolle Sie dann hin?

Wo ich hin*wollte*? Zum Liebsten wollte ich, aber der war vergangen, in den Asphalt gedrückt auf einer Straße wie dieser, einem Wagen wie diesem, mit seinem sanften liebenden Herzen ...

Wo müsse Sie dann hin?

Wo ich hin*musste*? Das konnte ich ihr sagen. Sie fuhr in die gleiche Richtung und war froh, Gesellschaft zu haben. Nachdem ich ihre Frage, wie ich denn so spät hierhergekommen sei, äußerst knapp und mit einem Anflug echter Verzweiflung beantwortet hatte, mein Freund habe mich verlassen, drang sie nach einem verständnisvollen Seufzer nicht weiter in mich und holte ihrerseits aus. Anna Bauer hieß sie, und den hab isch ja auch jeheiratet, ne Bauer. Aber alle sagen Änni für misch. Zwei Kinder habe sie, abber et könnten ruhisch noch mehr werden. Wie gut es tat, mich dieser aufrichtigen Stimme zu überlassen, den selbstverständlichen Einzelheiten alltäglichen Familienlebens auf einem Bauernhof. Sie war auf dem Weg zu einer Freundin, die ›in de Stadt‹ geheiratet hatte, nun kam ihr zweites Kind früher als erwartet. Ihr Mann auf Montage im Norddeutschen, daher hatte sie, Änni, sich noch zu so später Stunde auf den Weg gemacht, ihr Patenkind zu sich nach Odenthal zu holen.

Ännis Freundin wohnte in Holweide, in der Märchensiedlung. Dort erreichte ich die letzte Straßenbahn Richtung Innenstadt.

Am Neumarkt schlug mir warme Nachtluft entgegen, und ich hatte es nicht eilig, in meine Zelle zu kommen. Niemand war da, dem ich hätte von diesem Abend erzählen können. Niemand, der sich auf mich freute. An mir freute. Niemand. Nur dieser Niemand da oben.

Vor dem Schmuckgeschäft blieb ich stehen. Sah durch das eiserne Gitter das Armband, mein Armband, dachte ich, nur nicht mit meinen Brillanten, sondern mit Saphiren besetzt. Ich hätte es mitnehmen sollen, dachte ich böse, was hätte er schon tun können.

Irgendwann würde ich diese Geschichte zum besten geben, und eine der Zuhörerinnen würde trocken kommentieren: Schade, dass du dir das Armband nicht geschnappt hast, und ich würde ihr lachend recht geben.

Doch die Geschichte dieser Nacht war noch nicht zu Ende.

Am nächsten Morgen blieb ich im Bett. Mein letzter Arbeitstag konnte mir gestohlen bleiben. Mit der Heinzen-Sippschaft wollte ich nichts mehr zu tun haben. Meinen Lohn würde ich mir am Montag abholen. Oder, noch besser, Annegret könnte ihn mir mitbringen. Ich rief in ihrer WG an. Annegret sei gestern Nacht nicht nach Hause gekommen, beschied man mich. Ich bat um Rückruf.

Was für ein Glück, dass Sie da nicht dabei waren!, fing mich Fräulein Oppermann an der Pforte ab und wedelte mit dem *Kölner Stadt-Anzeiger*. Ja, es trifft immer die Falschen. Hoffen wir auf unseren Herrgott. Beten wir für sie. Und das arme Mädchen. Sie haben sie doch gekannt?

Heinzens Wagen war in den frühen Morgenstunden von Freitag auf Samstag von der Fahrbahn abgekommen und gegen ein steinernes Wegkreuz geprallt. Vater und Sohn lagen schwer verletzt im Krankenhaus. Die unbekannte Beifahrerin war noch an der Unfallstelle ihren Verletzungen erlegen, wie es im üblichen Zeitungsdeutsch hieß.

Niemand. Hatte der seine Hand im Spiel? Verdrossen gestand ich mir ein, dass es diesem Niemand schon wieder gelungen war, mich zu belästigen, sich mir in den Sinn zu bringen. Sollte er. Ich biss die Zähne zusammen.

Hatte ich Annegret gekannt? Viel zu flüchtig, mein Bild von ihr kaum eine Skizze. Mit einer Kerze für sie Abschied von ihr zu nehmen, wie ich es vor Hugos Tod getan hätte, kam nicht in Frage. Ich versenkte für sie einen Stein im Rhein. Und dachte und wünschte und fühlte dabei nichts. Ein Abschied, so beiläufig wie unsere zufällige Bekanntschaft, der nur der Tod eine unklare Bedeutung verliehen hatte. Klar vor meinen Augen blieb mir allein das Bild ihrer fahrigen Hand, die einen Knopf nach dem anderen aus ihrer Kostümjacke drückte.

Nach diesem Abend im Bergischen wagte ich mich wieder unter Menschen und ließ mich von Gaby, einer Kommilitonin aus dem Brecht-Seminar, auf eine Fete schleppen. Niemand, hatte sie mir versichert, würde mich dort kennen, alles Mediziner und Juristen. Niemand!

Ich hatte das Spiel, das Vokabular der Verführung, mit Hugo nie gebraucht. Nun übte ich es vor dem Spiegel ein. Körpersprache als Fremdsprache. Die Grammatik der Gesten: das Kinn gesenkt oder gehoben. Die Augen groß aufgerissen oder schmal verengt. Der Blick von der Seite oder frontal. Die Hände verschränkt vor der Brust gekreuzt. Im Haar. Hinterm Kopf. Auf den Hüften. Die Beine, ach ja, die Beine. Wie ganz anders begegnet der Mensch der Welt und die daraufhin ihm, wenn er die Beine übereinanderschlägt, spreizt oder eins vors andere stellt, die rechte oder die linke Hüfte geknickt.

Dass auch Kleider ihre eigene Sprache haben, lernt ein Mädchen früh. Nichts, was mich an Hugo erinnerte, wollte ich heute Abend tragen. Ich nahm ein paar Scheine vom Lohn der Autowerkstatt aus der Schublade, wo der gestohlene Apfel vor sich hin schrumpfte, und kleidete mich bei C&A mit Sonderangeboten ein; immer noch in der Kinderabteilung, so wie vor vielen Jahren mit dem Vater nach dem Lottogewinn.

E läcker Mädsche, hörte ich eine Frau zur andern sagen, als ich mich vorm Spiegel musterte, nur die Hoor! Is dat Jestrüpp jizz Mode?

Weeß mer doch nit, war die jizz em Kopp han, erwiderte ihre Begleiterin verdrossen, hoffentlisch süht et *em* Kopp nit us wie *op* dem Kopp.

Genau, dachte ich. Genau wie auf meinem Kopf sieht es auch darin aus. Hässlich. Finster. Wirr. Ich erlaubte meinen Haaren keine Frisur. Brachte sie, kaum dass die Stoppeln gewachsen waren und das Haar sich glättete, mit der Schere wieder aus der Fasson. Es war das einzige Zeichen, das ich nach außen sandte: Mit mir ist etwas nicht in Ordnung.

Gaby holte mich im Hildegard-Kolleg ab. Um Himmelswillen, begrüßte sie mich, als sie nach sorgfältigem Studium der Hausordnung – kein Besuch nach 22 Uhr, Herrenbesuch streng untersagt – durch die Klausurtür zu mir vorgedrungen war: Wie hältst du es hier bloß aus?

Ich zuckte die Achseln: Ist doch egal.

Und wie siehst du aus? Lass mal sehen.

Ich stand auf, und Gaby versuchte vergeblich, in dem schmalen Zimmer um mich herumzugehen.

Umdrehen!, befahl sie.

Folgsam drehte ich mich in meinem blaugeblümten Kinderkleidchen einmal langsam im Kreis und fand, nachdem Gabys Lippenstift noch ausgiebig zum Einsatz gekommen war, Gnade vor ihren Augen. Auch die Schuhe hatte ich nach einigem Sträuben gewechselt. Schnürschuhe aus den Meraner Arkaden gegen weiße Pumps, die Hugo im letzten Sommer für mich ausgesucht hatte.

Gabys Käfer hielt vor einem dieser Mietshäuser aus der Jahrhundertwende in der Gegend am Eigelstein. Im Treppenhaus roch es durchdringend nach 4711, jemand musste vor kurzem hier tüchtig gesprüht haben. Wir stiegen Jimi Hendrix hinterher, Foxy Lady, grauenhaft hexenhaft grässlich. Wie ich.

Die Tür stand offen, Led Zeppelin grüßte: *Stairway To Heaven*. Gefeiert wurde auch hier in Wohn- und Esszimmer, offenbar in einer sturmfreien Bude, die Räume vollgestopft mit alten Möbeln, Gemälden von Blumen, Vögeln und Bergen. Keine Politplakate. Gaby stellte mich der Gastgeberin vor, einer Frau mit dunklen Haaren, in die sich schon graue Strähnen mischten. Sie hieß mich mit einer weitausholenden Armbewegung über die gastliche Landschaft willkommen und wandte sich wieder ihrem Gesprächspartner zu.

Zum Bier wurde Schnaps getrunken. Das war proletarisch. Ich kippte ein Glas. Ein Glas. Mehr nicht. Ob Bier, Schnaps, Wein oder Champagner: Ich hatte meine Lektion als Lehrling in der Pappenfabrik mit Escorial Grün und Underberg nie mehr vergessen. Schnaps schwächte den Hass. Und drohte, Leid und Trauer wieder zu stärken.

Was hatte ich erwartet? Dass ich erwartet wurde? Ich atmete ein. Und aus. Auch hier waberten die Räucherstäbchen, dröhnten Janis Joplin, Deep Purple, Simon and Garfunkel. Ich ploppte doch noch eine Flasche Kölsch auf und spülte eine von Friedrichs Pillen hinunter. Die brachte meine Maske zum Glühen. Aus meiner gewöhnlichen Larve frohgemuter Unverbindlichkeit ließ ein bisschen Chemie Funken sprühen. Plötzlich war ich umringt. Vom Tonband dröhnte The Doors' *Light My Fire*. Ich war aufgenommen in den Kreis der Feiermeute. Als hätte man mich erwartet.

Salve!, tippte mir jemand auf die Schulter. Ich wandte mich lässig um. Gehüllt in einen Purpurmantel, im Haar ein funkelndes Krönchen, war mir, als säße ein Roboter in mir, der, mein Selbst belebend und erhöhend, alles beobachtete, abwartend, lächelnd, gestikulierend. Und ich folgte seinen Vorgaben in Sekundenbruchteilsschnelle. Niemand hätte den haarfeinen Spalt zwischen seinem Diktat und meinem Selbst ahnen können: Ich selbst nahm ihn ja kaum wahr. Und wenn die Tatsache, chemisch gelenkt zu werden, doch einmal zu mir vordrang, quittierte ich diese Wahrnehmung mit Hohn und überließ mich meinem Roboter umso bereitwilliger.

Ave!, erwiderte ich dem Salve-spendenden Jüngling, ergriff seine Hand und zog ihn aus dem Kreis der Diskutanten ins Esszimmer, wo getanzt wurde. Was interessierten mich Debatten um die Sykophanten der Bourgeoisie, was ging mich die Entwicklung der Produktivkräfte in der kapitalistischen Produktion an, was Schachergeist, Überbau und Klassenspezifik.

Let It Be, dröhnten die Beatles, ihr letzter Song. Hugo hatte ihn nicht mehr gehört. Ein neues Lied. Das erste neue Lied in der Nach-Hugo-Zeit: *Let It Be*.

Nein, da war keine *Bridge Over Troubled Water*, wie Simon and Garfunkel versprachen, bei den Beatles war ich, und ihrer Musik, vergangen wie der, mit dem ich sie gehört hatte. Niemals diesen Song. *Let It Be*.

Mein Tänzer war dunkelhaarig und schmächtig, etwa in meinem Alter und, in seinem weiten weißen Hemd und verwaschenen Jeans, von einer schlottrigen Eleganz. Seine Miene hatte etwas rührend Ernsthaftes, und er war in seiner ruhigen Bestimmtheit seinen fanatischen Mitdiskutanten wohltuend überlegen. Dass er den Kreis der Diskutierer meinetwegen verließ, gefiel mir. Jura studiere er, erfuhr ich, und sei Mitglied in der KPD/AO, ja, man wolle diese Partei wieder aufbauen, AO, das stehe für ›Aufbauorganisation‹, mit Mao zurück zu den Wurzeln, anders als diese weichgespülte DKP. Er war mir nicht unsympathisch, doch wie gleichgültig war mir das.

Ich fühlte seine Hand in meinem Rücken, die Wirbelsäule hinab, und seine Hand erinnerte mich an Verlangen: Würde das nun immer so sein? Kein Verlangen – nur die Erinnerung daran? Ich spürte seine Schenkel an meinen wie etwas, das man lange zuvor einmal erlebt hat.

Ich hörte ihm zu, gab Antworten, lachte und trank und tanzte, und als er fragte, ob er mich nach Hause bringen könne, sagte ich Ja.

Ich spürte die Wärme seines Kinns an meinem, seine Hand, Gürtel, Schenkel, Knie, Brust, Hinterbacken. Ein paar Minuten später schoben wir uns aus der Tür. Und als wir statt zu mir zu ihm nach Hause fuhren, sagte ich nicht Nein, und wir gingen sehr eng miteinander, dorthin, wo ich nach Hugo schrie, lautlos, nach innen. ›Freedom's just another word for nothing left to loose‹, sang Janis Joplin, nichts mehr hatte ich zu verlieren, frei war ich, born to be wild, born to sin.

Die Matratzen lagen mitten im Zimmer seiner WG in der Dasselstraße. Darauf eine schmutziggraue Armeedecke. Über dem Schreibtisch Che Guevara, die Augen himmelwärts. Wo der Tesastreifen sich gelöst hatte, rollte sich das Plakat zusammen. Marx, Engels, Lenin, Mao klebten daneben.

Augenblick, sagte ich, ging in den Flur – der Nase nach – und nahm in dem schmuddeligen Bad noch eine von Friedrichs Pillen.

Ich wusste, wie es ist. In Wahrheit ist. Daher konnte ich täuschen. Keuchend und Romantisches murmelnd ahmte ich eine Wirklichkeit nach, die längst vergangen war.

Die ernsten Gesichter der Garanten des Kampfes gegen den Kapitalismus sahen auf uns hernieder. Und kaum, dass

Tom, so der Name des zielstrebigen Partygastes, die Hose wieder hochgezogen hatte, wetterte er von neuem gegen Kapitalismus, Bonzen und den US-Imperialismus.

Das also war es, was man ›Make love not war‹ nannte.

Am nächsten Morgen nahm ich den alten Apfel aus meiner Schreibtischschublade, vorsichtig, vorsichtig, trug ihn vorsichtig, vorsichtig durch die Stadt, knallte die verrottete Frucht Maria im Kapitol vor die Füße und quetschte sie zu fauligem Brei.

Nach dieser Nacht war das Paradies endgültig versunken. Worauf es ankam, war, sich im anderen auszulöschen, ganz und gar, für ein paar Stunden. Vorübergehend. Mit Hugo war jedes Lieben, jedes Verlangen, jede Erfüllung etwas Zerbrechliches, Kostbares, ja, Heiliges gewesen. Eine Ahnung des Ganz Anderen. Und die Hoffnung auf Hoffnung darauf. Geblieben war einzig die Erfüllung des Pflichtsolls von Haut und Nerven. Die Gebärden der Liebe hastige Manipulationen, gieriges Ungeschick, tölpelhafter Egoismus. Umklammerung ohne jede Hoffnung auf Geborgenheit in geistiger oder seelischer Heimat. Ich richtete meine Bewegungen, meine Küsse, Seufzer, Schreie an den verlorenen, für immer verlorenen Umarmungen mit Hugo aus. Vergebens. Der Akt blieb ein Reiben von Fleisch an Fleisch, Nervengebündel, Herunterschlingen. Ganz ohne Hoffnung auf das Ganz Andere.

Wen auch immer ich traf in den kommenden Wochen und Monaten: Ich wusste schon im Voraus, es lohnt sich nicht Verlorene Liebesmüh. Die Hände der Männer waren Begier. Meine Hände waren Sehnsucht. Nach dem, was es auf Erden nie mehr geben würde.

Dennoch: Ich hatte ein Bedürfnis nach Illusionen. Ohne mir darüber Illusionen zu machen. Lange brauchte ich nie, um zu erkennen, dass jede erste sexuelle Vereinigung auch das Ende jeder Illusion bedeutete. Mochte ich mir am Anfang Romantik vorspiegeln, vorspielen, das erste Zusammenschlafen trug das Ende dieser romantischen Phase in sich. Der erste Kuss, ja, der war beinah noch unschuldig, noch echt, mochte er nun verspielt, verstohlen, verwegen sein. Er war kaum mehr als ein Symbol, ließ mehr Platz für Träume als für Wirklichkeit. Bei allem körperlichen Umherschweifen, um mein Leben wieder ins Fließen zu bringen, blieb mein Herz doch unverändert in seiner treuen Trauer, trauernden Treue.

Du siehst mich an, sagte einer zu mir, als wolltest du mich kaufen. Wie eine fremde Marke.

Zieh bei mir ein, sagte ein anderer nach ein paar Tagen. Ich habe Platz genug und kann für dich sorgen.

Aber warum?, erwiderte ich. Wir lieben uns doch nicht. Wir sind doch kein Paar.

Aber ja! Ja doch! Ich liebe dich. Und du? Warum küsst du mich dann?

Ich zuckte die Achseln.

Und dann sagst du Liebling, mein Liebling zu mir.

Weil es mir gefällt, wahrscheinlich.

Wie sollte er wissen, dass ich immer nur ausgewichen war in die fernen Tage mit Hugo, Tage der Hingabe und des Vertrauens, bis auch er, der andere, eine Maske angenommen hatte, die Maske des toten Geliebten, bis der Lebende mit der anwesenden Abwesenheit des Toten verschmolz und ich mir den Widerspruch zwischen tot und lebendig weglügen konnte. Vorübergehend.

Vorübergehend. Und wie gut war es zu wissen, dass ich jederzeit in die klösterliche Abgeschiedenheit des Hildegard-Kollegs entweichen konnte.

Ich benutzte Männer wie Bücher. Suchte sie aus, passend zur Stimmung. Agierte wie eine Figur aus einem Roman. Legte mir Lebensläufe zurecht, spielte immer andere Rollen. Nur eines musste eingehalten werden: das Gebot der Bewunderung. Interesse zeigen, egal für was. Besonders Beruf und Hobby, wobei Letzteres nie so genannt werden darf.

Mehr als einmal dachte ich: Diese armen Idioten, denken, sie kriegen einen ins Bett, wenn wir uns schon längst fragen, wie wir sie wieder rauskriegen. Ich bediente mich ihrer, indem ich sie glauben machte, sie bedienten sich meiner. Allergisch blieb ich einzig gegen Dumme.

Ja, es gab sie, die Lust ohne Liebe, Lust ohne Gefühl. Aber die Dichter hatten recht, die dieses Lüstchen schal nannten. Ein Gespräch mit Hugo fiel mir ein, als es um die Einstellung der Kirche, vor allem früherer Kirchenväter, gegangen war. Deren völliges Unverständnis für das, was Mann und Frau miteinander verbindet, für die Einheit von körperlicher und seelischer Gemeinschaft. Die ihr Augenmerk ausschließlich auf das Sexuelle richteten.

Und der Umgang mit der Sexualität, wie er von Flower Power propagiert wurde? Oder von Alexandra Kollontai, dieser sowjetischen Revolutionärin der ersten Stunde, berühmt durch ihre Glas-Wasser-Theorie, die fordert, sexuelles Begehren zu stillen solle so einfach sein, wie den Durst zu löschen durch einen Schluck Wasser? Waren derlei Ansichten nicht ähnlich kurzschlüssig wie die der Kirchenväter? Das Wesen der erotischen Liebe verfehlten beide Lager: die einen in der Verdammung, die anderen in der Verherrlichung der sogenannten freien Liebe.

Und dann traf ich Bernhard, einen Studenten der Biologie, der mir in der Mensa mit zwei Groschen aushalf, die für meine Cola fehlten. Er lud mich zur Examensfeier eines Kommilitonen ein.

Es war das Übliche. Politische Diskussionen. Mir egal. Erst als ein junger Mann in beinah akzentfreiem Deutsch von den Wahlen in Chile berichtete, horchte ich auf. Er trug Jeans wie wir alle und dazu eine dieser bunten offenen Westen, wie sie in Peru oder sonstwo in Lateinamerika gewebt wurden.

Unsere Hoffnung, erklärte er mit seiner dunklen schwermütigen Stimme, die so gar nicht zu der athletischen Gestalt passen wollte, unsere Hoffnung ist dieser Arzt, ist Salvador Allende. Sozialismus in Freiheit. Er hat die Wahl gewonnen. Aber er braucht noch die Stimmen der Christdemokraten.

José hatte in Köln studiert, es war sein Examen, das wir feierten. Schon in wenigen Tagen würde er zurück nach Santiago fliegen.

Kennt ihr sicher noch nicht, sagte er: Víctor Jara. Er griff nach der Gitarre, die hier, wie in vielen WGs, irgendwo bereitstand. Die Musik wurde abgedreht. Schließlich war das sein, Josés Abend.

Ich verstand kaum ein Wort. Corazón, ja, das Herz, Señorita und amor. José sang, und wir klatschten den Rhythmus dazu auf Tische, Stühle, Schenkel, ein paar begannen zu tanzen. Zumindest eine Ahnung bekam ich wieder, wie es ist, dazuzugehören. In der Gemeinschaft chilenischer Kampflieder fühlte es sich beinah gut an. Ich stand auf und ließ die fremden Rhythmen in meinen Körper ein, überließ mich ihrer Verführung. Das Tanzen tat mir gut. Zu gut. Ich spürte, wie mein Hass sich in den Rhythmen auflöste und ich weich wurde und versöhnlich.

Wünschte ich mir, dass einer käme und mir meine Maske abnähme? Die Maske, die man mir immer bereitwilliger abnahm. Eine Maske abnehmen. Ich wurde mir des gefährlichen Doppelsinns bewusst. Wegnehmen sollte man meine Maske, sie durchschauen, durchhauen. Mir wieder zu mir selbst verhelfen. Mich zu finden. Wieder zu finden.

Es konnte José sein. So gut wie jeder andere.

Er wohnte in einem Studentenheim, und wir mussten uns hineinschmuggeln. Was nicht schwierig war. Die Pforte zu so später Stunde unbesetzt. Undenkbar im Hildegard-Kolleg.

Josés Zimmer war kaum größer als meins. Auf dem Schreibtisch Zettel, Radiergummis, Löschblätter, ein Locher, penibel geordnet, an den Wänden Stiche von Doré, wie sie mir Hugo einmal gezeigt hatte. Nachdrucke? Ich musste lachen. Nachdrucke. Wie ja auch dieser José nichts weiter als ein Nachdruck war. Die Stiche zeigten Don Quichotte. Don Quichotte auf Rosinante, Don Quichotte und Sancho Pansa, Don Quichotte und die Windmühlen, Don Quichotte und seine Dulcinea von Toboso.

Gefallen sie dir? José war hinter mich getreten und richtete seine Schreibtischlampe auf die Bilder. Mein Lieblingsbuch, musst du wissen. Hier, er griff ein abgeschabtes, ledergebundenes Buch aus dem Regal: von meinem Großvater. José schlug die Seiten vorsichtig auseinander.

›Vagamente has oído hablar de un cierto Don Quijote de la Mancha. Te han contado centenares de veces que este señor luchaba contra molinos de viento ...‹, begann er, und ich wandte mich misstrauisch um. Einzig Hugos Stimme hatte ich bislang erlaubt, mich mit Dichterworten zu umschmeicheln. Ich erwartete Berührungen, aber keine, die *unter* die Haut gingen.

Setz dich doch, José schob mir den kleinen Sessel zu und griff sich seinen Schreibtischstuhl. Zu trinken hab ich nichts hier. Viel zu bieten hab ich also nicht, und für Musik, er wies auf seine Gitarre, ist es zu spät. Da kriegen wir die Nachbarn auf den Hals. Auf den Hals kriegen – das sagt man doch so bei euch, richtig?

Richtig, gab ich ihm verdrossen recht. Ich hatte nur Augen für seine Hände. Mager, mit langen knochigen Fingern. Sie waren über die Saiten gelaufen, als seien sie selbst Instrumente voller Musik. Doch hier lief nichts so, wie ich es erwartet hatte. Ich schlug die Beine übereinander, ließ den Rock höher rutschen. José musterte sein Bücherregal. Griff noch einmal zu. Hier, Pablo Neruda, Spanisch und Deutsch. Kennst du?

Natürlich kannte ich den, aber was fiel diesem Kerl ein, mich mitten in der Nacht mit Gedichten zu behelligen? Sein kantiges Gesicht mit den dichten, starken Augenbrauen, die über der Nase fast zusammentrafen, hatte anderes versprochen.

›He ido marcando con cruces des fuego‹, begann José, ‹el atlas blanco de tu cuerpo‹, mit einer Stimme, so dunkel, warm und weich, dass ich hätte aufspringen und fliehen mögen, doch ich blieb sitzen und ließ mich bestricken – was für ein Wort –, verstricken, fangen, in diesem Netz aus Lippen und Stimme, immer tiefer hinein, in diesen Silbenstrick.

Wie lange ich José zuhörte, ach, was heißt hören. Ich gab mich der Stimme hin. Der Stimme allein. José las nicht für mich. Er las für sich und, mag sein, für eine Liebe im fernen Chile. Das aber erlaubte mir, wenn auch noch so zaghaft, wieder mit dem Herzen zu hören, dem Herzen der Trauer und der arglosen Träume. Kaum bewusst, wagte ich zu ahnen, dass es sie noch gab, diese stille Leidenschaft, die sich nicht in einer körperlichen Vereinigung erschöpft. Machtlos spürte ich, wie mein Hass dahinschmolz und die so lange zurückgestaute Trauer sich Bahn brach. Ein Zittern durchlief mich, und dann kamen die Tränen ...

José sprang auf, blieb einen Augenblick unschlüssig vor mir stehen, seine Augenbrauen zogen sich noch dichter zusammen, und dann kniete er vor mir nieder und zog mich in seine Arme, Hugo zog mich in seine Arme, hielt mich fest. Und dann brachte er mich zur Tür und nach Hause und war wieder José, der mich zum Abschied auf die Stirn küsste. Fast hätte ich ihm von Hugo erzählt.

In José fand ich wieder, was auch meine Liebe zu Hugo mit ausgemacht hatte. Hugo war nicht nur ein durchaus männlicher Mann gewesen. Er hatte zudem gerade soviel Weiblichkeit in sich, dass auch mein männlicher Anteil sich von ihm angezogen fühlte. Genau deshalb mochte er seinem Vater verächtlich gewesen sein. Und mir so lieb vor allen anderen.

Ich versuchte, José noch einmal zu treffen. Die Bäume verloren ihr letztes Laub, und ich dachte, all diese Blätter hat Hugo weder knospen noch aufspringen noch welken sehn. Nicht fallen sehn.

Und dann stand ich vor dem Wohnheim und wusste nicht einmal seinen Namen. Doch man kannte ihn. José Molina. Er war nicht da. Nicht mehr da. Nach Hause geflogen. Für mich hatte er bei Bernhard ein Päckchen hinterlassen. Pablo Nerudas *Canto General*. Ein Bildchen der Virgen del Carmen als Lesezeichen bei einem der Gedichte, die mir er am Abend zuvor, unserem Abend, seinem letzten Abend in Deutschland, vorgelesen hatte: ›Paz para los crepúsculos‹. Dazu in seiner Handschrift die Übersetzung:

> Friede für die Abenddämmerungen, die kommen
> Friede für die Brücke, Friede für den Wein
> Friede für die Lettern, die mich suchen
> und in meinem Blut aufsteigen

Nach der Begegnung mit José begriff ich vollends, wie trostlos sie war, diese Vorstellung der Kirchenväter und der Blumenkinder gleichermaßen, die Liebe mit Lust verwechselten. Begann zu ahnen, dass die einzige Liebe, die diesen Namen verdient und dauert, eine ist, die alles akzeptiert, jede Enttäuschung, jeden Fehler, sogar den Betrug, und die am Ende sogar die Tatsache akzeptiert, man mag sie traurig nennen oder abgeklärt, dass am Ende kein Verlangen so tief ist wie das Verlangen nach einem Kameraden, einem Freund.

Ich scheute mich davor, nach Dondorf zu fahren. Nach Hause? Ich konnte nichts mehr vorweisen, worauf sie hätten stolz sein können. Ich hatte ihnen nichts mehr zu bieten. Mein Verlust hatte mich zur Verliererin gemacht. So jedenfalls sah ich mich. Mit dem Vater wäre ich noch zurechtgekommen. Es geschah genug in der Welt, worüber wir diskutieren konnten. Da hatte ich etwas zu geben. Mein Wissen. Meine Meinung. Das genügte. Allende war mit den Stimmen der Christdemokraten zum Präsidenten gewählt worden. Ein demokratisch frei gewähltes sozialistisches Staatsoberhaupt. Wenn ich mich mit dem Vater darüber freute, tat es nicht mehr so weh, dass Hugo nicht einstimmen konnte. Was hätte er gesagt, wenn er Willy Brandt gesehen hätte, seinen Kniefall am Mahnmal für die Opfer des Aufstandes im Warschauer Ghetto? Ereignisse wie diese, die uns nichts angingen und doch mehr als ein Vorwand waren, uns ein Miteinander zu ermöglichen. Sie schufen eine seelische Ebene, wo wir einander nah sein konnten, ohne einander zu nahe zu kommen, zusammen sein konnten, ohne einander zu bedrängen. Das ging mit der Mutter kaum. Die sah mich an wie einen reparaturbedürftigen Gegenstand, wie ein schönes Stück Porzellan mit einem dicken Sprung. Und so behandelte sie mich auch. Schonend. Kind, isch mein et doch nur jut.

Unschuldig war ich daran nicht. So ging ich irgendwann im Herbst mit der Mutter auf den Friedhof, um das Grab der Familie Fritz Rüppli herzurichten. Wollte ihr zeigen, dass ich wieder die starke Tochter war. Warnend fragte sie, ob das nit zu viel, nit zu früh für mich sei. Doch ich war immer gerne dort gewesen, träumte mir, während ich mit Hacke und Gieskanne hantierte, Stiefmütterchen und Erika aus- und einbuddelte, den Großvater herauf, sein ganzes liebes Wesen. Diesmal jedoch fühlte ich nur die gesammelte Kälte von Knochenhaufen über Knochenhaufen, Blätterhaufen über Blätterhaufen, die in und über der Erde widerwillig verwesen, und ich spürte, wie meine Hand sich um die Hacke krampfte und zuschlug, zuschlug in den nasskalten Grund, dieses Torf- und Kiesgemisch aufwühlte, auf den Boden einprügelte, meinen Hass hineinprügelte, das Erdreich zeichnete mit meinem Hass. Das Keckern einer Elster bohrte sich in meine Ohren, oder war es, unheimlich fremd, die Stimme der Mutter: Hilla, wat machs du da! Komm, mir jehen nach Haus. Du musst dich schonen.

Es war am vierten Adventssonntag, da bat mich die Mutter, ihr in der Küche zu helfen. Ich der Mutter helfen? In der Küche? Eine solche Bitte hatte ich seit Kinderzeiten nicht mehr gehört, nicht mehr, seitdem ich mehr oder weniger mutwillig eine gute Sammeltasse nach der anderen ruiniert und mich so als dat dolle Döppe mit zwei linke Häng erwiesen hatte, um schnell wieder an meine Bücher zu kommen. Statt des üblichen Kittels trug die Mutter eine frisch gebügelte Schürze und reichte auch mir eine.

Komm bei misch in de Kösch, die Mutter machte die Tür hinter mir zu und band mir die Schürze im Rücken zusammen. Da kommste auf andere Jedanken. Radio Luxemburg lief, wie immer. Die Mutter machte ihren Lieblingssender aus und schob mir den Kartoffelhaufen zu.

Kartoffel um Kartoffel schälten wir, die Augen fest auf Kartoffel und Messer geheftet.

Wat du mit dem Hujo erlebt hast, platzte sie schließlich heraus und ließ eine rundum hauchfein geschälte Knolle in die Wasserschüssel fallen, dass es hoch aufspritzte und ich mir die Tropfen aus dem Gesicht wischen musste. Dat du so traurisch bist und eso durscheinander, dat hab ich auch mal erlebt.

Dass die Mutter gut und gern erzählen konnte, hatte sie, als Hugo zur Familie gehörte, immer lebhafter gezeigt. Nur von anderen. Nie von sich. Nur einmal hatte sie von sich erzählt. Von früher. Von Lenchen Hertz, ihrer Schulfreundin. Vom katholischen Lenchen, das über Nacht zur Jüdin geworden war. Dem auch sein arisch blonder Ehemann nicht helfen konnte. Und sonst? Hatte mich die Vergangenheit der Mutter nicht interessiert. Ich war immer mit mir selbst beschäftigt. Die Mutter, eine Selbstverständlichkeit, eine Tatsache, wie Sonne Mond und Sterne, Frühling Sommer Herbst und Winter, Hand und Fuß. Manchmal lästig. Wie ein Juckreiz. Der mit den Jahren immer schwächer geworden war. Nichts, worüber sich ein Nachdenken, Nachfragen lohnte. Und nun holte diese lebenslang garantierte Person zu ihrer eigenen Geschichte aus. Wollte ich die überhaupt hören? Aber war das wichtig? Die Geschichte der Mutter gehörte zu ihr und die Mutter zu mir, ob wir das wollten oder nicht. Auch sie hatte sich ihre Geschichte nicht aussuchen können.

Du weißt ja, dat ich bei dem Spickenagel in Stellung war.

Ich konnte kaum die Augen lösen von den Fingern der Mutter, die Kartoffel und Messer gegeneinander drehten, in vollendeter Harmonie.

Ja, und morgens hast du Brötchen ausgetragen. Und den Eltern von dem Lenchen die Brötchen durchs Fenster geworfen, als die schon keine mehr kriegen durften.

Die Finger der Mutter hielten inne. Sie sah mich groß an: Dat du dat behalten hast. Dat is doch esu lang her, dat ich dir dat verzäält hab. Damals, für die Jahresarbeit op dr Scholl.

Die Mutter nahm Kartoffel und Messer wieder auf: Aber von dem Fritz, von dem hab isch dir nit erzählt.

Ich schüttelte den Kopf. Schwieg. Wartete. Nä, sagte ich schließlich.

Dä Fritz, begann die Mutter versonnen und mit einer Stimme, die ihre Wörter von weit her zu holen schien. Nicht wie sonst, wenn sie ihre Dondorfer Geschichten aufgekratzt zum besten gab.

Dä Fritz, dä war Jeselle bei dem Spickenagel. Un morjens noch vor mir da. Isch hab die Brütsche ja nur ausjefahren. Da hatte der Fritz die schon jebacken. Ne staatse Kääl war der. Die Stimme der Mutter wurde träumerisch, das Messer ruhte.

Ich versuchte, mir vorzustellen, was sie nicht aussprach. Wie dä Fritz ihr schöne Augen gemacht und versuchte hatte, ihr das Leben zu erleichtern. Dem schmächtigen jungen Mädchen, das nichts hatte lernen dürfen und nun ›in Stellung‹ der Bäckersfrau zur Hand ging. Nicht einmal ihren Arbeitgeber konnte sie sich aussuchen. War ohnehin ziemlich egal. ›In Stellung‹, das hieß auch, in Wartestellung. Bis der Richtige kam. Oder der Erstbeste. Was meist auf dasselbe hinauslief. Keine Alternative. Oder nur die einer ahl Juffer. Kenne metjekreesch. Warum also nicht Fritz?

Die Mutter straffte sich und fuhr fort. Sie habe es gut getroffen, sogar zu Hause schlafen dürfen. Nur das frühe Aufstehen. Aber da sei ja der Fritz gewesen. Nur eins war nit so schön. Tief bohrte die Mutter das Messer in die Kartoffel nach einem Keim. Se haben schon Augen, seufzte sie und stach noch einmal zu. Die anderen Jungen seien zu den Schützenbrüdern und in den Kirchenchor gegangen. Und der Fritz? Bei de Kommeniste!

Zu den Kommunisten? Nun plumpste mir die Kartoffel ins Wasser. Kaum geschält. Ich fischte sie heraus.

Ja sischer dat!, bekräftigte die Mutter aufgeräumt. Diese Überraschung war doppelt gelungen. Nicht nur war die Nachricht an sich eine außerordentliche, auch die Empfängerin, die Tochter, eine Studierte, war perplex.

Die Omma habe rotgesehen.

Gar nicht so verkehrt, musste ich grinsen.

Gemeinsame Versuche von Fritz und dem Oppa, die Großmutter umzustimmen, hätten nichts genützt. Dabei sei die ja selbst gegen Hitler gewesen, wisse ich ja. Habe statt der Nazi-Fahne jedesmal die Kirchenfahne rausgehängt. Und der Oppa musste dann für eine Nacht im Rathauskeller hinter Gitter.

Die Mutter schüttelte den Kopf. Ja, die Omma. Von wegen dasselbe Ziel! Denselben Feind. Das habe ihr der Fritz immer wieder klarzumachen versucht. Vergebens. Isch tu dat für Jott un nit für de Kommeniste! Strikt gegen die Heirat sei sie gewesen. Aber da hatte ich meine eijene Kopp. Die Mutter schürzte die Lippen wie ein ungezogenes junges Ding und warf den Kopf in den Nacken. Isch ließ auf dä Fritz nix kommen. Und in die Kirche sei er auch gegangen. Ob ihr oder dem lieben Gott zuliebe? Oder zur Tarnung? Um die Böschteköpp, wie man in Dondorf die Nazis wegen ihrer Hitlerbärtchen nannte, ze uuze. Das sei ihr aber egal gewesen. Hauptsache, de Lück, womit sie insbesondere die Großmutter und die Nachbarinnen meinte, hätten das Maul gestopft. Und dann hätten die, womit sie die Kommunisten meinte, sich ja auch nicht in Dondorf getroffen. Nach Großenfeld sei der Fritz gefahren. Die Mutter neigte ihren Mund verschwörerisch an mein Ohr: In de kommenistische Zelle. So hieß dat bei denen.

Und du?, unterbrach ich die Mutter, bist du denn nie mal mitgegangen?

Die Mutter zuckte die Achseln. Nein, mitgegangen nie. Und gefragt habe er sie auch nicht. Nix für Frauen. Viel zu gefährlich. Der Hitler sei ja da schon am Ruder gewesen. Und dä leewe Kääl hätt sich lieber in Stücke reißen lassen, wie als dat mir wat passiert wär.

Bertram steckte den Kopf zur Tür herein: Hier ist es aber still! Gar kein Radio?

Alles ok, beschied ich ihn. Bertram begriff und verschwand.

Trotzdem. Die Mutter machte eine Pause und ächzte, als müsste sie für den nächsten Satz ihren Widerwillen beiseiteräumen. Trotzdem, wiederholte sie mit einem Ton unterschwelliger Abneigung gegen den Inhalt ihrer Feststellung: Beim Hitler sei es wieder bergauf gegangen. Und der Fritz habe überlegt, ob er sich selbstständig machen solle. Ein gutes Angebot aus Strauberg hatte er und eisern dafür gespart. Darum hätten sie mit dem Heiraten auch noch gewartet. Und sie sei ja auch noch so jung gewesen.

Wieder ruhten die Hände der Mutter. Kunstvoll schwang eine Schalenspirale von der Kartoffelknolle hin und her. Wo war die Mutter jetzt, in diesem Augenblick? Gewiss nicht hier in der Dondorfer Küche. Sie war da, wo sie damals war, wo verliebte Leute noch heute sind, bei den Weiden am

Rhein, den verschwiegenen Auen zwischen Holunder und Erlengebüsch. Den verlockenden Geheimnissen des sechsten Gebotes auf der Spur. Unkeuschheit treiben. Mit wem? Wie oft? Bei schweren Sünden die Zahl angeben. War die Mutter zur Beichte gegangen? Womöglich bei Franz Boehm, den die Nazis später nach Dachau verschleppt hatten. Wozu mochte er sie ermahnt haben?

Immer noch schaukelte die Kartoffelschale vom Messer übern Tisch. Ich sah die Mutter von der Seite an. Kühnheit bebte um ihren Mund, ihr Gesicht so jung, beinah kindlich und so rührend bestimmt, wie ich es nie zuvor gesehen hatte. Welche Bilder standen ihr vor Augen, nach über dreißig Jahren? Beinah zärtlich setzte die Mutter das Messer wieder an. Schweigend. Hatte sie den Faden verloren?

Und dann haben wir jeheiratet, brach es plötzlich aus ihr heraus. Wie ein Geständnis nach peinlichem Verhör. Geheiratet, nickte die Mutter heftig, als sei sie noch heute erleichtert, es damals geschafft zu haben. Diese Heirat, sinnierte ich, muss für sie so etwas gewesen sein wie für mich das Abitur. Reifeprüfung.

Auch wegen der Omma hätten sie so lange gewartet. Wenn schon Kommunist, dann erst, wenn du volljährig bist, einundzwanzig. Darauf habe sie bestanden. Die Mutter gab mir tatsächlich einen beinah schwesterlichen Rippenstoß. Du kennst ja die Omma.

Da hattet ihr aber bis dahin sicher allerhand zu beichten, konnte ich mir nun doch nicht mehr verkneifen.

Die Mutter rammte das Messer in ein Kartoffelauge, das sie längst ausgestochen hatte. Ein dickes Kartoffelstück fiel zwischen die Schalen.

Du kannst einen aber auch zacken, beschwerte sie sich mit gespieltem Ärger und hielt mir den Kartoffelschnitz vor die Nase. So kann et einem jehen. Ach ja, seufzte sie nach einer bedeutungsschweren Pause, wieder in lieben Erinnerungen verloren. Und noch einmal: Ach ja.

Maria Rüppli, die junge Braut, auf verschwiegenen Sonntagsspaziergängen, mit dem Böötchen rüber zur Piwipp auf ein Bier und Apfelsaft ...

Einmal, drang die Stimme der Mutter an mein Ohr, haben mir sojar einen Ausflug jemacht. Der Fritz habe sich das Auto geliehen, von einem Freund, für den musste er dann die verbotenen Plakate kleben. Nach Schloss Burg und in den Altenberger Dom. War ja auch ejal, wohin. Nur mal raus hier. Die Mutter ließ die Blicke durch die Dondorfer Küche fliegen, als suche sie ein Schlupfloch.

Mamma, ich griff nach ihrer Hand, die sie mir zögernd entzog.

Ihr könnt euch die Zeit damals nit vorstelle. Wat der mir alles erzählt hat. Wat die Nazis mit de Lück jemacht haben. Un wenn der Fritz nachts unterwegs war, dat war schlimm. Se konnten ihn ja überall schnappe un dann ab nach ... wat weiß ich wohin. Die meisten nahm de Jestapo mit. Nach Möhlerath. Ja, da draußen, dat war ne schlimme Zeit. Dat hab isch durch de Fritz so rischtisch mitjekriescht. Trotzdem, mir hatten et doch auch schön. Dä Fritz un isch. Isch jlaub – wieder eine Pause, die sich fast fühlbar mit Erinnerungen füllte. Isch jlaube, et war die schönste Zeit meines Lebens.

Der Satz vibrierte im Raum, als hätte jemand einen Stein durchs Fenster geworfen. Ein Fremdkörpersatz.

Ich schwieg. Schälte die Kartoffel zu Ende. Die nächste. Ließ die blanken Knollen betont sorgfältig ins Wasser gleiten. Dachte an den Vater, der seine Kölner Braut kurz vor der Hochzeit verloren hatte. Wie er noch einmal aufgeschluchzt hatte vor einem Jahr in der Taubengasse, als er mir von ihr erzählt hatte, von Marlene im Brautkleid im Sarg.

Die schönste Zeit, ja, isch mein, vor dem Pappa, vor dem Kriesch, ach Kind ... Die Mutter unterbrach sich, legte das Messer beiseite, tastete in die Schürzentasche, lief hinaus und kam mit einem Taschentuch wieder. Putzte sich ausgiebig und umständlich die Nase und verstaute das Tuch im Ärmel ihrer Strickjacke.

Mamma, sagte ich zaghaft, hätte sie am liebsten in den Arm genommen, froh, mich meiner gewohnten Rolle, der Rolle der Überlegenen, derjenigen, die etwas geben konnte, Trost spenden konnte und nicht empfangen musste, froh, mich dieser Rolle wieder nähern zu können.

Mamma, wiederholte ich, wollte wenigstens meine Hand auf ihre legen, doch die hatte schon das Messer ergriffen und langte nach einer Kartoffel.

Auch seine kommunistischen Freunde, nahm die Mutter den Faden wieder auf, als sei dieser Satz, der Satz von der schönsten Zeit ihres Lebens, nie gefallen, auch die wollten ja, dat mir heiraten. Die waren da beinah jenauso pingelisch wie der Herr Pastor. Un dann hat uns dä Boehm jetraut. Warte mal. Die Mutter wischte sich die Hände an der frischen Schürze ab, ging hinaus und war gleich zurück. Mit ihrem Gebetbuch. Hier, sie zog einen um und um gefalteten Zettel hervor, strich ihn sorgfältig glatt und reichte ihn mir. Kannste dat lesen? Ist noch die alte Schrift.

Sütterlin. Ja, ich konnte. Und las: AT, Osee 8,7. ›Wind säen sie und Ungewitter ernten sie. Kein Halm sprießt ihnen und die Saat gibt kein Mehl; gäbe sie's aber, so verzehrten's Fremde.‹

Verblüfft sah ich die Mutter an.

Dat war unsere Trauspruch. Der Mutter stieg die Farbe ins Gesicht, verlegen noch nach so langer Zeit. Unsere Trauspruch. Den hatte der Fritz sich ausjesucht. Und dä Boehm hatte nix dajejen. Im Jejenteil. Die zwei haben sisch jejenseitisch auf de Schulter jeklopft wie zwei alte Freunde. Aber in dr Kirsch, bei de Trauung un danach, da war dann wat los.

Das konnte ich mir vorstellen. Ob der Ohm auch dabei war? Auf jeden Fall die Geschwister der Großmutter, die vornehmen Miesberger und die aus Ruppersteg.

Verstanden, so die Mutter, habe man den Sinn dieser Sätze in ganz Dondorf. Viel gepredigt habe Boehm nicht. Aber sicher drei-, viermal habe er den Spruch wiederholt, so ganz schlau einfließen lassen. Jeder habe kapiert, was und wer gemeint war. Un isch hatte Angst. Verstehste dat?

Ja, sicher, Mamma. Das war ganz schön mutig von den beiden, dem Fritz und dem Boehm. Und von dir. Dass du da zugestimmt hast. Ihr habt ja immer erzählt, wie sie den Boehm abgeholt haben, vom Altar weg, als der gepredigt hat: Denn das Heil kommt von den Juden.

Die Mutter nickte widerstrebend. Trotzdem, et war ne schöne Feier. Sogar die Omma habe sich mit Fritz ausgesöhnt; so gut habe ihr der Spruch gefallen. Nur als dann spät am Abend die ziemlich angeheiterten Freunde von Fritz angefangen hätten, sich Genossen zu nennen, sei die Omma auf die Barrikaden gegangen, hatte Feierabend! gerufen und die Flaschen weggeräumt. Jenossen! Kannste dir dat vorstellen? Noch einmal spiegelte die Stimme der Mutter die Fassungslosigkeit von damals wider.

Und der Fritz, wollte ich wissen, was hat der getan?

Der is natürlisch hierjeblieben. Die Mutter kicherte. Und hat mit der Omma noch ene Aufjesetzte jetrunken. Damit jehörte er zur Familie. Endjültisch.

Langsam wurde mir die Geschichte unheimlich. So wie die Mutter sie mir angekündigt hatte, konnte sie kein gutes Ende nehmen. Drum holte sie noch einmal weit aus, schilderte eine Hochzeit, wie sie im Buche steht, wie wir sie erst im vergangenen Jahr bei der Trauung Marias erlebt hatten. Ich begriff, die Mutter wollte nicht weiter. Wollte dem Lauf der Dinge, dem Lauf des Lebens nicht folgen, wollte der Vergänglichkeit ein Schnippchen schlagen, die Zeit anhalten mit ihren Erzählungen, die Zeit zurückdrehen, ach, wie gut kannte ich das, seit ich Hugo verloren hatte an die Zeit und ihren Schnitt, ihren Schnitter. Es ist ein Schnitter, heißt der Tod, hat die Gewalt vom lieben Gott. Plötzlich hatte ich genug von Brautsträußen, Blumengebinden, Festspeisen und Hochzeitsgeschenken.

Weiter, Mamma.

Die Mutter legte Kartoffel und Messer beiseite und umklammerte die Tischkante, dass die Knöchel weiß hervortraten. Kniff die Lippen zusammen und sah aus wie eine alte Frau. Es tat mir weh.

Eine Woche später marschierte Hitler in Polen ein. Fritz wurde als einer der Ersten eingezogen. Drei Wochen später kam das Päckchen. Mit einer Urkunde und mit Fotos: Soldaten im Stechschritt zwischen Gräbern auf einem Friedhof. Soldaten schultern einen Sarg. Der Sarg wird in die Erde hinabgelassen. Hakenkreuzfahnen über dem Grab. Hakenkreuzbinden am Arm eines Redners. Im Sarg der Gefreite Fritz Niesen, so die Urkunde. Todesursache: Angina.

Jetzt weiß du et. Dat wollt isch dir schon immer mal erzählen. Aber du hast ja auch immer wat anderes im Kopp jehabt.

Während sie erzählte, hatte die Mutter das Messer ununterbrochen um eine einzige Kartoffel gedreht, die sie jetzt nussgroß zwischen Daumen und Zeigefinger hielt.

Dat kommt davon, sagte sie kopfschüttelnd.

Mamma, sagte ich, und diesmal tat ich es. Ich legte die zerschälte Kartoffel zu den Schalen und schloss meine Hände um ihre. Die Hände der Mutter kalt und rau wie feuchter Sand.

Immer wat anderes im Kopp jehabt. Die Mutter hatte recht. Unsere Welten hatten wenige Berührungspunkte gehabt. Vor Hugo. Hugo hatte mir die Eltern, die Familie näher gebracht. Seinen Tod schien die Mutter so wenig zu verwinden wie ich. Machte sie ihn mir unterschwellig zum Vorwurf? Weil wir uns nun wieder fast so fern waren wie vor der Hugo-Zeit? Wollte sie mit ihrer Erzählung die schwesterliche Komplizenschaft, die ich während der Jahre mit Hugo ein paarmal glaubte, verspürt zu haben, wieder herstellen? Damals, als wir gemeinsam das Lied von Sän Fränzisko gesungen hatten?

Die Mutter zog ihre Hände unter den meinen hervor. Kinderschwester, sagte sie, Kinderschwester wäre sie gern geworden. Immer sowat Liebes, Kleines im Arm. Die Mutter wandte sich mir zu und öffnete die Arme: Un dat hab isch dann ja auch jehabt.

Die Tür sprang auf. Die Mutter ließ die Arme sinken.

Wo bleibt ihr denn? Wir haben Hunger! Bertram schmatzte theatralisch und klopfte sich den Bauch. Die Mutter öffnete die Arme noch einmal und drückte den Bruder an sich.

Wat liebes Kleines. Ich brachte die Schalen auf den Kompost, und die Mutter setzte die Kartoffeln auf.

Ich war wieder zu Hause.

Nachts ging mir durch den Kopf, wie oft die Mutter Trotzdem gesagt hatte. Wie ihr eigenes Erleben im Widerspruch gestanden hatte zu dem, was in Deutschland vor sich ging. Persönliches Glück in der Nazi-Diktatur. Mit einem, der sein Leben im Kampf gegen dieses Verbrecherregime aufs Spiel gesetzt hatte. Trotzdem. Obwohl ihm persönlich nichts fehlte. Oder doch? War es der Mutter nie eingefallen, ihn zu bitten, er möge von den gefährlichen Unternehmungen ablassen? War sie nur das Zweitbeste im Leben des Fritz Niesen gewesen? Wie hätte ich das ausgehalten? Vielleicht war das noch so ein Trotzdem, ein unausgesprochenes: Dass der Kampf gegen Hitler für ihren Fritz mindestens so wichtig war wie seine Liebe zu ihr: Das hatte die Mutter gewusst und ihm dennoch nie einen Vorwurf gemacht. Das Leben konnten die beiden ja den Gefahren zum Trotz genießen. Doch nie ohne dieses Trotzdem. Bis das Politische das Private bezwang. Keinen Raum mehr ließ für privates Glück. Nicht einmal für ein Trotzdem. Der Kämpfer gegen Hitler musste als Soldat für Hitler in den Krieg. Sterben. Ich begann zu ahnen, was gute Politik ausmacht: dafür zu sorgen, dass unser Leben guten Gewissens ungestört von großer Politik gelebt werden kann. Wie gern hätte ich das jetzt mit Hugo diskutiert!

Diesmal konnte ich ihm nicht aus dem Weg gehen. Dem Stellvertreter Niemands auf Erden, seinem Dondorfer Statthalter. Georg Kreuzkamp, Pastor.

Ostern und seinen Auferstehungsjubel – ›Das Grab ist leer, der Held erwacht‹ – hatte man mir erspart. Kurz danach hatte es im Hildegard-Kolleg an meine Tür geklopft: Besuch ist da. Sie werden erwartet. Pastor Kreuzkamp, in der Halle.

Ich hielt mir die Ohren zu, biss die Zähne zusammen, zog die Beine hoch auf den Stuhl, Kinn zwischen die Knie, und so, zusammengekauert, mit kaltem Kopf und brennendem Herzen, blieb ich vor dem Schreibtisch hocken, ich weiß nicht, wie lange. Hörte dennoch die unbekannte Mädchenstimme wieder rufen und ein Klopfen. Fräulein Oppermann hätte längst die Türe aufgemacht. Später fand ich einen Brief in meinem Fach. Von Kreuzkamp. Ich zerriss ihn ungelesen, spülte die Schnipsel ins Klo.

Daraufhin kam ein zweiter Brief von ihm aus Dondorf. Ich wollte ihn erst gar nicht in meinen vier Wänden haben, war mit ihm gleich auf die Straße gelaufen, hatte auch diese Botschaft abgewandten Gesichts vernichtet und die Fetzen in den Gully bei der Mauritiuskirche nebenan gestopft.

Jetzt, fast am Ende des verhängnisvollen Jahres, war es soweit: Dem Kirchgang am Weihnachtsmorgen konnte ich nicht ausweichen. Bertram, vor allem aber der Vater, hatten mich so bittend und unglücklich angeschaut, dass ich ihre Trauer nicht noch verstärken mochte. Ich ging mit ihnen. Ins Hochamt. Wo uns Kreuzkamp, schon in vollem Ornat, an der Tür abfing und nach der Messe in die Sakristei bat.

Ich hatte mit ihm gerechnet und war gewappnet. Zumindest glaubte ich das. Doch schon beim Anblick der Kirchenmauern fielen die Erinnerungen über mich her, steckte der schwarze Fritz wieder in der Manteltasche der kleinen Hildegard und wartete auf das Wunder seiner Umfärbung, trug das Kommunionkind die Hostien hinauf zum Altar, stieg das Beichtkind mit dem fremden Kaplan im Rücken auf den Glockenturm und spürte Feuchtes in den Kniekehlen. Hier stand der Sarg des Großvaters. Der Großmutter. Hier kniete Hilla neben Hugo und sagte zu ihm Ja. Ja, ich will. Vor Gott und den Menschen. Beinah.

Mechanisch murmelte ich die Gebete mit, biss mir fast die Lippen blutig, als Honigmüllers Orgel *O du fröhliche* aufbrausen ließ und die Gemeinde in Festgesang ausbrach. In mir wühlte der Hass wie seit Wochen nicht. Seit ich Niemand aus dem Weg ging. Wenn er mir im Sommer mit der Autowerkstatt hatte ein Zeichen geben, sich hatte anbiedern wollen, indem er mir diesen Fluchtimpuls eingab, mir vielleicht damit das Leben rettete – es war ihm misslungen. Ich durchschaute ihn. Und hielt mich fern. Aus den Augen, aus dem Sinn.

Ein Kind ist uns geboren. Da konnte ich nur lachen. Hohnlachen. Die Frohe Botschaft. Ich hörte kaum, was Kreuzkamp seinen Schäfchen von der Kanzel zurief. Hoffnung, tönte es da herab, Hoffnung und Licht in der Finsternis. Ich schaute zum Vater, zu Bertram hinüber. Die hielten die Köpfe gesenkt. Bertram machte ein gequältes Gesicht, oder bildete ich mir das ein? Suchte ich bei ihm einen Spiegel für meinen Schmerz? Auch ihm konnte ich nicht mehr das sein, wofür er mich ein Leben lang gekannt hatte: die starke große Schwester. Und seinen Trost, seinen Beistand anzunehmen, fiel mir schwer. Bedürftig sein. Geben ist seliger denn Nehmen. Wie wahr.

Zur Kommunion leerten sich die Bänke. Ich war seit Hugos Tod bei keiner Kirchenfeier mehr gewesen. Sollte ich mich einreihen? Ihm die Zunge entgegenstrecken? Noch hatte sich die Handkommunion in Dondorf nicht durchgesetzt. Bertram schaute zu mir herüber, winkte mit dem Kopf auffordernd in Richtung Kommunionbank und erhob sich. Der Vater folgte. Ich blieb sitzen. Musste mir eingestehen, dass Niemand diese Weigerung durchaus, wenn nicht als Huldigung, so doch als Anerkennung ansehen durfte. Verweigern kann man sich nur dem, den man ernst nimmt. Ihn mit Hass im Herzen zu empfangen, wagte ich nicht. Mein Kopf dröhnte. Ich knirschte mit den Zähnen. Zerbiss meinen ohnmächtigen Hass. Niemand hatte noch immer Macht über mich. Da half es kaum, dass ich mich meiner Waffen entsann und wild in die Kommunikanten feuerte, die mit schleppender Andacht, Hostien saugend, auf ihre Plätze zurücksteuerten. Sekundenlang konnte ich mir einbilden, Niemand damit zu treffen, wenn ich die mit Jesus Frischvermählten reihenweise hinmähte. Sie standen erstarkt wieder auf, ich war es, die fiel, ich hatte den Tod im Herzen.

Die Verteilung des Leibes Christi zog sich hin. Honigmüller intonierte eines der schönen alten Weihnachtslieder nach dem anderen. Ich grub die Nägel in die Handballen, bohrte sie ins Fleisch, wetzte die Haut. Guter Schmerz. Schmerz, den ich selbst verantwortete. Der von mir kam. Von keinem anderen. Ob im Himmel oder auf Erden.

›Menschen, die ihr wart verloren, lebet auf, erfreuet euch. Heut ist Gottes Sohn geboren, heut ward er den Menschen gleich‹, folgten die Gläubigen der Orgel mit gehorsamem Gesang. Richard hatte mir sein Buch geschickt. Das hätte ich mit hierhernehmen sollen. Dä es von de schääl Sick, hatte es von Männern wie ihm in Dondorf geheißen. Hieß es wohl noch immer. Ich lachte bitter auf. Meine Nachbarin warf mir einen tadelnden Blick zu. Morgen würde es ganz Dondorf wissen: Das Kenk vom Rüpplis Maria is bei dr Kommenion sitze jebliewe! Und die Spekulationen würden losgehen. Zu viele Todsünden? Nicht gebeichtet? Oder gar raus aus der Kirche? Schon tat mir die Mutter leid. Mir sei schlecht geworden, würde ich ihr sagen. Was ja beinah stimmte. Nur das ›mir‹ durch ›ich‹ ersetzen musste man.

Dann gab Kreuzkamp endlich den Schlusssegen, was ich mit Deo gratias und einem Kreuzzeichen quittierte, lässig, als verscheuchte ich eine Mücke. Der Gang in die Sakristei stand bevor. ›Auf, gläubige Seelen, singet Jubellieder‹, gab uns Honigmüller das Geleit, und die Gemeinde schmetterte inbrünstig mit.

Kreuzkamp hatte seine Gewänder schon abgelegt. Prüfend, fast ein wenig verlegen schaute er uns entgegen, schüttelte Hände, wünschte gesegnete Weihnacht und rückte dann mit der Sprache heraus. Sagte genau das, was ich befürchtete: Ob die Familie Palm etwas dagegen habe, wenn das Fräulein Tochter vor dem Mittagessen mit dem Herrn Pastor noch einen Spaziergang machen möchte?

Allein mit Kreuzkamp, nahm der meine Hände, faltete sie zusammen und legte die seinen darum. Er musste nichts sagen. Einst hatte da der schwarze Fritz aus diesem doppelten Dom herausgeschaut: Glaubst du, der liebe Gott hätte die Schwarzen schwarz gemacht, wenn er sie lieber weiß gehabt hätte? Mit den Jahren hatte dieser Satz seine Weisheit verdoppelt und verdreifacht, war mir zum Sinnspruch geworden für die Allmacht ... Ja, von wem eigentlich? Einmal hatte Hugo mir ein weißes Negerlein in die Krippe gelegt und das Christkind schwarz gefärbt; dem Wunder nachgeholfen, für das ich als Kind so heiß gebetet hatte, um der Großmutter zu beweisen, dass ich ein frommes Mädchen war. Und Kreuzkamp hatte das Puppenkind in unsere Hände gelegt und uns lebendig Geborene aus Fleisch und Blut prophezeit. Unser beider Fleisch und Blut. Ich riss die Hände auseinander. Kreuzkamp ließ die seinen fallen. Griff nach meiner Rechten und drückte sie: Danke, sagte er. Danke, dass du gekommen bist. Ich habe dich lange erwartet.

Ich schwieg. Dachte, sag jetzt bloß nicht: Und nicht nur ich, oder sonst etwas in der Art. Und komm mir bloß nicht mit Hiob.

Als habe er meine Gedanken erraten, schüttelte Kreuzkamp den Kopf. Sein Haar war dünner geworden, aber seine feste untersetzte Gestalt verströmte die alte Zuversicht.

Komm, sagte er. Ich habe dir einen Spaziergang versprochen.

Ich hob den Kopf, sah Kreuzkamp an.

Doch, sagte er, du kennst den Weg.

Nein, wollte ich protestieren, überallhin, nur dorthin nicht. Nicht dorthin, wo ich seit Hugos Tod nicht mehr gewesen war.

Du schaffst das, Kreuzkamp nahm meinen Arm und schob mich sachte zur Tür hinaus.

Es ging an den Rhein, ans Wasser. Wie hatte ich diesen Weg einst geliebt. Gewohnt seit frühen Kindertagen, mit dem Großvater an den Rhein, später mit dem Bruder, mit Federico und Sigismund, mit Godehard. Nach der Nacht auf der Lichtung mit Hugo, mit Hugo. Und, seit ich lesen und schreiben konnte, immer mit einem Buch und einem Heft: *Schöne Wörter, schöne Sätze.* Fluchtweg war er gewesen, dieser Weg, weg von den Menschen an den Rhein, ans Wasser. Der Rhein, der Ort der Freiheit.

Meine Vorstellung vom Paradies, damals: ausgestreckt in der Sonne im Schatten einer Kopfweide, am Himmel Heringsgewölk, das Tuten der Kutter rheinaufwärts im Bogen des Stroms vor der Raffinerie. Meine rechte Hand auf einem Buch, Hölderlin oder Schiller, Gewissheit ihrer Gegenwart, ihrer offenen Bereitschaft, wann immer ich ihres Trostes bedarf. Freunde, mit denen zu schweigen die Nähe vertieft.

Der Weg war mir vertraut, als blättere man in einem Buch rückwärts, um immer wieder zu den geliebten Wörtern und Sätzen zu gelangen, um sie noch einmal zu lesen. Nachlesen – nachleben. Das war seit Hugos Tod vorbei. Der Weg war derselbe. Ich war anders. Und damit alles, was mir geschah. Ja, er war wie ein Buch, dieser vertraute Weg an den Rhein. Wie ein Buch, das wir mit anderen Augen lesen, wenn wir uns verändert haben, sei es durch die Jahre oder das Leben. Zum Guten wie zum Bösen.

Trotzdem. Hier draußen fühlte ich mich sicherer als in Niemands Haus, fühlte mich bitter und kalt, vereist. Feiner Regen fiel, Weihnachtswetter in der Kölner Bucht, die Luft wie feuchte Lappen im Gesicht.

Kreuzkamp mit seinen schweren genagelten Schuhen stapfte voran, hatte es eilig, ans Wasser zu kommen und schlug denselben Weg ein wie vor Jahren, den Weg zum

Notstein, weg von der Großvaterweide. Das machte es leichter. Ich sah ihn von der Seite an. Seine Kinnlade war in ununterbrochener Bewegung, als bereite er ein hartes Stück Brot oder Fleisch zum Verzehr vor. Zum Schlucken.

Und dann standen wir auf dem Damm, und ich riss mich los von der Hand des Großvaters und stürmte die Böschung hinunter, und ich hörte die Mutter: Pass op de Schoh op, pass op de Strömp op, und der Großvater blies auf der Mundharmonika den Kuckuck herbei.

Von weitem drang die Stimme Kreuzkamps an mein Ohr: Ich habe darauf keine Antwort, sagte er. Es klang verloren, ergeben. Und noch einmal: Keine Antwort. Komm, wir gehen ans Wasser. Mal hören, ob der es besser weiß, der alte Vater Rhein.

Wie vertraut er mir war, sein Geruch, der Geruch des pater vetustissimum Rhenus, Brackwasser, Maschinenöl und Teer, die herben Weiden und das säuerlich vergorene Pappellaub. So hatte es auf unserem Gang nach Haus Bürgel gerochen im vergangenen Jahr auf Marias Hochzeit. Ja, dachte ich verzweifelt, wir hatten sie erreicht, diese Augenblicke unserer Vollendung, Hugo und ich, ehe die Erde sich darüber hinwegdrehte. Wie das Leben sich wirklich vollzieht, ist sein Geheimnis; man kennt nur die Erinnerung, und die schafft sich ihre eigene Geschichte. Die wirkliche Zeit schwemmt einen mit, so wie auch Hugo und mich, und man weiß nie, wann einem das Beste im Leben zustößt, erst wenn es gewesen und vergangen ist, können wir es erkennen.

Ich stöhnte auf: Ich muss zurück, herrschte ich Kreuzkamp an. Die Mutter wartet.

Kreuzkamp drehte mich zu sich: Weißt du noch, vor Jahren? Da sind wir auch hier entlanggegangen. Du warst im ersten Semester. Kurz vor deinem Umzug nach Köln. Wir haben über Auschwitz gesprochen. Warum?, hast du damals gefragt. Ich wusste keine Antwort. So wie heute. Heute denke ich aber, du meintest damals damit etwas ganz anderes. Habe ich recht?

Kreuzkamp ließ mich los und ging weiter.

Verblüfft atmete ich auf und nickte. Das war vorbei, das konnte ich erzählen, das tat nicht mehr weh. Mochte Kreuzkamp versuchen, in meinen Augen zu lesen: Mein Herz blieb ihm versiegelt. Gelassen brachte ich die Lichtung noch einmal zur Sprache. Einen Fuß vor den anderen setzten wir, ein Wort gab das andere, beinah lustvoll konnte ich die Wörter wählen, um das Grauen dieser Nacht zu beschreiben. Denn das war es ja nur noch: Beschreibung. Ein Vorgang in Wörtern. Doch dann langte meine Erzählung bei der Szene an, wo Hugo mich zu dem einen Wort zwingt: Vergewaltigung. Und sobald ich dieses Wort aussprach, das Bannwort, das Erlösungswort, das mich geheilt hatte, da stand auch Hugo wieder auf. Hugo, der soviel mehr für mich gewesen war als mein Mann, mein Geliebter. Das wurde mir, während meine Worte ihn ins Leben zurückholten, in schmerzhafter Klarheit bewusst. Hugo war mein Erlöser gewesen. Er hatte mir die Fragen aller Fragen gestellt: Woran leidest du? Hatte mich gezwungen, das Wort in den Mund zu nehmen: Vergewaltigung. Das ich mit ›Lichtung‹, dem Ort des Geschehens, mir vom Begreifen, und damit von meiner Heilung, ferngehalten hatte. Und als ich zu Ende war mit meiner Antwort auf Kreuzkamps Frage, als der verklärte Freund sich aus meinen Sätzen zurückzog in die wortlose Erinnerung, da brach er aus mir heraus: mein Hass.

Meine rasende Wut, meine tobende Auflehnung gegen den im Himmel, dem Kreuzkamp hier auf Erden sein Leben geweiht hatte. Mit jedem Wort schrie ich Niemand zum Teufel und vergaß, dass ich mit jedem Wort auch den Mann verletzte, der hier unverdrossen mit seinen derben Schuhen auf den Rheinkieseln balancierte. Erschöpft brach ich irgendwann ab.

Kreuzkamp hatte meinem gespenstischen Geständnis freien Lauf gelassen. Schwer atmend blieb er stehen.

Hass ist ein großes Wort, begann er zögernd. Ein gefährliches Wort. Ich weiß nicht, ob du nicht, wenn du Hass sagst, Verzweiflung meinst. Aber sei's drum. Auch darauf habe ich keine Antwort. Kein: Du sollst nicht. Kein: Du musst. Aber das weißt du selbst. Und tust es ja gerade deshalb. Nimm es mir nicht übel, aber du erscheinst mir mit deinem Niemand wie ein unartiges Kind, das durch Trotz die Aufmerksamkeit seiner Eltern auf sich ziehen will. Dabei … Kreuzkamp machte eine Pause. Schwieg.

Besser so, dachte ich. Er wollte doch nicht etwa sagen, Gott habe mir durch den Tod Hugos, durch diesen brutalen Raubmord, gerade gezeigt, wie sehr er mich im Auge habe; dass ich ihm nicht gleichgültig sei. Handelt so ein liebender Vater an seinem Kind?, hätte ich den Seelenhirten mundtot gemacht. Und Kreuzkamp nicht weiter gewusst.

Damals, nahm Kreuzkamp den Faden wieder auf, habe ich dir von Gott als dem Großen Autor gesprochen, dessen Buch wir nur bruchstückhaft lesen können. Und dir hat er jetzt ein ganz besonders schwieriges Kapitel zugedacht. Du weißt doch, wie das ist mit schwierigen Texten. Geduld muss man haben. Nicht aufgeben. Hab Geduld mit dir. Und mit Demdaoben. So habt ihr ihn doch immer genannt. Euren Deo. Das Ende ist immer ein brutales Rätsel. Und bleibt es. Wir lösen es nicht. Aber wir sind da, um zu leben. Ich lebe. Du lebst.

Ich lebe, du lebst! Und er? Er lebt nicht!, schrie ich Kreuzkamp an. Gott liegt nicht morgens im Bett neben mir und ist glücklich! Gottes Hand …

Ich erschrak. Ich hatte ihn beim Namen genannt. Gemeint hatte ich den Liebsten. Seine Hand, die nie wieder langsam von meinem Hals die Wirbelsäule hinabgleiten, zum Kreuzbein hinunter und dort unten ein kundiges Spiel beginnen würde. Gottes Hand!, fauchte ich. Hätte gern einen Stock zur Hand gehabt und auf das dürre Schilf eingedroschen.

Du wirst lange warten müssen, beschied mich Kreuzkamp ernst. Sehr lange. Du wirst das alleine nicht aushalten. Nicht alleine. Du wirst suchen. Dich betäuben. Jedes Suchen ein Warten. Jede Hoffnung, ein Ende des Suchens gefunden zu haben, wird neue Täuschung mit sich bringen. Dein Leben wird eine Kette von Täuschungen sein. Bis du endlich deine Ent-Täuschung findest. Rettung. Erlösung. Große Worte. Leben müssen wir sie eine Nummer kleiner.

Allmählich kam das Licht durch die graue Feuchtigkeit zurück und in seinem Gefolge die Möwen. Sie schrien gleichgültig und hungrig.

Wir machten uns auf den Heimweg.

Bevor sich am Kirchberg unsere Wege trennten, legte mir Kreuzkamp beide Hände auf die Schultern: Pass auf, dass dir dein Hass auf den Schöpfer nicht zum Hass auf deine Mitmenschen gerät. Dass Gott dich hasst, dazu wirst du ihn nicht bringen, und er drückte mir noch ein Kreuz auf die Stirn.

Wir hatten schon beide ein paar Schritte in verschiedene Richtungen getan, da zupfte er mich noch einmal am Ärmel: Aber meine Briefe, die solltest du in Zukunft doch bitte lesen.

Das tat ich. Und so stand Kreuzkamp Anfang Februar, fast genau ein Jahr nach Hugos Tod, wieder an der Pforte des Hildegard-Kollegs. Dass er mit dem Auto hergekommen war – selbst am Steuer! –, sollte das die angekündigte Überraschung sein?

Aber nein, lachte Kreuzkamp ein wenig künstlich und deutete auf ein flaches längliches Paket vor der Rückbank seines VW. Da liegt sie. Komm, steig ein.

Der Pastor war in Halbzivil, wie er es nannte, trug einen Anzug, in einer Farbe, die Mutter und Tante gedeckt nannten, dazu ein graues Hemd mit Collar. Im Auto roch es nach Weihrauch und Zigarre. Viel sprachen wir nicht. Kreuzkamp schien angespannt. Ich am Jahrestag, Hugos Todestag, verkapselt in meinen Hass. Als wir aus der Innenstadt Richtung Bonn abbogen, ahnte ich, wohin es ging. Ich hatte mich nicht geirrt. Sogar den genauen Ort des Unfalls kannte mein Fahrer.

Für die blauen Hyazinthen, die ich hier mit Friedrich im vergangenen Jahr gepflanzt hatte, war es noch zu früh, nur die Spitzen leuchteten grün aus dem grauen Wintergras.

Kreuzkamp klappte die Vordersitze um, bugsierte das Paket vorsichtig durch die Tür und reichte es mir herüber. Plump und sperrig, war es fast so groß wie ich, und mir blieb nichts anderes übrig, als es vor mich hinzustellen und in die Arme zu nehmen. Kreuzkamp ging vor mir und dem Paket in die Knie und begann, das braune Packpapier von unten nach oben abzuschälen. Ich sah auf seinen gebeugten Rücken hinunter, den Nacken, die fettigen, grauen Haarsträhnen, die unter der Fletschkapp hervorstachen. Hörte ihn durch das Reißen und Knistern des starken Papiers Unverständliches murmeln. Mit einem Ruck zog Kreuzkamp die Hülle herunter von dem Ding und richtete sich ächzend auf.

Er hatte alles vorbereitet. Sich beim Bauern, dem Besitzer des Unglücksfeldes, die Erlaubnis eingeholt. Das Loch war schon ausgehoben. Inmitten eines kleinen Beetes. Hyazinthen, Tulpen und Narzissen habe die Bäuerin gepflanzt. Ich hielt das Kreuz umklammert, den hohen Balken an meine Wange gepresst, drückte das Holz, glatt und kalt, von Heiner Maas poliert und geschliffen, an meine Stirne, die Lippen, bis ich nicht mehr wusste: War es Liebe oder Hass, was mich aufheulen ließ, hier auf dem Feld zwischen Köln und Walberberg, was mich auf die Knie zwang an der derselben Stelle wie ein Jahr zuvor, dreihundertfünfundsechzig Tage, die so voller Süße hätten sein sollen, sein können, wenn nicht dieser ... Ich warf mich über das Kreuz und heulte mein Elend ins Erdreich.

Kreuzkamp zog mich hoch.

Loslassen, bat er, seine Stimme so weich, beinah lautlos, wie ich sie nie vernommen hatte. Nur ein wenig rütteln musste er an dem Holz in meinen Armen, ich ließ los.

Schau bitte hin. Der Pastor hielt das Kreuz vor seinem wohlgewölbten Bauch, als mache er sich gleich auf zur Prozession. Hugos Name. Zahlen zwischen Stern und Kreuz. Darüber das traditionelle RIP. Requiescat In Pace. Ruhe in Frieden. Darunter RICA.

Kreuzkamp sah mich ein wenig unsicher an: Damit bist du doch einverstanden? Ich will dich zu nichts zwingen.

RICA: Requiescat In Caritas et Amor. Ruhe in Liebe und Liebe. Ich wusste, was Kreuzkamp mit dieser doppelten Liebe ausdrücken wollte: Caritas, die christliche Nächstenliebe, und Amor, die Zuneigung und Hingabe an einen einzelnen Menschen. Beides war in unserer Liebe verschmolzen.

Noch einmal umarmte ich das Kreuz. Das Kreuz und Kreuzkamp zugleich. Umarmte den alten Pastor, der mich als Kommunionkind begleitet, für mein Weiterkommen auf die Realschule und den Umzug nach Köln gesorgt hatte. Und nun mit mir den Liebsten ...

Wir gruben das Kreuz gemeinsam ein, der Bauer hatte sogar für eine Schaufel gesorgt.

Was hältst du davon, wenn wir dem Bauern und seiner Frau Guten Tag sagen? Uns bedanken? Oder wärst du jetzt lieber allein?

Was hätte Hugo getan?, schoss mir durch den Kopf. Hugo? Was verblüffte mich mehr? Die Frage selbst oder dass sie überhaupt möglich war. Vor Hugos Tod war mir diese Frage Richtschnur gewesen. Danach hatte ich sie nicht ein Mal zugelassen. Was würde Hugo dazu sagen? War an Hugo zu denken ohne Hass auf Niemand wieder möglich?

Gehen wir, sagte ich und legte einen kleinen Feldstein zwischen die aufkeimenden Hyazinthen. Rica.

Hermann-Josef und Traudel Antweiler hatten uns erwartet. Geschäftig trug die Hausfrau, eine hübsche blonde Bäuerin wie aus dem Bilderbuch, Mettwurst, Käse, Brot und Schinken herbei, während ihr Mann die Bierflaschen aufploppen ließ.

Schmeckt et euch?, fragte die Bäuerin schüchtern. Es klang wie eine Bitte. Die ich, mit vollem Munde kauend, bejahte, wobei ich mich beinah verschluckte, so überwältigend froh machte mich meine wiedergefundene Aufrichtigkeit. Die Rollen ablegen, die Masken. Sein, wie man sich fühlte. Wie hatte ich das vermisst. An diesem Tisch mit der blau-weiß gewürfelten Baumwolldecke, das geschnitzte Kruzifix im Rücken, schmeckte es mir wie seit langem nicht mehr. Kreuzkamp betrachtete mich wie eine Mutter ihr Wunderkind nach dem ersten gelungenen Auftritt. Doch als die Hausherrin vorschlug, uns ihre Kapelle zu zeigen, schützte ich Müdigkeit vor, die sich prompt einstellte nach soviel gutem Essen und Trinken. Wir versprachen, im Sommer wiederzukommen, und die Bäuerin gab mir noch eine hausgemachte Mettwurst und eine Kerze, eine Osterkerze vom vergangenen Jahr, dem Todesjahr, mit auf den Weg.

Wenn Sie ihn ganz nah bei sich brauchen, rufen Sie ihn damit, nahm mich die Gastgeberin beiseite. Die Männer, sie machte eine wegwerfende Kopfbewegung in Richtung der beiden, halten sowat ja für Kokolores. Wenn die wüssten!

Kreuzkamp lächelte mich beim Abschied zuversichtlich an: Er konnte mit seinem verlorenen Schäfchen zufrieden sein.

Wie dankbar war ich ihm! Wiederum hatte er nicht versucht, mich zu missionieren. Mich zurechtzuweisen. Auf den Weg, den er für den richtigen hielt. Halten musste. Er wusste es besser. Er überließ meine Lebensbahn voller Vertrauen in seinen Dienstherrn mir selbst.

Nachts träumte ich ein Gedicht. Es blühte aus einer Narbe über dem Herzen, wie sie manchmal das Aufblühen von Blumen im Fernsehen zeigen, Zeitraffer hieß das, erklärte der Vater, der von derlei Aufnahmen nicht genug kriegen konnte.

Zusage

Bleib bei mir
damit dir nichts geschieht
meine Atemzüge
dein Wiegenlied

Ich halt dich fest
ich lass dich los
bei mir bist du sicher
in Abrahams Schoß.

So einfach wie an diesem Abend war die Lösung vom Hass indes nicht. Doch ich merkte bald, dass, je weniger Hass ich zuließ, desto wirklicher lebte Hugo wieder in mir, desto verlässlicher kam er zurück, desto sorgloser konnte ich mich

Gedanken an ihn überlassen. Der Hass hatte mich taub gemacht für meinen Trauerschmerz. Jetzt konnte ich mit ihm leben – mit Hugo. Erst gemeinsam mit Hugo konnte ich um Hugo trauern. Ich konnte Hugo zur Sprache bringen. Von ihm reden. Mit ihm reden. Erinnerungen heraufbeschwören. Weinen. Und manchmal unter Tränen lachen.

Im Blumenfeld des Walberberger Bauernpaars begann Hugos Auferstehung. Und die meine.

Hugo war tot. Das konnte ich nun mit allen Konsequenzen akzeptieren. Sein Leib war mir entzogen. Doch das, was den Leib lebendig gehalten hatte, lebte in mir fort. Wann immer ich an ihn dachte. Lebte er auch unabhängig von meinem Gedenken weiter? Irgendwo bei dem, der ihn mir genommen hatte? Der war mir gleichgültig, gestorben mit meinem Hass. Gab es dieses hassenswerte Wesen überhaupt? Mir genügte, dass *Hugo* wieder für *mich* da war.

Mit Wehmut, gewiss. Doch ohne Schmerzen.

Allmählich begriff ich, dass mein Hass mich lebendig gehalten hatte. Vielleicht sogar am Leben. Verhindert hatte, dass mich Schwermut überwältigt, vielleicht sogar aus dem Leben getrieben hätte. Der Hass hatte mir Halt gegeben. Ich brauchte ihn nicht mehr. Weil ich die Erinnerungen wieder zuließ. Mit dem schwindenden Hass kehrten die Erinnerungen zurück. Aber was heißt schon Erinnerung? Bilder, Szenen wie Kapitel aus einem Buch kamen wieder, und ich wagte es, sie zu lesen, hatte die Kraft dazu. Doch bevor ich das eine Wort in den Mund nehmen könnte, würde ich noch einen langen Anlauf brauchen. Das Wort Gott.

Ich versuchte, mit Hugo zu leben wie als Kind und junges Mädchen mit Figuren aus einem Buch. Gut ist ein Buch, das mich entwickelt, hatte ich mir damals den Satz des dänischen Literaturkritikers Georg Brandes in mein Heft *Schöne Wörter, schöne Sätze* notiert. Buchmenschen waren für mich lebendige Personen gewesen, Vorbilder, Lehrer, Mahner oder abschreckendes Beispiel. Hugo, die Erinnerung. Mein Bild von Hugo, das von nun an in mein Leben hineinstrahlen würde wie die gute Fee aus dem Märchen in mein Kinderleben.

Wie oft hatten wir das Spiel von Noch und Schon gespielt. War es schon dunkel oder noch hell? Noch Sommer oder schon Herbst? Den Kopf zur Tür hineingesteckt: Bin ich noch da oder schon weg?

Nun war Hugo *schon* weg, und ich war *noch* da. Schon weg. Er hatte eine Lücke hinterlassen, wie man so sagt. Wo eine Lücke ist, ist freier Raum. Diesen Frei-Raum, diese Lücke hatte ich in der ersten Zeit nach Hugos Schon-weg mit Surrogaten zu füllen versucht. Das war vorbei. Hugos Tod musste einen Sinn haben. Hier auf Erden. Oder sollte ich die Frage nicht besser andersherum stellen? Nicht: Welchen Sinn hat Hugos Tod? Vielmehr: Welchen Sinn hat mein Leben? Solange ich lebte, würde auch Hugo leben. Durch mein Leben, heute und morgen, würde ich nicht nur zu seinem vergangenen Dasein, sondern auch zu seinem Weiterleben beitragen.

Friedrichs Pillen brauchte ich nur noch selten. Ich gewöhnte mich mit offenen Sinnen und Verstand wieder an die Normalität. Nicht so überschwänglich und ausgelassen wie mit Hugo, vielmehr im Bewusstsein, dass nichts von dem, was wir an Gutem erleben, selbstverständlich ist.

Mit offenen Sinnen. Der Frühling ließ sich schon riechen. Lichtes Grün brach aus schwarzem Geäst, und die ersten

Veilchen schienen mir den endgültigen Sieg des Guten über das Böse zu verkünden. Allmählich verspürte ich beim Anblick all dessen, was wir Natur nennen, wieder diese stille Freude, die Kopf und Herz in Einklang und zur Ruhe bringt. Ich lebte auf. Dankbar. Wem? Mir selbst und allen, die zu meiner Wiedergeburt beigetragen hatten. Meinen Mit-Menschen. Allen voran Kreuzkamp. Und Bertram.

Ich war nicht mehr allein. Bertram hatte sein Pädagogikstudium begonnen und war nach Köln gezogen. Zusammen mit Norbert Bratsch, einem ehemaligen Klassenkameraden, ein schlaksiger Junge mit langem Haar und kurzem Bart und einem trockenen melancholischen Humor. Sein Vater war ein hohes Tier beim Bundesnachrichtendienst, was ihm peinlich war. Norberts und Bertrams Zimmer lagen nebeneinander in einer geräumigen Altbauwohnung, unweit des Hildegard-Kollegs, eine WG von vielen, wie ich sie zur Genüge kannte.

Wenn Nobbi, wie ihn alle nannten, nicht studierte, experimentierte er. In der dunkelsten Ecke seines geräumigen Zimmers hatte er mit hohen selbstgebastelten Stellwänden aus Pappe einen Verschlag abgesteckt, Zutritt verboten. Sogar ein Vorhängeschloss schützte diesen Käfig, den er sein Labor nannte. Wegen starker Kurzsichtigkeit von der Bundeswehr befreit, hatte er die Hälfte seines Chemiestudiums schon hinter sich und war seinen Studienkollegen weit voraus, eben weil er seine Freizeit kaum anders verbrachte als in der Universität. Er lernte und forschte. Nicht selten berichtete der Bruder von merkwürdigen Geräuschen und Gerüchen, die an Chemieunterricht erinnerten.

Bertram war nicht mehr der kleine Bruder. Er war mein Kamerad und Freund. Was unterscheidet den Kameraden vom Freund? Ein Freund wird ausgewählt, der Kamerad von außen bestimmt. Etwa Kriegs- oder Sportkameraden. Wenn aus Kameraden Freunde werden, verwandeln sie das Muss in ein Wollen. Das war uns seit Kindertagen gelungen.

Mit Bertram konnte ich nun wieder überall dorthin gehen, wo ich mit Hugo gewesen war, wo alles noch von ihm sprach, die Großvaterweide und die Weiden am Rhein, Pappeln und Holunder, die Kastanien und Platanen der Stadt. Jedes Blatt hatte ihn gekannt und gegrüßt, damals. Sie waren fort, verweht wie er. Auch die neuen waren schön. Ohne ihn. Ich erlebte sie wie ein Wunder.

Wir erkundeten die Stadt, den Kölner Rhein. Ließen uns treiben, ziellos, wie wir uns hatten treiben lassen, Hugo und ich. Immer noch gab es Kriegslücken zwischen den Häusern, und mitunter roch der Wind nach Baustaub und wehte uns zu einer Abbruchhalde. Einmal streckte aus dem Schutt ein bronzefarbener Gipsengel den Kopf heraus. Wir zogen ihn hervor. Die Nase war abgeschlagen, die Augen weit aufgerissen, der rote Mund lächelte unverdrossen. Den krieg ich wieder hin, versicherte Bertram und steckte ihn in seinen Rucksack.

Sonntags ging es an den Mülheimer Rhein, mit Hasenbroten wie zu Großvaters Zeiten, und eine Weide fanden wir auch. Nein, nicht die, wo Hugo von seinem Vater so grausam gedemütigt worden war. Die ließen wir hinter uns und suchten uns unseren eigenen Strauch: Palms Busch. Guten Appetit, wünschten uns frohgemute Spaziergänger, und wir dankten mit vollen Backen zurück. Aus den Wipfeln der Pappeln schmetterten Vogelchöre wie verrückt gewordene Orgeln. Irgendwo im Hinterhalt lauerte in diesen Monaten noch der Hass. Doch meist gelang es den freundlichen Gesten des Tages, ihn zu dämpfen und zurückzuhalten.

Ohne Angst, der Kummer könne mich überwältigen, wagte ich, mich wieder an das Leben mit Hugo zu erinnern.

An unsere Schildkröte Rudi auf dem Balkon. Unsere Zeit in Meran, in Rom. In Dondorf am Rhein. Piwipp und Großvaterweide. An ... an alle Glücksmomente in einem. Erinnerung, die gleichzeitig ein Zustand war, wirklich und verklärt zugleich. Erinnerungen wirklich wie Dichtung: Alles war mehr, als es war.

Mitunter meldete sich mein schlechtes Gewissen: Fehlte Bertram nicht eine Freundin? Verdrängte ich sie womöglich? Doch der Bruder schien nichts zu vermissen. Soviel Neues stürmte auf ihn ein. Allzu gut konnte ich mich an die ersten Wochen meines Studiums erinnern. Viel hatte nicht gefehlt, und ich hätte aufgegeben. Dabei waren die Zeiten noch beinah ruhig gewesen, nicht zu vergleichen mit dem, was einen Studienanfänger heute erwartete. Allein die WG, in der Bertram sich seinen Platz erobern musste.

Schon als sich bei meinem ersten Besuch die Eingangstür zu der einstmals gutbürgerlichen Wohnung schloss, wusste ich: Sich hier einzuleben war nicht leicht für ne Dondorfer Jung, der gerade seine Zeit bei der Bundeswehr hinter sich hatte. Zwei Bulldoggen mit Polizeimützen drohten vom Plakat: ›Wir müssen draußen bleiben‹. Che Guevara im bestirnten Barrett ballte die Faust gegen Frank Zappa, der mit heruntergelassener Hose auf dem Klo saß. Quer drüber mit Rotstift: ›Wer zweimal mit derselben pennt, gehört schon zum Establishment‹.

Im Gemeinschaftszimmer lag ein schmieriger Flokati vor zwei über Eck platzierten Matratzen, grobgewebten Decken und Kissen, daneben die Stereoanlage, Boxen, Plattenstapel, Bücher auf einem Haufen. Marx und Engels, Trotzki, Mao, Castaneda. Reichs *Sexuelle Revolution* gleich mehrfach. Der Prospekt einer holländischen Abtreibungsklinik.

In der geräumigen Küche ein großer, runder Tisch mit Marmeladengläsern und Honig vom Frühstück. Im Spülbecken schmutziges Geschirr. Berghoch. Darüber der Spülplan! Auf der Fensterbank eine *Jasmin*, die Innenseiten noch nicht aufgeschnitten. Jugendschutz. Unter der Fensterbank leere Bier- und Weinflaschen. Das Waschbecken im Bad mit Haaren unterschiedlicher Farben und Längen verkleistert, die Wanne von seifenverkrusteten Streifen gemasert.

Tja, ich legte Bertram einen Arm um die Schultern: Weißt du, was Hugo gesagt hätte? Ich nahm Haltung an: Hier hat man die verfaulte Institution Familie als Ausdruck überholter Herrschaftserkenntnisse durchschaut und beseitigt. Ach, Bertram, ich nahm den Arm von seiner Schulter. Ach, Bertram.

Musst nix sagen, er packte meinen Nacken und ruckelte ihn ein bisschen. Dafür sag ich dir jetzt was: Ich werde dafür sorgen, dass hier etwas ganz anderes beseitigt wird und das subito. Lass dich überraschen!

Tatsächlich war bei meinem nächsten Besuch das Bad geputzt, das Geschirr gespült. Die Bücher im Gemeinschaftszimmer an der Wand gestapelt. Sapperlot!, lobte ich, ein Wort höchster Anerkennung aus unseren Kindertagen, als Müllerburschen mit Königssöhnen um die Gunst der Prinzessin rangen. Wie hast du das geschafft?

Ganz einfach, Bertram grinste. Ich hab angerufen.

Hä? Wen denn?

Na, hier. Das Telefon. Unser Telefon. Das für alle.

Aha. Du hast euer Telefon von eurem Telefon aus angerufen. Abrakadabra. Dreimal schwarzer Kater.

So ungefähr. Bertrams Grinsen wurde breiter. Von Märchen kann man allerhand lernen. Haarklein erzählte er, wie er von einer Telefonzelle aus in der WG angerufen habe. Zu einer Zeit, von der er wusste, Arnulf, der Hauptmieter, war zu Hause. Dessen Eltern waren befreundet mit dem Hausbesitzer, der Arnulf nicht nur die Wohnung zu einer moderaten Miete überlassen hatte, sondern darüber hinaus auch mit der progressiven Nutzung einverstanden war – schließlich ging man mit der Zeit. Im Namen dieses Hausbesitzers hatte er Arnulf ans Telefon geholt. Naja, nicht so ganz *im* Namen, aber *mit* ihm. Hier Königsdorfer, habe er, Bertram, sich gemeldet, natürlich mit Taschentuch überm Hörer, ja, die Verbindung sei schlecht, habe er geklagt und seinen Besuch angemeldet. Woraufhin, kaum dass er, Bertram, die WG wieder betreten habe, Arnulf ihn in die Küche abkommandiert habe, zum Abwasch. Dem sei er, Bertram, nur unter der Bedingung gefolgt, dass Arnulf mitmache. Und seine Friederike. Gemeinsam hätten sie die Küche auf Vordermann gebracht. Später, zusammen mit Nobbi und Martin, dem fünften Mitbewohner, auch noch Bad und Kommune, wie man den Gemeinschaftsraum nannte. Allerdings sei es schwierig, den optimierten Status quo aufrechtzuerhalten. Arnulf werde ungeduldig. Über kurz oder lang werde er bei Königsdorfer oder seinen Eltern nachfragen. Doch Martin und Nobbi habe er auf seiner Seite. Da trage seine Erweckungsbewegung schon Früchte.

Raf-fi-niert! Übermütig versetzte ich Bertram einen Rippenstoß. Lernen kann man eben aus allem! Kannst ja das nächste Mal als gestiefelter Kater kommen. Oder als der kleine Muck.

Mit Bertram konnte ich spielen. Spielen wie sonst nur mit dem lieben toten Freund. Wörter verdrehen, Sprichwörter erfinden, sich den Alltag vom Hals reimen, tote Dichter zum Essen einladen, Sinn in Unsinn verwandeln oder einfach die Zeiten, die Räume, die Identität wechseln, verschwinden in einer Anderswelt. Homo ludens. Oder mein Schiller: ›Der Mensch ist nur da ganz Mensch, wo er spielt.‹

In Bertrams WG kam noch etwas Neues dazu: flippern. Was hätte Hugo zu dieser Maschine mit ihrer eigenwilligen

Ordnung gesagt? Diese glatten, flinken, elektrischen Abläufe: Hätten ihm die gefallen? Die silberne Kugel scheinbar der Schwerkraft zu entziehen, verlangte Ernsthaftigkeit und Leichtsinn zugleich und schenkte Spannung und Verzücktheit. Aber es war nicht einfach, in den Kneipen einen Platz am Flipper zu ergattern. In Bertrams WG wurde daher ernsthaft eine Anschaffung diskutiert. Aller Hoffnung richtete sich dabei auf Arnulf und dessen Geburtstag.

Der wird groß gefeiert, so Bertram. Du bist auch eingeladen. Der dreißigste.

Dreißig?, tat ich entsetzt. Trau keinem über dreißig. Und da soll ich feiern? Im Ernst, ist der nicht ein bisschen alt? Für einen Studenten, meine ich.

Pappa bezahlt. Bertram zuckte die Achseln. Arnulf betont ständig, dass er sich zunächst selbst finden müsse. Dazu studiere er schließlich Psychologie. So schlicht sagt er das natürlich nicht. Klingt gewaltig, wenn er loslegt. Besonders wenn er eine von diesen Pillen geschluckt hat, aus diesen blau-weißen Röhrchen, Captagon heißen die. Dann ist der nicht mehr zu bremsen. Du hättest mal hören sollen, wie der seinem Vater am Telefon die Notwendigkeit des Besitzes eines Flippers auseinandergesetzt hat. Bertram stellte sich in Positur: Die Flippermaschine ist die größte Errungenschaft der heutigen Kultur. Sie symbolisiert die starr organisierte Seele, die in Historie zu kristallisieren droht und den Menschen auf Historizität reduziert. Sie veranschaulicht den großen Maschinenblock, der uns durch das Massenbewusstsein auferlegt ist. Sie symbolisiert das und reduziert es auf nichts. Bertram räusperte sich. So ungefähr. Und dann habe er dem Vater, der einen Versandhandel für Trikotagen betreibe, Schiller zitiert, klar, und dass der Mensch vergessen habe, wie man spielt, ja, dass man ihn niemals spielen gelehrt habe, stattdessen habe man ihm beigebracht, dass

Arbeit heilig sei, weil sie seinem Brotherrn das Spielen möglich mache. Das müsse ein Ende haben. Und Flippern sei ein Weg, wenn nicht gar *der* Weg. Flippern, das sei die symbolische Transposition der Faktizität in die Sphäre des Spiels. Sei *das* Werkzeug, um den Gefahren einer repressiven Entsublimierung entgegenzuwirken. So oder so ähnlich habe es am Telefon geklungen. Sie alle hätten zugehört und am Ende applaudiert. Du wirst ihn ja erleben.

Die üblichen Platten, Janis Joplin, Led Zeppelin, Jimi Hendrix, liefen im Hintergrund, die Gäste saßen in Gruppen zusammen. So war es schon immer gewesen, dachte ich, schon seit Lilos Silvesterparty, und kam mir wieder einmal alt und fehl am Platz vor. Manipulation, reaktionär, Underground, Demo, Kommune, Establishment, repressiv ... Sogar die Wörter waren ergraut, hatten ihre provokative Kraft verloren. Statt Geschichte zu studieren, müssen wir Geschichte machen, tönte Martin, unermüdlicher Verkünder einer Utopie der klassenlosen Gesellschaft, in der die Menschen ihr unerschöpfliches kreatives Vermögen entfalten würden, das jetzt unter ökonomischen Zwängen ersticke. Sein Gewährsmann: Leo Trotzki. ›Der Durchschnittsbürger der klassenlosen Gesellschaft wird auf das Niveau eines Aristoteles, Goethe oder Marx gehoben werden‹, wusste der.

Nobbi drehte einfach die Stereoanlage lauter, *Ton Steine Scherben*, und Rio Reiser sang ›Macht kaputt, was euch kaputt macht‹.

Bertram winkte mich in eine andere Ecke. Hier ging es um Erlebnisse in Selbsterfahrungsgruppen. Das Geburtstagskind in sattroter offener Weste aus Wildlederimitat überm lila-grün gestreiften Hemd mit rosa Troddeln, aufgeknöpft bis zum Hosengürtel der fadenscheinigen Jeans, schwärmte in flockig verzückten Tönen von seinem Aufenthalt im Kloster Murzingen. Vier Tage habe man bleiben müssen. Kaum einer der Teilnehmer habe durchgehalten. Pah! Allein das Essen beziehungsweise Nicht-Essen. Ein Brötchen mit Käse am Morgen. Mittags zwei Brötchen. Abends Eintopf. Am Refektoriumstisch habe man gesessen, Männlein und Weiblein getrennt. Dann wurde serviert. Hungrig wie ein Wolf habe er zum Löffel gegriffen. Und schwupp sei ihm der Teller von hinten weggezogen und fortgetragen worden. Und nicht nur ihm. Scheinbar planlos habe man die hungrigen Mäuler von ihrer Nahrung getrennt. Wut und Geschrei. Könne man sich ja vorstellen. Daraufhin Aatif, der Leiter, den kennten wir doch alle, ja, der aus Indien, nicht mehr der Jüngste, graue Locken, immer in Weiß, mit seiner weichen nachgiebigen Stimme die Sanftmut selbst: Das muss sein. Im Verzicht liegt die Fülle. Deine Wut ist Angst vor dem Verzicht. Wenn du Glück und Zufriedenheit von nur *einem* Partner abhängig machst, wird deine Angst wachsen. Lass die Wut, das nächste Essen kommt bestimmt. Mögen dir viele Essen bestimmt sein. Auf dass eure Munterkeit gedeihe. Nur so könne man die klebrige Bindung an nur den *einen* Partner überwinden.

Friederikes Augen hingen an Arnulfs Lippen. Sie war mit ihm in Murzingen gewesen und bestätigte durch entschiedenes Kopfnicken jede Silbe.

Arnulf schien sie zu ignorieren. Wie Herrchen einen ergebenen Hund. Hatte sie Aatifs Lehren von der Abwechslung schon erprobt und bereute bereits? Oder fürchtete sie, ihren Arnulf auf dessen Weg zum Angstverlust zu verlieren?

Öffnen sollte man sich, öffnen, habe Aatif gefordert, entgrenzen. Schranken- und hüllenlos. Körper, Geist und Seele. Immer gewärtig habe man sein müssen, dass plötzlich das Licht ausging. Besonders abends beim Tanzen. Wobei

Tanzen ... Natürlich nie zu zweit und nie nach irgendwelchen Regeln. Irgendwie sei man mit irgendwie verrückten Verrenkungen im Raum herumgeirrt. Alles immer irgendwie im Kampf gegen die irgendwie ständig spürbare sexuelle Unterdrückung im Kapitalismus. Dann gab es ein Kommando, man blieb stehen und dann, naja, irgendsowas. Wie Friederike? So war's doch! Näherkommen sollte man sich halt. Irgendwie.

Ich stieß Bertram an: Bisschen viel irgendwie irgendwas, findest du nicht?

Wild sei's zugegangen, fuhr Arnulf fort, bemüht, dem verführerischen Tonfall Aatifs nahezukommen, enthemmt. Mehr wolle er dazu nicht sagen, man werde es selbst noch erleben. Heute Abend. Hier.

Doch nicht nur um Sex sei es gegangen: Repressive Entsublimierung müsse in der Psyche vorangetrieben werden. So auch in Murzingen. Im großen Saal im Dunkeln habe man durcheinanderlaufen müssen, hin und her, kreuz und quer. Wenn dann Aatif das Kommando ›Rosen‹ ausgegeben habe, sei es um körperliche Erkundung des zufälligen Gegenübers gegangen. Bei Kommando ›Kaktus‹ habe man, wiederum bei der sich zufällig ergebenden Person, stehen bleiben müssen, doch ohne jeden körperlichen Kontakt. Wer sprechen durfte, entschied ein Anstecker. Der war entweder rund oder eckig und wurde täglich neu verteilt. Es erging also ein zweites Kommando, sprechen oder zuhören. Diesmal sollte einer dem anderen sein größtes Problem anvertrauen.

Ich hatte, Arnulf machte eine Pause, blickte in die Runde – ja, jetzt waren alle da, sogar Martin, zuletzt allein in seiner Ecke. Ich hatte Glück oder Pech, wie man's nimmt, erwischte den Schweigestecker, jedenfalls blieb vor mir eine Person stehen, die ich schon an ihrem Patschuli als weiblich erkannte, ungefähr bis zu meinem Mund ging ihr Haar, es kitzelte.

Friederike hüstelte.

Naja, war ja Parole ›Kaktus‹, noch jetzt klang Arnulfs Bedauern durch. Steht die Frau also vor mir und sagt: Ich kann nicht pissen. Pause. Ich musste ja den Mund halten. Könnt euch vorstellen, ist schwer für mich.

Kichern in der Runde.

Zu welch erstaunlicher Eloquenz ein Harnverhalt, eine Ischurie, führen kann, spöttelte Arnulf, sollte ich an diesem Abend erfahren. Bis ins tröpfelnde Detail. Angefangen, so die Frau, hatte es im Betrieb. Sie war Sparkassenangestellte, irgendwas mit Kreditwesen. Häufig habe sie Kredite verweigern müssen, weil die Antragsteller keine Sicherheiten mitbrachten. Aber ein-, zweimal habe sie dennoch einen bewilligt. Aus Mitleid. Da sei der Chef dahintergekommen: Ich muss aber auch meine Augen überall haben!, so seine Donnerworte. Das hatte gesessen. Bis aufs Klo. Die Augen überall. Mit zitternden Knien habe sie sich die Hosen runtergezogen und rauf mit dem Hintern auf die Brille. Lospinkeln. Wasser lassen. Sich erleichtern. Nichts davon. Voller Scham habe sie gespürt, wie ihre Muskeln sich verkrampften unter ›Die Augen überall‹. Zuerst sei das nur im Betrieb so gewesen. Und in öffentlichen Toiletten. Zu Hause in ihren vier Wänden habe es noch geklappt. Da sie aber den ganzen Tag nicht gekonnt hätte, wäre es immer öfter schiefgegangen, das heißt, sie hätte die letzten Meter zur eigenen Toilette nicht mehr geschafft, und die gesamte Tagesration wäre buchstäblich in die Hose gegangen, die Beine runter, manchmal schon im Hausflur auf der Treppe, wo sie dann zwar alles aufgewischt hätte, aber einmal wäre da die Alte aus dem zweiten Stock gekommen und hätte geschnüffelt und …

Arnulf machte eine Pause. Wir schweigen. Das schadenfrohe

Lachen war uns vergangen. Die Augen überall. Was so ein paar harmlose Wörter anrichten konnten.

Dann hat sie losgeheult, fuhr Arnulf fort. Ich hätte sie gern in den Arm genommen, aber das erlaubten die Spielregeln nicht. Schließlich, so die Frau, hätte sie auch zu Hause nicht mehr gekonnt. Das ist die Strafe, sagte sie. Ich durfte ja nicht fragen, die Strafe wofür, aber ich glaube, sie meinte die Strafe für das Pinkeln im Flur. Aatif sei ihre letzte Hoffnung. Der habe ihr den Rat gegeben, sich ein Töpfchen zu kaufen. Aufs Töpfchen zu gehen. Offensichtlich, habe er gesagt, liege hier eine frühkindliche Regression vor, der durch progressive Lockerung die Existenzberechtigung entzogen werden müsse, damit ein gesundes Triebleben re-etabliert werden könne.

Aufs Töpfchen. Ich gab Bertram einen Rippenstoß. Der nickte. Sicher hatte er genau den Nachttopf vor Augen, den wir geteilt hatten, bis meine erste Regel einsetzte. Da bekam ich einen für mich allein. Hatten wir alles überstanden. Aber Pisspottpinkeln als Therapie?

Dann habe Aatif wieder ›Kaktus‹ gerufen, woraufhin man einen einzigen Satz habe sagen und dann gleich weitergehen müssen, damit man einander nicht erkennen konnte. Und was hab ich gesagt? Arnulf schlug sich vor die Stirn: Ich kann pinkeln, hab ich gesagt und mich schnellstens verdrückt. Am nächsten Tag hab ich versucht, die Frau aus der Gruppe herauszuriechen. Aber die rochen ja alle so, nach Patschuli oder Moschus.

Die Flaschen kreisten, einige Zuhörer erhoben sich.

Wartet, wartet, rief Arnulf sie zurück, das Beste kommt noch. Am dritten Tag war fast die Hälfte schon weg. Die hatten das strenge Regime nicht ausgehalten. Antiautoritär? Von wegen. Und mitfühlend? Das bedeutet angeblich dieser Name, Aatif. Ich seh ihn genau vor mir, den stählernen Blick unter schmeichelndem Dauerlächeln verborgen, wie er da oben auf seinem extra gezimmerten Podest thront und seine endlosen Vorträge über die sexualökomischen Verkrüppelungen des Menschen im Kapitalismus hält. Da kam es vor, dass der eine oder die andere mal kurz einnickte nach all der Gruppenarbeit am Abend und in der Nacht. Das führte direkt zum Rausschmiss. Geradehalten!, hieß es beim Meditieren im Schneidersitz. Und wer auch nur etwas zusammensackte, kriegte vom Meister eins in den Rücken.

Aber dann. Die groß angekündigte Belohnung, die alle bei der Stange, haha, halten sollte. Drei volle Tage hatten wir die Unterordnung aller möglichen Ursprünge der Sexualerregung unter dem Primat der Genitalzonen und den Prozess der Objektfindung als Kulturziel des Spätkapitalismus diskutiert. Jetzt endlich sollte der Sprung von der Theorie in die Praxis erfolgen. Zurück zu dem Ursprung schlechthin. Ad fontes. Einen ersten Ich-Kern sollten wir gemeinsam bilden. Das kleine Kind, so der Meister, ist nicht nur abhängig, sondern auch absolut egoistisch und unsozial. Es liebt nur seine unmittelbare Befriedigung, ohne Ansehen des Objekts. Es ist einzig autoerotisch organisiert. Und dahin müssten wir jetzt zurück!

Hoffentlich kommt der bald zur Sache, murrte es hinter mir.

Arnulf warf dem Störenfried einen scharfen Blick zu, brachte dann aber die Theorie schnell auf den praktischen Punkt: Ich ist ein Baby!, habe Aatif die Katze endlich aus dem Sack, haha, gelassen und dann, unser Unverständnis bemerkend, zügig Anweisungen gegeben: Tische wurden bereitgestellt, darauf Waschwannen, Tücher, Pampers, Creme und Puder. Wie gesagt: Mehr als die Hälfte der Teilnehmer hatte schon gekniffen. Beim Anblick dieser Gegenstände flohen weitere drei. Wieder entschieden die runden und eckigen Anstecknadeln, wer zuerst aus der manipulativ gesteuerten Kontrolle des Über-Ich ausbrechen durfte, um in den Genuss frühkindlicher Libido-Befriedigung zu gelangen. Die Tische samt Baby und Vater, beziehungsweise Mutter, auf die vier Ecken des weitläufigen Refektoriums verteilt. Die runden zuerst. Ich war Baby. Gottseidank mit einer Mutti. Für Jens, mit dem ich mich während der Tage angefreundet hatte, war nur ein Pappa übrig geblieben.

Kann ja wohl nit wahr sein, tuschelte es wieder hinter mir.

Ich drehte mich um und nickte der Stimme zu. Ein nett ausschauender pausbackiger Junge sah mich beinah flehend an.

Hose runter, habe Aatif befohlen, übrigens auch die Pflegepersonen. Jedem gleichermaßen sollte der Zusammenhang zwischen Trieb und Tätigkeit zugänglich sein.

Arnulf schraubte eine weitere Flasche Roten auf und stärkte sich mit einem gewaltigen Schluck: Da lag ich also nackig bis zur Taille – Aatif hatte darauf bestanden, dass der Oberkörper bekleidet blieb, wegen der Konzentration auf das Wesentliche, also das frühkindliche Gemächt, kicherte Arnulf. Die Muschi meiner Mutti außerhalb meines Blickfelds, leider oder Gottseidank, sie war nicht mehr die Jüngste, eine pummelige Blondine, die mir durch ihre resolute Art die Tage über positiv aufgefallen war und die so gar nicht hierherpasste. Ich hätte sie sogar rasieren dürfen; mit ihrer Einwilligung. Wollte aber nicht. Ohne Zögern, mit geübten Griffen machte sie sich an meinen, dem frühkindlichen Stadium deutlich entwachsenen Körperteilen zu schaffen. Jong, du bist jetzt dat fünfte, vier kleinere hab ich noch zu Haus, hantierte sie zielbewusst an mir herum, Waschlappen rein in die Schüssel und rumgeplantscht, trockengerubbelt, Creme und Puder, sie war noch gut im Training. Brav befolgte ich ihr: Aasch huh!, kriegte einen Klaps drauf und die Windel um die Weichteile. In Nullkommanix waren wir durch.

Ich stieß Bertram an: Du, ich hab genug. Find ich nur noch fies. Ich hab keine Lust, mir noch anzuhören, wie der seine Mamma wickelt. Ich stand auf, andere folgten, die meisten blieben sitzen. Bertram und ich gingen mit Nobbi, er lud uns in sein Zimmer, er habe eine Überraschung für uns.

Von Überraschungen hatte ich an diesem Abend eigentlich genug, hätte mich nur gern in eine Ecke gesetzt und Janis Joplin zugehört oder mit Martin über *Sprache und Stil Lenins* diskutiert. Kurt aus Westberlin hatte mir den Essayband geschickt und dringlich empfohlen.

Nobbi schloss die Tür hinter uns. Der geschwätzige Lärm blieb draußen. Fast eine Provokation, wo wir doch gerade gelernt hatten, dass allen alles überall offenstehen sollte. Auf der Matratze lagerte ein Pärchen, Martina und Roland, stellte Nobbi sie vor, sie seien dem Experiment nicht abgeneigt. Er habe alles vorbereitet.

Was auch immer er vorbereitet hatte, mit mir nicht.

Keine Experimente!, tat ich kund.

Alles lachte.

Machst du jetzt Wahlkampf für die CDU?, spöttelte Nobbi. Ist doch schon ne Weile her, warst du doch noch im Kindergarten.

Haha, protestierte ich. Schön wär's. Da ging's bei mir schon mit pin und pen auf der Mittelschule ins Englische. Also, was gibt's, du Küken?

Ich hab es geschafft! Nobbi deutete in seine Laborecke. Trimethoxyphenethylamin.

Noch mal, sagte ich.

Trimethoxyphenethylamin.

Kann man das essen?, fragte Bertram. Ich hab allmählich Hunger.

Naja, meinte Nobbi gedehnt, nicht direkt.

Nu mach schon, kam es von der Matratze. Roland wurde ungeduldig, deswegen sind wir doch hier.

Trimethoxyphenethylamin, wiederholte Nobbi, im Bewusstsein seiner wissenschaftlichen Kompetenz jede Silbe auskostend, auch Meskalin genannt.

Irgendwann war auch mir ein Buch von Castaneda in die Hände geraten, damals, nachdem wir, Hugo und ich, auf den Essener Songtagen unsere ersten Erfahrungen mit Stroboskop-Licht und psychedelischer Musik gemacht hatten. Den müsst ihr lesen, Tim und Lilo hatten seinen Erstling im Gepäck und uns die Lektüre geradezu aufgenötigt: *The Teachings of Don Juan*, gerade in der University of California Press erschienen. Den Weg des Herzens oder den Weg des Kriegers sollte man gehen, wobei Krieg das genaue Gegenteil des herkömmlichen Begriffs meinte; körperliche und charakterliche Stärke solle dem Krieger zuwachsen, wenn er alle möglichen Übungen absolvierte. Ähnlich wie bei Aatif, dachte ich und musste lachen. War uns schon damals ziemlich abstrus vorgekommen. Wieso sollten wir die Welt nicht mehr als eine Welt fester Objekte ansehen? Vielmehr alles in freiem Fluss? Unsere Welt war nur eine von vielen Hunderten? Und wenn schon: Mir reichte sie voll und ganz. Ich brauchte keinen Superpilz. Peyote hieß der wohl, erinnerte ich mich.

Aha, sagte ich, bist du unter die Pilzzüchter gegangen?

Mitnichten, erklärte Nobbi ein wenig von oben herab, den Wirkstoff kann man durchaus synthetisch herstellen. Ich hab's probiert, und wie ihr seht, bin ich im Vollbesitz meiner geistigen und körperlichen Kräfte, wie Arnulf sagen würde.

Und warum fragst du den nicht?, wollte Bertram wissen.

Genau, stimmte ich zu.

Kann ich euch verraten, aber auch nur euch: Weil ich den nicht leiden kann. Wenn du Castaneda noch im Kopf hast: Du solltest das Experiment nur wagen im Kreise vertrauenswürdiger Menschen, die du gern hast. Und auch die Umgebung sollte stimmen. Naja. Nobbi sah sich um und zuckte die Schultern. Zumindest ist uns dreien diese Umgebung vertraut. Und ihr beide, er machte eine Kopfbewegung Richtung Matratze, fühlt euch ja überall wohl, wenn ihr zusammen seid. Also, er wandte sich wieder an Bertram und mich, was meint ihr?

Ich sah Bertram kopfschüttelnd an. Der nickte. Und wir verließen die Geburtstagsfeier des soeben dem Establishment zugealterten Gastgebers Arnulf und erholten uns beim Früh mit nem halve Hahn und Kölsch vom Köbes.

Doch das Angebot des experimentierfreudigen Nobbi nagte. Auch an Bertram. Nur wir drei, warb Nobbi unermüdlich, und wenn ihr wollt, kommt Tim dazu, kennt ihr ja, Medizin kurz vorm Abschluss. Aber wenn ihr nicht wollt …

Hatten wir zu viele Märchen gelesen? War es mein kindliches Gemüt oder meine kindlich gebliebene Neugier? Das Gefühl, dass mir nach Hugos Tod nichts Schlimmeres geschehen könnte? Ein paar Tage später war es soweit.

Wir hatten die Wohnung für uns allein, die Mitbewohner ausgeflogen an diesem hochsommerlichen Abend. Die Gläser mit einer orangebraunen Flüssigkeit standen bereit. Wir prosteten uns zu, runter damit. Bloß nicht tun, als wär das was Besonderes. Sämtliche Poster hatte Nobbi entfernt, den Teppichboden gesaugt, gut aufgeräumt. Keine Musik. Kein Alkohol. Zigaretten ja. Aber die waren zu Ende.

Könnt ihr beide welche holen?, bat Tim Bertram und mich, ihr habt ja noch nicht ausgetrunken.

Das Büdchen war gleich gegenüber. Hatte dieser beflügelte Schritt, mit dem ich die Straße überquerte, ach was, wie ein jäher Windstoß übersprang ich den Asphalt, schon etwas mit dem Zaubertrank zu tun? Hilla, hörte ich Bertram wie von weither, nicht so schnell!

Na, ihr zwei beiden, lachte uns der Mann im Büdchen entgegen, auch mal wieder ... Dem gehbehinderten Kriegsinvaliden, uns wohlbekannt und wir ihm, verschlugs mitten im Wort die Sprache, offensichtlich bei unserem Anblick, sonst war da ja keiner. Wie in Panik ließ er das Blechrollo runter. Wir klopften, riefen. Nichts tat sich.

Was hat der bloß?, sah ich Bertram fragend an. Und schrak zurück. Bertrams Augen zwei riesige pechschwarz funkelnde Pupillen, hauchdünn von braungoldener Iris gerahmt.

Deine Augen!, entsetzte der sich. Nur noch schwarz.

Wir flogen zurück ins Haus.

Und die Zigaretten?, sang es aus Tim.

Keiner da, erwiderte ich und ließ mich auf die Matratze fallen. Kissen im Rücken, Beine lang. Bertram neben mir. Es war still, so still, dass die stumme Musik deutlich hörbar war, ein endloses Perlen, von weit her Gesang der Insekten in schimmernden Wiesen. Ich schaute so vor mich hin, und nichts zu sehen war mein Sinn, etwas kalt wurde mir, aber das war nicht unangenehm bei dieser sommerlichen Hitze, schaute auf die weißgekalkte Wand und wartete. Nichts, sagte ich und lauschte meiner Stimme hinterher, die wie ein Gong verebbte.

Abwarten, vernahm ich Tim durch eine weiche Wolke.

Schön, erklang Bertram neben mir. Er hatte die Augen geschlossen. Selige Stumpfheit prägte sein Gesicht. Aber er schlief nicht. Sein Mund bewegte sich, und unter den geschlossenen Lidern rasten die Pupillen.

Ich ließ meine Augen von der Wand, die sich allmählich

schwefelgelb verfärbte, auf den Teppichboden gleiten. Aah, entfuhr es mir. Erblühten aus dem kurzen grauen Flor die herrlichsten Blumen? Ja, genau, die schmuddeligen Fasern schossen hoch zu märchenhaften Gewächsen, wucherten und wanden sich in lebendigen Formen und Farben, umschlangen, liebkosten sich, ihr betörender Duft, Duft des Geschlechts, Duft der Geschlechter, Duft der Vereinigung, Duft aus Poren und Schweiß, Duft der Zweisamkeit, wie ich ihn nicht mehr gerochen hatte seit Hugos Umarmungen. Liebesfest, Liebesduft, flügelloser Flug von Mann und Frau in einer taufrischen Wiese, einem sommerwarmen Bett, aufreizend und besänftigend in einem Augenblick, einem Tag, einem Jahrhundert? Zeit aufgelöst in Farben, Formen, Bewegung, Töne, Duft – und ich mit ihr. In einen ewigen Augenblick.

Die Kälte stieg nun höher aus meinen Füßen und Händen, die Farben verblassten wie ein schallendes Gelächter langsam zu einem vagen Lächeln verflacht, etwas drückte sich auf meine Stirn, bohrte sich in meine Haut: So nehmt mir doch die Dornenkrone ab!

Unablässig hätte ich den Satz wiederholt, flehend, verzweifelt. Ganz schief den Hals gehalten, erzählte mir Bertram später, scharf nach links zur Schulter geneigt, in einem kaum fassbaren Winkel. Nicht geradezubiegen. Ein Krampf, hätte Tim ihn beruhigt.

Schließlich hätte ich die Arme vor der Brust gekreuzt und ein Glas Wasser nach dem anderen geschluckt, das Tim mir eingeflößt habe. Dann hätte ich geschlafen, wie er, Bertram, auch. Für ihn war es beim Farbenrausch geblieben. Und die Tür sei ihm ein paarmal aus den Angeln geraten wie auf einem Bild von Braque oder Picasso.

Bei dieser einen Erfahrung blieb es. Wir waren uns einig, dass die Dinge in Wirklichkeit besser so sind, wie sie sind. Alltagstauglich. Auf unser Fassungsvermögen zugeschnitten.

Nobbi aber experimentierte weiter. Nicht nur mit Meskalin. Auch die Grenzen von Captagon, Rosimon und AN 1 testete er aus, so seine Diktion, immer bemüht, sich ein wissenschaftliches Mäntelchen umzuhängen. Wir verloren ihn bald aus den Augen. Wenige Jahre später erfuhren wir, dass er nach einer Überdosis Captagon an Herzversagen gestorben war.

Bertram zog aus Arnulfs WG aus, als man dort nach endlosen Diskussionen beschloss, sämtliche Türen auszuhängen und die Kleider von allen in einem gemeinsamen Schrank unterzubringen, nutzbar für jeden.

Schluss mit der bürgerlichen Einschränkung der Intimsphäre. Die letzten Reste kleinbürgerlich verinnerlichter Tabus sollten eliminiert werden.

Und wo zog Bertram hin? Der kleine Bruder und große Kamerad? Er zog mit der großen Schwester zusammen. In Fräulein Oppermanns Gesicht deutete sich ein Lächeln an, als sie mich mit ihrer diskreten, ein wenig traurigen Stimme auf meinem weiteren Lebensweg Gott anempfahl.

In der Kyffhäuserstraße fanden wir zwei Zimmer unterm Dach, denen Bertram zwei schmale Betten, Einbauschrank und zwei Tische einpasste. Wenn dat der Oppa sehen könnte, lobte ich ihn ein ums andere Mal, der Oppa, der Scherben, Kitt, Bronze und ein paar Brettchen in eine kunstvolle Schatulle verwandeln konnte, ein altes Uhrwerk in ein Karussell.

Keine Dusche. Und das Klo auf halber Treppe. En Kruffes, hätte die Tante gesagt. Der winzige Kohleofen verbrauchte kaum etwas. Wie die Mamma, sagte Bertram, als er ihn zum ersten Mal mit Papier und Holzspänen – Scheite wären viel zu groß gewesen – anfachte. Dondorfer Kinderjahre. Rilkes Satz fiel mir ein: ›Denn Armut ist ein großer Glanz aus Innen‹, und ich erinnerte mich meiner Empörung beim ersten Lesen. Hatte der feine Dichter jemals morgens um halb fünf bei klirrender Kälte mit einem Schraubenzieher den gefrorenen Deckel vom Plumpsklo hebeln müssen, um seinen bettwarmen Hintern auf das kältespröde Holz zu pressen über das kreisrunde Loch, aus dem es eisig, dafür aber weniger stinkend emporwehte? Hatte er jemals als Letzter im ausgedienten Schweinestall baden müssen, wenn in der sargförmigen Zinkwanne das Wasser nur noch lauwarm schwappte und an der Oberfläche der ölig trüben Brühe schwarzgraue Röllchen aus Dreck und Hautschuppen schwammen wie tote Maden? Bestimmt sprachen Rilkes glänzende Armen ein angenehmes Hochdeutsch und fragten nicht: Wat soll dat dann?, wenn sie mit der Gabel in der Faust Kartoffel, Soße und Gemüse zu einem Brei zerquetschten, den sie schmatzend und rülpsend hinunterschlangen. Mussten sich nicht beim Bürgermeister mit einem Alpenveilchen fürs Schulgeld bedanken, auf dem Schulhof vortreten, wenn nach denen gefragt wurde, die Geld von der Fürsorge brauchten.

Sicher lässt sich diese Zeile ganz anders interpretieren. Sie gefällt mir auch heute nicht. Doch *mein* Rilke stärkte mir, dem Lehrling auf der Pappenfabrik, den Rücken, als ich seinen Panther umschrieb und in die Freiheit entließ. Und keinen Herbst gibt es für mich, in dem ich nicht die Blätter fallen sehe durch die Augen des Dichters: Sie fallen mit ›verneinender Gebärde‹. Soviel Weisheit und Anschaulichkeit in zwei Wörtern, einem Bild: große Dichtung.

Bertram konnte den Freund nicht ersetzen, aber meine Einsamkeit zu durchbrechen, meine Lebenslust anzufachen, das gelang ihm.

Nächtelang saßen wir mit Freunden in unseren verqualmten Zimmerchen oder besuchten sie in ihren WGs. Kaum noch jemand, der allein wohnte.

Inzwischen taten sich in den geräumigen, oft heruntergekommenen Altbauwohnungen unterschiedliche politische Anschauungen nur noch selten zusammen. Immer deutlicher ließ sich an Kleidung und Haartracht ablesen, ob man vorrangig die Gesellschaft verändern wollte oder sich selbst. Samt und Seide, Farbe und Fransen, wallende Weiten von Kopf bis Fuß machten klar: Man war auf dem Egotrip, wie die schlicht gekleideten Weltverbesserer spotteten. Doch auch die waren sich über den wahren Weg zum Ziel nicht mehr einig. Trafen sie aufeinander, stand man sich wie streitende Brüder einer großen Familie gegenüber. Und bald nicht nur streitbar, sondern feindlich. Auch hier galt eine Kleiderordnung. Rissige Jeans, Mähnen, Bärte: K-Gruppen und Maoisten. Scheitel, Bügelfalte, Lederjacke: die Traditionalisten, DKP und Spartakus, die von Lenin und der Sowjetunion sprachen wie die Großmutter einst von Papst und Vatikan. Hitzige Zweikämpfe lieferten die sich, redeten wie mit einem Messer zwischen den Zähnen.

Anfangs begannen diese Diskussionen wie ein Spiel. Das Spiel hieß: Der richtige Weg. Den anderen überzeugen? Auf den rechten Weg bringen? Das wäre ja bürgerlich! Jeder wusste alles und alles besser; jeder hatte allein die Welt richtig verstanden und versuchte nun, den anderen in die Ecke zu argumentieren, vom Spielfeld zu fegen, zu obsiegen. Schach, dachte ich bei mir, und matt. Es *war* ein Spiel, bei dem die Spieler Parolen und Phrasen anstelle von Figuren und Spielzügen benutzten. Dabei lernte ich recht schnell, den rhetorischen Anfänger vom Politprofi zu unterscheiden. Gewiefte Spieler bevorzugten Aussagen, von denen sie annahmen, der Gegner werde ihnen widersprechen. Man schien das für ein Zeichen überlegener Intelligenz und einer starken Persönlichkeit zu halten. Doch mehr als eine blinde Konfrontationsautomatik sprang dabei selten heraus. Und ein Remis kam nicht in Frage. Eskalierte der Zank, gab es zwei Möglichkeiten. Es kam vor, dass das verbale Duell der feindlichen Brüder vor der Tür mit den Fäusten fortgeführt wurde, wobei weibliche Kombatanten meist den Friedensengel spielten. Ein umsichtiger Gastgeber jedoch ließ es niemals so weit kommen: Er drehte einfach die Musik lauter. So laut, dass keiner mehr sein eigenes, geschweige das Wort des anderen verstand. Die Musik verband alles und alle mit allem. Politik und Party, Haschisch und Habermas, Beatles und Bakunin, Lenin und Liebe, Marx und Mao, The Who und Abendroth, Links ist, wo das Herz schlägt. Und Links hatte ein weites Herz, da passten wir alle rein. Noch. Links war gut, und gut waren wir alle. Weil wir uns gut fühlten. Solange die Beatles sangen *She Loves You*, und wir reinen Herzens brüllen konnten: ›Yeah Yeah Yeah‹.

Bertram war nun oft in der Theostraße, einer Wohngemeinschaft von vier Studentinnen der PH, der Pädagogischen Hochschule. Im Vertrauen auf den Sinn ihres Studiums neigten die Bewohnerinnen eher zur antiautoritären Denkungsart. Hier hatte sich Bertram in seine Kommilitonin Jutta verliebt, ein quirliger lebenslustiger Wirbelwind, der ihm im wahrsten Sinn des Wortes auf die Sprünge helfen würde. Jutta begegnete der Welt mit einer freimütigen, geradezu verführerischen Direktheit. Ein treues aufrichtiges Herz. Ich schloss sie gleich in meines. Von ihr lernte ich eines Abends einen anderen Blick auf die von mir so spöttisch belächelten Antiautoritären. Im Keldenich. Wo sonst. Trafen wir uns zu dritt nach der Uni, dann dort.

Heute saß Jutta allein vor ihrem Kölsch, Bertram sei zu Hause, lernen für morgen, eine Klausur. Sie schien etwas auf dem Herzen zu haben.

Erst mal stärken, ich tat einen tiefen Zug. Prost. Was ist los?, ermunterte ich Jutta. Kaum jemand konnte so lebendig erzählen wie sie. Heute zögerte sie. Das war neu.

Ich …, druckste sie herum. Ich wollte dir das schon immer mal sagen. Pause. Ich glaube, du tust vielen Leuten aus den WGs unrecht.

Ich?

Ja, bestätigte Jutta tapfer. Du urteilst, ohne die Leute näher zu kennen. Machst dich über sie lustig, weil sie sich verrückt anziehen, blödes Zeug lesen und dumm daherquatschen. Mag ja alles sein. Aber hat auch seine Gründe.

Ich schwieg. Jutta war fünf Jahre jünger als ich. Im Aufbruch der 68er Jahre war sie noch brave Schülerin in Hoerle gewesen. Ihr Vater, Schreinermeister und Kunsttischler, zählte zu den Honoratioren des Kleinstädtchens. Die Mutter Hausfrau.

Nimm doch zum Beispiel mich! Jutta stützte sich auf beiden Ellenbogen übern Tisch mir entgegen und nahm mich mit ihren blauen Augen entschlossen in den Blick.

Hör dir mal meine Geschichte an.

Nichts lieber als das, lächelte ich bei mir und bestellte noch zwei Kölsch.

Wie war denn das bei uns zu Hause?, begann Jutta. Stell dir vor, ich mit elf, zwölf und immer Pappas Kind. Tobe in der Werkstatt zwischen den Hobelspänen rum und bin jedermanns Liebling. Bin das Fritzchen und werde vom Gesellen bis zum Lehrling von allen verhätschelt. Und dann, so ganz allmählich, wird er tabu, der Zutritt zu Pappas Welt, der Welt der Männer. Ist nichts mehr für ein Mädchen. Ab zur Mamma. Die ist jetzt zuständig. Heute denke ich, dass sie mich auch aus Eifersucht vom Vater ferngehalten hat. Oder um mich zu schützen? Wer weiß. Auf jeden Fall drückt sie mir nun peu à peu ihr Frauenbild auf. Ganz liebevoll, sachte, so nach und nach: Mädchen müssen nicht unbedingt Abitur machen. Wenn du willst, kannst du aufs Gymnasium gehen, aber mit Problemen musst du alleine klarkommen. Solange alles glattgeht, ist sie stolz auf mich. Auf meine Erfolge als Mädchen. In der Schule, in der Tanzstunde. Meine Erfolge sind die ihren.

Aber auch. Der Körper der Frau ist ihre Last. Menstruation, Geburten, Älterwerden. Wechseljahre, ein heikles Thema. Ihr anfälliger Körper und ihre Stimmungen erschweren jeder Frau das Leben und machen sie schwach, so ging das damals tagaus tagein.

Jutta sah mich herausfordernd an, zauste ihren Afrolook und fuhr fort: Dann komme ich nach Köln. Vor zwei Jahren. Mit solchen Sprüchen im Ohr. Hier ein paar zur Auswahl. ›Balle die Faust in der Tasche, aber lass das niemanden sehen.‹ Oder: ›Eine Frau muss immer so tun, als ob sie sich unterordnet, um dann auf Schleichwegen ihren Willen zu kriegen.‹ Oder: ›Frauen stehen immer in Konkurrenz: In erster Linie müssen sie schön und attraktiv sein.‹ – ›Trauen kannst du keiner.‹ – ›Frauen sollten ihre aggressiven Gefühle nicht zeigen, besser ist es, gute Miene zum bösen Spiel zu machen.‹ – ›Diplomatie ist die Waffe der Frau.‹ Und so weiter und so weiter. Männer dagegen sind frei und machen, was sie wollen, sind immer stark. Kurz: It's a man's world.

Du meine Güte, sagte ich und dachte bei mir: Da hatte ich gut lachen über so Omma-Sprüche von Frauen in Männerkleidern und dem Ende der Welt. Aber auch: ›Hilf dir selbst, so hilft dir Gott.‹

Doch das ist ja nur die eine Seite, fuhr Jutta fort. Wenn die Mutter sich sicher fühlt, und das ist nur, wenn keine Männer, besonders aber nicht der Vater, in der Nähe sind, dann blüht sie auf. Dann kann sie verspielt und lustig sein. Sie macht sich ja so gern hübsch. Jutta lachte. Einmal in ihrer Jugend war sie sogar ›Miss Bein‹ in Hoerle. Gekürt für die schönsten Beine. Da kann sie sich noch heute begeistern. Klar, sie ist stolz auf ihr Aussehen. Liebt schöne Kleider. War Schneiderin gewesen. Hätte als junge Frau auf jedes Werbeplakat gepasst. Besonders für diese ›nur die‹-Strümpfe. Trägt auf allen Fotos von damals mit Vorliebe spitze Stöckelschuhe und Strümpfe mit Naht.

So bin ich groß geworden: als Mädchen durch und durch. Das war mein Frauenbild. Mit allen dazugehörenden psychosomatischen Beschwerden.

Ich schüttelte den Kopf und sinnierte: Da hatte ich es einfacher. Ich wusste sehr früh, was ich nicht wollte. Nicht so werden wie Mutter, Tante oder Großmutter und hatte mir meine Vorbilder aus den unterschiedlichsten Büchern zusammengeklaubt, von Bomba, dem Dschungelboy, Pucki und Trotzkopf bis zu Schillers Dramenhelden.

Du meine Güte, wiederholte ich. Wie hast du das denn überlebt? Wie bist du so ein Frauenbild denn losgeworden?

Tja, autoritäre Vaterfiguren, schwache angepasste Mütter, rigide Erziehung: Damit war ich ja nicht allein, als ich nach Köln kam. Das ist vielen so ergangen. Und noch schlimmer. Ich jedenfalls kann das alles erst in Frage stellen, seitdem ich hier in die antiautoritäre Szene gekommen bin. Das war und ist für mich Befreiung – unvorstellbar. Endlich kann ich meine Gefühle leben, auch wenn die mal ungerecht oder extrem sind. Und andere Frauen sind Menschen, die Anteil an mir nehmen, meine Interessen teilen, ähnliche Probleme haben. Allein die Musik! Kennst du ja auch.

Ich nickte. Jutta hatte meinen Musikgeschmack, der bei den frühen Beatles und Stones steckengeblieben war, entschlossen auf neuesten Stand gebracht.

Trotzdem, wir haben doch nicht nur rumgehangen und gefeiert!, fuhr Jutta fort. Tun wir auch heute nicht. Weißt du ja auch. Wenn ich auf die beiden letzten Jahre schaue, kommen die mir vor wie eine einzige endlose Diskussion. Was haben wir uns nicht alles von der Seele geredet. Angespornt und unter dem Schutz neuer Autoritäten. Die wir uns aber selbst ausgesucht haben: Marcuse, Neill, Reich ... All das eröffnete mir völlig neue Gedanken, Welten, Zukunft. In meiner WG, aber sicher auch in anderen, wurde – und wird – doch auch viel Kopfarbeit geleistet. Vor allem aber lernen wir die Beziehungen untereinander auf eine solidarischere und ehrlichere Weise zu gestalten, als das in unseren Familien möglich gewesen wäre. Das ist manchmal ganz schön anstrengend. Wir haben Wunden zu lecken, und wie! Freie und bessere Menschen wollen wir werden. Harte Arbeit!

Wieder lehnte sich Jutta mir übern Tisch weit entgegen und sah mich streng an. Das passte so gar nicht zu ihr, und ich musste lächeln.

Ja, da lachst du, seufzte Jutta. Ist aber so. Ihr Lächeln wurde breiter: Aber erst mal steht endlich das Fühlen und Leben im Mittelpunkt. Keine Anpassung an die Eltern mehr. Frei sein, tun und lassen können, was ich allein für richtig halte. Einfach mal anders sein, bevor man weiß, wer man sein will und werden kann. Ätsch sagen, auch zum Vater.

Jutta setzte sich aufrecht und verschränkte die Hände vorm Bauch: ›Macht kaputt, was euch kaputt macht.‹ Ich weiß, du hältst nicht viel von solchen Sprüchen. Aber was meinen wir denn damit? Damit meinen wir die sozialen und familiären Verhältnisse, an die wir uns nicht mehr anpassen wollen. Wir müssen erst einmal mit Bindungen und Verhaltensmustern brechen, um wieder Luft holen zu können. So sieht mein Aufbruch aus.

Jutta winkte dem Köbes: Noch zwei Kölsch, bitte.

Du hast recht, gab ich kleinlaut zu. Es sind nicht alle Arnfrieds und Arnulfs mit Pappas Monatsscheck. Und was unsere Familien angeht: Vielleicht ist kein Vorbild am Ende besser als eines, das du mühsam wieder loswerden musst. Schaffst du aber. Hast du schon geschafft. Darauf einen ...

... Dujardin! Wir lachten uns an. Sagt mein Pappa auch immer. Was glaubst du, wie der beim Anblick deines Brüderleins nach Luft geschnappt hat. Bart und Haare und so. Allmählich hat er sich daran gewöhnt. Die werden irgendwann ein Herz und eine Seele. Und meine Mutter hat am Ende sowieso recht, kicherte Jutta: Aus dir wird nie und nimmer eine feine Dame, sagt sie jedes Mal, und: Aus dir wird nie eine Hausfrau!

Darauf gab's nur eine Antwort: Noch zwei Kölsch. Mit Schabau. Auf den Beginn eines wunderbaren familiären Status: Schwägerinnen. Jutta Dückers und Hilla Palm.

Ein Herz und eine Seele. Bis heute. Nach nahezu fünfzig Jahren.

Bertram und Jutta zuliebe ging ich hin. Hoffentlich geistert da nicht wieder die Horla-Kommune herum, seufzte ich. Die war in der Tat nicht nur bei Kölner Bürgern gefürchtet, sondern auch in linken WGs. Die Parole der Horlaner: ›Wir *warten* nicht auf die Revolution – Wir *sind* die Revolution. Jedem nach seinen Bedürfnissen.‹ War die Horla-Kommune im Anmarsch, gab's nur eins: Türen zu. Sonst war nachher mindestens der Kühlschrank leer. Blieben sie, dann nisteten sie sich ein und waren erst wieder rauszukriegen, wenn man einiges vom eigenen Hausstand opferte. ›Was mein ist, ist auch dein. Was man braucht, muss man sich nehmen; was man übrig hat, muss man abgeben. Besitz ist ein Irrtum und muss weg.‹ Nur so könne die Gesellschaft frei sein.

Ich war ihnen ein-, zweimal flüchtig begegnet. Durchaus sympathische Zeitgenossen, mit denen ich dennoch lieber nichts zu tun haben wollte. Sie waren mir unheimlich. Vielleicht, weil sie nur als Gruppe auftraten. Gemeinsam sind wir stark. Weil sie dann vor nichts und niemandem Respekt hatten.

Doch die, versicherte Bertram, seien heute Abend in der Südstadt bei den Anarchos angesagt. Die Luft in der Theostraßen-WG, wo gefeiert werde, sei rein.

Es war wie immer und überall. Blumenkleider, bunte Westen, Bärte, lange Haare lagerten paarweise und in Gruppen auf Kissen und Matratzen. Eine Frau, etwas älter als wir, fiel mir auf. Die saß neben dem Tapetentisch mit den Getränken, ein paar Schüsseln Kartoffelsalat, Fleischwurst und Brötchen – auf einem Stuhl! Schon das hob sie über die anderen hinaus. Doch auch ihre schlichte Kleidung, ähnlich der meinen, einfach Jeans und Bluse, zog mich an. Wir beide, dachte ich, sehen aus wie der Alltag unter Fest- und Feiertagen.

Bertram kuschelte an Jutta, die mit verliebtem Enthusiasmus auf ihn einredete, und ich nickte ihnen ein wenig neidisch zu, ehe ich mir aus der Küche auch einen Stuhl holte und mich zu der Frau am Tapetentisch setzte. Sie hatte feines aschblondes Haar, einen schmalen, zu breiten Mund und dunkle dünne Augenbrauen, streckte mir die Hand entgegen – wer tat denn heutzutage noch sowas! – und stellte sich vor. Mit Vor- und Nachnamen! Marga Wiedebusch. Hilla Palm, ergriff ich ihre Hand und schüttelte sie förmlich. Wenn die jetzt noch Sie sagt und Fräulein Palm, steh ich auf und hau ab, dachte ich. Tat sie aber nicht. Dennoch ging es erst einmal ein bisschen weiter wie in der Tanzschule anno dunnemals. Als führten wir ein Bewerbungsgespräch, erzählten wir aus unserem Leben und über unser Leben hinweg. Marga hatte gerade ihr erstes Staatsexamen gemacht, Germanistik und Anglistik, und schrieb an ihrer Doktorarbeit: *Das Frauenbild im Werk der Marie von Ebner-Eschenbach*. Ich hörte gebannt zu. Endlich einmal nichts von Goethe, Schiller, Hölderlin und anderen Stammvätern germanistischer Forschung.

Doch es war nicht allein das, *was* sie sagte. Es war ihre Stimme und ihre Art zu reden. Etwas Vertrauenerweckendes und Vertrauensvolles zugleich lag darin. Mag sein, das gehört ohnehin zusammen. Diese Stimme ließ nicht im Stich und bat zugleich, sie nicht im Stich zu lassen. Ich sah nun, dass ihre Augen von einem dunklen Blau waren, mit grauen Sprenkeln wie von Eis. Aber warm. Warmes Eis. Gebundene Wärme umfloss wie eine Aura ihre schmale Gestalt.

Sie kam aus Norddeutschland, aus Stade. Nie gehört, musste ich gestehen. Und ich aus Dondorf, schon gehört?

Na klar, Marienkapelle, lächelte sie von den Augen bis hinunter zu den Schlüsselbeinen. Wie Hugo, dachte ich. Wenn der gelacht hatte, lachten alle Knochen mit, und am liebsten hatte ich seine Schlüsselbeine lachen sehen.

Einen großen Obsthof erzählte sie, bewirtschafte die Familie im Alten Land, so hieß das da oben, Äpfel, vor allem alte Sorten. Marga zählte die Arten auf. Es klang wie ein Gedicht, besser, wie die Partitur zu einem Lied mit vielen Strophen, schmackhaftes Apfelsortenlied, denn sie wollten ja in den Mund genommen werden, die Äpfel und nicht die Wörter, oder die Wörter auch? Ja, die Wörter auch, schmatzte Marga, schmeck doch mal, so ein Boskop, wie derb und sauer der sich dir in den Mund legt, neben einem Jonagold oder einem Rubinettchen. Sag mal Gravensteiner, Gloster oder Jonagold. Und dann: Boskop. Schmeckst du da nicht den Unterschied?

Hm, zweifelte ich, wir haben in Dondorf nur Cox Orange.

Cox Orange, auch gut, sagte Marga, aber so ne Goldparmäne macht doch was ganz anderes her.

Jawohl, konterte ich, Angeber! Aber du hast recht: ist erst die Partitur. Auf die Zunge gehört der Inhalt. Ist ja bald Herbst.

Und dann geht's nach Hause. Apfelernte. Musst du irgendwann unbedingt mal mit.

Ich verzog den Mund. In den Norden? Was hatte ich da zu suchen? Ich zuckte die Achseln. Marga sah so gar nicht nach einer Apfelbauerntochter aus. Eher wie eine der Figuren aus den Romanen ihrer Doktorarbeit.

Der Duft von saurem Kartoffelsalat und heißen Würstchen, die unsere Gastgeberin, eine üppige indische Göttin, in einem silbernen Kessel hereintrug, stieg mir wohlig in die Nase. Es tat gut, hier zu sitzen und mit Marga die Rolle der Frau im 19. Jahrhundert zu diskutieren, während wir die Pille nehmen, gegen den Paragraph 218 protestieren konnten, und Peggy Lee sang *I'm a Woman*. Das war real. Die Gegenwart. Sie gefiel mir. Wie mir Marga gefiel. Und dass sie mich zu sich einlud.

Marga wohnte unweit der Agneskirche im Souterrain einer Villa aus der Gründerzeit. Anderthalb Zimmer, Küche, Bad, winzig alles, aber für sie allein. *A Room for One's Own*, Virginia Woolf, scherzte sie. Was auch immer sie sagte, noch in den beiläufigsten Äußerungen schwang ein unbestimmter Glanz, ein Geheimnis über das Gesagte hinaus mit. Das Zimmer, so verschieden von den übervölkerten unordentlichen WGs, war sauber und aufgeräumt, ganz im Einklang mit seiner Bewohnerin. Statt der üblichen Poster das Plakat eines blühenden Apfelbaums. Obst- und Gemüsekisten übereinandergestapelt zu provisorischen Bücherwänden, dicht gefüllt bis unter die niedrige Decke. Ein grünes Kofferradio. Eine Vase. Der Tisch unterm Fenster. Die Schreibmaschine. Der Stuhl davor. Spartanische Kargheit. Die cordbezogene braune Schlafcouch fast schon frivol.

Durchs Fenster konnte man vorübereilende Beine bis zur Wade sehen, Hunde und Tauben, Marga öffnete die Fensterklappe, herein drang der Geruch nach trockenem Laub, Straßenstaub und heißem Asphalt, ein Geruch von Sommer in der Stadt. Erste dürre Blätter knisterten bei jedem Windzug über den Gehweg. Marga schob ein Schälchen mit Milch durch den Fensterspalt nach draußen und miaute, worauf ein behäbiger Kater, Hannibal, sich zum Schlecken herbeiließ. Für uns gab es Pfefferminztee, stark und süß, die Blätter aus dem heimatlichen Kräutergarten.

Was glaubst du, wie die erst schmecken, wenn sie frisch und grün sind!, schwärmte Marga.

Wann hatte ich zuletzt dieses Gefühl verspürt, richtig zu sein, so wie ich war? Mit Hugo, gewiss. Mit Bertram. Mit Jutta. Und sonst? Hatte ich jemals eine Freundin gehabt? Doris auf der Mittelschule, Gisela im Aufbaugymnasium. Beide hatte ich aus den Augen verloren. Zuletzt Gretel. Um Buße für die Abtreibung zu tun, war sie Nonne geworden. Nach dem zufälligen Treffen auf dem Katholikentag in Essen hatte sie sich nicht mehr gemeldet.

Und an der Uni? Gute Bekannte, ja. Aber zur Freundin gehörte doch mehr. Verwundert stellte ich fest, wie es mich drängte, mich zu öffnen, mich loszulassen, mich zu überlassen, aus mir heraus-zu-gehen. Man muss diesen Wörtern nachhorchen, um sie wieder zu begreifen, sie zu beleben, lebendig zu machen aus den toten Buchstaben.

So vieles hatten wir uns bei unserem ersten Abend schon erzählt, und doch spürte ich, dass auch Marga einen Kummer mit sich herumtrug. Und sie, das gestand sie mir später, habe den meinigen erahnt.

Ihr meine Geschichte zu erzählen, vor allem meine Geschichte mit Hugo, tat in ihrer Gegenwart nicht weh. Nicht *mehr* weh. Ich ahnte die Schicksalsgefährtin in ihr und war begierig, ihre Geschichte zu erfahren.

Ähnlich wie du, begann Marga, habe ich mich aus meiner Familie herausgekämpft. Auch mir haben mein Lehrer und ein Kaplan den Weg geebnet. Ja, meine Familie ist katholisch, seit Generationen, mitten im protestantischen Norden. Fällt kaum auf da draußen. In die Kirche geht man ohnehin selten. Und ist sich einig: Der liebe Gott ist derselbe. Marga lächelte. Was meinst du?

Ein Gespräch über Sinn und Unsinn christlicher Konfessionen? Gelangweilt hob ich die Schultern und trank Tee.

Marga begriff und fuhr fort: Dachte ich jedenfalls. Dass ich als Kind mit Dietrich, dem Jungen vom Nachbarbauern, spielte, zur Schule ging, er zwei Jahre früher als ich, zur Tanzstunde und zum Apfelball, keiner hatte was dagegen. Im Gegenteil. Wir waren für beide Familien das, was man eine gute Partie nennt. Auch wenn in den Sternen stand, ob die Studierten die Höfe einmal weiterführen würden oder einer von den Geschwistern. Haben wir nämlich, Dietrich und ich, jeder Bruder und Schwester. Wie gesagt, Harmonie auf beiden Seiten. Bis es ernst wurde. Da bestanden die Eltern, meine Eltern, plötzlich auf einem katholischen Schwiegersohn. Und was tat Dietrich? Der nahm die Sache nicht so tragisch. Wir würden heiraten, das stand fest. Das hatten wir uns als Kinder beim Leben unseres Johann geschworen, ein Igel, den wir vor dem Auto gerettet und Abend für Abend im Gebüsch mit Milch versorgt hatten. Unser erster Sohn sollte Johann heißen, klar.

Dietrich also sprach ein ernstes Wort mit seinen Eltern und ging nochmal zum Religionsunterricht. Marga trank einen Schluck, die Tasse klirrte auf den Teller.

Hörte ich da einen bitteren Unterton?

Also zum Gemeindepfarrer. Die beiden kannten sich seit langem, genauer, seit Dietrich sein Philosophiestudium in Hamburg begonnen hatte und Theologie dazu. Bei Thielicke. Hast du sicher schon von gehört.

Wer nicht?, nickte ich. Hat ja nichts zu lachen. War denn dein Dietrich dabei, als sie den aus dem Audimax gejagt haben?

Nein, war er nicht. War ja nur sein Nebenfach. Und überhaupt. Wir haben beide fleißig studiert. Wollten so schnell wie möglich heiraten. Kurz vor Dietrichs erstem Staatsexamen haben wir uns verlobt. Und dann … Marga brach ab, schlug sich vor die Stirn. Ah ja, hätt ich fast vergessen. Vorher gab's ja noch die Konversion. Ein schlichtes Ritual. Nur Dietrich, der Pfarrer und ich.

Marga putzte sich umständlich die Nase. Draußen stupste Hannibal seinen Katerkopf an die Scheibe.

Hat da einer Hunger?, sagte ich, um irgendetwas zu sagen. Mühsam hielt ich die Frage zurück, wo denn Dietrich jetzt sei, warum nicht hier in Köln bei ihr? Wie ganz anders hätte sie von ihm gesprochen, wäre er nur einmal vorübergehend fort. Immer mehr fürchtete ich, was sich in den Pausen zwischen den Sätzen, in dem Schweigen hinter den Wörtern versteckte und zur Sprache kommen würde.

Hunger?, wiederholte Marga meine Frage nach Hannibals Appetit. Ja, nickte sie. Soll sich gedulden, ist sowieso zu fett.

Also: Kommunion und Firmung. Mein Dietrich ein kompletter Katholik. Und danach, noch am selben Tag, haben wir uns verlobt. Aller guten Dinge sind drei, haben wir gelacht. Und dann ging's auf die Reise. Die hatten mir meine Eltern versprochen, wenn ich es schaffen würde, Dietrich umzudrehen, wie sie es nannten. Was ja wirklich kein Kunststück war, so lässig wie wir's hielten mit der Religion. Verriet ich ihnen natürlich nicht. Also machten wir uns auf. Nach Rom.

Nein, entfuhr es mir. Nicht nach Rom!

Nicht nach Rom! Nicht nach Rom!, nickte Marga die Silben mechanisch ab. Kennst du Rom?

Was man so kennen nennt, war einmal da, mit Hugo, erwiderte ich knapp.

Doch Marga hörte meine Trauer und Sehnsucht heraus. Sehnsucht nach dem Jasmingeruch, Gelsomino, abends auf dem Pincio, die Fledermäuse in den Pinien, unser Hotel in Trastevere, unsere Morgenmessen, unsere Kundgebung mit der PCI. Alles unser unser unser. Ich hatte unsere Rom-Reise, als ich Marga von Hugo erzählt hatte, nur flüchtig gestreift. Nun aber fielen die Bilder, einzig bei der Erwähnung des Namens der Ewigen Stadt über mich her, rief jedes Wort meiner neuen Vertrauten die alten Bilder neu hervor.

Marga nickte, ja, Rom, sagte sie bitter. Dann, nach einer Pause: Diese gottverdammte Stadt.

Die ersten Tage, Marga klang wieder gefasst, hatte beinah in ihren weichen vertrauenerweckenden Tonfall zurückgefunden, die ersten Tage verliefen ganz so, wie ich es mir gewünscht hatte, vorgezogene Flitterwochen, scherzten wir. Und so wohnten, ach, was sage ich, residierten wir auch. In einem Hotel bei der Spanischen Treppe, nein, nicht das

Hassler, lachte sie, so tief hat mein Vater dann doch nicht in die Tasche gegriffen. Drei, vier Tage schwebten wir da, dem Himmel näher als der Via Condotti, bis wir uns zum touristischen Pflichtprogramm aufrafften. Römer zuerst. Forum Romanum. Abends war Dietrichs Pass weg, unterwegs geklaut. Wir meldeten den Vorfall bei der Quaestura, und die deutsche Botschaft schickte ein Ersatzdokument. An den folgenden Tagen wandelten wir dann sozusagen nur noch auf heiligem Boden. Ich meine, wir besuchten eine Kirche nach der anderen.

Marga kehrte die Handflächen nach oben und hob sie an die Augen wie ein Buch. Was versuchte sie herauszulesen? Was sah sie dort hinein?

Im Nachhinein, dachte ich später, fuhr Marga fort, fing alles mit diesem Ersatzdokument an. Der alte Dietrich: nur noch Ersatzdokument.

Marga straffte sich, und jedesmal, wenn sie die Tasse von dem kleinen Tisch nahm und an die Lippen führte, rückte sie ein kleines Stück näher an mich heran und richtete sich höher auf. Königlich, dachte ich. Ihre Stimme war es nicht. Die bemühte sich um Gleichgewicht, Gleichmut, Sachlichkeit. Als ließe sich, was nun folgte, folgen musste, nur mit Konzentration und Distanz zur Sprache bringen.

Es war, als rückte er Tag für Tag weiter von mir ab. Und von sich. Jedenfalls von *meinem* Dietrich. Wir schliefen weiter miteinander. Aber irgendwie schien Dietrich nicht mehr ganz bei sich und erst recht nicht bei mir. Er war weiterhin zärtlich und liebevoll. Aufmerksam. Er bemühte sich. Bemühte sich, zu sein wie immer, bemühte sich, mir zu gefallen. Bemühen. Ein verräterisches Wort. Es kommt von Mühe, nicht von Lust. Um Lust kann man sich nicht bemühen. Die muss man haben, oder besser noch, *sein* muss man sie, die Lust, eins sein mit ihr. Dietrich bemühte sich um mich, wollte mir gefallen, statt nach mir zu verlangen. Verlangte von sich, nach mir zu verlangen. Das war neu und wurde immer spürbarer. Von Tag zu Tag. Genauer: von Kirche zu Kirche. Denn woanders gingen wir nicht mehr hin. Außer zum Essen. Und das auch nicht mehr in der Feststimmung unserer ersten Tage. Etwas brütete über uns wie ein heranziehendes Gewitter. Marga lachte auf. Kein originelles Bild, kommentierte sie sich selbst. Aber genauso fühlte es sich an: dumpf und drohend. Und Dietrich? Der gab sich zusehends mehr Mühe. Was auch immer über uns brütete, er brütete es aus. So wie ein Kranker versucht, seiner Umwelt den Gesunden vorzuspielen, machte Dietrich mir den verliebten Verlobten vor. Vielleicht sogar sich selbst. Jedenfalls zu Beginn der Veränderung. Kränkte es mich? Es beunruhigte mich mehr, als es mich kränkte.

Marga schwieg. Drückte die Hände vor die Brust, als müsse sie etwas zur Ruhe bringen, dort drinnen.

Kennst du Santa Maria in Trastevere?, brach es unvermittelt aus ihr heraus.

Gar nicht mehr wegzukriegen war Dietrich da! Und viel besser war es anderswo auch nicht. Aber dann! Santa Maria della Vittoria. Dieser Bernini. Diese Heilige! Marga spuckte die Silben aus wie einen Fluch.

Ich lächelte wehmütig. Wie hatten wir uns damals über diese Estasi di Santa Teresa von Avila amüsiert. Falsch. Amüsiert: Das kam erst später, am Abend, bevor wir uns wieder unseren eigenen leibfesten Verzückungen widmeten. Auch uns hatte sie fasziniert, diese barocke Skulptur der spanischen Mystikerin, ›erfüllt von flammender Liebe zu Gott‹, wie es im Reiseführer hieß. Mit welcher Raffinesse war es Bernini gelungen, seelische als körperliche Verzückung darzustellen!

An diesem Abend, fuhr Marga fort, legte sich Dietrich nicht zu mir. Das heißt, er legte sich ins Bett, war ja nur das eine da, und behauptete, todmüde zu sein. Aber er schlief nicht. So wenig wie ich. Und am nächsten Morgen bat er, nach Hause fahren zu dürfen. Natürlich fuhr ich mit. Unsere Zeit war ohnehin fast vorbei. Marga lachte traurig auf. Ja, unsere Zeit war vorbei. Natürlich wollte ich wissen, was los war. Obwohl ich es ahnte, nein, wusste. Aber ich wollte es nicht wahrhaben. Wir waren doch nicht in einem Roman von Mauriac oder Bernanos.

Er, Dietrich, blieb stumm. Lächelnd. Oh, dieses Lächeln! Wenn ich es dir beschreiben könnte. Gequält, ja, bedrückt, verlegen, alles richtig und doch so gewiss, selbstgewiss, fast möchte ich sagen, siegessicher, fast hochmütig, wenn es nicht gleichzeitig auch demütig und um Vergebung bittend gewesen wäre.

Marga schwieg, stand auf und ließ zwei graue Stoffbahnen vor die Fenster fallen; zündete eine Kerze an, dass wir im Schimmer des winzigen Lichtleins dasaßen wie in einem dunklen warmen Bauch. Gefangen? Geborgen? Beides zugleich?

Statt seiner Stimme gab er mir das hier. Marga erhob sich, griff im Regal nach einem der blauen Bände und nahm einen Brief heraus.

Hier, lies. Sie reichte mir den Brief. Genug Licht? Oder, warte. Ich les ihn dir vor. Kenn ihn ohnehin auswendig.

›Geliebte Marga, verzeih die Anrede, verzeih, was nun folgt. Schenke mir das Geliebte, denn das wirst du immer bleiben. Erklären kann ich es dir nicht, weil ich es mir selber nicht erklären kann. Gibt es sie, die Liebe auf den ersten Blick? Gibt es ihn, den Ruf, von dem man in Büchern bestimmter Schriftsteller‹ – hier lachte Marga kopfschüttelnd auf – ›lesen kann? Ich habe ihn vernommen. Was für uns beide, wenn nicht als Spiel, so doch als bloßes Zugeständnis an eine Konvention begann, meine Konversion, hat diesen Anruf ausgelöst, denke ich. Ein Ruf, der immer vernehmbarer, dringlicher, endlich unüberhörbar geworden ist. Lächerlich, habe ich mir anfangs gesagt, ich doch nicht. Glaube mir, gewehrt habe mich dagegen, und wie. Unsere Reise nach Rom, die sollte es richten. Für dich und mich. Ich habe für uns gekämpft. Du hast es gespürt, glaube ich. Aber das ist keine Basis für eine Ehe. Auch das wirst du gespürt haben. Mein Entschluss steht fest. Ich werde mich an unseren Pfarrer wenden. Ich möchte ein Klosterleben führen. Ora et labora. Bei den Benediktinern.‹

Kopfschüttelnd blies ich die Backen auf und ließ die Luft hörbar entweichen. Dringend musste ich Marga von meiner Gretel erzählen.

Marga ließ den Brief sinken.

Die Kerze war heruntergebrannt. Marga zündete eine neue an und drückte sie auf den Stumpf: Ich habe es als Erste gewusst. Seinen Eltern haben wir es gemeinsam gesagt. Sie machen meinen Eltern Vorwürfe bis heute: Die hätten den Stein ins Rollen gebracht, wie sie sich ausdrücken. Den Stein ins Rollen. Der mich beinah erschlagen hätte. Aber wir sind in Frieden auseinander. Wieso auch nicht. Dietrich ist dann nach Ettal gegangen. Das Kloster dort ist berühmt. Der Jesuit Rupert Mayer und Dietrich Bonhoeffer, beide von den Nazis ermordet, waren dort zeitweilig untergekommen.

Und hörst du noch von ihm?

Gelegentlich schreibt er. Mehr wollte ich nicht. Vielleicht in ein paar Jahren.

Marga stand auf, streckte und räkelte sich in den Schultern. Nun kennst du meine Geschichte. Wie ich die deine. Vorbei und doch nicht vorbei, sagte sie achselzuckend.

Wann ist etwas vorbei?, nahm ich den Faden auf. Wenn wir ohne Schmerzen davon reden können?

Da magst du recht haben, erwiderte sie. So ganz gelingt mir das noch immer nicht. Aber ich bin auf gutem Wege. Marga schob den Brief in das blaue Buch zurück und drückte den Lichtschalter. Die beiden Glühbirnen katapultierten uns aus der dunklen warmen Höhle in die Realität. Beinah zu grell. Mein Blick fiel wieder auf die blauen Bände. Sicher einen Meter nahmen sie ein, zwischen Broschüren und Taschenbüchern unangefochten auf Platz eins. Umrahmt von Werken der Ebner-Eschenbach, Hölderlin, Brecht, Neruda, Cardenal.

Marx-Engels-Werke, las ich halblaut und sah Marga fragend an. Griff eine der roten Broschüren heraus: *Grundsatzerklärung der Deutschen Kommunistischen Partei. DKP kontra Großkapital.* Eine zweite, gelbe: *Thesen des Düsseldorfer Parteitags der Deutschen Kommunistischen Partei. DKP kontra Großkapital. Für Frieden, demokratischen Fortschritt und Sozialismus.* Dietrichs Brief war im ersten Band des *Kapital* sichergestellt.

Ja, ich bin dabei. Marga schob die Broschüren zurück neben die blauen Bände und stellte eine Flasche aus dem Kühlschrank auf den Tisch. Was Dietrich für den Himmel tut, mach ich hier auf Erden klar.

Die Flasche schimmerte eisig, kein Etikett.

Unser Hausbrand. Marga goss ein. Ich denke, jetzt brauchst du was Stärkeres. Das hättest du nicht erwartet, was? Erst die trauernde Witwe. Und dann das noch obendrauf. Prost. Marga kippte das Glas in einem Zug runter. Ich auch. Das musste verdaut werden. Wie konnte diese vernünftige, kluge Frau in diesem Verein landen?

Marga kam meiner Frage zuvor. Du wirst dich fragen, wie ich dazu gekommen bin. Zu dieser Partei. Keine Angst, ich will dir jetzt keinen theoretischen Vortrag halten. Rationale Begründungen. Die kannst du dir überall abholen.

Auf der richtigen Seite der Geschichte stehen, was weiß ich. Alles ok. Und ich halte auch das Programm dieser Partei für einleuchtend und vernünftig. Aber das war nicht der einzige Grund. Viele Gründe gab es. Nichts Spektakuläres. Nach der Trennung von Dietrich war ich sehr allein. Vorher waren wir ein Herz und eine Seele gewesen, wie man so sagt. Als erstes wechselte ich die Uni, von Hamburg, wo mich alles an ihn erinnerte, nach Köln. Hier stürzte ich mich ins sogenannte pralle Leben. Kennst du ja. Von einer Fete zur anderen, einem Teach-in zum nächsten. Bis ich irgendwann in einer Veranstaltung der VVN, der Vereinigung der Verfolgten des Nazi-Regimes, landete. Schon mal davon gehört?

Ich schüttelte den Kopf. Marga goss nach. VVN – gibt es seit 1947. Ein überparteilicher Zusammenschluss von Frauen und Männern, die im Krieg gegen Hitler gekämpft haben. Du hast sie sicher schon mal gesehen, auf Demos gegen die NPD, wenn sie in ihren gestreiften Häftlingsanzügen mitmarschieren. Heute ist der Verein offen für jeden, der gegen die Wiederkehr des Faschismus was tun will. Gestandene Männer und Frauen. Das gefiel mir. Gar kein Vergleich mit dem Gefasel eines Dutschke und Co. Du zuckst zusammen? Dann nehme ich das ›Gefasel‹ zurück und nenne es Träumerei, Wunschdenken, Illusion, nenne es, wie du willst. Jedenfalls: Was diese Menschen wollen, hat Hand und Fuß. Bald machte ich bei ihren Gruppenabenden mit. Inzwischen war auch die kommunistische Partei wieder zugelassen, und viele der alten Widerstandskämpfer, aber auch junge VVNler waren Mitglied. Also ging ich mit ihnen auch dorthin. Und was ich da sah und hörte, faszinierte mich. Natürlich las ich auch viel. Siehst du ja. Marga deutete auf ihre Bücherwand. Das überzeugte mich. Marga lächelte. Nichts Besonderes also. Mit einem Erweckungserlebnis à la Dietrich kann ich nicht aufwarten. Mein Eintritt kam ganz selbstverständlich, beinah logisch. Oder wenn du so willst, als Sprung aus der Theorie in die Praxis.

Margas Stimme hatte zu ihrem vertrauensvollen und vertrauenerweckenden Klang zurückgefunden. So voll, so erfüllt war die Rednerin von ihrer Überzeugung, von ihrer Anschauung der Welt, dass es gleichsam in ihre Stimme überströmte und ihr ganzes Wesen durchdrang. Sie sprach so, dass man Lust bekam, dabei zu sein, wo sie war; sich etwas geben zu lassen und etwas zurückzugeben. Marga spielte keine Rolle. Trug keine Maske. Sie erinnerte mich an Kreuzkamp. An Aniana.

Es ist spät. Marga stand auf. Hier, sie zog eine der roten Broschüren hervor und reichte sie mir: Schon mal davon gehört?

Das Kommunistische Manifest. Davon gehört? Und ob. Seit Jahren kam man an keinem Büchertisch vorbei, ohne auf diesen Titel zu stoßen. Auch darin geblättert hatte ich. Aber gelesen? Was den Kommunismus anging, reichten mir meine Brecht-Kenntnisse, um in Gruppen jedweder Rottönung bestehen zu können. Und nun drückte mir diese bodenständige Frau dieses Heft in die Hand.

Nur eines wollte ich noch wissen: Und, und dein Rosenkranz? Der war ihr am ersten Abend unserer Bekanntschaft aus der Tasche gefallen. Ein winziges Ding, das sie schnell wieder hatte verschwinden lassen.

Marga wiegte lächelnd den Kopf. Tja, ein Widerspruch? Denk doch an Dom Hélder Câmara, Ernesto Cardenal, Romero und wie sie alle heißen. Geht doch. Nicht nur im fernen Regenwald. Auch im alten Europa.

Ich aber dachte wieder nur an einen. An den ersten Abend bei Hugo in der Vorgebirgstraße, als er mir Ernesto Cardenal vorgelesen und seine Ansichten einer Kenosis-Kirche, einer armen, bescheidenen, dienstbaren Kirche, vorgetragen hatte. Ja, vorgetragen. Ein richtiges Referat hatte er gehalten und auf all meine kritischen Nachfragen die Antwort gewusst. Was würde er sagen, wenn er mich hier sähe, das *Kommunistische Manifest* in der Hand?

Ich nahm das Manifest mit ins Bett. Ein Gespenst geht um in Europa. Im Anfang schuf Gott Himmel und Erde. Das Gespenst des Kommunismus. Und die Erde war wüst und leer. Hinter den Buchstaben wogten die Volksmassen wie heilige Heerscharen. Zum Greifen nah schien mir die Antwort auf Hölderlins Frage: ›Leben die Bücher bald?‹

Ich las nur wenige Seiten, dann fielen mir die Augen zu: Und ich sah meine Dondorfer Lieben am Rathaus mit roten Fahnen, und der Baron von der Burg servierte mir Linsensuppe, ach was Suppe, Königsberger Klopse servierte er mir, Schweinebraten, gemischten Braten, das alles hatte das feine Burgfräulein selbst gekocht – ob die überhaupt kochen konnte? Lieber die Klopse von der Mutter, doch die saß bei Krings Päulchen unter der Haube, Dauerwelle und blonde Strähnen ins erste Grau, die Hände dick in Creme gepackt auf den Lehnen, gleich würde die Gattin des Prinzipal Krötz ihr die Nagelhaut zurückschieben, die Nägel vorsichtig und geschickt feilen und lacken, und dann würde sie die Füße der Mutter aus der kleinen Wanne heben, aus dem prickelnden, wohlig warmen, fichtenduftenden Wasser in ein vorgewärmtes, welches Frotteehandtuch hüllen, abrubbeln, sorgfältig trocknen, einzeln und zwischen jeden Zeh, die Nägel abknipsen, Hornhaut abtragen, Hühneraugen nachforschen. Und cremen. Cremen und dabei die Zehen, jeden einzeln, ein wenig langziehen, so wie auch zuvor die Finger, jede einzelne der hartgearbeiteten Gliedmaßen in die weichen weißen Manikürehände nehmen, umschließen und entlangfahren, von den Wurzeln die Knöchel entlang bis zu den Fingerspitzen.

Eine rote Fahne hielt die Mutter in diesen Händen, nein, falsch, das war ja vorher, das mit den roten Fahnen, das war Kampf und der war vorbei, der Sieg schon unser, die roten Fahnen abgetragen, nur an Feiertagen noch hervorgeholt, da, ja, da konnte die Mutter die rote Fahne tragen am Altar der Revolution so wie früher die Kirchenfahne. Die hielt die Großmutter noch immer, grün-weiß mit gedämpftem rotem Stern, und die Tante lenkte mit flatterndem rotem Kopftuch den Traktor durch die unermesslichen Weiten der Felder am Künigs Böschelsche, Hanni und Maria schritten mit Hammer und Sichel vorneweg. *Christus, mein König*, sangen wir, *Avanti Popolo* sangen wir, und ich sah die Dondorfer Honoratioren das Mittelschiff entlangziehen, nur waren es nicht der Prinzipal von Maternus, nicht Apotheker, Doktor und die aus der Chefetage von Pappenfabrik und Sprit, der Rhenania. Das waren die vom Kolpingverein in ihren besten Anzügen, Vater und Großvater voran, Onkel Schäng voran, Onkel Jupp, Cousins und Cousinen, in einem Himmel roter Fahnen rückten sie in die Kirchenbänke ein und beugten die Knie.

Wo hast du das denn her?, begrüßte mich Bertram beim Frühstück, das rote Heft mit spitzen Fingern schwenkend. Warst du nicht gestern bei Marga?

War ich, bestätigte ich. Und das da ist von ihr. Geschenkt.

Geschenkt? So oder so? Bertram kehrte den Daumen nach oben und nach unten.

Keine Ahnung, weiß ich noch nicht. Hab noch nicht viel gelesen. Aber schön geträumt heute Nacht. Hier, hör mal. Die haben es drauf, die zwei aus Trier und Wuppertal: ›An die Stelle der alten bürgerlichen Gesellschaft mit ihren Klassen und Klassengegensätzen tritt eine Assoziation, worin die freie Entwicklung eines jeden die Bedingung für die freie Entwicklung aller ist.‹ Ich machte eine Pause. Und?

Und weiter? Bertram schien wenig beeindruckt.

Hab ich grad so aufgeschlagen, gab ich zu. Später mehr. Ich muss los.

Ich las das Manifest mit der ›Liebe als Kunstgriff‹. Gab den Verfassern den ›größten Vorsprung‹ … um ›die Seele einer Sache herauszulocken‹, wie es Nietzsche empfiehlt und wie es uns ein nun schon altmodisch anmutendes Germanistikstudium gelehrt hatte. Die Seele einer Sache.

Es gab Tatsachen. Und es gab Interpretationen. Ich hatte das Interpretieren hinlänglich gelernt. Nichts ist eindeutig. Es gab Sätze. Und es gab die Interpretationen von Sätzen. Und Interpretationen von Tatsachen. Auf den Blickwinkel kam es an. Den Standpunkt. Den Klassenstandpunkt. Dann fügte sich eins ins andere. Dann funktionierte der hermeneutische Zirkel. Schwuppte jedes Detail an seinen Platz. Wie Millionen vor mir fühlte ich mich von jener Freude durchdrungen, die aus der Erkenntnis fließt. Mehr noch, einer Erkenntnis, die nicht reinem Wissen galt, dazu hätte mir auch irgendein Vortrag über ›Die Rolle der …‹, ›Die Funktion des …‹, ›Dialektik und Bild bei …‹ verholfen. In diesem Manifest benutzten die Autoren wahrlich die Sprache als Werkzeug, um ›die Maschen zu entwirren und durchzuhauen, die die moderne Zivilisation über uns geworfen hat‹.

Ich glaubte mich gerettet. Hoffte, endlich die Welt zu erkennen, wie sich Liebende erkennen und vertrauen, voll und rückhaltlos, und alles, was ich zukünftig tat und erlebte, würde von dieser Erkenntnis und diesem Vertrauen geleitet sein. Hoffte ich.

In den nächsten Wochen schloss ich mich Marga immer enger an.

Ich erlebte die eigenartige Anziehungskraft einer Person, die ihre Energien bündelt, das Mysterium einer Entschlossenheit, die aufschließend wirkt, sodass ich mich ihr bereitwillig öffnete. Ihre konzentrierte Begeisterung steckte mich an. Ich besuchte Veranstaltungen mit ihr. Die Versammelten dort machten keine großen Worte, sondern Politik. Für die kleinen Leute. Gerechtigkeit. Mit Hugo hatte ich oft diskutiert, was höher zu stellen sei: Freiheit oder Gerechtigkeit, und ich stritt stets für die Freiheit, Hugo für die Gerechtigkeit. Doch gab es nicht auch beides zusammen? Ich war frei. Frei zu kämpfen. Für beides. Für eine gerechtere Welt. In Freiheit.

Einst hatte ich mich von einer Tochter zu keiner Tochter machen wollen. Dann hatte ich die Eltern zu Eltern ihrer Tochter machen wollen. Jetzt wollte ich die Tochter meiner Eltern werden.

Viel später fragte ich mich, ob ich Marga auch in eine der K-Gruppen oder in die SPD mit ihrer Stamokap-Fraktion gefolgt wäre? Nicht von der Hand zu weisen, musste ich mir eingestehen. Wie bei vielen war auch für mich ›die Sache‹ eng verbunden mit der Person, die sie vertrat, nein, verkörperte. Eine Überzeugung verkörpern, besser kann man es nicht sagen. Menschen wie Marga versprechen Halt und Sicherheit, und ich brauchte damals beides.

Mit Marga hörte ich eine Einführung ins *Kapital* bei Bernd Ankerspiel, dem Assistenten des DKP-Vorsitzenden. Von Bernd, einem hageren knochigen Mann von etwa Mitte dreißig, schmales straff gespanntes Gesicht mit einem linkisch-ironischen Lächeln, ging eine nahezu hypnotische Wirkung aus. Er verstand, derart blendend zu argumentieren, dass jeder, der seine Meinung nicht teilte, sich nach wenigen Sätzen für minderbemittelt halten musste. Von ihm konnte man lernen, jedwedem Vertrauen in Tatsachen und Augenschein abzuschwören, um stattdessen die Welt im Licht einer dialektischen Interpretation zu sehen. Hatte man sich dieser Methode erst einmal geöffnet, nahmen die störrischen Fakten alsbald die von ihm, also der Partei, gewünschte Gestalt an und unterwarfen sich willig der vorbestimmten Theorie. Die Partei war somit nicht nur moralisch, sondern auch logisch, mit beinah mathematischer Folgerichtigkeit unfehlbar. War der Sozialismus für mich mehr Traum als Wirklichkeit, so führte uns Ankerspiel diese Weltanschauung als eine exakte Wissenschaft vor, wie Physik oder Chemie. Glaubenssätze und Gefühle, all diese undefinierbaren zweideutigen Angelegenheiten hatten hier nichts mehr zu suchen. Wir glaubten alles, was er beweisen konnte. Und er konnte alles beweisen, was wir glauben sollten.

Jedoch eine von meinem Leben losgelöste Theorie interessierte mich kaum. Bedrückende Auswirkungen proletarischer Lebensverhältnisse, wie ich sie zu Hause erfahren hatte, ließen sich nicht durch abstrakte Denkgebäude beseitigen. Theorie musste dort beginnen, wo die Probleme entstanden, nämlich im Bereich des scheinbar Banalen, im Alltag, bei den einfachen Menschen, ihrem Leben.

Dennoch oder gerade wegen der Abstraktheit dieser Seminare wurde mir klar: Ich war meinen Träumen die

Wirklichkeit schuldig. Wurde geradezu süchtig nach Positivem, nach Existierendem. Die Ernsthaftigkeit, der praktische Bezug dieser Theorie zog mich an. Hier ging es nicht um große Worte, sondern um politische Kleinarbeit. Und noch eines fand ich wieder: Moral. Das moralische Fundament für eine politische Theorie. Das Gegenteil zur Flower Power. Das gefiel mir. Verband es mich doch mit dem, was mir von Kind an eingeprägt worden war: Das gehört sich nicht. Aber jetzt: Nicht von Gott befohlen, sondern von Menschen für Menschen. Eine Haltung, die nichts für sich wollte, aber alles für die Menschheit. Davon die Besten: die Arbeiterklasse. Davon die Besten: in der Partei. Der Allerbeste: mein Vater. Ich wollte nicht zurück zu Vater und Mutter. Sondern vorwärts zu ihnen. Vorwärts zurück. Sie wiederfinden und wieder finden, neu erfinden. Ich wollte keine Revolution machen, sondern Politik. Die Bücher zum Leben erwecken. Nicht nur für mich. Für die Menschheit. Nicht nur im Kopf. Auf der Straße, in den Häusern, in den Fabriken. Schiller und Hölderlin, Mörike und Brecht, Marx und Engels für alle. Der Mensch ist frei, und keiner sollte mehr in Ketten geboren werden. Und nicht mit einem silbernen Löffel im Mund. Lange genug hatte ich mich an großen Worten berauscht. Nun begriff ich: Nur im politischen Kampf können die abstrakten Ideen einen konkreten Inhalt bekommen.

Es war Zeit, dass auch ich mich in den Dienst dieser großen Sache stellte. Und meine Sache, das war: die Freiheit des arbeitenden Menschen, die Gerechtigkeit für ihn und seine Ehre. Ja, die Ehre des arbeitenden Menschen. Nicht nur meine eigene kleine Freude zählte, sondern die große aller. Nur gemeinsam mit anderen, nicht allein, würde ich etwas verändern können. Ich hatte wieder Zukunft vor mir, eine Zukunft, die mehr versprach als ein Dr. phil. mit einer

Doktorarbeit über *Die Funktion der Sprache im Spielfilm*. Hugo hatte mich gelehrt, meine Herkunft nicht wie wertlose Lumpen hinter mir zu lassen und davonzugehen, ohne mich umzusehen. Zurück in meine Klasse würde ich gehen und ihr zu dem verhelfen, was ihr zustand. Helfen, ihr den Reichtum zu verschaffen, den ihrer Hände Arbeit schuf. Ein Fundament verlassen, ohne es aufzugeben. Darauf wachsen und über es hinaus. Dondorf verlassen, ohne es aufzugeben, zu verwerfen. Die Vergangenheit aufheben in der Gegenwart für die Zukunft. Den Ballast der Vergangenheit verwandeln in Proviant. Für alle.

Leben die Bücher bald? Ich wollte in der Welt sein. Nicht in den Büchern.

Was auch immer ich jetzt las: Alle meine Bücher führten *in* die Wirklichkeit. Ich las Anna Seghers *Das siebte Kreuz*, die Romane von Hermann Kant, Erik Neutsch, Christa Wolf und Brigitte Reimann, las Nexø, Bogdanow und und und. Wie vor vielen Jahren, als ich mit dreizehn, vierzehn aus den Büchern erfahren wollte, was es auf sich hatte mit der Liebe zwischen Mann und Frau, so suchte ich in diesen Büchern die wirkliche Welt. Auch Bertolt Brecht, den ich bislang nur als ästhetischen Erneuerer wahrgenommen hatte, las ich mit neuen Augen. Mir ging es nicht länger um Verfremdung und Theorie. Was auch immer ich nun las, drängte zu Praxis und Kampf.

Alles erschien in neuem Licht: Ich las zu einem Zweck. Stutzte zurecht, was ich las, auf das, was ich lesen, begreifen wollte, und fand so, was ich suchte. Sogar bei Hölderlin: ›Ich hänge nicht mehr so warm an einzelnen Menschen. Meine Liebe ist das Menschengeschlecht ... Denn dies ist meine seeligste Hoffnung, der Glaube, der mich stark erhält und tätig, unsere Enkel werden besser sein als wir, die Freiheit muss einmal kommen ... Sieh! Lieber Karl! das ist's, woran nun mein Herz hängt – dies, dass ich in unserem Zeitalter die Keime wecke, die in einem Künftigen reifen werden ... Ich möchte ins Allgemeine wirken.‹

Für die Menschheit. In der der Einzelne aufging. Im ›aktiven Kampf gegen die Entmenschlichung‹ würde ich mein Teil dazu beitragen, Menschlichkeit zu schaffen.

Der Einführung ins ökonomische Basiswissen ließ Marga den ästhetischen Überbau folgen und nahm mich mit zum Werkkreis Literatur der Arbeitswelt. Als linke Abspaltung war er vor gut einem Jahr aus der Gruppe 61 hervorgegangen, Autoren wie Max von der Grün, vormals Bergarbeiter, Josef Reding, Liselotte Rauner, Hildegard Wohlgemuth gehörten ihm an. Auf unserem Ostermarsch hatten Hugo und ich die Gruppe durch ein paar Broschüren flüchtig kennengelernt. Beeindruckt gewesen waren wir nicht.

Etwa gleichzeitig mit der Gründung dieses Werkkreises kam ein Taschenbuch heraus: *Ein Baukran stürzt um. Berichte aus der Arbeitswelt.* Eine kritische, sozial verbindliche Literatur wolle man schreiben, erklärte Marga, um die gesellschaftlichen Verhältnisse im Interesse der Arbeiterklasse zu verändern.

Du klingst wie ein Faltblatt, wiegelte ich ab. Vergeblich. Geriet sie erst einmal in Fahrt, neigte Marga wie Hugo zu umfänglichen Vorträgen.

Ungerührt schwenkte sie das Werkkreis-Programm und las vor: ›Die im Werkkreis Literatur der Arbeitswelt hergestellten Arbeiten wenden sich vor allem an die Werktätigen, aus deren Bewusstwerden über ihre Klassenlage sie entstehen. Anders als die bürgerliche Literaturauffassung ...‹

Oweia, unterbrach ich, was für ein mieses Deutsch. Und da sollen die Werktätigen lernen, wie man gut schreibt. Mit schlechtem Deutsch für die gute Sache?

Alles Theorie, suchte Marga mich zu besänftigen. Sieh dir doch den Laden erst mal an. Der Werkkreis ist hierzulande die wahre literarische Avantgarde.

Wie bitte? Ich schluckte ein ironisches Lachen gerade noch hinunter.

Oja, beharrte Marga, der Werkkreis versucht das breiteste, antielitäre, demokratische Konzept für eine fortschrittliche Literatur zu entwerfen. Und zu verwirklichen, natürlich ›Greif zur Feder, Kumpel!‹, schon mal gehört? So haben Arbeiter in der DDR eine ganze Schreibbewegung ins Leben gerufen. Bitterfelder Weg. ›Schreib das auf, Kollege!‹, ist das Motto hier bei uns, in der BRD.

BRD zu sagen, störte mich immer noch. Gehörte aber unabdingbar zum guten Ton linker Gesinnungen, vom Juso bis zum Maoisten.

Der Kölner Werkkreis tagte unweit der Severinskirche in der Wohnung des Genossen Hirte unterm Dach. Marmor bis in den ersten Stock, Stuck bis zur dritten Etage, weiter aufwärts bröckelnder Putz.

Im Treppenhaus roch es nach Kohl so wie damals auf meinem Weg mit Gretel zu Frau E. Schmitz. Mir war sonderbar zu Mute. War ich nun ne Studierte, wie man in Dondorf respektvoll sagte, oder dat Kenk von nem Prolete, wie der Vater mich als Heranwachsende hatte demütigen wollen? Ich ahnte, auch hier würde ich meine Zugehörigkeit bewusst anpassen. Ich wusste, was wie und wie was in den jeweiligen Schichten ankam. Ich kam an. Und entfernte mich wieder. Jedesmal mit einem leisen Schmerz, der sich selbst verspottete. Ich konnte nur noch *wie* zu den einen oder *wie* zu den anderen gehören. Dat Kenk von nem Prolete nie der Erbe eines Bürgers sein. Es schleppt ein Leben lang ein Wie mit sich herum. Und ein Als-ob.

Im Werkkreis bei Hirte saß man auf Stühlen um einen runden Tisch. Sage mir, wie du sitzt, und ich sage dir, wo du stehst, hatten Bertram und ich auf unseren Streifzügen durch die WGs gewitzelt. Klar, die Matratze stand für den lüsternen Drang, während der Stuhl politisches Rückgrat erzwang. Dieses Rückgrat zeigten hier in der Severinstraße fünf Männer und drei Frauen. Ich fühlte mich gleich wie zu Hause – schon wieder dieses wie – in Dondorf. Wäre ich der Gruppe im Hörsaal begegnet, hätte ich die ›Werktätigen‹ erkannt? Ja, bestätigte ich mir. Besonders in den Männern. Je älter, desto ›werktätiger‹. Ein Blick auf ihre Hände genügte, die Gesichter bekräftigten den ersten Eindruck.

Bis auf einen, Genosse Hirte, promovierter Germanist, der auf den aparten Vornamen Damian hörte und die Gruppe leitete. Seine Haare eine Löwenmähne, die sofort die Aufmerksamkeit auf sich zog. Er war nicht groß, blass, ein schmales Gesicht mit tiefliegenden hellen Augen, kantigen, ein wenig hohlen Wangen und einem lässigen, beinah arroganten Ausdruck. Dabei um eine Kumpelhaftigkeit bemüht, die mir sofort das Wie signalisierte, aber auch, dass sein Bemühen von Herzen kam, nicht allein vom Verstand und aus Kalkül.

Damian war keiner von denen, die sich als Führer der Arbeiterklasse aufspielen, die zu wissen glauben, wo's langgeht zu den Beseligungen der Revolution. Als sei eine Fabrik mal eben so leichtfüßig zu besetzen wie ein Rektorat; einen Produktionsablauf zu sabotieren nicht heikler, als eine Vorlesung zu stören; der Abbruch einer Produktion nicht unvergleichlich schwerer (und folgenschwerer) als der einer Vorlesung. Die Organisation des Kampfes in den Betrieben nach dem Muster studentischer Aktionen. Welch einen Blödsinn hatte ich mir da in den vergangenen Jahren anhören können. Wie herrlich hatte Hugo die floskelhafte Sprache parodiert, mit der man die Arbeiter mobilisieren – auch so ein Wort, allerdings meist als Substantiv – wollte. Und überhaupt: Die Arbeiter – wer war das eigentlich? Und ›die Masse‹, die man mitreißen wollte? Wie sehr mir mein skeptischer Freund immer noch und wieder einmal fehlte.

Hirte begrüßte uns herzlich und bat mich, die Neue von der Uni, um eine kurze Vorstellung. Die Anspannung, beinah ein Misstrauen gegenüber der Doktorandin, stand spürbar im Raum, erst bei der Schilderung meiner Herkunft schienen sich die Mienen der Anwesenden zu lockern. Mir konnten sie nichts vormachen. Knicks, Verbeugung und ein Hauch von Neid schwang in ihren Stimmen mit, als sie sich nun ihrerseits vorstellten und mich willkommen hießen.

Alsdann bat uns Damian, das Motto des heutigen Tages zu notieren: ›Die Romanschriftsteller, welche nur die Entmenschlichung, die der Kapitalismus durchführt, also den Menschen nur als seelisch verödet beschreiben, werden der Realität nicht gerecht. Der Kapitalismus entmenschlicht nicht nur, er schafft auch Menschlichkeit, nämlich im aktiven Kampf gegen die Entmenschlichung.‹

Brecht, entschlüpfte es mir.

Bravo, Genossin, lobte Damian. Meinte er es ironisch? Wie bereute ich mein spontanes Gemurmel.

Marga flüsterte Damian etwas zu. Der nickte: Tut mir leid, also nicht Genossin. Trotzdem: Bravo, Kollegin Hilla Palm.

Damian hatte ein Referat vorbereitet, das die Teilnehmer sichtlich langweilte, obwohl er sich, durchaus beredt, um eine schlichte und anschauliche Sprache bemühte. Nachvollziehbare Kriterien machten es leicht, ihm zu folgen, wenn er eine Auseinandersetzung mit der Lebenswirklichkeit der arbeitenden Bevölkerung forderte und zwar nicht nur in der Fabrik, sondern auch in der Familie. Mit einer

Literatur, die diese Wirklichkeit unmittelbar widerspiegle, wolle man dazu beitragen, die politischen Verhältnisse zu verändern. Ob die anderen das alles schon öfter gehört hatten?

Marga hatte mich, während Damian sprach, beobachtet. Ich tat, als bemerkte ich es nicht. Schüttelte den Kopf, als er forderte, dass der subjektiv psychologische Vorgang notwendigerweise mit dem gesellschaftlich repräsentativen zusammenfalle; nickte bestätigend, als er die Vorzüge einer Zusammenarbeit zwischen Arbeitern und Akademikern ausmalte. Gemeinsam wolle man das Konzept einer antikapitalistischen Befreiungsliteratur erarbeiten.

Rudi, mit Anfang sechzig der Älteste der Gruppe, Lagerarbeiter und Operettenfreund, wie er sich vorgestellt hatte, wurde unruhig, stieß schließlich seinen Nebenmann an und flüsterte ihm etwas zu. Erwin, Stapelfahrer bei den Ford-Werken, stolzer Vater eines drei Monate alten Sohnes, wiegte seinen demonstrativ kurzgeschorenen Kopf gutmütig hin und her.

Der Redner brach ab: Tut mir leid, liebe Freunde. Ich dachte, weil wir heute einen Gast haben ... Ich bin wohl etwas zu grundsätzlich geworden. Also, Else, darf ich bitten?

Offenbar wurde in jeder Sitzung der Text eines Mitglieds diskutiert. Hirte verteilte die Matrizenabzüge. Else, etwa so alt wie meine Cousinen, fuhr sich durch ihr schulterlanges blondiertes Haar und drückte die Zigarette aus. Rosi, ihre Nachbarin, eine füllige Mittvierzigerin mit kindlich rundem Gesicht, legte ihr beruhigend die Hand auf den Arm, und Else las vor.

In einer – detailliert dargestellten – Weberei gerät eine der Frauen mit der Hand zwischen zwei Walzen. Die Kolleginnen befreien sie, rufen Arzt, Meister und Betriebsleiter: Selbst schuld, stellt sich heraus. Die Folge: Entlassung.

Fünfzehn Jahre dabei, nichts zuschulden kommen lassen, bis auf diese eine Unaufmerksamkeit. Das kann Kollegin Lotti nicht mit ansehen und bittet den Betriebsleiter um Rücknahme der Kündigung. Der bietet Lotti stattdessen einen Vorarbeiterposten an, was diese ablehnt. Daraufhin wird auch sie gefeuert. Die Kolleginnen ziehen die Köpfe ein.

Die Geschichte gefiel mir, und sie gefiel mir auch wieder nicht. War das nun der viel beschworene Klassenkampf, der hier zur Sprache gebracht wurde? Doch wohl eher Zivilcourage. Der Mut einer Einzelnen. Beeindruckend, gewiss. Diese Lotti, hinter der man unschwer Else erkennen konnte, hatte mehr Mumm als Hunderte Steine-, Eier- und Tomatenschmeißer. Ein paar ungeschickte Formulierungen und Wiederholungen spielten da keine Rolle. Das war Sache des Lektors.

Was also störte mich an Elses Geschichte? Hatte ich nicht vor mehr als zehn Jahren Ähnliches erlebt, in den Ferien am Fließband bei Maternus? Aber damals waren wir Frauen uns einig gewesen. *Das* war die Hauptsache. Nicht einzelner Protest, die persönliche private Auflehnung. Ohne Zusammenhalt hätten wir die langsamere Einstellung des Bandes nicht erreicht. Ich hatte sie erfahren, die Kraft der Solidarität. Ohne das Wort dafür zu kennen. Die kaum Vierzehnjährige hatte den Aufstand wie ein Spiel erlebt. Als wäre es gestern gewesen, stand es mir vor Augen: der Meister aus seiner Glaskabine stürzend, wir Frauen am abgestellten Band, der Prokurist auf der Flucht vor einem Hornissenschwarm.

Nun wusste ich, was mich an Elses Erzählung störte. Das fatale Ende. Die Geschichte hörte da auf, wo eine neue, die eigentliche, hätte beginnen müssen. Hätte diese Lotti sich vor ihrer Aktion nicht der Solidarität ihrer Kolleginnen versichern sollen, nein, müssen? So erschien zwar ihr Alleingang in durchaus heroischem Licht, rief aber beim Leser mindestens zwiespältige Reaktionen hervor. Ohne Kenntnis des Arbeitslebens, dazu versehen mit bürgerlich-literarischer Bildung konnte man die Geschichte als Einblick in eine exotische Wirklichkeit lesen, mit der man gottlob nichts zu schaffen hatte. Lebte der Leser jedoch in einem ähnlichen Abhängigkeitsverhältnis wie die Protestfigur, konnte deren Handeln nur abschreckend wirken: Maul halten.

Genau das aber tat ich an diesem frühen Abend in der Severinstraße nicht. Freimütig teilte ich meine Bedenken mit, ließ ich meine Zuhörer teilhaben am allmählichen Verfertigen meiner Gedanken beim Reden, ganz so wie ich es am Küchentisch mit Hugo gelernt und getan hatte, ganz so, als säße er bei uns und hörte zu. War ich hier endlich bei meinesgleichen? Gehörte ich endlich wieder dazu? Hatte ich meinen Platz gefunden? Solange es um Literatur, Dichtung, die Sprache ging: Ja, hoffte ich.

Peter Franzbach, der Jüngste in der Runde, ein graziler Ästhet, Kabelträger beim Westdeutschen Fernsehen, doch nur auf der Durchreise, wie er betonte, schlug sich gleich auf meine Seite. Else beharrte, so und nicht anders sei es gewesen. Darauf Rita: Besser aber, es wäre anders gelaufen. Ob man das nicht noch als Zweitmeinung anhängen könnte. Rita war Krankenschwester im Holweider Klinikum und mit Zweitmeinungen vertraut. Berufsbedingt plädierte sie für ein gutes Ende. Und Hirte? Und Marga? Die hatten bisher geschwiegen und mit ausdruckslosen Mienen zu jedweder Meinungsäußerung genickt.

Hirte blickte in die Runde: Aufgabe für alle, mich eingeschlossen. Bis zum nächsten Treffen schreiben wir Elses Geschichte um oder weiter. Könnt ihr euch aussuchen. Entweder geht diese Lotti von vornherein klüger an die Sache heran, oder sie nimmt einen neuen Anlauf. Lasst euch was einfallen. Und du, Hilla, bist hoffentlich wieder bei uns. Und kommst jetzt auch erst mal mit. Zum Einstand bist du herzlich eingeladen.

Im Backhähnchen ging es dann bald nicht mehr um Literatur. Wohl aber um Geschichten. Geschichten, die Tatsachen waren. Else erwartete tatsächlich ihre Kündigung. Und alle kuschten. Ob sie denn keinen Betriebsrat hätten, wollte Marga wissen. Keine Vertrauensfrau? Wozu sei denn die Gewerkschaft da? Ja, gab Else zu, die sei natürlich auch auf ihrer Seite. In der Geschichte habe sie das weggelassen, um den Unternehmer noch mieser darzustellen.

Nun ging die Debatte erst richtig los. Durfte man das? Was war wichtiger: Tatsache oder Text? Am Nebentisch wurde man aufmerksam und diskutierte bald mit. Jeder hatte seine Meinung und, was weit spannender war, seine Geschichte. Die berühmten Geschichten, die das Leben schreibt. Kleine Geschichten kleiner Leute. Schriftsteller, dachte ich, sollten ihre Bücher nicht dauernd nur mit Geld- und Bildungsbürgern, mit Akademikern, Autoren und Abenteurern bevölkern, die mit Schicksalsschlägen kämpfen oder aus Fortunas Füllhorn leben. Die kleinen Geschichten so groß erzählen, dass sie die kleinen Leute groß machen: Das wär's. Und so geschrieben, dass die Mutter, Tante und Cousinen es ebenso gern lesen wie Professor Henke und Kollegen.

Es wurde ein langer, lauter, lustiger Abend, bei dem schließlich sogar der Wirt einen mittrank. ›Wenn esch su an ming Heimat denke‹, schmetterte er, ›un sinn dä Dom su vür mer stonn‹, fielen wir ein, und ich sah Marga an und dachte, was denkt die nun, hat die jetzt ihren Apfelbaum vor Augen, doch die lachte zurück und nickte und sang mit.

Bertram war noch wach, als ich zurückkam, und ungewöhnlicher noch: Er schlief wieder einmal in der Kyffhäuserstraße.

Ist was?, war dann auch meine erste Frage.

Alles paletti, beruhigte er mich. Juttas Eltern besuchen sie morgen, da haben die heute die Wohnung auf Vordermann gebracht und alle männlichen Wesen ausquartiert. Bis auf Fritz.

Und wer ist das? Der Kommune-Oppa?

Der Kater. Ist neu. Hat Jutta angeschleppt. Und du? Wo kommst du her, so spät? Hat das Kölsch geschmeckt? Fähnlein voran! Hast Glück, ich wollt grad den Laden dichtmachen.

Nichts Besonderes, gähnte ich verhalten. War mit Marga unterwegs. Mit ein paar Sätzen schilderte ich Bertram den Abend, dann, als er sich schon die Schuhe auszog, fügte ich zögernd hinzu: Du, dieser Damian, der hat Genossin zu mir gesagt.

Na und? Bertram schüttelte den Schuh vom Fuß. Da kannste dich ja umtaufen lassen. Im Namen des Karli und des Friedrichs und des heiligen Wladimir. Amen. Oder Rotfront. Oder Venceremos.

Dat mööt wol ald sinn! Du fresche Kääl! Ich schnappte Bertram den Schuh aus der Hand und hielt ihn drohend hoch.

Bertram duckte sich. Mir reicht katholisch. Jutta ist ja evangelisch. Bloß gut, dass das keinen mehr stört.

Wie? Du willst doch nicht etwa heiraten?, tat ich empört. Weißt du noch, wie wir den Ferdi vom Hanni kurz vor der Heirat auf dem evangelischen Friedhof begraben haben? Und wie deshalb die Omma zum ersten Mal in ihrem Leben in eine evangelische Kirche gegangen ist? Und wie der Kreuzkamp mit dem Goldberg zusammen das Vaterunser gebetet hat und dann wir alle miteinander? Und die Omma, klammheimlich: Seht ihr, dat hat der liebe Jott jewollt: evanjelisch un kattolisch zesamme.

Bertram nickte. Weiß ich noch gut. Katholisch, evangelisch, ist doch egal. Aber, Bertram lachte trocken auf. Viel besser ist das heute bei den Politischen auch nicht. Stell dir vor: Die Dorle, Juttas Freundin, hat sich von ihrem Freund getrennt. Dabei ist die extra wegen dem aus ihrer WG ausgezogen. Die sahen da nicht gern, dass sich was Festes zwischen denen entwickelt, und haben die Dorle regelrecht rausgeekelt. Wer zweimal mit derselben pennt ... monogam und treu, alles kleinbürgerlicher Scheiß, kennt man ja, aber sowas praktizieren die wirklich. Und jetzt? Getrennt. Und warum? Der Macker ist bei der KPD/AO und die Dorle bei der KPD/ML. Oder umgekehrt. Kann ich mir nicht merken. Der Unterschied? Frag mich was Leichteres.

Musst du eben kritisch hinterfragen, spottete ich, ist doch deren Zauberwort: kritisch hinterfragen. Och, Jong, esch bin möd, esch jonn schlofe.

Warte, Bertram hielt mich am Ärmel fest. Das ist noch nicht alles. Auch die Maja aus der WG von Jutta hat einen Riesenärger, weil sie die Vorträge von ihrem Bernie nicht mehr aushält. Der ist bei der KPD/AO. Ein ganz Scharfer. Und Maja ... Naja, hundert Prozent Sponti und Flower Power. Bernie also im Kampf gegen das Monopolkapital und Maja gegen die autoritäre Kleinfamilie. Brüllt die den Bernie an. Red nicht ständig mit mir, als wärst du auf ner Parteiversammlung! Und schmeißt ihm ne lecker Flasche Kölsch hinterher. Reissdorfer. Bertram leckte sich die Lippen. Und der Bernie darauf: Und dein Vater ist auch bloß son liberaler Scheißer. Macht die Flasche auf und sagt: Prost.

Auweia.

Und was die Jutta so erzählt ... Bertram ließ den Satz spannungsvoll ins Leere laufen.

Also mach schon, drängte ich.

Wenn die aufs Klo geht, muss die bei der Gertrud vorbei. Die ist so richtig auf dem Kollontai-Trip, Glas-Wasser-Theorie und so, kennst du ja. Lässt auch die Tür immer offen, mindestens einen Spaltbreit. Da sieht die Jutta natürlich jedesmal, was da drin los ist. In der letzten Woche drei Verschiedene.

Ich denke, die hat ihren Rolf? Fest, unterbrach ich.

Von wegen fest. Hat der sich auch eingebildet. Der leidet wie ein Hund. Eifersucht ist kleinbürgerlicher Scheiß, lacht die Gertrud den aus. Relikt analer Phase. Und so weiter. Der ist vielleicht abgezogen. Und der Blödmann kommt bestimmt wieder.

Jongejong, kommentierte ich, wat ene Kokolores, tät die Tant jetzt sagen. An ihren Feinden sollt ihr sie erkennen. Da lob ich mir meine schreibenden Werktätigen. Die kennen ihren Feind.

Und Freund!, spöttelte Bertram. Die Arbeiterklasse. Eine Armee strahlender Engel. Und du? Wie steht es denn bei dir?, forschte er.

Mehr musste er nicht sagen. Er war verliebt. Glücklich verliebt. Und daher bestrebt, dieses Glück mit aller Welt zu teilen, besonders mit seiner Schwester. Nur zu gut erinnerte ich mich meiner ersten Zeit mit Hugo, als ich die ganze Menschheit am liebsten aufgeteilt hätte in glückliche Paare.

Ich floh in ein demonstratives Gähnen.

Lommer schloofe jonn. Lommer jonn, Jenossin. Bertram streifte den zweiten Schuh vom Fuß und zog ab ins Bett.

Ich fand keinen Schlaf. Wenn ich eines gelernt hatte: Nicht auf Theorie und große Worte kam es an. ›Die Philosophen haben die Welt nur verschieden interpretiert, es kommt aber darauf an, sie zu verändern.‹ Was zählte, war die Praxis. Schau dir an, was du tust, dann weißt du, was du willst. Wie ein Menetekel flammten die Wörter an der Mansardenwand vor meinen Augen auf. Ein Satz von brutaler Konsequenz. Der kein eigentlich duldete. Kein: Eigentlich hätte ich ..., eigentlich wäre ich ... Kein Wenn und kein Aber.

Doch das Aber wollte nicht weichen. Hatte ich vergessen, wie wir damals in Dondorf vor dem Fernseher den schmerzhaften Rosenkranz gebetet hatten, gegen die Panzer in Budapest und fünf Jahre später gegen die Stacheldrahtrollen mitten durch Berlin? Zuerst Stacheldraht, dann die Mauer. Mauer? Ein antifaschistischer Schutzwall war das, erbaut, damit das neue Land nicht kaputtgeht. Aber was war das für ein Land, dem die Menschen davonlaufen wollten? Das, beruhigte ich mich, waren nur die ewig Gestrigen, die nicht begriffen hatten, wo ihr Platz war: auf der richtigen Seite der Geschichte. Die sich zu schade, zu bequem waren für die ›Mühen der Ebenen‹. Die musste man eben zu ihrem Glück zwingen. Zu ihrem Besten. Wie Kinder. Und überhaupt. Je schneller sich die Verhältnisse hierzulande in die richtige Richtung änderten, desto schneller könnte diese Mauer geschleift werden. Ein einiges sozialistisches Deutschland entstehen. Lächelnd entsann ich mich der Verse, die damals die fünfzehnjährige Mittelschülerin im Holzstall in ihr Heft *Schöne Wörter, schöne Sätze* notiert hatte:

>Deutsch!
>Hörst du den Klang, Deutscher?
>Die Freiheitsglocke in deinem Herzen?
>Sie läutet Deutsch!
>Deutsch!
>Deutsche Freiheit für alle Deutschen
>Freiheit für alle!

Hörst du den Klang, Deutscher?
Sie läutet uns zusammen
Deutsch und frei!
Mensch und frei!

So begann es, ging dann über Seiten und endete:

Reiß die Mauer nieder
in deinem Herzen!
Erst dann bist du frei!
Mensch und frei!

Diese letzten Zeilen hatte ich damals rot unterstrichen. Ich seufzte und nickte der jungen Hilla nachsichtig und anerkennend zu. Recht hatte sie. Nicht nur für eine gerechtere Gesellschaft in meinem Teil Deutschlands würde ich kämpfen, sondern auch für eine Wiedervereinigung mit den sozialistischen Brüdern und Schwestern, die uns schon so beneidenswert weit voraus waren auf dem richtigen Weg. Gerechtigkeit und Freiheit gehörten zusammen. Für alle Deutschen.

Ich schlug das Manifest noch einmal irgendwo auseinander und berauschte mich an der Sprache des Trierer und des Wuppertaler Philosophen: ›Die Bourgeoisie, wo sie zur Herrschaft gekommen, hat alle feudalen, patriarchalischen, idyllischen Verhältnisse zerstört. Sie hat die buntscheckigen Feudalbande, die den Menschen an seinen natürlichen Vorgesetzten knüpften, unbarmherzig zerrissen und kein anderes Band zwischen Mensch und Mensch übriggelassen als das nackte Interesse, als die gefühllose ›bare Zahlung‹. Sie hat die heiligen Schauer der frommen Schwärmerei, der ritterlichen Begeisterung, der spießbürgerlichen Wehmut in dem eiskalten Wasser egoistischer Berechnung ertränkt.

Sie hat die persönliche Würde in den Tauschwert aufgelöst und an die Stelle der zahllosen verbrieften und wohlerworbenen Freiheiten die *eine* gewissenlose Handelsfreiheit gesetzt. Sie hat, mit einem Wort, an die Stelle der mit religiösen und politischen Illusionen verhüllten Ausbeutung die offene, unverschämte, direkte dürre Ausbeutung gesetzt.‹

Damit sollte Schluss sein. Dazu wollte ich beitragen. Mein Leben weihen. Wie Gretel das ihre ihrem himmlischen Herrn. Ich das meine meinen irdischen Schwestern und Brüdern.

Ich zog mir die Decke über die Ohren. Genossin. Das Wort begann zu keimen, feine Wurzeln zu treiben in Kopf und Herz. Genossin Hilla Palm. Schau dir an, was du tust, dann weißt du, was du willst, Genossin.

Bertram stürzte am nächsten Morgen, Brötchen in der Hand, aus dem Haus zu einer Diskussion in der PH: ›Herkunft und sozialer Aufstieg.‹ Ich ließ mir Zeit. Wählte das rosa Kostüm aus der Hinterlassenschaft Gretels, steckte meine Haare hoch.

Im Hausflur begegnete mir Frau Herriger, mit der wir uns das Klo auf halber Treppe teilten. Sie putzte manchmal für uns mit, dann gaben wir ihr eine Mark. Reine Ausbeutung. Damit würde jetzt Schluss sein. Andererseits freute sie sich jedesmal. Hm.

Wat habt Ihr Eusch aber fein jemacht, staunte sie. Jibbet ne Prüfung?

Ich schüttelte den Kopf und strahlte sie an.

Odder en Rongdevuh? Ihr seid ja auch immer so allein. Nur dat Brüdersche deit et doch nit. Un dä liebe Kääl hat ja jetzt auch e läcker Mädsche.

Was Sie aber auch alles wissen, Frau Herriger, drängte ich mich an der verdutzten Frau vorbei. Bis bald mal.

Eine Prüfung? Ein Rendezvous? Wohl von beidem etwas, lächelte ich, machte mich auf in Richtung Barbarossaplatz, dann links in die Weyerstraße, links in den Mauritiussteinweg, am Hildegard-Kolleg vorbei. Wie er mir jetzt wieder fehlte, mein einzig Geliebter. Ich fühlte den Puls in den Schläfen hämmern, wie vor kurzem noch, wenn der Hass auf Niemand sich angekündigt hatte. Ich trat nach einer Kastanie, in wenigen Tagen würden sie alle zu fallen beginnen, die stachligen Hüllen die Frucht freigeben. Ich dachte an Hugos Unglücksort, meinen ›Kreuzestod‹. Nein, ich musste nicht mehr losbrüllen, meinen Hass herausschreien, um mir zu beweisen: Nicht der Hass, ich bin es, die existiert. Ich, Hilla Palm, Doktorandin, Schwester von Bertram Palm, Tochter von Josef und Maria Palm auf dem Weg in die Bobstraße. Zweimal links, einmal rechts abbiegen. Auf der linken Seite. Im Keller. Drei Stufen.

Ich zögerte. Zögerte einen Augenblick und noch einen. Da verspürte ich einen wunderlichen Stoß, ganz leicht, einen Stoß in die Rippen, den Rücken, wie ich ihn nur von Hugo kannte, wenn er mich ermutigen wollte. Ich stieg die drei Stufen hinab.

Die Tür war verschlossen. Klingeln. Ein Mädchen, etwa in meinem Alter, Jeans, Pulli, Jacke, wie ich sonst auch rumlief, öffnete, musterte mich und machte die Tür wieder ein Stück weit zu: Sie wünschen?

Dachte sie, ich hätte mich verlaufen? Und dann dieses: Sie wünschen? Guten Tag, sagte ich und zwängte mich durch die Tür.

Hinter mir schloss das Mädchen ab. Muss sein, meinte sie achselzuckend, man weiß nie, was von draußen kommt. Sie lachte trocken auf und sah mich genauer an. Schob mir einen Stuhl zu und setzte sich hinter den Schreibtisch.

Was kann ich für dich tun?

Gottseidank hatte sie begriffen, dass ich nicht zum über dreißigjährigen Establishment zählte. Ich, äh ... Ich stockte, sah mich um. Über dem blassen Mädchen, das mich mit seinen graublauen Augen und dem eckigen Unterbiss an Astrid aus dem Aufbaugymnasium erinnerte, die unvermeidlichen Plakate. Dazu einige Porträts, ich erkannte Liebknecht, Luxemburg, Angela Davis. In dem Mann mit Schirmmütze vermutete ich Thälmann.

Max Reimann, das Mädchen deutete auf eines der Fotos, und daneben Kurt Bachmann, unser Vorsitzender. Ja, und den Bebel, den haben wir auch dabei. Also: Was führt dich her?

Das Mädchen, nicht unfreundlich, wurde ungeduldig, musterte mich betont unauffällig von oben bis unten, konnte mich offenbar noch immer nicht recht einordnen.

Was wohl, hätte ich patzig antworten können, doch ich brachte nur ein leises, beinah verlegenes: Ich möchte eintreten, heraus, als legte ich ein Geständnis ab. Oder: Willst du mich heiraten?

Verblüfft sprang das Mädchen hinter dem Schreibtisch hervor, packte meine beiden Hände und schüttelte sie durch, wie um sie auf Echtheit zu prüfen: Willkommen, Genossin. Sie ließ meine Hände los und hielt mir die ihre zum Handschlag hin: Lieselotte, sagte sie.

Hilla, erwiderte ich. Hildegard Palm. Es war vollbracht. Ich hatte mein Jawort gegeben. Anders, als ich es mir je vorgestellt hatte. Wem? Der Menschheit. Der Arbeiterklasse. Meiner Klasse. Dem Vater. So wie am Nachmittag von Marias Hochzeit, in seinen gebeugten Nacken und die der Männer und Frauen meiner Familie. Die Welt war ein Buch mit den falschen Leuten in den richtigen Sätzen. Politik eine Frage des Redigierens. Den Wörtern und Menschen ihren rechten Platz anweisen.

Mein Jawort wurde beglaubigt. Lieselotte nahm meine Daten auf, als beantragte ich einen Personalausweis. Man werde mich schnellstmöglich benachrichtigen. Ob ich die schon habe, die *Grundsatzerklärung der Deutschen Kommunistischen Partei. DKP kontra Großkapital.*

Ich verneinte, zahlte dreißig Pfennig, ein zweiter Händedruck: Auf bald, Genossin Palm.

Hinter mir wurde abgeschlossen.

Zu Hause stellte ich mich vor den Spiegel. So wie damals nach der Nacht auf der Lichtung. Nach der Nachricht von Hugos Tod. Nach einer Zerstörung, einem Raub. Aber auch nach dieser Teufelsaustreibung mit Hugo auf der Lichtung. Da hatte mir der Blick in den Spiegel das neugeborene Gesicht der neugeborenen Hilla Palm gezeigt, und ich war meiner Existenz so stark bewusst gewesen wie berauscht. Und heute?

Hildegard Elisabeth Maria Palm. Kommunistin. En face und im Profil. Wanted. Gesucht wird. Hatte ich ihn schon, diesen Märtyrerblick der Auserkorenen, wie ihn insbesondere K-Gruppen-Kommunisten mit sich herumtrugen? Oder das streng katholische Fräulein Kaasen aus Dondorf, wenn sie ihre vom rastlosen Besticken der Messgewänder zerstochenen Finger vorwies.

Nein, entschied ich. Noch nicht. Aber da war kein Hass mehr. Kein Selbstmitleid. Keine Beschönigung. Vielleicht eine ferne Kindlichkeit, arglose Unschuld. Siehe, ich mach alles neu.

Weder Bertram noch Marga erzählte ich von meinem Schritt. Warum? Das war mir selbst nicht klar. Als wollte ich eine heimliche Liebe für mich behalten. Und ich hatte ja auch noch nichts in der Hand.

Knapp eine Woche später kam der Brief. Der Ausweis liege in der Bobstraße bereit.

Lieselotte schien bei meinem Anblick erleichtert. Warum ich mich denn so aufgetakelt habe vor einer Woche, lachte sie. In feierlich hohem Bogen legte sie der neuen Genossin das rote Heftchen in die Hände. Acht Seiten dünnes Papier, kleiner als die Heiligenbildchen in meinem Gebetbuch. ›Deutsche Kommunistische Partei‹, sagte die Titelseite am Rand oben. Darunter das revolutionäre bärtige Trio im Profil. Stempel und Unterschrift des Bezirksvorstands. Beitrittsmarke: 2 DM. Mitgliedsbeitrag September: 2 DM. Die wurden ins Heftchen geklebt wie früher die Rabattmarken im Laden von Patenonkel Pieper. Viel Platz für Sondermarken. Und zum Schluss: ›Das Mitgliedsbuch der Deutschen Kommunistischen Partei ist für jeden Genossen ein wertvolles Dokument, das er sorgsam behandeln sollte. Wird der Betrieb oder Wohnort gewechselt, so ist dies umgehend dem Kreisvorstand zu melden, damit eine ordnungsgemäße Ummeldung erfolgen kann. Das Mitgliedsbuch bleibt Eigentum der DKP und ist bei Austritt oder Ausschluss an die zuständige Parteigruppe zurückzugeben.‹

›Eigentum der Partei‹, ›Ausschluss‹: Ein Hauch von Inquisition wehte mich an. Doch was zählte, war, einer Gemeinschaft anzugehören. ›Der Arbeiterklasse und dem Volke dienen.‹ Kam ich nicht aus einer Familie, deren Mitglieder zeitlebens über Generationen nur gedient hatten? Also hatte ich das Dienen im Blut. Nur jetzt für die Richtigen. Und nicht allein. Die Hoffnung, von dieser Gemeinschaft getragen zu sein: Gab mir nicht schon das ein Gefühl glücklicher Geborgenheit? Ein Gefühl, das ich teilen, weitergeben wollte.

Marga war in Hamburg. Sie hoffte auf eine Assistentenstelle in der Germanistik bei Griebel, der an einer Heine-Ausgabe arbeitete. Es war mir recht. Das hier, ich tastete nach dem roten Heftchen in der Jackentasche, sollte erst mal in der Familie bleiben. Ich nahm die Bahn Richtung PH.

Los, Leute, heute wird gefeiert, fing ich die beiden vorm Hörsaal ab. Ist ja sowieso Feierabend für heute bei euch. Wie wär's mit dem Keldenich? Ist doch herrliches Wetter!

Und du hast herrliche Laune. Jutta legte den Arm um mich. Haste im Lotto gewonnen? Hauptgewinn? Oder den Hauptwiderspruch gelöst? Oder ist die DDR seit heute Morgen anerkannt? Darauf ein Schlückchen!

Kann ich auch gebrauchen, stöhnte Bertram, der Mertens mit seinem Keu von Sexualnot und Geschlechtstrieb. Hast du das kapiert, Jutta?

Nä, gab die zurück, aber du weißt doch: ›Ob de nun kleen bes oder mollisch oder ne Schmal, dat is doch ejal‹, sang sie leise, und wir stimmten ein: ›De Hauptsach is et Häz is jut, nur dorop kütt et an‹.

Da müssten wir aber noch ein paar Monate warten bis Karneval, wies uns ein älteres weibliches Semester naserümpfend zurecht, und wir machten, dass wir rauskamen aus dieser Festung wissenschaftlich sanktionierter Erziehungsmodelle.

In den Linden sangen die Vögel, und ein Eichhörnchen huschte über den Asphalt, sah sich ängstlich um und witschte den Stamm hinauf. Und die Bäume bewegten ihre sonnentrockenen Blätter im Wind, als raschelte das Sonnenlicht. Ein paar Hare-Krishna-Anhänger zogen in ihren wallenden orangefarbenen Gewändern seit Tagen um diese Uhrzeit Richtung Innenstadt und schwenkten zu ihren einlullenden Gesängen Räucherstäbchen und Tamburins.

So früh war im Keldenich nicht viel los. Noch saß man in mehr oder weniger konspirativen Zirkeln zusammen und rang um den richtigen Weg, Strategie und Taktik, Haupt- und Nebenwiderspruch. Wobei die Konspiration mitunter wahnhafte Züge annahm. Besonders bei der KPD. Dort wechselte man für jedes Treffen die Wohnung, musste einzeln in zehn- bis fünfzehnminütigem Abstand eintrudeln und das ständig geänderte, gültige Codewort parat haben.

An den Nebentischen gab es nur ein Thema: Der Byzantinistikprofessor Rubin hatte sich einen neuen Streich geleistet. Damals, im 68er Jahr, war ich mit Hugo dabei gewesen, als er – Ich bin der deutsche Che Guevara – mit seinem Teerbeutelsturm die Ehre der in Rosa Luxemburg umgetauften Albertus Magnus Universität wiederherstellen wollte. Nun hatte er mithilfe eines von ihm angestifteten CSU-Freundeskreises seine eigene Entführung durch Baader-Meinhof-Leute vorgetäuscht. Dumm nur, dass er den Erpresserbrief, der die Freilassung von Horst Mahler forderte, mit ›Baader-Meinhof-Bande‹ unterschrieben hatte, dem Schmähnamen der Springer-Presse, statt mit ›Rote Armee Fraktion‹. Einer der seltenen Anlässe für ungeteilte Schadenfreude unter uns Linken.

Kinder, heute lassen wir es uns gut gehen. Ich reichte die Speisekarte herum. Ihr habt doch sicher Hunger. Nach soviel Reich, Richter, Makarenko und wie sie alle heißen. Ich warf einen raschen Seitenblick auf Jutta. Bloß kein Spott.

Also doch, lachte Jutta. Hauptgewinn, Du bist doch nicht etwa vom Kapitalismus geblendet?

Keine Spur, gab ich zurück, lasst euch überraschen.

Wir bestellten dreimal Königsberger Klopse. Das Meisterstück der Mutter. Irgendwie saß die jetzt mit am Tisch. Und der Vater auch.

Jetzt aber!, forderte Bertram nach dem ersten Prost.

Ich legte das rote Heftchen zwischen unsere drei Bierdeckel.

Nä! Bertram zog Deckel und Bier an sich.

Jutta nahm das Heft in die Hand. Schlug es auf und las vor:

›Wer die Welt verändern will, muss sie erkennen. Wer Kraft entfalten will, muss sich organisieren. Wer sich befreien will, braucht Genossen. Wer ein freies menschliches Leben erringen, die Zukunft gewinnen will, muss kämpfen.‹

Zeig her. Bertram schnappte ihr das Heft weg: ›Die Deutsche Kommunistische Partei hat sich nicht um ihrer selbst willen gebildet. Sie dient der Arbeiterklasse und dem Volk. Sie wirkt mit den Arbeitern für die Arbeiter, mit der Jugend für die Jugend, mit dem Volk für das Volk.‹ Und mit Kölsch für das Kölsch. Prost! Auf Apostel Marx. Und sein Evangelium.

Bertram sah mich an, wie er mich als Kind angesehen hatte, wenn ich ihm weiszumachen versuchte, dass ich ihn gleich in ein Reh verwandeln würde, einen Schwan oder ein Geißlein. Gläubiges Misstrauen, zweifelndes Vertrauen lagen in seinem Blick und tief darunter eine unverbrüchliche Liebe. Was auch immer die große Schwester anstellen mochte, nichts würde sie vom kleinen Bruder trennen, las ich in seinen, den meinen so ähnlichen braunen Augen, die wir weder von Vater noch Mutter hatten.

Mit vereinten Kölsch-Kräften konnten wir sogar Jutta schließlich davon überzeugen: erst die Veränderung der Gesellschaft! Denn indem wir die Gesellschaft umkrempeln, krempeln wir uns selber um. Bessere Gesellschaft erzeugt bessere Menschen. Klaro!

Ich, die Genossin, Speerspitze der Bewegung, hatte den richtigen historischen Weitblick. Erst mal musste die Gesellschaft verbessert werden. Der Mensch, dozierte ich im soeben höchstparteilich beglaubigten Gefolge meiner historisch-materialistischen Vorväter, avancieret dann von selbst zum Besseren.

Wir hatten das Glauben und Hoffen gelernt. Seit Kindesbeinen. Der Glaube macht selig. Und wie. Der Glaube versetzt Berge. Und ob.

Je später der Abend, desto schärfer blickten wir in die Zukunft. Da konnten wir der Gegenwart mit Nachsicht begegnen. Wir betrachteten sie sozusagen als überwunden, als etwas, worauf man zurückschauen konnte. Die Sprache selbst lädt die Menschen zum Träumen ein. Mit Futur I, Futurum II. Dem Konjunktiv. Futurum II im Konjunktiv. Man würde zum Besseren avancieret sein. Mehr Wunschdenken gibt die deutsche Sprache nicht her.

Jutta schien die Nähe zwischen Bertram und mir noch zu vertiefen. Sehr erwachsen kam ich mir vor mit meinem Altersvorsprung neben diesen beiden Jungverliebten, die ich schützen wollte wie ... ja, wie eine Mutter, gestand ich mir ein.

Nein, ich lag nicht wehmütig allein im Bett in dieser ersten Nacht mit meinem Parteibuch. Das legte ich neben die Nachttischlampe. Neben Hölderlins *Hyperion*. Und Brechts Gedichte. Ich vermisste den Einen. Würde ihn ein Leben lang vermissen. Aber ich war wieder mit mir im Reinen. Wie nach jener ersten Nacht mit ihm. Nicht in diesem unbändigen Daseinsvertrauen, das war verloren. Aber doch im Vertrauen auf meine Kraft. Die ich wieder sinnvoll nutzen würde. Für ›die Sache‹. Meine Sache. Die unsere Sache war.

Nachts träumte ich von Hugo. Hand in Hand standen wir bei der Schmuckmadonna im Dom und zündeten eine Kerze an. Eine zweite für Antonius. Und im Hinausgehen wurde dem roten Heftchen mit dem revolutionären Dreigestirn im

Namen der Heiligen Dreifaltigkeit durch ein paar Tröpfchen Weihwasser der Teufel ausgetrieben.

Tage später nahm ich an meiner ersten Parteiversammlung teil. Nur für Mitglieder. Da ich bald meine Doktorarbeit beenden würde, ließ man mir die Wahl zwischen Wohngebietsgruppe und dem angegliederten Studentenbund MSB Spartakus und riet zur Ersteren. Also Bobstraße. Es ging um den Entwurf der Thesen zum Düsseldorfer Parteitag Ende November. Um die Einleitung. Klar war: Anders als bei den Treffen der K-Gruppen wurde hier keine Märchenstunde abgehalten zur Erbauung von Söhnen und Töchtern der gebildeten Stände. Doch schon beim Durchblättern der Grundsatzerklärung hatte ich mehr als einmal der kraftvollen Anschaulichkeit Karl Marx' oder Friedrich Engels' nachgetrauert. Musste das denn sein: dieser Nominalstil, vor allem diese Anhäufung von Genitiven bis zur unfreiwilligen Komik. Sowas musste man können. Konnten hier einige auch. Sogar mündlich. Allen voran ein aschblondes Mädchen, das einen noch dürftigeren Anblick bot als die sommersprossige Lieselotte. Mager, Arme und Beine stockdünn, im blassen Gesicht blassblaue Augen, in denen Verachtung und Besessenheit brannten. Und eine unerträgliche Selbstgerechtigkeit. Würden mir Leute wie sie öfter begegnen? Leute, die selbst wenn sie öffentlich Fehler eingestehen, den Eindruck zu erwecken vermögen, sie seien im Grunde unfehlbar. So abstoßend wirkte ihre Redeweise auf mich, dass ich kaum aufnahm, was sie sagte. Doch dann ging ein Murren durch den überfüllten Raum. Mit Herz und Verstand, so der Vorschlag des Parteivorstands, kämpfe man gegen die imperialistische Unterdrückung der Völker, gegen koloniale Abhängigkeit und faschistische Regime, für Freiheit, Demokratie und Sozialismus. Was war daran auszusetzen?

Die Rednerin hatte sich mit Nachdruck gegen das Wort ›Herz‹ gewandt. Ich fasste es nicht. Hatten Kommunisten kein Herz? Durften keines haben? Tauschte man sein Herz gegen das Parteibuch ein? Andererseits: Sollte ich nicht froh sein, wenn man hier jedes Wort auf die Goldwaage legte?

Doch es ging nicht um Wörter schlechthin. Dann wäre das Deutsch dieser Thesen nicht so phrasenhaft abgedroschen. Es ging um das Wort ›Herz‹, um seine Bedeutungen, Mitbedeutungen, so vielfältig und stark, eindeutig und verschwommen wie die Menschheit selbst.

In der Politik braucht man kein Herz. Man braucht Verstand. Nichts als einen klaren Kopf und ein sauberes Denken. Die Tatsachen ins Auge fassen. Den Problemen ins Auge sehen. Lösungen finden, so die blasse Rednerin.

Da meldete ich mich zu Wort. Sätze kamen über meine Lippen, Formulierungen, die ich kaum als die meinen erkannte. Irgendwann, irgendwo angelesen, hatten sie sich in meinem Kopf eingenistet, bis sie sich just in diesem Moment mir auf die Lippen drängten.

›Das Herz hat Gründe, die der Verstand nicht kennt‹, schleuderte ich der Versammlung Blaise Pascal entgegen. Und wie sie es denn hielten mit dem kategorischen Imperativ, nein, nicht dem von Kant. Vielmehr mit dem des großen Karl Marx: ›Alle Verhältnisse umzuwerfen, in denen der Mensch ein erniedrigtes, ein geknechtetes, ein verlassenes, ein verächtliches Wesen ist.‹ Wie sie das erreichen wollten – ohne Herz?

Ähnlich wie an diesem Abend sollte ich noch oft sprechen. Dann lauschte ich meinen eigenen Sätzen nach, als hätte ein anderer sie gesprochen, und es kam vor, dass ich meine eigenen Sätze mit einem bestätigenden Kopfnicken oder einem erstaunten Kopfschütteln begleitete.

Um Mitternacht stand fest: Herz muss weg. Mit überwältigender Mehrheit: raus. Aber: der Verstand auch. Nicht aus Überzeugung, sondern weil die Redewendung ›mit Herz und Verstand‹ ohne Herz in sich zusammenbrach. Warum sollte man betonen, allein mit Verstand zu kämpfen? Also kämpfte man weder mit Herz noch mit Verstand für Demokratie, Sozialismus und all die guten Sachen. In einer Partei, die keinen Platz hatte fürs Herz, hatte auch ich keinen. Ich wischte das rote Heftchen in die Schublade. Austritt.

Kurz darauf fand ich einen Zettel im Briefkasten: ›Um sechs bei mir? Es gibt Neuigkeiten.‹ Marga war aus Hamburg zurück und hatte mich abends nicht angetroffen.
Marga würde die Stelle bei Griebel in der Germanistik erhalten. Es musste nur noch durch die Unibürokratie. Und jetzt du, sagte sie. Ich hab da was läuten hören!
Richtig, erwiderte ich. Ich bin drin. Und so gut wie raus. Wenn es stimmt, dass man sich etwas *von* der Seele reden kann, so redete ich mir den enttäuschenden Abend tief in die Seele hinein. Mit jedem Wort wurde mir die Verdammung des Herzens unerträglicher.
Marga unterbrach mich nicht. Schwieg und schaute mich an. Beinah, wie mich vor über zwanzig Jahren Schwester Aniana angesehen hatte, nach meinem Malheur mit der grünen Vase. Als ich nicht den Mut fand, ihr zu gestehen, dass ich die Vase zerbrochen hatte. So traurig hatte sie mich damals angeschaut. Und nicht nur *an*geschaut – *hinein*geschaut hatte sie in mich. Tief hinein. Dahin, wo alles Lügen wehtat. Das war jetzt anders. Ich hatte nichts zu verbergen. Hier gab es nichts zu durchschauen. Dieser Eintritt war ein Irrtum, den es zu korrigieren galt. Anianas trauriger Blick hatte mich traurig gemacht. Zur Einsicht, zur Umkehr, zum Geständnis bewogen. Margas forschender Blick nötigte mir kaum ein

entschuldigendes Achselzucken ab. Sorry. Bestellung irrtümlich aufgegeben. Wegen gravierender Mängel zurück.

Das Apfelbaumplakat war längst verschwunden. Eigens für meine erste Einladung habe sie das angebracht, hatte Marga mir bei meinem zweiten Besuch gestanden. Seither prangte das revolutionäre Trio wieder an seinem Stammplatz.

Es klingelte. Marga sprang auf: Das ist Hansdieter. Lach nicht. Ich hab den an seinen Schuhen erkannt. Ist seit gestern in der Stadt. Netter Kerl. Und tapfer. Er erzählt nicht gern davon. Dass er die Verhöre von den Nazis überlebt hat, ist ein Wunder.

Hansdieter Kurwak war ein mittelgroßer, unscheinbarer Mann Ende fünfzig mit einer auffällig breiten, ein wenig schiefen Nase; in der Straßenbahn hätte ich ihn mit seiner abgewetzten Aktentasche für einen dieser unglückseligen Vertreter gehalten, die frustrierten Hausfrauen überflüssige Zeitungsabos aufschwatzen. Aufschwatzen müssen, korrigierte ich mich, schließlich mussten sie im Würgegriff des Kapitals ihren Lebensunterhalt verdienen.

Hansdieter aber schien durchaus locker, kam gerade aus Freiburg, wo er mit Genossen eine Ausstellung zum antifaschistischen Widerstand aufgebaut hatte, ließ sich Brot, Wurst und Bier schmecken und wollte unsere Meinung zum *Spiegel* hören, Brandt und Breschnew auf dem Titelblatt. Ob wir die Hausmitteilung gelesen hätten? Starkes Stück dieser Redakteure, natürlich ohne Namen, zu behaupten, ihr Chef, Augstein, habe sich als ›autoritäres Kapitalistenschwein entpuppt‹. Hansdieter lachte trocken. Dabei haben die dort die beste Mitbestimmung, die man sich denken kann.

Aber, widersprach ich, das war doch anders. In der Hausmitteilung stand, dass die *Welt* das einem *Spiegel*-Redakteur in den Mund gelegt hat.

Jedenfalls, das Interview mit Brandt, das ist großartig, urteilte Marga, könnten wir kaum besser sagen. Und wie titelt das Blatt? ›Ostpolitik im Zwielicht‹. Gemein.

Aber was drinsteht, bringt es doch auf den Punkt, lenkte ich ein, und zwar so, dass es jeder versteht. Konfrontation zwischen Ost und West abbauen, westeuropäische Einigung voranbringen, EWG auf dem Weg von Wirtschafts- und Währungsunion voranbringen. Rüstung abbauen. Vertragliche Regelungen mit der DDR. Kann man doch jedes Wort unterschreiben.

Hansdieter streckte sich: Ich hoffe, dass es eine Generation gibt, die sie erlebt, das hat Brandt wörtlich gesagt. Die Entspannung. Vielleicht sogar Wiedervereinigung. Mag sein, ihr beide. Wünsch ich euch. Ich wohl nicht mehr. Er stand auf: Bin gleich wieder da, zieh mir nur ein anderes Hemd an.

Marga reichte mir ein kleines Buch aus ihrem Kistenregal. Hier, das ist von ihm. 1956 erschienen. Ein Jahr später, nach dem KPD-Verbot, beschlagnahmt. Kaum zu glauben. Kannst du mitnehmen. Aber interessiert dich vielleicht nicht mehr. Wo dein Entschluss zum Austritt feststeht.

Dann geh ich jetzt mal, sagte ich. Nur noch eben ins Bad. Ich hatte genug. Wollte nur noch weg. Weg mit Herz und Verstand.

Die Tür zum Bad stand offen. Mein Blick fiel auf Hansdieters nackten Rücken. Seine Haut, Rindenhaut, weißrotlilafarbene Borke, Flechten auf einem Stein, Schuppenwurz, gestriemter Schlamm. Ein Wunder, dass er überlebt hat.

Kälte überfiel mich, eisige Starre, der eine Hitzewelle folgte. Ich stolperte zurück. Zählte meine Herzschläge. Zwang meinen Blick weg, weg aus der Zeit, wo so etwas möglich gewesen war, klammerte mich an die Schuhe draußen vor den Kellerfenstern, elegante Sandalen, gelbe schweinslederne Männerslipper, ein Krückstock, abgewetzte Cowboystiefel, ein Ball hopste vors Fenster, ein kleiner Kinderturnschuh trat zu.

Marga saß an ihrem Schreibtisch und kehrte mir den Rücken. Über der hohen Lehne des Bürostuhls leuchtete im Halbdunkel ihr helles Haar.

Ich sah zu Hansdieter zurück. Bedächtig schloss er einen Hemdknopf nach dem anderen. Hatte er mich bemerkt?

Hansdieter schob sich an mir vorbei, ich folgte ihm in die Küchenecke, zwei Stühle an einem winzigen Tisch bei der Kochplatte.

Ja, Genossin, das bist du doch, hat mir Marga verraten, begann er in einem betont trockenen Ton. Er spürte wohl, wie sehr ich um Fassung rang, und bemühte sich um Beiläufigkeit. Und ich spürte: Er traute mir seine Erinnerungen zu. Ich konnte sie aushalten, die Sätze über Zurichtungen eines menschlichen Rückens in einem barbarischen Albtraum, Hunderte von Zellennächten hinter Zuchthausmauern. Die Bilder hinter dieser zerfurchten Stirn, die ins Wort drängten. Ungelenk. Unwillig. Raue und schwere Wörter.

Ich war einer der Ersten, den sie kleinkriegen wollten. Hansdieter starrte ins Leere. Er war in einer anderen Zeit. Sprach, als beschreibe er ein Bild oder einen Film.

Wir kommen von einem Treffen, geheim natürlich. Drei Genossen und ich. Da stürzen sie auf uns. Einer packt mich von hinten, dreht mir die Arme auf den Rücken, die anderen schlagen zu. Ein Genosse liegt schon am Boden. Die SA stampft auf ihm herum. Der andere sucht Schutz in einer Toreinfahrt, die Schurken ihm nach. Er kommt nicht mehr heraus. Den Dritten schleifen sie an den Häuserwänden entlang. Ich wehre mich, jetzt fallen alle über mich her. Ich bleibe liegen. Wie tot. Die Polizei hat zugeschaut. Kein Mensch in Sicht.

Hansdieter fuhr sich über die Stirn und rieb sich die Augen. Seine Stimme fand in ihren gewöhnlichen Tonfall zurück.

Die hier, er tippte sich an die Nase, hab ich einem Polizeiknüppel zu verdanken.

Was glaubst du, wie oft wir uns damals gefragt haben, ob wir es nicht auch verdient haben, das ganz normale eigene Glück statt dieses furchtbaren Kampfes für das endgültige Glück irgendeiner Menschheit, die wir ja vielleicht gar nicht mehr erleben würden. Ein Mädchen, Heiraten. Familie.

Sie fingen mich '44. Sachsenhausen. Da machten sich die Verbrecher schon Sorgen. Waren sich ihrer Sache nicht mehr sicher. Und wurden daher umso grausamer. Und erfinderischer. Was glaubst du, wie sie mir meinen Rücken so zugerichtet haben ... Ich verschone dich mit Einzelheiten, natürlich. Sie wollten Namen. Geständnisse. Wenn dir die Hundertvoltlampe ins Gesicht blitzt. Wenn sie dich vom aufrechten Gang runter auf alle viere prügeln. Und ich glaube, sie genossen meine Qualen. Mehr als meinen Tod. Unterbrachen die Behandlung, wie sie es nannten, für Tage, Wochen. Bis ich Hoffnung schöpfte. Dann fingen sie wieder an. Meist bei den Händen, den Fingern. Und fragten bei jedem einzelnen Glied, ob ich noch an den Kommunismus glaube. Und ich: Solange ich lebe. Worauf der Nazi jedesmal höhnte: Dann wirst du bald dran glauben müssen. Aber noch brauchen wir dich. Auch ohne Daumen.

Und wenn sie dann vor einem saßen in den Verhören, Augen und Stimmen ganz leise, ganz friedlich. Wie von Menschen mit Berufen, die etwas aus anderen herausholen wollen: Organe, Beichten, Geständnisse. Und wie sie uns gegeneinander auszuspielen versuchten. Einen nach dem anderen schleppten sie herein, mussten sich meinen Rücken anschauen. Anfassen. Bis ich aufbrüllte vor Schmerz. Ich hätte alles gestanden, behaupteten sie. Kein Wunder: mit *dem* Rücken. Kein Mensch halte das aus. Mein Rücken: ihr Zeuge. Kannst du dir vorstellen, wie das ist, keinem mehr trauen zu können? Nicht einmal unter Genossen? Nicht einmal in den Lagern? Was meine Genossen glaubten, habe ich nie erfahren. In den letzten Apriltagen gelang mir die Flucht. Und dann waren endlich die Russen da.

Hansdieter lächelte. Nichts spiegelten seine Züge wider von dem, was er erzählt hatte, wie viele Jahre illegaler Arbeit, Streiks und Hungerstreiks, Verfolgung und KZ hinter ihm lagen.

Ja, Genossin! Hansdieter sah mich an, als habe er auf mich gewartet, als sei es ihm wichtig, mich durch und durch zu kennen, und wieder dachte ich an meine katholische Kinderschwester. Oder Kreuzkamp, als ich ihm – vor wie vielen Jahren? – mit meiner Frage nach Gott in Auschwitz hatte zusetzen wollen.

Ja, Genossin, wiederholte er, und in seinem Mund klang das Wort wie eine Auszeichnung, ein Ehrenname, du kannst studieren. Wirst einen Beruf haben, der dir gefällt. Du hast ein freies Leben vor dir, Genossin. Alles, wofür wir damals gekämpft haben. Marga hat mir von deiner Diskussion in der Parteigruppe erzählt. Wie recht du hast: Unsere Sache erfordert den ganzen Menschen. Wenn man nicht mit dem Herzen dabei ist ... Wer kennt nicht den Apparatschik. Den Phrasendrescher. Warum sind denn Leute wie du und ich dabei? Und Marga. Weil wir uns nicht zweiteilen lassen in Herz und Kopf. Und du? Du sorg dafür, dass das Herz wieder reinkommt. Und nicht verlorengeht. Und dafür, dass wir aus dem Marxismus kein Museum machen.

Hansdieter erhob sich und reichte mir die Hand. Ich erhob mich, ergriff sie. Hand in Hand. Wir wollten nicht zerstören, sondern ergreifen, für uns in Besitz nehmen. Für uns und alle an unserer Seite für unsere Sache. Zerstörung als lustvoller Akt? Das würde ich nie begreifen. Übernehmen ja, umformen ja, nutzbar machen. Weiterentwickeln. Ich spürte den Druck seines verstümmelten Daumens in meiner Hand. Genossin.

Ich gab das Parteibuch nicht zurück. Es musste eine Verbindung geben von unseren heutigen Erfahrungen zu diesen Foltern, diesem zerquälten Rücken. Von unserer Gegenwart zur Geschichte der Arbeiterbewegung. War unsere Gegenwart nicht erfüllt von den Erfahrungen der vergangenen Jahrzehnte? Hatte ich nichts aus der Vergangenheit gelernt? Zudem: Ich brachte alles mit, was man für eine Religion braucht. Bindungswille, Ergebenheit. Den bereitwilligen Blick, die Wirklichkeit zu formen nach einer höheren Wahrheit. Der Wahrheit der Kirche. Der Wahrheit der Partei. Mich in den Dienst der Großen Sache stellen, den Eigen-Sinn aufgeben – Dat Kenk hätt ne eijene Kopp –, sich der Partei anvertrauen wie vormals dem lieben Gott. Beitragen zur Verbesserung der Menschheit, nicht im Himmel, sondern hier und jetzt.

Aber ich war von Anfang an ein unsicherer Kandidat. Ich hatte einer Kirche schon einmal den Rücken gekehrt und wusste, das konnte man überleben. Daher blieb mir bei allem Glauben*wollen* immer dieser Millimeter Zweifel – oder wie soll man es sonst nennen, dieses Gefühl, das eine Verschmelzung in der Hingabe verhindert, diese Nahtstelle, wo die Wahrnehmung der Dinge auf dem Weg vom Blick ins Wort umgedeutet wird. Umgedeutet – ›gelogen‹ wagte ich erst sehr viel später zu denken.

In den nächsten Wochen bekam mich kaum jemand zu Gesicht. Ich studierte. Las und diskutierte mit Marga und den neuen Genossinnen und Genossen die marxistischen Klassiker. Mittags traf ich mich mitunter mit Bertram und Jutta in der Mensa.

Was hätte Tante Berta beim Anblick dieser Mensa gesagt? Immer unerfreulicher wurde der Aufenthalt hier. Die Tische von Essensresten verschmiert, kaum einer brachte die Tabletts noch in die dafür vorgesehene Ablage zurück – Ordnung exponiert den Zwangscharakter –, das Personal lachte sich ins Fäustchen, wischte hin und wieder mal mit einem schmierigen Lappen übers Resopal. Der Boden voller Flugblätter von Gruppen, die wie Pilze nach dem Regen sprossen und vergingen und sich kaum noch auseinanderhalten ließen. Dasselbe galt für die Wandzeitungen, die immer unübersichtlicher ihre Anliegen und Angebote anpriesen, von Marx über Mao bis zu Yoga und Akupunktur. Manchmal spielte im Eingang, wo sich die Büchertische mit Broschüren und Raubdrucken drängten, eine Flöte oder Gitarre, ihre melancholischen Melodien gingen alsbald im Stimmengewirr unter.

Die Teach-ins jagten einander, als sei die Saat vom Ende der sechziger Jahre nun erst richtig aufgegangen. Wir redeten, diskutierten, verfassten Flugblätter, Zeitschriften, Streitschriften. Die revolutionäre Ungeduld machte sich Luft, verpuffte in Worten und Parolen, und nicht selten verwischte sich der Unterschied zwischen Wort und Tat. Unvergesslich mein Besuch mit Hugo in den Sartory-Sälen, wo wir Rudi Dutschke gehört hatten. Damals hatte ich erlebt, dass man sich an Worten berauschen konnte wie an einer Droge. Inklusive dem Kater danach.

Im nächsten Jahr sollte ein neues Hochschulgesetz verabschiedet werden. Es interessierte mich, im Gegensatz zu Bertram und Jutta, nur noch am Rande. Dennoch begleitete ich sie auf ihr Drängen noch einmal zu einer Vollversammlung in die Aula ihrer Pädagogischen Hochschule. K-Gruppen hatten gemeinsam dazu aufgerufen, gegen AStA und MSB Spartakus.

Die Aula war überfüllt, das Rauchverbot wurde lustvoll übertreten, Bierflaschen kreisten, Papierflieger aus den Flugblättern der Konkurrenz durchbrachen die gegnerischen Linien. An der Stirnwand des Saales ein Banner: ›Nehmt euch die Freiheit der Wissenschaft – entdeckt, was ihr wollt!‹

Ein molliger Student mit blonden Locken und Goldrandbrille gebot Ruhe. Es wurde leiser, der Kampf ums Mikrofon begann. Nach der Materialschlacht mit immer neuen Forderungen und Anträgen folgten nun die Wortgefechte um den Sieg im Endkampf, und wie meist bei derlei Wort-Kampfarten ließ ich die Sätze der Redner wie Eidechsen durch meinen Kopf schlüpfen, pickte mir immer neue Wörter heraus, mit denen ich jonglierte, bis sie jeden Sinn verloren. Die K-Gruppler hauten sich ihre Argumente um die Ohren wie Boxer ihre Haken, den Sieger unter den Phrasendreschern zu küren, hätte sich ein Schiedsrichter schwergetan. Erst als einer, den alle Ronny nannten, in den Ring sprang und das Mikrofon eroberte, stieg die Spannung noch einmal. Ronny erinnerte an Tolstoi, wie er da in kniehohen Stiefeln und Kosakenhemd aufhüpfte, beide Hände erhoben, mit den Fingern schnalzend ums Wort bat.

Der Saal johlte. Zuneigung? Protest?

Der ist von den Chaoten, schrie mir Jutta ins Ohr, so ne Sammlung von allem möglichen Linksdingsbums.

Der Linksdingsbums rief mit Märtyrermiene zur Entlarvung des Kultusministeriums auf und warnte davor, sich der Bourgeoisie an den Hals zu schmeißen, da dies auf eine Kastration der Studentenschaft hinausliefe.

Jutta grinste hämisch.

Also: Kampf ist die Parole, brüllte Tolstoi. Unsere 1969 erkämpfte Freiheit muss verteidigt werden. Nieder mit dem Hochschulgesetz. Sein roter Kinnbart bebte.

Der Saal auch. Nieder!, tobte es zurück.

Da trat ein dünnes blasses Mädchen ans Mikrofon. Lieselotte aus der Bobstraße?

Der Ring Christlich-Demokratischer Studenten stimmt für die Hochschulnovelle, sagte das Mädchen mit entschiedener heller Stimme.

Rhythmisches Klatschen setzte ein. Mein Nebenmann stieß mich an: Mach mit. Ich rührte keine Hand, und er rückte leicht von mir ab. Das Mädchen lobte die CDU und hielt es für sinnvoll, dass auch die Wirtschaft ein Wörtchen mitzureden habe.

Wenn Lieselotte wüsste, mit wem ich sie hier fast verwechselt hätte!

Man johlte und lachte, aber die unverwüstliche Stimme der Rednerin setzte sich durch. Die hat Mumm, dachte ich lächelnd, den Nachmittag am Rhein im Sinn, als Hugo und ich mit Vater, Mutter und Bruder einen Ausflug zur Piwipp gemacht und die Mutter und ich ein Getränk eben dieses Namens genossen hatten. Und zuletzt auf Marias Hochzeit.

Trotzdem, ernst genommen wurde das Mädchen von kaum jemandem, so wenig wie der AStA-Vorsitzende. Sein Vorschlag, den Streik durch eine Urabstimmung zu legitimieren, und sein Dank an die Gewerkschaften – weswegen, verstand ich nicht – brach in einem Pfeifkonzert zusammen. Den nachfolgenden K-Gruppen-Sprechern ging es nicht besser.

Wetten, dass jetzt der Ronny wieder kommt?, orakelte Jutta. Erste Sprechchöre: Ronny! Ronny!, gaben ihr recht.

Der machte ein paar lange Sprünge ans Mikrofon. Der gestiefelte Kater, sagte ich halblaut zu Jutta. Die kicherte. Schnauze, raunzte mein Nebenmann.

Wirklich umschleckte Ronny das Mikrofon wie eine Katze die Milch. Mit warmer, beinah verführerischer Stimme, keine Spur von Aggression, beantragte er Punktstreiks und Go-ins in Vorlesungen und Seminare, was mit Siegesjubel verabschiedet wurde. Streikbeginn Mittwoch. Ende offen.

Wo denn der Spartakus gewesen sei, wollte ich im Hinausgehen wissen.

Das war der vom AStA, erwiderte Bertram. Der mit der Urabstimmung und dem Bündnis mit den Werktätigen.

Wenn da mal nicht die vom RCDS recht hat, sinnierte ich: dass die arbeitende Bevölkerung über den Zirkus hier laut lacht. Wenn sie ihn überhaupt zur Kenntnis nimmt.

Wenig später traten Bertram und Jutta beim MSB Spartakus ein: ›Der Marxistische Studentenbund Spartakus verbreitet die Theorie von Marx, Engels und Lenin unter den Studenten. Nur in Verbindung mit dem Marxismus und den Erfahrungen der internationalen Arbeiterbewegung und der gesamten antiimperialistischen Bewegung können die Studenten in der Aktion politisches Bewusstsein entwickeln, sich bewusst und konsequent auf die Seite der Arbeiterklasse und des gesellschaftlichen Fortschritts stellen und die geistige Manipulation durch die bürgerliche Wissenschaft durchbrechen.‹ Die Grundsatzerklärung.

Geistige Manipulation durch die bürgerliche Wissenschaft: War ich der nicht auch anheimgefallen? Seit dem ersten Semester? Trotz Henke und seiner Brecht-Seminare? War *Die Funktion der Sprache im Spielfilm*, all die blutleere, lebensferne Theorie der Sprachwissenschaft den Einsatz meiner Lebenszeit wert? Sollte ich, was mich bürgerliche

Wissenschaft gelehrt hatte, nicht vielmehr in den Dienst der Arbeiterklasse stellen? Ich hatte doch meinen Brecht nicht umsonst studiert: ›Den politischen Vorgängen ebenbürtig unter allen Umständen, (ist) das Handwerk des Schreibens.‹

In den nächsten Wochen kreisten meine Gedanken, kreisten meine Gespräche mit Marga nur noch um dieses Thema: Wie konnte ich, was ich bisher gelernt hatte, nutzbar machen im Kampf für die große Sache? Klar: Die bürgerlich-etablierte Kunst sollte mit neuen Augen gelesen und betrachtet werden, interpretiert werden vom Standpunkt der Unterdrückten aus. Nicht zufriedengeben sollten sich die sogenannten kleinen Leute mit dem, was man ihnen zukommen ließ, billiges Zeugs, um sie ruhigzustellen, nein, auch Wissen war Besitz und musste erobert werden.

Nach meiner Begegnung mit Hansdieter begriff ich, was ich bislang zwar gelebt, mir in dieser Klarheit und Schärfe jedoch nie bewusst gemacht hatte: Meine Lernbegier, mein Lesehunger, mein Bildungsdurst waren von Anfang an auch von Aufsässigkeit und Angriffslust gespeist, geboren aus einer Haltung, es Denendaoben zu zeigen. Ihre Villen und Fabriken konnte ich mir nicht aneignen, wohl aber die ganze Fülle ihrer künstlerischen und gedanklichen Reichtümer, die sie, die Besitzenden, den Unterdrückten vorenthielten. Schalt die Merl aff!, hieß es zu Hause fast in Panik, gewiss aber in Verachtung, wenn beim Einschalten des Radios zufällig die Arie eines Soprans aufklang. Nicht ohne Mühe hatten meine Ohren mit Hugos Hilfe den Wohlklang klassischer Musik zu vernehmen gelernt. Wie sollte das all jenen gelingen, die mit Blasmusik vom Schützenverein und Orgel im Hochamt groß geworden und später mit Heintje, Heino, Freddy Quinn, und wie sie alle hießen, bedient worden waren. Nie wäre man in der Familie auf die Idee gekommen, ein Museum oder ein Konzert zu besuchen. Theater, Oper,

Bibliotheken: Nix för usserens. An der Stummheit meiner Eltern, an ihrer Sprachlosigkeit hatte ich mitzutragen. Was immer ich mir erwarb, erwarb ich auch für sie. Was ich schrieb, erschrieb ich auch für sie. Ich erschrieb sie – aber das kam erst viel später.

Ich kannte die Normen der bürgerlichen Gesellschaft. Hatte Anpassung gelernt. Hochdeutsch statt Platt, Essen mit Messer und Gabel. Manieren. Aufsteigerin. Drückt sich in diesem Wort nicht auch Verachtung aus für das, was verlassen worden ist, als etwas Darunterliegendes, Geringeres?

Aber ich hatte begriffen: Wissen ist Macht! *Weil die Arbeiter dreihundert Wörter haben, werden sie beherrscht von den Bossen, die dreitausend Wörter haben,* so oder so ähnlich lautete der Titel eines Theaterstücks von Dario Fo.

Kunst und Literatur sollten niemals mehr in eine ästhetische Quarantäne verbannt werden. Es kam mir nicht darauf an, sie nur neu zu interpretieren. Ich wollte sie nutzbar machen für mein Leben. Unser Leben. In meiner gesellschaftlichen Gegenwart, unserer Epoche, dazu beitragen, dass wir die Welt nicht übler, vielleicht sogar ein bisschen menschlicher verlassen, als wir sie vorgefunden haben. Auch dazu waren Kunst und Literatur da.

Ja, ich würde promovieren. Aber ich mochte nicht weiter über *Die Funktion der Sprache im Spielfilm* sinnieren, wollte vielmehr zusehen, wie ich das Wachstuch auf dem Küchentisch in Dondorf, die Brandstellen im Linoleum vor dem Ofen, die verhärmten Hände der Mutter, das kranke Herz des Vaters mit meinem Dr. phil. in eins kriegte. Dazu würde ich mich nicht mit einem neuen ›proletarischen‹ Blick auf überkommene, wissenschaftlich sanktionierte Texte begnügen.

Mit einem nie dagewesenen Thema würde ich die germanistische Welt erweitern, einem Thema meiner Klasse, einem Stoff aus der Hefe, und ich würde ihn formen, wissenschaftlich adeln, und die Form sollte den Stoff nicht vertilgen, wie es mein Schiller forderte, vergolden sollte sie ihn. Obwohl mir durchaus klar war, dass sich Literatur nicht in agitatorischen Aufgaben erschöpfen oder sich politischen Aufträgen unterordnen darf, auch nicht allein Politisches thematisieren muss. Egal: Mochten die Grenzen und Leistungen dieser glattweg polemischen und kampfbezogenen Literatur noch so eng sein: Dem, was dürftig war und unbeholfen, wollte ich zu wissenschaftlicher und ästhetischer Geltung verhelfen, ein Denkmal setzen oder doch zumindest einen Stein dazu schleifen.

Dafür brauchte ich Henke. Das musste gut vorbereitet sein. Zwischen einer Dissertation zur *Funktion der Sprache im Spielfilm*, kurz vor dem Abschluss, und einer Untersuchung von aus bürgerlich-ästhetischer Sicht höchst fragwürdigen Texten lagen Welten. Das war mir klar. Ich legte die Grundlagentexte marxistischer Weltanschauung und Ästhetik, sozusagen den Überbau, beiseite und sah mich nach der Basis um. Hier war allerdings Pionierarbeit zu leisten. Texte, die mir vorschwebten, waren in keiner Bibliothek zu finden, weder im Germanistischen Institut noch in der Unibibliothek. Nur gut, dass ich die Broschüren vom Ostermarsch aufgehoben hatte.

In der Bobstraße half man mir weiter und in München. *Kürbiskern* hieß die Zeitschrift, die im Untertitel mein Programm auf den Punkt brachte: *Literatur Kritik Klassenkampf*.

Den Schwerpunkt würde ich zeitlich auf die sechziger Jahre, formal auf lyrische Formen legen, dazu eventuell noch Straßentheater und Kabarett, beginnen mit Texten der Ostermarschbewegung. Literarische Proteste gegen Remilitarisierung und atomare Aufrüstung – wer konnte da kommunistische Unterwanderung argwöhnen? Folgen würde der Protest gegen den Vietnamkrieg, weltweit virulent, und durch Dichter wie Erich Fried und Peter Weiss ästhetisch geadelt.

Untersuchen würde ich Formen und Funktionen des literarischen Aktionismus unter dem Einfluss der Studentenbewegung; Straßen- und Volkstheater; Texte des Werkkreises Literatur der Arbeitswelt. Und natürlich würde ich die Beispielfunktion der Staaten mit sozialistischer Gesellschaftsordnung nicht auslassen, wie ich überhaupt das Wort Funktion freigiebig einstreuen würde in mein Exposé. Alles würde darauf ankommen, den Stoff, die zugegeben eher bescheidenen Texte, in der perfekten Form, besser: Über-Formung, verschwinden zu lassen, um ihn alsdann wie Phönix aus der Asche triumphal in den Literaturhimmel zu katapultieren. Wie das? Durch die exzessive Nutzung eines unwiderstehlichen germanistischen Jargons. Ob es mir gelingen würde, Henke vom wissenschaftlichen Wert meines Vorhabens zu überzeugen? Immerhin hatte er als einer der ersten westdeutschen Germanisten dem Kommunisten Brecht die Ehre einer Vorlesung erwiesen.

Einen Termin in seiner Sprechstunde bekam ich schnell. Prof. Dr. Walfred Henke kam mir mit ausgestreckten Händen entgegen, bot mir statt des offiziellen Besucherstuhls vor seinem Schreibtisch den Sessel in der Sitzecke bei der Zimmerlinde an und setzte sich daneben auf die Couch.

Wieder trug ich Gretels rosa Kostüm wie beim Gang in die Bobstraße, Pumps statt Turnschuh, die Haare frisch geföhnt. Ich drückte die Schlösser meiner Aktentasche auf. Henkes Augen weiteten sich. Ach, ich wusste, was er erwartete, und wagte kaum, mein Kramen in dem Leder, das mich nun schon seit Mittelschulzeiten begleitete und deutlich Patina angesetzt hatte, zu beenden. Statt des erwarteten

Blätterbündels, eines umfänglichen Ordners zur Doktorarbeit, nestelte ich zwei DIN-A4-Bögen aus der Lederhöhle auf den Couchtisch und fuhr ein paarmal mit der Hand darüber, als wollte ich sie beruhigen. Der Professor und ich: Wir beide taten mir leid. Da hatte Henke mir goldene Brücken gebaut, mir Hugos Arbeit anvertraut, mich als studentische Hilfskraft bestellt, was mir ein kleines monatliches Einkommen garantierte – und nun das. Ich ließ meinen Rock ein wenig höher rutschen. Doch so kurz, um von der bitteren Wahrheit abzulenken, konnte kein Rock sein.

Henke warf einen flüchtigen Blick auf meine Knie, einen langen auf das Papier und blieb an meinem Gesicht hängen.

Ich warte, sagte er.

Ich seufzte.

Ich warte, wiederholte er. Nicht nur auf das Ende der Dissertation, die Sie mit so großem Eifer übernommen haben. Und, auch das habe ich Sie stets wissen lassen, mit Fleiß und Kenntnis fortgesetzt haben. Doch seit Semesterbeginn habe weder ich Sie im Oberseminar gesehen noch die Mitarbeiter Sie im Institut. Was ist los, haben Sie die Lust verloren? So kurz vor dem Ziel? Die Arbeit war doch bis auf ein letztes zusammenfassendes Kapitel so gut wie fertig. Und danach wartet eine Assistentenstelle auf Sie. So gut wie sicher.

So gut wie. Statt einer Antwort schob ich ihm die beiden Blätter näher zu. Bitte lesen Sie, Herr Professor, druckste ich mit kleiner Stimme. Ich wusste, wie sehr ich Henke enttäuschen würde, fast wie ein Kind den hoffnungsvollen Vater.

Henke warf kaum einen Blick auf das Papier, schob es zurück. Was soll das?, fragte er unwirsch, wie es sonst nie seine Art war.

Bitte lesen Sie, flehte ich. Ich, ich kann auch wiederkommen. Das Thesenpapier. Für Sie.

Thesenpapier, soso, sagte Henke milder gestimmt, erleichtert, sich an einem neutralen Wort festhalten zu können. Thesenpapier. Was haben Sie denn jetzt wieder vor? Gut, lassen Sie es hier. Wir sehen uns in der nächsten Sprechstunde. Und vorher im Seminar, will ich hoffen. Und vergessen Sie Ihre Sprache im Spielfilm nicht.

Dieser Vater, dachte ich, ist sich seiner Daumenschrauben sicher.

Ich holte meine Pflichten als studentische Hilfskraft nach und vertiefte mich noch einmal in Brecht. Dass Henke sich gerade mit ihm so viel beschäftigt hatte, konnte doch nicht allein ästhetische Gründe haben. Anfangs vielleicht, aber dann musste aus der jahrelangen Auseinandersetzung mit diesem Dichter doch etwas von dessen Gesinnung in Henkes literarische Konzeption Eingang gefunden haben. Brecht gab mir Hoffnung. Sorgfältig wie für eine Prüfung bereitete ich die Sprechstunde mit Henke vor. Ich wollte, würde ich ihm darlegen, das Wort vom Falsett herunterholen, um es aufzurütteln. Den Alltag sichtbar machen, um ein Antidot zur verschleiernden Phrase zu entwickeln. Eine Sprache zeigen, die nicht festschreibt, sondern verändert. Geistige Impotenz und moralische Leere zu entlarven, würde ich versprechen. Ein paar waghalsige Formulierungen lernte ich auswendig und legte mir zwei, drei Brecht-Zitate zurecht.

Hatte der Dichter nicht in dem berühmten Epilog zu seinem Stück *Der gute Mensch von Sezuan* die Menschen aufgefordert, selbst und zu allen Zeiten nachzudenken: ›Auf welche Weis' dem guten Menschen man/Zu einem guten Ende helfen kann.‹ Musste Henke nicht verstehen, dass ich genau dazu mit meiner Doktorarbeit beitragen wollte?

Ja, ich wollte Henke beeindrucken. Beweisen, dass und was ich bei ihm gelernt hatte. Ich hatte Glück. Im nächsten

Oberseminar fiel der Referent aus, sein Beitrag ›Zur Mütterlichkeit in *Der gute Mensch von Sezuan*‹ lag nicht vor. Wer einspringen könne?, fragte Henke.

Wer, wenn nicht ich. Gemächlich nahm ich das Rednerpult ein und dozierte anscheinend aus dem Stegreif eine gute Viertelstunde über die Funktion von Mutterliebe und Mutterpflicht im Werk Bertolt Brechts.

Je länger ich sprach, desto besser gefiel mir, was ich sagte, gefiel ich mir und den anderen. Das hier war nicht trockene Theorie, das war Praxis. Unser Leben. Nicht auf den Brettern, die die Welt bedeuten. Vielmehr in unserer Welt, unserer Gegenwart. Begeistertes Klopfen belohnte mich. Und Henke? Machte eine Notiz in sein berühmtes braunes Buch.

Besser hätte ich selbst es nicht sagen können, kommentierte er. Das war alles. Nicht nur ich, wir alle warteten auf mehr, Ergänzungen, Hinweise, Korrekturen, Relativierungen. Nichts. Henke schien vollauf zufrieden, gleichzeitig sah er angegriffen aus. Oder bildete ich mir das bloß ein?

Nur noch eines: Wir sprechen uns nach der Stunde, Fräulein Palm. In meinem Büro.

Diesmal bat mich Henke nicht in den Sessel bei der Zimmerlinde, den Stuhl vor seinem Schreibtisch bot er mir an. Ich begriff: Die Herrschaftsordnung zwischen Professor und Student war wiederhergestellt.

Henke kramte in seinen Papieren. Scharrte zwei Blätter heraus. Meine. Wandte den gesenkten Kopf langsam von rechts nach links und wieder zurück. Da, endlich, wusste ich Bescheid.

Die Würfel waren längst gefallen. Längst vor diesem schweren Kopfschütteln, als zwänge eine grobe Hand den Hals in diese widerwillig verneinende Bewegung. Vielleicht schon in unserer ersten Sitzung, der Sitzung bei der

Zimmerlinde, nachdem er die Seiten kurz überflogen hatte. Und wohl seinen Augen nicht trauen wollte. Ich stand auf, langte über den Tisch nach den Blättern.

Setzen Sie sich, sagte Henke mit müder Stimme. Bitte. Das Bitte war ein Befehl. Ich vermute, dass Sie vermuten, versuchte er ein mattes Wortspiel. Sie vermuten richtig. Seine Stimme festigte sich. Gewann an Festigkeit und Lautstärke, je länger er mir in geradezu schwelgerischen Farben die gemeinsame Zeit schilderte, die Hoffnung, die er in mich gesetzt habe. In mich und Hugo. War es Absicht, oder überwältigte ihn die Erinnerung, als er Hugo, meinen Hugo, mir als seinen besten Studenten vor Augen führte, ihn auferstehen ließ in seinem Ideal eines bereit- und gleichwohl eigenwilligen Menschen. Wenn es Absicht war, so verfehlte sie ihre erweichende zersetzende Wirkung. Sie machte mich nicht klein. Sie stärkte mir den Rücken. Ich richtete mich auf.

Unvermittelt wechselte Henke die Tonart. Sein Gesicht wurde hart und verschlossen: Es geht doch gar nicht um Fragen literarischer Natur. Es drängt Sie zurück in Ihre Klasse. Zu den Wurzeln. Ihr gutes Recht. So wie es das meine ist, das zu verhindern. Sie verschleudern Ihr Talent. Denken Sie an meine Worte. Sie werden böse enden. Wenn Sie so weitermachen. Jedenfalls, unsere literaturwissenschaftlichen Anschauungen haben sich auseinanderentwickelt. In einem Maße, das ich nicht akzeptieren, geschweige denn protegieren kann. Was sollen die Kollegen von mir denken!

Henke fuhr sich über die Stirn und steckte sein Taschentuch umständlich zurück. Und noch eins, ergänzte er beiläufig. Ihre Dienste als studentische Hilfskraft werde ich nicht länger in Anspruch nehmen. Bitte räumen Sie Ihr Fach im Institut.

Er reichte mir mein Exposé: Das hier sollte Ihre Promotionsurkunde sein. Die hätte ich Ihnen überreichen wollen.

Noch am selben Tag telefonierte ich mit Marga in Hamburg.

Zehn Jahre später gratulierte mir Prof. Walfred Henke zu meinem ersten Gedichtband. Wir wurden Freunde. Unsere Familien auch. Seinen neunzigsten Geburtstag feierten wir gemeinsam und mit einer Lesung in der Stadthalle seines Wohnorts. Ja, die Linien des Lebens sind verschieden ... und manchmal versöhnen sie sich auch schon zu Lebzeiten.

Griebel, schlug Marga sogleich vor. Bei ihm ist die Beschäftigung mit Heinrich Heine nicht in flotten Formulierungen steckengeblieben. Bei ihm sammeln sich Linke aller Richtungen. Schick ihm dein Papier. Und ich würde mich natürlich freuen, wenn du nach Hamburg kämst.

Griebel nahm meine Thesen umstandslos an. Noch in diesem Semester könne ich versuchen, einzusteigen. Auch das gelang. Scheine hatte ich ja mehr als genug.

Henke hatte ihn mir leicht gemacht, den Abschied von der Albertus Magnus Universität. Die aber stand in Köln. Und Köln hieß Bertram und Jutta. Hieß Dondorf. Hieß der Rhein, von Mülheim bis zur Großvaterweide, Haus Bürgel bis Rotterdam. Doch all denen war ich es schuldig. Ich durfte keine ewige und keine abgebrochene Studentin bleiben. Ich würde es schaffen. Für sie alle.

Ich musste meinen Entschluss Bertram erklären. Den Eltern. Ganz Dondorf.

Bertram nahm's gelassen. Nachdem er sich über Henke gebührend ausgelassen hatte, versprach er: Dann kommen wir dich besuchen. Sofort in den Semesterferien. Und Jutta zieht hier ein. Dauert nicht mehr lange, und die schmeißen sie in der Theostraße raus. Verdacht auf kleinbürgerliche Regression. Aber vorher setzen wir in Dondorf noch ein Zeichen.

Fasziniert von den Arbeiten des Kunsttischlers Dückers, Juttas Vater, hatte Bertram zu schnitzen begonnen. Zu den Buchsteinen von unseren Spaziergängen am Rheinufer kamen jetzt auch Holzstücke, vor allem, wenn Vater Rhein und seine Wellengesellen gut vorgearbeitet hatten. Dann konnte Bertrams Messer die abenteuerlichsten Wesen aus dem Schwemmgut herausschälen.

Weder Jutta noch ich ahnten, was in dem Sack steckte, den er auf unserer Fahrt nach Dondorf dabeihatte. Jutta stieg mit uns in Großenfeld aus und fuhr weiter nach Hoerle zum Geburtstag des Bruders. Ohnehin kam sie mit unserer Mutter nicht allzu gut aus. Mich, die Tochter, musste die als gottgegebene Konkurrenz dulden. Eine Schwiegertochter drang von draußen ein und machte ihr Bertrams Gefühle streitig, zumindest teilweise. Und zeitweise. Denn natürlich kümmerte sich Bertram, besuchte er Dondorf zusammen mit Jutta, nicht mehr ausschließlich um die Mutter. Deshalb suchte die den Sohn jedesmal mit Aufgaben zu beschäftigen, die ihn allein mit ihr zusammenbrachten, und Jutta konnte damit nicht immer souverän umgehen. Wie anders hatte die Mutter Hugo aufgenommen. Aber vielleicht haben Mütter mit Schwiegertöchtern von vornherein ein Problem; die alte Frau mit der jungen, die Erfahrene mit der Neuen, da sind Ängste vor Verdrängung und Eifersucht nicht weit.

Sag ihnen noch nichts vom Wegziehen, bat ich Bertram im Bus nach Dondorf. Dafür komm ich noch mal allein hierher.

Kein Problem. Bertram stieß den Sack zwischen unsere Sitze.

Und jetzt sagst du mir mal, was da drin ist. Ich griff nach dem Sack.

Holz, grinste er.

Kopp!

Selber.

Wie immer stiegen wir beim Rathaus aus. Doch dann marschierte Bertram stracks an der Altstraße vorbei auf die Großenfelder Chaussee und schlug den Weg zum Friedhof ein. Am Grab der Eheleute Fritz Rüppli blieben wir stehen. Erwartungsvoll sah ich Bertram an. Der grinste noch breiter: Denkste. Weiter geht's.

Stehen blieben wir noch einmal am Gemeinschaftsgrab der Armen Dienstmägde Jesu Christi. Mavilia lag nun hier, neben Aniana der Kinderschwester, Bertholdis aus der Näherei. Gretel fiel mir ein. Auch sie hatte den Namen Bertholdis gewählt. Wo mochte sie sein? Wie weit sich unsere Wege voneinander entfernt hatten!

Während ich noch ein paar Grashalme zwischen den Grabsteinen ausrupfte, war Bertram schon weiter, Richtung Leichenhalle. Dahinter lagen nur noch die Abfallhaufen. Und, schräg davor an der Hecke, die Russengräber, denen wir uns als Kinder nie ohne Schaudern genähert hatten, fast eine Art Mutprobe. Als könnte die von der Großmutter oft und gern beschworene ›rote Gefahr‹, Männer in zottigen Fellmützen mit Bärten, Flinten, Schlitzaugen, aus den Särgen steigen und nach uns greifen.

Hier, Bertram blieb bei der Hecke stehen. Halt mal, sagte er und drückte mir den Sack an die Brust.

Gut festhalten, befahl er und zog das grobe Sackleinen hoch: Voilà.

Voilà war ein eigenartiges Gebilde zwischen einem Kreuz und einem stark gestutzten Baum.

Entweder, ich drehte das Ding einmal um sich selbst, hier ist zu viel dran oder zu wenig.

Tja, liebe Schwester, tat Bertram großspurig, dann sieh doch mal genau hin.

Eine Handbreit unterm oberen Ende des schlanken Balkens war ein kurzes Brett, darunter ein längeres befestigt, am unteren Ende hing ein Brett schräg von links oben nach rechts unten. Ich versuchte, es geradezurücken.

Finger weg, Bertram drückte das Gestell an sich. Das hier ist ein russisch-orthodoxes Kreuz. Hab ich im Schnütgen-Museum genau studiert. Nur die Inschrift, die ist neu.

Und was willst du damit?

Eingraben. Bertram zog eine Hacke aus dem Rucksack. Hier. Halt mal.

Kreuzkamp, murmelte ich. Unser Kreuz für Hugo in Köln. Ich konnte mein Aufschluchzen kaum zurückhalten.

Bertram hielt mit seinem Schaufeln inne und sah zu mir hoch: Na, hör mal, so traurig ist das nun auch wieder nicht. Und der Kreuzkamp hat bestimmt nichts dagegen.

Ach, Bertram, sagte ich, ich zeig dir in Köln noch ein ganz anderes Kreuz, wenn wir zurück sind. Jetzt machen wir das hier erst mal zu Ende. Wunderbare Idee!

Eiche, erklärte Bertram, robust wie kaum ein anderes Holz, wenn es gut abgehangen ist. Halb Venedig steht auf Eichenpfählen.

›INRI‹ war auf dem kleinen Brett oben eingeritzt: Iesus Nazarenus Rex Iudaeorum.

Auf dem Brett darunter: ›Dem Unbekannten Russischen Soldaten.‹

Für den aufmerksamen Betrachter hielt das Schrägbrettchen noch eine Überraschung in kyrillischen Buchstaben bereit: ›Druschba, Towarischtschi‹ – Freundschaft, Genossen!

Wie ist das nun zu deuten, orakelte ich auf dem Weg zurück in die Altstraße: Thront nun Jesus über den Genossen, oder steht er auf deren festen Füßen?

Genosse Jesus!, gab Bertram zurück und faltete die Fäuste. Die vertragen sich.

Genosse Messdiener musste es ja wissen.

Am nächsten Morgen ging es nach dem Hochamt mit dem Vater nicht an den Rhein, auf den Friedhof drängten wir ihn, so lange seien wir nicht mehr am Grab von Omma und Oppa gewesen. Es war ihm einerlei. So vieles hatten wir zu diskutieren, egal wo. Was wir davon hielten, wollte er wissen: Plötzlich war die Beratung des Bundestags über den Haushaltsetat unterbrochen und ein Telegramm hereingereicht worden. Der Friedensnobelpreis für Willy Brandt! Der Vater frohlockte. Isch hab die Jesichter von de Schwarzen jesehn! Von de CDU un denen aus Bayern. Die wurden immer länger! Un dä Brandt? Hat keine Miene verzogen. Aber wat sacht ihr dann zu denen, die jetzt dä Polizist erschossen haben? Dat sind doch Verbrescher!

Wir waren uns schnell einig: Willy Brandt hatte die Auszeichnung verdient. Für seine Ostpolitik. In der DKP-Gruppe hatten wir ihn gefeiert, als wäre er einer von uns, der Genosse Sozi Brandt.

Und was die Verbrecher anging: Auch da waren wir einer Meinung.

Bertram wusste gut Bescheid: In meiner alten WG, also bei Arnulf, hat man dauernd diskutiert, ob man einem dieser Baader-Meinhof-Gruppe …

… Bande, warf ich dazwischen.

Also meinetwegen Bande, aber das hättest du in der WG nur einmal sagen dürfen, dann wärst du schon draußen gewesen. Besonders der Arnulf, dieser gruppendynamische Fuzzi, war denen regelrecht verfallen. Die haben sich schon verändert, und jetzt ist die Gesellschaft dran, reinen Tisch machen, so oder so ähnlich tönte der.

Huh, stöhnte ich, der mit den Windeln, richtig?

Richtig, sagte Bertram und fuhr fort: Ja, Pappa, du hast recht, das sind Verbrecher. Terroristen. Bankraub gegen den Kapitalismus? Polizisten erschießen? Und da haben die auch noch die Stirn, sich zu beklagen: Hätte der Polizist keine Waffe gehabt, hätten sie auch nicht geschossen. Drecksbande!

›Der Bankraub ist eine Initiative von Dilettanten. Wahre Profis gründen eine Bank‹, zitierte ich meinen Brecht.

Wat meinste denn damit?, forschte der Vater. Un wat is dat, ene Dilettant?

Froh, von der Politik wegzukommen, erklärte ich den Dilettanten lang und breit aus dem Lateinischen übers Italienische, ein Laie sei das, im Gegensatz zum Fachmann.

Dann wär also der Jründer von ner Bank schlimmer als wie de Räuber? Der Vater schüttelte den Kopf. Un wat is dat denn hier so leer am Sonntachmorjen?

Ehe ich zu einer Antwort ansetzen konnte, beschleunigte Bertram seine Schritte, und der Vater stapfte mit seinem schweren Schuh durch die Gräberreihen hinterher. Auch ihn interessierte nur noch, was da bei der Hecke vor sich ging. Dort hatte sich bereits eine beträchtliche Menge versammelt, sogar ein Fotograf war schon vor Ort, sicher von der *Rheinischen Post*, die waren auf Draht. Ich suchte bekannte Gesichter. Birgit, der ich in der Volksschule meine Kugel vom Glasbläser geschenkt hatte, nickte herüber, machte aber keine Anstalten, mich zu begrüßen, da blieb auch ich stehen und lächelte einer dicklichen Frau, in der ich meine ehemalige Banknachbarin Anneliese erkannte, nur von weitem zu. Man warte auf den Herrn Pfarrer, klärte mich ein hagerer Mann in schlesisch gefärbtem Hochdeutsch auf; das Hochamt sei zu Ende, er müsse jeden Augenblick hier sein.

Das Kreuz hinter dem unscheinbaren Gedenkstein stieß seine beiden Balken in den Oktoberhimmel, der seine herbstlich goldenen Strahlen gebündelt auf die Russengräber schickte.

Fast gleichzeitig mit Pastor Kreuzkamp, der hochrot im Gesicht vom Rad sprang, trafen Tante Berta und Cousine Hanni ein. Hanni, unterm Mantel noch im Kittel, hatte die Mutter mit dem Auto hergefahren.

Kreuzkamp trat ans Grab. Die Tante daneben. Stille. Der Vater beugte sich an mein Ohr: Die muss sisch abber auch überall vordrängen.

Ich drückte seine Hand.

Kreuzkamp fasste das Kreuz fachmännisch ins Auge, nickte und blickte in die Menge. Sah Bertram und mich. Schaute mich an und grinste. Nein, nicht doch, er lächelte. Aber Bertram grinste garantiert.

Kreuzkamp erklärte den Versammelten, was es mit diesem Gegenstand auf sich habe und dass er diese Ehrung mit einem Kreuz aus der Heimat dieser Gefallenen durchaus begrüße.

Siehst du, sagte Bertram. Der Fotograf machte eifrig Notizen, sein Bericht erschien in der Montagszeitung. Auf dem Foto: Tante, Kreuz, Pastor. Unterschrift: ›Ein stiller Akt der Völkerversöhnung in Dondorf‹.

Was nicht in der Zeitung stand: Pastor Kreuzkamp hatte Bertram und mich noch einmal beiseitegenommen. Was da unten auf dem schiefen Hölzchen stünde, wollte er wissen.

Wir gestanden. Kreuzkamp sagte nichts. Aber als wir Weihnachten zu unserem Kreuz zurückkehrten, waren zwei kräftige Efeus auf dem besten Wege, diesen Genossen-Gruß ins Jenseits den Dondorfer Augen zu entziehen.

Auch dem Vater waren die fremden Buchstaben aufgefallen.

Freundschaft, Genossen!, übersetzten wir ihm.

Und der da, der Vater machte eine Faust, Daumen gestreckt, der da oben, hat da nichts dagegen?

Ach, wie ich jetzt wieder Hugo vermisste. Wie kein anderer hätte er dem Vater erklären können, was es auf sich hatte mit der Befreiungstheologie und seiner geliebten Kenosis-Kirche, der Kirche der Armen. Wie beides zusammengehört, das Streben nach Glück auf Erden und der ewigen Seligkeit. Dass es nicht auf ein unversöhnliches Gegeneinander ankommt, wie es die Großmutter und deren Bruder, unser Ohm, Oblatenpater in Hünfeld, und mit ihnen die katholische Kirche predigten. Vielmehr auf Gemeinsamkeiten, die sich durchaus aus Bibel und Marx'schen Schriften lesen lassen. Dass es jedesmal um ein menschenwürdiges Leben geht, hier auf Erden, und sich die Wege erst trennen, wenn der Kommunist glaubt, irgendeines Tages gebe es das Paradies auf Erden, während der Christ es ins Jenseits ausquartiert. Verlagern und vertagen tun es beide. Im Diesseits aber, für ihre Ziele hier, könnten sie an einem Strang ziehen. So ungefähr versuchten Bertram und ich dem Vater unsere russische Inschrift zu erklären.

Zu Hause wartete die Mutter mit dem Mittagessen. Rindfleischsuppe mit Markbällchen, Königsberger Klopse und Vanillepudding. Von Hanni und der Tante, die schon weitergefahren waren, wusste sie bereits Bescheid, wollte aber alles noch einmal hören. Als ich den Vater so dasitzen sah, wie er mit stumpfem Blick an seinem Suppenknochen nagte und das Mark aus den kalten Knochen sog, zog sich mein Herz in einem strengen Schmerz zusammen.

Seit diesem Morgen im Zeichen des russisch-orthodoxen Kreuzes auf den Dondorfer Russengräbern gewannen meine Gespräche mit dem Vater eine neue Ernsthaftigkeit. Auch zuvor war es meist um Politik gegangen, Zeitgeschehen. Doch dem Vater begreifbar zu machen, dass er und seinesgleichen ein Anrecht auf ein besseres Leben hatten und wer das verhinderte, war ein weit schwierigeres Unterfangen, als Brandt zu loben und die Baader-Meinhof-Bande zu verdammen. Unsere neuen Gespräche hatten etwas mit dem wirklichen Leben zu tun. Unserem Leben. So verschieden das nun mal verlief. Wir brauchten Zeit. Die ich mir auch nahm.

Wie er strahlte, der Vater, als ich ihm auseinandersetzte, was es mit den Begriffen Arbeitnehmer und Arbeitgeber auf sich hat. Dass doch er, Josef Palm, es war, der seine Arbeitskraft gab und Prinzipal Krötz seine, Josef Palms, Arbeitskraft nahm. Mithin also die Verhältnisse genau auf den Kopf stellte.

Abber dem Krötz jehören doch die Maschinen, wandte der Vater ein, ohne die kann isch doch keine Arbeit jeben. Isch hab doch nur meine zwei Händ.

Aber ohne deine Hände könnte der mit all seinen Maschinen nichts verdienen. Der brauchte deine Arbeitskraft. Und die muss er nehmen. Von dir.

Da haste resch, nickte der Vater. Isch jeb die Arbeit un dä nimmt die. Von ner Maschin allein wird dä nit satt. Halbe Halbe, dat wär jerescht.

Den Eltern meinen Umzug nach Hamburg zu erklären, fiel mir schwer. Es war, da machte ich mir nichts vor, auch die Folge meines Scheiterns an der Uni. Eines freiwilligen und vorläufigen Scheiterns, betonte ich für mich. Aber ich hatte nichts vorzuweisen. Und jetzt auch noch Kommunist. Brauchst du ja keinem zu erzählen, versuchte ich die Aufregung der Mutter zu dämpfen. Sie blieb mürrisch.

Denk doch an den Fritz, sagte ich leise.

Da drückte sie meine Hand.

Und der Vater? Ich sprach weiterhin mit dem Vater. Doch nun sprach ich auch mit Josef Palm. Mit Josef Christoph Palm. Verblüfft bemerkte ich, dass ich erstmals an den Vater mit vollem Namen dachte, an eine Person, die nicht nur durch Zeugung mit mir verbunden war – eine Person seiner Klasse: Hilfsarbeiter Josef Christoph Palm.

Un warum nit in de SPD?, wollte er wissen.

Wenn schon, denn schon, entgegnete ich und gab dem Vater einen Rippenstoß. Ich bin dat Kenk von nem Prolete. Haste selbst immer gesagt!

Jedes Wochenende fuhr ich nach Dondorf. Schon immer hatte ich gern im Garten geholfen, nun war es geradezu eine Wohltat, etwas zu tun, was mit den Händen zu greifen war, jetzt, im Herbst, die letzten Kartoffeln ausbuddeln oder die späten Äpfel von den Ästen holen. Mich neben dem Vater nützlich machen, gemeinsam etwas Vernünftiges tun, Konkretes.

Dann gab es im Garten nichts mehr zu richten, und wir begannen, die Schuppen aufzuräumen. Schon lange hatte ich nicht mehr im Holzstall gesessen, dieser sechs Quadratmeter großen Büchse, die der Vater – vor wie vielen Jahren? –, ausgeräumt und für mich mit Tisch, Stuhl, Öfchen und Bücherbrett ausgestattet hatte. Meine Zuflucht, wenn es am Rhein zu kalt war.

Wat meinste, sagte der Vater, solle mir dat so lassen? Oder soll wieder Holz rein? Du brauchst et ja nit mehr.

Mein Herz krampfte sich zusammen beim Anblick dieser kargen Zelle. Und doch auch Keimzelle meiner Träume und all der Mühe, sie zu verwirklichen. Fast fühlte ich Hugos Arm um meine Schultern, wie damals, als wir hier zusammen standen, und hörte sein Seufzen: Wenn ich wenigstens so etwas für mich gehabt hätte. Ganz für mich allein.

Wir hatten einen zweiten Stuhl dazugeholt, Kaffee getrunken und uns geschworen: nie mehr allein.

Der Vater zog die Schublade auf. Staub wirbelte hoch. Geschickt hatte er den Tisch an beiden Seiten abgesägt, damit er zwischen die Wände passte. Bis auf zwei Gegenstände war die Schublade leer. Ein beiges Reclam-Heftchen, Schillers *Die Räuber*. Zerrissen. Eine achteckige rosa Plastikdose, wie man sie für Seife und Gebisse nutzt. Meine Knie gaben nach. Der Vater sackte auf einen der Stühle. Hugos Stuhl. Ich dicht daneben. Wegrücken unmöglich. Ich zog das Heftchen aus der Schublade. Warum mit so zitternder Hand? Als fühlte ich wieder den brennenden Schmerz vom Hosengürtel des Vaters auf meiner Rechten. Ich legte die Dose daneben; ihr Inhalt klirrte gegen die Plastikhülle.

Vergebens versuchte der Vater, die Dose zu öffnen, das leise Klirren verstärkte sich zum dumpfen Rasseln.

Pappa, ich streichelte seine Hände, so wie damals der Bruder die meinen, den Inhalt der Dose im Krampf umklammernd, gestreichelt hatte, bis die geballte Faust sich gelockert und Bertram entsetzt innegehalten hatte, als er sah, was ich da verbarg: so viel zerstörte Hoffnung auf eine kleine Schönheit.

Pappa, du weißt doch, was da drin ist. Ich schob die Schalen auseinander und ließ den Inhalt auf den Tisch gleiten. Ich schloss die Augen. Der Vater hatte zugedrückt. Langsam. Langsam. In jedem Bruchteil der Sekunden wäre noch etwas zu retten gewesen. Erst verbogen sich nur die Drähte, lautlos, erst im nächsten Jahr hatte das Platzen der Gaumenplatten, im Jahr darauf das Splittern der Kieferschienen mein Ohr erreicht, im nächsten Jahrhundert hörte ich, wie sich Draht an Plastik rieb, ein feines trockenes Knirschen, und tausend Jahre später das Malmen der Splitter und Drähte zu Schrott.

Die zerbrochenen Zahnklammern lagen auf der Pressholzplatte wie ausgemusterte Exponate in einem Museum.

Der Vater griff nach meinem Arm, rang nach Luft, warf sich über die Tischplatte, über die Klammerreste: Un isch han dat jedonn?

Verschämt und unbeholfen hatte der Bruder damals nicht aufgehört, meine Hände zu streicheln, so wie ich sie jetzt streichelte, die Hände des Vaters, mager, weiß und weich, die harten Hornhauthügel nur noch gelblich verfärbte Erinnerungen.

Jo, Pappa. Ich krümmte mich neben ihn, auf diesen Tisch, an dem ich meine verzweifelten Briefe an Friedrich Schiller geschrieben, meine Rache- und Hassphantasien zu Papier gebracht hatte. Meine kleine Hilla.

Pappa! Ich zog den Vater hoch zu mir. Und dann lagen wir uns in den Armen und weinten. Ich hatte nicht geschluchzt und nicht geheult. Damals. Aus mir heraus hatte es geweint, die Tränen waren mir in den Ausschnitt meiner existentialistisch schwarzgefärbten Bluse gelaufen und ein paar Tropfen auf unsere Hände gefallen, meine und Bertrams Hände. Heute verbanden meine Tränen den Vater und mich.

Wann hatte ich zum letzten Mal so geweint? Damals, als Hugo mir das Wort, das einzig richtige Wort, den einzig richtigen Weg zur Befreiung von meiner Bürde abgerungen hatte, das Wort Vergewaltigung. Wie peinvoll war das gewesen, sich der Wahrheit zu stellen. Der einzige Weg in die

Freiheit: die Wahrheit. Die Wahrheit wird euch frei machen. Und die Vergebung.

Später strich ich dem Vater übers Gesicht, fuhr über die Narbe auf der Wange, fühlte sie zucken, suchte seinen freudlosen Blick. Würde es mir jemals gelingen, den verschlossenen Mann zu öffnen, das verborgene Lächeln aus seinen ernsten Zügen zu befreien?

Wat es dann hie los? Die Stimme der Mutter, misstrauisch, aufgebracht. Wir fuhren auseinander. Wischten uns die Augen. Verlegen, aber auch ein bisschen stolz. Ich jedenfalls. Was hier los war? Das war unser Geheimnis und würde unser Geheimnis bleiben. Unter uns bleiben. Unteilbar. Die Stimme der Mutter riss uns zurück in die Zeit. Im alten Dondorfer Holzstall. Aber wir waren neu. Füreinander. Nicht für die anderen. Ich sah den Vater mit den Augen der Liebe. Nicht allein den Augen einer liebenden Tochter. Den liebesbedürftigen Menschen erblickte ich im Vater, den kleingehaltenen Mann, der im Leben nie die Chance gehabt hatte, etwas aus sich zu machen. Etwas aus sich machen: welch ein zutreffendes Sprachbild. Damit sich das für ihn und seinesgleichen ändern würde, dafür würde ich kämpfen.

An diesem Tag im Holzstall begannen wir, uns eine eigene gemeinsame Wirklichkeit zu schaffen. Nicht mehr der Vater mit dem Hosengürtel in der Hand, das Mädchen bebend vor dem ausholenden Strafarm, vielmehr Vater und Tochter vereint in dem Bemühen zu verstehen, wie es zu diesen Gesten, diesem Gestern hatte kommen können. Ein Tasten nach Worten, dies alles einzuordnen in ein neues Bild von uns in einer neuen Welt.

Einfach und leicht war das nicht. Noch am selben Tag wollte der Vater wissen, was das heiße: Pick.

Die Mutter hatte uns aus dem Stall ins Wohnzimmer

genötigt. Sie beäugte uns argwöhnisch, als wittere sie eine Verschwörung. Sie spürte, dass sie nicht dazu gehörte. Es gibt eine Zweisamkeit. Dreisamkeit nicht.

Pick, pick, pick, haste jedesmal jerufen, wenn de misch jesehen hast, wenn isch aus de Fabrik nach Haus kam. Der Vater saß auf seinem gewohnten Platz neben dem Ofen, den die Mutter eigens für uns angemacht hatte. Ich auf dem Sofa neben ihm. Auch was ich vom Vater aus seinen Erzählungen schon wusste, erschien mir nun in einem neuen Licht. Nicht allein der Vater war vom Stiefvater mit dem Ochsenziemer für den Besitz eines Buches gestraft worden, sondern der ›Vertreter seiner Klasse‹, hätte Marga gesagt. Und der Stiefvater? Wie war der zu einem so brutalen Mann geworden? Was wissen wir von einem Menschen, wenn wir nichts wissen von seiner Vergangenheit? Von seinem Leiden? ›Oheim was wirret dir?‹ Woran leidest du?, muss Parzival auf der Suche nach dem Gral den todwunden Gralsritter fragen, um sich und ihn zu erlösen.

Pick, pick, pick. Ich hatte gerade die ersten Englischstunden auf der Mittelschule hinter mir. Abends, wenn der Vater im ölverschmierten Blaumann das Gartentor aufstieß und seine Aktenasche – lappiges Leder, blinde Schlösser, die Nähte mit Pechdraht geflickt – von der Querstange seines Fahrrads hakte, fing ich ihn ab.

Pig, schrie ich ihm entgegen. A pig. Is it a pig? It *is* a pig. Rannte um ihn herum und lachte, ein freudloses bösartiges erwachsenes Lachen. A pig, a pig, a big big pig. Ohne von mir Notiz zu nehmen, lief der Vater mit versteinertem Gesicht zu seinen Werkzeugen und schlug die Tür hinter sich zu. Mein Herz hämmerte hoch in den Hals. Nicht nur pig, jedes neue Wort schrie ich ihm entgegen, und das Herzklopfen nahm kein Ende. Verkroch er sich im Stall, gellte ich ihm von draußen mein tägliches Pensum in die Ohren, vom ersten bis zum letzten Wort. Aber pig, big pig, schrie ich am liebsten. Bis ich atemlos, keuchend von ihm abließ, als hätte ich Steine geworfen.

Wie weit lag das zurück. Ich fühlte mich heiß und rot werden bis unter die Haarwurzeln, fühlte mich schäbig und schuldig, eine nie wieder gutzumachende Schuld.

Pig, würgte ich heraus, heißt so etwas wie Komm.

Pick, wiederholte der Vater bedächtig, schmeckte das Wort wie eine fremde Speise, pick, pick, pick. Da konnte ich wieder lachen. Es klang, als wollte er die Hühner füttern.

Pick, pick, pick, empfing er mich nun jedesmal, wenn ich nach Hause kam. Und ich lachte und dachte, jetzt zahlt er mir wenigstens eines dieser gemeinen Wörter zurück. Big, big, big, gab ich fröhlich zurück, das heißt groß und mächtig. Mein big Pick.

Weihnachten überreichte mir der Vater nach dem Hochamt vor unserem Gang an den Rhein eine kleine Schachtel.

Haarfeiner Regen fiel, und der Wind warf die Luft wie feuchte Lappen ins Gesicht. In Dondorf konnte ich ihn riechen, den Rhein, längst bevor ich ihn sah. An regnerischen Tagen trug der Westwind den Geruch von Motorenöl, Algen und Laich, der sich im Herbst mit Kohl und Porree mischte, über den Damm und die Auen bis zum Kirchberg hinauf. Der Rhein in Dondorf roch nach Abschied und Sehnsucht. Sehnsucht nach Rotterdam, dem Meer.

Keine Burgen, keine Berge. Rüben statt Reben. An den Ufern Weiden, Pappeln, Schilf; ein Kirchturm, ein Fabrikschornstein von weitem. Unberühmt und unbesungen, heruntergekommen vom Siebengebirge und der großen Stadt Köln: der Dondorfer Rhein. Wer hätte je einen Vers auf Porree-, Kohl- und Rübenfelder gemacht, Pappeln und Kopfweiden, Kribben, Kiesel, Schlick und Mulm gepriesen?

Nichts braust, nichts dräut, nichts säuselt, bezaubert, betört. Ruhig dehnt sich der Rhein in seinem Bett, beruhigt die Augen, das Herz, die Gedanken. Nichts Besonderes bietet der Dondorfer Rhein, er ist gewöhnlich im besten Sinn des Wortes, das Gewohnte, Bequeme, Angemessene. Ein Rhein für kleine Leute, einer, der Maß hält, behäbig dahinfließt, mit sich selbst zufrieden, keinen beeindrucken will, kleinbürgerlich mit naher Verwandtschaft zu schwerer Arbeit. Kein Rhein für Lieder und Schunkelfahrten, kein Hintergrund für Übermut und romantische Abenteuer. Keine wein-, weib- und gesangsselige Gegend, wo die Munterkeit – auch die verkaufte – gedeiht, wo ihm Städtchen wie Rüdesheim, Boppard, St. Goar zu Füßen liegen, vormals alljährliches Ziel der Betriebsausflüge des Vaters. Aber Platz genug, um einmal im Frühjahr über die Stränge zu schlagen, auch das in aller Bescheidenheit, da man ihm Raum lässt bis weit in die Auen hinein.

Keine Romantik. Keine Dramatik, vielmehr Fleiß und Zielstrebigkeit. Ein bescheidener Strom? Ja. Bescheiden und zum Bescheiden verlockend; ein Ort für Frauen in Kitteln und Schürzen und für Männer im Blaumann, die hier, wo sie der vertraute Geruch nach Maschinenöl und Lauge wieder einholt, ihren steifen Sonntagsstaat spazieren tragen.

Auch heute fühlte ich es bei jedem Schritt: Hier war ich verwurzelt wie das Gras der Wiesen, die Pappeln, die Weiden am Ufer des Rheins; wie das Korn in den Feldern, wo wir mit dem Großvater Ähren gelesen hatten aus den Stoppeln; wie die Rüben auf dem Acker, die ich als Kind für fünfzig Pfennig die Stunde verzogen hatte.

Bei der Großvaterweide hielten wir an. Zufall? Woher sollte der Vater wissen, dass es dieser Busch und kein anderer war, wo Bertram und ich, der Mundharmonika des Großvaters folgend, die Hasenbrote der Großmutter verspeist, Königsritter gekrönt, endlose Geschichten aus Buchsteinen gelesen und Wutsteine mit den Gesichtern böser Menschen im Rhein versenkt hatten. Dass diese Weidenzweige auch Sigismund und Godehard gestreift und doch nur Hugo allein ihre Geschichte und die des Dondorfer Rheins meiner Kindheit erzählt hatten.

Der Rhein lag silbern in mattem Mittagslicht, die Möwen schrien weit weg über einem Fischerkahn. Bei den Kribben schäumte das bleiche Wasser um die Steine.

Willste denn nit nachkucken? Der Vater baute sich vor mir auf und schob, beinah ein wenig übermütig, den Hut aus der Stirn. Oder willste erst mal raten?

Ich zog die Schachtel aus der Manteltasche und rüttelte sie ein wenig. Es klang dumpf.

Nä, aufpassen, stoppte der Vater. Zerbrechlich.

Eine kleine Vase? Ein Glas? Ein Weihnachtsglöckchen?

Der Vater schüttelte in gespieltem Ernst den Kopf.

Ich hob den Deckel ab. Aus dem Innern der Pappe grinste ein Glücksschwein. Ein rosa Marzipantierchen mit einem grünen Kleeblatt im Rüssel und schokobraunen Augen. Ich sah den Vater fragend an: Feiern wir schon Silvester?

Pick, sagte der Vater. Pick, pick, pick! Das Gesicht des Vaters öffnete sich zu einem Lächeln, so ungewohnt, dass mir schien, sein Gesicht wolle platzen. Er nahm den Hut ab und lockerte sein Haar. Ja, der Vater konnte lächeln. Wenn er sich sicher fühlte.

So sicher wie damals, als wir nach seinem kleinen Lottogewinn bei C&A drei Kleider, einen Ledermantel und eine Pepitahose für mich kauften, alles auf einmal. Da hatte ich auf dem Heimweg seine stoppelige Haut sekundenlang mit einem leichten Druck meiner Lippen zwischen Schläfe und Ohr gestreift. Mein erster Kuss für den Vater. Jetzt wagte ich mehr. Der Rhein, die Weide, das Tuten eines Schleppkahns machten mir Mut. Ich küsste den Vater fest auf den Mund. Ich spürte seine Zähne durch die altersdünnen Lippen, mit denen er den Druck erwiderte. Unser Kuss bat um Verzeihung, für jedes böse Wort, für jeden Hieb, und der eine selbe Westwind fuhr uns versöhnlich durchs Haar. Eine blasse Wintersonne brach durch die Wolken. Allen üblen Vorhersagen zum Trotz.

Wie zwei Verliebte gingen wir zurück, meine Linke in seiner rechten Manteltasche, wo mich wieder seine weiche dünne Hand erschreckte, die sich einmal angefühlt hatte wie eine harte Wurzel. Noch einmal Kind sein, dachte ich, noch einmal klein sein, unbekümmert, vertrauensvoll und er, der junge Vater, ausgelassen, liebevoll. Einfach noch einmal von vorne leben, wieder holen, was einmal gewesen wäre, als wäre es wahr gewesen. Purzelbäume würden wir schlagen, Schneemänner bauen und Burgen aus Sand, flache Steine titschen lassen, Schiffchen falten und aufs Wasser setzen, Flöten schnitzen aus Schilf und dem Kuckuck eins blasen.

Am Silvesternachmittag kamen wir noch einmal zurück. Aus starkem Packpapier hatten wir ein Schiff gefaltet; das würden wir zu Wasser lassen, soviel hatten wir der Mutter verraten. Die schüttelte den Kopf. Seitdem der Vater nicht mehr das Geld nach Hause brachte, hatte er bei ihr ohnehin einen schweren Stand. Die Mamma, hatte er mir auf einem unserer letzten Spaziergänge anvertraut, die hat nie zu mir jehalten. Immer nur mit de Omma, de Tante oder de Leut. Das kannte ich. Wat solle de Lück denke. Die Meinung der anderen. Die Form wahren. Das äußere Bild. Da war die Mutter nicht anders als Hugos Mutter; nur hieß unser Wat-solle-de-Lück-denke bei der feinen Dame Prestige.

Gleich nach dem Essen brachen wir auf. Es war mild an diesem letzten Tag im Jahr, ein lauer Wind ging, und mein Haar kräuselte sich in der feuchten Luft.

Dann erzähl mir abber wenijstens noch, wat drinsteht, bat der Vater, kaum dass wir die Altstraße hinter uns gelassen hatten. Ich wusste gleich, was er meinte. Nur gut, dass ich das Stück nach unserem Fund im Holzstall noch einmal gelesen hatte.

Vor allem musste ich Schillers verzwickte Geschichte einfach machen.

Ein Vater, begann ich, ein Graf Moor, hatte zwei Söhne. Der Erstgeborene, Karl, begabt, beliebt, schaut gut aus, ein netter, tüchtiger Kerl. Der Jüngere, der Franz, hässlich, unbeliebt, neidisch auf den Bruder und fest entschlossen, den loszuwerden. Egal wie. Nur dann kann er selbst erben und Graf werden. Und am Ende will er dem Bruder auch noch die Braut klauen.

Der Vater schüttelte den Kopf. Un dafür braucht mer Theater? Für son Theater! Dat kommt doch überall mal vor, wenn et um et Erben jeht. Wenn isch dran denke, wie dat bei de Bauern manschmal zujeht, wenn et um de Hof jeht. Um viel Jeld. Wat jlaubst du, wie neidisch dä Hoppers Tünn, kennste ja noch, dä us Rüpprich, wie neidisch dä auf seine Bruder is. Dä hat alles jeerbt. Un dä Tünn mit dem Pflichtteil ausbezahlt. Un dann is dat janze Land Bauland jeworden, et Zehnfache wert. Un dä Tünn kriescht nix davon.

Aber Pappa, der ist aber deshalb doch kein Räuber geworden, versuchte ich den Vater zurück zu Schiller zu bringen. Un so fies wie der Franz ist der Tünn doch auf keinen Fall. Die Geschichte von dem Schiller geht nämlich so: Der Franz fängt einen Brief von Karl an den Vater ab, worin der ihn um Hilfe bittet. Er ist als Student in Leipzig in schlechte Gesellschaft geraten, hat Schulden gemacht und will sich bessern.

Stattdessen liest der Franz dem Vater einen Brief der Leipziger Polizei vor, der Karl als Mörder und Vergewaltiger darstellt. Und der Vater verstößt den Sohn, den Karl, und Franz schreibt dem Bruder im Namen des Vaters einen entsprechenden Brief.

Dä Dräckskääl, der Vater stapfte mit seinem orthopädischen Schuh vorwärts, als wolle er die Kanaille Franz zermalmen. Un der Vater! Dat kann doch nit sein! Der muss doch seinen Sohn besser kennen. Sowat kann doch ein Vater nit jlauben!

Aber, versuchte ich zu erklären, das gibt es doch, dass Eltern ihren Kindern nicht mehr trauen.

Der Vater warf mir einen fragenden Blick zu, und schnell fuhr ich fort. Aber das ist noch längst nicht das Schlimmste. Der Karl ist so enttäuscht von seinem Vater, dass er sich von einer Bande zum Räuberhauptmann wählen lässt. Mit denen will er für mehr Gerechtigkeit sorgen. Aber das geht nur mit Gewalt, und so zieht er am Ende mordend und brennend durch das Land.

Dat jlaub isch nit! Der Vater blieb stehen. Sowat würd ja nit mal die *Bild* schreiben. Dat ist ja verröckter als wie *Tatort*! Un sowat findest du jut? Kokolores tät die Tant sagen, und da hätt se sojar mal rescht.

Pappa, ich fühlte mich bei meiner germanistischen Ehre gepackt, Pappa, das war doch eine ganz andere Zeit, vor zweihundert Jahren hat Schiller das geschrieben. Räuber galten für viele damals auch als Aufständische gegen brutale Herrschaft und Ungerechtigkeit. Als das Stück schon nach einem Jahr zum zweiten Mal gedruckt wurde, stand auf der ersten Seite: ›In Tyrannos‹, gegen die Tyrannen, also gegen die Diktatur. Die Zuschauer damals haben gejubelt wie wir bei den Beatles.

Nä, der Vater blieb fest. Nit mit Jewalt! Da könntet ihr ja

auch von der Baader-Meinhof-Verbrescher an der Uni lernen. Schöne Vorbilder!

Nein, Pappa, sicher nicht. Aber gegen Ungerechtigkeit und Unterdrückung zu kämpfen, das ist auch heute nötig. Natürlich ohne Gewalt, so wie wir das tun in unserer Partei.

Un bei dem Schiller? Wie jeht et denn jetzt weiter bei de Räuber?

Sollte ich ihm wirklich das ganze Hin und Her zumuten, die Verkleidungen, die nicht durchschaut werden, das Belauschen hinter Baumstämmen und Turen und dass der fiese Franz sich schließlich mit seiner eigenen Hutschnur selbst erdrosselt: Wirklich glauben kann man das alles nicht. Aber ich wusste doch vom Autor selbst: ›Darin besteht das eigentliche Kunstgeheimnis des Meisters, dass er den Stoff durch die Form vertilgt.‹ So war das eben bei meinem Schiller, am Ende wärmten mir seine Schönheit und seine innere Wahrhaftigkeit immer wieder das Herz. Und dafür würde ich auch den Vater noch begeistern. Hatte nicht Franz Mehring seiner Schiller-Biographie den Untertitel mitgegeben: ›Ein Lebensbild für deutsche Arbeiter‹?

Erzähl wenijstens, wie et ausjeht, beharrte der Vater. Kommen se früh jenuch zur Vernunft?

Leider nein, seufzte ich. Am Ende sind alle tot. Der Vater kriegt einen Herzschlag, als er von all den Intrigen erfährt, Franz begeht Selbstmord, Amalia, als sie von Karls Räuberleben erfährt, bittet ihn, sie zu erschießen, und das tut der auch.

Ist der verröck?, platzte der Vater dazwischen. Warum hauen die denn nit zusammen ab? So jeht dat doch nit.

Doch, sagte ich, mich meiner unbarmherzigen Geschichten entsinnend, die ich dem Bruder aus Buchsteinen vorgelesen hatte. Glückliche Schlusskapitel waren nur gegen eine Praline oder ein Nappo zu haben gewesen.

Also weiter, drängte der Vater. Un der Karl? Wird der denn am End jeschnapp? Mit seiner Bande?

Am Ende sagt der Karl sich von den Räubern los. Hör zu. Ich griff nach dem zerrissenen Büchlein und blätterte die letzte Seite auf: ›O über mich Narren, der ich wähnete, die Welt durch Greuel zu verschönern und die Gesetze durch Gesetzlosigkeit aufrechtzuhalten! Ich nannte es Rache und Recht. – Ich maßte mich an, o Vorsicht, die Scharten deines Schwertes auszuwetzen und deine Parteilichkeiten gut zu machen – aber o eitle Kinderei! – da steh ich am Rand eines entsetzlichen Lebens und erfahre nun mit Zähneklappern und Heulen, dass zwei Menschen, wie ich, den ganzen Bau der sittlichen Welt zugrunde richten würden … Ich geh, mich selbst in die Hände der Justiz zu überliefern.‹

Der Vater nahm mir das Heftchen aus der Hand. Bissjen kompliziert, wie der dat sacht, abber schön. Bissjen so wie beim Pastor. Er gab mir das Heft zurück.

Karl weiß, brachte ich die Sache zum bestmöglichen Ende, dass tausend Louisdore für seine Ergreifung ausgesetzt sind. Die will er einem armen Tagelöhner mit elf Kindern zukommen lassen. ›Dem Mann kann geholfen werden‹, sagt er, und das Stück ist aus.

Der Vater schwieg.

Siehst du, sagte ich, das Gute im Menschen kann siegen.

Naja, sagte der Vater, dat is nit immer so. Aber hoffen, dat ja.

Wir standen nun auf dem Damm, die Piwipp schwamm ans andere Ufer, auf der Spitze der Kribbe bei der Großvaterweide hielt ein Mann seine Angel ins Wasser, ein Stück weiter ließen Kinder Steine hüpfen.

Der Vater tastete nach meiner Hand in seiner Manteltasche und drückte sie ein bisschen wie ein Dankeschön.

Graugelb und trocken raschelte das Schilf im Wind. Der Vater zog seine Hand zurück und machte eine weitausholende Bewegung. Weißte noch, wie de mir mal die Jeschischte vom Könisch Midas erzählt hast?

Pappa! Das weißt du noch? Das ist so lang her!

O jo, bestätigte der Vater, lang her. Aber isch denk jedesmal an dä Midas mit de Eselsohren, wenn isch hier vorbeikomm. Durft ja keiner wissen. Dat mit de Ohren. Hatte dat Jeheimnis in ein Loch jeflüstert, un da kam dann dat Schilf raus. Und dat quatscht Tach un Nacht nur von de Eselsohren. Verschmitzt sah mich der Vater von der Seite an.

Un dat jlaubst du?, hatte er damals geknurrt. Steht dat in deine Bööscher? Und nach einer Pause: Lernste dat op der Universität? Es dat dann nötisch, dat mer dat weiß?

Nä, hatte ich geantwortet, aber schön. Oder?

Welch ein Geschenk machte mir der Vater an diesem letzten Tag im alten Jahr mit dieser Geschichte. Unserer Geschichte. Dazu kam nun noch ein Geheimnis: unser Schiller-Seminar in Dondorf am Rhein.

Vielleicht, sagte ich und zog seine Hand wieder zu der meinen in die Manteltasche hinein, vielleicht war es gar nicht so verkehrt, dass du das Heftchen zerrissen hast, Pappa. Wir zwei, wir machen es besser. Weißt du, auch dafür sind solche Geschichten da. Auch aus schlimmen Geschichten kann man lernen. Nämlich besser machen.

Jenau. Und dat tuen mir ja auch.

Bei der Kribbe nächst der Großvaterweide beluden wir das Boot mit seiner Fracht: den Fetzen von Schillers *Räubern* und den Splittern meiner Zahnspange, samt Dose. Feierlich ließen wir das Boot zu Wasser, übergaben die alten Reste dem alten Jahr. Hand in Hand mit dem Vater sah ich dem Packpapierschiff hinterher, torkelnd gegen den hohen Wellengang eines Schleppkahns, stromauf aus dem Ruhrgebiet schwer mit Kohle beladen. Niemand, nicht einmal Bertram würde ich von diesem Gang mit dem Vater erzählen. Und Hugo? Wenn er bei mir gewesen wäre? Dann, ging es mir durch den Kopf, stünde ich kaum hier allein mit dem Vater, hätte kaum diesen Fund in der Schublade gemacht. Hugo. Mein Leben entwickelte sich immer deutlicher von unserer gemeinsamen Zeit hinweg. Vorwärts leben. Nichts anderes ist möglich. Auch wenn wir uns noch so sehr an unsere Erinnerungen klammern. Im neuen Jahr würde ich nach Hamburg ziehen. Niemand dort würde Hugo kennen oder je von ihm gehört haben. Kein Mensch, kein Stein, kein Baum würde mich an ihn erinnern.

Abends aßen wir roten Heringssalat, selbstgemacht von der Mutter. Er schmeckte mir nicht, aber ich kam aus dem Lob gar nicht mehr heraus, nahm mir zweimal große Portionen. Geschäftig lief die Mutter hin und her, und ich wusste, sie wartete, dass ich sagte: Bleib doch mal sitzen, Mamma, ich kann das doch selbst. Damit sie sagen konnte: Kind, isch tu dat doch jern. Längst hatte ich begriffen, auch mit Hugos Hilfe, dass all die Handreichungen für mich ihre Form war, Liebe auszudrücken. Zum Weinen traurig machte mich das damals. Ich hatte nur mühsam gelernt, ihre Art von Liebe anzunehmen.

Um Mitternacht prosteten wir uns zu, mit Mumm, womit sonst, und, ja, wir umarmten uns und gingen bald darauf schlafen. Am nächsten Tag würde sich die Dondorfer Verwandtschaft von mir verabschieden, und ich hielt noch eine Überraschung bereit.

Nach dem sonntäglichen Mittagsschlaf drängten sie ins Wohnzimmer: Tante Berta und Onkel Schäng; Hanni, Rudi und der kleine Toni; Maria und Heiner. Sie alle hatten Hugo gern gehabt, und wieder war mir, er säße mitten unter uns.

Maria und Heiner waren rundlich geworden und verströmten ein Behagen, das nicht nur vom guten Essen kam. Der kleine Toni stürzte mir gleich um die Beine, sicher ließ sich seine Hilla Pupilla wieder einen neuen Sprachquatsch für ihn einfallen, und lachend hob Hanni flehend die Hände zum Himmel. Onkel Schäng war alt geworden. Wie der Vater hatte auch er einen Herzinfarkt hinter sich, und seine Rente lief. Tante Berta lärmte, unverwüstlich wie eh und je, und Schwiegersohn Rudi war ihr noch immer ein Dorn im Auge. Ein unverzichtbarer. Keinen pflaumte sie so gern an wie ihn. Und er blieb ihr keine Antwort schuldig, was ihr insgeheim sehr wohl gefiel.

Wie immer standen die guten Sammeltassen auf dem Tisch, der an beiden Enden ausgezogen war, die mit blauen Windmühlen bestickte Decke reichte kaum darüber. Nach Kaffee und Kuchen machten wir es uns bei einem Gläschen Aufgesetztem gemütlich, der Vater hatte diese Kunst der Likörzubereitung von der Großmutter übernommen.

Es klingelte. Die Mutter sprang hoch. Wer kann dat dann sein?

Kenger!, hörten wir ihren Aufschrei von der Tür. Bertram und Jutta kamen herein. Nach ausgiebiger Begrüßung und allseitigen Neujahrswünschen ließen sich die beiden den Rest vom Schokokuchen schmecken. Bertram kniff mir ein Auge, schob die Arme mit angewinkelten Ellbogen vor der Brust ein paarmal zusammen und wieder auseinander wie bei einer gymnastischen Übung zur Kräftigung des Bizeps. Jutta lachte und presste prüfend seinen Oberarm.

Es war soweit. Mein Auftritt hatte sich etwas verzögert, doch nun rückte ich meinen Stuhl vor den Fernseher. Der Vater ging hinaus, kam zurück und ... hängte mir ein Akkordeon um den Hals. *Das* Akkordeon. De Quetschebüggel, den ich – vor wie vielen Jahren? – nach meiner verpatzten

Darbietung in Rüpprich zwischen den Bohnen des Bauerngartens versteckt und den man nicht mehr gefunden hatte. Onkel Männ, ein Bruder des Vaters, hatte mich damals in den Bohnen aufgestöbert und mir zum Trost ein Fünf-Mark-Stück, ein Vermögen, in die Hand gedrückt.

Ja, ich hatte das Akkordeon gehasst. Eine Geige hatte ich mir gewünscht und diese Quetschkommode bekommen. Es war Abneigung auf den ersten Blick beziehungsweise den ersten Ton. Doch mein Lehrer, Organist Honigmüller, wusste mich herumzukriegen. Lehrte mich Melodien spielen, die nichts zu tun hatten mit dem, was Männer auf Holzbänken im Sommer am Madepohl ihrem Quetschebüggel abzwangen. Allein das Wort ›Akkordeon‹ hatte mich schon ein wenig mit dem plumpen Ding und der dürftigen Sammlung von Tasten und Knöpfen versöhnt. Und dann die Melodien! Nach Bach, sagte Honigmüller, nach Buxtehude. Und lange hatte ich gedacht, er meine damit, wohin der Hase lief, immer den Tönen am Bach entlang bis Buxtehude. Doch schnell hatte es zu Hause geheißen: Dat hürt sesch jo an wie bei ner Beerdijung, und man wollte für sunne Katzejammer keine Mark mehr herausrücken, die, aber das erfuhr ich erst später, ohnehin vom Rüppricher Großvater kam. *Lindenwirtin, du junge,* sollte ich lernen, *Mädel, ruckruckruck an meine grüne Seiheite* und *Heidewitzka, Herr Kapitän.* Mit anderen Worten: vom Akkordeon zurück zum Quetschebüggel. *Lindenwirtin, du junge,* zum Geburtstag des Rüppricher Großvaters vor großem Publikum, Bauernverein, Kirchenvorstand, Schützenbrüder. Bürgermeister und Pastor. Ich hatte es verbockt. Die *Lindenwirtin* war auch nach dem sechsten Anlauf in den fauchenden Falten steckengeblieben. Und da hatte ich es einfach getan. Nach Bach hatte ich gespielt, nach Buxtehude. Langsam, langsam, hoch und hehr. Einer nach dem anderen setzten die Männer sich aufrecht, und die Frauen falteten die Hände im Schoß. Die Kinder krochen unter den Bänken hervor und glotzten entgeistert. Auf den Gesichtern der Festversammlung lag eine Ruhe, die nicht allein von der Verdauung kam. Alle hatte es ergriffen. Bis auf eine. Dat es jo wie op ner Beerdijung, platzte die Mutter dazwischen, Heldenjedenktach, dröhnte die Tante aus Stipprich. Bier her, Bier her oder wir falln um, juchhe, stieß sie ihr leeres Glas auf den Tisch, und die Männer johlten mit.

Ich aber war mit dem Akkordeon, das mich gehörig nach unten zog, in das dichte Spalier der Stangenbohnen geschlichen, einen grünen duftenden Bohnenwald. Dort hatte ich es stehenlassen und Tünns Tröte, die *Lindenwirtin*, zum Sieg jubiliert.

Doch für Minuten hatte ich an jenem Nachmittag erlebt, was das Instrument vermochte, ließ man es ein Akkordeon sein. Bei Bach und Buxtehude hatten die Gesichter der Frauen und Männer fast so ausgesehen wie in der Kirche. Diesen Ausdruck gesammelter Andacht hatte ich nie vergessen. Und dann vor gar nicht langer Zeit wiedergefunden.

Marga hatte mich zu einer Geburtstagsfeier mitgenommen. Genossin Erna wurde siebzig. Parteimitglied seit den zwanziger Jahren. Immer wieder inhaftiert, zuletzt im Messelager, in Deutz.

Und da packte nach dem Essen ein sicher gleichaltriger Genosse sein Akkordeon aus. Arbeiterlieder verbanden sich mit Kirchenliedern und kölsche Tön, *Kalinka* und *Die Ballade von den Seeräubern, Der kleine Trompeter* und *Großer Gott, wir loben dich, Brüder, zur Sonne, zur Freiheit* und *Roter Wedding.* ›Bei Palms do es de Pief verstopp‹, blinzelte er mir zu und, ja, *Heidewitzka, Herr Kapitän* und die *Lindenwirtin* waren auch dabei, und wir sangen mit.

Später, die meisten waren schon gegangen, bat ihn Erna, noch einmal zu spielen: nur für mich. Dieter, so der Name des alten Genossen, schien darauf gewartet zu haben. Wir saßen nun in einem kleinen Kreis um ihn herum, Kerzenlicht machte uns alle gleich jung und schön. Ich traute meinen Ohren nicht und erkannte es doch bei den ersten Tönen, nach Bach, nach Buxtehude, nach Praetorius. Quetschebüggel und Akkordeon flossen zusammen, die Wunde der Gegensätze schloss sich.

Rau und rissig fühlte sich die Hand des Genossen Dieter an wie die Borke alter Bäume, als ich sie beim Abschied ein wenig fester drückte und ihn bat, mir das Spielen beizubringen.

Im Haus von Onkel Männ, der mir damals das Fünf-Mark-Stück in die Hand gedrückt hatte, war nach dessen Selbstmord das verhasste Ding wieder aufgetaucht, und der Vater hatte es mitgenommen. Wie ne Schatz war dat verpackt, hatte der Vater gesagt und gefragt, ob ich dat Ding nach Köln mitnehmen wollte. Natürlich hatte ich damals abgelehnt und war dann froh, es nach so vielen Jahren auf dem Dondorfer Speicher wiederzufinden.

Wenige Übungsstunden bei Dieter genügten.

Zwar geschah es an diesem Neujahrstag sozusagen vor der falschen Verwandtschaft, der Verwandtschaft mütterlicherseits, doch ich holte das missglückte Ständchen zum Geburtstag des falschen Großvaters in Rüpprich nun in Dondorf nach.

Lindenwirtin, du junge spielte ich und *Großer Gott, wir loben dich. Mein Herz, das ist ein Bienenhaus* spielte ich, und der Vater richtete sich auf und sah mich mit schwimmenden Augen an. Nach Bach spielte ich, und da saß auch Rudi, sein Söhnchen, auf dem Schoß, still wie die anderen, vom Akkordeon gefangen.

Und dann spielte ich *Guter Mond, du gehst so stille* und nickte Bertram zu, ›durch die Abendwolken hin‹, fiel der mit seinem jungen Bass ein, und da hielt es die Mutter nicht länger, ›bist so ruhig und ich fühle, dass ich ohne Ruhe bin. Traurig folgen meine Blicke‹, kamen Maria und Hanni dazu, Onkel Schäng räusperte sich, ›deiner stillen heitren Bahn‹, nun war auch er mit der Tante dabei, und die letzten Zeilen, ›oh wie hart ist mein Geschicke, dass ich dir nicht folgen kann‹, brummten auch der Vater und Rudi mit, und der kleine Toni krählte dazwischen.

Kenk, Kenk, Hilla, die Mutter, Tränen in den Augen, wusste sich kaum zu fassen. Umarmte mich vor aller Augen. Es war ihr liebstes Lied, hatte sie mir verraten, als sie mir von ihrem Fritz erzählt hatte. Ich war froh, dass sie wieder stolz auf mich sein konnte.

Bertram reckte heimlich die Daumen nach oben. Jutta sah mich traurig an: Und du willst wirklich weg hier?

An diesem Abend in Dondorf in meinem Bett, das jetzt im Zimmer der Großmutter stand, gingen mir die Augen über, kamen mir seltsame Tränen. Still und wohltuend, beinah wie eine Liebkosung, flossen sie leicht und warm die Wangen, den Hals hinab, bahnten sich ihren Weg hinter die Ohren, wo es ein wenig kitzelte. Ich fühlte mich eins im Verlangen zu bleiben und fortzugehen, Abschied und Aufbruch, wo war der Gegensatz, die Tränen wischten ihn fort. Was ich brauchte, nahm ich mit wie in einem Gedicht, geformt, gedrängt, das Wesentliche in Schönheit. Alle Gegensätze in Wahrheit versöhnt.

Am nächsten Morgen ließ ich mir Zeit. Und musste dann doch den Kuchen von der Mutter im Koffer verstauen, den neuen Schlafanzug, die Wäschegarnitur, die Reste vom Weihnachtsteller. Nein, sagte ich auf die Frage der Mutter, das Akkordeon würde ich nicht nach Hamburg mitnehmen. Aber ich versprach ihr, bei jedem Besuch den *Guten Mond* zu spielen.

Der Vater brachte mich zum Bus, die Mutter stand am Tor und winkte uns nach.

Isch hab noch wat für disch, der Vater zog ein Reclam-Heft aus der Manteltasche. Kannste dir ja denken, wat es ist.

Wo haste das denn her?, staunte ich.

Dat hat der Bertram mitjebracht. Isch kann doch nit nom Königs Karl jehen. Wenn isch da sowat kaufen will, schick der misch nach Jalkes. Isch hab mir doch noch nie en Buch jekauft.

Pappa! Und dann tat ich, was noch ungeheuerlicher war, als mein verschwiegener Kuss am Rhein: Ich küsste den Vater vor aller Augen an der Bushaltestelle, küsste ihn noch einmal mitten auf den Mund. Den kleinen Josef küsste ich, neugeboren in den Armen seiner Mutter, die ich kaum kennengelernt hatte. Nur als todkranke Frau, die flehend nach draußen verlangte, wenn ich ausharren musste an ihrem übelriechenden schweißnassen Bett. Ich küsste sie zusammen mit dem kleinen Josef zurück in eine junge Frau, ließ den Vater ihr Erstgeborenes sein, mein kleiner lieber Vater, mein Neugeborener. Auch dafür würde ich kämpfen, in Hamburg und überall: dass einer wie mein Vater sich überall auf der Welt, auch in der Krischerstraße in Dondorf, ein Reclam-Heft kaufen konnte, ohne als Sonderling zu gelten. Weil es ihm zustand.

Bertram drängte, und ich gab schließlich nach: Wir besuchten Hugos Grab.

Das bist du ihm schuldig, bevor du dich davonmachst. Mich davonmachen. Ich wusste, dass der Bruder Wörter wie dieses wählte, um seine Trauer zu bemänteln. Davonmachen war noch nobel. Abhauen, in' Sack hauen, türmen, die Fliege machen. Und jetzt an Hugos Grab. Zum ersten Mal.

Friedhof Melaten, sagte ich.

Weiß ich doch, sagte Bertram, nehmen wir die Drei und dann den Bus.

›Transi Non Sine Votis Mox Noster‹ – ›Geh nicht vorbei ohne Gebete, Du, bald der Unsere‹, empfing uns die steinerne Inschrift am Haupteingang. Mir sank der Mut. Ich griff nach Bertrams Hand, wie Hugo damals nach der meinen gegriffen hatte.

Ich glaube, wir sollten nach dem Grab fragen, sagte ich. Ich war nur ein Mal hier. Damals, mit Hugo.

Mit Hugo?, wiederholte Bertram verblüfft. Wie das?

Das war, bevor wir das erste Mal zu seinen Eltern gefahren sind. Ich stell dich meinen Erziehern vor, hat er gesagt. Aber ganz wen anderes damit gemeint. Nur dieses eine Mal war ich hier.

Ja, du, entgegnete Bertram knapp.

Anscheinend kannte er sich aus in dieser verwirrenden Totenlandschaft, unbeirrt ging es durch das von Platanen gesäumte Wegenetz, vorbei an gestutzten Rosenbüschen, Wacholder, Birken und Ahorn, die kahl und durftig, vom Winter gebeutelt auf den Frühling hofften. Es roch nach frisch aufgegrabener Erde. Wie damals. Doch da war das Sommerlicht durchs Geäst gestürzt, Amseln schmetterten, Eichhörnchen huschten übern Kies, soviel Trost und Hoffnung auf Leben war das gewesen. ›Ave In Beatius Aevum Seposta Seges‹ – ›Gegrüßt seist du, auf eine glückliche

Zukunft angelegte Saat‹, auch das hatte überm Eingangstor gestanden. Und stand da noch immer. Und würde noch da stehen, wenn auch Bertram und ich zu dieser Saat zählten.

Ich war schon ein paarmal hier, sagte Bertram. Was glaubst du denn. Der Hugo und ich, wir waren doch so. Bertram machte zwei Fäuste und rieb sie aneinander. Weißt du doch. Scheiße, schrie er plötzlich, Scheiße, Scheiße, Scheiße!

Empört ließ eine Frau ihre Gießkanne fallen und schrie etwas von Totenruhe, Krähen flatterten krächzend von einem zerfledderten Kranz auseinander, ich hätte am liebsten mitgeschrien.

Ganz wie das der Kilgensteins in Dondorf, sagte Bertram, als wir beim Breidenbach'schen Familiengrab Halt machten.

Genau, sagte ich, das habe ich damals auch gedacht.

Neben der weitausladenden Trauerweide, zwischen Efeu und Wacholder, Grablichtern und Marmor stand noch immer der steinerne Mann mit Hirtenstab, der per Girlande versicherte: ›Ich bin die Auferstehung und das Leben‹. 1768 war der älteste der hier Bestatteten geboren. Ein frischer Hügel wölbte sich, ein Holzkreuz: Adalbert Waldemar Breidenbach. Darauf einen Dujardin. Damit hatte er jede Situation gemeistert. Er war mir von der Kölner Sippe der Liebste gewesen.

Unter den Namen der Toten auf den Grabsteinen suchte ich nur nach dem einen. Alle waren sie mit Titeln, Orden und anderen, meist kirchlichen Auszeichnungen in den Himmel aufgefahren, sogar die Frauen hatten Teil an den oft märchenhaft klingenden Dekorationen, für sie gab es den Bene-Merenti-Orden. Petrus sollte gleich wissen, mit wem er's zu tun bekam, da oben an der Himmelstür.

Besonders um einen Namen war mir's zu tun: um Hugo Karl Anton Breidenbach, dem Großvater, vor zwanzig Jahren gestorben; auch er ein Ritter vom Ordine Piano, dem Piusorden. Ihn hatte Hugo mit seinem Erzieher gemeint. Ihn hatte er geliebt. Über seinem Stein hatten wir damals beider Lieblingsblumen, die Kornblumen, in die Vase gestellt.

Da, ich wies Bertram auf den Namen, da liegt der Oppa vom Hugo. Ein feiner Mann. Wenn der nicht gewesen wäre … Dann wär der Hugo sicher nicht der, der er ist, und … Ich brach ab, erschrocken, dass ich gesprochen hatte, als warte er zu Hause auf uns bei einem Kölsch oder Kaffee.

Bertram drückte meine Hand. Hier, er wies auf eine Steintafel nächst der Eibenwand, fast von ihr verborgen, da ist sein Grab.

›Cand. phil. Hugo Breidenbach‹, las ich. Soviel akademischer Schmuck musste sein.

Aber hier, der Bruder führte meine Hand zuerst an seine, dann an meine Brust: Da drin bleibt der lebendig. Solange wir leben. Solang lebt auch der Hugo. Und der Oppa. Und all unsere lieben Toten.

Glaubst du, wir finden die noch?, wechselte ich das Thema und beugte mich über den Grabstein von Hugos Großvater.

Was suchst du denn da? Bertram hockte sich neben mich.

Steine, sagte ich, drei Buchsteine, die haben Hugo und ich hier vergraben.

Auf unserem ersten Spaziergang an den Dondorfer Rhein hatte ich Hugo bei der Großvaterweide das Geheimnis der Buch- und Wutsteine anvertraut, und prompt hatte der Freund aus den Uferkieseln einen besonders üppig geäderten Stein geklaubt und entziffert.

Ein dicker Roman, möchte ich meinen, sagte er. Warte mal: *Das verborgene Wort*, entzifferte er. Und hier, eine Widmung aus dem 4. bis 5. Jahrhundert nach Christus, Eintragung auf einer Wachstafel mit Schulübungen aus Mesopotamien.

Und was steht da?

Moment, ich sprech nicht so fließend Mesopotamisch. Also: ›Mit Schreiben und Lesen fängt eigentlich das Leben an.‹

Das gefällt mir. Lass sehen. Stimmt, sagte ich. Gar nicht so schwer, ist ja auch deutlich geschrieben. Und wie geht es weiter?

›Lommer jonn, sagte der Großvater, lasst uns gehen, griff in die Luft und rieb sie zwischen den Fingern. War sie schon dick genug zum Säen, dünn genug zum Ernten? Lommer jonn. Ich nahm mir das Weidenkörbchen untern Arm und rief den Bruder aus dem Sandkasten. Es ging an den Rhein, ans Wasser.‹

Hugo brach ab und beäugte den Stein von allen Seiten. Ganz schöner Wälzer, sagte er, aber spannend. Erzählt die Geschichte von einem kleinen Mädchen, Arbeiterkind, ich glaube aus Dondorf, wenn ich recht sehe, eine richtige Leseratte, die nichts anderes im Kopf hat, als …

Und hier, buddelte ich einen stattlichen Kiesel aus dem Sand; warm von der Hitze vieler Sonnentage, rund geschliffen von Millionen Jahren, lag er glatt, beinah weich, in meiner Hand: Hier hast du die Fortsetzung. *Aufbruch*, wieder mit einem Motto: ›Genk âne wek den smalen stek.‹ Das ist doch Meister Eckhart, 14. Jahrhundert. Ziemlich gebildet, die Steine hier.

Da, Hugo nahm mir den Stein aus der Hand und legte den nächsten hinein. Der dritte. Passt sehr gut zu den beiden anderen.

Hat er schon einen Titel? Ein Motto?

Spiel der Zeit, steht hier. Hm. Meint wohl auch uns beide. Also, ich helf dir gern beim Weiterschreiben.

Hugo legte die drei Steine in seine zur Schale geformten Hände nebeneinander. Sieh mal: Ohne den dritten sind die beiden anderen Steine und jeder für sich auch sehr schön, aber irgendwie nicht komplett. Nur komisch, dass die jedesmal gleich anfangen.

Schon mal was von Leitmotiv gehört?, scherzte ich, und Hugo versicherte mir, Karten für Bayreuth bestellt zu haben. Es könne Jahre dauern, bis wir dran sind. Aber, hatte er uns getröstet: Wir haben ja Zeit im Spiel der Zeit.

Hinterm Grabmal für Hugo Karl Anton hatten wir die Steine eingegraben, natürlich in der richtigen Reihenfolge.

Während ich so meinen Erinnerungen nachhing, machte sich Bertram hinter dem Grabmal des Großvaters zu schaffen. Und wurde fündig.

Ja, bestätigte ich. Das sind sie, die drei Buchsteine. Und siehst du, der dritte ist ziemlich klein. Wir waren damals ungefähr in der Mitte vom *Spiel der Zeit*. Hier, ich zog einen roten Quarz aus der Tasche, das ist die Endfassung. Mehr als eine Million Jahre war der unterwegs.

Auch wieder mit einem Motto?, wollte Bertram wissen.

Solltest du kennen, rügte ich. Du hast das *Spiel der Zeit* doch hoffentlich gelesen! Kommst auch drin vor. ›Those where the days my friend/We thought they'd never end‹, seufzte ich. ›Wir irrten oft, wir hofften viel …‹

›Wir wagten lieber, als wir uns besannen‹, ergänzte Bertram.

Gewonnen!

Und jetzt? Geht es noch weiter?, drängte er.

Naja, sagte ich gedehnt, Hugo meinte damals, das Ensemble sei noch nicht komplett, so drückte er sich aus. Das Trio brauche noch einen Abgesang. Ach, wenn der gewusst hätte, wie's weitergeht. Dann wäre er doch lieber bis in alle Ewigkeit mein Verlobter geblieben. Weißt du, was der Hugo immer gesagt hat? ›Dass der Mensch auf dem Weg zum Engel ist.‹ Halb im Scherz, halb im Ernst. Hatte er bei Teilhard de

Chardin gelesen. Und dass wir dabei helfen können, das hat er auch immer gesagt.

Ach, Schwesterlein, knuffte mich der Bruder. Überleg dir, was Hugo jetzt sagen würde.

Irgendsowas schlaubergerisch Lateinisches, lächelte ich und lauschte, als hörte ich von irgendwoher eine, seine Stimme: Expectamur.

Wir werden erwartet.

Tief sog ich den bitteren Duft der Eiben ein.

Und dann hörte ich sie noch einmal, Hugos Stimme: Incipe! Fang an. Perge! Mach weiter!

Arbeiten, Studium, die Welt verbessern – das sollte meine Art sein, für Hugo zu beten.

Ob der Großvater da oben jetzt lacht?, hatte ich ihn damals gefragt und ihm eine Kornblume ins Knopfloch gesteckt. Ich schob die immergrünen Eibenzweige zurück und legte auf sein cand. phil. eine rote Rose und eine rote Nelke. Unter den Sonnenfunken flammte aus der goldenen Schrift des Steins sein Name. Dahinter steckte ich dem Liebsten das rote Quarzstück zu – unser *Spiel der Zeit* war vollendet – und klopfte eine kleine tiefpurpurne Amethystdruse bei den drei anderen Buchsteinen fest: *Wir werden erwartet.*

Hand in Hand mit dem Bruder verließ ich das Breidenbach'sche Familiengrab. Wir gingen hinaus, vorbei an Engeln aus bemaltem Gips, vorbei an Wacholdern, die kleine Hütten bildeten, vorbei an Kreuzen aus Marmor und Granit, der in der Sonne blitzte. Eine Wanderung zum Ausgang. Wo ich Abschied nahm von dem jungen Mädchen, von stud. phil. Hilla Palm, und sie zurückließ, beinah ohne Schmerz.

Der Kampf

›Leben die Bücher bald?‹
FRIEDRICH HÖLDERLIN, AN DIE DEUTSCHEN

Noch nie war ich an Dondorf, genauer Großenfeld, vorbeigefahren. Nicht ausgestiegen in Düsseldorf. Dann Duisburg, Essen, Bochum, Dortmund. Die Abstände wuchsen. Münster. Osnabrück. Bremen. Hamburg. Tatsächlich hatte ich mir die Stationen eingeprägt wie für eine Prüfung, um gleichsam jedesmal bereit zu sein. Wofür? Das war mir selbst nicht klar. Doch empfand ich bei jedem Halt einen kleinen Triumph, wenn die Stationen so aufeinanderfolgten, wie mein Kopf es vorausbefahl. Und natürlich hatte ich mich mit der Geduld gewappnet, die eine weite Zugfahrt einem abverlangt und mich mit Lesestoff versehen, Willi Bredels *Unter Türmen und Masten* und einem *Kölner Stadt-Anzeiger*, doch Wörter und Sätze schafften es kaum in einen Zusammenhang. Viel lieber sah ich zum Fenster hinaus.

Meine Augen folgten dem Gelände draußen, wie sie es von einem Abteilfenster aus tun, in vielen kleinen Sprüngen. Kein ›Verweile doch‹, unerbittlich fortgetragen in Zeit und Raum, dazu Schicksale, angedeutet von ein paar winkenden Armen auf Bahnhöfen, flatternder Wäsche, Kinderschaukeln in kleinen Gärten hinter kleinen Häusern, alle um Einzigartigkeit bemüht und doch so gleich in diesem Streben nach Besonderheiten, die verkündeten: Hier wohne ich und kein anderer.

Krähenschwärme stoben auf, wenn der Zug vorbeifuhr, wo zogen sie hin? ›Schwirren Flugs zur Stadt‹? Kamen sie jemals irgendwo an?

Ich hatte den besten Platz, Fenster in Fahrtrichtung, mir gegenüber eine Frau in einem Pepitakostüm, das nach Mottenlavendel roch, über der Brust nicht mehr zuging und wohl eigens für die Reise aus dem Schrank geholt worden war.

Doch ich zeigte wenig Lust auf Plaudereien über Wetter und Weltgeschehen und erst recht nicht auf Offenbarungen in Sachen Familie, und so gab sie bald vor zu schlafen und schlug noch einen Mantelzipfel vors Gesicht.

Eine lange Zugfahrt, dachte ich, schon das Wissen darum bringt Beruhigung mit sich, so ganz anders, als mal eben von Köln nach Düsseldorf zu fahren, von einer Station zur nächsten. Sechs Stunden Zugfahrt, das befiehlt Entspannung, die sich Muskeln und Gemüt mitteilt, als ließe man sich auf ein umfangreiches Buch ein, viele Kapitel auf einer langen Strecke statt einer abgeschlossenen Geschichte nach der anderen, wo es jedesmal heißt: Aussteigen. Endstation.

Eine lange Reise, ein langes Buch, Landschaften, Schicksale, Ereignisse, die an mir vorbeiziehen, nein, fiel ich mir selbst ins Wort, jederzeit aussteigen kann ich aus dem Buch, die Wörterreise abbrechen, unterbrechen, verharren, mein eigenes Kapitel dazuschreiben. Überblättern. Aber die Ruhe, die Gewissheit auf ein langes Beisammensein und die Vorfreude darauf, das haben beide Reisen gemeinsam.

Es tat gut, die Welt da draußen vorbeigleiten zu lassen, in der Ecke eines Abteils zu sitzen und zu wissen, dass alles sich ordnet. Ein neuer Anfang, dachte ich, nein, schlechtes Deutsch. Jeder Anfang ist neu. Also schlicht einen Anfang machte ich. Aber hatte ich nicht irgendwo einmal gelesen, es gebe keinen Anfang, stets sei ein Vorher da, kein Anfang ohne Aufbruch, Anfang – Aufbruch, Anfang-Aufbruch, vorbei-voran, vorbei-voran stießen die Räder in die Schienen, sangen die Schienenstöße, sie sangen es vorwärts-rückwärts, voran-zurück, es siegte die vorwärtseilende Melodie.

Ich kannte den Fahrplan. Den Fahrplan des D-Zugs von Köln nach Hamburg nach Maßgabe der Deutschen Bundesbahn. Den Fahrplan der Weltgeschichte nach Maßgabe von Marx und Engels. Mit diesen Fahrplänen im Kopf hatte ich jederzeit für jedermann die Auskunft parat über Herkunft, Ankunft, Zukunft, über Haltestellen, Umleitungen und Endstationen.

Ich, Hilla Palm, würde mich in dieses Hamburg als einen großen roten Stern einzeichnen, wie ein Forscher seinen neuentdeckten Ort auf einer Landkarte.

Jott im Himmel!, fuhr die Frau vor mir plötzlich hinter ihrem Mantelzipfel hervor. Jott im Himmel! Sind mir schon dursch Münster dursch? Schlaftrunken riss sie die Augen auf, beugte sich vor und legte mir eine Hand aufs Knie.

Nein, nein, beruhigte ich sie. Sie lächelte unsicher und setzte sich aufrecht. Es tat mir leid, sie zuvor so kurz abgefertigt zu haben, und ich lächelte zurück, gerade erst hätten wir Dortmund verlassen.

Bis Münster genoss ich nun ihr Spritzgebäck, das sie extra für die Enkelkinder nach Weihnachten noch einmal frisch gebacken hatte, erfuhr, dass die Schwiegertochter nun mit dem dritten Kind ihre Arbeit auf dem Büro – ach, du vertrauter Heimatklang – habe aufgeben müssen, sehr, sehr ungern. Aber sie, die Frau zupfte an ihrer Schluppenbluse, wohne nun mal in Bonn und habe da noch drei Jahre bis zur Rente, bei Edeka an der Kasse, ihr Mann schon seit Jahren tot, und umziehen und für drei kleine Kinder sorgen, nä, dafür sei sie zu alt.

Bevor sie ausstieg, gelang es mir noch, diesem weiblichen Mitglied der arbeitenden Bevölkerung ein paar Sätze aus dem Thesenpapier der Partei zum Kampf um die Gleichberechtigung der Frau mit auf den Weg ins katholische Münsterland zu geben, sozusagen im Austausch für das Spritzgebäck, wobei ich Wörter wie Kampf, gar Klassenkampf, Großkapital und Ausbeutungsprozess selbstverständlich wie etwas Unanständiges mied. Schon meine Andeutung, Männer könnten doch eventuell, eventuell!, betonte ich, mal beim Abwasch helfen – Die haben ne Automat, wies mich mein Gegenüber zurecht –, mal einkaufen gehen oder auf die Kinder aufpassen, erzeugte bei der rüstigen Bonnerin klare Ablehnung: Da hat die doch keine ruhige Minute, wenn der da rumfuhrwerkt.

Ich winkte ihr hinterher. Diese Tapferkeit der kleinen Leute, dachte ich. Wie groß sie waren. Die sich nie hatten entfalten können und doch so tüchtig, so brav geblieben waren. Zu brav? Das zu beurteilen stand mir gewiss nicht zu. Um zu kämpfen, hatten sie wohl zu viel eingesteckt. Waren zu niedergedrückt und ruhig gehalten worden. Auch von den Stellvertretern Gottes auf Erden. Repräsentanten wie dem Ohm, Bruder der Großmutter: Wenn die Frauen in Männerkleidern gehen, ist das Ende der Welt nahe. Ich vergrub meine Hände in den Hosentaschen und warf einen Blick nach oben. Demütig glauben. An den Gott der kleinen Leute. Die Frau sei dem Manne untertan. Von den vierundvierzig Parteithesen stand der Kampf um die Gleichberechtigung an zweiunddreißigster Stelle. ›Der gesellschaftliche Fortschritt lässt sich exakt messen an der Stellung des schönen Geschlechts‹, sagt Marx.

Zwischen Münster und Osnabrück versuchte ich noch einmal, mich in Bredels Buch zu vertiefen. Wie glücklich konnten wir sein, dass es heutzutage um wenig anderes als gleichen Lohn für gleiche Arbeit, gegen Miet- und Preiswucher, für mehr Kindergärten, Bildungschancen und dergleichen ging. Und den Weltfrieden, klar.

Auf die St.-Michaelis-Kirche, den Michel, musst du achten, hatte Marga gesagt, der ist für die Hamburger, was für die Kölner der Dom. Evangelisch, klar, barock, da waren die Hamburger schon seit über hundert Jahren Lutheraner. Einen kleinen Michel gibt es auch, der war mal die Vorgängerkirche des großen Michel und ist seit der Franzosenzeit katholisch.

Und sonst, wie steht es sonst mit den Papisten in der Freien und Hansestadt, hatte ich ironisch weitergeforscht. Auf den Nägeln brannte mir die Lage der Katholiken hier in der Diaspora gewiss nicht, aber immerhin. Bescheid wissen wollte ich doch. Katja fiel mir ein, deren strenggläubige Mutter sie eigens zum Studium aus Hamburg ins katholische Köln geschickt hatte. Sie war bei den radikalen Maoisten gelandet, und wir hatten uns bei unserem letzten zufälligen Zusammentreffen nichts mehr zu sagen gehabt. Moskauhörig – das war für sie schlimmer als Establishment.

Hamburger Katholiken? Marga hatte die Achseln gezuckt. Spielen keine Rolle. Kein Vergleich mit unserem hillije Kölle. Wirst du noch früh genug merken. Nicht nur, was die Religion angeht. Was nichts einbringt, Marga rieb Daumen, Zeige- und Mittelfinger beider Hände zusammen, hat es in dieser Kaufmannsstadt schwer. Das gilt genauso für die Kunst. Und wehe, das trifft beides zusammen. Kunst und Kirche. Margas Stimme verdüsterte sich. Was sie dann erzählte, hatte ich kaum glauben können: 1804 hatte der Hamburger Rat beschlossen, den 1329 feierlich geweihten Mariendom abzureißen.

Ist nicht wahr!, entfuhr es mir.

Marga nickte resigniert. Eines der größten und bedeutendsten Baudenkmäler Norddeutschlands. Weg.

Warum das denn?, entsetzte ich mich. So ein Bauwerk ist

doch ein Wert in sich. Das rechnet sich doch. Müsste doch sogar den, wie sagst du immer, Pfeffersäcken, einleuchten.

Tat es aber nicht, fuhr Marga fort. Denen war das Ding zu teuer. War ja nicht mal eben so ein Kirchlein, sondern eine fünfschiffige Basilika mit einigen Nebengebäuden. Ziemlich verkommen das Ganze, teilweise baufällig. Die Domherren, die Besitzer, hatten alles vor die Hunde gehen lassen. Trotzdem, der Abriss war ein Verbrechen. Sogar die Fundamente hat man ausgegraben, auch Gedenksteine und Grabplatten, um billiges Baumaterial zu haben. Freie und Abrissstadt Hamburg hat der Kunsthistoriker Alfred Lichtwark einst die Hansestadt genannt. Der Domabriss war ja nicht die einzige Untat. Was nichts einbringt, ist nichts wert. Marga brach empört ab. Du wirst ihn noch erleben, den hanseatischen Kaufmannsgeist. Hat aber auch, wie wir wissen, seine zwei Seiten. Doch wie sagt ihr noch zu Hause? Marga hatte mir einen aufmunternden Rippenstoß gegeben.

Mer kann och alles övverdriewe, hatte ich entgegnet und ihr mit ihrem Apfelschnaps zugeprostet.

Marga erwartete mich am Dammtorbahnhof. Der nächste Halt nach Hauptbahnhof. Da steigst du aus, wo vor Jahren auch der Schah ausgestiegen ist. Vor der Fahrt nach Berlin. Benno Ohnesorg, weißt du ja. Und pass auf, wenn du über die Brücken fährst. Ich sag nur: Basis und Überbau. Wirst schon sehen. Marga hatte gelacht.

Wer mit dem Zug nach Hamburg fährt, schaut am besten schon hinter Harburg links aus dem Fenster. Spätestens auf den Elbbrücken. Dann fällt der Blick, fiel auch der meine auf ein schier endloses Gewirr von Ladekais, Lagerhäusern, Kränen, riesig, wie ich sie nie gesehen hatte, Schiffe in allen Größen und Formen, für die ich keine Namen wusste.

Zeugen elementarer Arbeit. Die Basis. Lebensgrundlage der Menschen dieser Stadt, Grundlage ihres Reichtums seit Jahrhunderten. Der Hamburger Hafen.

Hinterm Hauptbahnhof dann die Lombardsbrücke. Nun umrundeten meine Augen die Alster, die Binnenalster in ihrem Kranz prächtiger Bauten, gekrönt von Türmen, mir alle noch fremd. Ein wahrhaft großbürgerliches Entrée. Der Überbau. Marga hatte recht. Der Hafen und die Arbeit an der Elbe; und an der Alster die Zeugen dieser Arbeit. Hand- und Kopfarbeit. Das gehörte zusammen. Und die Synthese? Respekt auf den ersten Blick. Liebe auf den zweiten? Hamburg war eine Stadt, der nichts geschenkt wurde und die daraus keinen Hehl macht.

Doch so wie Köln nicht allein die Stadt der Breidenbachs war, würde ich in dieser Stadt *mein* Hamburg entdecken. Einfach sein würde es nicht. Aber dat Kenk vun nem Prolete würde schon nicht über die hanseatischen s-pitzen S-teine s-tolpern. Schließlich war ich hier nicht auf Urlaub. Sondern für die große Sache aller. Und die kleine, meine. Der Fahrplan für das große Ganze war klar. Den kleinen musste ich mir selber schreiben. Und dabei würde ich den Anschluss an den großen schon nicht verlieren.

Der Zug fuhr über die Brücken, und ich spürte eine merkwürdige Kraft in mir, als sei etwas jetzt und für immer vorbei. War es wirklich Kraft? Oder fühlte ich doch eher Angst? Angst vor der neuen Stadt, den neuen Menschen ... Alles war neu. Neue Erfahrungen würden zu neuen Erinnerungen führen, Erinnerungen, die ich mit keinem meiner alten Menschen teilen würde. Weder mit den Toten noch mit den Lebenden. Würde ich Hugo vergessen können? Den Vater, die Mutter, Bertram, Jutta, den Dondorfer Rhein: niemals. Sie würden mich zurückbitten, mich erwarten, Georgskirche und Marienkapelle, das Haus in der Altstraße, der

Schinderturm, die Großvaterweide. Rufen würden sie mich, bis ich ihnen folgen konnte. Den Bogen schließen. Nein. Kein Kreis, eine Spirale nach oben sollte meine Rückkehr sein, schwor ich mir. Nichts ist vorbei, fiel ich mir gleichsam ins Wort, solange wir nicht selbst vergangen sind. Das Kind vom Niederrhein bei den großen reichen Leuten an der Elbe zu Besuch. Zu Besuch. Der Gedanke gefiel mir. Nichts war für immer. Promotion in Hamburg und ab nach Kölle. Oder nach Malsehn. So offen die Welt.

Ich konnte es kaum fassen: In diesem stattlichen Haus sollte ich wohnen. In dieser Straße mit viergeschossigen Mietshäusern aus der Jahrhundertwende auf der einen Seite, roten Klinkerbauten aus den dreißiger Jahren auf der anderen, dazwischen ein Grünstreifen mit Bäumen, Büschen und Bänken.

Unsere Wohnung lag im ersten Stock, mein Zimmer mit einem winzigen Balkon ging zur Straße, der Blick auf eine alte Kastanie und ein italienisches Restaurant, Tre Castagne. Marga hatte ihr Büro, wie sie es nannte, auf der gegenüberliegenden Seite zum Hof hin. Im hinteren Teil der Sechs-Zimmer-Wohnung, ganz ähnlich der von Lilo in der Vorgebirgstraße, wohnte ein Pärchen: Anke und Rainer, Sohn eines bekannten Hamburger Widerstandskämpfers, beide studierten Pädagogik.

Das größte Zimmer, beinah ein Salon, nur durch eine Flügeltür getrennt von meinem, sicher einstmals das Esszimmer, war, wie das meine, überreich mit Stuck versehen.

Basis und Überbau, spottete ich, und wies von den blauen Bänden und roten Broschüren in den schlichten Holzregalen auf den altväterlichen Deckenschmuck, die sich ironisch zu kommentieren schienen.

Wer hier das Sagen hat, wirst du schon noch merken,

lächelte Marga, die sich in diesen Räumen gleich wie die Hausherrin ausnahm. Hier treffen sich auch unsere Gruppen. Marga legte den Arm um mich. Wie schön, dass du jetzt dazugehörst. So richtig, meine ich. Dein Zimmer – gefällt es dir?

Wortlos schloss ich Marga in die Arme. Mir war zum Heulen. Freudentränen: Es gab sie wirklich.

Tja, Marga sah auf mein Häuflein Gepäck, das sich recht dürftig ausnahm in dem herrschaftlichen Raum, da müssen wir wohl was tun.

Das Zimmer war groß und weiß, hoch und leer. Bis auf zwei übereinandergestapelte Matratzen.

Da muss Rainer her. Marga verschwand, ihre Stiefel klapperten übers Parkett, zuversichtliche Wirbel der Gewissheit: Hier bist du richtig.

Rainer war ein großer blonder Hamburger Jong, der sein Herz nicht auf der Zunge trug. Aber eines hatte. Und zwar ein ziemlich hamburgisches. Dem geringsten Anzeichen von Sentimentalität abhold, besaß er einen nahezu barmherzigen Sinn fürs Praktische. In meinem Fall: für den Hamburger Sperrmüll.

Dacht ich mir schon, schüttelte er mir die Hand und sah mich mit diesem Ärzteblick an, als wolle er mir gleich eine Diagnose stellen. Woran es mir fehlte, war allerdings unschwer zu erraten. Rainer wusste Abhilfe; ein Blick in den Kalender der Stadtreinigung genügte.

Noch am selben Abend zogen wir los. Rainer, Anke, Marga und ich, dazu Jens und Jan, zwei kräftige Spartakisten, die aussahen, als könnten sie durchaus nicht nur jeden ideologischen Kampf gewinnen. Sie brachten einen kleinen dreirädrigen Laster mit.

Sperrmüll in den besten Straßen. Was durchaus nicht gleichbedeutend war mit bester Wohngegend. Die lagen, wie mir berichtet wurde, in Harvestehude, rund um die Außenalster, Leinpfad, Schöne Aussicht, Bellevue. Und dann ist da noch die Elbchaussee. Aber bis da jemand ein Möbelstück vor die Tür stellte ... Eher wanderte es zum Altrücher, wie es in Dondorf hieß, dem Altmöbelhändler, dorthin, wo man Geld rausholen konnte. Doch wenn in Eppendorf, Eimsbüttel, Uhlenhorst, Winterhude Söhne und Töchter ihr Erbe antraten, zögerten sie nicht, sich unliebsamer Erinnerungsstücke zu entledigen. Gutbürgerliche Haushalte gaben her, was wir suchten. Und fanden. Beinah wie in einem Kaufhaus. Und alles für lau, wie man in Hamburg sagt, wenn et nix kost. Von wegen: Wat nix kost, is nix. Ich war überwältigt. Dachte ein ums andere Mal an den Vater, an Bertram, wenn die jetzt hier wären!

Aber wir mussten uns ranhalten. Profis wussten, wann es wo was zu holen gab. Doch Rainer, Jens und Jan hatten Routine. Luden zunächst einmal alles auf, was nur annähernd in Frage kam und fuhren es vor unser Haus. Dort hielten Marga, Anke und ich an dem stetig wachsenden Möbelhaufen Wache. Unbedingt wollte ich das Vertiko haben. Genau so eines hatte es in meiner Kindheit gegeben, seine beiden Schubladen, auch von Mutter und Großmutter nur mit einem Fußbänkchen erreichbar, standen für das Geheimnisvolle schlechthin. Nur, dass sich dort die winzigen Dochte verbargen, die jeden Samstag zur Sterbestunde Jesu auf dem Öl des roten Glasschälchens unterm Großvaterkreuz schwammen und dort auf den Griff der Großmutter warteten, wussten wir. Einzig das Unzugängliche der Schubladen regte Entdeckerlust und Phantasie an.

Meine Einrichtung kam schnell zusammen. Marga und Anke mussten mich zurückhalten, meine vier Wände nicht im Handumdrehen in ein Möbellager zu verschandeln. Schließlich gestatteten sie mir neben dem Vertiko ein stabiles

Messingbett, auf dem ich die beiden Matratzen unterbringen konnte, zwei mit Intarsien ausgelegte Kommoden und einen Trumeauspiegel, dem unten eine Ecke fehlte. Zwischen drei Kleiderschränken vermochte ich mich kaum zu entscheiden. Wir schleppten zwei ins Haus, bei unserer Rückkehr war der dritte weg. Zwei gewaltige Ledersessel und ein Bürostuhl schafften es die Treppe hinauf, dazu ein mit lindgrünem Cord bezogenes Schlafsofa und ein achteckiger Beistelltisch, zum Verwechseln ähnlich dem der Frau Bürgermeister, bei der die Großmutter Dienstmädchen gewesen war. Aus winzigen Schubladen, wie denen dieses Tischleins, hatte es hin und wieder zur Belohnung ein Heiligenbildchen gegeben, wenn ich ein Gedicht von Schiller, Uhland oder Liliencron besonders schön aufgesagt hatte.

Gekrönt wurde der Fischzug, wie die Hamburger Genossen unser Unternehmen nannten, vom Schreibtisch. Meiner zukünftigen Residenz. Ich hatte keine Wahl. Nur ein einziges Exemplar war auf der Straße gelandet, versicherten die Spürnasen. Gottesurteil, befand ich, ein Wort, das Jens und Jan mit einem Grinsen kommentierten. Ich blieb dabei. Dieser Tisch war ein Geschenk des Himmels. Hinter diesem Katheder konnte ich thronen. Mich verschanzen. Mich verstecken. Könnte ich auch Freundschaft schließen mit diesem Möbel, das schon auf den ersten Blick Chefsache! schrie?

Wir würden schon klarkommen, wir beiden.

Aufgestellt wurde mein erster eigener Schreibtisch in meinem ersten Hamburger Zimmer neben der Tür zur Diele mit Blick auf die Kastanie. Nicht direkt vors Fenster, nein, endlich einmal konnte ich einen Tisch dort hinstellen, wo es mir gefiel, ich wollte sitzen mit der Wand im Rücken, Schutz und Halt im Rücken. Wand, Stuhl, Tisch – das war die Reihenfolge, die mir behagte. Vor die Flügeltür rückten wir die beiden Schränke, die Matratzen hoben wir aufs Messingbett, das Anke und ich zuvor mit einer Alkoholtinktur gründlich gesäubert hatten, rechts und links davon brachten wir die Konsolen unter. Sessel, Sofa und Beistelltisch fanden in der Ecke neben der Flügeltür Platz. Wie berauscht war ich, nein, ohne wie, restlos berauscht war ich: Das alles war mein! Alles mein. Besitzerstolz. Stolz? Stolz auf ein paar zusammengeklaubte Möbel? Was war denn in mich gefahren? Doch nicht etwa die Lust am Eigentum? Eigentum, das mir Genossen zugeschanzt hatten, abgelegter Kram wie in Kinderzeiten die Kleider von der Oberpostdirektion. Die ich gehasst hatte. Nie wieder abgelegtes Zeug, hatte ich mir bei meiner ersten Lohntüte als Lehrling auf der Pappenfabrik geschworen. Und jetzt das!

Tee ist fertig, rief uns Marga aus meinem neuen Reich in die Küche. Erst mal aufwärmen.

Kälte und Dunkelheit hatte ich in meinem Jagdfieber kaum wahrgenommen. Die Genossen saßen um den runden Tisch bei Brot, Wurst, Käse und Tee mit einem tüchtigen Schuss Rum. Zufrieden ließ man die Beute noch einmal Revue passieren. Obwohl, da war man sich einig, bei wärmerem Wetter, besonders wenn der große Frühjahrsputz über die Hausfrauen kam, die Auswahl noch größer wurde.

Ich sagte nicht viel. Redete mich auf Müdigkeit und einen langen Tag hinaus. Insgeheim aber saß ich schon hellwach in meinem neuen Zimmer. Taufen würde ich die camera sine nomine, das Zimmer ohne Namen. Rosa? Nach der Frau, die Faschisten im Berliner Landwehrkanal ermordet hatten? Johanna? Nach der von Orléans? Oder doch eher Angela so wie Angela Davis, die schwarze Bürgerrechtlerin, der in den USA die Todesstrafe drohte? Ach, was würde ich nicht alles taufen und in wie vielerlei Namen, siehe, ich mache alles neu.

Der Rum stieg mir schnell zu Kopf, und ich sagte Gute Nacht. Gute Nacht, gute Nacht, sagte ich und legte so viel Dankbarkeit, wie ich nur konnte, in meine Stimme, und ein wenig bedauerte ich, dass ich nicht so etwas hinzufügen konnte wie Addio oder Vergelt's Gott.

Ich schlief nicht tief in dieser Nacht. Mit der Axt in der Hand stand die Mutter im Raum, bereit, das Vertiko zu zertrümmern. Nach dem Tod der Großmutter hatte sie dieses Möbel gleich nach der Beerdigung in den Garten geschleppt, zerhackt und verbrannt. Jetzt im Traum nahm ich ihr das Beil aus der Hand und legte es in die oberste Schublade meines Eigentums zu den Geheimnissen. Die Mutter verschwand.

Doch woher kam dieses scharrende Geräusch? Aus meinem Schreibtischstuhl hinter meinem Schreibtisch erhob sich Dr. Viehkötter, Vorgesetzter des Lehrlings Hilla Palm auf der Pappenfabrik. Die Tischbastion aus dunklem, beinah schwarzem Eichenholz, die gedrechselten Türen, die Ledereinlage: Dr. Viehkötters Stuhl und Tisch hatten wir hierhergeschleppt! Er kam, sich zu rächen, sich seines Eigentums zu bemächtigen. Niemals. Überlebensgroß setzte mein Hilla-Lehrling die Pranke aufs Prokuristenhaupt, worauf der Mannsgestalt mit leisem Zischen die Luft ausging und die Erscheinung im Sitzpolster verpuffte.

Ich schreckte hoch. Mein erster Gedanke: Raus mit diesen Gegenständen, die Erinnerungen wachriefen, die mich bis in den Schlaf verfolgten. Ich schob die Bottdecke zurück, machte Licht und setzte mich auf meinen Stuhl vor meinen Schreibtisch. Fühlte das kalte Leder durch die Schlafanzughose, frisch gebügelt und gewaschen von der Mutter. Ich würde nicht weichen. Der Tisch war mir zu hoch. Ich würde mir eine Fußbank besorgen. Ich zog die rechte Tür auf, ich zog die linke Tür auf, tastete nach den Fächern darin.

Wieder und wieder strich ich über das braune Holz der Platte, Zigaretten- und Tintenspuren, Arbeitsmale. Das grüne Leder der Einlage würde ich ersetzen, das Holz überstreichen. Weiß. Enteignen und aneignen würde ich mir diesen Gegenstand wie die anderen auch. Tisch und Stuhl zu den meinen machen. Mein und neu. Ich öffnete den Koffer, nahm den Großvaterstein heraus, den Stein, den er mir zum ersten Schultag geschenkt hatte. Darauf mit goldener Schrift mein Name: ›Hildegard Elisabeth Maria Palm‹. Ich legte den Stein zu dem Blatt, das mir Kreuzkamp vor meiner ersten Fahrt nach Riesdorf zum Aufbaugymnasium zugesteckt hatte, mit einem Zitat aus der Johannes-Offenbarung: ›Dem Sieger will ich das verborgene Brot geben. Auch einen weißen Stein will ich ihm geben. Darauf geschrieben seinen Namen, den niemand kennt als der, der ihn erhält.‹

Die Gesellschaft verändern, sinnierte ich in dieser Nacht an meinem neugeborenen Schreibtisch. Was heißt das denn? Die Gesellschaft verändern heißt, den Menschen verändern. Und das fängt an bei mir. Und was verändert den Menschen? Neue Erfahrungen. Die würde ich machen. Ich würde Viehkötters Stuhl und Breidenbachs Schreibtisch erobern. Für mich. Für meine Klasse. Sieger sein.

Am nächsten Morgen machte ich mich früh auf den Weg, einfach so, wie ich mich damals in Köln auf den Weg gemacht hatte, vor wie vielen Jahren?, einfach so, heraus aus dem Hildegard-Kolleg im Mauritiussteinweg, so ging ich jetzt die Eppendorfer Landstraße hinunter, die Häuser entlang, die meine Schätze gespendet hatten, meinen wonnigen Hausrat. Schlug den Kragen hoch und war doch nicht wütend auf den Winter, vielmehr war mir, als wiche die Kälte vor mir zurück, selbst die Krähen krächzten mir durch den Nebel Willkommen zu, keine Spur von Unglücksraben.

Waren das wirklich Mietshäuser? Miets*villen* waren das, reichlich Stuck und Halbsäulen, die Beletage oft in Läden oder Gaststätten umgebaut. Allein das Geld für den aufwendigen Schmuck mancher Außenfassaden, hatte Rainer gesagt, reichte für den Bau eines Bungalows im Umland der Stadt.

Anders als damals in Köln hatte ich heute ein Ziel. In der Cafeteria vom Philosophenturm der Universität nahm ich einen Kaffee und ein Brötchen dazu, das hier Runds-tück hieß, und ging das Papier für Griebel noch einmal durch. Jede erdenkliche Mühe hatte ich mir gegeben, das Exposé, das Henke so schnöde abgelehnt hatte, mit wissenschaftlichen Termini aufzuplustern.

Richtig stolz war ich auf Sätze wie: ›In Ländern mit einem vergleichbaren Stand der Produktivkräfte und einer vergleichbaren Gesellschaftsordnung wie Frankreich, Italien Schweden, den USA machen sich ähnliche Tendenzen bemerkbar, zeichnet sich im gesamten Literaturbetrieb eine Polarisierung und Differenzierung der politisch-literarischen Gattungen ab.‹ Oder: ›Politisch-inhaltliche Fragestellungen werden damit in die Textanalyse einbezogen, ohne dabei einem mechanischen Kurzschluss von Literatur und Politik das Wort zu reden, ohne darum Probleme der ästhetischen Realisation bei der Eroberung neuer literarischer Gegenstände zu vernachlässigen, ohne dabei die emanzipatorische Funktion von Literatur, die diesen unmittelbaren Wirklichkeitsbezug nicht aufweist, generell in Frage zu stellen.‹ Uff!

In zwei Teile hatte ich das Opus magnum gegliedert. Eins: ›Vom Protest zum Agitprop‹. Zwei: ›Von der Literatur der Arbeitswelt zur Literatur der Arbeiterklasse‹. Natürlich jedes Kapitel in ordentliche Unterkapitel geteilt. Allein meine Gliederung umfasste sechs Schreibmaschinenseiten. Begriffe wie Produktivkräfte, Klassenbewusstsein, Klassenerfahrung, Ausbeutung und Entfremdung hatte ich darin gleichsam als Köder ausgelegt, um Griebels ideologische Belastbarkeit zu testen, indes jeden traditionalistischen Bissen mit Sahnehäubchen der *Kritischen Theorie* dekoriert, auf dass einen jeden strammen Marx ein duftiger Adorno neutralisiere. Geradezu gemästet hatte ich mich in den Wochen zuvor mit beider Kultur- und Sprachtheorie, sogar Viktor Schklowskis *Lenin als Dekanonisator* entwirrt und Stalins *Überlegungen zur Sprache* bestaunt, fast so wie vor Jahren die Gedichte des mörderischen Poeten Mao Tse-tung. Ich hatte die Bücher verschlungen, ohne sie zu verdauen, viel mehr als Floskeln und einprägsame Wendungen waren nicht kleben geblieben, sei's drum, Hauptsache, Griebel nahm meine intellektuelle Angeberei für bare Münze. Hatte ich erst sein Vertrauen, würde ich ihn nicht enttäuschen. Mit konkreter Arbeit am Text kannte ich mich aus, und für philologische Kärrnerarbeit war ich mir nie zu schade.

Mit zweiundfünfzig Metern war der Philosophenturm das höchste Gebäude auf dem Campus und der Stolz der namenlosen, sozusagen ungetauften Alma Mater. Erst vor gut sechzig Jahren hatte sich Hamburg ein Germanistisches Institut zugelegt, gar nicht zu vergleichen mit der ehrwürdigen Tradition Kölns oder Heidelbergs. Egal. Alles kam allein auf Griebel an.

Etwas Unkonventionelles, gleichwohl Bestimmtes, Richtungsweisendes ging von Griebel aus, Dramaturg oder

Regisseur hätte er sein können, wie er sich jetzt in Cordhosen und dickem Strickpulli lässig aus seinem orthopädisch-ergonomischen Bürostuhl hochschraubte, die kinnlangen, dunklen, ein wenig öligen Haare hinters Ohr geklemmt, eine schwarzrandige Brille im breiten knochigen Gesicht. Der Professor begrüßte mich freundlich, fast kollegial, und ich dachte, wenn der mich jetzt bloß nicht duzt, korrigierte mich aber sofort, egal, auch gut.

Nichts dergleichen geschah. Griebel behandelte mich mit zuvorkommender Höflichkeit, wobei er mir meine offensichtliche Befangenheit zu nehmen versuchte. Er merkte schnell, dass sich hinter meinem hochtönenden Vokabular ein durchaus reelles Textverständnis und solides Handwerkszeug verbarg, und so kreiste das Gespräch bald um Brecht und Heine und was die beiden trennte und verband. Und was verband und trennte uns? Den linksliberalen Professor und die frischgebackene Kommunistin? Vor allem wohl der gute Wille. Am besten, mutmaßte ich später, hatte Griebel der Beruf meines Vaters gefallen. Ein echtes Arbeitermädchen mit einem solchen Thema als Doktorandin anzunehmen: Das hätte beide, Bertolt und Heinrich, entzückt. Mit Griebels Unterstützung wurde auch mein Promotionsdarlehen bewilligt.

Marga hatte nicht nur bei Griebel für mich vorgesorgt. Ein paar Tage später trudelten sie bei uns ein, einer nach dem anderen wie zu einem konspirativen Treffen: die Genossen Doktoranden der philosophischen Fakultät. Zu fachlichem Austausch und ideologischer Stabilisierung. Dienstagabends zweimal im Monat. Parteiauftrag. Mit einem Hauch von Rührung öffnete ich den Ankömmlingen die Tür, ein Gefühl, das weniger den Personen galt, vielmehr dem Verein, der Organisation, dieser fürsorglichen Partei, die sich so umsichtig, so gezielt sogar noch des Alltags derer annahm, die sich ihr anvertraut hatten, und einmal mehr war ich mir meines rechten Orts in der Wirklichkeit gewiss. Ich fühlte mich umsorgt. Versorgt. Vorgesorgt war für mich. Einen Teil meiner Verantwortung für mein Leben hatte ich in der Bobstraße abgegeben. Selbst die richtigen Freunde hielt man für mich bereit.

Franz Düsberg stand als Erster in der Tür. Mittelgroß mit fuchsrotem Kraushaar, das ihm wie eine Afro-Perücke auf dem Kopf saß; es juckte mir jedesmal in den Fingern, sie zu lupfen. Sein schmales blasses Gesicht wurde von einem schütteren Kinnbart noch verlängert, wie denn die ganze Gestalt in die Höhe zu streben schien. Er grüßte mit angewinkelter Arbeiterfaust: Druschba!, und lief über von seinen Eindrücken einer Reise zu den Genossen in Leningrad. Die hatten ihm auch diese Jacke aus einem undefinierbaren Material geschenkt, das zottige Fell eines rätselhaften Tiers verströmte einen strengen Geruch. Franz schien das nicht zu stören, oder er hielt es für einen Beweis seiner Treue zur SU, so nannte er die Sowjetunion. Jedenfalls zog er die Jacke den ganzen Abend nicht aus, auch nicht in den folgenden Wochen, erst bei steigenden Temperaturen siegte das Wohlgefühl über das Bekenntnis zu den fernen Genossen.

Franz arbeitete an der Geschichte des Bitterfelder Wegs, dieser Bewegung schreibender Werktätiger in der DDR, die mir schon im Kölner Werkkreis Literatur der Arbeitswelt begegnet war. Bald schon würde ich ihn um seine häufigen Reisen in die DDR und seine Begegnungen mit den dortigen Schriftstellern beneiden. Franz war getrieben von der Sucht, mit Behauptungen anderen voraus zu sein, und diese Behauptungen wie eine Festung zu sichern mit Formulierungen wie: Es kann keinem Zweifel unterliegen ... Es ist bekannt ... Es steht außer Frage ... Von solchermaßen gestützten Aussagen, die den Angesprochenen durch Bewunderung wehrlos machen sollten, erhoffte er sich wohl Anerkennung und Zuneigung. Meist erreichte er damit das Gegenteil. Vor allem bei Wilfried Palmer. Sein Thema: *Die subversiven Tendenzen im Werk John Donnes*.

Ein größerer Gegensatz zu Franz' Redeweise war kaum vorstellbar. Wilfried war ein Meister des Konjunktivs. So beiläufig wie gezielt durchsetzte er seine Rede mit Wendungen des Vorbehalts, die ihm jederzeit Rückzugsmöglichkeiten und Kehrtwendungen offen hielten. Floskeln wie: Mir will scheinen ... Ich habe sagen hören ..., sowie ein auffälliger Gebrauch des Wörtchens man, ermöglichten ihm, seine Aussagen ganz unauffällig ändern oder aufgeben zu können, wenn sich ihre Unhaltbarkeit herausstellte.

Nicht selten wurde er von Michel, Michel Schulze, unserem dritten Mann, damit gekonnt parodiert, meist so freundschaftlich verhalten, dass es der Verulkte nicht einmal merkte. Michel machte seinem Taufnamen alle Ehre und seinen Nachnamen, dieses Allerwelts-Schulze, vergessen. Michel war schön. Schlank und hochgewachsen, ein männlich offenes Gesicht, die hellen Haare in losem Wellenfall, Wilfrieds ganzer Neid, der sein dunkles dünnes Haar ebenfalls bis zu den Schultern quälte. Nicht nur Michels Vorliebe für weiße Hemden, die ihm den gehörigen Spott der Genossen eintrug, machte ihn für jeden Maler zum Modell seines Namenspatrons.

Michel schrieb seine Arbeit über *Die Funktion des Lyrischen Ich im Gedicht des 20. Jahrhunderts am Beispiel Brecht und Benn*. Recht voran kam er nicht, konnte er sich doch weder für den bürgerlich dekadenten noch den sozialistisch progressiven Dichter entscheiden, schwankte vielmehr unablässig zwischen beiden und verteilte Zuneigung oder Verachtung je nach Tagesform.

Fest stand: Der Genosse Germanist liebte Gedichte. Trug viele nicht nur im Herzen, sondern auch im Kopf und auf der Zunge. Über Gedichte konnte er in Fahrt geraten, wie Wilfried über den HSV, Fußball überhaupt. Michel liebte beides, Fußball und Gedichte. Zum Einstand, sozusagen als Gastgeschenk, überraschte er mich mit einer bemerkenswerten Paarung.

August Graf von Platen, begann Michel und intonierte getragen pathetisch die ersten Zeilen:

> Es sehnt sich ewig dieser Geist ins Weite,
> Und möchte fürder, immer fürder streben:
> Nie könnt ich lang an einer Scholle kleben,
> Und hätt ein Eden ich an jeder Seite.

Und ging dann gleich zum Wesentlichen über:

> Es sehnt sich ewig jeder Ball ins Weite
> und möchte vorwärts immer vorwärts streben
> von Fuß zu Fuß nicht an der Scholle kleben
> nicht an die Hand und nicht hinaus zur Seite
>
> sich schlagen lassen; vielmehr schnell und leicht
> vom Mittelfeld mit spanngenauen Flanken
> mit Fallrückziehern und gefälschten Pässen zur
> Steilvorlage in den Strafraum ranken. Dort reicht
>
> dem Balle sich entgegen nun der Fuß
> der ihn verwandelt in die reine Lust. Der Ball
> erbebt, stößt vor, zerreißt die Luft. Und Schuss!
>
> so von Linksaußen auf den rechten Fleck.
> Es sehnt sich ewig jeder Ball ins Tor
> aus tiefem weitem Raum ins unhaltbare Eck.

Während Wilfried und ich den Umdichter feierten, lehnte Franz jeden spontanen Umgang mit Gedichten als prinzipiell pervers ab, und auch Frauke zog die Stirn kraus. Fußball war etwas für Proleten.

Aber du bist doch in der Partei von und für Proleten, suchten wir ihr klarzumachen, worauf sie giftig erwiderte, sie sei in einer Arbeiterpartei und Arbeiter seien keine Proleten, was mich an die Großmutter erinnerte, wenn die den Vater zurechtgewiesen hatte: Mir sin kattolisch un ken Prolete!

Frauke war eine prinzipielle Person. Sprach sie, nahm sie einen Anlauf, als stampfe sie mit dem Fuß auf. Sie kam aus einer Beamtenfamilie, der Vater irgendetwas Höheres auf dem Finanzamt, die Mutter Lehrerin. Meine Herkunft irritierte sie. Ich hatte meine Klasse verlassen, fast verraten. Wieso war ich nicht bei der Gewerkschaft eingestiegen? Erst das Thema meiner Doktorarbeit versöhnte sie. Frauke promovierte nicht. Sie stand vor dem ersten Staatsexamen, schrieb ihre Arbeit über *Die Rolle der Frau in der Literatur der DDR* und nahm freiwillig an unseren Sitzungen teil.

Heute, bei unserem ersten Treffen, saßen wir anfangs an einem Ende des langen ovalen Tisches in der Versammlung, wie wir das Wohnzimmer nannten, und tranken Tee. Später lagerten wir auf dem Fußboden bei den Regalen mit den blauen Bänden, ein Wechsel, den Marga stirnrunzelnd zur Kenntnis nahm, standen doch ihrer Meinung nach Körper- und Geisteshaltung in direkter Beziehung. Vielleicht gar nicht so falsch. Sicher hatte die ungezwungene Lagerung Einfluss auf unsere Gespräche, unser Denken und Formulieren, das nur wenig zu tun hatte mit der Rhetorik parteiinterner Gruppenabende oder gar öffentlicher Veranstaltungen. Dazu tranken wir Holsten oder Astra aus der Flasche und rauchten. Franz und Wilfried konnten angeblich ohne zu qualmen nicht denken.

Nach Hugos Tod hatte auch ich zu rauchen begonnen. Hemmungslos. Das gab ich in Hamburg auf. Von heut auf morgen. In unserer Wohnung rauchte keiner, und so störte mich bald die von mir selbst vermiefte Luft. Alle Achtung, honorierte selbst der wortkarge Rainer meinen Verzicht, was mir über manche Versuchung hinweghalf. Diesen aufrichtigen Kumpel zu enttäuschen, brachte ich nicht übers Herz.

Also stellte ich den beiden Qualmern – sie mussten immer ein Stück von uns entfernt sitzen, näher am roten Lenin als an den blauen Marx-Engels-Bänden – einen Aschenbecher zwischen die Knie, mit einer, wie ich hoffte, erkennbar verächtlichen Geste.

Michel teilte meine Abneigung. Auch er war erst seit kurzem vom paffenden Saulus zum sauberen Paulus mutiert. Und nicht nur diese Abneigung verband uns. Stärker noch waren Gemeinsamkeiten, die mich immer öfter an Hugo denken ließen, nicht in traurigem Verlangen nach ihm, vielmehr in vorsichtiger Sehnsucht, etwas Ähnliches könnte noch einmal wirklich werden. Sogar von Hugo sprechen konnte ich mit Michel. Nicht in diesem Ton, mit dem man Vergangenes als ein Kapitel erzählt, in dem nichts mehr nachzutragen ist. Das Leben war weitergegangen, wie es eben weitergeht. Und doch, das spürte ich, wenn ich von Hugo sprach, war da etwas geblieben, was nicht aufging, was nicht korrigierbar war, aber auch nicht zu tilgen. Vielleicht weil ich nie hatte Abschied nehmen können von ihm.

Michel wohnte gleich um die Ecke in der Erikastraße, unterm Dach, fast so wie Bertram und ich in Köln. Mit ihm eroberte ich die Stadt, genauer, meinen Stadtteil. Ming Veedel.

Vom Eppendorfer Markt zum Klosterstern ging es in den ersten Märztagen und von dort vorbei an der Nikolaikirche durch die Abtei- zur Heilwigstraße, übers Kopfsteinpflaster hinunter zum Bootssteg der Außenalster am Ende der Sackgasse.

Gertrud Kolmar, sagte Michel, genau hier hat sie gestanden vor gut vierzig Jahren und ihr großartiges Gedicht *Die Stadt* geschrieben.

Gertrud Kolmar? Nie gehört, musste ich gestehen, und Michel hielt mir einen seiner anschaulichen Vorträge, ganz so, wie ich sie von Hugo geliebt hatte.

Und dort, er wandte sich um und wies auf ein hohes schmales Haus, dort wird einmal eine andere Dichterin wohnen, und der Garten ihres Hauses wird an den von Gertrud Kolmar grenzen. Vielleicht schreibt sie dann darüber ein Gedicht und sorgt für eine Gedenktafel für die Kollegin.

Das tat ich. Zwanzig Jahre später.

Für Gertrud Kolmar

Kinder geliebt und erzogen zur Welt gebracht
keines. Abgetrieben. Die Mutter hat es gewollt.
Etwas wie Kinderweinen ist seither in deinen Gedichten
und deine Fruchtbarkeit ungebraucht durch die Jahre
                       geschleppt
in kunstreichen Genitiven überbordenden Bildern
                       Metaphern
gegen die Trauer immer die Andere nie die Eine zu sein.

Was blieb dir übrig? Du hülltest dich in Sonnenunter-
                       gänge
trugst Grün und Gold in blühendem Geschmeide
Garten im Sommer wo die Zeit sich festzusetzen schien

hast du gelebt *umtönt von Bienenchören*
mit dem *großen plündernden Buntspech*t
mit Reiher Eichhorn Ottern Hummeln dem Specht der Kröte:
Ich bin die Kröte und trage den Edelstein ...
Weltversunken im Schneckenhorn. Von draußen kaum vernehmbar
das Sausen des Fallbeils. Für kurze Zeit

hast du in meiner Nachbarschaft gewohnt. Zu Aal und Sprotten
hätt ich dich geladen zu braunem Brot mit Korinthen gefüllt oder
mit Salz und Kümmel bestreut wie du es gern aßest.
Hier gingst du durch *die Stadt* zum letzten Mal vielleicht
mit einem *Hand in Hand.*
Drunten am Uferwege sitzt noch immer
einer und malt *die blattlos hängende Weide* und der Bootssteg
ist noch immer glitschig und algengrün.
Drei Schwäne über den Wellen ich breche wie du das Brot
werfe es *weit in die Flut.* Auch er ließ dich los.
Zu finster dein Haar zu düster dein Auge. Dein Stern zu nah.
Ein Flicken.

Als es keinen mehr gab der dich liebte lerntest du
dein *Volk im Plunderkleid* zu lieben.
Als es keinen mehr gab, der dich hörte schriest du
der Nacht ins Ohr dein Gedicht
Kalamattasprache Jerusalemitisch.

Seit 2014 gibt es dort eine Gedenktafel für Gertrud Kolmar.

In diesem Haus lebte
Gertrud Kolmar
geb. Gertrud Käthe Chodziesner
von Nov. 1926 bis Mitte 1927 als Erzieherin

Die Dichterin Gertrud Kolmar (Kolmar: der deutsche Name des väterlichen Geburtsorts Chodziesen) wurde am 10. Dezember 1894 in Berlin als ältestes von drei Kindern in eine gutbürgerliche Familie geboren. Ab 1919 war sie als Erzieherin tätig, bis sie 1928 den elterlichen Haushalt übernahm. Erste Gedichte erscheinen 1917. Nach dem Novemberpogrom werden ihre Bücher eingestampft. 1941 wird sie in eine Munitionsfabrik zwangsverpflichtet.
›eine letzte (1934) – und schönste – Reise ging nach Hamburg, Lübeck, Travemünde ...‹, schreibt sie 1943 an die Schwester. Kurz darauf wird sie nach Auschwitz deportiert und dort ermordet.
Die Gedichte *An der Alster* und *Die Stadt* zeugen von der tiefen Verbundenheit der Dichterin mit Hamburg. Der poetische Weg entlang der Alster von der Heilwigstraße zum Jungfernstieg hat sich bis heute auch in der Wirklichkeit kaum verändert.

›... Als sie die lange steinerne Brücke betraten,
Riss Sonne den Nebel von sich wie ein Gewand,
Und die Stadt stieg auf, schräg hinter dem breiten
Becken des Flusses ...‹

Schön hier, musste ich zugeben. Und das Haus gefällt mir. Tja, wer da einziehen könnte.
In der Tat verschlug der Platz beim Uferbogen dieser

Straße mit ihrem Kopfsteinpflaster aus dem vorigen Jahrhundert, den alten Linden aus Jahrhunderten davor und den noch älteren Eichen im angrenzenden Park den Spaziergänger in eine andere Zeit. Eine Zeit, da hier noch ein Kloster stand. Nach Heilwig, der Äbtissin, war diese Straße benannt, auch angrenzende Straßen trugen Namen, die an die klösterliche Vergangenheit dieses Geländes erinnerten. In eine andere Zeit und eine andere Stimmung. Besser: Gemütsverfassung. Eine altmodische Heiterkeit, ein geradezu nichtsnutziger Eichendorff'scher Frohsinn, würdig eines Taugenichts, ergriff mich, wie wir so dastanden bei der Trauerweide, Großvaterweide, dachte ich, Weide am Rheine, wie bist du so kleine, und ich griff in die kahlen Zweige und wedelte sie Michel ins Gesicht.

Das Haus gefällt mir, bekräftigte ich.

Michel wischte die Zweige beiseite. Das Haus gefällt dir?, spottete er, höre ich da einen Sykophanten der Bourgeoisie?

Na, hör mal, gab ich zurück, wieso denn nicht? Werden wir doch alles übernehmen, enteignen und so. ›Die Müßiggänger schiebt beiseite, dieses Haus wird unser sein.‹ So ähnlich, heißt es doch, oder? Ich hab doch nichts gegen schöne Häuser, schöne Gärten, schöne Möbel und und und, genauso wenig wie gegen schöne Bücher, Bilder, Musik. Auch die will ich für die kleinen Leute flottmachen. Einmal mit meinem Vater in die Oper! Das wär's! Ich stupste Michel einen Weidenzweig in den Rücken.

He, protestierte der, wir haben einen prominenten Zuschauer.

Hier ist doch kein Mensch, ließ ich die Zweige weiter kreisen. Ein paar Enten machten sich quakend davon.

Michel ergriff meine Hand, da drüben, sagte er.

Seh nix.

Komm! Michel zog mich mit sich fort, baute sich bei den

uralten Eichen neben einem zerfurchten Steinbrocken auf
und rezitierte:

> Beförderer vieler Lustbarkeiten,
> Du angenehmer Alsterfluss!
> Du mehrest Hamburgs Seltenheiten
> Und ihren fröhlichen Genuss.
> Dir schallen zur Ehre,
> Du spielende Fluth!
> Die singenden Chöre,
> Der jauchzende Muth.

Aha, lachte ich, von Brecht ist das aber nicht. Und Benn? Könnte sein, wenn jetzt noch das metaphysische dicke Ende kommt.

Lies doch mal. Michel wischte das dürre Eichenlaub von der Tafel, die locker in dem mürben Steinklotz hing.

Muss dringend repariert werden, sagte ich, da müsste mein Onkel her, Onkel Schäng, der ist Maurer. Friedrich von Hagedorn, entzifferte ich die verwitternde Schrift. Hat wohl hier gelebt?

> Der Elbe Schifffahrt macht uns reicher;
> Die Alster lehrt gesellig sein!
> Durch jene füllen sich die Speicher;
> Auf dieser schmeckt der fremde Wein.
> In treibenden Nachen
> Schifft Eintracht und Lust,
> Und Freiheit und Lachen
> Erleichtern die Brust
> ...

Deklamierte Michel statt einer Antwort.

Ein Radfahrer sprang ab, hörte zu, fuhr kopfschüttelnd weiter, eine dick vermummte Frau blieb stehen, rief: Komm zu Mutti, woraufhin sich ein fetter Dackel hinter dem Gedenkstein hervorschleppte.

Der hat es erfasst, der Hagedorn, kommentierte ich die Strophen. Basis und Überbau, Arbeit und Vergnügen. Oder auch Vergnügen und Verantwortung. Ist doch eigentlich überall dasselbe, beides gehört zusammen. Sogar beim Lesen von Gedichten.

Über die Frage, was beim Umgang mit Gedichten zuerst da sein beziehungsweise vorherrschen müsse, war bei unserem letzten Doktorandentreffen eine hitzige Diskussion entbrannt. Frauke und Franz forderten wie gewohnt mit schulmeisterlicher Strenge die Mühen der Arbeit, während Michel, Wilfried und ich erklärten, Freude am Gedicht müsse die Basis sein, wie bei jeder Beschäftigung, egal womit.

Freude?, fauchte Franz. Womöglich auch noch Trost und Freiheit und Glück! Sag mir lieber, wie Gedichten, vollgestopft mit dieser heruntergekommenen Metaphysik, methodisch beizukommen ist! So werden doch Gedichte auch nur als bewusstlose Geschichtsschreibung der Gesellschaft begriffen! Und überhaupt die Germanistik: Was tut sie denn? Sie kompensiert die Ohnmacht des orientierungslosen gebildeten Bürgertums durch die Hypostase eines autonomen Geistbezirks. Bevor wir uns mit Gedichten befassen, muss die Germanistik sich zunächst einmal von der herrschenden Rationalität kapitalistischer Verwertung emanzipieren.

Haha, höhnte ich, erklär das mal der Arbeiterklasse. Ich dachte an die Mutter und wie sie über Verse von Ringelnatz oder Kästner kicherte, ein Gedicht von Eichendorff oder Novalis oder eine Ballade der Klassiker ihr verschämte Tränen entlocken konnte. Anfangs hatte ich sie zu dieser Lektüre, meist in der Zeitschrift des Frauenvereins *Frau und Mutter*, überlisten müssen – Jedischte? Nix für unsereins! –, doch jetzt schnitt sie sogar aus, was ihr gefiel, und legte es in eine Keksbüchse.

Franz aber hatte keine Ruhe gegeben, bis ich ihn ungewohnt scharf angefaucht und unsere Gruppe sich schnell und verstimmt aufgelöst hatte.

Mit Michel wusste ich mich einig. Natürlich hat jedes Gedicht seine eigene Magie, wie sonst könnte es uns in seinen Bann ziehen – längst *bevor* wir unser germanistisches Besteck zücken. Oder es getrost steckenlassen.

Das taten wir auch heute. Vom Bootssteg aus ging es weiter über die Krugkoppelbrücke zum größeren Teil der Außenalster, und Michel freute sich an meiner Freude über diese gelungene Verschmelzung von Natur und Wohnkultur. So also konnte man sein Geld anlegen, das man am Hafen verdienen ließ, opulente Villen in geschmackvollen Gärten am Wasser, im Sommer ein maritimer Dreiklang von Blau, Weiß und Grün, eine unaufdringliche, geradezu demokratische Eleganz, nicht zu vergleichen mit dem exklusiven Prunk der Elbchaussee oder Orten wie Falkenstein oder Blankenese, die ich später kennenlernen würde, auf Ausflügen, bei denen wir uns die schönsten Häuser zwecks späterer Übernahme lustvoll vormerkten.

Für Boote war es noch zu früh an diesem Vorfrühlingsnachmittag und für ein Fest auf der Alster, das mir Michel in geradezu poetischen Bildern schilderte, schon zu spät. Du wirst es erleben, schwärmte er, wenn die Alster zufriert und vom Senat freigegeben wird, verwandelt sich nicht nur das Wasser, es verzaubert auch die Hamburger selbst.

Das erlebte ich gut zehn Jahre später und schrieb:

Fest auf der Alster

All das Eis wir schwelgen
im Winter unter der Sonne
Laufen auf Kufen im Kreis
und gradaus mit und gegen
und durch Licht und Wind.
Alte Ehepaare ziehn sich
noch enger zusammen
Vater und Mutter kreisen
in hohem Bogen ums Kind.
Wippende Mädchen im heiratsfähigen Alter
lächeln aus der Hüfte heraus gutaus
staffierte Lilien in kühnen Kurven
kreuzen ihre Herzensmänner das Feld.
Sogar silbrige Herren und Damen geraten
ins Schleudern der Hut fliegt vom Kopf
der Hund rutscht hinterdrein
wittert Glühwein auf Eis.
Übermütig lächeln wir alle verschworene
Kinder die vom selben Süßen genascht
Werfen Lächeln wie Bälle uns zu
durch die lächelnde Luft. Lächeln
als gäbe es nichts zu bestehn
als den nächsten Schritt als geschähe
nur was wir im voraus schon sehn
bis an den Horizont von
Brücken Kirchen und Banken.
Lächelnd vergibt ein jeder von uns
seinem Nächsten und sich
diesen Nachmittag lang
all das Eis
unter der Sonne.

An diesem Märznachmittag war das Eis schon verschwunden, das Grün der Sträucher und Bäume lauerte noch in den Zweigen: So zwischen Schon und Noch-Nicht fühlte auch ich mich in meinen ersten Hamburger Wochen. Ich fühlte mich nicht allein, redete mir die Genossen als Heimat erfolgreich genug ein. Doch um mich in diesem ständig wechselnden Gewirr von reservierter Vornehmheit einerseits und strenger, parteilich verordneter Freundlichkeit andererseits heimisch zu fühlen, fehlte es an … ja, woran eigentlich? Ich hatte doch, was ich brauchte. Ein Zimmer für mich allein, mein Promotionsdarlehen war bewilligt, die Arbeit kam gut voran, (Partei-)Freunde waren für mich da. Und ohnehin war ich immer schon, besonders wieder nach Hugos Tod, gern allein. Nur mit Bertram, später auch mit Jutta, war das anders. Was fehlte also? Mag sein die Leichtigkeit im Umgang mit den Alltäglichkeiten, das raschere Lachen, dat Drink doch ene mit, der freundliche Rippenstoß beim Bäcker. Nie würde ich meine erste Hamburger Straßenbahnfahrt vergessen, als ich beim Einsteigen in die Runde gelächelt und dafür Blicke geerntet hatte, die mich jenseits der Normalität verorteten. Und vielleicht fehlte es mir auch an Vertrauen. Vertrauen zu all den fremden Leuten, die per Parteibuch meine Genossen waren, Parteigenossen, Gesinnungsgenossen, Kampfgenossen. ›Ginoz‹, althochdeutsch – jemand, der mit einem anderen etwas genießen, nutznießen kann, hatte Franz uns belehrt. Gemeinsame Erfahrungen in einem bestimmten Bereich machen und dieselben Ziele haben, einigten wir uns schließlich, dann ist der Genosse einer, auf den man sich verlassen kann. Mal sehen …

Gemeinsame Überzeugungen und gemeinsame Ziele. Dazu war, wichtiger noch als die Doktorandengruppe, die Wohngebietsgruppe da. Donnerstagabends trafen wir uns im Hinterzimmer einer Kneipe Zum alten Storchennest, etwa fünfzehn Männer und Frauen zwischen achtzehn und achtzig, der harte Kern. Nie, ohne zuvor die kahle Wand mit einem Porträt Ernst Thälmanns zu beleben, der hier um die Ecke gewohnt hatte.

Es ging hoch her an meinem ersten Abend. Unter dem scharfen Blick des legendären Parteiführers diskutierten wir: Was tun? Die CDU hielt nach den hasserfüllten Debatten gegen die sozialliberale Ostpolitik die Zeit für reif, nach der Kanzlerschaft zu greifen. Doch ihr Vorsitzender im Bundestag, Rainer Barzel, hatte vergeblich versucht, Brandt mit einem konstruktiven Misstrauensvotum zu stürzen. Sollte man für Brandt auf die Straße gehen? Obwohl Bund und Länder gerade den sogenannten Radikalenerlass beschlossen hatten: ein verfassungswidriges Berufsverbot für Personen, die angeblich nicht auf dem Boden der freiheitlich demokratischen Grundordnung standen. Das traf neben NPD- auch DKP-Mitglieder. Ein Schock. Sollten wir dennoch weiter auf Brandt setzen?

Marga forschte mich nach meinem ersten Abend im Storchennest gehörig aus. Vor allem interessierte sie meine Meinung über das Niveau der Diskussion, schließlich kämen dort sehr unterschiedliche Menschen zusammen.

Gottseidank, entfuhr es mir, eingedenk ähnlicher Zusammenkünfte an der Kölner Uni, wo ich den Polit-Jargon der Redner kaum in mein bürgerlich verbogenes Hirn zu übersetzen vermocht hatte. Hier in der Wohngebietsgruppe versuchte niemand, den anderen durch Redekraft zu überrumpeln, ihn auszustechen oder den Zuhörern zu imponieren.

Es ging um die Sache, ums zutreffende Argument. In einer Sprache für alle. Aber nicht nur das unterschied diese Gruppe von universitären Veranstaltungen. Es waren ein Genosse und eine Genossin, die Treffen im Storchennest so besonders machten, die den Zusammenkünften ihre Ernsthaftigkeit gaben: Das Gewicht gelebten Lebens war es, Zeugenschaft, die weit hineinreichte in die Vergangenheit, Zeit des Aufbruchs und der Hoffnung, des Kampfes und der Niederlage, die Weimarer Jahre und die verfluchte Nazi-Zeit. Wo es um mehr gegangen war als um einen Sandkasten in der Kegelhofstraße, Kämpfe gegen Miethaie und Kündigungen. Ihre Anwesenheit rückte selbst unsere winzigen Anstrengungen in historische Dimensionen. Stets schien durch diese vom Leben und Leid geprüften Menschen noch die junge zuversichtliche Genossin, der junge, kämpferische Mann, saßen da zwei Personen, wo man nur eine sah. Und diese Vergangenheit lebte hier mit uns. Wir waren ihre Zukunft. Was mich in der Begegnung mit Hansdieter Kurwak ergriffen hatte, wiederholte sich nun bei jeder Zusammenkunft mit den alten Genossen. Sie waren der Garant für die gute Sache. Und wurden es umso eindringlicher, je mehr ich von ihrem Leben erfuhr und je mehr wir gemeinsam erlebten, je mehr Erfahrungen uns miteinander verbanden, je mehr wir Jüngeren uns den Namen Genosse verdienten. Das hier waren keine Legenden. Das waren lebendige Menschen, an die ich glauben konnte. Oder machte ich sie zu Legenden, um an sie glauben zu können? Diese Frage wäre mir niemals in den Sinn gekommen.

Niemals.

Damals.

Da war Albert Friedrichs. Im Sitzen und Stehen in vorbildlicher Haltung, als hätte er einen Stock verschluckt. Auf dem wuchtigen Körper saß ein starker eckiger Schädel, das Haar kurz gestutzt. Wie kein Zweiter verstand Genosse Friedrichs, einem mit Worten auf die Finger zu klopfen, und seine Blicke konnten einen in die Zange nehmen.

Albert, der Leibwächter Ernst Thälmanns, wie er sich halb scherz-, halb ernsthaft nannte. Mit entsichertem Revolver in der Hosentasche habe man den Parteivorsitzenden bei seinen Besuchen in Hamburg begleitet. Teddy nannte er ihn. Schwärmte von ihm wie von einem guten Kumpel, der es zu etwas gebracht hat. War mit Teddy durch die Kneipen gezogen und hatte bei Bier und Köm so manchen Skat gekloppt, unten am Hafen mit den Arbeitern. Sprach Albert von Teddy, verschwand der Parteifunktionär Thälmann im Bild eines temperamentvollen lebensfrohen Mannes, der gern auch mal einen über den Durst trank und dann die *Internationale* anstimmte, am liebsten zum Schifferklavier oder zur Mandoline. Und Albert selbst verschwand in diesem Bild gleich mit, wurde jünger und lockerer mit jedem Satz, und seine Augen füllten sich mit Blut, das Weiße von einem roten Aderngewirr durchzogen, aus dem die Iris wie eine dunkle Beere in einem Dornengestrüpp hervorblitzte, sodass Helma, seine Frau, ihm beruhigend die Hand auf den Arm legte. Das Herz, erklärte sie mir später, als wir zusammen unser erstes Stück Parteiarbeit geleistet, konkret: einen Sandkasten für die Kegelhofstraße erkämpft hatten, gemäß der Devise: Politik konkret vor Ort. Vom Kommunistischen Bund, dem KB, unserem linksradikalen Konkurrenten, als ›Kirchturmspolitik‹ verspottet.

Noch während meiner Kölner Zeit hatte ich eine Veranstaltung dieser KBler zur Politik der Sowjetunion besucht. Kommunismus in der Sowjetunion? Nichts als Pseudokommunismus, eine Spielart des bürgerlichen Sozialismus.

Kommunismus, Genossen, hatte der KBler gerufen, wird von diesen Handlangern der Bourgeoisie als eine allen zugängliche Schüssel betrachtet, die mit den Produkten der manuellen und geistigen Arbeit überreichlich angefüllt ist. Was aber haben wir von Genossen zu halten, für die der Kampf der Arbeiterklasse nicht ein Kampf für die endgültige Befreiung der Arbeiterklasse und der ganzen Menschheit ist, sondern ein Kampf für einen ordentlichen Teller Gulasch?
Ein Magen knurrte.
Wer aber zwei Paar Hosen und Gulasch an die erste Stelle setzt, der will Gulaschkommunismus statt Gerechtigkeit!
Beifall und Ho-Tschi-Minh-Rufe machten damals in Köln der wirren Rede der KBlers schnell ein Ende, und in der nachfolgenden Stille hatte man von weitem eine Polizeisirene gehört. Oder den Notarzt.

In Hamburg lud mich Helma zur Feier unseres Etappensieges im Sinne des Gulaschkommunismus, sprich: der Eroberung unseres Sandkastens, zu sich nach Hause ein. Nachmittags. Schon einige Male hatten besondere Gruppenabende in der Friedrich'schen Wohnung stattgefunden, im selben Haus, in dem Thälmann während seiner Hamburger Zeit gelebt hatte. Im Untergeschoss des Hauses hatte die Partei vor ein paar Jahren die Ernst-Thälmann-Gedenkstätte eröffnet, Albert die Verwaltung übernommen.
Das Herz, wiederholte Helma, spiele mitunter verrückt, es dränge sich ihm dann beinah buchstäblich auf die Zunge und spränge ihm aus den Augen heraus. Kein Wunder, nach dem, was er erlebt habe. Arbeiterjunge, Genosse der ersten Stunde, von den Faschisten wegen sogenannter hochverräterischer Handlungen immer wieder ins Zuchthaus oder KZ gesteckt. Nein, erzählen werde er davon nie. Und sie auch nicht. Aber etwas zeigen wolle sie mir. Helma nahm

mich feierlich bei der Hand: Dass du keinem etwas davon sagst, beschwor sie mich.

Natürlich nicht.

Helma öffnete die Tür zum Schlafzimmer, und ich starrte auf das breite Ehebett mit der roten Steppdecke. Wie in Dondorf. Dahinter, wo zu Hause statt des Herz-Jesu-Drucks jetzt ein Blumen-Stillleben hing, ein Foto von Teddy mit Widmung, hinter dem Rahmen eine rote Nelke statt eines palmsonntäglich geweihten Buchsbaumzweigs.

Schön, deutete ich auf das Foto, im Glauben, eben das habe Helma mir zeigen wollen.

Helma nickte flüchtig und machte die Tür zum kleineren der beiden Kleiderschränke auf.

Der Schrank war leer bis auf ein Gestell, dem Korsettgerüst Tante Bertas nicht unähnlich. Nur war diese Konstruktion einem Männertorso angepasst und aus Stahl, umwickelt mit Stoff und Watte, wie mir mein schüchternes Tasten versicherte. Ich zog die Hand zurück, als hätte ich Verbotenes berührt, legte sie auf die Brust, die andere darüber und sah Helma fragend an. Bitter ahnend, was sie mir sagen würde.

Albert hat zwei davon. Helma schloss den Schrank. Eines hat er immer an. Es hält ihn zusammen. Hält ihn aufrecht. Du hast ihn doch ein paarmal geneckt mit seinem aufrechten Gang. Jetzt kennst du den Grund. Von den dauernden Schmerzen ganz zu schweigen. Manchmal tagelang auf Morphium. Und dass er so ernst ist. Sein Lachen, das steckt da drin. Das haben sie aus ihm herausgeprügelt.

Helma, ich griff nach ihrer Hand.

Sie gab meinen Druck zurück. Ach was, sagte sie. Er lebt. Anders als Teddy, der den Genossen, vor allen denen in Moskau, im Zuchthaus als Märtyrer und Symbol wertvoller war als in der Freiheit. Solltest mal hören, wenn Albert das Herz wieder mal auf die Zunge steigt, wie der loslegt, von wegen Stalin hätte den Genossen doch freikriegen müssen von den Nazis, beim Hitler-Stalin-Pakt. Deshalb erzählt Albert auch so gern von Teddy als einem Mann, der das Leben liebte. Dem in elfeinhalb Jahren Zuchthaus mehr fehlte als die Partei. Dem Liebe fehlte, die Sonne, ein Lachen. Der alles andere war als ein Funktionär, ein Apparatschik. Ich bin sicher, dann erzählt Albert auch immer von sich. Worauf haben wir nicht alles verzichtet. Wir waren doch jung. Ich hier in Hamburg allein. Albert immer unterwegs, Belgien, Frankreich oder im Zuchthaus oder KZ. In Waldheim … Helma brach ab.

Ach, Hilla, was glaubst du, wie froh wir sind, dass es jetzt wieder vorangeht. Mit euch Jungen.

In der Tat, als einen, der das Leben von der heiteren Seite nahm, hatte ich den ernsten Genossen Friedrichs nicht, mag sein, noch nicht, erlebt. Einen linientreuen Anhänger jeder Wendung sowjetischer Politik sah ich in ihm, im Unterschied zu der etwa gleichaltrigen Genossin Gretel Hoefer, die mich auf den ersten Blick ins Herz schloss. Und ich sie in das meine. Sie hatte nicht viel gesagt an diesem Abend, doch unser Beschluss, trotz Radikalenerlass für Willy Brandt auf die Straße zu gehen, hatte sie augenscheinlich tief befriedigt. Im Gegensatz zu Albert, der mit einem giftigen Seitenblick auf Gretel zu bedenken gab, dazu müsse man zunächst den Beschluss aus Düsseldorf, also des PV, des Parteivorstandes, abwarten. Obwohl ihn Genosse Gerd, Journalist und Historiker, daran erinnerte, dass die Kommunistische Internationale schon 1935 die Einheitsfront, also die Zusammenarbeit mit der Sozialdemokratie beschlossen hatte. Wäre die schon früher praktiziert worden, hätte es keinen Hitler gegeben. Und Albert war nichts anderes übrig geblieben, als sich hoch und steif zurechtzurücken. Daran konnte ich nichts ändern. Aber auch für Alberts Lächeln würde ich nun kämpfen.

Kurz nach meinem Besuch bei Helma lud auch Gretel mich ein, ihre Wohnung nur wenige Häuser von der unseren entfernt. Gemütlich bei Kaffee und Kuchen, hatte sie versprochen, und das wurde es auch. Zunächst jedenfalls.

Gretel war bis zu ihrer Pensionierung mit einer halben Stelle an der staatlichen Hauswirtschaftsschule Siekmannsweg als Haushaltslehrerin, wie sie es nannte, angestellt gewesen. Eine große kräftige Frau mit weißen kurzgeschnittenen Locken und einem energischen, gleichwohl freundlichen Gesicht: auf jeder Bühne die ideale Besetzung einer pensionierten Lehrerin. Ihr Leben lang berufstätig, wollte sie dennoch mit Fräulein angeredet werden, obgleich ihr Innenminister Genscher höchstpersönlich seit Jahresanfang das erwachsene Frau verordnete: ›Alle unverheirateten weiblichen Berufstätigen in verantwortungsvoller Stellung sind mit ›Frau‹ statt mit ›Fräulein‹ anzureden‹, hieß es aus Bonn.

Frau oder Fräulein, Genossin Gretel hatte ihrer Profession alle Ehre gemacht, hatte gebacken, wie es nur die Mutter konnte, Napfkuchen mit eingelassenen Schokostücken und Schokoguss, dazu einen Kaffee, wie ich ihn zuletzt in Rom getrunken hatte. Das Wohnzimmer, eine Mischung aus Dondorfs Bürgermeister-Salon und Tante Bertas guter Stube, Stuck unter der Decke, Stores vor hohen Fenstern, Orchideen auf dem Fensterbrett. Und Fotos. Fotos an den Wänden und auf der Anrichte, Fotos vor den Büchern in dem massiven Regal. Fotos und Handarbeiten überwucherten den Raum. Spitzendeckchen wie aus holländischen Gemälden, bestickte Kissenbezüge, die Blütenpracht der Tischdecke ein einzigartiger Plattstich, sogar die Gardinen zeigten feinste Häkelarbeit. Auf dem Tisch beim Sofa lag das *Hamburger Abendblatt* mit einem halb gelösten Kreuzworträtsel. Dieses Laster teilten wir also auch.

Gretel kam gleich zur Sache, sicher sei mir die Spannung zwischen ihr und Albert aufgefallen. Ob ich schon mal was von Versöhnlern gehört hätte. Hatte ich nicht.

Tja, fing Gretel an, da muss ich zurück in die zwanziger Jahre. Da gab es auch schon den Streit, ob man als Kommunist mit den Sozialdemokraten zusammenarbeiten solle oder nicht. Und als dann die Faschisten stärker wurden, wurde eine Antwort zusehends drängender.

Immer noch konnte ich mich schwer daran gewöhnen, dass man in der Partei die Nationalsozialisten Faschisten nannte. Warum eigentlich? Ich würde Marga fragen.

Albert, fuhr Gretel fort, gehörte damals zum stalinistischen Flügel, sicher auch, weil er ganz woanders herkommt als ich. Hatte wirklich Pech. Vater im Ersten Weltkrieg gefallen, die Mutter vier Kinder allein großgezogen. Und der Albert konnte richtig gut zeichnen. In der Gedenkstätte kannst du ein Selbstporträt von ihm sehen. Auf Klopapier. Aus dem KZ Fuhlsbüttel, seiner ersten Haft, Kola-Fu haben wir das damals genannt. War aber noch ein begabtes Kind in der Klasse. Daher wurde um das Stipendium gelost. Albert verlor. Das hat er mal erzählt. Sonst erzählt er ja nicht viel. Und seine Frau auch nicht. Aber ich nehme an, dass er diese Enttäuschung nie überwunden hat. Radikal und hart: gegen sich und die anderen. Das ist Albert. Du kennst ja seinen Schnack vom entsicherten Revolver in der Hosentasche. War aber wirklich so. Und ich? Hab einen ähnlichen Hintergrund wie du. Weiß ich von Marga. Mein Großvater war Schuster und katholisch, als er in den 1860er Jahren aus dem Rheinland hierherwanderte. In Hamburg, so erzählte es Vater immer, lernte er Kollegen kennen, die ihn mit den Gedanken von Marx und Engels vertraut machten, und er brach mit seiner Kirche. Das hat meinen Vater geprägt. Er musste manche Hürde nehmen, bis er 1890 Volksschullehrer wurde. Von der Politik der SPD enttäuscht, wechselte er Ende 1920 in die KPD. Übrigens zu diesem Zeitpunkt ein Massenaus- und -eintritt: Die KPD hatte mit einem Mal vierhunderttausend Mitglieder. 1928 zog er in die Hamburger Bürgerschaft ein, als Nachrücker. Schon Ende der zwanziger Jahre hatte mein Vater von der Stalinisierung der Partei genug und war für einen Ausgleich mit der SPD. Eben ein Versöhnler. Er war ein Pragmatiker, mein Vater, das habe ich von ihm. Ich war seine Älteste. Und seine Vertraute. Besonders am Herzen lagen ihm Kinder aus ärmlichen Verhältnissen. Wie haben wir uns die Köpfe heißgeredet über Mittel und Wege, ihre Chancen zu verbessern. Du kannst dir nicht vorstellen, wie die sogenannte arbeitende Masse damals gewohnt hat.

Richtig bekannt wurde mein Vater dann, als er sich hinter den Jungspartakusbund stellte. Der hatte in seiner Zeitung die Namen aller Lehrer und Lehrherren veröffentlicht, die Prügelstrafen austeilten. Auch Vater plädierte für die Abschaffung körperlicher Strafen. Und das als Mitglied der Bürgerschaft. Kannst dir vorstellen: Ein Aufschrei ging durch die ehrbare Kaufmannsstadt. Die Hamburger Lehrerzeitung warf ihm vor, die Schulstube mit einem Agitationslokal für die eigene Partei zu verwechseln. Hier, das ist er. Gretel reichte mir ein Foto.

Während ich in den Zügen des Mannes nach Spuren seiner Geschichte forschte, sprach Gretel weiter.

Du ahnst, was dann kam. Im September '33 wurde ihm unter Berufung auf das fatale Nazi-Gesetz, das ›Gesetz zur Wiederherstellung des Berufsbeamtentums‹, die Pension entzogen. Mehr als einmal hat er in Fuhlsbüttel gesessen, auch mein Bruder, wegen illegaler politischer Arbeit. Dafür war Vater nun zu alt. Aber als wir dann 1943 zwei Verfolgte der Widerstandsgruppe Bästlein-Jacob-Abshagen in unserem Wochenendhaus in Dassendorf versteckten, wurden wir entdeckt, und der Volksgerichtshof verurteilte ihn erneut.

Du sagst uns und wir, warf ich dazwischen. Was war mit dir?

Sieben Jahre Zuchthaus, beschied mich Gretel knapp.

Zuchthaus?, wiederholte ich entsetzt.

Gretel schwieg. Ich wagte nicht weiterzufragen.

Ende April '45, fuhr Gretel fort, wurde der Vater von sowjetischen Truppen aus dem Zuchthaus Coswig befreit. Zwei Tage, nachdem auch ich raus war aus Gribow. Wir schlugen uns dann Richtung Hamburg durch. Frag nicht, wie. Vater musste immer wieder ins Krankenhaus. Ende November kamen wir endlich an. Kurz vor Weihnachten war Vater tot.

Gretel nahm mir das Foto aus der Hand und stellte es an seinen Platz zurück. Sie sah mich prüfend an.

Ja, ich wollte noch viel mehr wissen, fragen. Aber wie? Ich nickte.

Du hast es dir sicher schon gedacht, lächelte Gretel. Ich bin das Kind meines Vaters. Sein Geschöpf. Das ist nicht übertrieben. Du kannst auch sagen: seine Erbin. Das ist weniger pathetisch und hätte ihm wohl besser gefallen. Der Lehrer und die Lehrerin. Nicht an einer Schule für die höheren Stände, sondern praktisch und für alle. Die Hauswirtschaft, das war mehr als ein Beruf für mich, beinah eine Berufung. Besonders in Verbindung mit der Partei. Hier, Gretel zog eine Postkarte zwischen den Büchern heraus. Die hat mir Vater zum achtzehnten Geburtstag geschrieben.

Ich vermochte die steile Sütterlin-Schrift nur mühsam zu entziffern: ›Das Wertvollste, das der Mensch besitzt, ist das Leben. Es wird ihm ein einziges Mal gegeben. Und bestehen soll er es so, dass er sterbend sagen kann: Mein ganzes

Leben, meine ganze Kraft habe ich dem Herrlichsten auf der Welt, dem Kampf für die Befreiung der Menschheit, gewidmet.‹

Das gab mir mein Vater auf den Weg.

Es war genug zu tun. Wir ahnten, was da mit den Nazis auf uns zumarschierte. 1931 gründeten wir den IOL, die Interessengemeinschaft oppositioneller Lehrer. Das war wirklich eine Einheitsfront gegen die Nazis. Hier arbeiteten wir friedlich zusammen: Sozis und Kommunisten, Liberale, Christen und Juden. Wären sich mal bloß alle so einig gewesen wie wir, nie wäre es zu diesen Verbrechen gekommen. Mit Flugblättern, Versammlungen, Demos, kennst du ja, versuchten wir, die Leute aufzuklären über die wahren wirtschaftlichen Interessen und politischen Machtspielchen. Fast gleichzeitig verbot ein Senatsbeschluss, dass Lehrer Mitglied der KPD oder der NSDAP sein durften. Gretel nickte resigniert. Tja, erinnert dich an was, wie? Alles schon mal dagewesen. Und auch damals traf es in erster Linie KPDler. So saß Lehrer Mansfeld als NSDAP-Mitglied ungeschoren in der Bürgerschaft, während der kommunistische Lehrer Klug entlassen werden sollte, weil er für die Bürgerschaft kandidierte. Den haben wir aber wieder reingebracht. Schulstreik, Zeitungsartikel, Plakate, Versammlungen dagegen. Die Entlassung wurde rückgängig gemacht. Gretel fuhr sich zufrieden mit den Fingerspitzen über die Brust, als wollte sie ein paar Kuchenkrümel wegwischen.

Wir dachten allen Ernstes: Hier in Hamburg kann sowas doch nicht passieren. Sowas wie in Thüringen, wo man sozialistische Lehrer schon vor '33 entlassen hatte und das ganze Schulwesen nationalsozialistisch umkrempelte.

Passierte aber doch. Weißt du ja. Schon im Juni '33 bekam ich den Brief von der Landesunterrichtsbehörde. ›Die Entlassung erfolgt ohne Ruhegehalt, weil die Voraussetzungen des Reichsgesetzes zur Wiederherstellung des Berufsbeamtentums nicht erfüllt sind. Der Präses. gez. Witt.‹ Gretel schnaubte verächtlich. Du glaubst gar nicht, wie schnell ein Gesetz dein Leben ändern kann. Zerstören.

Wie es jetzt weiterging? Viele Kollegen traten der NSDAP bei. Und trotzdem waren nicht alle Nazis. Das macht ihr Jungen euch manchmal viel zu einfach. Ich weiß, wovon ich rede. Fritz Köhne zum Beispiel. Schulrat und alles andere als ein Brauner. Am selben Tag entlassen wie ich, doch am nächsten Tag schon wiedergeholt, die Nazis brauchten ihn. Trotz seiner sozialistischen Gesinnung. Er war uns ein zuverlässiger Berater, ja, ein Freund. Er half, wo er konnte. Als man ihn 1937 vor die Alternative stellte, in die NSDAP einzutreten oder den Dienst zu quittieren, waren wir es, die linken Lehrer, die ihn zum Eintritt drängten, was er schweren Herzens tat. So konnte er bleiben, obwohl die NS-Gutachten feststellten, dass sich seine Gesinnung keinen Deut verändert hatte. Nach 1945 vertraute ihm die englische Militärregierung sofort das Schulwesen wieder an. Nun sag selbst: Ist so ein Mann allein nach seiner Parteimitgliedschaft zu beurteilen? Ich jedenfalls finde sein Handeln vorbildlich.

Noch ein Beispiel. Kurt Adams, hochbegabt, einer der kreativsten Befürworter einer fortschrittlichen Pädagogik, mit knapp vierzig Jahren Direktor der Hamburger Volkshochschule. SPD-Mitglied. Austritt im März '33. Nutzlos. Entlassung. Der Protest war so gewaltig, dass der Reichsstatthalter, dieser Karl Kaufmann, zurückrudern musste. Auch Adams bekam sein Ultimatum: entweder per Unterschrift dem Marxismus abschwören oder die Entlassung bleibt. Adams, anders als Köhne, lehnte ab. Mehr schlecht als recht schlug er sich dann durch, bis ihm ein Hamburger Kaffeehändler anbot, neben seinem großen Laden in der

Holzbrücke 2 ein kleines Kaffeegeschäft einzurichten. Dazu gehörte auch, Kaffeepäckchen von Tür zu Tür zu verkaufen. Du kannst dir denken, wie Adams darauf ansprang. Und der hat mich und noch einen Genossen gleich mit reingenommen in den Kaffeehandel.

Und wer war das?, unterbrach ich Gretel, der Kaffeehändler meine ich. War doch wirklich anständig von dem.

Ja, nickte Gretel, auch *den* Namen sollte man nicht vergessen. Willy Heydorn hieß der, keiner von den ganz Großen der Stadt, aber immerhin mit einer stattlichen Niederlassung am Nikolaifleet. Und immer mit einer Packung Zigarren für die Männer und Schokolade für die Damen und mit einem Witz für alle. Oft auch ganz schön frechen Sprüchen. Aber bei uns war er ja sicher.

War der auch SPD?, forschte ich weiter.

Gretel schüttelte den Kopf. Nein, der kannte Adams von der Volkshochschule. Hatte Kurse belegt bei dem. War überhaupt ein Mann, den nicht nur Kaffeepreise interessierten. Hatte auch hin und wieder eine Theaterkarte für uns.

Gretel klimperte an ihrer Unterlippe, zog sie in die Länge und ließ sie wieder zurückschnellen. Kannst dir denken, dass da nicht nur Kaffee über die Theke ging. Das heißt, darüber schon. Aber darunter. Da wurde es spannend. Nachrichten aus dem In- und Ausland wurden hier verbreitet, Verbindungen hergestellt, verbotene Magazine ausgeliehen. Und vielen in Not geratenen Freunden und Familien konnten wir helfen. Bis zur sogenannten Gewitteraktion.

Gretel sah mich fragend an. Ich schüttelte den Kopf.

Die Verhaftungswelle nach dem missglückten Attentat auf Hitler im Juli '44. Da verhaftete man auch Adams; schwerkrank war er gerade zur Kur im Thüringischen. Von dort verschleppte man ihn nach Buchenwald. Wo er Anfang Oktober starb. Gerade Mitte fünfzig.

Gretel war erschöpft. Doch sie griff noch einmal zwischen die Fotos. Ihre Hand zitterte ein wenig, als sie mir das Bild reichte: ein junger Mann und eine junge Frau in einem Segelboot auf der Alster.

Seid das ihr beide?

Nein, Gretel stellte das Bild zurück. Das ist seine Frau, Adams Frau. Sie hieß auch Margarete, aber das ist schon alles, was wir gemeinsam haben. Eine sehr kluge Frau, machte als eine der ersten Frauen ihren Doktor, Uni Köln. Spannendes Thema: *Die Ausnutzung der Freizeit des Arbeiters*. Ein schönes Paar, siehst du ja. Aber nach drei Geburten war sie sehr geschwächt, kränkelte viel. Sie hat ihren Mann nicht lange überlebt.

Die hier, Gretel reichte mir ein silbergerahmtes Foto, die bin ich. Und der Mann, das ist Rudolf, Rudolf Klug, der Dritte im Geschäft. Gretels alte Lehrerinnenstimme klang, als lobe sie einen Schüler für besondere Leistung.

Das Foto zeigte ein gewaltiges Motorrad und zwei schlanke Gestalten in solider Montur und Lederkappen.

Unsere Arbeitstracht, lachte Gretel. Und der Rudolf hatte das Motorrad so ausgerüstet, dass wir jede Menge Kaffeepäckchen damit transportieren konnten. Und nicht nur die. In den Tank hatte er so etwas wie eine Schatulle montiert, gelötet oder geschweißt, was weiß ich, jedenfalls war Papier darin sicher. Nur tanken mussten wir alle naselang. Klar, ging ja kaum noch Benzin rein. Was haben wir da nicht alles in der Gegend herumkutschiert. Ja, der Rudolf. Gretels Wangen röteten sich.

Ja, der Rudolf, dachte ich und hätte gern mehr erfahren, schöne Geschichten aus schönen Tagen, meinetwegen auch Abenteuer, meinetwegen auch politische Waghalsigkeiten, wenn es nur ein gutes Ende nahm.

Kannst du dir denken, nickte Gretel mir komplizenhaft

zu, dass wir nicht nur rund um die Uhr Kaffee und illegales Material transportiert haben. Wir waren jung.

Gretel blinzelte zum Fenster hinaus, als sei sie da draußen noch zu entdecken, die schöne und verlorene Zeit. Wo sind wir nicht überall gewesen mit der Roten Rosa, unserem Gefährt.

Und der Rudolf, wollte ich wissen, was war denn das für einer?

Ach ja, kannst du ja nicht wissen. Der kam aus ganz kleinen Verhältnissen. Vater Tagelöhner im Hafen. Musst du dir klarmachen, was da los war, nach dem Ersten Weltkrieg, die Wirtschaft am Boden, die Handelsflotte zerstört, also kaum Export. Die Mutter mal Waschfrau, mal Putzfrau, schuften von morgens bis abends. Der Rudolf ein heller Kerl. Die Eltern taten alles für ihn. Ließen ihn zur Schule gehen, später zum Studium. Da habe ich ihn auch kennengelernt. Bald kriegten wir beide unsere erste Stelle.

Genau wie Adams, genau wie ich, wie wir linken Lehrer alle, war Rudolf gegen die Prügelstrafe und gegen Schulgeld. Ende der zwanziger Jahre wurde er Mitglied im Kommunistischen Jugendverband und kandidierte später bei den Bürgerschaftswahlen für die KPD. Raus aus dem Schuldienst, hieß es da. Von wegen! Eltern und Schüler gingen auf die Barrikaden. Das Verfahren wurde gestoppt. Doch '33 halfen auch noch so großartige Proteste nichts mehr. Rudolf wurde entlassen. Am selben Tag wie ich. Die nächste Etappe kennst du. Kaffeefahrer. Zwei Jahre später flog er auf. Ein Tankstellenwärter hatte ihn verpfiffen. Nicht wegen des Tanks. Nein, er denunzierte ihn wegen ein paar fauler Witze. Das hieß damals Vorbereitung zum Hochverrat und reichte für ein Jahr Zuchthaus. Kaum draußen, wurde er schon wieder verhaftet, diesmal KZ Sachsenhausen. Auch dort kam er nach zwei Jahren raus und half nun hier mit beim Aufbau der illegalen KPD. Das ging gut, bis '43, da wurde er eingezogen. Bis dahin war er als ›wehrunwürdig‹ vorm Soldatspielen sicher gewesen. Aber jetzt brauchten die jeden Mann. Er kam nach Norwegen, nahm dort Verbindung zu sowjetischen Kriegsgefangenen und norwegischen Widerstandskämpfern auf. Wieder Verhaftung. Sein Versuch, zur Sowjetarmee zu flüchten, wurde verraten. Ein Kriegsgericht verurteilte ihn zum Tode. März '44 bei Narvik erschossen.

Gretel hielt das Foto im Silberrahmen umklammert. Sie heftete ihren Blick auf das kühne Paar auf der schweren Maschine und sprach wie zu sich selbst: Am Dienstag nach Ostern habe ich ihn zuletzt gesehen. Er kam zu uns nach Hause und wollte meinen Vater unter vier Augen sprechen. Als ich ihn fragte, was es denn so Geheimnisvolles gebe, sagte er nur: Wart's ab. Ich sehe noch seinen Gesichtsausdruck, mit dem er sich von Vater verabschiedet, zufrieden, wie ein Schüler, dem die beste Note zugesprochen worden ist. Dann fuhren wir noch einmal hinaus, weit hinaus in die Haseldorfer Marsch, wo die Elbe schon nach Nordsee riecht und der Deich unter unseren Füßen kein Ende nimmt. Wie unsere Liebe, sagte er, der sonst so unsentimentale Mann und machte eine weitausholende Armbewegung über Strom und Marschland und Himmel. Ein paar Osterlämmer hatten das Fest überstanden, in tiefem Frieden zogen die Herden im Frühlingssonnenschein über das erste frische Gras dahin. In tiefem Frieden. Ja. Gretels Stimme schwankte, ihre Hände zitterten. Sie erhob sich und stellte das Foto zurück. Dann nahm sie meine Hände. Danke, sagte sie. Danke.

Verwirrt sah ich zu ihr hoch. Sie ließ meine Hände los und schob mich ein Stück weit von sich.

Für deine Geduld, sagte sie. Es ist nicht leicht für mich zu sprechen und nicht leicht für dich zu hören. Darum: danke.

Am liebsten hätte ich sie in die Arme genommen, aber ich wusste, große Gesten lagen ihr nicht. So tat ich das Gleiche wie sie, ergriff ihre beiden Hände und sagte: Danke.

Und dann tat sie, was ich nicht gewagt hatte: Sie umarmte mich. Wie eine Tochter. Die sie nie gehabt hatte. Komm bald wieder, sagte sie. Es klang wie: Bleib bei mir.

Als ich Marga von meinem Besuch bei Gretel erzählte, drückte die mir ein Buch in die Hand. *Nacht über Hamburg. Berichte und Dokumente 1933–1945* von Gertrud Meyer.

Was da drinsteht, hat sie dir bestimmt nicht erzählt, sagte Marga. Kann man auch nicht erzählen. Zu Protokoll geben, vielleicht. Für uns. Damit wir statt der Begriffe im Hirn Bilder vor Augen haben. Damit wir uns nicht in emotionslose Abstrakta flüchten. Wenn wir von faschistischer Gewalt, von Verbrechen und Folter und dem Widerstand dagegen sprechen: Das geht leicht von der Zunge. Das, was unbeschreiblich scheint, zu beschreiben, auch das ist eine Aufgabe der Literatur.

Sieben Jahre Zuchthaus, hatte Gretel meine Frage, wie es ihr nach ihrer Verhaftung ergangen sei, kurz abgetan. Nun las ich, dass sie schon im Dezember '33 wegen Hochverrats in ›Schutzhaft‹ genommen und Februar '34 entlassen worden war. Sofort weitergemacht. Zum zweiten Mal verhaftet im September '35: zwei Jahre Zuchthaus. Und weitergemacht. Zum dritten Mal verhaftet '44: sieben Jahren Zuchthaus.

Und ich las im Vernehmungsprotokoll, was Gretel sicher nur dieses eine Mal über die Lippen gekommen war:

›Ich sollte sagen, wo Heinz Prieß wäre … Man brachte mich in ein tiefes Kellergewölbe, in eine dunkle Zelle, Teege und der andere ältere Mann, beide in Zivil, waren dabei … Man fesselte meine Hände auf dem Rücken und versuchte, vermutlich mit kleinen Eisenstäben, die Finger gewaltsam zu biegen ... Sie fragten mich wieder. In der Kellerzelle standen eine übelriechende Holztoilette und ein Eisenbett mit sehr beflecktem Strohsack. Sie warfen mich auf den Strohsack und banden mir einen Wollschal sehr fest um den Mund, legten mich so, dass mein Schienbein auf der Fußende-Eisenstange des Bettes lag, fassten meinen Fuß an und schlugen minutenlang auf die Eisenkante des Bettes ... Für kurze Zeit wurde ich dann allein gelassen. Dann kamen Teege, der andere und ein Dritter. Letzterer sagte, dass er Helms wäre und mich schon lange kenne. Ich erinnerte mich dieses Mannes nicht. Er fragte mich nach Prieß. Ich blieb bei meiner Aussage. Es kam ein SS-Mann hinzu, ein großer, junger, mit einem glatten Gesicht. Ich sah ihn bei späteren Vernehmungen oft oben in der Schreibstube. Er hatte einen langen dünnen Rohrstock, bog ihn und versuchte, mich damit zu schlagen, und grinste dabei ... Und das Schlagen auf mein blutiges Schienbein ging weiter, mir schien, die ganze Nacht hindurch. Plötzlich ließ man mich allein und machte das Licht aus ... Am nächsten Tag erfuhr ich, und Helms zeigte mir selbst die Unterschrift meiner Eltern, 75 und 76 Jahre alt, dass auch sie in Haft in Fuhlsbüttel waren. Meine Geschwister würde man auch holen und die Kinder ins Waisenhaus bringen. Ich blieb bei meiner Aussage. Dann wurde ich wieder in die Kellerzelle gebracht, und man fesselte mich und schlug mich wie am vergangenen Tag. Es waren wieder Stunden vergangen, und man sagte mir, am nächsten Tag würden meine Füße mit kochendem Wasser überbrüht und man würde mich über Glasscherben laufen lassen.‹

Aus dem Lübecker Zuchthaus, wo Gretel im September 1935 zum zweiten Mal in ›Schutzhaft‹ genommen wurde, schrieb sie am Jahresende: ›Wenn ich in diesen Monaten nachdachte über mich und mein Leben, so habe ich nichts getan als mich eingesetzt für Menschen, die arm sind, die es nötig hatten, dass ihnen jemand half, das sollte heute bestraft werden? Nein, das ist unmöglich, darum hab ich ein ganz ruhiges Gewissen, und dann geht es mir gut.‹

Was immer geschah in den nächsten Jahren meiner Mitgliedschaft: Die Vergangenheit verklärte die Gegenwart. Der Glaube, den Genossen von gestern ein besseres Heute schuldig zu sein, überwog jeden Zweifel. Ihre guten Absichten zu vollenden, den Kampf wieder aufzunehmen und auf unsere Weise weiterzuführen, das war unsere Aufgabe.

Gut ist ein Buch, das mich entwickelt. *Nacht über Hamburg* und das vorangegangene *Streiflichter aus dem Hamburger Widerstand*, das Gertrud Meyer mit Ursel Hochmuth geschrieben hatte, waren solche Bücher. War Hamburg bislang vor allem die Stadt des Doktorvaters gewesen, öffneten mir diese Bücher die Augen für *meine* Stadt. Sie lebte ja noch, die Stadt derer, die für ein besseres Leben gekämpft hatten, ein Leben in Gerechtigkeit und Frieden. Ohne Waffen-, Handels-, kalte Kriege.

Jede freie Minute nutzte ich für meine ganz eigenen Streifzüge durch den Hamburger Widerstand. Mit den Büchern in der Hand erwanderte ich mir mein Hamburg. Legte mir abends die Routen zurecht und machte mich frühmorgens, bevor ich mich an den Schreibtisch setzte, auf den Weg. Meist allein. Dann verschränkten und überlagerten sich die Bilder, durchdrangen sich Vergangenheit und Gegenwart, war die Moorweide, heute Anlaufplatz für unsere Demos, gerade gegen die Berufsverbote, zugleich qualvolle Sammelstätte für Tausende jüdischer Mitbürger vor ihrem Transport in die KZs nach Riga, Minsk, Theresienstadt, und nie konnte ich die Stimme der Sängerin, die ihren Theo zur Fahrt nach Łódź anspornte, hören, ohne diese schaurigen Bilder vor Augen. Ging ich weiter, brannten die Bücher auf dem Platz bei der Talmud Tora Schule, jetzt ein Parkplatz fürs Abaton, ein Kino, ähnlich der Kölner Lupe, und der Großvater blies auf der Mundharmonika die Melodie aus *Spiel mir das Lied vom Tod* auf meinem Weg in die Grindelallee, wo man Carl von Ossietzky abgeholt hatte.

Manchmal begleiteten mich Wilfried oder Michel. Dann verbanden wir meine historischen Fakten mit literarischem Wissen und nahmen uns fest vor, sobald wir unsere Diss, so nannten wir unsere Doktorarbeiten, fertig hätten, einen historisch-literarischen Stadtführer der Hamburger Arbeiterbewegung zu schreiben.

Mein Alltag verlief ruhig und arbeitsam. Am Schreibtisch revolutionierte ich die Germanistik, in der übrigen Zeit krempelte ich die Gesellschaft um mit vollem Einsatz für Sandkästen, gleichen Lohn für gleiche Arbeit und Mietbremse. Ich lebte in einer Mischung aus Flucht in Vergangenheit und Träumerei einerseits und konkreter Parteiarbeit andererseits. Die Bundestagswahl im Herbst stand bevor, im Mai verübte die Baader-Meinhof-Bande einen Anschlag auf den Springer Verlag, zwei Bomben gingen hoch, mehr als dreißig Verletzte, einige schwer. Wenig später wurde Gudrun Ensslin gefasst, ausgerechnet in der exklusiven Boutique Linette auf dem Hamburger Jungfernstieg. Während wir Frauen beim nächsten Treffen im Storchennest höhnten, was die denn dort zu suchen gehabt hätte – bei C&A wär ihr das nicht passiert –, flammten über dem Attentat wieder einmal die Gegensätze zwischen Albert und Gretel auf.

Albert wie immer: Der Kampf für eine bessere Gesellschaft dürfe vor Gewalt nicht zurückschrecken. Mit Bettlerhänden baut man keine neue Welt!, schleuderte er gegen die Wände des Hinterzimmers, die dringend einen neuen Anstrich brauchten.

Mit Mörderhänden aber erst recht nicht, hielt Gretel dagegen.

Und wenn Unschuldige dabei umkommen, schon gar nicht, sprang ich ihr bei. Wie konnte man für die Untaten dieser Bande Verständnis zeigen? Überhaupt für jede Form von Gewalt? Selbst wenn es nur Eier oder Tomaten waren – ganz zu schweigen von der Verschwendung.

Ja, pflichtete Albert mir bei. Unschuldige darf es nicht treffen.

Was er dann aber schlussfolgerte, hatte mit meiner Meinung nichts mehr zu tun.

Die Richtigen kaltstellen muss man, polterte Albert. Schließlich laufen genug von denen frei herum. Wie wär's denn mit so einem Generalbundesanwalt, einem Arbeitgeberpräsidenten oder so 'nem hohen Tier von den Banken?

Dann kannst du ja gleich einen Berufskiller losschicken, empörte ich mich.

Das klingt verdammt nach Auftragsmord, sprang Gerd mir bei. Und kannst du mir mal sagen, wieso das der arbeitenden Bevölkerung irgendwie nutzen sollte? Gerds Augen füllten sich bedrohlich mit Blut.

Aber hat so ein Arbeitgeberpräsident etwa nicht selbst genug Menschenleben auf dem Gewissen? Das war Meike, Alberts treueste Verbündete.

Meike Trott, wenig älter als ich, schlank, dunkelhaarig und mit feinen, ein wenig starren Gesichtszügen, sprach druckreifes Deutsch. In ihrer Gegenwart fühlte ich mich seit meinem ersten Gruppenabend, als hätte ich etwas verbrochen.

Und in ihren Augen traf das auch zu. Meike war gelernte Schneiderin. Wie ich hatte sie das Abitur auf dem zweiten Bildungsweg gemacht und ein Studium der Germanistik und Geschichte mit dem ersten Staatsexamen abgeschlossen. Jetzt arbeitete sie in einer Werkstatt mit knapp hundert Näherinnen. Zurück zur Arbeiterklasse, behauptete sie, das sei der richtige Weg. Hier, in der Produktion, stünde das ›Material‹, so ihr Ausdruck, jeden Tag bereit, ›ihrer Formung offen‹. Tatsächlich hatte sie bereits aus zwei jungen Kolleginnen Genossinnen geformt und kämpfte nun dafür, dass der mittelständische Betrieb einen Betriebsrat bekam, natürlich sie. Dass ich eine Doktorarbeit schrieb, war für sie, ähnlich wie für Frauke, Verrat an meiner Klasse. Anders als Frauke jedoch vermochte sie selbst mein Diss-Thema nicht zu versöhnen. Im Gegenteil. Einer doppelten Ausbeutung würde ich die arbeitende Klasse unterwerfen, setzte sie mir auseinander: Dieses Thema sei nichts als die ästhetische Ausbeutung der physischen Ausbeutung der Massen, ehrlicher wäre es, zum x-ten Mal Walther von der Vogelweides Tandaradei-Gebimmel, ihretwegen auch Schillers – haha – *Räuber* germanistisch zu verhackstücken, anstatt so zu tun, als trüge dieses von mir gekürte Geschreibsel auch noch zum Sieg des Proletariats bei.

Meikes Philippika hatte mir buchstäblich den Atem verschlagen. Wäre Marga ihr nicht gehörig übers Maul gefahren, wer weiß, ich hätte mir ihre Sicht der Dinge am Ende noch zu Herzen genommen. Obwohl wir uns schließlich einigten, jede kämpfe auf ihre Art für die gemeinsame gute Sache, ließ mich Meike unterschwellig stets ihre Verachtung spüren. Und ich verhehlte meinen Zorn, weil sie ihr Licht freiwillig unter den Scheffel stellte und das auch noch als revolutionäre Großtat ausgab, nur unvollkommen. Dann und wann, wenn mir in meiner Sammlung operativer Literatur ein Text besonders passend für sie schien, schrieb ich den ab und steckte ihn ihr beim nächsten Treffen zu. Sie reagierte nie. Und ich fragte nicht nach.

In rhetorisch perfekten Formulierungen suchte Meike uns heute davon zu überzeugen, dass Menschenleben nicht gleich Menschenleben sei, dass sich der Wert eines Menschenlebens vielmehr nach dem Wert seiner Arbeit für die Transformation der kapitalistischen in die sozialistische Gesellschaft bemesse. Und der sei bei Vertretern des Großkapitals gleich null, beziehungsweise direkt kontraproduktiv. Kurzum: Der Wert eines Menschen bemesse sich nach seinem revolutionären Nutzen. Das Wohl der Menschheit – und dafür kämpften wir schließlich – stehe höher als der einzelne Mensch.

Also Menschen erster und zweiter Klasse?, höhnte ich empört und fragte spitz und zugegeben ein wenig von oben herab, ob sie denn nicht das *Kommunistische Manifest* gelesen habe, in dem es hieß, dass ›die freie Entwicklung eines jeden die Bedingung für die freie Entwicklung aller ist‹. Wohlgemerkt: eines jeden!

Es wurde ein langer Abend. Was nicht nur an der Diskussion über die Baader-Meinhof-Gruppe lag. ›Gruppe‹, auf diese Bezeichnung hatten wir uns schließlich geeinigt. ›Bande‹ war durch die *Bild*-Zeitung gebrandmarkt, und mit Springer wollten wir kaum weniger zu tun haben als mit dieser ›Bande‹, die sie für mich blieb. Kriminelle.

Denn wir hatten größere Pläne. Wir planten ein *UZ*-Mobil. *UZ* stand für *Unsere Zeit*. Die Wochenzeitung der DKP. Noch vor den Sommerferien sollte es einsatzbereit sein. Gerd hatte es zusammen mit Steffen ausgetüftelt. Steffen, ein hochaufgeschossener Mann um die dreißig, war Installateur und verheiratet mit Ingeborg, Stenotypistin. Sie war klein und drall, und ihr niedliches Doppelkinn verlieh ihr, wenn sie es, um den Ernst ihrer Worte zu unterstreichen, auf die Brust zu pressen suchte, eine trotzige Würde. Steffen schaute sie dann mit dem ängstlichen Gesichtsausdruck eines besorgten Elternteils an, die Brillanz seines Sprösslings könnte unterbewertet werden. Wie wünschte ich ihnen alles Gute! Ehen gab es, die kaputtgingen an der Parteiarbeit. Wir alle hatten Anteil genommen am Scheitern der Ehe von Jan und Ella Vieth. Und warum? Zu viel Parteiarbeit. Jetzt war Jan mit einer Genossin zusammen auf der Basis: Familienleben kennen wir nicht.

Mensch oder Menschheit, hatte ich mit ironischem Unterton zu Marga gesagt, worauf die mir einen ihrer historisch-materialistischen Vorträge gehalten hatte. Erstens, These: Nummer eins ist der Mensch. Zweitens, Antithese: Nummer eins ist die Menschheit. Drittens, der weite Weg zur Synthese: das Ziel der menschlichen Menschheit.

Einmal mehr war mir dabei vor lauter Dialektik Hören und Sehen vergangen, und ich hatte mich nach dem gesunden Menschenverstand eines Karl Popper gesehnt. So wie Marga ihre Dialektik handhabte, konnte sie genauso gut Gottes Wille sagen. Alle Umwege, Fehlschläge, Missstände ließen sich damit erklären. Dialektik: so unerforschlich wie Gottes Wirken und Walten. Ihr das zu sagen war zwecklos. Es hätte nur einen weiteren, noch abstrakteren Vortrag nach sich gezogen, womöglich mit Original-Zitaten aus den marxistischen Klassikern gespickt. Anfangs hatte ich noch gedacht, sie benutze diese Floskeln zu einer respektvollen Parodie der berühmten Altvorderen, und meine belustigte Reaktion hätte uns fast einen Streit beschert. Nun begnügte ich mich mit zuverlässigem Nicken und dachte mir meinen Teil, eine Haltung, die ich mir allmählich nicht nur im Umgang mit Marga zu eigen machte.

Seit wann, fragte ich mich immer öfter, gab es für sie nur noch dieses Entweder-Oder? Überzeugung statt Überlegung? Seit wann las ich immer öfter dieses ›Ich weiß es besser‹ in ihren Augen? Gab es noch ein Du und Ich? Unser freundschaftliches Wir? Oder nur noch das Wir der Partei?

Wo war die warmherzige, aufgeschlossene junge Frau geblieben, die ich damals in der Theostraße kennengelernt hatte, die mich so verständnisvoll herausgeholt hatte aus meinem ziellosen Dahindriften?

Wo war die Freundin geblieben? War je eine dagewesen? Hatte ich die nur sehen wollen, weil ich nicht ahnte, wie weit die Genossin die Möglichkeit einer Freundin schon verdrängt hatte? Als ich ihn zum ersten Mal aus ihrem Mund hörte, diesen Satz: ›Die Sache steht höher als jede private Angelegenheit‹, begriff ich, wie fremd wir uns in diesem einen Jahr geworden waren. Verwundert zugleich, dass mich das kaum bekümmerte. Eher im Gegenteil. Es schuf klare Verhältnisse zwischen Genossin Palm und Genossin Wiedebusch.

Beim UZ-Mobil waren wir uns einig. Das musste her, schnell. Es ging um die Verbreiterung unserer ideologischen Front, so Meike, vulgo die Wahl im Herbst. Es ging um den politischen Durchbruch. Und wie? Gerd und Steffen hatten das Ding ausgeheckt und uns mit dem fertigen Entwurf überrascht. Wir waren gleich Feuer und Flamme für den zweirädrigen Holzkarren, etwa so groß wie ein schmaler Küchentisch, die Deckplatte eine solide Klappe, darunter ein Kasten zum Transport des Materials. An den Seiten eine Vorrichtung zum Hochziehen einer Markise.

Genial!, begeisterten wir uns, sogar Albert und Gretel lachten einander an und übernahmen die Kosten fürs Holz.

Auf eine solide Spanplatte montiert, ließ sich der Karren auf zwei Fahrradreifen an stabilen Rundhölzern schieben oder ziehen. Das hätte der Großvater sehen sollen! In einer Kiste wie dieser hatten wir im Herbst die Reste von den Feldern geklaubt, Äpfel zur Krautfabrik gerollt und Apfelsaft zurück. So wie vor zwanzig Jahren der Großvater den Bollerwagen durch Dondorf geschoben hatte, stemmten nun Gerd und Steffen den Karren durch Eppendorf. Natürlich ordnungsgemäß angemeldet. Uhrzeit, Datum, Standort. Schließlich gab es mehr als einen Infostand auf den samstäglichen Straßen. In Eppendorf stets vor Karstadt und C&A.

Alles lag druckfrisch auf dem neuen Karrentisch. Unsere Stadtteilzeitung: *Eppendorf heute und morgen*. Die neue UZ. Bücher und Broschüren. Was alles so reinpasste in den Bauch des Mobils. Unsere Gruppe war in beinah einschüchternder Stärke vertreten. Die Urheber klar, aber auch Marga und ich, Ingeborg, Meike und Christine strahlten für ein Foto in die Kamera und machten uns mit Flugblättern und Zeitungen an die Bewusstseinsformung der Massen, an diesem lauen Sommertag ein Kinderspiel. Weit weniger als üblich stießen wir auf Unwillen und Ablehnung.

Neulich hatten wir hier für ein Kinderkrankenhaus in Nord-Vietnam gesammelt, ich mit 96,65 Mark Spitze. Hatte jeden abgefangen, der mit dicker Tüte und schlechtem Gewissen aus C&A kam, und erfolgreich zur Barmherzigkeit animiert. Einer steckte sogar fünf Mark in meine Sammelbüchse, und ich gab ihm ein Flugblatt mit. Schoss der nach ein paar Metern auf mich zu und schrie: Ich will mein Geld zurück! Wenn ich gewusst hätte, dass hier die Kommunisten sammeln! Geben Sie mir meine fünf Mark raus! Die geht ihr ja doch nur versaufen!

Ich versprach ihm, einen großen Schluck auf sein Wohl zu trinken, er könne es anscheinend gebrauchen, und der Mann zog unter den üblichen Empfehlungen weiter: Ab nach Sibirien, ab nach drüben, ab in den Gulag. Hauptsache, ab.

Erst mal selber ab!

Einige aber hatten auch genau darum gespendet, weil die Kommunisten die Aktion veranstalteten: Da kommt das Geld sicher an die richtige Adresse, hieß es. Wenigstens das traute man uns zu.

Heute herrschte mich vor der Bar, Ecke Kellinghusenstraße, einer Hochburg der CDU, lediglich eine mittelalterliche Eppendorferin an, ihr aus dem Weg zu gehen, obgleich ich vor ihrem Parfümgestank ohnehin zurückgewichen war, und ein älterer Mann, den ein Hut zum Herrn stilisieren sollte, ein Hut bei der Wärme!, dieser Hutherr riet mir wenig originell, nach drüben zu gehen, worauf ihn meine Antwort, Jong isch kumm us Kölle, als hätte ich ihm auf Russisch lebenslänglich angedroht, in die Flucht schlug.

Wer nichts wollte, und das waren die meisten, lief vorbei an mir und meinem Preisgesang: *UZääät* – die Zeitung der DeKaPeee, heute neu. Warschauer-und-Moskauer-Vertrag in Kraaaft.

Doch mehr als sonst blieben stehen. Endlich waren die Ostverträge mit Polen und der Sowjetunion ratifiziert. Gewaltverzicht und Unverletzlichkeit der Grenzen garantiert. Öfter als sonst sprachen mich Passanten an, die wirklich Auskunft haben wollten. Miteinander statt Nebeneinander. Wandel durch Annäherung. Es tat gut, die Politik der Regierung auch einmal gutheißen zu können. Als dann auch noch Gretel, die aus ihrem Fenster alles beobachten konnte, mit einer großen Kanne Himbeersaft dazukam, fehlte zur Einweihung unseres revolutionären Maskottchens nur noch die kühne Stimme Ernst Buschs mit seiner *Ballade von den Seeräubern*: ›Oh Himmel, strahlender Azur‹.

Den gab es am selben Abend in Alberts und Helmas Schrebergarten. Dorthin hatten die beiden eingeladen, zur Taufe des Propagandawagens, so Albert. Alberts Parzelle lag in einer der schönsten Anlagen Hamburgs, wie er betonte, und er hatte wohl recht. Unweit der Sengelmannstraße, also mitten in der Stadt und dazu am Wasser. In dem Gartenhaus nahe dem Alsterlauf hätten zwei Leute behaglich wohnen können, Licht war da, ein Bad mit Dusche und ein großer Kachelofen, der die zweieinhalb Zimmer im Winter ausreichend heizen würde. Heute hatte Helma draußen Tische verteilt, aber auch einfach ins Gras setzen konnten wir uns, wenn wir nur die akkurat angelegten Gemüsebeete nicht lädierten. Das UZ-Mobil war zur Hausbar umfunktioniert, statt revolutionären Gedankenguts gab es Kartoffelsalat, Schwarzbrot und Sülze, Runds-tücke mit Aal und Matjes, Klöben und Franzbrötchen. Bier, Cola, Wasser, un en lütten Köm. Einen Solidarbeitrag bitte in die Büchse: für Vietnam. Ansonsten blieb das Weltgeschehen draußen vorm Zaun, vorerst jedenfalls. In Parzelle 373 waren wir Frauen mit Rezepten und Gartenweisheit, die Männer mit der Fußball-EM beschäftigt. Und so lief die Politik unterschwellig doch wieder mit.

Auch heute waren mir die Fachsimpeleien über die Chancen unserer Mannschaft interessanter als der Austausch über Schnittmuster und Formen der Mayonnaisezubereitung, und so fand ich mich bald im Lager der Nationalisten wieder, die der deutschen Mannschaft die Daumen drückten und auf die internationale Solidarität, in diesem Fall mit dem sowjetischen Bruderland, pfiffen. Auf diesen Zweikampf würde das Endspiel hinauslaufen, glaubten die meisten von uns.

Ja, dann faahn wi mol los, Hein Dost, vormals Hafenarbeiter, erster Mann am proletarischen Klavier, stand auf, und wir gingen ins Haus und holten unsere Quetschpianos. Ja, dann faahn wi mol los, Heins Aufruf zur Tat. Und aus Dondorf gab der Großvater Antwort: Lommer jonn!

Gretel hatte mir das Akkordeon ihres Bruders überlassen.

Mit diesem Schifferklavier hatte ich mir mindestens soviel Respekt erworben wie mit meiner Doktorarbeit.

Zuerst durften sich die beiden Gastgeber etwas wünschen. Albert überlegte keine Sekunde: *Spaniens Himmel* wollte er hören. Sein bester Freund, Angehöriger des Thälmann-Bataillons, war im Krieg gegen Franco an der Jaramafront gefallen. Es war ein würdiger Auftakt zur Tauffeier unseres rollenden Kampfwagens, dieses Totengedenken, mit der Schlusszeile, gültig für alle Zeit, die ich mitsang wie früher das *Großer Gott, wir loben dich* beim Einzug durchs Kirchenportal nach der Fronleichnamsprozession: ›Die Heimat ist weit‹, sangen wir, ›doch wir sind bereit!/Wir kämpfen und siegen für dich: Freiheit!‹ – ›Wie du warst vor aller Zeit/So bleibst du in Ewigkeit.‹ Freiheit in Ewigkeit!

Helma zögerte einen Moment. ›Auf, auf zum Kampf‹, summte sie, und dann machte sie ihre Altfrauenstimme stark, so stark, dass die junge Genossin durchdrang: ›Dem Karl Liebknecht, dem haben wir's geschworen,/der Rosa Luxemburg reichen wir die Hand.‹

Der Wind blies in kämpferischem Übermut in die Bäume, luftige Parolen ins Grüne, *Unter Spaniens Himmel* stand *Der kleine Trompeter* auf von den Toten, *Roter Wedding, grüß euch, Genossen,* sangen wir und hielten die Fäuste bereit, mit uns zogen die *Partisanen vom Amur,* und wir ›jagten das Pack zum Teufel‹, in den schwingenden Goldregenstrauch, ›reih dich ein in die Arbeitereinheitsfront, weil du auch ein Arbeiter bist‹. Venceremos. Und der Köm schmeckte wie Schabau.

Aus den umliegenden Gärten kamen die Nachbarn. Einer brachte zwei Pechfackeln mit.

Gretel schauderte, Albert biss die Lippen zusammen und wandte sich ab, und Helma bat, die Fackeln zu löschen. Der rote Albert, über die Grenzen des eigenen Schrebergartens bekannt, war eben etwas sonderbar. Was der ernste Mann nicht vermochte, war seiner Frau mit ihrer selbstverständlichen freudigen Hilfsbereitschaft leichthin gelungen: den Nachbarn die Scheu und Vorbehalte vor dem Kommunisten und seinem linken Gefolge zu nehmen.

Wir sangen und spielten auf, auch zum Tanz, wir öffneten die Gartentore und tanzten zwischen den Gärten, den Beeten, auf den Wegen. Rosen und Baldrian, Jasmin und Tagetes wurden mit Zigaretten- und Pfeifenrauch spielend fertig, unsere Lieder schwangen sich hinauf in die würzige Dämmerung, die das Dunkel kaum besiegen würde heute Nacht, dann käm' schon der Tag, un der Jong mit dem Tüddelband un die Heinzelmännchen us Kölle melkten dem Herrn Pastur sien Kauh. Jau!

Unentschieden zwischen dunklem Tag und heller Nacht brausten die Kastanien, die Luft über den Gärten lebte im Duft von Laub und Staub, Blüten und Gemüse, bebte von Vögeln und kleinen Tieren, die das Zwielicht schon verbarg. Hier war sie, die menschliche Menschheit, hier war sie, eine von den Inseln des Glücks. Und wir, die wir hier saßen? Wir hatten doch alles, was wir brauchten. Warum konnten wir es nicht dabei bewenden lassen? Besonders die alten Genossen? Albert und Helma, Gretel und Hein. Hatten sie nicht genug gelitten? Genügend Niederlagen eingesteckt. Und mussten heutzutage wieder soviel Abneigung ertragen. Geht doch nach drüben, war ja noch harmlos. Euch hat Hitler vergessen. Ab nach Dachau. Was unterschied das Ehepaar Friedrichs von seinen gemütlichen Nachbarn, die seit Jahren untereinander Ableger und Stecklinge tauschten und gemeinsam über Bohnensorten fachsimpelten. Warum konnten Helma und Albert es nicht dabei belassen? Weil das Leben einen Sinn haben muss über die eigene Sphäre hinaus, hatte Marga mich etwas ungeduldig und eine Spur von oben herab beschieden. Ja. Einen Sinn. Aber warum gerade diesen Sinn? In dieser Form? War das die Antwort? War diese Gemeinschaft für ein so fernes Ziel, war diese Gewissheit, dieser Glaube, geboren aus den Schmerzen der Vergangenheit, das, was ich gesucht hatte? Hatte ich die lebendige Heimat verlassen, um mich einer abstrakten Heimat der langen Sätze anzuvertrauen?

So hätte ich weiterfragen müssen, sollen, können. Ich tat es nicht. Ich beließ es bei meiner Bewunderung für ihr tapferes Leben für die gute Sache.

Die an diesem Abend so greifbar nah der Gegenwart war. Spaniens Himmel über der Alster, die hinter den Büschen vorbeifloss und herüberglückerte, Behagen und Wohlwollen überall und ›an der Eck stieht en Jong mit'm Tüddelband‹, stimmte einer der Nachbarn an, und wir folgten auf unseren Schifferklavieren. ›Jo, jo, jo, klaun, klaun Äppel wüllt wie klaun ruck zuck övern Zaun. / Ein jeder aber kann dat nich, denn he mutt ut Hamborg sien.‹

Ich sang folgsam mit, drückte die richtigen schwarzweißen Tasten, aber ich spielte den Quetschebüggel, und die Kindheit winkte, und der Großvater ließ die Steine titschen und die Wellen am Rhein traten über die Ufer und flossen nordwärts und füllten mein Herz bis zum Rand und darüber, es lief über und sang Plattdüütsch op Kölsch. Und ich sah den Dom su vür mir stonn, un bei Palms do es de Pief verstopp und de Wienands han 'nen Has em Pott, denn he mutt ut Hamborg sien, wenn isch su an ming Heimat denke.

Das tat ich. Die ganze Nacht. Suchte ein Gefühl zu ergründen, das ich mir weder zu erklären, geschweige denn zu benennen wusste.

Anfangs hatte mir die doppelte Fremdheit – fremd in der Stadt, fremd in den Denkmustern der Partei – das Einleben sogar erleichtert. Ich konnte zwischen den Fremdheiten pendeln, das Unbehagen am einen auf das Ungenügen des anderen schieben und umgekehrt, sozusagen den Sündenbock wechseln, damit ich nichts grundsätzlich in Frage stellen musste. Doch allmählich war es mir gelungen, mir meine Gewohnheiten zu schaffen. Gewohnheiten sind geschützte Gehege. Man gelangt hinein und fühlt sich behütet.

Nun fühlte ich mich anerkannt und sicher. In dieser Gruppe und in dieser Stadt. Nicht geborgen, nein, dazu hätte es eines Hugo bedurft, aber doch so fraglos meiner gewiss wie seit seinem Tod nicht mehr.

Warum dachte ich dann, je wohler ich mich in Hamburg fühlte, desto häufiger an zu Hause? Mal an Dondorf, mal an Köln. Heimweh war es nicht – oder doch? Ich wollte ja nicht weg von hier, nicht ze Fooß noh Kölle jonn, wo ich keine Zukunft hatte, jedenfalls nicht im Augenblick. Und nach Dondorf? Ja, er fehlte mir, der Dondorfer Rhein. Mit der Alster hatte ich schon Bekanntschaft geschlossen, gute Bekanntschaft, mehr nicht, Freundschaft wäre viel zu viel gesagt. Die Außenalster mit ihren Segelbooten im weißen Kranz besonnter Villenfassaden und nobler Segel- und Ruderclubs bot sich mir dar wie ein exquisit gedeckter hanseatischer Teetisch, stilvoll glitzernd zwischen unnahbar und verlockend – aber war ich eingeladen? Eingeladen wie an den Rhein, unter die Großvaterweide, wo man sich sein Hasenbrot mitbringen und selbst zubereiten musste, so wie seine Träume, die man selbst herauslesen musste aus den Steinen, wie seine Überraschungen, die man sich selbst bereiten musste, mit viel Phantasie, die man mitbringen musste.

An der Alster war alles da. Sogar die Vergangenheit; das Generalkonsulat der USA, vormals Sitz der Gauleitung der NSDAP. Die Alster bot alles zum Greifen nah. Zum Zugreifen. Aber auch für mich? Musste man nicht nur zum Äppel klaun ut Hamborg sien, sondern auch zu deren Genuss? Zum Reinbeißen?

Drei Gruppen gehörte ich an, Wohngebiets- und Doktorandengruppe und dem Privatissimum bei Griebel. Drei Gruppen, drei Sprachen, drei Welten. Nun gut, zweieinhalb, denn mit den Genossen in Wohngebiets- und Doktorandengruppe teilte ich zumindest den ideologischen Wurzelgrund, Mutter Partei wie Mutter Kirche: im selben Glauben fest. Doch auch hier lagen die Gewichte verschieden, stand im Storchennest die praktische Politik, die Basisarbeit, im Vordergrund, während wir uns im Marga'schen Wohnzimmer im Überbau tummelten, sodass ich an einem Abend um den Sand für den Kasten in der Kegelhofstraße stritt, um mich am nächsten über das lyrische Subjekt als analysierende und wertende Instanz zu ereifern. Natürlich immer auf Linie.

Schwierig wurde es für mich bei Griebel, wo sich zweiwöchentlich die Limousinensozialisten trafen, wie Franz sie titulierte. Hier diskutierten wir Grundsätze marxistischer Ästhetik, in Wirklichkeit bloßer Vorwand, um sich bei Griebel hervorzutun. Da war Simone, eine schicke Blondine, die im Tonfall dieser näselnden Überheblichkeit der Eingeborenen aus Hamburch bewundernswert geschickt im Kreis herumtänzelte und mit immer schneller und kürzer werdenden Sätzen die revolutionären Kräfte der Massen beschwor. Oder Hubertus, der mit einer Aussprache sämig wie Malerfarbe den Raum mit Wörtern und Sätzen derart dekorierte, dass der Inhalt kaum noch eine Rolle spielte. Dazu war er groß und braungebrannt, hätte in Matrosenkluft auf jeden Segler, jedes Werbefoto gepasst. Er gehörte zum KB, dem Kommunistischen Bund. Die hielten die DKP für so revisionistisch, dass sie zur Wahl der SPD aufriefen.

Im Kreise dieser Kommilitonen aus ›in unseren Kreisen‹ wusste ich nach der ersten Viertelstunde: Bei diesem Pfauentanz, diesem Wettbewerb wissenschaftlichen Radschlagens konnte ich nicht mithalten. Und wie in Köln, wenn ich mit Personen wie Brigitte Breidenbach zu tun hatte, fühlte ich wieder diese Mischung aus Verachtung und Neid. Nur waren hier keine Kapitalisten am Werk, die den Arbeiter ausbeuten wollten. Niemand von Griebels Leuten sah auf die Arbeiterklasse herab. Im Gegenteil. Hier saßen deren Erzieher, die wussten, wo's langgehen sollte für den Erziehungsbedürftigen, den unbedarften Genossen Arbeiter. Vormunde, die wussten, was das Bessere war und nur das Beste wollten. Solange sie selbst die Besten blieben und das Beste ihnen blieb.

Abende bei Griebel taten mir nicht gut. Ich brauchte danach jedesmal ein Bier mit Menschen wie Steffen und Ingeborg, die geradeaus dachten und sprachen. Ohne Vor-Mund.

Zwischen diesen drei Gruppen bewegte ich mich wie eine Tänzerin in einem andauernden Spagat. Das strengte an, kostete Kraft, barg die Gefahr, sich zu verformen. Ich brauchte Orte mit festem Boden unter den Füßen. Schon immer waren das meine Bücher gewesen. Und meine Wege. Früher an den Rhein, ans Wasser, jetzt an Elbe und Alster. Mit mir allein sein und mit meinen stummen Gesprächspartnern. Scheinbar stumm. Wie sie mir zusprachen, die Bücher, die Bäume, die Wellen, wie sie mich zur Räson brachten, die klugen Begleiter, uralte Vorfahren und Zeitgenossen in einem, allen voran der unerbittliche Wellenschlag der Elbe.

Dorthin ging ich, wenn ich mehr brauchte als den milden Trost des Alsterlaufs, ihr laues Versickern in Gras und Riet, bevor der Fluss sich zu den großen Seen staut.

Für Verzweiflung musste die Elbe her, am besten, wenn ein steifer Nordwest das auslaufende Wasser zurückzuhalten suchte. Dann kämpften Wasser und Wind, wie es kämpfte in mir, um meinen Standort aus diesem Gemenge von Klassenstandpunkt und Vernunft. Wenn eine Meinungsverschiedenheit um die Politik der real existierenden Bruderländer von Meike oder Albert wieder einmal als Verrat ausgelegt worden war, um mich mundtot zu machen. Hatten die nicht doch recht, die jede Diskussion um die Politik der sozialistischen Länder mit dem Hinweis auf die Toten an der Mauer, die Toten des Stalinismus abbrachen? Die von Zensur und Unterdrückung sprachen? Konnte man Gerechtigkeit mit Unfreiheit erkaufen?

Dann überließ ich der urgermanischen Kämpferin albijo, der germanischen Albia, der Albis des Plinius und des Tacitus das Sagen, millionenalter Frauenpower, die dem Rhein, 1233 Kilometer, mit 1094 Kilometer der Länge nach in die Nordsee folgte, machte aus ihnen ein Paar, das sich nie begegnet und doch ins große Ganze geleitet wird und vereint. Dann zog sich meine Verzweiflung über die Unvollkommenheiten der Genossen, mich inklusive, oder meine Verzagtheit ob der fernen Ziele des Kampfes auf ein erträgliches Maß zurecht, und ich war wieder willens und bereit, mich Wassertropfen in den Dienst des Stroms, der großen Sache zu stellen.

Dennoch: Ich fand auf meinen von Marga gestifteten Matratzen in meinem glänzend aufpolierten Bett vom Sperrmüll keine Ruhe, und die Frage ließ mich nicht los: Warum dachte ich, je wohler ich mich hier fühlte, desto häufiger an zu Hause? An manchen Tagen gab es nichts, das nicht an

Dondorf erinnerte oder an Köln und die geliebten Menschen dort. Aber die Stadt wehrte sich gegen diese Übermalungen, und ich half mir damit, die Bilder untereinander zu mischen, sie ineinanderzuschieben und wieder zu lösen, ich begann, diese Verschiebungen zu lieben, sie waren ein Spiel, das mir Hamburg näherbrachte und die Heimat, das Rheinland, lebendig hielt. Wenn die Piwipp unter der Krugkoppelbrücke Kurs auf die Heilwigstraße nahm, der Kölner Dom die Lücke des abgerissenen Mariendoms schloss, Senatoren aus dem Rathaus in den Sitzungspausen gegenüber beim Früh ihren halven Hahn mit läcker Kölsch verdrückten, der Kölner Kardinal im Michel den Hamburgern die Lewiten las.

Am meisten verwirrte mich, dass ich hier, das Hamburger Missingsch im Ohr, diese norddeutsche Bemühung um ein Hochdeutsch mit Knubbele, wie man zu Hause sagte, dass ich hier meinen Ohren nicht traute, als ich mich selbst bei diesem rheinischen Singsang ertappte, den ich mir vor Jahrzehnten mühsam abtrainiert hatte. Auf dem Speicher mit Annette von Droste-Hülshoffs Gedicht *Der Knabe im Moor*. Ausgerechnet ich, die ich doch so stolz war auf mein hochdeutsches Dichterdeutsch, ließ Wörter und Sätze plötzlich heimwärts schwingen. War es der Trotz des Quittje? Der damit Front machte gegen die gebürtigen Hamburger und erst recht die geborenen? Oder eine Form der Selbstvergewisserung, Rückkehr zu meinen Wurzeln? So wie ich mich mit dem Eintritt in die Partei der Arbeiterklasse meiner Wurzeln entsonnen hatte? All das Neue, das Fremde. Es forderte heraus. Strengte an. Das Bekannte, das Vertraute stillt. Es beruhigt, entspannt. Brauchte ich daher dieses sanfte Wiegen in der rheinischen Muttersprache? Mag sein. Doch als Antwort auf meine Frage befriedigten mich diese Erklärungsversuche nicht. Aber ich wurde mir immer gewisser: Heimweh war es nicht, das ich spürte. Ich wollte nicht zurück. In keinerlei Hinsicht. Im Gegenteil. Ich wollte all das, was ich mir schon erobert hatte und noch erobern würde, auch für die, die ich zurückgelassen hatte. Ich wollte, dass sie vorwärtskamen. Wie ich. Sie sollten von meinem Aufbruch profitieren. Alle, die ich zurückgelassen hatte. Und das Wort für dieses Fernweh nach Haus? War es Erwartung?

Erwartet wurden vor allem Briefe aus Köln und Dondorf. Kurze Lebenszeichen von und nach der Altstraße, sorgfältig ausbuchstabierte Episteln zwischen Hamburg und Köln. Hier war besonders mein frischerworbenes Wissen in Sachen Marxismus gefragt.

›Ihr fragt‹, begann ich eine umfängliche Erklärung, ›wie der Kapitalist zu seinem Profit kommt. Angenommen, ein Arbeiter macht acht Stunden lang aus einem Eisenblock Nägel. Er braucht dazu Werkzeug und Rohstoff, den Eisenblock. Beides stellt der Kapitalist zur Verfügung. Er braucht dazu aber auch die Arbeitskraft des Arbeiters. Es ist allein diese Arbeitskraft, die den Mehrwert schafft, und zwar folgendermaßen …‹, ging es über drei Schreibmaschinenseiten an die wissbegierige Kölner Verwandtschaft, um dann zu enden: ›Aber viel besser, als ich das jetzt so aus dem Kopf in die Maschine gehämmert hab, steht die Sache in *Lohnarbeit und Kapital*, dort ist das Ganze auch viel differenzierter dargestellt. Ich hoffe aber, dass die Sache auch so klar ist.‹

Wie zufrieden war ich jedesmal, wenn ich wieder einen Brief wie diesen für meine Kölner zu Papier gebracht hatte. Nicht immer wagte ich mich dabei auf derartiges Neuland, das sich ziemlich dicht an einem mathematischen Dreisatz bewegte, mir seit Schulzeiten verhasst. Sei's drum, was tat man nicht alles um des wahren Glaubens willen.

Auch wenn sich Jutta, die Pädagogik mit Schwerpunkt Psychologie studierte, an mich wandte, gab ich mir alle Mühe. So, als es um Wilhelm Reich ging.

›Ich bin zwar kein Spezialist auf dem Gebiet, weißt du ja‹, begann ich, ›aber ich will mal aufschreiben, was mir dazu so einfällt.‹ Und ob mir was einfiel! Seitenlang machte ich den armen Kerl fertig: ›Es stimmt, dass Reich ein beliebter Autor der Studentenbewegung war, weil er den anarchistischen Strömungen, die damals eindeutig den Ton angaben, außerordentlich stark entgegenkam. Übrigens ist Reich aus der Partei ausgeschlossen worden, wegen Sektierertums. So, jetzt aber Schluss mit dem Macker! Soviel Papier und Buchstaben hat der gar nicht verdient. Was macht denn die Konstituierung der Parteigruppe?‹

Ich verteilte meine neuen Überzeugungen mit dem alles verschlingenden Bekenntnisfeuer der Neubekehrten. In der Wohngebietsgruppe machte man mich zur Bildungsbeauftragten. Nicht müde wurde ich, die These: ›Kultur ist, wie der ganze Mensch lebt‹, mit Leben zu erfüllen, wie es bei uns hieß. ›Jede Kulturleistung‹, so die Prämisse, ›trägt Ansätze zur Entwicklung der Humanität in sich. Diese Ansätze gilt es, konsequent für eine sozialistische Umgestaltung der Gesellschaft zu nutzen, einer Gesellschaft, die allen Menschen freie und gleiche Möglichkeiten ohne Furcht vor Not und Unterdrückung bieten soll.‹

Bildung vermitteln wollte ich, mich einsetzen für die Möglichkeit der Arbeitenden, daran teilzunehmen. Ich hatte meine Rolle gefunden. Ich wollte den Menschen die Scheu nehmen vor dem, was sie als ›nix für unsereins‹ betrachteten, vor der sogenannten Hochkultur. Ihnen klarmachen, dass auch die Eroberung dieser Schätze ein Stück Klassenkampf war. Literatur, Kunst, Musik, das war nicht exklusiv für die oberen Zehntausend. Dafür wollte ich Begeisterung wecken.

Wie liebte ich den Satz von Karl Marx: ›Das Tier formiert nur nach dem Maß und dem Bedürfnis der species, der es angehört, während der Mensch nach dem Maß jeder species zu produzieren weiß und überall das inhärente Maß dem Gegenstand anzulegen weiß; der Mensch formiert daher auch nach den Gesetzen der Schönheit.‹

Begeistern wollte ich meine Storchennestler für Mozart und Bach, für Rembrandt und Picasso, für meine geliebten Dichter. Meine Liebe wollte ich teilen. Mit-Teilen. Einfach war das nicht: Wollte ich den Genossen nicht etwas als lebensnotwendig aufschwatzen, was sie noch nie vermisst hatten? Um den Funken in ihnen zu entzünden, brauchte ich die ganze Leidenschaft der Liebenden.

An Abenden wie diesen erfuhr ich, wie sehr Sprechen und Denken in eins gehen. Wittgenstein, hätte Hugo kommentiert: Die Grenzen meiner Sprache bedeuten die Grenzen meiner Welt oder so ähnlich. Einleuchtend, gewiss. Aber so hautnah erlebt hatte ich das noch nie. Miterleben können, wie neue Wörter neue Erkenntnisse hervorbrachten und diese wiederum nach neuen Wörtern und neuen Kombinationen bekannter Wörter verlangten. Dass es keine Erkenntnisse geben konnte, ohne diese zur Sprache zu bringen, in Worte zu fassen. Zu fassen kriegen: wie eine Beute. Das musste gelernt werden. Das Lernen gewollt werden. Die hier im Storchennest hatten diesen Willen, und schon das machte sie zu Vorkämpfern ihrer Klasse: lernen wollen. Und es war großartig zu erleben, wie sie das neue Vokabular und die sprachliche Gewandtheit, die sie in Debatten um erfundene Menschen und Probleme erwarben, im Alltag einzusetzen wussten. Wie gut sie bald zu sprechen vermochten, wenn die Rede auf konkrete Angelegenheiten kam, etwa Ärger im Betrieb oder mit dem Vermieter.

Ich selbst lernte in diesen Diskussionen vor allem eines:

Hat man den Menschen erst einmal hinter einer Meinung verschwinden lassen, ist der Rest einfach. Eine Meinung kann man nicht lieben. Mit einer Meinung kann man nicht befreundet sein. Aber man kann sie bekämpfen. Den Menschen gleichzusetzen mit seiner Meinung: Davor wollte ich mich hüten. Wer die Meinung für den Menschen nimmt, kann hemmungslos draufhauen. Ich schwor mir, immer, so gut es ging, den ganzen Menschen im Auge zu behalten, zu versuchen, mich in mein Gegenüber hineinzuversetzen, die Beweggründe seiner An-Sicht kennenzulernen. Und vor allem: seine Vergangenheit, seine Geschichte zu berücksichtigen. Das hatte ich mir schon in meinen Gesprächen mit Vater und Mutter zu eigen gemacht. Wer hätte hinter der biederen Gretel Hoefer, die gegen Make-up und Lippenstift Sturm lief, die Widerstandskämpferin vermutet? Im wohlsituierten Hamburger Unternehmer Karl Kaufmann den NSDAP-Gauleiter, Reichsstatthalter und politischen Leiter der Gestapo, verantwortlich für das KZ Fuhlsbüttel und die Hamburger Judenverfolgung?

Ohne zu wissen, was ein Mensch erlebt hat und erlitten, bleibt er Schablone, die wir mit unseren Vorstellungen ausmalen.

Die Mutter drängte: Wann kommst du? Dem Pappa geht es nicht gut. Das Herz.

Bertram und Jutta lockten: Wir sind umgezogen. Nahe der Agneskirche. Kannst bei uns wohnen.

Ich wartete das Semesterende ab und setzte mich in den Zug. Wie immer stieg ich am Rathaus aus und ging die wenigen Schritte zur Altstraße. Nichts hatte sich verändert. Sachte plätscherte das Wasser im Gänsemännchenbrunnen, die Sonne saugte die Pfützen der letzten Regenfälle auf, der Himmel floss über von goldenem Licht, und ein Flugzeug hoch oben feierte meine Heimkehr mit einem kühnen weißen Ausrufungszeichen.

Niemand erwartete mich, ich hatte meine Ankunft nur ungefähr angekündigt. Selbst die Nachbarinnen verpassten mein erstes Klingeln nach der langen Reise aus Hamburg. Die Mutter machte auf.

Kenk, rief sie, und es klang wie Help, aber das bildete ich mir wohl nur ein. Ich schloss sie in die Arme. Sie roch verschwitzt in ihrem abgetragenen Kittel und nach einem neuen Putzmittel. Aus der Küche wehte Kuchenduft.

Josäff, rief die Mutter, hielt mich auf Armlänge von sich und musterte mich wie einen Gegenstand, der einem gerade mit Garantie überreicht worden ist. Nickte ein paarmal, als wolle sie sich den Empfang bestätigen, rief noch einmal nach dem Vater und zog mich in die Küche.

Der Kuchen war fertig, der Kaffee auch. Der Vater schlurfte aus dem Schuppen. Ja, er schlurfte. Was nicht nur an seinem Bein lag. Die Krankheit hatte von ihm Besitz ergriffen und würde nicht mehr weichen. Ich drückte ihn an mich und erschrak. Er war klein geworden und dünn und atmete schwer. Ein alter Mann. Nie hatte ich an den Vater als einen alten Mann gedacht. Der Vater: Das war eine alterslose Gewissheit gewesen.

Die Mutter schaute argwöhnisch, als hätten wir etwas zu verbergen. Auch sie schien mir in diesem einen Augen-Blick vom Vater zu ihr hinüber älter geworden, wenn auch nicht so sichtbar. Ich trug den Koffer nach oben und fühlte mich elend und fremd.

Am Küchentisch mit dem tröstend vertrauten Wachstuch

tat ich, als hätte ich monatelang nichts derart Gutes gegessen wie diesen Kuchen, die Mutter hatte mit Schokostücken und Schokoguss nicht gespart. Wir beide tranken Bohnenkaffee, für den Vater gab es nur noch Muckefuck, Malzkaffee oder Kräutertee. Die Gabel bebte in seiner Hand, und er schaute mich von der Seite an und griff das Kuchenstück mit den Fingern. Unser Kölner Einkauf bei C&A fiel mir ein. Russisch Ei hatte der Vater im Kaufhof bestellt und es mit Messer und Gabel essen wollen. Nur mit der Gabel, hatte ich ihn belehrt, da gibt es ja nix zum Schneiden. Worauf der Vater Kotelett geordert hatte: Auch de Prolete konnten mit Messer und Gabel essen.

Ich legte die Gabel beiseite, lachte dem Vater zu und nahm den Kuchen in die Hand.

Erzähl, Kind, drängte die Mutter, sie haben ja eine von de Terroristen bei eusch jeschnapp. Isch hab dir ja jesacht: Pass auf disch auf! Un dabei war der Vatter von der auch noch Pastur. War dat da, wo du wohnst?

Nä, Mamma, beruhigte ich sie, das war mitten in der Stadt.

Ja, abber du wohnst doch auch mittendrin, beharrte die Mutter, haste doch jeschrieben.

Wärm hie drin, der Vater wischte sich die Stirn mit dem Hemdärmel. Isch jeh schon mal raus. Der Vater ließ den Kuchen liegen, stand auf und ging.

Da siehst du et selbst, seufzte die Mutter.

Ich nickte. Mehr gab es nicht zu sagen.

Stattdessen erzählte die Mutter von den unsichtbaren Dingen, wohl auch, um die sichtbare Traurigkeit zu verjagen. Dass der Hund vom Briefträger den Briefträger gebissen habe, also den Kollegen. Und da hat der eine den anderen verdroschen, also der Gebissene den Hundehalter, obwohl doch beide Briefträger, also Kollegen. Auf die Post war die Mutter ohnehin schlecht zu sprechen. Hatten die doch Bertram seinen seit Jahren sicheren Job als Aushilfsbriefträger verweigert: zu lange Haare. Angeblich hätten die Leute sich vor ihm gefürchtet.

Aber die Geschichte ging noch weiter, denn der Pfarrer, der evangelische, hatte sich auch noch eingemischt. Auch den hatte der Hund gebissen, sogar zuerst, sonntags nach der Predigt. Gottseidank war der Hund nicht sehr groß, nur ein Dackel, Langhaardackel, so wie der von Franziska, kennste doch, sagte die Mutter, die Frau vom Bürgermeister, vom alten, da, wo du Weihnachten dat Alpenveilschen hinjebracht hast, für dat Schuljeld Danke sagen. Un dann nach Jrafenbersch, dat Franziska. Und jetzt beide tot.

Anfangs tat es gut, die Mutter reden zu hören, nur ihrer Stimme zu folgen, dem vertrauten Klang. Doch je länger sie sprach, desto stärker drängte sich mir der Verdacht auf, die Mutter erzählte nur aus einem Grunde so unablässig immer weiter: Sie hatte Angst. Angst vor der Geschichte, in der sie lebte mit diesem kranken Mann, Angst vor der Geschichte, in die sie bald hineingeschrieben würde, Angst vor dieser Geschichte, die sie doch gar nicht erzählen wollte. Erzählen wir uns deshalb unsere Geschichten, dachte ich, immer neue Geschichten, erfundene oder erlebte, aus Angst vor dem Ende einer jeden Geschichte? Auch der eigenen?

Wir verschoben unseren Gang zum Friedhof auf morgen, und ich sah nach dem Vater. Er saß im Schatten vorm Schuppen. Nie, außer in der Kirche, hatte ich den Vater je so sitzen gesehen. Die Hände im Schoß. Die starken Arbeitshände, die sich selbst noch in den vergangenen Jahren, als sie, schon dünn, fast durchsichtig, beinah vornehm aussahen, immer an etwas zu schaffen gemacht hatten.

Der Vater stand auf. An de Rhein schaff isch dat nit mehr, sagte er. Abber isch zeisch dir wat. Mir jehen op dr Bersch.

Bedächtig schloss der Vater das Gartentor und wandte sich, nicht wie unzählige Male zuvor, nach links, auf unseren Weg an den Rhein, ans Wasser; nach rechts ging es, die kurze Anhöhe hinauf, eben op dr Bersch, in unser schmales Gartenstück neben dem Haus des Steuerberaters, das mir einst mit seinem schüchternen Stuck und einem Balkon der Inbegriff feinen Wohnens gewesen war. Jetzt, die Hamburger Prächtigkeiten im Sinn, tat mir das ergraute Gemäuer, das dringend eines neuen Anstrichs bedurfte, beinah leid.

Der Vater schloss das Gartentor auf. Wieder mit derselben Bedächtigkeit, wie er das Haustor zuvor hinter uns zugemacht hatte, als wolle er sich mit diesen einfachen Gesten seiner hausherrlichen Schlüsselgewalt versichern.

Nach seinem zweiten Herzinfarkt waren die meisten Gemüsebeete, Erdbeerrabatten und Kartoffelfurchen verschwunden. Ich starrte auf die Reihen keimender Erbsenpflänzchen und die dünnen Stöckchen, an denen sie sich hochranken sollten. Zwischen den Bohnenstangen waren Fallen für Feldmäuse aufgestellt. Das Salatbeet blankgewetzt von Schnecken. Onkel Schäng hatte mit ein paar Kumpels und dem Vater Obstbäume gepflanzt, Zwergobst: Pfirsiche, Birnen, Pflaumen, alte Apfelsorten.

Neu war die Bank am Ende des Gartens beim Zaun neben der Kiefer im Garten des Nachbarn und der Hundehütte für Benno, seit Jahrzehnten eine teufelsschwarze Mischung aus wechselnden Rassen. Benno, der Dritte oder Vierte, hatte Pudel- und Boxerblut, und er lag wie seine Vorgänger an einer Kette. Seit mich als Kind auf dem Hof des Rüppricher Großvaters ein Boxer, den ich von der Kette befreien wollte, angefallen hatte, waren mir Hunde nicht geheuer. So war ich froh, dass mich der Zaun von Benno und seinen außerordentlich langen Schlappohren trennte. Doch wie erstaunte ich, als uns der Hund, soweit die Kette reichte, auf seiner

Seite des Zaunes freudig kläffend, wie mir schien, entgegenlief, gar nicht zu vergleichen mit dem üblichen wütenden Gebell seiner Vorgänger, kehrtmachte und neben uns mit schwingenden Ohren zur Bank trottete. Der Vater zog einen undefinierbaren Batzen aus der Hosentasche, hielt ihn vor die Brust, und Benno, ja, der machte tatsächlich Männchen und wurde mit einem Mettbrötchenrest, durch den Maschendraht hindurch belohnt.

Dat hätt mir keiner jejlaubt, der Vater zog ein zweites Brotstück hervor, dat dä Benno mal Männsche machen tät. Sitz, Benno, kommandierte er, und der Hund gehorchte mit einem Winseln, das mir Dankbarkeit auszudrücken schien. Endlich einmal kümmerte sich jemand um ihn, hier am äußersten Ende seiner Welt.

Der Vater ließ sich auf die Bank fallen. Un jetzt kommen die anderen dran. In kurzen Schwüngen streute der Vater Körner unter die Tauben. Dat is noch Hühnerfutter von dä Omma. Die Mamma hat de Höhner ja direkt abjeschafft. Dä janze Sack is noch voll.

Dass die Tauben von nebenan herbeischwirrten, war zu erwarten, aber was der Vater mit dem unglücklichen und gefürchteten Kettenhund zuwege gebracht hatte, darauf konnte er stolz sein. Und das sagte ich ihm, selber stolz auf seinen Stolz. Dass der schwerkranke Mann noch etwas hatte, worauf er stolz sein konnte, tat gut. Mir so gut wie ihm. Sein blasses Gesicht, so müde, als könne es kaum noch einen Ausdruck zustande bringen, belebte sich, zartes Rot stieg in seine Wangen, und durch den milchigen Schleier seiner Augen brach das klare Grau. Einmal noch, dachte ich, einmal noch, so leicht, als wäre es nichts auf der Welt, an den Rhein gehen, ans Wasser, wie im vergangenen Jahr, miteinander, meine Hand in deiner Manteltasche, als hätten wir das seit Kinderzeiten geübt. Eingeübt wie den Weg, am Rathaus vorbei, Dorfstraße, Schinderturm, Kirmesplatz, bis die Häuser aufgeben und die Wiesen triumphieren. Vor der Reithalle steht im Mai der wilde Flieder, still ins Wiehern der Pferde breiten seine Dolden den Duft. Einmal noch. Als wäre es nichts auf der Welt. Oder alles.

Hilla, sagte der Vater leise in das Gurren der Tauben, wenn de mal wat Kleines krieschst ... Der Vater holte tief Luft, un wenn dat en Mädschen is, dann tät isch mir wünschen, dat dat en Orsela is. Eine Ur-su-la. Der Vater lachte rau.

Pappa! Ich, ich mein ... Ich hab doch gar keinen Mann.

Dat kommt wieder. Abwarten. Beinah verwegen spitzte der Vater die Lippen.

Und warum Ursula?, wollte ich wissen. Wie kam der Vater auf diesen Namen, wo es in unserer Familie von Annas und Marias in zahlreichen Variationen von Annemarie bis Marianne nur so wimmelte. Bestenfalls noch Elisabeth; auch dazu fielen mir auf Anhieb vier Verwandte ein.

Ursela, wiederholte der Vater, um korrekte Aussprache bemüht. Dat is ene schöne Name. Dat heißt ›die kleine Bärin‹, sacht der Kreuzkamp. Dat wird dann mal en tüschtijes Kind. Versprochen? Der Vater hielt mir seine Hand hin. Ich schlug ein. Sie war kalt. Ich hielt sie fest, bis sie sich allmählich erwärmte. Ursula, sagte der Vater. Dann gingen wir zurück ins Haus. Unter unseren Sohlen Hühnerfutter und Taubendreck. Mit meiner Überraschung würde ich bis morgen warten.

Kurz vor meiner Abreise hatte ich Albert und Bruno in einer erregten Diskussion angetroffen. Ihre aufgebrachten Stimmen schallten mir aus dem Hinterzimmer im Storchennest schon durch die Tür entgegen.

Das ist doch die Höhe! Hilla! Deern! Was sagst du dazu?, empfing mich Albert und hielt ein Reclam-Heft in die Höhe, nach dem sein Gesprächspartner, Bruno Kowalski, vergeblich hinaufreichte. Bruno, ein schweigsamer, in sich gekehrter Mann, eine ausgemergelte Gestalt mit zerfurchtem Gesicht und plattgedrückter Nase, die wie zerschlagen wirkte, war seit dem Frühjahr in Rente und aus der Betriebsgruppe bei Blohm + Voss zu uns gewechselt. Er war verwitwet und kam aus Schlesien. Alt Budkowitz hatte er bei seinem Einstand selbstbewusst erzählt und war, als keinerlei Reaktion erfolgte, wieder verstummt.

Gib mir mein Buch wieder, protestierte er. Was hat dir das Buch getan?

Das Buch gar nichts, höhnte Albert. Aber der Verfasser. Und das Jahr: 1937! Da hättest du es schon besser wissen müssen!

Zwei Vertreter der Arbeiterklasse, die sich um ein Buch stritten. Das gefiel mir. Offensichtlich trugen meine Bildungsabende Früchte.

Worum geht's denn? Ich nahm Bruno das Heft aus der Hand. *Durch Asiens Wüsten*, las ich. *Drei Jahre im innersten Asien*. Sven Hedin. Der Name traf mich wie ein Klaps auf die Schulter: Erinnere dich! An den Vater. An den Vater neben mir auf einer Bank am Rhein, neben mir auf einem Baumstamm im Erlengebüsch, wo er sich mir anvertraut hatte, zum ersten Mal vertraut. Von der kleinen Erbschaft der Eifeler Tante hatte er erzählt, wo er nach dem Tod des Vaters eine Zeitlang gewohnt hatte und zur Schule gegangen war. Dann hatte der neue Stiefvater ihn zurückgeholt, die Katastrophe seines Lebens. Als die Tante ihm ein Buch nachschickte, sein Lieblingsbuch, vergrub dieser Mann das Buch vor den Augen des kleinen Josef im Misthaufen. Mit dem Ochsenziemer schlug er den Stiefsohn bewusstlos, als der das Buch heimlich wieder herausholen wollte.

Ein Buch von Sven Hedin.

Nie wieder hatte ich den Vater darauf angesprochen, und Sven Hedin war mir ein nichtssagender Name geblieben. Alter Reiseschriftsteller, sowas wie Karl May, mutmaßte ich. Umso mehr verblüffte mich diese heftige Diskussion. Da musste es um weit mehr gehen als um Asiens Wüsten.

Nach und nach fügte sich mir aus dem Streit der beiden Genossen ein Mosaik von Sven Hedin zusammen. Ihre Meinungen über den Verfasser gingen allerdings gewaltig auseinander.

Sven Hedin, soviel stand fest, 1865 in Stockholm geboren, 1952 dort gestorben. Der berühmteste Forschungsreisende seiner Zeit: Transhimalaja, die Quellen von zig Flüssen, den wandernden See Lop Nor, die Überreste von Städten, Grabanlagen und der Chinesischen Mauer in den Wüsten des Tarimbeckens, alles von ihm entdeckt. Das Hedingebirge nach ihm benannt! Mit welcher Inbrunst trug Bruno das vor.

Alles richtig, musste Albert zugeben, weiß ich doch. Hab ich auch verschlungen als Junge. Deshalb war ich auch so sauwütend. Nicht nur, dass der dem Kaiser beinah hörig war, bis ins Exil nach Doorn ist der den besuchen gefahren, das hätte ich ihm noch verziehen. Aber dann ist er dem Hitler hinterhergekrochen und Tschiang Kai-schek, und das hat ihn für mich erledigt. Das war nicht mehr mein Abenteurer, mein kühner Forscher und Entdecker. Ein fanatischer Antikommunist war das. ›Hitler ist ein großer Mann‹, hat der bis zu seinem Tod gesagt. Nach dem Krieg haben die Amis Neudrucke seiner Werke verboten.

Nur für kurze Zeit, warf Bruno dazwischen, sind immerhin im Brockhaus Verlag erschienen, in riesigen Auflagen.

Und in der DDR, fuhr Albert unbeirrt fort, steht er auf dem friedensschützenden Index.

Was ist das denn?, wollte ich wissen.

Ja, so nennen die das. Albert zuckte die Schultern. Müssen sich schließlich schützen. Gibt es hierzulande auch.

Ich dachte mir mein Teil, lächelte, schwieg und war froh, dass bald die nächsten Genossen eintrudelten.

Auch Gerd und Udo, fast zwanzig Jahre jünger als Albert und Bruno, kannten einige der populären Reisebücher Hedins. Geradezu pennälerhaft schwärmten die beiden von den einzigartigen Schilderungen, priesen die Kunst der scharfen und vielseitigen Beobachtungen, die Fotos und Skizzen des Autors.

Aber Hitler war und blieb für ihn ein großer Mann, beharrte Albert. Deshalb kennt ihn ja auch heute keiner mehr. Von euch Jüngeren, meine ich.

Sogar Churchill hat Hitler anfangs vielleicht für einen großen Mann und ein Glück für Deutschland gehalten, seufzte Udo.

Ist ihm später wenigstens vergangen, ergänzte Gerd.

Obwohl wir Nachkriegsgeborenen kaum von Sven Hedin gehört, geschweige denn ihn gelesen hatten, redeten wir uns die Köpfe heiß: Was zählte bei der Beurteilung eines Künstler- oder Gelehrtenlebens – und letztlich beim Blick auf das Leben eines jeden Menschen – mehr: die politische Haltung oder doch sein Werk?

Albert blieb stur. Mit ihm Meike. Die erklärte, dass dieser Autor bestenfalls mit der Haltung der Negation der Negation gelesen werden dürfte, also die falschen Bücher, aber richtig gelesen. Das war uns zu hoch.

Die Fragen blieben: Was wog schwerer? Die Leistung, das Werk oder das politisch-menschliche Versagen? Durfte man einem Autor verzeihen, was der politische Zeitgenosse verbrochen hatte?

War es richtig, gerade bei einem Künstler, dessen Material das Wort ist, zu trennen zwischen Worten und Taten? War das Wort nicht auch eine Tat? Eine Kraft? Konnten Worte nicht sogar Waffen sein? War ein Wortemacher nicht für seine Wörter verantwortlich? Für das, was sie auslösten? Wäre nicht sonst alles nur dahergeredet? Andererseits: Konnte nicht jeder Satz, einmal gesprochen, geschrieben, gebraucht und missbraucht werden wie andere Gegenstände auch? War der Wortschöpfer für diesen Missbrauch verantwortlich? Was war mit einer Provokation? Einer Beleidigung? Waren bösartige Vergleiche auch bloß Worte?

Es ging hoch her an diesem Gruppenabend. Bis kurz vor Mitternacht irrten wir durch einen wachsenden Wald von Fragezeichen und kamen zu keinem Punkt.

In der Internationalen Buchhandlung staunte Ele am nächsten Tag nicht schlecht über meine Frage nach Sven Hedin.

Sven Hedin? Nie gehört. Ele wälzte den Libri-Katalog. Hier, bei Reclam: *Wildes heiliges Tibet*. Hättest du nicht lieber den Erik Neutsch: *Spur der Steine*?

Zweimal Tibet.

Oder Willi Bredels *Unter Türmen und Masten*? Lernst was über Hamburch.

Ich blieb fest.

Albert brachte mir am nächsten Gruppenabend ein zerlesenes Exemplar *Im verbotenen Land* mit. Für deinen Vater, knurrte er. Ist ja wirklich gar nicht so übel.

Auf der Heimreise hatte ich versucht, mich ins *Verbotene Land* zu vertiefen. Es gelang nicht gut. Las ich von Kamelen mit ihren Lasten, von Männern in dicken Schafspelzen in eisigem Wasser, von Räuberbanden und Pferdedieben, dann stieg aus dem hellen Schein der Morgenröte über Hügeln und Seen ein Mann in einem roten mongolischen Mantel, band den Leibgürtel mit Pfeife, Tabaksbeutel, Feuerstahl und Dolch um, setzte eine chinesische Mütze auf, zog Stiefel mit hochgebogenen Spitzen an – und sah aus wie der Vater. In diese Welten hatte der kleine Josef fliehen wollen, Abenteuer erleben, den Wind der Freiheit spüren. Selbst diese Fluchten aus dem Alltag, diese seelischen Freiräume, innerlichen Erholungsreisen waren aus ihm herausgepeitscht worden. Wieder begriff ich den Vater noch ein Stück weit besser. Sage mir, was du liest, und ich sage dir, wer du bist. Oder was du brauchst. Übertrieben? Aber gewiss mit dem berühmten Körnchen Wahrheit.

Im Erlengebüsch am Rhein, am Wasser, wo er mir vom Sparbuch der Eifeler Tant erzählt hatte, würde ich ihm das Buch überreichen, hatte ich mir in Hamburg vorgestellt, ruhig sollte es dabei ein wenig feierlich zugehen, und später würden wir im Vater Rhein einen darauf trinken.

Dazu würde es nie mehr kommen. Nie wieder mit dem Vater an den Rhein, ans Wasser, nie wieder in die Marienkapelle, die Georgskirche, nie wieder durch die Kämpen, die Auen, übers Wasser mit der Piwipp. Nie wieder. Hugos Tod hatte mir diese Silben über Nacht aufgezwungen. Hatte mir meine Lektion des Nie-wieder eingebläut, und ich glaubte, sie gelernt zu haben. Bis ich den Vater wiedersah in seiner beigebraunen Strickjacke, die ihm nun auch im Sommer nicht zu warm war. Früher hatte er über ihren allzu strammen Sitz geklagt, jetzt spack hatte sie seinen Bauch umspannt, jetzt warf die abgetragene Wolle Falten über der Brust. Da begriff ich, dass diese Lektion des Nie-wieder eine endlose Folge von Lektionen ist, die sich niemals gleichen, Teile der einzigen Großen Lektion, die man nie zu Ende lernt. Weil man immer erst dann, wenn ein Lehrstück vorbei ist, weiß, dass man etwas dazugelernt hat, was man gar nicht lernen wollte.

Noch aber konnte der Vater das Haus verlassen, ging es statt an den Rhein op dr Bersch, auf die Bank bei Benno, den auch ich am nächsten Tag mit einem Wurstbrot verwöhnte. In den Nadelbüscheln der alten Kiefer bündelten sich die Sonnenstrahlen, bündelten sich Licht und Dunkel vieler Jahre. Sie war immer schon dagewesen, in meinem Kopf schon immer der alte Baum gewesen, heute schien sich in seinem Glanz über all das hinaus noch etwas gesammelt zu haben wie Glück. Ja, ich war glücklich, hier mit dem Vater zu sitzen, der gestern so zuversichtlich mit mir in die Zukunft geschaut, mir eine kleine Ursula anvertraut hatte. Dem Benno ein Freund geworden war, wie er ihn unter Menschen nie gehabt hatte. Einen Freund. Nie war der Vater mit Bekannten durch die Kneipen gezogen oder sonntags nach dem Hochamt zum Frühschoppen; nie war ein Kollege von ihm bei uns zu Hause gewesen oder er bei einem von ihnen. Wie einsam hatte der Vater gelebt. Ohne die Möglichkeit, die ich so früh ergriffen hatte, diese Möglichkeit, meine Wirklichkeit mit Buchmenschen zu erweitern, mit ihnen zu leben, von ihnen zu lernen, an ihnen zu wachsen. Nun verstand ich, dass die Arbeit im Park des Prinzipals nicht nur Mühe gewesen war, vielmehr seine Möglichkeit, sich im Umgang mit Pflanzen aus aller Herren Länder seine Anderswelt zu schaffen, eine Welt, in die ihm keiner hineinredete und in der er die zerfetzte Freiheit seiner Fabrikstunden in kleine Triumphe verwandeln konnte, etwa im Aufblühen eines Akanthus, eines Ysop, einer Brennenden Liebe oder eines Sommerflieders, einer Buddleja, die er vorm Verfall gerettet hatte. Ableger hatte er mit nach Hause gebracht, einen Haselstrauch für mich gepflanzt, Gehirnnahrung, als ich op de Meddelschool ging.

 Wieder ergriff ich seine Hand und wärmte sie in meiner, und so saßen wir und hörten der Kiefer zu und den Tauben,

Benno schlief und schnaufte mitunter, dann zuckten seine Hinterbeine im Traum auf der Jagd über endlose Wiesen. Ob er noch wusste, was Wiesen sind? Ob er Wiesen überhaupt jemals gesehen, gerochen hatte? Oder gleich nach Geburt und Aufzucht in diese Hütte? So wie manche Menschen, die nie die Chance haben auszuprobieren, was in ihnen steckt?

Der Vater streckte die Beine weit von sich: Wo biste denn mit deine Jedanken?

Ach, Pappa, seufzte ich. Beim Benno bin ich. Und dat der ne arme Hund ist.

Der Vater wiegte den Kopf. Wie man et nimmt, erwiderte er. Die Kette, die müsst nit sein. Aber sonst hat er doch alles, wat er braucht, Essen, Trinken, Dach überm Kopp. Un jetz auch noch misch un läcker Häppsche.

Pappa, empörte ich mich ein wenig theatralisch, ist doch nit dein Ernst. Der Benno braucht doch Bewegung, braucht ein paar Kumpels. Bisschen Abwechslung eben.

Haben andere auch nit, beschied mich der Vater kurz und zog die Beine unter die Bank. Warum haste denn dä Beutel mitjenommen?

Überraschung!, rief ich und fischte mein Päckchen aus dem Matchbeutel: Für dich.

Für misch? Jeburtstach hab isch doch erst im Aujust. Hab isch wat verbrochen?

Von wegen verbrochen! Mach mal auf, drängte ich. Kaum abwenden konnte ich den Blick von den müden Händen des Vaters, die das dünne Päckchen in den Schoß sinken ließen.

Aufmachen!, wiederholte ich.

Is doch viel zu schad, dat schöne Papier. Der Vater strich mit der Hand über die Verpackung. Ele hatte sich Mühe gegeben und das Heft in rotschillerndes Lackpapier gewickelt, das über und über mit Parolen der DKP zur Bundestagswahl bedruckt war, als habe sie dem antikommunistischen Bösewicht ein Zwangsjäckchen verpasst.

Der Vater langte in die Hosentasche nach der Brille, die er nur zum Lesen brauchte und jetzt nicht dabeihatte. ›DKP kontra Großkapital‹, entzifferte er, ›Für Frieden und demokratischen Fortschritt und Sozialismus. Für ein Europa des Friedens. Für die Jleischbereschtijung der Frau.‹ Wat haste mir denn da mitjebracht? Lass dat ja nit de Mamma sehen.

Aufmachen!

Umständlich nestelten die Hände, die einmal so geschickt und kräftig Werkzeug aller Art zu handhaben gewusst hatten, das Buch aus der Verpackung und falteten das Papier sorgfältig zusammen. Mit beiden Händen hielt er sich das Buch auf Armlänge vor Augen. Sven Hedin. *Wil-des hei-li-ges Ti-bet,* reihte der Vater die Silben aneinander. Seine Stimme, rauer mit jedem Wort, erstickte in einem röchelnden Schluchzen. Das Heft fiel zu Boden in Hühnerfutter und Taubendreck, der Vater umkrampfte mit beiden Händen seine Knie und ließ sich vornüberfallen.

Kenk, er griff nach meiner Hand. Kenk, und wieder klang es in meinen Ohren wie Help, wie das Kenk der Mutter zur Begrüßung bei meiner Rückkehr.

Pappa! Ich hob das Heft auf, legte es in seinen Schoß zurück, kniete mich vor ihn und nahm den gebeugten Mann mit dem Reclam-Heft in die Arme.

Ein Windstoß packte die Kiefer, die ersten Zapfen lösten sich, prasselten auf das Wellblech der Hundehütte. Bennos Gebell ließ uns auseinanderfahren.

Der Vater wischte sich die Augen. Ich die meinen auch.

Isch dachte, ich hätt dat Buch nie wiederjesehen, der Vater richtete sich auf. Viel drin jelesen hatte isch noch nit. Da hätt misch da Ahl jeholt. Is jo jetz tot. Un de Tant auch.

Schad, dat die nit mehr erlebt hat, dat du ne Studierte bis, bald Doktor. Un alles nur mit de Böscher. Der Vater drückte das Buch an die Brust wie der Pastor das Messbuch am Altar. Eine uralte Geste, so hält eine Mutter ihr Kind. Vergewisserung und Schutz.

Schad, isch hab die Brill nit dabei. Der Vater ließ das Buch sinken.

Ich nahm es hoch. Ich kann dir vorlesen, sagte ich. Wir fangen einfach von vorne an.

Der Vater nickte und fasste nach meiner Hand. Benno bellte kurz auf, und dann saß er da, hinterm Zaun, und spitzte die Ohren, während ich mit dem Vater ›dem Herzen von Tibet entgegenritt, herrliche, lichte Erinnerung an den ersten Sommer des neuen Jahrhunderts‹.

Ein paar Tage später kam Bertram, und es ging an den Rhein, ans Wasser, dem Herzen von Dondorf. Hohes Sommerlicht tastete sich über den Damm in den Strom, und unsere verschmolzenen Schatten schlenderten am Ufer entlang wie vor Jahren Hugos und meiner und noch im Winter der Schatten vom Vater und mir. Bertram legte gleich los, erzählte von seiner Tour mit dem Spartakus in die Eifel: Ein ganzer Bus voll waren wir. Die Bauern unterstützen. Die wollten eine Umgehungsstraße verhindern, mitten durch ihre Felder. Sauerei. Aber super Stimmung, im Bus, meine ich. Und gesungen haben wir. Alles durcheinander. Von den *Barrikaden am Wedding* und *Maria zu lieben* bis zur *Internationale* und *Großer Gott, wir loben dich*. Konnten alle. Beides. In Prüm war Pinkelpause. Ich ab in die Basilika, Kerze anmachen. Und wer kommt da rein? Der Ulf, unser Vorsitzender. Ich hinter den Beichtstuhl. Der sollt mich nicht sehen. Und was macht der? Der macht 'ne Kerze an. Ich raus aus der Deckung, von hinten rangeschlichen, gelernt ist gelernt, und dann: Rot Front, Genosse Köppel! Der hat gezuckt, als hätt ihn der Düwel am Schlafittchen.

Gemein, kicherte ich.

Macht nix, fuhr Bertram fort. Wir sagten keinem was. Und sind seitdem dicke Freunde. Und du, erzähl von dir!

Was erzählte ich? Von Gretel und Albert erzählte ich, ihrem Widerstand gegen die Nazis, bis mich Bertram etwas spöttisch unterbrach: Du erzählst ja nur von alten Zeiten. Ich denke, wir sind die Partei der Zukunft. Nun erzähl doch mal von dir.

Brav berichtete ich vom UZ-Mobil, der Parteiarbeit, meinem Kampf für den Sandkasten. Bertram hatte recht. Es zog mich in die alten Zeiten. Was macht der? Was macht die? Fragte ich ihn aus, wollte anknüpfen an die Kölner Zeit, die gemeinsame Zeit, mithalten wie bei einem Marathon, Anschluss finden. Doch im Grunde lag mir nur einer am Herzen: der Vater. Bertram, der ihn fast jedes Wochenende sah, hatte den Verfall nicht so deutlich bemerkt, vielleicht auch nur nicht wahrhaben wollen. Die Mutter hielt ihn bei jedem Besuch zu all den Handreichungen an, die früher der Vater erledigt hatte, vom Rasenmähen über Bohnenstangensetzen, Heckeschneiden bis zu kleineren Reparaturen am Haus. Anfangs, so Bertram, sei der Vater dabeigestanden, doch dann war ihm auch das zu anstrengend. Und so sei er meist mit der Mutter allein gewesen, fand die natürlich schön. Ich verkniff mir meinen Kommentar. Raffiniert, dachte ich, raffiniert von der Mutter, Bertram so einzuspannen. Besonders wenn Jutta dabei war. Dann konnte sie zeigen, wem dä Jong gehörte.

Doch mir ging es um den Vater. Ob Bertram Näheres wisse; sollte der Vater nicht zu einem Spezialisten gehen.

Alles schon passiert, erklärte Bertram. In der Düsseldorfer Uniklinik habe man den Vater auf den Kopf gestellt. Davon werde das schwache Herz aber auch nicht wieder stark. Schonen müsse er sich, und keine Aufregung dürfe er haben. Aber, Bertram holte tief Luft: Der Pappa ist todkrank.

Da war es, das Wort, dass ich nicht zu denken gewagt hatte. Krank, ja, schwach, ja, schwerkrank sogar. Jetzt war es heraus: todkrank. Todkrank war der Vater.

Plötzlich wollte ich nur noch nach Haus. In seiner Nähe sein. Am liebsten mit ihm allein. Die kurze Zeit ausdehnen, weit aus, um all das hineinzuholen, nachzutragen, was all die Jahre liegengeblieben, auf der Strecke geblieben war. All die nicht gesprochenen lieben Worte sagen, das nicht gestreichelte Streicheln wagen, die dünngelittenen Lippen küssen, uns augenzwinkernd grüßen, fröhlich miteinander lachen und ein paar verrückte Sachen machen, so etwas wie kleine Gedichte, die sich reimen auf unsere Geschichte, mit unendlich vielen Zeilen noch verweilen. Verweile doch. Todkrank.

Spätabends, als alles schon schlief, schlich ich mit Bertram in den Schuppen und kramte unter den Werkzeugen eine Säge samt Kneifzange hervor. Im Garten op dem Bersch lockten wir Benno mit einem Kotelettknochen aus dem Schlaf und bewahrten uns mit einem zweiten vor seinem Gebell. Akkurat wie ausgeschnitten knipsten wir aus dem Zaun ein Drahtquadrat, das man jederzeit wieder einsetzen konnte. Ein argloser flüchtiger Betrachter würde die Öffnung nicht bemerken. Für Benno aber war das Tor zur Freiheit gerade groß genug, um durchzuschlüpfen und sich dem Vater um die Beine zu schmiegen. Was würden die beiden nicht alles anstellen: Pfötchen geben, Männchen machen oder einfach miteinander träumen von einer Welt der starken Herzen ohne Ketten.

Der Vater trug nun stets einen Bleistift hinter dem Ohr, mit dem er Stellen im Hedin, die ihm besonders gut gefielen, unterstrich. Dann nahm er mir das Buch aus der Hand, und wir suchten die Zeile gemeinsam. Ein paarmal hörte auch die Mutter zu, doch meist machte sie sich, während ich las, im Garten zu schaffen, um nachher stolz das Ergebnis ihres Fleißes zu präsentieren. Das ich zu ihrer Freude gern und aufrichtig lobte.

Ich blieb, bis der Vater und ich unsere Reise durch das wilde heilige Tibet beendet hatten.

Gib mir deine Hand, sagte er und nahm das Buch an sich. Pass du auf die Mamma auf. Wenn ich nit mehr kann.

›Ich folgte ihnen hinaus zu ihren Jak‹, schrieb Sven Hedin, ›und nahm zum letzten Mal Abschied. Ihre Tränen sind seit langen Jahren getrocknet, aber die Erinnerung an ihre Treue wird niemals verblassen.‹

Als ich Abschied nahm, ließ ich zwei Kinder zurück. Sie hießen Maria und Josef Palm. Meine Schützlinge. Und ich schwor mir, ihnen Tochter zu sein und Vater und Mutter und alles zu tun, damit ihre kommende Zeit eine glückliche Zeit sein würde.

Sie standen am Gartentor und sahen mir nach. Und ich drehte mich um, wieder und wieder und dachte: Vielleicht ist man nur da zu Hause, wo man sich umdreht, wenn man weggeht.

Du hast mir gefehlt, begrüßte mich Marga. Uns allen hast du gefehlt.

Wirklich?

Ich fühlte mich in Margas Gegenwart nicht mehr wohl, als müsste ich stets vor etwas auf der Hut sein, ein dumpfer, verschwommener Argwohn, ich könnte ihr Missfallen erregen. Kontrolliert, beinah zensiert, fühlte ich mich.

Auch in Köln hatte sie, wenn es um ideologische Fragen ging, in einen strengen Ton verfallen können, doch immer wieder in ihre freundliche Art zurückgefunden. Das hatte sich in Hamburg zunehmend verändert. In der Sache aufgehen, heißt es. Marga war in der großen Sache, der guten Sache, aufgegangen. Die Freundin in der Parteiarbeiterin. Oder?, fragte ich mich immer wieder, war sie überhaupt eine Freundin gewesen? Hatte ich die Parteiarbeiterin hinter der Freundin nur nicht erkannt? Nicht erkennen wollen?

Uns allen hast du gefehlt.

Das glaubte ich schon eher. Umgekehrt war es nicht so. Der Sog der Heimat war stärker. Doch zum Grübeln blieb kaum Zeit. Ein Wahlkampf stand bevor. Der erste auf Bundesebene. Im Frühjahr war es der CDU nicht gelungen, mit Rainer Barzel einen Machtwechsel herbeizuführen. Nun würde Willy Brandt die Vertrauensfrage stellen und eine Niederlage erzwingen, damit Bundespräsident Heinemann Neuwahlen ausrufen könnte. Spätestens im Herbst.

Dazu kam der Kampf gegen die Berufsverbote, in Hamburg als erstem Bundesland praktiziert. Die Genossinnen und Genossen hatten Briefe bekommen, die sich kaum von denen unterschieden, die Gretel und ihre missliebigen Kollegen seinerzeit von der Nazi-Behörde erhalten hatten.

Da war Ilse Jacob, Mitglied der DKP und im Vorstand der DKP-Lehrergruppe. Tochter des ehemaligen Hamburger Bürgerschaftsabgeordneten Franz Jacob, 1944 hingerichtet. Führendes Mitglied der Widerstandsgruppe Bästlein-Jacob-Abshagen. Ihre Mutter, ebenfalls Lehrerin, 1945 aus dem KZ Ravensbrück befreit. Nun sollte die Tochter aus dem Beamtenverhältnis auf Probe entlassen werden: ›Aus Ihrer aktiven Betätigung für die kommunistischen Organisationen

SDAJ und DKP muss entnommen werden, dass Sie nicht nur nicht bereit sind, jederzeit für die freiheitliche und demokratische Grundordnung einzutreten, sondern dass Sie diese Ordnung bekämpfen‹, hieß es im Brief der Schulbehörde.

Nicht nur Partei und Gewerkschaften protestierten, sondern auch Eltern und Kollegen und natürlich die Schüler. Sicher konnte man die heutige Zeit nicht mit dem Nazi-Terror vergleichen. Doch was war nur in diese SPD und erst recht in den einstigen Widerstandskämpfer Willy Brandt gefahren, einer derartigen Gesinnungsschnüffelei Tor und Tür zu öffnen? Und das Leben demokratischer Bürger zu zerstören? Ausgerechnet Brandt, auf den wir wegen seiner Ostpolitik so große Hoffnung gesetzt hatten. Hatte er uns nicht versichert, seine Regierung werde sich kritischen Köpfen und den jungen Leuten öffnen?

Wir diskutierten nächtelang, als könnten wir mit unseren Worten Tatsachen schaffen, Tatsachen aus der Welt schaffen, die Welt neu erschaffen: Im Anfang war das Wort. Der Glaube kann Berge versetzen.

Bloße Parteimitgliedschaft, wurde den Betroffenen versichert, reiche nicht aus. Jeder Fall werde geprüft. Schließlich sei die Partei ja nicht verboten.

Aber verfassungsfeindlich. Reine Erfindung der Behörden, eiferte sich Gerd. Weder im Grundgesetz noch in einer Landesverfassung enthalten, definiert schon gar nicht. So um 1950 vom bayerischen Staatsschutz aufgebracht.

Es ging deswegen immer um den Artikel I des Bundesbeamtengesetzes. Damit konnte man gegen Linke, zumal Kommunisten vorgehen, die weder gegen Gesetze noch die Verfassung verstoßen hatten.

Je mehr ich dazulernte, desto näher rückte mir der ›Radikalenerlass‹ an den ›Staatsfeind‹ und ›Volksschädling‹ in der Nazi-Diktatur. Wie konnte es ein Vierteljahrhundert nach dem Zusammenbruch dazu kommen? Gerd, unser Historiker, Helma, Gretel und Albert, die Zeitzeugen, suchten gemeinsam nach einer Erklärung.

Doch ihre Begründungen, die vor allem um den Adenauer-Erlass von 1950 kreisten, halfen mir nicht recht weiter. Die Frage blieb: War das der Bundeskanzler, der in seiner Regierungserklärung versprochen hatte: ›Wir wollen mehr Demokratie wagen?‹ Das wollte ich doch auch. Und jetzt trug er dazu bei, Menschen ihrer Lebensgrundlage zu berauben. Das war nicht mehr mein Willy Brandt, für den ich auf die Straße gegangen war. Und wie mir ging es vielen von uns. Wir kapselten uns ein.

Was habt ihr denn erwartet?, triumphierte Meike. Seht euch doch nur das Godesberger Programm an! Klassenstandpunkt? Klassenanalyse? Pustekuchen! Überlegungen zu den realen Klassengegensätzen: Fehlanzeige. Bestenfalls noch so halb-linke Sozial-Programmatik. So'n Gequassel könnt ihr auch bei der CDU lesen. Diese SPD steht doch in vielen Fragen rechts von der CDU. Weit rechts. Bestenfalls findet man noch ein paar Randbemerkungen gegen irgendwelche Exzesse des Monopolkapitalismus. Ansonsten wird in diesem Godesberger Programm von Werten geschwafelt, die ganz beliebig ausgefüllt werden können. Passen in jeden bürgerlichen Haushalt!

Demokratischer Sozialismus. Dass ich nicht lache! Konsumwahl und freie Arbeitsplatzwahl, freier Wettbewerb und freies Unternehmertum: Das ist die ÄsPäDä. Meike verzog ihren Mund wie in Zahnqual. Und wer das nicht schluckt: der fliegt. Wer Kontakte zu weiter links stehenden Gruppen aufnimmt: raus. Erst vor ein paar Wochen hat es den SHB erwischt. Der wollte ja mit uns zusammengehen. Jedenfalls grundsätzlich. Und in den Gewerkschaften suchen die ihren Unvereinbarkeitsbeschluss auch durchzusetzen. Und wie!

Tun so, als würden sie um die Demokratie fürchten, wenn sie uns verfolgen. Um das kapitalistische Wirtschaftssystem fürchten sie!

Meike redete noch eine Weile weiter, wie es ihre Art war, wenn sie in Fahrt geriet. Das konnte sie: Reden. Verkünden. Ich hörte nur noch mit halbem Ohr hin und sah zu Gretel hinüber.

Gretel saß da mit versteinertem Gesicht. Sie hatte den ganzen Abend geschwiegen. Und hätte gewiss so manches zu sagen gehabt. Sie hielt sich sehr aufrecht, die Beine, ihre zerschlagenen Schienbeine, weit hinter den Stuhl gestreckt, wie versteckt. Was ging in ihr vor? Nach zwei mal zwölf Jahren Parteiverbot: von 1933 bis 1945 und in der Bundesrepublik von 1956 bis 1968 – was kam jetzt? Doch heute marschierten draußen keine braunen Horden, die Opfer dieses Erlasses konnten Widerspruch einlegen, an die Öffentlichkeit gehen. Wenn nicht die Sozialdemokraten, dann wir: Wir würden mehr Demokratie wagen. Und jeden Sozi-Genossen mit offenen Armen empfangen. Das waren wir Gretel und all unseren alten Genossen schuldig.

Heute kann ich gut nachvollziehen und verstehen, dass nicht *obwohl*, sondern gerade *weil* Willy Brandt, insbesondere auf Grund seiner Erfahrungen als Spanienkämpfer und Anhänger der sozialistischen und antistalinistischen POUM, das Wiedererstarken der moskautreuen Partei fürchtete. Er hatte die Methoden und Folgen ihrer Gehirnwäsche kennengelernt, die ich damals für ›feindliche Propaganda‹ hielt.

Vor allem der Gedanke an den Vater war es, der mich täglich an meinen Schreibtisch zwang, an meine Doktorarbeit. Doch auch Friedrich und Richard riefen jeden ersten Sonntag im Monat an. Sie brachten mir auch die Nachricht von Lukas' Tod in den Bergen von Bogotá. Er hatte sich dort der Guerilla angeschlossen und war wie Jahre zuvor sein Leitstern Camilo Torres gefallen.

Sogar Lilo hatte sich aus Berkeley schon ein paarmal gemeldet. Sie machte nun bei Women's Lib mit und war entzückt über meine neue Mitgliedschaft. Anders als Friedrich, der jedoch seine Skepsis zurückhielt. Er schien einfach froh, dass ich wieder festen Halt gefunden hatte. Hauptsache, du bringst dein Studium ordentlich zu Ende, mahnte er, dann sehen wir weiter. In Hugos Onkel und Tante hatte ich Freunde fürs Leben gefunden. Was würde Hugo sagen, sähe er mich hier an meinem Hamburger Schreibtisch, das kleine rote Buch in der Schublade, aber nicht das von Mango-Mao, den wir so oft mit unseren Sprüchen veräppelt hatten. Das Parteibuch lag da für die Dienerin der Arbeiterklasse und des Volkes. Was immer er dazu sagen würde, zu einem drängen würde er mich gewiss: diese vermaledeite Doktorarbeit zu Ende zu bringen.

Ich saß am Schreibtisch, und mein Gewissen schrie: Hier ist, was du tun musst. Flugblätter, Broschüren, Hefte studieren, analysieren, rubrizieren, akademische Ordnung schaffen unter allen möglichen Formen erprobter und neuer Formen realistischer Gestaltung, wie ich in höchst gelehrter Diktion mich auszudrücken befleißigte. Zugleich aber hörte ich es flüstern: Hier ist, was du tun könntest. Und das tat ich nun. Immer öfter. Heimlich.

In Reclams Literatur-Kalender, den mir Michel zum Geburtstag geschenkt hatte, war ich der amerikanischen Dichterin Emily Dickinson begegnet. Unterschiedlicher als die Literatur, mit der ich mich gerade plagte, konnten diese

Verse nicht sein. Oder gab es da doch Gemeinsames? Alltäglichkeiten, hier wie dort, bestimmten die Themen; hier die Arbeitswelt, dort vorwiegend die Natur. Ihre gerade Sprache, präzise bis zur Definition, zum Aphorismus, ließ mich an die Bemühungen des Agitprop denken. Einfach hingekritzelt hatte sie ihre Einfälle, auf Servietten, Briefumschläge, Einkaufszettel.

>   I took my Power in my Hand –
>   And went against the World –
>   'Twas not so much as David – had –
>   But I – was twice as bold –
>
>   I aimed my Pebble – but Myself
>   Was all the one that fell –
>   Was it Goliath – was too large –
>   Or was myself – too small?

Einfach hingekritzelt. Und so stand da plötzlich am Rand zum Kapitel ›Systemverhaftete Abwehrreaktionen‹, die ich gerade an Texten schreibender Arbeiter ausgebrütet und ausgebreitet hatte.

>   Schreibübung.
>
>   Wir sind
>   mit der Überschrift einverstanden
>   und haben auch schon
>   die ersten Zeilen geschrieben
>   Wir versuchen
>   den roten Faden nicht zu verlieren
>   und die Worte zu Sätzen zu fügen
>   ohne zu lügen.

Stand da so hingekritzelt, und ich spürte eine klammheimliche Freude, als hätte ich etwas Verbotenes getan, etwas, das mir nicht gebührte. Aber gefiel. Beinah trotzig kritzelte ich weiter, Tag für Tag, wie um mir zu versichern, dass mir dies zustand. Dieses Hinschreiben, vor mir hin und her und kreuz und quer, so für mich hin, und nichts zu suchen war mein Sinn, nur für mich, ging ja keinen was an. War aber jedesmal eine Erlösung, nach all dem wissenschaftlich verdrehten Deutsch, das ich mir abverlangte. Aus Respekt vor den Autorinnen und Autoren, mit denen ich mich befasste, und erst recht in Verbundenheit mit meiner Weltanschauung blieb ich auch beim Kritzeln gesellschaftskritischen Themen treu. Was nicht verhinderte, dass ich selbst die Rückseiten der gelblila Matrizenabzüge mit den Worten des großen Lenin zu nutzen wusste. War dort in *Drei Quellen und drei Bestandteile des Marxismus* zu lesen: ›Blind ist die Notwendigkeit nur, insofern dieselbe nicht begriffen wird. Die Freiheit ist die Einsicht in die Notwendigkeit. Anerkennung der objektiven Gesetzmäßigkeiten der Natur und der dialektischen Verwandlung der Notwendigkeit in die Freiheit.‹ Und noch vieles mehr, etwa, dass die Unterwerfung unter die Organisationsprinzipien der Partei keineswegs die Aufgabe jeglicher Individualität, Spontaneität und Interessen ist. Lenin fordert von den Individuen lediglich die Einordnung dieser Interessen in den politischen Kampf: die Parteinahme. Also wäre Freiheit die an der richtigen Erkenntnis der Gesetzmäßigkeiten der bestehenden Verhältnisse angelehnte Handlungsweise, mit dem Ziel, die selbigen Verhältnisse qualitativ zu verändern ... Und immer so weiter, mit immer mehr und immer abstrakteren Genitivhäufungen auf der Vorderseite mit lila Perlschrift auf Matrizenpapier, nächtelang an den Spiritusdruckern abgezogen und am Morgen vor den Seminaren verteilt.

Auf die Rückseite dieser Vorderseite aber krakelte ich mit
schwarzem Kuli meine Antwort:

>Spazierfahrt in norddeutscher Landschaft
>
>Sommerabends
>sieht alles aus
>wies recht ist:
>
>Ein Junge treibt
>fünf Kühe zum Melken zusammen
>Eine Frau ruft die
>Kinder vom staubigen Dorfweg
>ins Haus.
>Großväter machen die
>faltigen Hälse
>nach unserem späten Auto krumm
>Alte Frauen schneiden Kartoffeln
>und Bohnen in große Schüsseln
>für große Familien.
>
>Männer sitzen in Hemdsärmeln
>auf den Bänken vorm Haus
>wie Bauern.
>Ihre Kühe im Stall
>zählen sie einzeln
>beim Namen.
>Wenn sie aufstehn
>ist es Zeit
>für den letzten Bus:
>Der bringt sie
>zur Nachtschicht
>im zonenrandgeförderten
>Teerpappenwerk.

Ob das die rechte Anerkennung der objektiven Gesetzmäßigkeiten der Natur war? Mir egal. Die Gedichte gingen weder Lenin noch Genossen etwas an. Gedichte gehörten mir allein. Gehörten mir wie die Wörter, die mir in die ideologisch aufrechten Verse dazwischenfunkten. ›Mondtränen‹, las ich dann anderntags zu meiner Verblüffung oder ›Urmeer‹ oder ›Halbzeitherz‹, ohne mir erklären zu können, wie diese bourgeoisen Überreste dahingekommen waren. Schon gar nicht, was sie mir damit unter vier Augen sagen wollten. Oder ich mir selbst? War diese Flucht vor der Wirklichkeit nicht ein unverzeihlicher Verrat für eine Kommunistin, Todsünde?

Kam ich von politischen Veranstaltungen zurück, nutzte ich die Rückseiten der Flugblätter für ein paar Zeilen. Vietnam-Gedichte entstanden, zu denen sicher auch der von Hugo und mir in Bonn noch so naseweis verlästerte Erich Fried Pate gestanden hatte.

Bitten an Abel

Ergreif des Bruders Handgelenk
Zwing ihm die Faust auf
Wirf den Stein für alle Zeit ins Meer
Leg deine Hand in seine
Lass deinen Bruder Kain
Zu deinem Hüter werden
Werde du der seine

Hielt ich meine dichterischen Fingerübungen streng geheim, machte mir das Schreiben für die Gruppe, insbesondere für unsere Wohngebietszeitung *Eppendorf Heute und Morgen*, Freude. Vor allem, wenn ich meinem rheinischen Spass an dr Freud die Sporen geben konnte. Zum Beispiel für die

Extraausgabe zu einem ganz besonderen Anlass, der Heirat von Genosse Gerd mit Genossin Dörte.

Mein Flugblatt *Eppendorfer Heiratsboom – nieder mit dem Spaltertum* machte mich in der Partei über die Gruppe hinaus bekannt. Marga fackelte nicht lange. Du kannst schreiben, drängte sie, muss ja nicht gerade für die UZ sein. Ich stelle dich Karla Möcke von der *Deutschen Volkszeitung* mal vor. Zuständig für Frauen und Kultur.

Warum nicht? Und schon hatte ich ein weiteres Betätigungsfeld, mein Schreibvermögen auszubauen, zu schleifen. Ich schrieb meinen ersten Artikel. Die Redaktion versorgte mich mit reichlich Material, das ich ›journalistisch aufbereiten‹ sollte, auch im Hinblick auf die Wahl im November.

Hier konnte ich meine geliebte Sprache als Werkzeug gebrauchen wie der Vater Hammer und Feile im Schuppen. Hier konnte ich sie nutzen, ›die Sprache als Mittel des menschlichen Verkehrs, als Mittel zum Austausch von Gedanken in der Gesellschaft, als Mittel, das den Menschen die Möglichkeit gibt, einander zu verstehen und die gemeinsame Arbeit in allen Bereichen der menschlichen Tätigkeit in Gang zu bringen. Sowohl auf dem Gebiet der Produktion, wie auf dem Gebiet der Politik und der Kultur. Sowohl im gesellschaftlichen wie im alltäglichen Leben.‹ So oder so ähnlich hatte ich es auf einer Bildungsveranstaltung der Gruppe Germanistik im MSB Spartakus zu ›Fragen der Sprachwissenschaft aus marxistischer Sicht‹ in mein Heft notiert, das ich seit meinem Parteieintritt mit mir führte wie früher meine Hefte *Schöne Wörter, schöne Sätze*. Ich führte es mit mir wie ein Schmetterlingssammler seinen Köcher, ein Botaniker die Trommel, und ich wurde dafür bespöttelt, bestaunt, mag sein auch ein wenig bewundert. Diese Sammelwut ebbte ab, je stärker ich Vertrauen zu meiner eigenen Sprache fasste. Genauer: zu meinen eigenen Sprachen. Die

Sprache meiner Dissertation war zweifellos eine Fremdsprache, entfremdete Sprache für entfremdete Arbeit. In meinen Artikeln, vorwiegend Kolumnen und Rezensionen, nutzte ich die Sprache wie ein rüstiger Wandersmann, ausgestattet mit dem Proviant seiner Ortskenntnisse, mit kräftigen Beinen, Späherblick und Entdeckerlust. Hier wollte ich Wissen vermitteln, Situationen analysieren, Bekanntes mit neuen Augen sehen. Den Menschen etwas bei-bringen, etwas geben und sie zum Weitergeben, Weitermachen anregen. Gut ist ein Buch, das mich weiterentwickelt. Das sollte auch für meine Artikel gelten.

Erklär mir Kommunismus! Erklär mir Liebe! Das Einfache, das schwer zu machen ist. Eine einfache Geschichte einfach erzählen. Und doch, als hätte man sie noch nie gehört. *So* gehört. So wollte ich schreiben: einfach und unerhört.

Nur für das, was sich weiterhin auf den Rückseiten von Flugblättern und Schulungsmaterial niederließ, wollte ich nichts. Diese Wörter, die sich da schrieben, schrieben sich. Nicht: für wen? Nicht: wie? Und nicht: warum? Nicht umzu: zu belehren, zu beichten, zu räsonieren, zu reflektieren, zu verkünden. Es schrieb. Ich schrieb. Nicht einmal Gedichte nannte ich diese Wörtercliquen. Aber ich brauchte diese subversive Kritzelei. Sie schaffte mir Freiheit, Luft, wie wenn man aus einem verqualmten Zimmer ins Freie kommt und tief durchatmen kann. Doch auch dieses Bild stimmt nicht ganz. Um aus einem verqualmten Zimmer ins Freie zu gehen, bedarf es mindestens zweierlei: eines missliebigen Gefühls, dem Gefühl, keine Luft zu kriegen, und des Entschlusses dem abzuhelfen. So bewusst jedoch nahm ich den Stift für mein Aufschreiben nie in die Hand. Die Wörter schienen auf mich gewartet zu haben, wenn ich die Schreibmaschine, die ich für meine wissenschaftlichen Texte nutzte, wegschob, flog plötzlich der Kuli übers gewendete Blatt und ließ sich diktieren. Von wem? Heimsuchung, dachte ich manchmal, die Wörter suchen mich heim und wollen zurück ins Heim, heimlich ins Heim, dachte ich, nur zu mir, für mich. Nach ihrer Quälerei in der Wissenschaft hatten die Wörter Heimweh nach Schönheit. Der Mensch formiert auch nach den Gesetzen der Schönheit. Im Anfang war das Wort. Und schuf Schönheit.

Auch im Alltag wechselte ich die Sprachebenen bewusst, passte sie jeweils meinem Gegenüber an, sprach in der Doktorandengruppe anders als im Storchennest und wieder anders mit den Eltern und Verwandten. Wobei ich mich in Dondorf noch feiner auf den jeweiligen Gesprächspartner einstellte; mit dem Vater anders sprach als mit der Mutter, ganz zu schweigen von der Tante, mit der ich es mir bei meinem letzten Besuch wohl für einige Zeit verscherzt hatte.

Es war an einem Vormittag, als die Tante durch die Hintertür in die Küche brach, was den Vater mit seinem üblichen Esch hann noch ze dunn zum sofortigen Abzug veranlasste. Misstrauisch beäugte sie mich von oben bis unten, offenkundig auf sichtbare Veränderungen der vor ihr stehenden heimatflüchtigen Person aus. Selbst das übliche Tässje Kaffe konnte sie nicht ablenken. Ich ahnte den Grund ihrer Gemütsverfassung. Bertram hatte vom Wahlkampf seiner Spartakus-Gruppe geschrieben. In Dondorf. Mit Infostand und Flugblätterverteilen und abends Kundgebung in Schmicklers Saal. Plötzlich auf ihn zugestürzt sei die Tante, nicht mal ihr Fahrrad habe sie abgestellt, einfach beim Rathaus ins Gebüsch fallen lassen. Kaum erkannt habe sie ihn, mit denne Hoor! Is jo schlemmer als wie dä Dutschke, und ob er jetzt auch schon bei de Terroriste sei. Kaum beruhigen können habe er die aufgebrachte Frau. Dann, schon im Abmarsch, habe sie sich noch einmal umgedreht: Weiß dat Hilla, wat de hier machst? Wird Zeit, dat dat wieder kommt! Darauf habe er geschwiegen, und die Tante sei endgültig abgezogen. Und beim Schinderturm dann auf einen zweiten Stand mit Jutta gestoßen.

Nun war sie da, die Tante Berta. Saß vor mir wie eh und je, rechtschaffen, gut im Futter, so Schwiegersohn Rudi, das kurzgeschnittene Haar meliert, die Wangen frisch gerötet, die Augen funkelnd grau.

Hat die Mamma et dir denn nit schon erzählt? Die Tante griff sich in den Blusenkragen, machte zwei Knöpfe auf und sah mich mit dem Blick eines *Tatort*-Kommissars an: kein Entrinnen.

Was denn?, gab ich zurück, wollte Zeit gewinnen. Die Mutter zog den Kopf zwischen die Schultern.

Maria, herrschte die ältere die jüngere Schwester an, weiß dat Hilla denn noch nix?

Wie wenn dat esu wischtisch wär, gab die Mutter zurück und sah mich unsicher an. Ich wusste doch Bescheid. Warum sagte ich denn nichts? Knickte nun etwa auch noch die Studierte vor der Schwester ein?

Weißt du noch, Tante, wie du dich vor ein paar Jahren aufgeregt hast über den neuen Altar und dass der Pastor kein Latein mehr spricht in der Messe?, verlangte ich, statt einer Antwort zu wissen. Das Thema gehörte in einen breiteren Rahmen.

Doch die Tante ließ sich nicht beirren. Zum neuen Ärger gesellte sich der alte und ließ die Frage nach dem zweifelhaften Treiben Bertrams erst recht aufflammen.

Lenk nit ab, beschied mich die Tante kurz angebunden. Wat is jetzt mit dem Bertram?

Nun versuchte ich es andersherum. Hör mal, Tante,

begann ich, wohl wissend, dass diese Einleitung verstanden wurde wie das Tuten eines großen Frachtkahns: Achtung! Gegenverkehr! Hör mal, Tante, bist du nicht auch der Meinung, dass die von der Rhenania sich das Geld nur so in die Tasche schaufeln und dein Schäng, der sich da kaputtschuftet, und du, ihr könnt sehen, wo ihr bleibt, ist das etwa gerecht? Oder dass dir die Gemeinde einfach den Garten wegnehmen konnte, weil der Bayer da gebaut hat? Ist das in Ordnung?

Die Tante stülpte ihre Unterlippe vor und sah mich abschätzig an: Nä, musste sie zugeben, aber dat kann doch keiner ändere.

Es klingelte. Die Mutter machte auf. Hanni. Auf der Suche nach ihrer Mutter.

Gut siehste aus, Hilla, begrüßte sie mich, dann, nach einem Blick auf ihre Mutter, ich kann mir schon denken, wat die Mamm hier will, die hat den Bertram jesehen. Un et Jutta. Un die haben der wat von der Kommune erzählt.

Dass Jutta höchst angetan war von der Vorstellung gemeinsamer Koch- und Waschküchen, geteilter Kinder- und Badezimmer, der Vorteile kollektiver Alltagsbewältigung, war mir nicht neu. Und wenn Jutta erst mal in Fahrt kam …

Jo, Kommune, griff die Tante das Stichwort auf. Wat, Hilla? Da soll de Mama mit dem Julschen un Klärschen von nebenan zesamme koche, esse, de Wäsch mache, in ein un dieselbe Bütt bade un op ein un datselbe Klosett jonn? Nä!

Jo, warum dann nit? Hanni kniff mir ein Auge. Warum soll dat Julschen denn nit für die Palms de Wasche machen? Da kann et sojar noch wat lernen. Et hätt doch sischer noch nie en Männerungerbotz gesinn!

Die Mutter kicherte und hielt sich die Hand vor den Mund, die Tante versetzte der Fußbank unterm Tisch einen Tritt. Ich lachte laut heraus.

Und kochen und backen müssten die dann auch für alle. Und putzen und spülen und so, spann ich den Faden weiter.

Wat die koche?! Dat kann unsereins doch nit esse!, fauchte die Tante.

Aber die Buttercreme schmeckt dir so jut, dat de se mit nach Haus bringst, grinste die Tochter.

Ha, die Tante leckte sich die Lippen. Die kriesch ich auch so. Isch mein, ohne Kommenismus.

Tante, beruhigte ich sie, alle zusammen und so, das kommt doch erst ganz zum Schluss. Erst im Kommunismus. Jetzt wollen wir doch erst mal nur mehr Gerechtigkeit.

Also doch! Die Stimme der Tante kippte. Du auch! Sie fischte ihr Taschentuch aus der Jacke, machte zwei weitere Knöpfe auf und fuhr sich über Stirn, Gesicht, Hals bis tief zwischen die Brüste.

Mehr Gerechtigkeit, wiederholte ich und sah Hanni an, die zustimmend nickte. Auch damals hatte sie die Neuerungen des Vaticanum II verteidigt.

Gleiche Chancen für alle. Und alles, was da ist, einfach besser verteilen. Jeder, was er braucht.

Abber wenn am End alle datselbe haben, fragte die Tante schlau, wie solle mir denn dann noch barmherzisch sein? Wie solle mir die Hungrigen speisen un de Nackten bekleiden un all dat?

Jetzt hör abber mal, gab Hanni ihr Kontra. Da bleibt noch jenuch. Um dat kann mer sich dann erst rischtisch kümmern. Die Traurigen trösten, die Kranken besuchen, sowat schafft auch keine Kommunismus aus der Welt. Aber dat mir all e bissjen jleischer sinn, wat dat Portemonnaie anjeht, da hab isch nix dajejen. Wat, Tante?

Die Mutter nickte, erst zögernd, dann zusehends energischer. War doch die Ältere ins Hintertreffen geraten.

Glaubst du denn, ließ ich nicht locker, dass dein Schäng

weniger hart arbeitet als der Drissen vom Vorstand? Und wie sieht es auf eurem Konto aus? Und auf dem vom Drissen? Jaha, und hat der das verdient? Dass der am Schreibtisch das Zehn-, ach was, das Zwanzigfache verdient wie dein Schäng aufm Bau. Oder die an der Maschine. Und wenn es mal nicht mehr so läuft mit den Aufträgen, weil die am Schreibtisch nicht aufgepasst haben, wer muss dann gehen? Die vom Bau und die an der Maschine. Und deshalb müssen die Maschinen auch denen gehören, die sie bedienen. Der letzte Satz war einer zu viel.

Maschine?, blaffte die Tante. Wat soll dä Schäng dann mit die Maschine? Äwwer mehr Jeld in de Tüte, dat wör alt jut.

Siehste Tante, lenkte ich ein, und viel mehr wollen wir ja auch nicht. Mehr Gerechtigkeit eben. Und Frieden. Dass endlich Schluss ist mit dem Krieg in Vietnam. Und überhaupt. Was glaubst du, was man mit dem Geld, das für Rüstung rausgeschmissen wird, alles tun könnte? Das sind Milliarden! Nicht nur für uns, auch für die armen Kinder in Indien und Afrika. Und, fügte ich mit einem Seitenblick auf Hanni hinzu: Besonders für die Frauen wollen wir mehr Gerechtigkeit. Mehr Selbstständigkeit. Wenn du, Hanni, wieder arbeiten wolltest, müsste der Rudi dir das erlauben. Und ein eigenes Konto eröffnen darfst du auch nur, wenn der zustimmt. Weißt du ja, für deinen Führerschein musste der Rudi unterschreiben. Ist doch kein Zustand. Frauen sind keine Menschen zweiter Klasse. Wieder ein Satz zu viel.

Dat weiß isch auch ohne Kommuniste, raunzte die Tante. Un wofür brauch isch en Konto? Un ne Führerschein. Un für de Kinder in Afrika jeb isch jedesmal wat in de Kollekte.

Ich hole tief Luft. Hanni auch. Frauen wie die Tante vom Nutzen des Sozialismus für das Leben zu überzeugen, war härtere Spracharbeit, als bei Griebels Doktorandentreff zu vertreten, dass der Weg zu einer geschichtsmächtigen Innerlichkeit über die Aneignung des wissenschaftlichen Sozialismus führt.

Ehe ich antworten konnte, klingelte es erneut.

Dat jeht jo he zo wie en nem Duweschlach, knurrte die Tante.

Ja, Julschen, hörten wir die Stimme der Mutter von der Tür. Komm erein.

Offenbar hatte auch die Nachbarin es nicht erwarten können, mich wiederzusehen. Auf ihren immer noch kräftigen Armen, mit denen sie vor vielen Jahren nicht nur uns Kinder eingeschüchtert hatte, trug sie ein mit einem Geschirrtuch bedecktes Tablett, von dem es verheißungsvoll duftete. Sie stellte die Gabe auf den Tisch und lüftete das Geheimnis: Julchens berühmte Buttercremetorte thronte da, fast rund, bis auf ein Stück, das hatte Klärchen, die Schwester, stibitzt.

Ich war überwältigt. Julchen hatte für mich, für uns gebacken. Einfach so. Da erzähl denen mal was vom Sozialismus. Wir ließen es uns schmecken. Im kapitalistisch geknechteten Dondorf. Einfach so. Diskutierten den Stand der Pflaumenernte, beklagten den Gesundheitszustand des Pastors und vermaledeiten die Baader-Meinhof-Bande.

Aber ich spürte den Anhauch eines schlechten Gewissens, als hätte ich irgendwie gesündigt. Doch gegen wen und gegen welches Gebot? Konnte Julchens Buttercreme einst in der sozialistischen Altstraße am vergesellschafteten Kaffeetisch überhaupt noch besser schmecken?

Siehst du, Tante, gab ich ihr zum Abschied mit auf den Weg: Du hast ja recht. Wir haben es gut hierzulande. Aber dass Frauen, Männer, Kinder von Alaska bis Vietnam in Frieden und Freiheit Buttercremetorte essen können, auch dafür gehen wir auf die Straße.

Gulaschkommunismus für alle, hätte Ferdl gespottet. Warum nicht? Erst mal.

Marga ging ich aus dem Weg. Hatte ich es anfangs nicht bemerkt oder nicht merken wollen, oder lag es daran, dass sie zur Referentin für Bildungsfragen in den Parteivorstand aufgestiegen war, jedenfalls erschien sie mir, insbesondere mit ihrer Linientreue zum real existierenden Sozialismus, sprich: DDR und Sowjetunion, zunehmend verbissener. So verbissen, dass sie mich, wenn sie wieder mal statt einer eigenen Meinung einen Parteitagsbeschluss wortwörtlich parat hielt, an den Ohm erinnerte und sein: Demütig glauben. Dabei hatte sie dieser Kirche völlig abgeschworen. Briefe von Dietrich landeten gleich im Papierkorb. Ein-, zweimal fragte ich nach ihm und wurde mit verächtlichem Schnauben gestraft, dem ein detailfreudiger Vortrag über die Missachtung der Frau in der katholischen Kirche folgte. Und noch einer über ihre Gleichstellung im Kommunismus. Nun hätte ich fragen können, wieso diese gleichberechtigten Genossinnen denn so selten in der sozialistischen politischen Öffentlichkeit der Bruderländer zu sehen waren, sinnlos, wusste ich. Immer besser verstand es Marga, mit dialektischen Spitzfindigkeiten ihre Ansicht, egal wie weit entfernt von den Tatsachen, als die einzig gültige darzustellen.

Entspannte Gespräche, etwa über unsere wissenschaftliche Arbeit oder gar ein Buch oder einen Film, waren kaum noch möglich.

Nicht zuletzt schrieb ich das ihrer ersten Reise in die DDR zu, Besuch der 14. Arbeiterfestspiele in Schwerin, Mitte Juni. Mit missionarischem Feuer hatte sie uns beim Gruppenabend davon berichtet.

Fünfzehntausend! Volkskünstler hatten sich, so Marga, unter dem Motto ›Jung ist das Land hier und schön ist unser Leben‹ in Schwerin und Umgebung – Perleberg, Parchim, Ludwigslust, Hagenow, Güstrow – zu einer einmaligen

›Leistungsschau der kulturschöpferischen Kräfte der Arbeiterklasse‹ versammelt.

Landesweite Wettbewerbe seien den Schweriner Tagen vorangegangen, auch in den Kulturhäusern. Die seien dazu da, um ›allen Schichten der Bevölkerung bei der Vervollkommnung ihres sozialistischen Weltbildes, bei der Aneignung der neuesten Erkenntnisse von Wissenschaft und Technik, der Schätze der Literatur und Kunst‹ zu helfen.

Medaillen gab es wie bei einer Olympiade. ›Ein gutes Wort zur guten Tat‹ rief die schreibenden Arbeiter zum literarischen Wettbewerb auf, ›Dem Frieden singen unsere Lieder‹ errang Gold für VEG Mügeln, und ein Schwarz-Weiß-Bild, *Zu Zweit*, wurde Erster in der Sparte Fotografie. Marga hatte von diesem Bild, seinem verhaltenen Pathos, wie sie es nannte, geradezu geschwärmt: Die Oberkörper zweier Männer seien zu sehen gewesen, die mit parallel ausgerichteten Stangen an einem Hochofen hantierten, erleuchtet allein vom Licht dieses Produktionsmittels, das ja nun in ihrem Besitz sei. Wahrhaftig ein Symbol der solidarisch errungenen Errungenschaften des errungenen Sozialismus und gleichzeitig Mahnung, dass dies allein der Solidarität aller Angehörigen der Arbeiterklasse zu verdanken sei. Wow!

Von der Eröffnung der Festspiele mit dem Ballett der Komischen Oper Berlin bis zur umjubelten Darbietung einer sowjetischen Tanztruppe im Schweriner Schlossgarten seien diese Tage in der Tat ein Fest der Lebensfreude gewesen. In diesem Land, so Marga, habe die Arbeiterklasse wahrlich die Höhen der Kultur erstürmt und von ihr Besitz ergriffen. Irgendwie gepasst zu der Hochstimmung habe auch der Besuch von Fidel Castro, nein, nicht in Schwerin, aber in Leuna und Rostock sei er gewesen. In jeder Minute habe sie gespürt, dass in diesem Land alle Seiten des Lebens von Kultur durchdrungen seien, so wie es Kurt Hager, Kulturbeauftragter im Politbüro der SED, jüngst gefordert habe. Damit kein DDR-Bürger von der flachen Kultur des Klassenfeindes infiziert und die ›Gefühlswelt der Arbeiterklasse‹ nicht von der ›verkommenen Moral‹ der Imperialisten verletzt werde. Denn ›gerade im kulturellen Leben sind Überreste der Vergangenheit zählebig‹.

Fotos, die Marga mitgebracht hatte, erinnerten mich an Darbietungen der Dondorfer Freilichtbühne, des Schlosstheaters Burg oder der Kapelle vom Schützenverein. Natürlich großartiger und im Zeichen sozialistischen Fortschritts. Daran ließen die Spruchbänder keinen Zweifel. ›Meine Hand für mein Produkt.‹ – ›Von der Sowjetunion lernen, heißt siegen lernen.‹

Und doch: Je länger Marga sprach, desto schärfer drängten sich mir Bilder einer ganz anderen Zusammenkunft fortschrittlicher Künstler und Gruppen auf: Bilder von den Essener Songtagen, immerhin vom Jugendamt, von Lufthansa, Coca-Cola und anderen kapitalistischen Handlangern der Bourgeoisie unterstützt. Waren die Künstler und ihr Publikum in ihrem Selbstverständnis nicht mindestens so fortschrittlich wie die kulturellen Darbietungen in Schwerin? Waren die Fugs, die Tangerine Dreams, Amon Düül oder Julie Driscoll von einer verkommenen Moral? Ganz zu schweigen von Franz Josef Degenhardt, Hannes Wader oder Dieter Süverkrüp. Und dann die vielen Diskussionen um ›Das Lied als Spiegel der gesellschaftlichen und politischen Situation‹. Hoch hergegangen war es. Keiner hatte da ein Blatt vor den Mund genommen. Nehmen müssen.

Konnten Arbeiterfestspiele, wie sie Marga beschrieb, mit so eindeutig politischen Vorgaben und Zielsetzungen wirklich dazu beitragen, dass ›die freie Entwicklung eines jeden die Bedingung für die freie Entwicklung aller ist‹, wie es im *Kommunistischen Manifest* hieß? Wo waren die etablierten

Künstler in Schwerin? Die Intellektuellen? Vermochten Veranstaltungen wie die in Essen Schranken zwischen Kopf- und Handarbeitern nicht mindestens genauso, wenn nicht weit wirkungsvoller niederzureißen? Kritischen Fragen begegnete Marga mit dem nachsichtigen Mitleid der Wissenden. In ihren Augen ein verklärter Glanz wie im Blick der Großmutter, wenn sie von ihren Wallfahrten nach Kevelaer zurückgekommen war. Mit einem frisch geweihten Rosenkranz. Marga mit einer Medaille. Für besondere Teilnahme.

Doch ihr aus dem Weg zu gehen, war nicht einfach, schließlich wohnten wir Tür an Tür. Eines Abends fing sie mich bei meiner Rückkehr aus der Uni ab und zog mich in mein Zimmer an meinen Schreibtisch. Die üblichen Papiere lagen ausgebreitet über der gesamten Fläche und zeigten auf der gelblich beigen Oberseite nicht die ordentlichen Druckzeilen marxistisch-leninistischer Klassik. Sie kehrten dem Betrachter den Rücken zu. Mit meiner poetischen Geheimschrift. Nur ein paar fette Lettern Lenins lugten aufrecht und rot aus den wackligen Etüden: ›Dem Bündnis von Wissenschaft, Proletariat und Technik wird keine noch so finstere Macht widerstehen können.‹

Ich starrte auf die Umkehrung der Verhältnisse auf meinem Schreibtisch.

Hilla, Marga packte mich beim Arm und zog mich näher heran an den Verdrängungsprozess der Vorder- durch die Rückseiten, der hier stattgefunden hatte. Ich machte mich auf einiges gefasst. So erregt hatte ich sie zum letzten Mal im Juni gesehen, bei der Freilassung von Angela Davis.

Hilla, wiederholte sie, das ist doch von dir!

Leugnen zwecklos. Ich nickte und wollte eben zu einer Rechtfertigung ansetzen, doch Marga schnitt mir das Wort ab.

Und das ist wirklich von dir allein? Die Bildungsreferentin sah mich durchdringend an.

Was sollte ich dazu sagen? Ich nickte wieder. Fühlte mich ertappt wie beim Spingsen in der Schule.

Das ist gut! Das tippst du jetzt sofort ins Reine. Das lassen wir nicht verkommen. Marga klang wie eine Bäuerin, die plötzlich in ihrem Gemüsebeet eine rare Sorte entdeckt, die sich dort selbst ausgesät hat. Ich musste lachen. Nichts verkommen lassen: Das hätte von der Omma, Mutter oder Tante sein können.

Ich schüttelte den Kopf. Ach was, sagte ich, das ist doch nur so dahergeschrieben, das ist doch …

Keine Widerrede, Parteibeschluss. Genossin Palm tippt ihre Gedichte ab. Und gleich noch eins: Parteibefehl: Genossin Palm schreibt Gedichte zum fünfzigsten Geburtstag der Sowjetunion.

Das würde ich gewiss nicht tun. Aber ich nickte und drehte die Blätter wieder um, kehrte das Unterste wieder nach oben, Umkehr der Verhältnisse, stellte die historisch-materialistische Ordnung, die sozialistische Oberhand wieder her, förderte die geraden Zeilen von Marx und Engels, die bewiesen, dass die Arbeiterklasse, indem sie ihre eigenen Interessen verwirklicht, zugleich dem Fortschritt der ganzen Menschheit dient, wieder ans Tageslicht meines Schreibtischs. Offenbar hatte Marga nur flüchtig gelesen. Sonst hätte sie meine Fingerübung Richtung Sowjetunion schon entdeckt. Natürlich hatte ich meinen ästhetisch-wissenschaftlichen Zugriff auf die fortschrittliche Literatur der BRD nicht nur an Brecht, sondern auch an Majakowski geschult. Hatte Ostrowski gelesen: *Wie der Stahl gehärtet wurde*. Und auf die Rückseite eines Schulungsfaltblatts nach einem Bildungsabend zum Thema ›Sprache zwischen Masse und Individuum‹ gekrakelt:

Aus der Traum

Da hat sich
das Volk mit dem Volk
eingelassen
und da war es aus
mit dem Traum
vom besseren Leben!

Er wird Wirklichkeit
in Plänen und Beschlüssen
in Fabriken
Schulen und Universitäten
sorgt ein Volk
mit Anstrengung
und großem Ernst
für das Ende der Träumerei.

Und dazu:

Erster Eindruck

Als ich
das Besondere
suchte in den
Gesichtern
der Frauen und Männer
beim Festzug
der Partisanen
von Minsk
fand ich
das vertraute
mutige Lachen
der alten Genossen
meiner Stadt wieder.

Ich tippte die Zeilen ab. Was heißt das? Ich zog ein weißes Blatt Papier aus der erwartungsvollen Gemeinschaft seiner Mitblätter heraus, ließ es für den Augenblick des Armschwungs vom Stapel zum Schreibgerät die Illusion der Freiheit kosten, um es alsdann zwischen zwei Walzen zu zwängen, wobei ich ein abstoßend knarrendes Geräusch durch die Umdrehung der Schraube rechter Hand erzeugte. Kein Vergleich zu dem beiläufigen und stillen Wenden eines bedruckten Papiers auf seine freie Fläche, kein Vergleich zu dem ruhigen Gleiten des Tintenkulis auf dem glatten Blatt, dieser geräuschlos diskreten Verbindung zwischen Hand und Hirn.

Eingeklemmt zwischen zwei Hartgummirollen beginnt für das Blatt die Tortur: Prügelorgie mit sechsundzwanzig Buchstaben aus Stahl, dazu Zahlen und Satzzeichen aller Art. Am Schlimmsten das kleine E. Kaum eine Hiebkette ohne seine Verstärkung. Und wie das knallt. Hämmert. Sich Gehör verschafft. Vorlaut, anmaßend, frech.

Schließlich erneutes Knarren der Schraube, Befreiung des gezeichneten Blatts. Stille. Und wenn die Augen nun in dieser Stille über die geordneten Zeilen fliegen, hier verweilen, dort eilen, dann kann ihr Schöpfer nur hoffen, dass etwas von dem stillen Blatt mit den ruhigen Schwüngen der schreibenden Hand sich wiederfinden lässt im Druckbild der Maschinenschrift.

Zwei Blätter hatte ich abgetippt. Ich kam jetzt nicht mehr umhin, die Zeilensammlung Gedichte zu nennen. Es kam mir vor wie Vorrat. Ich überließ Marga die beiden ... Gedichte. Doch bei Karstadt kaufte ich mir eine abschließbare Kassette. Dort hinein würde ich meine neuen Verse legen. Aber es war nicht mehr dasselbe. Es war wie damals, als ich lesen gelernt und zunächst die Buchstaben einfach zu Lautreihen zusammengesetzt hatte, ohne den Inhalt zu erfassen. Das Entsetzen der Mutter, die mich im Hühnerstall überm sinnleeren Deklamieren eines Liebesromans aus der *Hörzu* erwischte. Unvergesslich mein Entzücken, als ich die Einheit von Laut und Sinn begriff, begriffen hatte, was ein Wort ist. Jetzt war es ähnlich.

Meine Silbenspiele waren wie damals das Lesen ohne Begreifen gewesen. Umherschweifen. Schreiben so für mich hin. Jetzt hatten meine Wörterreisen ein Ziel. Und das Ziel hieß Gedicht. Ob ich wollte oder nicht. Das schüchterte mich ein. Ich wurde vorsichtig. Wie ein Tausendfüßler, der plötzlich zu grübeln beginnt, welches Bein er zuerst bewegen soll. Es holperte auf dem Weg zwischen Hand und Hirn. Die Kassette blieb lange leer.

Die beiden Gedichte wurden gedruckt. *Zu Gast bei Freunden*, so der Titel der Broschüre. Angaben zur Person wurden gewünscht. Geburtsort und -datum, Werdegang. 30. April 1946 schrieb ich. Seit ich wusste, dass meine Geburt exakt mit Hitlers Selbstmord zusammenfiel, war mir das eine widerliche Verbindung gewesen. Schon Hugo hatte mich vergeblich von diesem Wahn zu heilen versucht. Ich wollte mit diesem Verbrecher, dieser furchtbaren Zeit nichts zu tun haben, nicht einmal ein Datum. Und in Hamburg wusste ohnehin keiner Bescheid. Nur Bertram spottete: So ist's recht, Genossin Palm. ›Vorwärts immer, rückwärts nimmer.‹ Warum nicht gleich 1950?

Im September stellte Willy Brandt die Vertrauensfrage, die Regierung verlor ihre Mehrheit. Bundespräsident Heinemann rief für den 19. November Neuwahlen aus. Woche für Woche mobilisierten wir vor Karstadt die träge Eppendorfer

Masse, verteilten Flugblätter, klebten Plakate. Kein Wunder, dass ich mir in den Kampfpausen immer mal wieder Luft verschaffen musste. Diesmal aber gezielt und im Dienst der Sache.

> Wer schleicht so spät durch Sturm und Wind
> weg von Urahne Mutter und Kind?
> Es ist ein Genosse mit Kleistertopf
> wohl aus der Gruppe Eppendopf.
>
> Er fasst ihn sicher, er hält ihn warm
> den Kleistertopf in seinem Arm.
> Und sieh! Die Genossin! Sie trägt das Plakat,
> welches der Kleister zu halten hat.
>
> Genosse, verbirg den Kleisterquast nicht!
> Die Wahrheit! Sie muss heraus ans Licht!
> Auf jedem Stellschild muss morgen man sehn,
> was heut um Mitternacht geschehn!
>
> Sie kleben im tosenden stürmenden Regen,
> kein Weg ist zu weit, kein Schild zu entlegen.
> Doch dann! Ganz plötzlich klebt nichts mehr an!
> Wer hat den Klebern ein Leid getan?
>
> Den Klebern grausets, sie sehn hier und dort
> auch Strauß und Barzel am düsteren Ort.
> Treibts der braune Spuk in Eppendopf
> nun schon im roten Kleistertopf?
>
> Die Genossen starrn in des Eimers Schlund,
> dumpf stöhnt es aus der Genossin Mund:
> Hilf Gott! Ich seh keinen Kleister mehr!
> In deinen Armen der Eimer – ist leer!

Dieses Gedicht zeigte ich Marga freiwillig, ja, ich scheute mich nicht, diese Zeilen Gedicht zu nennen, tat mich dicke auf den Schultern des Klassikers, und Marga, womöglich noch im Bann der Arbeiterfestspiele, brachte das Werk beim nächsten Gruppenabend zu Gehör. Wie erwartet, war der harte Kern, Albert und Meike allen voran, dagegen, da es der Ernsthaftigkeit des Kampfes – und was sei unser nächtlicher Einsatz sonst? – nicht gerecht werde, ihn vielmehr der Lächerlichkeit preisgebe. Worauf Gerd, in künstlerischen Angelegenheiten unangefochtenes Leitbild, einen längeren Vortrag zur Frage des Humors im Kampf um die Errungenschaften des Sozialismus im Kapitalismus auf dem Weg in den Sozialismus hielt, dass uns am Ende das Lachen beinah verging. Gretel, die Versöhnlerin, machte ihrer Haltung wieder einmal alle Ehre, indem sie den pädagogischen Nutzen der Parodie pries; diese verweise unmittelbar auf den Schöpfer des Originals und könne somit als Einstieg in die Behandlung der Klassiker jedem Lehrer als hilfreiche Handreichung dienen. In dieser Einordnung entdeckten schließlich auch Meike und Albert eine Möglichkeit listenreicher Vergesellschaftung geistigen Eigentums der herrschenden Klasse, wie Meike es ausdrückte, und gaben sich zufrieden. Das Kleistertopfdrama erschien auf der Rückseite unseres Flugblatts zur Wahl: ›Das muss getan werden: Massenkaufkraft erhöhen. Löhne und Gehälter anheben. Massenentlassungen verbieten. Gesetzliche Lohnfortzahlung bei Kurzarbeit. Kein Verlust von Betriebsrenten und Weihnachtsgeld. Mitbestimmung bei Produktion und Investition. Dafür: Unbestechlich, konsequent – DKP ins Parlament!‹

Gerd behielt recht: Die Überraschung wirkte. Die Passanten blieben stehen, lasen, lachten, kamen zurück. Und da das Blatt nur ein Impressum, nicht aber meinen Namen nannte, konnte ich mir in aller Ruhe ihre Kommentare anhören, die zumeist darauf hinausliefen, so etwas sei man von Kommunisten nicht gewohnt. Die hätten ja Humor!

Ich leierte mir noch zwei ähnliche Poetereyen aus den Hirnlappen, ein Bundesnachrichtenhund schnüffelte nach Kommunisten wie nach Kokain und ein Unternehmer versuchte als Kamel verkleidet ins Himmelreich einzudringen, dann musste Gerd ran, der Ernst Thälmann im roten Express durch Hamburg rasen ließ, was nicht so gut ankam. Doch Udos Moritat über die gerade Rechte der Linken, die mit dem gerechten K. o. der Rechten durch die Linke ausging, bügelte den allzu forschen ideologischen Durchmarsch wieder aus.

Ob es wirklich an unseren kuriosen Texten lag, dass die Menschen so aufgeschlossen waren für politische Diskussionen? Nie waren wir Vorurteilen so selten begegnet wie in diesen Wochen, nie so bereitwillig angehört, so vernünftig befragt worden, nie waren Gespräche so sachlich verlaufen. Bertram und Jutta berichteten ähnliches aus Köln.

Die CDU führte einen enorm aufwendigen Wahlkampf. Ihr einziges Thema: Rot-Gelb zu verhindern, eine Koalition aus SPD und FDP. Ihr Konzept schien aufzugehen. Im September lagen sie bei den Umfragen mit einundfünfzig Prozent deutlich vor der SPD mit einundvierzig Prozent. Doch dann konzentrierten die Sozialdemokraten ihren Wahlkampf einzig auf ihren Kandidaten Brandt. Wer etwas auf sich hielt, trug einen Button: ›Willy wählen‹. Die neue Devise: ›Willy Brandt muss Kanzler bleiben‹, brachte die Massen auf die Beine. Mit dem Slogan ›Deutsche, wir können stolz sein auf unser Land‹ traf Rot ins Schwarze. Hallen und Plätze waren bei Parteiveranstaltungen, nicht nur der SPD, überfüllt. Mag sein, auch das Geschehen um die Baader-Meinhof-Bande und mehr noch die Gewaltaktion der palästinensischen Terrorgruppe Schwarzer September trug zu dieser Politisierung bei. Anfang September hatten diese Terroristen den friedlichen Verlauf der Münchener Olympischen Spiele mit der Geiselnahme von elf israelischen Athleten zerstört. Bei dem Befreiungsversuch auf dem Flughafen Fürstenfeldbruck wurden alle Geiseln, fünf Entführer und ein Polizist, getötet.

Die Stimmung war aufgeheizt. Auch unsere Wahlveranstaltungen, besonders die politischen Frühschoppen, waren gut besucht. Gewählt wurden wir trotzdem nicht; nicht einmal von unseren linksradikalen Konkurrenten. Die hielten es mit dem Kommunistischen Bund: Die DKP ist zu revisionistisch, wir wählen SPD. Da konnte sich Brandt auf der Mitgliederversammlung des BDI noch so nachdrücklich zur kapitalistischen Ausbeutergesellschaft bekennen.

Insgeheim jedoch gestand ich mir ein: Hätte ich Willy Brandt direkt wählen können, meine Stimme wäre ihm sicher gewesen. Diesem unehelichen Arbeitersohn und antifaschistischen Widerstandskämpfer fühlte ich mich, trotz Radikalenerlass, irgendwie verwandt. Dazu sein Kniefall in Warschau. So aber machte ich meine Kreuzchen an den richtigen Stellen, was auch nicht viel weiterhalf. Die Wahlbeteiligung war hoch wie nie zuvor: 91,1 Prozent! (Bis heute die höchste in der Geschichte der Bundesrepublik.) Mit 45,8 Prozent SPD und 8,4 Prozent FDP erhielt diese Koalition diesmal klar die absolute Mehrheit. Erstmals wurde ein Stimmensplitting in Erst- und Zweistimmen praktiziert, sodass viele SPD-Wähler ihre Erststimme dem lokalen Kandidaten und die Zweitstimme der FDP gaben. Bundesweit brachte es die DKP auf 0,4 Prozent bei den Erststimmen, genau 146 258 Wähler und 0,3 Prozent Zweitstimmen. In Hamburg sah es etwas besser aus: 0,7 Prozent mit 8 650 Erststimmen.

Katzenjammer? Ja. Besonders bei den alten Genossen. Die hatten gehofft, an die Zeit der KPD vor dem Verbot 1956 wieder anknüpfen zu können. Und wir Jüngeren? Wir hatten uns einen Einzug ins Parlament ohnehin nicht recht vorstellen können, taten so, als hätten wir ein bisschen mitgesiegt, mit unserem Willy, und machten einfach weiter. Was auch sonst. Wir standen auf der richtigen Seite der Geschichte – schließlich war ein Sechstel der Erde bereits von der kapitalistischen Ausbeuterordnung befreit –, und wir feierten im Storchennest die internationale Solidarität. Mit Gesang zum Sieg. Dann scheint die Sonn ohn Unterlass!

Der Anruf kam wenige Tage später. Marga, in deren Zimmer das Telefon stand, klopfte morgens sehr früh an meine Tür. Schlaftrunken öffnete ich, blinzelte verwirrt in ihr bestürztes Gesicht.

Dein Vater, sagte sie. Mehr war nicht nötig.

Hast du Fahrgeld?, fragte sie.

Ich schüttelte den Kopf.

Marga machte einen Tee. Wir saßen in der Küche, und ich stellte verwundert fest, dass ich nichts oder doch beinahe nichts fühlte außer einer vagen Erwartung auf Tränen, auf Schmerz. Und diesen Geschmack von Messing auf der Zunge. Wie er mich tagelang geplagt hatte nach Hugos Tod und ich wieder und wieder hatte ausspucken müssen, als könnte ich so die bittere Botschaft aus mir heraus und aus der Realität schaffen. Ich ließ Marga sitzen, lief ins Bad und putzte mir die Zähne, bis das Zahnfleisch zu bluten begann.

Marga wartete auf mich, schob mir zwei Hundert-Mark-Scheine zu. Ich hab auch schon im Fahrplan nachgeschaut. Du kriegst den Zug um 7 Uhr 50. Und denk daran: Du bist nicht allein, Genossin.

Du bist nicht allein. Welch eine Wirkung können ganz gewöhnliche Worte in ungewöhnlichen Situationen entfalten. Oder vielleicht sind es weniger die Worte, sondern die Person, die sie spricht, die sich der Wörter bedient, die Absicht, die spürbar hinter den Wörtern steht und durch sie hindurchgeht, die Wörter nur Transportmittel für ein Mitleiden, ein Mitgefühl, ein Füreinanderdasein, das sonst keinen Ausdruck findet. Kaum ein Unterschied zwischen wortloser Umarmung und umarmendem Wort. Und das letzte Wort: Genossin? Das war wie ein Rippenstoß, eine Verpflichtung: Der Kampf geht weiter. Du wirst gebraucht. Wir brauchen dich. Du bist nicht allein. Wir lassen dich nicht allein. Wir – nicht ich, Marga, deine Freundin. Genossin Marga. War das weniger? Mehr? Oder vielleicht doch beides? Egal.

Das Wort gab mir Kraft. Ich war nicht allein. Im Augenblick dieses schmerzhaften Verlustes fühlte ich mich zugehörig wie nie zuvor in meinem Leben. Auch zu Hugo hatte ich gehört. Aber wir waren zu zweit einzig und allein gewesen, alleinige Einzigkeit. Jetzt war ich keine Einzigkeit mehr. Ich war ein Teil. Frei und willig ein Teil des großen Ganzen. Das auch mich groß werden ließ, mich und alle kleinen Leute, Menschen wie den Vater, der nie eine Chance gehabt hatte, sich zu entwickeln, auszuprobieren, was in ihm steckt. Ach, Pappa, dachte ich, wir haben doch gerade erst angefangen, zusammen für die Sache der Menschheit zu kämpfen. Wie wir im Kiefernschatten des Sommerlichts gesessen haben, satte Tauben zu unseren Füßen, dazwischen Benno, einen Zapfen zwischen den Vorderpfoten, in den Zweigen das freie Rauschen der Brise vom Rhein, alles begann eine andere

Sprache zu sprechen, eine neue Sprache, die sich Freude nannte. Wir lernten sie gern, hatten gerade begonnen, sie in die Zukunft hineinzubuchstabieren, zaghaft noch, aber mit größter Sorgfalt und Genauigkeit. Und so werde ich's halten, das verspreche ich dir, nichts mehr vormachen lassen werde ich mir, nenne die Kiefer Kiefer, Jasmin Jasmin, deine Hand deine Hand und die Ausbeutung Ausbeutung, Kapital Kapital, und ich bin dein Kind, dat Kenk vom nem Prolete.

Gegen Mittag kam ich in Dondorf an. Die Tante sprang vom Fahrrad, als sie mich aussteigen sah, sie war gerade bei der Mutter gewesen.

Hilla, endlisch!, versuchte sie mich zu umarmen, die Mamma wartet schon. Jojo, jetzt muss der Pappa nit mehr leiden. Mir sehen uns ja noch die Tage, und ohne meine Antwort abzuwarten, schwang sie sich wieder aufs Rad.

Bertram war schon da. Allein. Das schien der Mutter Trost genug. Der leewe Jong hielt die Mutterarme besetzt.

Gestern Abend sei es passiert. ›Es‹ – das Unaussprechliche. ›Es‹ – so unfassbar wie die einzig gültige Präzision: Tod.

Ein bisschen ferngesehen hätten sie, so die Mutter, nix Besonderes. Der Vater habe in seinem Sessel am Ofen gesessen, wie immer.

Das Bild sprang sofort auf. Der Vater in seiner Bleyle-Strickjacke, die er seit Jahren sommers wie winters trug, bei Temperaturen über dreißig Grad schob er allenfalls mal die Ärmel hoch, braune Ärmel an einer beigen Jacke. Dazu Manchesterhosen, braun im Winter, hell im Sommer. Braungelb karierte Filzpantoffeln, hinten offen.

So hatte die Mutter ihn beim Ofen sitzen lassen. Ein bisschen über den Krimi geschimpft hätten sie noch, so die Mutter, Blödsinn sei das gewesen, ein Mord an einem Tannenbaumdieb, der sich als harmloser Nikolausdarsteller entpuppte.

Nein, aufgeregt habe sich der Vater überhaupt nicht, beschied sie mich, unwillig über meine Nachfrage, die ihren Erzählfluss unterbrach, ruhig und friedlich habe er wie jeden Abend seinen Magentee ausgetrunken, während sie mit den beiden Sandkrügen die Treppe hinaufgegangen sei, die Betten aufdecken und die heißen Krüge hinein, zum Anwärmen. Alles wie immer.

Wie gut ich das kannte, dieses Alles wie immer. Als könnte dieses Alles wie immer, dieses Bild, in dem alles wie immer war, das nächste Alles wie immer nach sich ziehen und das nächste und übernächste, alles wie immer bis in alle Ewigkeit, und war doch alles wie immer nur in dieser winzigen Spanne Zeit und schon in der nächsten Sekunde wie nie zuvor.

Josäff, habe sie schon auf der Treppe nach unten gerufen, komm rauf, et Bettschen is läcker warm!

Meist habe sie dann ein Knarren des Sessels gehört, ein Ächzen vielleicht, schlurfende Schritte, der Vater auf dem Weg nach oben. Manchmal sei es aber auch still geblieben, dann habe sie den Vater geholt, der schon eingenickt sei. So auch an diesem Abend.

Er sah aus wie immer, die Mutter schluchzte auf, tastete nach dem Taschentuch im Kittel, zog die Hand zurück, heute trug sie dieses Kleidungsstück nicht, auch das nicht: wie immer. Bertram und ich reichten ihr fast gleichzeitig ein Tempotuch. Sie nahm das des Sohnes. Putzte sich ausgiebig die Nase und verstaute das Tuch fürsorglich im Ärmel ihrer Wolljacke.

Seine Kopp lag en bissjen schief auf der Schulter, abber dat war oft so. Die Augen zu. Und der Mund stand en bissjen auf, dat war auch oft so. Der hat ja furschtbar jeschnarscht, dä Pappa. Wieder schluchzte die Mutter, als vermisse sie gerade dieses Schnarchen, das ihr zu Lebzeiten des Bettgenossen so viel Verdruss bereitet hatte. Wie gut verstand ich sie. Auch ich hatte nach Hugos Tod, wenn ich bei anderen seine kleinen Fehler entdeckte, jedesmal aufs Neue seinen Verlust bitter verspürt und tat dies bis heute.

Abber, fuhr die Mutter fort. Et war janz still. Nur die Uhr hat jetickt, janz laut. Josäff, hab isch jesacht, bin hin und hab den leise angestupst. Da is he umjekipp, in meine Arm. Isch hab ihn festjehalten un bissjen jeschüttelt, un Josäff hab isch jerufen. Abber der war so schwer, da musst isch ihn loslassen. Un da bin isch bei de Piepers jelaufen. Un dat Jisela direck mit mir hierher. Da hing der Pappa da, im Sessel, wie isch ihn jelassen hatte. Maria, hat dat Jisela jesacht, isch ruf dä Mickel an. Un is weg. Un isch hab misch bei der Pappa jesetzt. Hierhin. Die Mutter klopfte auf das Sofa neben sich. Dat Jisela is direkt wiederjekommen. Mit einem Underbersch. Un dann kam ja auch de Mickel. Dä hat mir auch wat dajelassen. Für de Nerven. Die Mutter deutete auf eine Pillenpackung. Das Medikament war mir wohlbekannt. Es würde der Mutter helfen, wie es mir geholfen hatte in den ersten Wochen nach Hugos Tod.

Heute Morjen, die Mutter schob das Taschentuch ein Stück höher in den Ärmel, hat der Böckers Willi ihn dann abjeholt. Jetzt is he schon im Leischenhäusjen. Isch hab den Sarsch mittlere Preisklasse jenommen. Wat meint ihr?

Ich sah Bertram an. Der nickte. Ich auch. Mittlere Preisklasse. Als käme es darauf an.

Unser rebellisches Kreuz auf dem Russengrab zu sehen, war mir ein Trost und Bertram sicherlich auch. Es schien nun den Vater mit in seine Obhut zu nehmen.

Da lag der Vater auf der Kunstseide mittlerer Preisklasse wie in friedlichem Schlaf. Erlöst. In seinem guten dunklen Anzug, den er zuletzt bei Marias Hochzeit getragen hatte.

Und nie bei der meinen tragen würde. Die Mutter fasste nach Bertrams Hand. Und ich nach ihrer. Familie. Ich drückte dem Vater meine Lippen auf die Stirn. Und zuckte zurück. Die schwammige Kälte der fahlen Haut ließ die Wahr-Nehmung explodieren: tot. Der Vater war tot. Was hier lag, war kein Vater mehr. Es war geformter Kadaver, dilettantische Täuschung. Dennoch, ich hatte es mir vorgenommen. Die Mutter verließ mit dem Bruder die Halle, und ich blieb allein zurück bei dem, was man zurecht, das wusste ich nun, sterbliche Überreste nennt. Ich gab es dem, der mit den Jahren tatsächlich mein Vater geworden war. Und ich seine Tochter. Ich legte ihm Alberts *Im verbotenen Land* unter das seidige Kopfkissen. Und küsste ihn noch einmal. Auf beide Augen. ›Schlummert ein ihr matten Augen / Fallet sanft und selig zu.‹

> Dein Vater, sagt ihr
> hatte noch Öldreck
> in den Schwielen
> und unter den Fingernägeln
> als sie ihm die Hände
> falteten im Sarg.
>
> Deine Mutter, sagt ihr
> kriegt abends den
> Rücken nicht mehr gerade
> wenn sie die
> letzte Treppe geputzt hat.
>
> Du aber, sagt ihr
> sitzt auf deinem Stuhl
> und schreibst Gedichte.
> Ja, sage ich, eben drum.

Sie waren alle gekommen. Die Rüppricher, Ploonser, Bergisch Kroller väterlicherseits. Die vornehmen Miesberger, Großenfelder, Ruppersteger mütterlicherseits. Kaum einer, der mich nicht fragte: Hildejaad, kennste misch denn noch? Zum ersten Mal nach anderthalb Jahrzehnten, nach der Ersten heiligen Kommunion Bertrams führte die Beerdigung des Vaters die Familien wieder zusammen. Damals hatten drei Autos vor der Tür genügt, Aufsehen zu erregen. Heute mussten die letzten Trauergäste auf der Suche nach freiem Parkplatz bis hinter den Busbahnhof ausweichen.

Auch Friedrich und Richard waren angereist; logierten im Vater Rhein an der Marienkapelle. Gestern Nachmittag hatten sie in der Altstraße vorbeigeschaut und mit ihnen Hugo und die Trauer um ihn. Eine Trauer, die beinah nur noch Erinnerung war; die Bilder gemeinsamer glücklicher Zeiten gewannen allmählich die Oberhand.

Das Requiem fand in der Georgskirche statt. Die Friedhofskapelle wäre zu klein gewesen. Im Tod erwies sich der unscheinbare Josef Palm als angesehener Dondorfer Bürger und verschaffte so der Mutter eine Geltung, die er ihr zu Lebzeiten nie hatte verleihen können. Und damit einen letzten unverhofften Trost.

Kreuzkamp hatte ein neues Gebiss, das noch nicht richtig saß. Tschrauer und Tschrauergästsche zischten durch Blumen- und Kerzenduft, und ich klammerte mich an die seltsamen Laute und versuchte zu vergessen, dass ich in der ersten Reihe saß bei denen, die allen voran trauern mussten, trauern mussten vor aller Augen. Das konnte ich nicht.

Wie alt sie alle geworden waren! Wie lange hatte ich die Rüppricher Tanten nicht mehr gesehen? Sieben, acht Jahre, zehn? Einzig Tante Angelas Korpulenz schienen die

Jahre nichts anhaben zu können, sie ruhte in ihrem Speck und trotzte unter wallenden Gewändern dem Zugriff der Zeit. Hin und wieder tupfte sie sich mit einem schwarzweißen Seidentuch die Augen.

Spellste dann noch de Quetschebüggel?, hatte sie wissen wollen. Dann kannste auch bei meinem Sechzigsten spielen, dann jibbt et auch wat eso. Die Tante hatte die Lippen gespitzt und Daumen und Zeigefinger aneinandergerieben.

Onkel Käpp, ihr Mann, der heute nicht auf die Männerseite musste, sondern bei den übrigen Angehörigen der Familie in den ersten Reihen sitzen durfte, verschwand dagegen fast in seinem schwarzen, viel zu langen Mantel, der ihm um die Füße schwappte und seine dünne Gestalt wie ein verkleidetes Gerippe aussehen ließ.

Vornehm stachen auch heute die Ruppersteger hervor. Onkel Josef hielt seinen umflorten Zylinderhut vor der Brust, Tante Gretchen trug ihre Hängebacken verhüllt hinter Tüll, vereint schritt das Paar durchs Kirchenschiff wie zu einer Trauung, trotzige Demonstration gegen Alter und Vergänglichkeit. Auch die Mutter, Tante Berta, Hanni und Maria hatten wie die übrigen Verwandten schwarze Hüte aufgesetzt, Manifestationen feierlicher Trauer.

Schwarze Anzüge, schwarze Kleider, schwarze Hüte. Und doch hatte sich gegenüber den Zusammenkünften vergangener Jahre etwas Entscheidendes verändert. Es war nicht mehr die Familie als Verbund. Die Familie hatte sich in Einzelwesen aufgelöst. Das Gefühl der Zugehörigkeit – wo war es geblieben? Es war noch da – auch bei mir –, aber welche Rolle spielte es noch? In den hinteren Bänken saßen Friedrich und Richard, und ich sehnte mich zu ihnen, wo ich allein und frei gewesen wäre. Frei, auch zu trauern.

So aber saß ich da mit diesem ewigen Rest von schlechtem Gewissen, wenn ich Menschen verlassen hatte, weil ich zu ihnen nicht mehr passte, ihnen nicht mehr gemäß war. Dann begann ich zu spielen, meine Rolle zu spielen, eine Rolle, von der ich annahm, mein jeweiliges Gegenüber erwarte sie genau so von mir. Und so spielte ich auch hier meine Rolle, die Rolle der trauernden Tochter, die sich liebevoll der Mutter zuneigte, die sich eng an den Sohn lehnte.

Ich nahm ihre Hand, und sie schrak zusammen, als wäre sie weit weg gewesen. Aber sie hielt meine Hand fest, und ich fühlte mich gestärkt und bestätigt. Ja, ich gehörte noch dazu, und ich würde bei ihnen bleiben. Nicht zuletzt dem Vater hatte ich das geschworen. Es tat mir gut, mir vorzustellen, dass Hugo ihn da oben erwartete. Ich musste lächeln. Eine Kommunistin, die vom Jenseits träumte. Ein Rippenstoß der Mutter unterbrach meine kleine Heiterkeit und ließ mich schicklich in Trauerhaltung zurückfallen. Die ich nicht verspürte. Was da im Sarg lag, war nicht der Vater. War nicht der gute Herr Palm, der Tschag und Natsch, so Kreuzkamp, nur für die Seinen gestrebt habe. Was die Kolpingbrüder da hineingetragen und mit Kränzen und Sträußen umrandet hatten, war nur eines: Es war vorbei. Nie wieder würde ich das dumpfe Stampfen seiner schweren Schuhe neben mir hören. Nie wieder den grellen Klang des Hammers auf die Eisenplättchen, mit denen er die Sohlen haltbar machte. Ich versuchte, mich von der unglückseligen Zeremonie zu lösen, die mir ein Ende aufzwingen wollte, versuchte, die Lichter in den Kerzenhaltern zu zählen und die Sprechfehler Kreuzkamps zu korrigieren. Bertram lächelte mich an. Aber es war zu spät. Meine Gefühle waren schon auf der Reise. Waren bei Hugo und dem Vater und dass sie jetzt zusammen waren. Ohne mich. Leicht und ruhig liefen mir die Tränen die Wangen hinab.

Kreuzkamp entließ uns mit seinem Segen, man erhob sich, Taschentücher wurden gezückt, Schnaufen, Schneuzen,

Füßescharren, die Orgel: ›Herr, gib Frieden dieser Seele, nimm sie auf zum ew'gen Licht.‹

Die sechs Kolpingbrüder hoben den Sarg auf ihre Schultern, Bertram und ich nahmen die Mutter in die Mitte und folgten ihnen. Folgten dem unerbittlichen Gesetz, das durch das Schluchzen der Orgel hindurch flüsterte: Heute ich, morgen du.

Nahe dem Ausgang warteten Friedrich und Richard. Auch zu ihnen gehörte ich. Wie dankbar war ich ihnen für ihr Kommen. Zeugen, Vertreter einer anderen Welt, die *auch* die meine war. Und ich musste mir eingestehen, dass ich bei diesen beiden Männern mehr ich selbst zu sein wagte als bei den Menschen, die man Familie nennt, die Mutter eingeschlossen. Nur Bertram war geblieben, was er seit Kindertagen war: mein verlässlicher geliebter Bruder. Ich seine Schwester. Diese Wörter hatten wir uns verdient. So wie Josef Palm sich das seine: mein Vater.

Auf dem Friedhof blieben wir nicht lange. Nasser Schneefall setzte ein und ließ wenig trauernde Ergriffenheit zu, die ohnehin durch Kreuzkamps Sprechfehler schon gelitten hatte.

Für die leibliche Wiederaufrüstung war im Café Jappes gesorgt. Vergänglichkeit, das war auch ein hohles Gefühl im Magen und musste vertrieben werden. Richard und Friedrich kamen mit und wurden kritisch beäugt. Hinter meinem Rücken hörte ich sie tuscheln: Dat Heldejaad is noch immer nit fädisch mit dem Studieren. Wat es russjeschmissenes Jeld!

Und eine Mann hätt et och noch nit!

Weet hüchste Zick!

Do-do für kü-kütt et je-jetzt mit zwei Kä-Kä-Kääls op einmal! Tante Christas Stottern hörte ich aus all dem Wirrwarr heraus.

Zwei is eene ze vill!

Un vill ze alt, die könnten ja dem singe Vatter sein, ergänzte Tante Angela ihre Schwester. Armer Pappa, dachte ich, mit Schwestern wie denen. Kathrinchen, an der er gehangen hatte, war bei einem Bombenangriff ums Leben gekommen. Auch die war jetzt bei ihm da oben.

Un mer sacht sojar, dat et bei de Kommeniste is!, setzte die Cousine aus Miesberg den Höhepunkt. Der allen die Sprache verschlug.

Maria!, stürzte Tante Berta Großenfeld – so genannt zur Unterscheidung vom Dondorfer Berta Original – auf die Mutter zu, konnte aber gerade noch ihr Is dat wahr? in einem Murmeln verebben lassen; schließlich durfte man eine trauernde Witwe am Tag der Beerdigung nicht auch noch mit einer solchen Ungeheuerlichkeit konfrontieren. Und mich direkt zu fragen, wagte niemand.

Aber die zwei Kääls sehen doch nit us wie Kommeniste, wiegelte Hanni ab. Dat sind feine Herren. Der eine hat sisch mir vorjestellt. Dat is ne Dokter. Un der andere schreibt Büscher.

Das wirkte. Doktor und Bücherschreiben, das schaffte einschüchternde Distanz.

Ich lächelte in mich hinein. Schade, dass Albert nicht hier war, Helma oder Gretel, die Hallers, Gerd und Hein, egal. In nichts hätten sie sich unterschieden von den Menschen hier, und ich stellte mir Albert vor, wie er denen die Lewiten las. Was allerdings zu einem gegenseitigen Verständnis kaum beigetragen hätte.

Wo gehörte ich hin? Ich ging von Tisch zu Tisch und begrüßte die Verwandtschaft, einen Onkel, eine Tante, einen Cousin und eine Cousine nach der andern: Noch kein Mann? Nein, kein Mann. Bald fertig? Bald fertig. Un Hambursch? Schön da? Schön da.

Weißte noch? Ja. Ja, ich wusste noch, und wenn ich mich nicht mehr erinnerte, tat ich doch so, als sei mir just diese Erinnerung, die mir genau diese Frage des- oder derjenigen vergeblich ins Gedächtnis rief, die aller-allerliebste.

Ich drehte meine Runde, und dann setzte ich mich zu de zwei Kääls. Später kamen Bertram und Jutta dazu.

Ich saß bei denen, wo ich mich hätte wohlfühlen können, hätte mich nicht mein schlechtes Gewissen zu den anderen gerufen. Zur Mutter und den Onkeln und Tanten, die mir fast so viel Misstrauen entgegenbrachten wie den beiden Fremden. Die mir lästig waren, manche auch unangenehm, beinah unerträglich, und zu denen ich mich doch freundlich familiär glaubte verhalten zu müssen.

Ich begriff, nein, ich musste begreifen, und dieses Begreifen griff mir ans Herz – herzergreifend – was für ein Wort! Es griff mir ans Herz und drückte zu. Es gab kein Zurück. Es gab kein Zusammen mehr. Ich gehörte nicht mehr dazu. Ich war nicht mehr eine von ihnen. Zwischen ihnen und mir stand ein ›wie‹. Würde für immer da stehen. Das war der Preis. Ich bin nicht nur das, was ich bin, ich bin immer auch noch das, was ihr seid. Ich bin also beides. Ich war gegangen. Im Raum und in der Zeit. Im Kopf und im Herzen. Und nun wollte ich tun, als sei ich nur weggewesen und nun wieder da. Ich spürte, sie spürten das als Überhebung. Und ich konnte doch gar nichts dagegen tun. Oder doch? Ich konnte mich dümmer stellen auf Gebieten, von denen ich wusste, dass sie diese beherrschten. So fragte ich Hanni mit beinah ungeheucheltem Interesse nach dem Rezept für ihre Buttermilch-Bohnensuppe und ließ mir von Maria anhand von zwei Messern zeigen, wie ich die Stricknadeln halten müsse fürs Perlmuster. Das brachte mir für den kleinsten Fortschritt meiner Bemühungen höchstes Lob ein und schuf ein Gefühl der Nähe. Eine Illusion?

Ob sie mir dankbar waren wie ich ihnen, ich fand es nie heraus. Nahmen sie mir ab, dass ich sie und ihre Art zu leben, hoch zu schätzen wusste? Freuten sie sich, mich, die Studierte, belehren zu dürfen, sich überlegen zu fühlen? Ich erfuhr es nie.

Schließlich entschuldigte ich mich bei der Trauergemeinde und machte mich mit Friedrich und Richard auf ins Hotel. Sie wollten heute noch zurückfahren. Zuerst aber ging's an den Dondorfer Rhein, aus Wasser. Zur Großvaterweide. Dort wollte ich ihnen erzählen von den Buch- und Wutsteinen, von den Pappelsamen im Frühling, da wandere de Bäum, von den Wellen am Rhein, ihrem Reim, konnte eine nicht ohne die andere sein, und ich musste es doch: allein sein, ohne Hugo, ohne Gott, wenn ich ihnen das erzählen würde, könnten sie wohl besser verstehen, weshalb ich jetzt in dieser Partei war, die kleine Lück groß machen wollte.

Und warum, nagte schon wieder mein Gewissen, sitzt du dann nicht im Café Jappes bei de kleine Lück? Ja, warum nicht? Weil ich dort noch nie zu Hause gewesen war? Immer mehr in den Büchern als in Dondorf? Mit Hugo hatten die Bücher zu leben begonnen, hatte ich, ohne Verlust zu spüren, das Leben in den Büchern gegen das in der Wirklichkeit, das wirkliche Leben mit Hugo, eingetauscht. Jetzt glaubte ich einen Ersatz gefunden zu haben: die Partei. Aber was konnte die tatsächlich ersetzen? Diese Frage verscheuchte ich wie einen tückischen Angriff, eine hinterhältige Falle.

Der frühe nasse Schnee war schon geschmolzen, unsere Schuhe drückten tiefe Kuhlen in den Sand, die sich alsbald mit Wasser füllten. Ein Schleppkahn tönte herüber aus der Kurve bei der Rhenania, das Schilf flüsterte Midas, Midas in die tiefhängenden Wolken, Möwenschreie zerschnitten die Luft.

Bei der Großvaterweide blieb Friedrich stehen. Hier muss es sein, sagte er und ließ die kahlen Zweige durch die Finger gleiten. Windschrift auf Wellenpapier, sagte er und zog einen Umschlag aus der Brusttasche des Mantels. Das Alphabet der Wellen.

Was hatte das zu bedeuten? Kannte Friedrich diese Weide? Und was zitierte er da? Ich hatte die Zeilen noch nie gehört.

Richard legte seinen Arm um mich, als Friedrich mir den Umschlag überreichte. Ermutigend nickte er mir zu. Behutsam nahm ich die Bögen heraus. Wie viele mochten es sein? Zehn, zwanzig? Ich erkannte die Handschrift sofort. Anmutig und kraftvoll zugleich, als liebkosten sich die Wörter selbst bei ihrem Weg aufs Papier, sich selbst und alle miteinander. Als feierten sie ein Fest, hatte ich damals gesagt. Damals, als Hugo diesen Aphorismus, Nietzsches ›Liebe als Kunstgriff‹, für mich abgeschrieben hatte.

Hugo, murmelte ich und sah Friedrich fragend an.

Lies, bat er mit seiner lieben Stimme, die so sehr an die des toten Freundes erinnerte.

›Windschrift auf Wellenpapier‹, brachte ich mühsam heraus. ›Jakobsleitern aus Weidengeflecht hoch in den Junihimmel wir steigen hinauf und finden die Tür weit offen zu unserem himmlischen Haus.‹

Gedichte, stieß ich hervor. Von Hugo? Sind die von Hugo?

Auch Friedrich legte mir nun den Arm um die Schulter.

Oder, oder, suchte ich diese ungeheuerliche Tatsache abzuschwächen, hat er sie übersetzt? Nein, fiel ich mir selbst ins Wort, dann hätte er das nicht einfach so hingekritzelt, so ohne Punkt und Komma, ohne Zeilenenden …

Ich habe, Friedrich löste die Blätter aus meiner verkrampften Hand, dies aus Hugos Schreibtisch vor Brigitte gerettet. Ich hatte Hugo dieses Möbel geschenkt, und nur wir beide wussten, dass es ein Geheimfach gab. Seine Schwester gottlob nicht. Wenn jemand ein Recht darauf hat, dann du. Ich wollte es dir nicht früher geben. Das hätte deinen Schmerz nur verstärkt. Und früher oder später hätte er sie dir ja ohnehin gezeigt. Oder kanntest du sie schon?

Fassungslos schüttelte ich den Kopf: Hugo hatte mir etwas verschwiegen! Dahinter trat alles andere zurück. Er hatte ein Geheimnis vor mir gehabt. Nur eines? Was würden mir diese Blätter enthüllen?

Friedrich steckte die Blätter in den Umschlag zurück, reichte sie mir zum zweiten Mal: Keine Angst. Ich glaube, nun bist du stark genug dafür. Ich habe gewartet, bist du ein neues Leben gefunden hast. Ein Leben ohne Hugo. Ich weiß ja, wie sehr ihr aneinander gehangen habt. Jetzt hast du ein neues Leben. In einer neuen Stadt. Mit neuen Freunden. Auch wenn ich nicht glaube, dass du lange in dieser Partei bleibst. Aber du bist ein Mensch, der Träume braucht. Zum Leben. Du brauchst Träume, wirst ein Leben lang träumen. Nie wird dir genug sein, was du bist und hast. Aber dieser Traum, den du jetzt träumst ... Diese Partei ... Aber was soll's. Wach*rütteln* hilft gar nichts. Du wirst schon von selbst aufwachen. Und denk immer daran: Du bist nicht allein. Du hast Freunde. Auf Richard und mich kannst du dich verlassen. Und jetzt erzähl doch mal von deinem Vater. Damals habe ich ihn ja nur kurz gesehen, und das mit unserer so traurigen Botschaft. Kommt, wir gehen zurück zum Vater Rhein.

Hugos Gedichte würden mein Geheimnis bleiben, so wie sie seines geblieben waren. Selbst Bertram erzählte ich nie davon. Wie leibhaftig er zu mir sprach, der tote Freund, aus diesen lebendigen Bildern, die, was auch immer sie vorstellten, wovon auch immer sie sprachen, durch Morgendunst Windstille Grasbüschel Wurzelnest Anemonen Lichtschluchten Regenbogen nur das eine sagten: Die Liebe gibt es, die Liebe gibt es. Ja, ich war nicht allein. Meine Vergangenheit war bei mir. Und gab mir Kraft für die Gegenwart. Für die Zukunft. Sobald ich zwei Zeiten über- oder ineinanderschob, lud sich der Alltag auf mit gesammelter Energie. Den Humus der Vergangenheit unter den Füßen, den Horizont weit offen: Das bewahrte die Gegenwart davor, in Eintönigkeit zu versacken. Nichts ist vergangen, solange wir leben. Das Vergangene verändert sich mit uns und durch uns und in uns.

Auch Hugos Vermächtnis würde ich lebendig halten. Ich würde seine Gedichte lesen. Immer wieder. Immer wieder anders. Weil ich mich verändern würde. Und damit meinen Blick auf seine Gedichte. Immer wieder anders, immer lebendig zu bleiben: Das forderten Hugos Gedichte heraus. Und nicht nur die seinen. In der Kunst gibt es keinen Tod. Jedes Bild, jedes Buch, jede Melodie feiert Auferstehung in meinen Augen und Ohren. Zu jeder Zeit.

Ich legte Hugos Gedichte zum Buchstein des Großvaters, den er mir kurz vor seinem Tod am Tag meiner ersten Fahrt zur Großenfelder Realschule anvertraut hatte. Zum Brief meines Biologielehrers Rosenbaum, der meine Not als Industriekaufmannsgehilfenlehrling auf der Pappenfabrik erkannt und zusammen mit Pastor Kreuzkamp und Lehrer Mohren für meinen Besuch des Aufbaugymnasiums gestritten hatte.

Kurz darauf war er mit seiner Frau nach Israel gezogen, zu seinem Sohn. Seinen Brief aus dem Kibbuz hatte ich wieder und wieder gelesen. ›Glaub daran, dass Du wirklich das bist, was Du fühlst zu sein. Trau Deiner inneren Sicherheit, egal, wie andere Dich sehen. Oder was andere wünschen, was aus Dir werden soll. Du kannst Dich Dir selbst erzählen. Du bist Deine Geschichte. Lass nicht zu, dass andere Deine Geschichte schreiben. Folge Deiner Phantasie. Aber folge ihr mit Vernunft.‹

Was der Großvater mir auf seinem Stein mit meinem Namen in goldenen Lettern hatte mitteilen wollen, hatte Rosenbaum in Wörter zu übersetzen versucht. Die Botschaft war dieselbe. Und jetzt Hugos Gedichte.

Noch am selben Abend machten Bertram und ich mit einem festen Draht die Lücke im Zaun bei Bennos Hundehütte wieder dicht.

Anderntags überraschte ich die Mutter in der Küche, wie sie sich an meinem Mantel zu schaffen machte.

Kind, sagte sie, so kannste doch nit rumlaufen. Der Knopf is ja locker. Geschickt und energisch hantierte die Mutter mit Nadel und Faden, den sie nach ein paar fixen Stichen gekonnt abbiss.

Tage später stand sie mit dem Bruder am Gartentor und winkte mir nach. Bertram blieb noch ein paar Tage und half ihr mit den Formalitäten. Ich zog den Mantel enger um mich. Der Knopf saß fest wie nie. Einen Schal des Vaters, unser Vorlesebuch und seinen Bleistift nahm ich mit. Und schrieb:

    Mein Vater

    Wer ist das?
    fragen meine Freunde
    und deuten auf das Foto
    des Mannes über meinem Schreibtisch
    zwischen Salvador Allende
    und Angela Davis.

Ich sage:
Mein Vater. Tot.
Dann fragt niemand weiter.

Wer ist das?
frage ich den Mann,
der nicht einmal
für das Passfoto lächelt,
der an mir vorbeischaut
wie beim Grüßen
an Menschen,
die er nicht mochte.

Bauernkind, eines von zwölf,
und mit elf von der Schule;
hatte ausgelernt,
mit geducktem Kopf nach
oben zu sehen.
Ist krumm geworden
als Arbeiter an der Maschine
und als Soldat
verführt gegen die Roten.

Nachher noch einmal:
geglaubt, nicht begriffen.
Aber weitergemacht.
Als Arbeiter an der Maschine
als Vater in der Familie
und sonntags in die Kirche
wegen der Frau
und der Leute im Dorf.

Den hab ich gehasst.

Abends, wenn er aus der Fabrik
nach Hause kam,
schrie ich ihm entgegen
Vokabeln, Latein, Englisch.
Am Tisch bei Professors,
als mir der Tee
aus zitternden Händen
auf die Knie tropfte,
hab ich Witze gestammelt
über Tatzen,
die nach Maschinenöl stinken.

Hab das Glauben verlernt mit Mühe.
Hab begreifen gelernt und begriffen:

Den will ich lieben
bis in den Tod
all derer,
die schuld sind
an seinem Leben
und meinem Hass.

Manchmal
da lag schon die Decke
auf seinen Knien
im Rollstuhl,
nahm er meine Hand,
hat sie abgemessen
mit Fingern und Blicken
und mich gefragt,
wie ich sie damit machen will,
die neue Welt.

Mit Dir,
hab ich gesagt
und meine Faust
geballt in der seinen.

Da machten wir die Zeit
zu der unseren,
als ich ein Sechstel
der Erde ihm
rot auf den Tisch hinzählte
und er es stückweis
und bedächtig
für bare Münze
und für sich nahm.

Wer ist das?
fragen meine Freunde
und ich sag:
Einer von uns.
Nur der Fotograf
hat vergessen,
dass er mich anschaut
und lacht.

In Hamburg hieß es wieder: Genossin Palm, deine Zeit ist unsere Zeit, und die ließ mir für Gedichte wenig Zeit. Der alltägliche Kampf um mehr Lohn, Urlaub, Kindergärten, Schulen, Krankenhäuser. Weniger Steuern. Mehr Rente, mindestens fünfundsiebzig Prozent vom Verdienst der besten zehn Jahre. Schwerpunkt unserer Gruppe: Kampf gegen Mietpreiswucher und Bodenspekulation.

Dazu kamen Erwartungen an meine Person: Griebel erwartete eine Präzisierung der Thesen meiner Doktorarbeit, die *Deutsche Volkszeitung* meine Kolumnen, Marga meine Mitarbeit im hiesigen Werkkreis Literatur der Arbeitswelt, und sie drängte auf meine Mitgliedschaft im Demokratischen Kulturbund.

Der Partei standen im neuen Jahr zwei große Ereignisse ins Haus. Fast siebeneinhalbtausend Unterschriften hatte die Initiative ›Weg mit den Berufsverboten‹ gesammelt; auch SPD- und FDP-Politiker hatten unterschrieben; sogar der Vorsitzende der Sozialistischen Partei Frankreichs, François Mitterand, stand dagegen. Mitte Mai sollte eine Konferenz gegen diesen ›verfassungsfeindlichen und antikommunistischen Radikalenerlass‹ abgehalten werden. Doch vorher würden wir meinen Geburtstag feiern, am 30. April beim Pressefest der *UZ* im Congress Center, ganz groß, mit Kurt Bachmann und Dieter Süverkrüp. ›Tanz in zwei Sälen und Eintritt fünf Mark, in exklusiven Räumen im größten Hotel am Ort‹, höhnte der Kommunistische Bund. Und dass wir für den nächsten Tag zur Kundgebung am Gewerkschaftshaus aufriefen, entlarvte uns erst recht als verpennte Revisionisten.

Ich freute mich auf meinen Geburtstag. Als hätten mich der Trierer Karl und sein Wuppertaler Kumpel Friedrich persönlich eingeladen. Mit ihrem russischen Nachzügler Wladimir Iljitsch tat ich mich noch immer schwer, ganz zu schweigen von dessen Gefolgsmann. Aber ich hatte ja Zeit, wenig mehr als ein Jahr war es her, dass ich zu den Genossen in die Bobstraße hinabgestiegen war. Und war doch ein ganzes Stück weitergekommen. Das wollte ich feiern. Genau um Mitternacht, Walpurgisnacht, dem exakten Zeitpunkt meiner Geburt, würde ich das Geheimnis lüften, einen ausgeben und anstoßen: mit Wilfried, Franz und Michel. Marga, als

Mitglied des Landesvorstandes, musste bei den Bonzen, wie wir sie nannten, sitzen, und Frauke war so gut wie verlobt. Ihr Frank, natürlich Genosse, arbeitete als Drucker bei der Technikerkasse, kein Intellektueller, wie Frauke nicht müde wurde zu betonen und, setzte sie gerne zur Beglaubigung seiner proletarischen Reinrassigkeit noch eins drauf, St.-Pauli-Fan. Mit Dauerabo. Franz und Wilfried hingegen flirteten als zwei spätbürgerliche Individuen auf dem Weg zur allseits entwickelten Persönlichkeit mit zwei Spartakistinnen aus dem Oberseminar.

Brav standen wir die Reden der Parteivorderen durch. Gerade wollten wir uns im neu angelegten Planten un Blomen die Füße vertreten, da winkte mich Marga heran, Herbert Mies, der stellvertretende Parteivorsitzende erwarte mich.

Ich warte hier auf dich, versprach Michel.

Was wollte Mies von mir? Da hatte wohl Marga ihre Hand im Spiel. Ob er von meinem Geburtstag wusste? Mir gratulieren?

Weit gefehlt! Offensichtlich wollte man wissen, wie weit es mit meinem Klassenstandpunkt her sei, ihn sozusagen dem Test seines Festigkeitsgrades unterziehen, und zunächst beeindruckte ich den Düsseldorfer Testideologen wohl auch mit dem Beruf des Vaters. Mit meiner Herkunft. Von wegen: aus keinem guten Stall! Und mit dem Thema meiner Doktorarbeit.

Doch dann kam das Gespräch auf Solschenizyn, und ich machte aus meiner Bewunderung für das Buch des Nobelpreisträgers *Ein Tag im Leben des Iwan Denissowitsch* kein Hehl. Voller Befriedigung darüber, dass schließlich die sowjetischen Genossen unter Chruschtschow die Veröffentlichung durchgesetzt hatten.

Kritik am Stalinismus tut doch unserer guten Sache keinen

Abbruch. Im Gegenteil. In sämtlichen Bruderländern ist die Novelle veröffentlicht worden, triumphierte ich.

Nicht in der DDR, korrigierte mich Genosse Mies, ließ das Gespräch schnell versanden, verabschiedete sich mit rechtwinklig gestreckter Faust, Druschba, und ließ mich stehen.

Unser Tisch war leer. Michel weg. Unter meinem Bierdeckel ein Zettel, darauf eines seiner Haikus. Seit er wusste, dass auch ich Gedichte schrieb, verkürzten wir uns, wenn sich eine Schulungssitzung wieder einmal endlos hinzog, die Zeit mit dieser poetischen Kürzestform aus Japan, dem Haiku, dem denkbar wirksamsten Gegengift zu leerem Geschwätz. Drei Zeilen, fünf-sieben-fünf Silben. Nicht mehr und nicht weniger. Basta.

> marx ist das ist
> wer marx liest und nicht vergisst
> was zu ändern ist

Halbwegs versöhnt musste ich schon wieder lachen. Schließlich wussten weder er noch die anderen von meinem Geburtstag. Doch die Lust auf zukunftsselige Liedermacher und übellaunige Kabarettisten war mir vergangen. Auch wenn er nichts von meinem Geburtstag ahnte: dass Michel einfach abgehauen war – gemein!

Am nächsten Tag stand er mit einem Blumenstrauß vor der Tür. Das hatte er noch nie getan. Kinokarten, ja, die brachte er immer mal mit.

Ich hab was wiedergutzumachen, Michel drückte mir die Tulpen in die Hand. Ich hab's da drinnen nicht mehr ausgehalten. Ohne dich. Ich kenn die Sprüche auswendig. Und dann hat sich auch noch die Meike aus deiner Gruppe zu mir gesetzt. Die mit ihrem Rotfront-Getöse wäre auch besser im KB aufgehoben. Wie wär's mit einem Bier in der Wolke?

Auch das war neu. Also nicht ins Abaton und zu Fuß an der Alster zurück. Nach und nach hatte ich mir aus unseren Gesprächen auf diesen weiten Wegen Michels Leben zusammenfügen können. Sein Vater war Anwalt. Ja, er sei in der NSDAP gewesen, habe der ihm gestanden. So habe er die Mutter, die einen jüdischen Großvater hatte, besser schützen können. Und als Parteimitglied habe er auch für manch anderen Verfolgten sehr viel mehr tun können, manch einem sogar zur Flucht verholfen. Ohne Schwierigkeiten sei der Vater nach dem Krieg entnazifiziert worden und habe seine Anwaltslizenz gleich zurückbekommen.

Michel spielte Geige, und wenn er so dastand, den Geigenkörper unters Kinn geklemmt, die Augen halb geschlossen, das weiche braune Haar in einer ruhigen Welle bis auf die Schultern, fehlte für ein Kindermärchen nur noch der Wacholderbusch. Seine Mutter, auch das erfuhr ich mit der Zeit, hatte fast zwei Jahre in einer Klinik beziehungsweise in Behandlung verbringen müssen: Depression. Mehr war aus Michel nicht herauszukriegen. Er selbst war während dieser Zeit im Internat, in der hessischen Odenwaldschule. Auch darüber schwieg er sich aus.

Michel sei zu haben, vertraute mir Frauke nach unserem ersten Doktorandentreffen an, ihr aber zu wenig ideologisch gefestigt. Seine respektlose Spottlust, die mir gerade gefiel, machte ihn ihr verdächtig. Mir war das recht. Irgendwie gehörte Michel zu mir. Spürte ich doch bei ihm wie bei dem verlorenen Liebsten genau diesen Schuss Weiblichkeit, der das Männliche erst anziehend macht. Dazu kam seine Ritterlichkeit. Ja, dieses altmodische Wort und kein anderes passte auf sein Verhalten, ein zärtlicher Respekt voller

Brüderlichkeit, Verehrung und Zuneigung. Wie in einer Novelle von Storm, dachte ich manchmal. Gerade das hatte mich im vergangenen Jahr zu Michel hingezogen, seit unserem Gang an die Alster. Erwartete ich nun mehr als all die kleinen Aufmerksamkeiten? Ich wusste doch, was unter sozialistischer Moral zu verstehen war. Sozialistische Moral – das war das krasse Gegenteil von ›Make love not war‹ der Flower-Power-People oder der freien Liebe der freien kommunistischen Gruppen. Sozialistische Moral, die konnte es mit den zehn Geboten durchaus aufnehmen. Auch Michel war katholisch. Aber mit frömmelnden Moralvorstellungen hatte seine Zurückhaltung sicher nichts zu tun. Doch unser zweiter Sommer fing ja gerade erst an.

Auch heute hielt es uns nicht lange in der Wolke, es zog uns zur Alster an diesem ungewöhnlich warmen hellen Abend im Mai.

Schau mal, aufgeregt zupfte ich Michel am Ärmel näher ans Wasser, die Schwäne!

Oh, sie sind schon draußen, unwillkürlich zuckte Michel vor meiner Hand zurück, sogar junge Schwäne, noch grau.

Wunderschön!

Jaja, Michel packte meinen Nacken und schüttelte ihn ein wenig, der Schwan und seine majestätische Ruhe, so gleitet er dahin. Und hat sowas Erhabenes an sich. Und warum? Weil sie auf diese Art schwimmen *müssen*. Und warum? Weil sie so einen elend langen Hals haben, deshalb müssen sie den Kopf so hoch tragen. Irgendwo müssen sie ja hin mit dem Hals.

Na, hör mal, nun war ich es, die seine Hand abschüttelte. Kein Schwan so schön …

Und dann ihre Augen, fiel mir Michel ins Wort, viel zu schmal und zu seitlich, erst direkt davor können sie Hindernisse erkennen.

Das ist doch gefährlich!

Und ob! Durchblick gleich null. Aber wir Menschen können wohl nicht anders. Überall wollen wir Anmut sehen und Harmonie. Sogar Zeus musste ja bekanntlich als Schwan dazu herhalten, um uns eine Einbildung von Glück zu verschaffen.

Michel brach ein halbes Brötchen, das er in der Wolke eingesteckt hatte, auseinander und warf die Brocken unter die Schwäne, lockte sie allesamt an Land, wo ein gemeines Gerangel entstand. Sobald das Brötchen verzehrt war, tappten die Vögel ins Wasser zurück.

Siehst du, triumphierte ich, dort sind sie in ihrem Element. In ihrem Element, dem Wasser, gleiten sie königlich dahin. ›Ihr holden Schwäne und trunken von Küssen tunkt ihr das Haupt ins heilignüchterne Wasser.‹ Jedes Wesen lebt, so schön es kann.

Und der lachsrote Himmel gab mir recht, tauchte ins Wasser und färbte die Schwäne golden.

Komm, gehen wir noch ein Stückchen, schlug Michel vor.

Der junge Mann neben uns nahm sein Mädchen bei der Hand, und ich dachte, eigentlich könnte Michel mich auch bei der Hand nehmen, eigentlich könnten wir wieder einmal auf der anderen Seite der Alster stadteinwärts gehen. Das hatten wir nur ein einziges Mal getan, und wie zur Strafe für diese Abweichung vom rechten Pfade hatte uns ein Gewitter in eine Kneipe in St. Georg gescheucht. Ich hatte Michel einfach hinter mir hergezogen, eine Treppe hinunter, aus dem prasselnden Sturzbach in die verqualmte Dämmerung. Michel fühlte sich dort gar nicht wohl, obwohl der Mann hinter dem Tresen ihm zuzuwinkerte, wie mir schien, ihm oder uns, was Michel ungewöhnlich brüsk abstritt. Wir bestellten Bier, und Michel verschwand für eine ganze Weile auf der Toilette. Zurück am Tisch, behauptete er, ein Treffen mit seinem Doktorvater vergessen zu haben, goss sein Bier hinunter, zahlte für uns beide und rannte in den Regen hinaus. Der Mann hinterm Tresen grinste. Ich lief hinterher. Danach waren wir nie mehr verkehrt herum, wie ich es nannte, um die Alster gegangen.

Erst heute kam mir diese Linksabweichung wieder in den Sinn. Und dass ich immer öfter einen Satz, einen Gedanken mit eigentlich begann. Eigentlich. Eigentlich, dachte ich, denke ich immer öfter ›eigentlich‹, als wäre mir das, was wirklich geschieht, eigentlich nicht genug.

Michels Stimme lief neben mir her, erzählte von Schwänen und wie Zeus sich sein Schwanendasein zu Nutze gemacht hatte, und wie immer tat es gut, seine Stimme zu hören. Ich spürte, wie mich eine angenehme Mattigkeit beschlich, der ich mich willig überließ, Schwäne, sagte Michel, seien monogam, doch wenn der Partner stirbt, wählen sie einen neuen.

Was wollte er mir damit zu verstehen geben? Michel kannte meine Geschichte mit Hugo. Hatte er Angst vor meiner Zurückweisung? Die würde ich ihm nehmen.

Vom anderen Ufer wehte ein frischer Südostwind, der überm Wasser noch einmal abkühlte. Ich schauderte ein wenig zusammen.

Da, die Bank ist noch frei. Michel klopfte neben sich. Es wird schon warm, spürst du? Michel räkelte sich in den Schultern.

Du kannst wirklich Dinge so behaupten, dass sie wirklich wahr werden, sagte ich.

Wirklich? Was du nicht sagst. Michel lächelte.

Ja, mir ist schon viel wärmer, aber längst nicht warm genug. Ich schlang meine Arme um mich und rückte zaghaft ein Stück an ihn heran. Jetzt musste er doch merken, was ich wollte. Seine Arme. Seinen Kuss. Jetzt musste er doch keine

Abweisung mehr fürchten. Ich legte meinen Arm auf die Rückenlehne der Bank und schob mich noch ein wenig näher. Unsere Oberschenkel lagen dicht beieinander. Vor uns stand ein Kormoran auf einem Stein im Wasser, und hinter uns knirschten Schuhe im Sand. Aber seine Hand suchte nicht die meine, und sein Körper blieb an seinem Platz. In den Wiesen dampften die Regenpfützen, die Pestwurz an der Uferböschung trieb schon Blütenstiele, in den Bäumen begannen die Vögel, Nester zu bauen, schwarze Krähen und bläuliche Tauben balgten sich um die Abfallkörbe. Über uns verwehten die Wolken, dünngeküsst vom Wind, in die Dämmerung.

Es geht nicht, sagte Michel, schlug ein Bein übers andere und hob so unsere Berührung auf. Dann, mit einer Bewegung, als wollte er vor mir auf die Knie fallen, ging er in die Hocke, ergriff meine beiden Hände und bat mit seiner weichen, jetzt unendlich traurigen Stimme: Das verstehst du doch, Hilla? Das verstehst du doch? Es klang wie eine geheimnisvolle Zauberformel aus einem Märchen. Die verhexte Frage, auf die es keine Antwort gibt.

Ich zog den Freund zurück auf die Bank. Mir ist lausig kalt, sagte ich, und es ist schon spät. Wie sagte doch mein Oppa immer: Lommer jonn!

Michel nahm mich bei den Händen und hielt mich auf Armeslänge von sich. Freunde?, fragte er, ein wenig unsicher lächelnd.

Was denn sonst? Auf geht's.

Bleibt unter uns, versprochen?

Wo denn sonst, mein Freund!

Wir lachten uns an: unser erstes gemeinsames Haiku.

Und ob wir Freunde blieben! Oder genauer, jetzt erst recht Freunde wurden, ohne Erwartungen und ohne die Furcht,

Erwartungen nicht erfüllen zu können. Aber ich wusste nun, dass Hugo sich weit genug entfernt hatte, um Platz zu machen für eine vergessen geglaubte Sehnsucht nach Nähe, die meine Geschäftigkeit bislang verdrängt hatte. Und noch immer zu verdrängen vermochte, in diesem Sommer, den ich am Schreibtisch verhockte bei Geschichten schreibender Arbeiter, Agitprop-Gedichten und Straßentheatertexten, denen ich das geballte Instrumentarium germanistischer Werkanalyse aufzwang, unterbrochen und begleitet von Gedichtelichten, wie ich meine Zeilen für mich nannte, mein Gegengift. Und die mir, hätte ich sie nur zu lesen, zu verstehen gewagt, so einiges über meinen Gemütszustand offenbart hätten.

> Dieser herrliche Traum
> Trakl Traum
> als wär's ein Traum
> Angst ein Traum
> Sehnsucht dies Sausen
> des Herzens ein Traum
> kleiner Traum kleiner
> Finger ein Traum
> Reich mir die Hand
> mein Leben.

Marga war empört: Was ich mir da bei Mies mit dem Solschenizyn geleistet hätte! Einen klaren Klassenstandpunkt zu dessen Schmierereien habe man von mir erwartet. Auf die Parteischule habe man mich schicken wollen oder doch wenigstens zu den Weltfestspielen in Berlin. Daraus werde selbstverständlich nichts mehr.

Ich schwieg. Mit Marga über Solschenizyn zu reden: zwecklos. Nach Berlin wäre ich gern gefahren, aber nicht um den Preis des Verrats an meiner Überzeugung: Dieser Bericht Solschenizyns war ein wichtiges Buch.

Michel fuhr hin, zusammen mit Franz. Was sie erzählten, klang, als seien sie auf zwei verschiedenen Veranstaltungen, ja, in verschiedenen Städten gewesen. Wo Michel sich über Kriegstrümmer und Verfall entsetzte, schwärmte Franz von Aufbau und Zuversicht; wo Michel sich über den Wust von Parolen amüsierte, las Franz aus den Spruchbändern Ansporn, Bekenntnis und Impulse für den Aufbau der besseren Welt und berauschte sich an der Ansprache Jassir Arafats, dem Vorsitzenden der PLO. Woodstock des Ostens rühmte er die Konzerte auf dem Alexanderplatz, für die Michel nur ein mitleidiges Achselzucken übrighatte und dazu das Lied der FDJ quäkte: *Wir sind überall auf der Erde*, was wiederum Franz rot anlaufen ließ. Zornes- oder Schamröte? Fest stand: Diese Kontroverse drückte weit mehr aus als unterschiedliche Sichtweisen auf eine Festveranstaltung. Fast wäre es zum Auseinanderbrechen unserer Doktorandengruppe gekommen. Es war die Haltung zu den Bruderländern, den Staaten des real existierenden Sozialismus, und der von unserer Partei geforderten bedingungslosen Gefolgschaft, die uns stets gegeneinander aufbrachte. Da genügte Franz und Frauke nicht eine schlichte Parteilichkeit, nein, eine eindeutige Parteilichkeit musste es sein. Sinnlos in sich, lästerte Michel, entweder parteilich oder nicht. Daran kann per se ja nichts zweideutig sein. Oder: Kritik. Nur konstruktiv erlaubt. Konstruktive Kritik, eindeutige Parteilichkeit, und wenn's nicht mehr weiterging: Genossen, das müsst ihr differenzierter sehen, was genau das Gegenteil meinte. Die Floskeln wurden von Michel, Wilfried und mir mit Wonne verdreht und ad absurdum geführt, bis Franz und Frauke ihr linientreues Hören und Sehen verging. Was Frauke sogar dazu brachte, mit einer Meldung beim PV, dem Parteivorstand, zu drohen. Doch da hatten wir sie derart entgeistert angestarrt, dass Frauke sofort tat, als hätte sie sich nur einen dummen Scherz erlaubt. Mussten wir eben differenzierter sehen.

An Michels Verhalten mir gegenüber hatte sich nichts geändert. Das tat mir gut und ihm auch. Wenn wir an langen Hamburger Sommerabenden die Alster umrundeten oder von den Landungsbrücken nach Teufelsbrück marschierten, unterwegs in einer der Strandkneipen Halt machten oder einfach am Ufer saßen und zuhörten, wie die Elbe mit sich selber sprach, jetzt in der Dämmerung, wo weder Überseeriesen noch segelnde Winzigkeiten ihr Selbstgespräch störten, in solchen Abendstunden hätte man uns wohl für ein Liebespaar halten können, ein Liebespaar ohne Jubelstürme, aber auch ohne Tränen, Anklagen, Eifersuchtsszenen. Denn nun legte Michel auch mal den Arm um mich, wir schlenderten Hand in Hand, so wie ich mit Bertram Hand in Hand am Rhein entlanggegangen war, am Rhein entlanggehen würde, und nie mehr mit dem Vater, meine eine Hand in seiner Manteltasche. Und Hugo natürlich. Er war noch da, aber er sprach seine eigene schweigende Sprache und ließ Raum für neue Stimmen.

Gegen Ende August bat mich Marga ungewohnt formell zu einem Gespräch in ihr Büro. Punkt siebzehn Uhr. Außer in Sachen Partei hatten wir uns kaum noch etwas zu sagen. War sie, immer seltener, zu Hause, verlangte meist ein Schild an ihrer Zimmertür: ›Bitte nicht stören‹, und so trafen wir uns nur noch gelegentlich in der Küche.

Punkt siebzehn Uhr. Wo bei mir an der Wand neben dem Schreibtisch Plakate von Angela Davis, Rosa Luxemburg und Salvador Allende klebten, dazu ein Foto des Vaters, hingen bei Marga Marx, Engels und Lenin in feinen Holzrahmen jeder für sich. Darunter Reihen von Aktenordnern, adrett beschriftet nach Themen zur Kultur und Kulturpolitik im antiimperialistischen Kampf, Schwerpunkte ihrer Parteiarbeit.

Marga nahm Platz hinter ihrem Schreibtisch und wies auf den Stuhl davor. Unklar stieg ein Bild vor mir auf, das sich alsbald schärfte. So hatte ich, Hilla Palm, Lehrling auf der Pappenfabrik, im Büro des Prokuristen Viehkötter gesessen und mir sagen lassen müssen, dass ich nichts tauge. Das Gegenteil müsse ich erst beweisen. Sonst Rausschmiss. Damals hatte mich die Kräuterkraft des Underbergs unterstützt. Jetzt war ich allein. Und mir, anders als damals, keiner Schuld bewusst.

Margas Grundsatzreferat zur Bedeutung der Schule und Ausbildung für die arbeitenden Menschen dauerte etwa fünf Minuten und endete mit dem Hinweis auf die Notwendigkeit der Zurückdrängung und Überwindung der Macht der Monopole in allen gesellschaftlichen Bereichen. Auf diesen abschließenden Genitivdonner konnte man, was immer zur Sprache kam, wetten wie aufs Amen in der Kirche.

Während Marga dozierte, dachte ich wieder einmal, dass sie mir ständig ferner rückte durch diesen kritiklosen Übereifer. Ihre Stelle an der Uni hatte sie aufgegeben, bevor das Berufsverbot sie ereilen konnte. Von der Partei bekam sie ein kleines Gehalt und die Miete, da die Wohnung nun offiziell für Zusammenkünfte genutzt wurde. Die Partei sorgte für sie wie die Kirche für ihren Verflossenen. Ob sie sich dafür durch ›eindeutige Parteilichkeit‹ erkenntlich zeigen wollte? Oder musste? Ihre Haare, in Köln ein heller Schleier weit über die Schultern, waren einem strengen Kurzhaarschnitt gewichen. Die randlose Brille schwarzem Plastik.

Also, was sagst du dazu? Marga klopfte auf die Akte vor sich.

Ich schrak zusammen, war wieder einmal meinen Gedanken nachgehangen, wie ich es bei derlei Sprechübungen gerne tat. Ich, äh …

Ja, hörst du denn nicht zu? Margas Stimme nahm einen schneidenden Unterton an. Ich habe dich als Kandidatin für die Bezirksversammlung vorgeschlagen.

Hä? Ich schnappte nach Luft. Das soll wohl ein Witz sein!

Seh ich aus, als machte ich Witze? Marga verschränkte die Arme vor der Brust.

Nein, das tat sie nicht. Ich schüttelte den Kopf: Aber wieso denn ausgerechnet ich? ›Kandidatin‹ und ›Bezirksversammlung‹ flackerten in meinen Ohren, ehe sie in den Magen rutschten, wo sie sich ineinander verschlangen, ein zäher Brei, der träge gegen die Magenwände schwappte. Mir in den Hals stieg, ich würgte.

Marga kniff die Augen zusammen. Meine liebe Hilla, Begeisterung sieht aber anders aus. Andere wären froh, wenn man sie fragen würde, Genossin Palm.

Ich, ich, versuchte ich mich zu fassen, die Überraschung. Große Überraschung.

Also ja. Marga erhob sich. Glückwunsch, Genossin! Sie schloss mich in die Arme. Küsste mich links, rechts und wieder links auf die Wange.

Ich küsste in die Luft. Und machte, dass ich rauskam.

Was würde Michel dazu sagen? Ich rannte los. Unterwegs haderte ich mit mir: Wieso hatte ich nicht einfach Nein gesagt? Tausend Gründe hätte ich dafür gehabt. Nicht zuletzt das drohende Berufsverbot. Deshalb hatte man mich doch an die Wohngebietsgruppe verwiesen.

Marga hatte getan, als überreiche sie mir den Hauptgewinn. Sie hatte mich überfahren. Und ich hatte mich überfahren lassen. Und tot gestellt.

Ich war wütend. Auf mich. Und auf Marga. Das versetzte meinem Vertrauen in sie einen letzten, den vernichtenden Schlag. Parteiauftrag.

Michel war nicht allein. Ausgerechnet Franz war bei ihm. Egal. Es musste raus.

Ich, ich ..., stieß ich statt einer Begrüßung hervor und blieb mitten im Zimmer stehen.

Offensichtlich hatten sich die beiden wieder einmal die Köpfe heißgeredet und tranken nun ihr Versöhnungsbier. Nicht das erste.

Nun setz dich doch erst mal, bist ja ganz aus der Puste. Michel machte mir auf seinem Sitzsack Platz und hockte sich auf den Boden.

Michel wohnte allein, in einer WG halte ich es keinen Tag aus, lehnte er jedes Angebot einer Mitbewohnerschaft ab.

Ich tat einen Zug aus der Flasche, Astra Urtyp, noch immer ein bisschen zu herb für meine Kölschzunge, aber jetzt gerade richtig.

Kan-di-da-tin, skandierte ich. Eure Kandidatin.

Nu mal langsam und vollständig, du willst doch nicht wieder bei *Vergissmeinnicht* mitmachen, grinste Michel. Ich hatte ihm irgendwann von meiner Statisterei und meiner Kandidatur bei Peter Frankenfeld erzählt.

Be-zirks-ver-samm-lung.

Fünf Silben, zählte Michel: Und-wie-geht-es-dann-weiter?

Für-die-De-Ka-Pe. Ich genehmigte mir einen Schluck für jede Silbe.

Haiku komplett, frotzelte Michel.

Also jetzt mal ernsthaft, mischte Franz sich ein. Du sollst für die Partei kandidieren? Die haben dich aufgestellt? *Dich?* Also, das ist doch ... Franz brach ab, sprang auf und zog mich aus meinem Sitzsack hoch zu einer ausgiebigen, leicht alkoholisierten Gratulation.

Franz meinte es ernst. So wie er alles ernst nahm, was von oben kam, aus Düsseldorf. Denn dass die Hamburger das nie allein entschieden hatten, stand für ihn fest, und das war wohl auch so. Meine Verwirrung wuchs. Warum sagte Michel nichts?

Michel, bat ich mit ganz kleiner Stimme.

Ja, haben die dich denn nicht gefragt?, forschte der Freund.

Nein, doch, nein. Ich wusste es ja selbst nicht mehr. Hatte Marga mich gefragt? Nein, hatte sie nicht. Oder doch? Hätte ich Nein sagen können?

Gefragt oder nicht – da kann man doch nicht Nein sagen!, verkündete Franz. Einen besseren Beitrag für unsere Sache kannst du nicht leisten. Und darum geht es doch: um unsere Sache. Was spielen private Befindlichkeiten da für eine Rolle? Wo es um unsere gemeinsame Sache geht.

Aber man hätte Hilla doch fragen müssen, warf Michel dazwischen.

Wozu?, beharrte Franz. Wenn die Partei ruft – wer wird ihr nicht folgen?

Michel, flehte ich noch einmal.

Michel holte noch drei Astra: Prosit! Es möge nützen! Per aspera ad Astra!

Drei volle Flaschen stießen dumpf zusammen.

Im Storchennest wurde ich von allen Seiten beglückwünscht. Kandidatin für die Bezirksversammlung. Und wenn es nur auf dem vorletzten Platz der Liste war. Mithin von vornherein aussichtslos. Cretel schloss mich in die Arme und warf Albert einen triumphierenden Blick zu: Zweifelsfrei verstärkte ich ihre Fraktion der Versöhnler. Nur Gerd nahm mich nach dem offiziellen Teil beiseite, ob ich mir das auch gut überlegt hätte.

Da gab's nichts zu überlegen, beschied ich ihn kurz und bündig. Und Marga, die neben ihm stand, nickte mir befriedigt zu. Ich hatte kapiert. Ich wurde gebraucht. Das war ein gutes Gefühl. Manchmal.

›Starfighter fallen vom Himmel. Kindergärten nicht.‹ Mit diesem Schlachtruf würde ich in den Wahlkampf ziehen. ›Wohin mit unseren Kindern?‹, fragten wir im ersten Artikel unserer Stadtteilzeitung *Eppendorf heute und morgen*. Haarklein rechnete ich, beziehungsweise der Landesvorstand, meinem Wählervolk vor, wie viele Kindergärten man für einen einzigen Starfighter einrichten könnte. Weit über hundert dieser Kriegsmaschinen waren bisher schon abgestürzt. Oder Krankenhäuser. Die fielen nicht vom Himmel. Massenhaft Kindergärten und Krankenhäuser, mehr Ärzte, Schwestern und Pfleger forderte ich – dagegen war nun wirklich nichts einzuwenden.

Am Herzen lag mir etwas anderes. Gretel hatte mich auf das Schild der Gustav-Leo-Straße, gleich bei ihr nebenan, aufmerksam gemacht. Die Familien Hoefer und Leo waren Nachbarn gewesen. Gustav Leo, damals Oberbaudirektor, ein hochgeschätzter stadtbekannter Mann, mit fünfundsechzig Jahren in den Ruhestand versetzt. Ganz normal, wenn nur das Datum nicht gewesen wäre: Mai 1933. Mit einer jüdischen Großmutter ›zu einem Viertel Nichtarier‹, wie es im amtlichen Schreiben hieß. Da er mithin nicht ›rein deutschblütig‹ war, fanden Gutachtertätigkeiten und Publikationsmöglichkeiten ein Ende.

Wegen ›staatsfeindlicher Betätigung in Wort und Schrift und Abhören von Feindsendern‹ wurden Leo und seine Frau im September 1944 ins KZ Fuhlsbüttel eingeliefert. Dort verweigerte man dem schwer herzkranken sechsundsiebzigjährigen Mann die Medikamente. Gustav Leo starb am 8. Dezember 1944.

Denk einfach mal an ihn, hatte Gretel gesagt, wenn du

über die Krugkoppelbrücke gehst oder über die Leinpfadbrücke, die erste Eisenbetonbrücke der Stadt. Und den Stadtpark verdanken wir ihm auch, fügte sie hinzu.

Und mir, dachte ich, soll man die biographischen Daten auf dem Schild der Gustav-Leo-Straße verdanken. Gemeinsam mit Gretel, die meine Idee begeistert aufgriff, würde ich dafür kämpfen.

Dass meine Gespräche mit der Bevölkerung, egal, ob ich nun mit Kinderwippen, Sandkästen, Parkbänken oder dem Straßenschild für ein Nazi-Opfer begann, meist bei einer mehr oder minder heftigen Ablehnung der sozialistischen Bruderländer enden würden, sah ich voraus.

Aber ich würde den Skeptikern sagen: Wir machen es wie in Chile. Da hat das Volk einen Marxisten *gewählt*, den sozialistischen Weg selbst gewählt. Demokratischen Sozialismus. Demokratisch gewählt. Alles ganz friedlich. Einen friedlichen Weg für alle. Allende war Arzt, bevor er in die Politik ging. Und das ist er geblieben: ein Arzt, der die Armen vom Hunger heilen will. Ein Mann mit Verantwortung. Kein revolutionärer Träumer. Und die Mauer, dieses verdammte Ding, würden wir als erstes abreißen. Wäre ja nicht mehr nötig.

Doch noch ehe ich meine schönen Sätze unters Wahlvolk bringen konnte, schnitt mir die Geschichte das Wort ab. Panzer legten den chilenischen ›Sozialismus mit menschlichem Antlitz‹ in Trümmer. Mit Unterstützung der USA. Am 11. September 1973 stürmte Militär den Präsidentenpalast, der demokratisch gewählte Präsident Allende erschoss sich oder wurde erschossen, seine Anhänger wurden im Estadio Chile zusammengetrieben und zu Tausenden ermordet. So auch Víctor Jara, dessen Lieder José uns auf der Party in Köln im Sommer vor drei Jahren, noch vor Allendes Wahl, zur Gitarre gesungen hatte. Verhaftet mit anderen Studenten und Dozenten – war José einer von ihnen? –, wurde Jara von einem Offizier erkannt. Man brach ihm die Hände und höhnte: Ein Sänger bist du. Dann sing!

Venceremos!, erhob Jara seine Stimme zum letzten Mal. Wir werden siegen. Dann wurde er zusammengeschlagen. Gefoltert. Mit vierundvierzig Schüssen ermordet.

Auch Pablo Nerudas Haus wurde gestürmt. Kurz darauf starb er. Sein Sarg stand in der verwüsteten Bibliothek inmitten zersplitterter Fensterscheiben, zertrümmerter Möbel, zerfetzter Bilder. Seine Bücher wurden aus den Fenstern geworfen und verbrannt.

Junta-Chef Pinochet übernahm die Macht und verkündete: ›Die Demokratie muss gelegentlich in Blut gebadet werden.‹

Wir schleuderten Protest und Wutschrei auf die Matrize, machten Abzüge, was die Walze hergab, und standen am frühen Morgen in Eppendorfs Straßen. Ich verteilte meine Flugblätter am Kellinghusenbahnhof. Kaum einer, der mir das Blatt nicht abnahm. Zeit für ein Gespräch hatten wenige, die Zeit drängte an die Stechuhren, doch wann war mir zum letzten Mal soviel Zustimmung zuteilgeworden, beinah sogar etwas wie Anteilnahme, als hätte man einen gemeinsamen Freund verloren. Umgehend schickte die DKP-Wohngebietsgruppe Eppendorf ein Telegramm an Bundeskanzler Willy Brandt: Beziehungen zur Junta-Regierung abbrechen. Wirtschaftshilfe einstellen.

Achttausend Hamburger zogen bei unserer spontan angemeldeten Demonstration mit. Die Pläne der USA, die Regierung Allende durch Kreditentzug, Embargo und Boykott zu Fall zu bringen, waren gescheitert; nun war es ihnen gelungen, das bis dahin neutrale Militär in einem Putsch zu unterstützen.

Mit einer Grausamkeit ohne gleichen ging die Junta gegen jede Kritik, gegen jeden Widerstand vor. Wut, Trauer, Empörung vereinte uns wie seit Jahren nicht. Die meisten Hamburger hielten es mit uns. Sie machten Platz, gingen auf den Bürgersteigen neben unseren Bannern und roten Fahnen her und warfen der Polizei feindselige Blicke zu. Sie riefen unsere Parolen nicht mit, aber sie nickten dazu im Takt: U-ni-dad Po-pu-lar. Venceremos. Wieder zwangen wir die Sprache zum Gleichschritt, wie vor Jahren beim Ho-Tschi-Minh. Ich mochte es nicht. Aber ich schrie mit. Ich wollte dabei sein, hatte den Gleichschritt gewählt und nahm ihn in Kauf. Für die gute Sache.

Solidarität mit Chile. Quast in den Eimer, Leim auf die Wand, Plakat auf die Wand, Leim drüber. Aufruf zur Kundgebung in der Friedrich-Ebert-Halle. Dazu südamerikanische Kampf- und Volkslieder der chilenischen Songgruppe Inti-Illimani. Ich war mit Christel unterwegs. Wir kamen gut voran. Rund ums Unikrankenhaus klebte ›Freiheit für Chile‹ und ›Rettet Luis Corvalán‹. ›Reiht euch ein. Lasst Chile nicht allein‹, zog sich durch die Martinistraße.

Neben uns bremste ein Auto. Zwei Männer stiegen aus. Halt. Stehenbleiben. Polizei. Aus dem Wagen bellte ein Hund. Oder zwei. Schäferhunde. Ich umklammerte die Plakate. Christel setzte den Eimer ab.

Die Männer trugen dunkle Windjacken. Zivilstreife, flüsterte Christel. Immer Dienstausweise zeigen lassen, hatte man uns eingeschärft. Jens Spartel hieß der Jüngere.

Christel kontrollierte den anderen. Ein Mann in den Fünfzigern, mager und verdrossen. Sachbeschädigung ist das, polterte der. Das Zeug muss weg.

Aber in Chile geht es doch zu wie bei Hitler, flehte ich Jens Spartel an, einen stämmigen Hamburger Jong, der sich breitbeinig vor mir aufbaute.

Muss weg, wiederholte der achselzuckend mit einem Seitenblick auf seinen Kollegen.

Wir zogen das frischgeklebte Plakat runter von der Stellwand und ließen Inge Meysel wieder lächeln.

Und überhaupt, der Ältere trat auf mich zu, das Ganze hier ist illegal. Warum sonst lauft ihr hier nachts rum? Seine Stimme hatte einen drohenden Unterton angenommen.

Tagsüber arbeiten wir, sagte Christel.

Und wo ist die Genehmigung? Der Ältere gab nicht auf. Zum Plakatieren braucht man eine Genehmigung.

Alles erledigt, beschied ich ihn. Demonstration und Kundgebung sind offiziell angemeldet. Geht doch mit!

Der Ältere musterte mich von oben bis unten, als hätte ich ihm ein zweideutiges Angebot gemacht, der Jüngere sah auf seine Schuhe und sagte noch immer nichts. Der Ältere zückte statt einer Antwort sein Notizbuch: Name?

Wir nannten unsere Namen.

Beruf? Studenten nehme ich an.

Nein, gab Christel zurück. Krankenschwester.

Hm. Ach so. Einen Augenblick lang schwankte die Stimme zwischen Respekt und Verwunderung, bevor sie zu ihrem trainierten Befehlston zurückfand: Egal. Die Plakate sind beschlagnahmt.

Ich umklammerte meine Restbestände. Der Jüngere nahm sie mir höflich, aber nachdrücklich aus den Armen. Gegen Quittung, versicherte er. Schwang da Bedauern mit? Die können Sie morgen in der Wache Rabenstraße abholen.

Die Beamten stiegen in ihren Wagen, Christel und ich sagten einander Gute Nacht. Ich nahm Quast und Eimer mit; morgen würde ich die Plakate abholen und weiterkleben. Irgendwer würde schon mitmachen.

Ich war schon ein gutes Stück weiter, als sich schnelle Schritte näherten und mir jemand den Weg vertrat: Stehenbleiben!

Es war der jüngere Polizist. Seine geräumige Windjacke saß reichlich spack.

Keine Angst, Frollein Palm. Spartel zog den Reißverschluss auf. Ich traute meinen Augen nicht. Die Plakate.

Kumm, dat maakt wie nu fardig, sagte er trocken. Keine Angst. Wir haben Feierabend. Und der Kollege ist ab zu Mutti. Ich hab halbe-halbe gemacht. Zwanzig warten noch auf der Wache. Wie wär's da drüben an der Sparkasse? Und kein Wort zu niemand.

Versprochen.

Würde mir sowieso keiner glauben. Außer Michel. Ich freute mich schon auf sein Gesicht.

Wir klebten wortlos und entschlossen. Die Plakate saßen im Handumdrehen fest. Mein Vater ist Maler, grinste der subversive Vertreter seiner Zunft zum Abschied, da hab ich das gelernt. Man weiß eben nie, wofür was gut ist.

Danke, Jens, ich reckte mich hoch und gab ihm einen Kuss. Direkt auf sein Polizistenkinn. Danke!

Christel zu überzeugen, dass sie und ich weit mehr Plakate und die zudem an ganz anderen Ecken geklebt hätten, als sie erinnern konnte, fiel mir nicht schwer. Sie war nach der Pappaktion noch bis zum Rausschmiss im Borchers versackt.

Auf Kundgebung und Demo sah ich Jens Spartel nicht. Was nichts heißen will, denn dort kamen, wie in anderen Städten auch, Zigtausende zusammen. In seinem Revier jedoch begegnete ich ihm immer wieder einmal. Dann tauschten wir verschwörerische Blicke und grüßten uns, wenn die Luft rein war, mit geballter Faust. In Hüfthöhe.

Kopfüber gestreckt wurden die Fäuste dann wenig später auf dem Hamburger Parteitag: ›Das arbeitende Volk muss bestimmen. DKP kontra Großkapital.‹ Sätze wie Monumente. Vokabeln aus Granit.

Draußen vor dem Congress Center bauschten sich die Fahnen, im großen Saal die großen Worte. Nahbei in Planten un Blomen standen die Bäume, die in den Himmel wuchsen. Rauschte die uralte Platane, 1821 zur Einweihung der Anlage gepflanzt.

Mein Platz als Hamburger Kandidatin zur Bezirksversammlung war ziemlich weit vorn. Ich vermisste meine vertrauten Gesichter. Aber die meisten hier Versammelten waren einander fremd, doch durch Worte und Gesten ständig verbunden.

Zur Eröffnung sprach der Vorsitzende Kurt Bachmann. Sein Gesicht bleichgrau wie versteinerter Nebel. Doch sein weiches Lachen und die Augen in dem fahlen schönen Gesicht waren ohne Bitterkeit, in keiner Weise spiegelten sie die Schmach, die er in seinem Leben erfahren hatte.

Und seine Zuhörer? So hatten in meiner Kindheit die Gesichter der Kirchgänger ausgesehen bei der Predigt, und auch wir glitten nun, einer nach dem anderen, in die Erbauung hinein. Es sprach aus ihm. So wie ich Schwester Aniana hatte reden hören zu uns Kindern. Hier im Rund des Congress Centers wurden wir für die Dauer dieser Rede alle wieder Kinder, Kinder der Revolution. Vereint im Glauben an Gerechtigkeit, an ein Glück für alle. Auf Erden.

Ihm folgte Max Reimann, Ehrenpräsident der DKP, gerade fünfundsiebzig geworden. Seine freundliche Zuversicht ließ mich an das verschmitzte Lächeln des Kölner Kardinals denken, ein Eindruck, der sich noch verstärkte, als er uns mit starker Altmännerstimme begrüßte: Die DKP, die Partei Ernst Thälmanns, ist eine junge Partei!

Hätte er nur mehr von seinen Erfahrungen berichtet, so wie von seinem Bekenntnis, für ihn als Soldat des Ersten Weltkrieges sei der Funkspruch Lenins ›An alle – schließt Frieden!‹ zum prägenden Satz geworden. Stattdessen die üblichen Solidaritätsbekundungen in Fülle, insbesondere mit der Sowjetunion und der DDR, und die Versicherung, ›der stärksten die Welt bewegenden Kraft, der kommunistischen Weltbewegung‹ anzugehören.

Den nächsten Rednern entzog ich mich unter der Maske angespannter Aufmerksamkeit in einen erholsamen Dämmerzustand.

Wenn die wenigstens nicht so'n Papierdeutsch reden würden, seufzte ich in der Pause, als ich auf Michel traf. Wie oft hatten wir das schon diskutiert: Die Sprache ist ein Werkzeug und muss mit Geschick gehandhabt werden.

Immerhin noch besser als das Motto zum letzten Parteitag, suchte Michel mich versöhnlich zu stimmen. ›DKP kontra Großkapital für Frieden, demokratischen Fortschritt und Sozialismus‹. Musste man alles Wort für Wort übersetzen. Große Worte in kleine, abstrakte in konkrete. Thesen in Geschichten.

Witzemachen ist bloß Krampf im Klassenkampf, gähnte ich, Degenhardt parodierend.

Aber gestern Abend sei es nicht nur Papierdeutsch gewesen. Im Gegenteil. Mit griechischen Genossen, erzählte Michel, sei man beim, lach nicht, Griechen gewesen. Von Zypern seien die gekommen. Alles Unerzichbare. So die Bezeichnung der Junta für Kommunisten, die keine sogenannte Reueerklärung unterschreiben wollten. Keine Dilosis. Damals nach dem Putsch des Militärs im April 1967. Vier von ihnen hätten auch die Folter der Sicherheitspolizei erlebt, der Asfalia. Was ich nicht wusste, Michel schnaufte: Diese terroristischen Spießer haben nicht nur moderne

Literatur und Musik verboten. Auch Sophokles und Aristophanes. Und Shakespeare.

Sogar Mikis Theodorakis, ergänzte ich bitter, war im KZ bei denen. Kann man sich überhaupt nicht vorstellen. Dass so etwas hier passiert. Mitten in Europa, meine ich. Schöne Wiege der Demokratie. Arme Genossen. Aber komm, wir müssen wieder rein. Jetzt ist Mies dran.

Wir seufzten und gehorchten.

Bericht des Parteivorstandes an den Hamburger Parteitag, hieß es in der Tagesordnung. Berichterstatter: Herbert Mies.

Ich hatte Weißgott schon einige Schulungsabende hinter mir, Diskussionen mit Marga und Franz, das Vokabular war mir nicht fremd. Und doch erinnerte mich diese endlose Lektion nur an eines: meine erste Vorlesung an der Kölner Uni. Damals war es um Hölderlins Dichtung gegangen. ›Der pathetische Held ist unbedingt‹, hatte der Professor in die Zuhörerschaft geschmettert, all das Gute und Schöne und Wahre aus der Luft gegriffen und sich, in geballter Faust geborgen, aufs Brustbein gehämmert: ›Halis apopauesthe nyn. Lasset nun ab, es ist genug. Die Leere des Pathos ist aufgefüllt.‹ Ich verstand damals nichts – und heute?

Worum ging es hier? Ein paar Minuten versuchte ich zuzuhören. Die Sätze rannen durch mich hindurch wie durch einen Filter, Wörter blieben zurück, halbe Sätze, Wendungen, Parolen. Ich blätterte in den Unterlagen. Dort lag die Rede gedruckt vor. Ich überflog die Gliederung, während sich die Stimme des Redners allmählich verflüchtigte. Die internationale Lage und die außenpolitischen Vorstellungen der DKP. Das Erstarken des Weltsozialismus – der entscheidende Friedensfaktor. Der Imperialismus – ein von Krisen und Widersprüchen zerrissenes System. Der Krebsschaden in unserem Land: die uneingeschränkte Monopolmacht.

Ich ließ meine Blicke umherschweifen. Kräftige gemäßigte Männer saßen da, einige von ihnen hatte ich draußen gesehen: Genossen aus der Hafengruppe mit diesem wiegenden schiebenden Gang und ihren störrischen Nacken. Albert Friedrichs, Hein Fink, Harry Naujoks, Jan Wienecke, Hamburger Kampfgefährten Thälmanns, ich kannte sie alle. Männer in den besten Jahren, die freundlich lächelten und dabei gelbe Raucherzähne und Goldplomben zeigten. Einer knöpfte sich schon bald die Uhr vom Arm und hielt sie in beiden Händen, ruckte an den Gliedern des Armbandes, als wolle er den Zeigern Beine machen. Zwischen den Männern handfeste Frauen, die meisten deutlich jünger, der größte Teil des Publikums kaum älter als vierzig. Aufmerksame Gesichter, jedenfalls zu Beginn der Rede. Später bastelte ich mir aus den einzelnen Buchstaben des Banners ›Das arbeitende Volk muss bestimmen‹ alberne Anagramme oder döste vor mich hin. Doch noch, das las ich aus den Mienen meiner Genossinnen und Genossen, traf der Redner den richtigen Ton, sprach denen da unten aus der Seele oder in sie hinein, aus der Seele in die Seele, die sich in ihren Mienen spiegelte. Wie liebte ich die Gesichter der alten Genossen. Sie hatten gekämpft, wo der Vater geduldet hatte und gelitten. Sie waren Kämpfer gewesen, Genossen; der Vater ein einsames Opfer. Ein Leben lang. Nicht die endlosen Darlegungen vom Rednerpult waren es, meine Blicke in diese Gesichter hielten mich in dieser Gemeinschaft. Ein Satz aus Hölderlins *Hyperion* fiel mir ein: ›... aber in ihren Mienen war etwas, das in die Seele ging wie ein Schwert, und es war, als stünde man vor der Allwissenheit.‹

Ohne Anzeichen von Erschöpfung kam der Redner nach knapp drei Stunden zum Ende. Zum vorläufigen. Zehn Minuten Raucherpause. Ich verkroch mich aufs Damenklo.

Danach ging es weiter mit Mies und gegen die Monopolmacht, dem Ringen um die Erweiterung der demokratischen Volksrechte, dem Ringen der Kommunisten um die Aktionseinheit der Arbeiterklasse, dem Ringen um das Bündnis der Volkskräfte. Ringen, rang, gerungen. Das Gesicht der DKP ist der Jugend zugewandt, versicherte der Redner und kam nach nochmals gut zwei Stunden zum Schluss: ›Die Kapitalisten kümmern sich nicht um die Probleme des Jahres 2000, weil sie wissen, dass sie im nächsten Jahrtausend nicht mehr auf der Bühne der Geschichte sind. ... Die Zeit, in der wir leben, liebe Genossinnen und Genossen, das ist unsere Zeit!‹

Die galt es zu nutzen. Michel, Wilfried und Franz hatten mir einen Platz freigehalten, in Saal drei, reserviert für Menschen mit Essensmarken. Die Oberen tafelten separat, das Fußvolk musste sehen, wie es an sein Würstchen kam. Saal drei: solider ideologischer Mittelstand, Presse inklusive.

Haste ne Kurzfassung für mich?, fragte ich Franz mit verzweifeltem Augenaufschlag.

Der spießte ein Stück Hering auf seine mit Labskaus beladene Gabel und wiegte den Kopf.

Tja, brachte Wilfried zwischen zwei Bissen heraus: ›Die Lehre von Marx ist allmächtig, weil sie wahr ist, und sie wird siegen, weil sie wahr ist und allmächtig und deshalb ...‹, fiel ihm Michel ins Wort, ›... müssen wir alles dafür tun, dass die Theorie zur materiellen Gewalt wird ...‹

›... wenn sie die Massen ergreift‹, brachte ich den alten Marx zu Ende.

Fehlt nur noch dein Leib- und Magensatz, Franz, foppte Michel.

Freiheit ist Einsicht in die Notwendigkeit, skandierten Wilfried und ich aus einem Munde, und Franz legte endgültig die Gabel beiseite und setzte zu einer Problembereinigung an, da rief uns ein Gong in die Zuschauerbänke zurück.

Die Reihen hatten sich kaum gelichtet. Die Diskussion war eröffnet. Nun wurde es konkret. Zwar hatte, was nun stattfand, nichts mit einer Diskussion zu tun, alle Redebeiträge waren offensichtlich schriftlich vorbereitet und angemeldet, doch immerhin bekam man einiges zu hören aus Betrieben, Städten und Gemeinden, Schulen und Universitäten. Um Tarifkämpfe ging es, Lohnkampf und Mieterkampf, die Gleichberechtigung der Frau, Paragraph 218. Und sogar um Solschenizyn, der natürlich das sozialistische Klassenziel verfehlte. Mehr oder weniger lebendige Berichte, oft erstickt von Wortplakaten. Unnachsichtige Stimmen, Unzweifelhaftes verkündend, Feinde geißelnd, Freundschaft den Freunden.

Nach der Kaffeepause, in der mich Marga zu ein paar Mitgliedern des Parteivorstandes schleppte, folgten die Grußadressen, wie das hieß. Aus der Sowjetunion wurde das rote Lenin-Banner überreicht, und Kurt Hager aus der DDR überbrachte eine Büste des ersten Präsidenten unseres Arbeiter-und-Bauern-Staates, des Genossen Wilhelm Pieck. Dazu viel Kritik an der kapitalistischen BRD und Lobpreis der Errungenschaften der DDR, wo, so Hager, die Arbeiterklasse im Bunde mit allen anderen Werktätigen die Fesseln der Ausbeutung abgeschüttelt hat. ›Man braucht nicht besonders zu betonen, dass es bei uns keine Inflation, keinen Mietwucher, keine Unsicherheit der Arbeitsplätze gibt … Schon in den siebziger Jahren des vorigen Jahrhunderts geißelte Friedrich Engels in seiner Arbeit *Zur Wohnungsfrage* die Wohnungsnot als eines der großen Leiden des modernen Proletariats, und er folgerte: Um dieser Wohnungsnot ein Ende zu machen, gibt es nur ein Mittel, die Ausbeutung und Unterdrückung der arbeitenden Klasse durch die herrschenden Klasse überhaupt zu beseitigen.‹ Applaus.

Genosse Hager machte eine Pause: ›Engels hat Recht

behalten. Bis heute sind selbst die reichsten kapitalistischen Länder außerstande, die Wohnungsfrage auch nur einigermaßen zu bewältigen. Wir haben uns vorgenommen, das Problem im Interesse der Arbeiterklasse und der Werktätigen bis 1990 durch den Bau von drei Millionen Wohnungen zu lösen.‹ Applaus.

Kurt Bachmann dankte Kurt Hager: ›Ich will dazu nur noch ein Wort sagen: In der DDR ist alles sicher, der Arbeitsplatz ist sicher, die Wohnung ist sicher, die Miete ist sicher, die Preise sind stabil, das ganze Leben, die Zukunft der Jugend, die Zukunft der Bürger der DDR ist stabil.‹ Applaus.

Und Kurt Hager reckte seine ZK- und Politbüro-gestählte Faust aus gestärkter Manschette und blies: ›Der Sozialismus ist sicher.‹ Applaus. Applaus.

Das riss uns von den Sitzen. Das fuhr uns in die Finger. Das ballte fünf Finger zur Faust und jagte die Fäuste gen Himmel, vulgo die lichte Höhe der Stahlbetondecke des großen Saales. Das sog die von revolutionärer Rede geschwängerte Luft in dreitausend Lungen und löste Stimmbänder und Kehlkopf zum Aufschrei: *Völker, hört die Signale!* Alle drei Strophen. Mit Schalmeien.

Und so ging es in die Nacht. Hinter dem Banner mit dem Motto des Parteitags versammelten wir uns pünktlich um halb acht in der Jungiusstraße und zogen durch Hamburgs Innenstadt. Um diese Zeit an einem Novemberabend fast entvölkert. Die Schalmeien machten uns Beine, die Kämpfer der ersten Stunde gaben in der ersten Reihe das Tempo vor: Wir schritten. Gemessenen Schritts, ohne Eile, ohne Hast nahmen wir den Weg unter die Füße, voller Vertrauen, auf dem richtigen zu sein. Wie ganz anders war es, im Gefolge von Max Reimann, Kurt Bachmann, Gretel Hoefer, Albert Friedrichs, Fritz Bringmann, Erna Meyer, Ursel Hochmuth und vielen anderen alten Genossinnen und

Genossen das Venceremos und Unidad Popular gegen die Fassaden von C&A, Karstadt, Kaufhof zu schmettern; wie ganz anders als unsere studentische Rennerei vor Jahren erdete diese erwachsene Gangart das Sendungsbewusstsein in unseren Hirnen. Unser Kampf war kein Tagesspaß, keine revolutionäre Freizeitbeschäftigung. Das hier war Lebensaufgabe. Auftrag. ›Uns aus dem Elend zu erlösen, können wir nur selber tun.‹ Tag für Tag. Das arbeitende Volk muss bestimmen? Wer denn sonst! ›Dem Karl Liebknecht, dem haben wir's geschworen, der Rosa Luxemburg reichen wir die Hand.‹

Und den vietnamesischen Genossen. Mit deren Grußansprache ging es am nächsten Morgen weiter. Nordvietnam war frei. Wir feierten Vietnam, wir feierten den Sieg des vietnamesischen Volkes, als wäre er der unsere, als hätten wir mit unseren Flugblättern, Kundgebungen, Demos, mit unserem Ho-Ho-Ho-Tschi-Minh wahrlich dazu beigetragen, ›dass die US-Aggressoren unser Land verlassen mussten‹. ›Amis raus aus Vietnam‹, waren wir Arm in Arm durch Schildergasse und Hohe Straße getanzt, Hugo und ich, durch die Straßen Bonns und Bochums gezogen. Gut, dass mich gleich darauf der Genosse aus Chile mit seiner aufrüttelnden Ansprache gefangen nahm und die Gegenwart mich wieder in ihren Griff zwang. Wenn sie so unverhofft kamen, die Bilder aus glücklichen Tagen, konnten sie mir noch immer den Atem verschlagen.

Den aber verschlug's mir in der Mittagspause erst recht. Der Grund: Liesjen. Lisa Matuschke. Ostermarsch 1967, von Essen nach Bochum. Da hatte sie in unserem Abteil gesessen im Sonderzug der Bundesbahn, so wie heute in ihrem Pepitakostüm. Direkt vor mir stand sie für Pannfisch an, schon damals hatte mich die kleine dralle Person an

Tante Berta erinnert. Auch ihr Geruch war wieder da, Tosca über schlecht gelüfteter Winterkleidung. Ich tippte ihr auf die Schulter. Liesjen fuhr zusammen: Ja, dat is doch nit die Möglichkeit! Dat is doch, dat is doch … Ja, biste allein? Wo haste denn de liebe Jung jelassen?

Liesjen umarmte mich. Das kam öfter vor in diesen Tagen; Menschen, die sich von früher kannten, trafen unvermutet aufeinander und wollten wissen: Wie kommst du denn hierher?

Und das erzählten wir uns jetzt.

Gar nicht fassen konnte Liesjen, was sie von Hugo hören musste, und zwischen Kopfschütteln und Nicken versuchte sie zu verstehen, dass ich noch immer allein war.

Ja, so ne liebe Jung is nit so schnell zu ersetzen. Zu ersetzen sowieso nich. Der war wat janz Besonderes. Wie der mir den Kaffee und die Blümchen jebracht hat, wollja. Einfach, weil der jemerkt hat, dat ich sonst traurig jewesen wär. Ein ganz feiner Mensch.

Wir bestellten einen Kaffee, grinsten uns an wie zwei Schulkinder und beschlossen, die nächste Sitzung zu schwänzen.

Erzähl, Liesjen, drängte ich, und die ließ sich nicht lange bitten. Noch vor '33 war sie in die Partei eingetreten, sozusagen als Hochzeitsgeschenk für ihren Mann, den sie nur mein Willi selig nannte. Der hatte als Buchenwaldhäftling zwar noch die Befreiung durch die sowjetische Armee erlebt, war aber auf dem Heimtransport an Unterernährung gestorben.

Nach dem Krieg hatte Liesjen in einer Wäscherei, später Reinigung gearbeitet. Einen neuen Mann? Nein, den hatte sie nicht gewollt. Die Partei war ihr genug.

Liesjen ergriff meine Hand. Obwohl, wie der Adenauer uns dann verboten hat, das war ein harter Schlag, wollja.

Liesjen tätschelte meinen Arm: Aber jetzt geht es ja wieder bergauf. Wo so Leute wie du mit von der Partie sind. Junge-jung, wenn uns jetzt der Hugo hier sehen würd und mein Willi selig. Ich glaube, wir sollten mal wieder reingehen.

Tja, sagte ich und verrührte ausgiebig Milch und Zucker. Das ist eben nicht so, wie es in den Büchern steht. Das Leben ist anders. Da kommt nicht mal eben einer daher und macht dich glücklich.

Wem sachst du das, Liesjen schleckte den Kaffee vom Löffel und legte ihn sorgfältig auf die Untertasse zurück. Was glaubst du, seit meim Willi selig, hab ich kein Mann mehr wollen, wollja. Einen mal, aber der war schon vergeben. Un dat jehört sich nit. Oder nur, wenn et sein muss. Musste aber dann doch nich, wollja.

Schade, lehnte Liesjen meinen Vorschlag ab, den Abend gemeinsam zu verbringen. Heute Abend ist Treffen mit alten Kampfgefährten angesetzt. Liesjen verdrehte die Augen. Ist mehr so ein Alt-Herren-Treffen. Wer da alles den Thälmann noch gekannt haben will. Und vielleicht ja auch gekannt hat. Junge, Junge, da schwärmen die von alten Zeiten, vom entsichertem Revolver in der Hosentasche und den Braunen die Hucke vollgehauen. Oder die Spanienkämpfer. Auch hier wieder besonders die aus dem Thälmann-Bataillon. *Spaniens Himmel* und so. Und zum Schluss immer alle die *Jaramafront*. Kennst du ja wohl auch. Liesjen lächelte nachsichtig. Ich nickte. Mit jedem Lied sangen sie sich die alte Zeit wieder lebendig, sangen sich zurück in Jugend und Kampf und vorwärts in Rausch und Sieg. Nur von ihren Niederlagen sprachen sie nie. Ihr Leiden war nicht umsonst gewesen, es ging auf im Sieg der glorreichen Sowjetunion. Dieser Sieg war der ihre. Glaubten sie. Glaubten wir.

Jaramafront, maulte Liesjen. Ich kann das Lied nicht ab. Wissen die überhaupt, was die da singen? Dieser Schluss!

Sowas können sich auch nur Männer ausdenken. ›Und einmal dann, wenn die Stunde kommt/da wir alle Gespenster verjagen,/wird die ganze Welt zur Jaramafront/wie in den Februar-Tagen.‹ Liesjen schüttelte den Kopf. Nix wie Kampf und nochmals Kampf. Wird Zeit, dass wir Frauen mal ein Wörtchen mitreden. Nicht nur bei de Lieder.

Drinnen im Saal sang eine aufrechte Kindergruppe das Lied vom *Baggerführer Willibald*. In Liesjens und meinen Augen schon mal ein begrüßenswerter Fortschritt.

Es gab weitere Grußadressen und Berichte, dann war Feierabend. Für das gemeine Volk. Delegierte und Gastdelegierte setzten in geschlossener Sitzung ihre Beratungen fort. Ein neuer Parteivorstand wurde gewählt. Ich verzog mich mit Michel und Wilfried ins Borchers. Nach soviel Ernst des Lebens und all dem verbalen Ringen und Kämpfen hatten wir ein starkes Bedürfnis nach Blödsinn und Bier. Franz entschuldigte sich, er habe noch einen Termin.

Vorm Einschlafen ging mir noch einmal Liesjen durch den Kopf. Was, dachte ich, wäre aus ihr geworden, wenn sie nicht in Wattenscheid, sondern in Zwickau gewohnt hätte?

Was wärst du denn gern geworden?, hatte ich den Vater bei unserem letzten Zusammensein gefragt.

Dann hätt isch für mehr Jereschtischkeit jesorscht, hatte er erwidert. Als Rischter. Oder als Staatsanwalt. Aber isch wär schon froh jewesen, wenn et als Bäcker jeklappt hätt. Dat jing ja auch nit mehr, von wejen dem Bein.

Seit ich Hermann Kants Roman *Die Aula* gelesen hatte, war ich mir sicher: In diesem deutschen Staat, in Drüben, hätte sich der Vater nicht an dr Kettemaschin verbrauchen lassen müssen.

Marga brach am nächsten Morgen besonders pünktlich auf. Sie war in den Parteivorstand gewählt worden. Funkelte in gesättigtem Stolz, und ich ahnte, dass sie doch noch an den einen dachte und ihr leidenschaftlicher politischer Ehrgeiz sich nicht zuletzt aus diesem Gedenken speiste. Ihr das zu sagen, hätte ich nie gewagt. Nicht mehr. Diese neue Funktion würde mir die Frau, die ich mir einmal als Freundin erhofft hatte, vollends entfremden. Die Partei hatte von ihr Besitz ergriffen wie die Kirche von ihrem einstigen Verlobten. Zwei Kämpfer für zwei Paradiese. Wie im Himmel all so auch auf Erden.

Die Fahnen vor dem Congress Center hingen schlaff an ihren Stangen. Der Sturm der vergangenen Tage hatte sich gelegt. Die Sonne würde es schaffen, an diesem ersten Sonntag im November. Sollte ich mir wirklich die Diskussionen um Anträge antun, Anträge, die ohnehin schon beschlossen oder abgelehnt waren? Doch die frischverliehene Autorität der Genossin Wiedebusch ließ keine Abweichung zu und sei es nur zu Astern und Astilben im Park. Und so folgte ich ihr artig und ergeben und harrte aus, bis der neugekürte Parteivorsitzende Mies den Schlusssegen spendete: ›Wir beenden unseren Parteitag mit Zuversicht und Optimismus. Wir beenden den Hamburger Parteitag mit der uns selbst auferlegten Verpflichtung, alles zu tun, um die im Bericht dargelegte Politik zum Wohle der Arbeiterklasse und der Bevölkerung unseres Landes wirksam in die Tat umzusetzen … An die Arbeit, Genossen, im Geist des Hamburger Parteitags, im Geist Ernst Thälmanns, für Frieden, demokratischen Fortschritt und Sozialismus!‹

Wir spendeten uns Beifall, wir spendeten uns Mut. Wir sangen und rangen uns dem Morgenrot entgegen, hörten die Signale, erlösten uns aus dem Elend, und bis zur letzten Note schien uns die Sonn ohn Unterlass. Venceremos! Ite, missa est.

Ich zog die Mütze über die Ohren und brach zu Planten un Blomen auf, ganz benommen von so viel Frieden, Freiheit, Recht und Kampf und Trotz. Nun, da es schon dämmerte, war der Park fast leer. Ich schlug den Weg zum Rosengarten ein, kannte dort meine Sorten, die mit einzelnen Blüten bis in den Frost hinein vom Sommer träumten. Ein Eichhörnchen witschte den Stamm einer starken Kastanie hinauf und beäugte mich aus dem kahlen Astwerk, ein zweites scheuchte das erste, eine atemberaubende Jagd begann. ›Schatzhauser im grünen Tannenwald‹ hätte Hugo nun begonnen, und ich darauf: ›bist schon viel hundert Jahre alt.‹ Und dann wir beide: ›Dir gehört all Land, wo Tannen stehn, lässt dich nur Sonntagskindern sehn.‹

Wie vermisste ich ihn! Michel war ein guter Gesprächspartner, aber diese wortlose Nähe, dieses schweigende Einverständnis, das es zwischen Hugo und mir gegeben hatte, konnte nur im Dreiklang von seelischer, geistiger und körperlicher Nähe wachsen.

›Schatzhauser im grünen Tannenwald‹, raunte plötzlich hinter mir eine warme Stimme, ›bist schon viel tausend Jahre alt ...‹

Ich fuhr herum. Vor mir stand eine dunkel gekleidete kleine Frau unbestimmbaren Alters, die Kapuze ihres langen Wintermantels locker aufs graue Haar gestülpt. Sie lächelte mich an und nickte mir aufmunternd zu, als fordere sie mich auf, das Verslein zu vollenden. Kannte ich sie?

Die Frau griff nach meiner Hand:

Der Mensch das Spiel der Zeit / spielt. weil er allhie lebt.
Im Schau-Platz dieser Welt; er sitzt / und doch nicht feste.

Aber ja! Es war die kleine alte Frau, die beim Geburtstag von Hugos Vater neben mir am Tisch gesessen hatte!

Diese Verse hatte sie zum Abschied gesprochen, bevor sie meine Hände in Hugos Hände gelegt hatte, und Hugo, der scheue Hugo, hatte sich's gefallen lassen. Dann war die Frau verschwunden, die fremde Frau, die niemand gekannt hatte.

›Pull down thy vanity‹, lächelte ich zurück, meinerseits nun Ezra Pound zitierend, den die Fremde damals mit Richard vorgetragen hatte. Hätte ich jenen Abend ohne ihre Hilfe so souverän bestehen können? Von Hugo getrennt, an den Katzentisch verbannt, auf dem Foto nicht geduldet, von Brigitte, Hugos Schwester, beschuldigt, nur hinter seinem Geld her zu sein. Ein Gesicht aufsetzen, hatte ich von der Fremden an jenem Abend gelernt, eine Rolle spielen. Ihr Zitat aus dem Markus-Evangelium, 7,18f, bewahrte ich bei Rosenbaums Brief, Hugos Gedichten und dem Buchstein des Großvaters auf.

Sicher fragst du dich, erklang ihre stille Stimme, wie ich hierherkomme. Nun, ich war schon die ganzen Tage dabei, da drin. Sie machte eine Kopfbewegung zum Congress Center. Auch mit Liesjen hab ich dich gesehen. Und du? Bist allein hier.

Eine Frage war das nicht, einfach eine Feststellung. Ich nickte.

Komm, gehen wir ein paar Schritte, fuhr sie fort, und so, im Gehen, sprach sie zu mir, als spräche sie vor sich hin, zu sich selbst: Ich habe lange nichts von mir hören lassen. Aus den Augen gelassen habe ich dich nie. Du hast schwere Zeiten durchgemacht. Und überstanden. Bestanden, was dir widerfahren ist. Und das wirst du auch weiterhin.

Es wurde nun rasch dunkel, und wir setzten uns auf eine Bank. Draußen rauschten Räder auf dem Asphalt. Nahebei war Stille. Nur ein Igel im Laub und ein Vogel im Schlaf, bloß ein Nachttier im Strauch und manchmal der Wind.

Die Fremde legte einen Arm um mich. Das tat wohl. Wann hatte ich zuletzt so geborgen auf einer Parkbank gesessen? So warm, so halb im Schlaf, in eine andere Welt gesponnen.

Hörst du, Hilla, mein Kind, sank die sanfte Stimme in mein Ohr. Ja, ich hörte. Hörte sie wie das Lommer jonn des Großvaters, das Steh auf Lehrer Mohrens, Dat Kenk von nem Prolete des Vaters, Hugos Ich liebe dich. Ihre Stimmen schwangen mit bei allem, was die Unbekannte zu mir sprach wie in einem Traum, der lange auf mich gewartet hatte.

Hörst du, Hilla, mein Kind? Du bist auf einem Umweg. Aber den musst du wohl machen. Das Wichtigste: Sei treu. Bleib dir selber treu. Auch auf Umwegen kannst du dir selbst treu bleiben. Du hast Glück. Du wirst nicht umkehren müssen. Nichts bereuen müssen. Auch der Umweg bringt dich weiter. Vorwärts. Zu dir. Und vergiss das Staunen nicht. Du musst dir dein eigenes Staunen schaffen. Und die Wörter dafür.

Hörst du, Hilla, mein Kind? Vertrau den Dingen. Sie sprechen ihre eigene deutliche Sprache. Hörst du, ich sage dir: Jetzt siehst du sie nicht, die Zwiebeln, wie sie unter der Erde schuften. Aber sie warten auf uns. Und wir auf sie.

Hörst du, Hilla, mein Kind? Ich weiß, du schreibst. Nein, nicht deine Doktorarbeit. Die auch. Schreib von dir, schreib von mir, ja, auch von mir wirst du schreiben, als wär's ein Stück von dir.

Hörst du, Hilla, mein Kind? Denk an Rosenbaum. ›Du kannst dich dir selbst erzählen. Du bist deine Geschichte. Lass nicht zu, dass andere deine Geschichte schreiben.‹ Seine Worte. Nimm sie als die meinen. Sei treu.

Eine Gruppe leicht alkoholisierter junger Männer, an ihrem Liedgut als Besucher des Parteitags erkennbar, schreckte uns auseinander. Die Fremde stand auf. Ein Parkwächter mahnte die späten Sänger, der Park werde gleich geschlossen, und trieb sie dem Ausgang zu. Ich beugte mich über meinen Schuh und zog den Schnürriemen fester. Als ich aufsah, war die Frau verschwunden.

Sich selbst treu bleiben, etwas Ähnliches hatte Friedrich auch gesagt.

Vergiss nie deinen Anspruch, du selbst zu sein. Ihre letzten Worte.

Aber wer war ich denn? Wer wollte ich sein? So allein! Das hätte ich sie fragen wollen. Das hätte sie mir sagen sollen. Mir selbst treu sein.

> Und wünschte mir doch
> nur dass einer käme und
> nähme mich von mir.

Was hatte die Unbekannte mit ihrem Umweg gemeint? Ich war Mitglied der Partei meiner Klasse, Partei der internationalen Solidarität. Gemeinsam mit den Genossen wusste ich mich auf dem richtigen Weg. Für das große Ganze. Festgefügt und dauerhaft. Und doch ersehnte ich mitunter, sonntags, wenn das Alleinsein seine Schleusen öffnete, etwas Dauerhaftes und Festgefügtes nur für mich selbst. Dann überfiel mich ein Gefühl von Ratlosigkeit und ein Hunger nach Berührung, und ich zurrte die Scheuklappen fester und verbiss mich noch strenger in die Routine von Doktor- und Parteiarbeit.

Ich trug die Verantwortung für den Wahlkampf im Bezirk, nicht nur im Stadtteil. Zusammen mit der werktätigen Büroangestellten Christine von Bargen, Tochter der Widerstandskämpfer Mia und Hein von Bargen, der Onkel, Harry von Bargen, von den Nazis ermordet.

Da konnte ich nicht mithalten. Ich merkte rasch, dass Genossen aus anderen Gruppen der hergelaufenen ›Studierten‹ mit unterschwelligem Argwohn begegneten. Ich war abtrünnig geworden. Wem? Ihrer Klasse. Der Klasse, die sie sich bewahrt hatten. Die doch auch meine war. Was zu beweisen war. Eine studierte Arbeitertochter und dazu noch aus dem Rheinland? Meriten brachte mir das nicht ein. Aber den ständigen Zusatz auf meinen Flugblättern, ›stammt aus einer Arbeiterfamilie‹, als könne dieser Adelsbeweis meine Fahnenflucht wettmachen.

Ich bewies es bald: Ich brauchte keine großen Worte für das große Ziel: die Umgestaltung der Gesellschaft. Ich hatte den Spruch der Dondorfer Sparkasse zum Wohlstand der Nation seit Kinderzeiten im Ohr: ›Viele Wenigs geben ein Viel.‹ Das hatte mir immer eingeleuchtet und gefallen. Mit kleinen Schritten auf bescheidenem Pfad, Hauptsache: vorwärts. Wobei Solidarität mit Chile und Kampf gegen die Berufsverbote wichtig waren, klar, mein eigentlicher Kampf aber galt der Spitzhacke. ›Keine Häuserräumung zwecks Abbruch. Sofortige Zwangsvermietung leerstehender Wohnungen. Keine Abbruchgenehmigungen. Gegen Mietwucher und Bodenspekulation, Hausbesitzerwillkür und Luxuswohnungen.‹ Fürwahr die Mühen der Ebenen. Wobei die Berge allerdings erst noch vor uns lagen. In weiter Ferne.

Ich schrieb Flugblätter mit Tipps, wie man am besten Wohngeld beziehen könne, ein erkämpftes Recht sei das und habe nichts mit Almosen zu tun. Ich organisierte Kinderfeste und Verkehrskasper, sammelte Unterschriften für eine Ampel an der Kegelhofstraße und gegen die Fahrpreiserhöhung des HVV. Sammelte warme Kleidung, Geschirr und Kinderspielzeug für Flüchtlinge aus Chile. Stolz überwies unsere Gruppe fast zweitausend Mark auf das Chile-Spendenkonto. Ich hatte die Perlenkette von Hugo dafür verkauft.

›Kommunisten in die Bürgerschaft‹, warben wir auf Flugblättern und Plakaten, ›das heißt: zuverlässige Sprecher für die Nöte der Bevölkerung im Parlament haben. Das heißt: Profitjägern, Coupon-Schneidern und Bodenspekulanten Dampf machen: in der Bürgerschaft und außerhalb.‹ Sogar Erfolge konnten wir vorweisen: Zweiundfünfzigtausend Mark mussten von einem Miethai an die Geneppten zurückgezahlt werden.

Der Winter war hart und wollte nicht weichen. Eis auf der Alster, doch nicht dick genug für ein Fest. Eisschollen auf der Elbe, nicht dick genug für Eisbrecher, die großen Pötte hatten keine Not. Was ein echter Wahlkämpfer war, der stritt bei Wind und Wetter und rund um die Uhr.

So auch ich in diesem 1974er Jahr am 22. Februar zwischen 6 Uhr 45 und 7 Uhr 15 vor den Hamburger Gaswerken. Mit Flugblättern zur Wahl der Bezirksversammlung. Ich, Hilla Palm, stellte mich als Kandidatin vor und versicherte die Betriebsangehörigen meiner Solidarität im Kampf um eine saftige Lohnerhöhung. Man nahm meine Zettel gern, viel lieber als die von Gerd an der anderen Seite vom Werkstor, ja, mir schien, einige Männer schwenkten auf den letzten Metern zu mir herüber, holten sich ihre solidarische Ermutigung lieber bei einer jungen Frau ab, der man zudem noch ein paar dumme Sprüche mitgeben konnte.

Etwa viertel nach sieben hatte ich meine Flugblätter verteilt, und die meisten Männer waren bereits auf dem Werksgelände. Ich winkte Gerd, der höchst angeregt mit einem jungen Mann diskutierte, ihr Lachen verband sich zum fröhlichen Duett, als aus dem Fabrikhof eine Gestalt auf mich zusprang, dunkel, massiv, hochrotes Gesicht, blondierter

Haarturm, mich umschlang und an ihren mottenpulvrigen Pelz drückte, schüttelte und wieder drückte und so fort, und dabei mit kasperlschriller Stimme ausstieß: Faule Göre! Rotznase! Du hast wohl in deinem ganzen Leben noch nicht gearbeitet! Du machst dich hier breit auf unsere Kosten!

Gerd, rief ich in Panik, der rannte herbei, doch schon rissen ein paar Männer die Frau von mir weg. Ich wandte mich zum Gehen. Da plötzlich packte mich der Koloss von hinten bei den Schultern und schleuderte mich zu Boden. Gerd und sein Gesprächspartner warfen sich dazwischen, halfen mir hoch, die anderen griffen die Frau und zogen sie von mir weg aufs Werksgelände.

Das gibt eine Anzeige! Gerd fasste es nicht. Ich brach in Tränen aus.

Der Pförtner bat uns in seine Loge. Das war die Sekretärin von dem Mehlmann, Personalabteilung, erklärte er. Was wollen Sie denn jetzt tun?

Erst mal zum Arzt, beschied ihn Gerd. Bitte bestellen Sie uns ein Taxi.

Der Arzt stellte Schürfwunden und Prellungen fest. Schon auf der Fahrt in seine Praxis hatten außerhalb des Rhythmus Monatsblutungen eingesetzt, stark wie nie. Schock, diagnostizierte der Arzt.

Den hatte ich gewiss. Oder der mich. Wie gut, dass Gerd dabei war. Nun begriff ich den Sinn der Weisung, dass man in Sachen Partei nie allein unterwegs sein sollte.

›Kandidatin für die Bezirksversammlung zusammengeschlagen‹, berichtete der Lokalsender, meine Parteimitgliedschaft diskret unterschlagend.

Sollte man Anzeige erstatten? Ja, hieß es auf höchster Ebene, im Hamburger Landesvorstand. Pro forma fragte man auch mich. Ohne eine Antwort zu erwarten. Ein Nein schon gar nicht. Nur noch Abnicken. Befehl von oben.

Die Anwaltskanzlei – beim Hanseatischen Oberlandesgericht zugelassen, wie es im Briefkopf hieß – schrieb an die Staatsanwaltschaft beim Landesgericht Hamburg: ›Das Verhalten von Frau Bäthge erfüllt die Straftatbestände der Körperverletzung und der Beleidigung. Eine öffentliche Klage liegt im öffentlichen Interesse, da der Vorfall am 22.2.1974 nicht als eine private Auseinandersetzung zu werten ist, sondern eine gezielte Provokation gegen einen Wahlkandidaten darstellt. Da eine sachliche und ungestörte Vorbereitung der Wahlen im öffentlichen Interesse liegt, berührt ein derartiges provokatorisches Verhalten öffentliche Belange und ist entsprechend staatlicherseits zu verfolgen …‹.

Doch das ›öffentliche Interesse‹ geriet nicht derart in Wallung, dass die Staatsanwaltschaft die Strafanzeige verfolgte. Das Verfahren wurde eingestellt. Zwei Schreibmaschinenseiten brauchte der Staatsanwalt, um zu befinden: ›Nach alledem war ein öffentliches Interesse zu verneinen.‹

Abschließend wurde ich, die Mandantin, auf ›den Weg der Privatklage verwiesen, wobei ich auf den Nachweis des erfolglosen Sühneversuchs (vgl. § 380 StPO) hinweise. Hochachtungsvoll‹.

Erfolgloser Sühneversuch? Aus dem Schreiben ging hervor, Koloss Bäthge habe ausgesagt, sich zwei Mal bei mir entschuldigt zu haben. Glatt gelogen.

Doch ohne ›öffentliches Interesse‹ war ich für Parteizwecke nicht mehr zu gebrauchen. Und eine Privatklage gegen so ein armes Luder? Niemals! Die ist gerade geschieden, hatte uns der Pförtner anvertraut. Der Mann ist mit ner viel Jüngeren weg. Er sah mich vielsagend an. Und dann ist sie auch dem nicht abgeneigt. Der Pförtner schloss die Rechte um ein unsichtbares Gläschen und führte es, Kopf in den Nacken, mit einer ruckartigen Bewegung zum Mund. Wenn die so weitermacht, ist die sogar ihre Stelle hier bald los.

Ich verfolgte den Fall nicht weiter und sonnte mich in meiner Großmut. In der Wohngebietsgruppe machte ich Marga vorübergehend den Rang streitig. Ein Hauch von Märtyrertum im Dienst der Sache umgab mich.

Als die Tage länger wurden, lud Gretel mich zu sich nach Dassendorf ein. Eine Ehre sei das, erklärte Marga ein wenig verhalten und erzählte mir, was es auf sich hatte mit diesem Haus. Gretel und ihr Vater hatten dort im Herbst '44 zwei Widerstandskämpfer versteckt. Durch einen Spitzel, Helene Reimers, wurden Gretel und ihr Vater verraten und verhaftet, die Verfolgten jedoch nicht entdeckt. Gretel kam nach Cottbus, dann zur Verhandlung vor den Volksgerichtshof. Wieder wurde sie gefoltert, seelisch und körperlich. Ihr drohte die Todesstrafe, wie sie in einem Brief vom 11. Januar 1945 an den Bruder Hermann schreibt: ›… nach allem, was man hier hört, besteht die Möglichkeit, dass gegen mich die höchste Strafe beantragt wird. Furchtbar und unausdenkbar.‹

Das kleine Holzhaus lag am Rande des Sachsenwaldes, muntere Frühlingsvögel begrüßten uns aus den Haselsträuchern, die schon stramme Fruchtschweife schwangen. Durch das dünne Buchenlaub stürzte das Frühlingslicht, grün und golden fuhr der Wind durchs Geäst, Anemonenbäche schwappten aus braunem Winterlaub und winkten uns lichtgewiss entgegen.

Wir brachten den kleinen Ofen in Schwung, und Gretel bewunderte meine Geschicklichkeit im Umgang mit Anmachholz und Papier. Sie ließ keinen Gedanken an schlimme Vergangenheit aufkommen, erzählte Geschichten aus ihren Kindertagen, als die Großeltern von hier aus zum Pilzesammeln aufbrachen. Das, versprach sie mir, würden wir auch tun im Herbst. Doch erst einmal befreiten wir den

Garten von den letzten Spuren des Winters, fegten die Blätter von Wegen und Beeten und harkten die ersten Samen ein, Lichtkeimer, sagte Gretel, Vergissmeinnicht, Adonisröschen, Akelei.

Dann ließ sie mich allein, und ich häufte das Laub auf hinterm Zaun.

Im Haus war gedeckt für zwei, doch die beiden Verfolgten schienen mit am Tisch zu sitzen. Sie machten die alte Frau zur jungen Kämpferin. Kaffee und Kuchen gab es, Anemonen im Glaskrug gab es, viele gute Worte, Worte wie Brücken über einen Fluss gab es, zerstörte Träume und wütende Hoffnungen gab es, eine schwarze Strickjacke gab es.

Eine schwarze Strickjacke, glatt rechts gestrickt Rücken und Ärmel, Perlmuster die Vorderseiten.

Für dich. Gretel hielt mir die Jacke vor die Brust, als wolle sie prüfen, ob sie passe. Sie roch dumpf und muffig, ich musste niesen.

Ja, nickte Gretel, schob Teller und Tassen beiseite, breitete die Jacke auf dem Tisch aus und tastete zärtlich über die wolligen Noppen. Was da noch alles drinhängt. Noch nie gewaschen. Seit dreißig Jahren nicht.

Ich sah Gretel verständnislos an. Im Ofen prasselte ein Scheit in der Glut.

Und noch nie getragen.

Wir schwiegen. Eine sonderbare Bewegung breitete sich von der Jacke aus, als drängte sie sich an uns heran, als wollte sie uns sehen machen, was unsere Augen nicht sahen, nicht sehen konnten, wie sie entstanden war, die Jacke, wo sie herkam, wer sie gestrickt hatte. Ihre Geschichte.

Ich saß in Potsdam im Gestapo-Gefängnis, begann Gretel, in der Lindenstraße. Schon seit einem halben Jahr. Immer wieder Verhöre, immer wieder vor den Volksgerichtshof. Eines Tages traf ich beim Toilettengang auf eine der

Wärterinnen, wie sie fluchend und ganz ungeschickt einen losen Knopf an ihrer Uniformjacke festnähen wollte. Ich erledigte das für sie im Nu. Jetzt wusste sie, dass ich Handarbeitslehrerin war, und ich strickte ihr allerlei für die Familie. Zum Dank gab es Wolle. Natürlich strickte ich die Jacke für mich. Aber ich hatte mehr vor. Bei der ersten Gelegenheit wollte ich die Jacke aus der Zelle schmuggeln. Hier, Gretel schlug die Jacke auseinander und schob ihre Hand unter den Bogen der linken Achselhöhle. Darin eingestickt mit weißer Wolle: Zahlen.

Ein Geburtsdatum?, mutmaßte ich.

Ja, so sollte es aussehen, wenn es von den Falschen entdeckt würde. Nein, es ist ein Code. Es verweist auf eben den Platz, an dem wir hier sitzen. Auf dieses Häuschen. Der Empfänger der Jacke sollte hier nach dem Rechten sehen, nachschauen, ob hier Genossen Hilfe brauchten und ob der Platz noch als Versteck zu nutzen sei.

Gottseidank ist es ja dazu nicht mehr gekommen. 23. April 1945. Da kamen die Russen. Die Sieger und Befreier. Und die Jacke gehört jetzt dir.

Gretel! Ich sprang auf. Und wusste nicht weiter. Die alte Genossin dankbar umarmen? Ihr die Jacke aus der Hand nehmen? Wohin damit?

Gretel erledigte das alles für mich ohne Zaudern und ohne Sentimentalität. Zog einen Stoffbeutel aus einem Stoffbeutel, ihre Spezialität, die sie, Plastikzeug verachtend, aus alten Kleidungsstücken zusammennähte. Bei Tombolas höchst begehrte Trophäen. In einen solchen Beutel verstaute sie, sorgfältig zusammengelegt, das gestrickte Symbol überwundener Leiden und überreichte es mir mit einem kleinen drolligen Knicks.

Dass die Jacke bei mir in guten Händen sei, musste sie nicht sagen, und das tat sie auch nicht.

Ich legte die Jacke zu den langen Handschuhen, die Lenchen Hertz der Mutter zur Hochzeit mit Fritz geschenkt und die Mutter mir bei meiner Verlobung mit Hugo anvertraut hatte. Getragen habe ich die Jacke zwei Mal. Zu Gretels achtzigstem Geburtstag und zwölf Jahre später an ihrem Begräbnis 1983.

Ihr Grab liegt auf dem Ohlsdorfer Friedhof, betreut von der Geschwister-Scholl-Stiftung. Ihr Vater, Hermann Hoefer, wird mit einem Stolperstein vor dem ehemaligen Wohnhaus auf der Eppendorfer Landstraße geehrt. Auf dem Straßenschild der Gustav-Leo-Straße ist zu lesen: ›nach Dr. Gustav L. (1868–1944). Oberbaudirektor. Opfer des Nationalsozialismus.‹

Die Mutter drängte, sie wolle mich besuchen. Nächstes Jahr, vertröstete ich sie, dann bin ich mit der Doktorarbeit durch. Jutta und Bertram drängten, ich solle kommen, die neue Wohnung sei fertig. Nächstes Jahr, vertröstete ich sie, dann bin ich mit der Doktorarbeit durch. Marga drängte, ich solle endlich mitmachen im DKBD, im Demokratischen Kulturbund der Bundesrepublik Deutschland. Die ließ sich nicht vertrösten. Im Gegenteil. Im März vergangenen Jahres hatte ich sie mit Hinweis auf meine Kandidatur noch abwimmeln können. Da feierte der Kulturbund in Hamburg seinen X. Bundeskongress und nannte sich von Demokratischer Kulturbund Deutschlands in Demokratischer Kulturbund der Bundesrepublik Deutschland um; die Abkürzung blieb dieselbe. So wie Ziel und Zweck. Was auch der

Verfassungsschutz so sah. Der ließ den Bund am Ende des Jahres verbieten, um dessen ›verfassungsfeindliche Tätigkeiten zu unterbinden‹, wie die Antwort auf eine kleine Anfrage der CDU im Bundestag hieß.

Doch niemand nahm Anstoß daran, wenn die Zeitschrift *Kultur und Gesellschaft* weiterhin erschien, Künstlertreffen und Veranstaltungen organisiert wurden. Der Verfassungsschutz hatte mit der Rote Armee Fraktion, der RAF, wie die Baader-Meinhoff-Bande sich jetzt nannte, gefährlichere Entwicklungen im Visier. Mir aber war die Sache zu heikel. Alles für die große Sache, gut und schön, aber dachte man oben in der Partei denn gar nicht an mein Weiterkommen nach Studienabschluss? Die Gefahr eines Berufsverbots? Die Kandidatur war doch bedrohlich genug. Und nun noch Mitgliedschaft in einer verbotenen Organisation? Nein, danke!

Doch Marga wusste, wo ich zu packen war. Und zu knacken. Mit Geschichte. Mit den alten Genossinnen und Genossen. Dafür hätten sie gekämpft und gelitten. Dass wir heute in Freiheit und Frieden … Bürgerlich-humanistisches Erbe … Kunst- oder Kampfwert … Ich kannte die Wörter. Ich kannte die Sätze.

Und es kann deiner Doktorarbeit nur zugutekommen, behauptete sie, ohne diese Feststellung irgendwie zu begründen. Auch daran war ich inzwischen gewohnt. Und schließlich wohnst du hier bei mir.

Ich sagte nichts. Und sie sagte nichts weiter. Was sie meinte, war klar: Ein Zimmer wie das hier könntest du dir sonst kaum leisten.

Also DKBD. Immerhin waren dort interessante Leute anzutreffen; neben den mir schon bekannten Genossen auch sogenannte Bündnispartner aus der ›Szene‹, diese Bezeichnung fürs Kulturleben bürgerte sich gerade ein. Bündnispartner waren Menschen auf dem richtigen Weg, unserem Weg, mit mehr oder weniger großen Schritten, mehr oder weniger zielbewusst. Es galt, sie auf dem rechten Pfad zu halten und ihnen Beine zu machen. Andere standen noch am Rand, schauten aber immerhin interessiert zu uns herüber. Sie galt es, vom Zuschauer auf dem Bürgersteig zum Solidarisieren, Mitmarschieren in unsere Reihen zu locken. Und schließlich gab es die unterwegs, auf dem Weg zum richtigen Weg, auch die bedurften unseres Schubs in die richtige Richtung, Bündnispolitik hieß das. Und dazu brauchte man so leicht unsichere Kantonisten wie mich, die den liberalen Ton zu treffen wussten. Besonders wenn es um den richtigen Weg ging. So vertrat ich, oftmals in das erstarrte Lächeln eines Genossen, die Meinung, eine schematische Nachahmung des Weges der DDR und anderer sozialistischen Länder sei nicht möglich, wegen der grundverschiedenen geschichtlichen Situation und Ausgangsbedingung. Bei Diskussionen am UZ-Mobil brachte mir das interessierte Zuhörer, aber auch das Misstrauen mancher Genossen ein.

Fest stand: Meine Karriere rund um Haus- und Bodenspekulation, Sandkästen und Verkehrsberuhigung war damit beendet. Mit derselben Energie, mit der ich mich für Wohngeld und Verkehrskasper eingesetzt hatte, warf ich mich auf die Vorbereitung einer Veranstaltung zur ›Menschendarstellung im Klassenkampf in Literatur, Malerei und Musik‹. Schrieb ich einen Aufsatz über ›Gedichte als Vermittlung der Solidarität‹ und hielt auf einer Arbeitstagung zu Fragen der Literatur einen Vortrag zum Thema ›Herkunft und Erfahrung‹. Marga hatte recht. Die Arbeit im Kulturbund kam in der Tat meiner Dissertation zugute. Und umgekehrt.

Nicht vorhersehen konnte Marga die Folgen eines wesentlichen Aspekts meines Einsatzes. Bündnispolitik, das hieß vor allem: die Bedürfnisse des jeweiligen Bündnispartners in den Mittelpunkt zu stellen, ihn niemals zu überfordern, ihn bei seinem jeweiligen Bewusstseinsstand abzuholen, wie das bei uns hieß. Und natürlich sein künstlerisches Schaffen in den höchsten Tönen zu loben, gerade so hoch, dass der Gebenedeite die Absicht nicht merkte. Anfangs traute ich meinen Ohren nicht, wenn Marga tief in den verbalen Honigtopf tauchte und ihre Opfer alles schleckten, begierig nach mehr. Besonders wenn diese bereits eine Weile auf dem rechten Linkspfad wandelten und ihre Brücken zum bürgerlichen Kulturbetrieb, wie wir es nannten, verbrannt hatten. Sie taten mir leid. Doch ich verschaffte mir meinen eigenen Vorrat an Honigbrei und schmierte hemmungslos mit.

Mein Einschwenken auf ihre Linie übertriebener Schmeichelreden zu allem und jedem mochte Marga noch vorausgesehen haben. Nicht aber die Folgen eines speziellen Auftrags. Es war üblich, einzelnen Parteimitgliedern besonders wichtige Bündnispartner zur Betreuung, wie das hieß, zuzuteilen.

Kümmere dich doch mal um den da, hatte Marga mich mit einem Augenzwinkern an einen der Maler verwiesen, er sei Mitglied der Gruppe Werkraum, die im Zebra heute eine vom DKBD geförderte Ausstellung eröffnete. Neu hier, sie habe ihn noch nie gesehen.

Mit seinen schwarzen Locken, dem krausen Bart und tiefliegenden Augen unter dichten dunklen Brauen sah der Mann, etwa Anfang dreißig, aus, als mache er hier gerade mal Pause von einem Guerilla-Kampf im südamerikanischen Dschungel. Er stand bei einem Bild von Hafenarbeitern vor einem sehr großen Schiff. Daneben, im selben Stil gemalt, ein massiver Berg. Der gefiel mir.

Ich griff mir eine Weinschorle und startete meine Bündnispolitik mit der Frage, wie der Berg denn heiße.

Es sei der Grimming. Mir auch recht. Berge ließen mich kalt wie Schiffe. Also ließ ich dem castrobärtigen Rebellen, Markus Placka, wie er sich ein wenig linkisch vorstellte, freie Bahn für seinen Grimming. Stockend sprach er, eher schüchtern, ein reizvoller Gegensatz zu dem beinah opernhaft revolutionären Äußeren. Seine dunklen Augen glühten, als versuche er, was seinen Reden an Glanz fehlte, durch die Strahlkraft seiner Blicke wettzumachen. Michel kam, und das Gespräch wechselte zu Fachsimpeleien über Ausrüstungsgegenstände für Bergsteiger, und ich ließ die beiden stehen. Ich hielt meinen Teil der Bündnispolitik für erledigt.

Es war Markus, der diese fortsetzen und mir weitere Bilder zeigen wollte. Warum nicht? Nur hatte ich im Augenblick gar keine Zeit, die Ausstellung musste für die *Deutsche Volkszeitung* besprochen werden; doch ich versicherte, seine Bilder ganz besonders herauszustellen, und gab ihm unsere Telefonnummer.

Dass ich seinem Anruf entgegenfieberte, wäre übertrieben. Aber nach ein paar Tagen horchte ich auf, wenn das Telefon klingelte, und vergewisserte mich abends bei Marga, ob jemand angerufen habe. Zunehmend verwundert gestand ich mir ein, dass mich Markus nicht nur an etwas erinnerte, woran ich nicht erinnert werden wollte. Er war einfach da. Es gab ihn wie das silberne Kreuzchen auf seiner gewölbten Brust, den Hals, um den die Kette hing, die Haare in seinem Nacken. Ich begann, mir den Druck der Muskeln in einer Umarmung vorzustellen, den Druck des Kreuzchens, das sich in mein Fleisch presst, sein Gesicht über meinem Gesicht. Ich konnte es mir vorstellen, ohne Panik. Mit leisem Begehren, wie man sich nach Ruhe sehnt am Ende einer mühevollen Wanderung.

Wir trafen uns dann zufällig im Edeka-Laden und verabredeten uns für den nächsten Tag zum Bilderanschauen.

Das größere der zweieinhalb Zimmer in der Helsdorfer Straße war mit Bildern vollgestellt; kaum noch Platz für die Staffelei. Literatur und Musik hatte sich dat Kenk von nem Prolete schon ganz passabel erobert. Malerei war mir bislang verschlossen geblieben. Ich konnte über Maler, Stilepochen, Bilddiagonale, Pinselführung schwadronieren, aber die Bilder blieben tot, gerahmter Stoff mit Farbe.

Markus stellte mir seine Bilder vor wie gute Freunde. Begonnen hatte er mit Glasmalereien für Kirchenfenster. Allzu leicht war ihm das gefallen, so leicht, dass er anstatt Abitur ein Fenster ums andere gemacht hatte. Und seine Eltern? Einfache Leute wie die meinen, der Vater Gleisarbeiter, die Mutter Hausfrau. Müppen, wären sie in Dondorf gewesen, Flüchtlinge aus der kalten Heimat, aus Posen. Wenn ich mich, hatte ich mir nach Hugos Tod geschworen, noch einmal verlieben sollte, dann in einen, dessen Mutter den Kuchen selber backt. Jetzt wohnten die Eltern in Enderlingen. Markus war wegen eines Auftrags nach Hamburg gekommen und hängengeblieben. Obwohl es ihn in die Berge zog, im Schwäbischen immerhin ein Stück näher.

Seine Bilder spiegelten seine Zerrissenheit wider: Hamburg, strikt beschränkt auf den Hafen, Versuche einer strengen Poesie der Arbeit. Und Gebirgslandschaften, vor allem die Umgebung am Grimming. Bilder eines liebenswerten Fabulierers. Plackas Bilder waren auf Mit-Teilung aus, auf ein nachdenkliches Lächeln. Eine freundliche Macht lockte den Blick, sich auf den eigenen Weg zu machen, zu hasten, zu verweilen, ganz wie's beliebte. Wege öffneten und schlossen sich, versprachen Entdeckungen, ließen suchen und finden und wieder von vorn. Bilder wie Gedichte, offen und frei.

Es war schön, Markus zuzuhören – und zuzusehen –, wenn er von seinen Bildern sprach. Falsch. Nicht *von* seinen

Bildern sprach er, er sprach mit ihnen zu mir. Ja, mir schien, als brauche er die Zuhörerin, um seine eigenen Arbeiten zu verstehen. Mit meinen zwei neuen Augen, meiner Bereitwilligkeit zu lernen und nicht zuletzt – zu gefallen. Denn das wollte ich: gefallen, damit etwas Neues beginne, ohne Literatur und Bildung, einfach Spätburgunder und Federweißer, Linsen mit Spätzle und Wibele.

Bei meinem nächsten Besuch stiegen wir in sein Auto und fuhren aus der Stadt, südwärts über die Elbbrücke und weiter in die Lüneburger Heide.

Wir sprachen nicht viel, und auch das tat gut nach den ununterbrochenen Diskussionen um den richtigen Schritt auf dem richtigen Weg. Zwar war die Arbeit im Kulturbund für meine Doktorarbeit nicht ganz nutzlos, doch mit dem dichterischen Atemholen war es vorbei.

Im schweigenden Nebeneinander ging es auf sandigen Wegen dem Wilseder Berg entgegen, kaum hundertsiebzig Meter hoch, aber ein Berg, immerhin. Schau, sagten wir dann und wann und wiesen übers Heidekraut auf eine Birke, einen Wacholder, einen Vogel im Flug. Einfach da sein und anschauen, was mit uns da war. Die Stille gab es und das Atmen des Wacholders, die Freude der Birken gab es, den wilden Hund um die Herde der Schafe, den Schäfer auf seinen Stab gelehnt wie gemalt gab es, und unseren Gang verlässlich von der Sonne begleitet, Schritt für Schritt in einen kleinen verständigen Traum. Den auszumalen ich mich immer weiter traute. Keusch und körperlich in einem, vor allem aber vorsichtig, vorsichtig wie ein zerbrechliches Geschenk, das beim Auspacken, Aufwachen im wirklichen Leben in tausend Scherben splittern könnte.

Zurück in Hamburg, lud mich Markus noch zu einem Sprung zu sich nach Hause ein, Flammkuchen mit Federweißer.

Schon im Flur schlug uns der Duft gebratener Zwiebeln entgegen.

Hast du Heinzelmännchen im Haus?, schnupperte ich. Riecht gut.

Markus hielt die Klinke in der Hand und blieb stehen.

Tür zu!, rief es aus der Küche. Komm rein.

Das ist Susi, brachte Markus verlegen heraus. Sie wohnt hier. Auch aus Enderlingen. Sie ist zurück.

Dann geh ich wohl mal lieber, sagte ich und zog die Vogelfedern aus den Haaren, die Markus mir bei den Wacholdern im Totengrund ins Haar gesteckt hatte: Verstärkt den Gedankenflug. Damit die Doktorarbeit nur so flutscht.

Auch solche kleinen Gesten zogen mich zu dem stillen Mann: Er war ein Träumer wie ich. Und ich dachte nur noch obenhin: wie Hugo.

Aber Susi kam schon aus der Küche, nahm Markus in die Arme und grüßte flüchtig zu mir herüber.

Dann geh ich mal, wiederholte ich und wandte mich zum Gehen.

Nein, nein, rief die Frau und löste sich aus der Umarmung. Es ist genug da für drei. Ich hab Flammkuchen gebacken. Riecht ihr ja. Ist gleich fertig. Ich dachte, du hast alles für mich vorbereitet. Der Federweißer steht ja auch schon kalt.

Die Frau, kaum größer als ich, gedrungen, rotblond gelockt, war auf den ersten Blick eine nette Person. Hätten nicht kaum sichtbare Lippen den Mund verriegelt und helle kleine Augen ihre Kontrollblicke allzu flink und unablässig verschossen.

Susi machte einen Schritt auf mich zu und streckte mir die Hand entgegen. In der Wohnung war es erstickend schwül, und ihre Finger fühlten sich klebrig an.

Hilla. Ich drückte energisch zu, fühlte rundes Metall und sah den Ehering an ihrer Rechten.

Ich, ich, stotterte Markus, dachte, du kommst erst morgen wieder. Plötzlich hatte er einen starken schwäbischen Akzent.

Überraschung!, lachte es aus den Lippenstrichen mit strahlend weißen Zähnen. Aber nun kommt doch erst mal rein. Markus, deck schon mal den Tisch.

Das tat er. Und ich folgte Susi in die Küche. Wo mir einfiel, dass ich noch eine dringende Verabredung hatte. Wünschte Guten Appetit. Und ging.

Ich stellte mir die beiden nicht vor. Wozu auch. Sie waren verheiratet. Und Vorstellen, das schmerzt oft mehr als Wissen.

Am nächsten Tag rief Markus an. Ich war nicht da. Am Tag darauf nahm Marga ab, ich schüttelte den Kopf: Nicht da. Dito am dritten Tag. Und am vierten. Am fünften stand er vor der Tür. Sonntagmorgens. Marga ließ ihn herein: Besuch für dich!

Ich zog Markus mit mir fort, setzte mich hinter meinen Schreibtisch und tat sehr beschäftigt. Markus blieb unschlüssig im Türrahmen stehen.

Komm rein, mach die Tür zu, beschied ich ihn ungnädig.

Komm raus, lächelte er unsicher, ich hab extra die Sonne aufgehängt.

Das seh ich, knurrte ich. Draußen würde es den ganzen Tag nicht hell werden. Typisches Hamburger Schmuddelwetter. Von wegen goldener Oktober.

Lass dich überraschen, drängte er. Ich …

Von deinen Überraschungen hab ich genug. Ich stocherte in meinen Papieren und versuchte, so unbeteiligt wie möglich zu klingen.

Bitte.

Ich sah auf. Sah ihn an. Wie immer verwirrt und angezogen von dem Widerspruch zwischen seinem kühnen Äußeren und der bescheidenen, arglosen Seele.

Ich seufzte. Sah auf die Uhr. Na gut. Hast du dich denn auch zu Hause ordnungsgemäß abgemeldet? Das war gemein und sollte es auch sein.

Doch für Gemeinheiten war Markus ebenso unempfänglich wie für Ironie. Susi ist schon seit sieben unterwegs, unterrichtete er mich, der KB macht heute eine große Mitgliederkampagne in Bremen.

Der KB? Ist sie etwa Mitglied? Das wurde ja immer schöner! Nicht nur verheiratet, sondern auch noch mit einer vom KB. Plötzlich piekste mich ein geradezu missionarischer Stachel.

Also dann, auf geht's. Ins Niendorfer Gehege.

Ich ließ Markus erzählen. Schon seit Schulzeiten kannte er Susi; ein kleines Mädchen war sie damals, er ein Junge in der Pubertät. Aber sie hatten sich nie aus den Augen verloren. Nicht nur wegen der Glasfenster war er nach Hamburg gekommen, sondern weil Susi in Bremen ihr Psychologiestudium gerade beendete. Ihr Professor hatte dorthin gewechselt und ihr eine Assistentenstelle versprochen. Ihr Stipendium sicherte den beiden den Lebensunterhalt.

Soweit hatte Markus ruhig, mit beinah unbeteiligter Stimme berichtet. Dann plötzlich, von einem Satz zum anderen, wechselte er die Tonlage. Markus, der ruhige Markus, geriet in eine böse Erregung. Das alles sei gut gegangen, bis Susi dieser Katti auf den Leim gegangen sei, einer hundertfuffzigprozentigen aus dem KB. Die habe Susi total verdreht. Das gehe seit über einem Jahr so, und er kenne Susi kaum wieder.

Natürlich kannte ich den KB, den Kommunistischen Bund, den wir nur KB Nord nannten, da er es kaum schaffte, sich über unsere Region hinaus zu etablieren. Die meisten seiner bundesweit etwa tausend Mitglieder lebten in Hamburg. Hier war er nicht zu übersehen. Stellte sich samstags mit seinem *Arbeiterkampf* dreist neben unser UZ-Mobil und versuchte, der einkaufslustigen Hausfrau Angst und Schrecken vor der ›fortschreitenden Faschisierung von Staat und Gesellschaft‹ einzujagen. Mit sonderbaren Sprüchen wie: ›Vorräte anlegen. Gräben ausheben. Und nicht nach Hegemonie streben‹. Während wir in der DKP als echte Weltverbesserer davon überzeugt waren, dass wir nur genug ökonomische Krisen bräuchten, damit sich auch der kapitalistischste Kapitalist auf die linke Seite schlagen und dem Kapitalismus den Garaus machen würde, sah der KB die Bundesrepublik eher nach rechts in einen neuen Faschismus driften, was wir als pessimistisch und defätistisch verspotteten. Stadtteilarbeit wie unsere Mieterkampagne galt dem KB als unkommunistisch, weil die nicht alle Aspekte des Lebens umfasste. Reihenweise, so Markus, würden die Mitglieder, meist Studenten, in die Unternehmen geschickt, um dort Betriebsgruppen zu bilden. Auch ihn, Markus, dränge Susi, seine Malerei, zumindest vorübergehend für die Basisarbeit im Betrieb, aufzugeben. Sie hielt auch schon einen parat.

Ist nicht wahr!

Markus sah mich mit großen Augen an, als könne er selbst nicht glauben, was er da sagte. Wie gut ihm meine Empörung tat.

Du glaubst nicht, wie das da zugeht, bei dem Verein, erbitterte er sich. Jedes dritte Wort ist Rechenschaft. Rechenschaftspflicht fordern. Rechenschaft ablegen. Du kennst Susi nicht. Noch nicht. Da gibt es kein Entrinnen. Sogar wenn die ihren *Arbeiterkampf* verkaufen, müssen sie ein Formular ausfüllen, wie viele, wo, an wen und was die Leute gesagt haben. Und was glaubst du, wie oft die KBler umsteigen, wenn sie sich irgendwo treffen. Vorschrift. Als wäre die Gestapo hinter ihnen her.

Markus schwieg und stapfte einen aufgeweichten Feldweg entlang. Ich war müde vom Wandern und blieb ein paar Schritte zurück, trottete durch Pfützen, die Hände in den Taschen vergraben. War's das, was er mir zu sagen hatte?

Über uns die Wolken hatten sich zusammengezogen und drohten mit dem, was in ihnen steckte. Der Wind schüttelte die Bäume wie zur Vorwarnung, in der kühlen Herbstluft kreuzten sich die Düfte von nassem Laub und feuchtem Holz. Und dann ließ der Himmel den Regen los, Fische hätten schwimmen können in der Luft, und ich flüchtete unter Markus' Zelt, das Zelt seiner Windjacke, die er weit für mich öffnete und um mich schlug, und der Regen trommelte auf die Zeltbahn, nasse harte Akkorde, und ich hörte Markus' Herz schlagen, und mein Kopf bewegte sich im Auf und Ab seines Atems, und ich grub meine Nase in sein blaukariertes Hemd. Dann regnete es nur noch ein bisschen, und ich kroch aus der Hülle, und da war sie wirklich, die Sonne, so wie versprochen. Schräges Gold durch glitzerndes Geäst, und über mir Markus' Gesicht und Haare troffen vor Nässe. Wir schüttelten uns wie die Katzen und rannten Hand in Hand zum Auto.

Zu Hause nahm Marga mich beiseite: Du weißt, dass der Markus verheiratet ist. Du sollst dich um ihn als Bündnispartner kümmern, aber keine Ehe auseinanderbringen. Wo steht er denn politisch?

Sie ist im KB.

Marga schob die Unterlippe vor. Bist du sicher? Ich hab sie noch nie bei denen gesehen.

Ja. In Bremen.

Und er?

Er nicht.

Aha. Das ist besser.

Ich sah Marga verständnislos an.

Ja. Besser, wiederholte sie. Etwas anderes wäre es nämlich, wenn sie Parteigenossin wäre. Du weißt ja, dass wir dir dann eine offizielle Rüge erteilen und auf Beendigung der Affäre drängen müssten.

Affäre?, brauste ich auf. Wir sind doch hier nicht in einer französischen Komödie.

Unsinn, beharrte Marga. Du kennst doch die Geschichte der Hallers.

Und ob ich die kannte. Ingeborg hatte sich mir anvertraut. Zur Hamburger Parteileitung war sie vorgeladen worden. Vorladung – so nannten sie das Treffen. Und warum?

Ingeborg, verheiratet mit Steffen, beide Genossen der ersten Stunde. Ingeborg war ihrem Mann in die Partei gefolgt, wie sie ihm stets gefolgt war. Eine sozialistische Musterehe. Bis sich Ingeborg verliebte. Ernsthaft habe sie dagegen angekämpft. Ein Kollege vom Büro. Einer, mit dem sie auch mal über andere Dinge reden könne als immer nur Partei und Sozialismus. Manchmal einfach nur übers Wetter oder das Essen in der Kantine. Mit ihrem Mann ginge das schon lange nicht mehr. Egal, wovon man rede, irgendwie schaffe er es immer, einen Bogen zum Kapitalismus zu schlagen. Der sei noch am Haar in der Suppe schuld, und am Ende lande Steffen unweigerlich beim glorreichen Sozialismus. Und Ratschläge. Immer Ratschläge, was sie zu tun und zu lassen habe. Als Parteimitglied, so Steffens Credo, solltest du wissen, dass du nicht nur dir selbst gehörst.

Steffen war einer von denen, die jeden Parteistandpunkt starr und bedenkenlos vertraten; es konnte einen anwidern. Ingeborgs Kollegen kannte ich, als sie mir ihr Leid klagte, noch nicht. Später fand ich in ihm einen umgänglichen, offenherzigen Zeitgenossen. Kein Wunder, dass sie sich in ihn verliebt hatte.

Alles ging gut, bis der ungeheuerliche Vorgang Marga zu Ohren kam.

Das gehört vor den Parteiausschuss, empörte die sich. Partei ist keine Mitgliedschaft im Kegelklub. Hier geht es nicht um persönliche Befindlichkeiten. Hier geht es um unsere sozialistische Moral. Ehebruch ist da nicht vorgesehen.

Was Ingeborg dann von der Anhörung berichtete, hätte mir zum Austritt gereicht. Übelste Vorwürfe hatte man ihr zuvor schriftlich zukommen lassen. Ob sie sich habe mitreißen lassen von der Sexwelle, die sich gegenwärtig aus Presse, Leinwand, Bühne und Bildschirm ergieße, um nun selbst im Sumpf der Monopolbourgeoisie unterzugehen? Ob sie nicht wisse, dass diese staatlich sanktionierte Sexwelle durch die Pervertierung menschlicher Beziehungen die Persönlichkeit verkrüpple? Ob sie glaube, dass ihre sexuelle Zügellosigkeit auch nur das Geringste an den Klassenbedingungen in der kapitalistischen Gesellschaft ändere? Nicht wisse, dass sie diese am Ende noch festige?

Die ideologischen Geschraubtheiten der Anhörung wiederzugeben, war Ingeborg völlig außerstande. Es war grauenhaft, schauderte sie. Verkrüppelte Persönlichkeit, das hörte ich aus allem heraus. Und: Wenn wir hier in der DDR wären, gäbe das jetzt eine schwere Rüge. Parteischädigendes Verhalten. Hierzulande, so der Landesvorsitzende, halte man mir die schädlichen Einflüsse kapitalistischer Manipulation zugute. Man sehe daher von einer Rüge ab, fordere mich aber auf, die Beziehung umgehend abzubrechen und mich zukünftig von Kai Geerts fernzuhalten. Einen Handlanger kapitalistischer Unzucht nannte er ihn. Wortwörtlich sagte er: Wenn du verheiratet bist, dann gehörst du deinem

Mann. Wenn du einen anderen haben willst, musst du dich von ihm trennen. Und zwar richtig. Scheidung. Saubere Sache. Die Partei müsse alles tun, jede Unmoral ihrer Mitglieder zu bekämpfen, und dürfe nicht zusehen, wie Familien leichtfertig auseinandergebracht würden. Bewähren soll ich mich jetzt, sagten sie dann noch. Als aufrechtes Vorbild sozialistischer Moral und Lebensweise. Unser Leben muss Beispiel sein. Wir dürfen nicht dulden, dass sich moralisch angeknackste Individuen in unseren Reihen breitmachen.

Hier hatte ich es nicht mehr ausgehalten und Ingeborg unterbrochen.

Und du? Was hast du denn gesagt? Hast du dich nicht gewehrt? Dir diesen Quatsch verbeten? Warum bist du nicht einfach aufgestanden und gegangen?

Ingeborg zuckte die Achseln. Das hab ich auch gedacht. Aber erst hinterher. Als ich wieder draußen stand. Der hat mit Wörtern und Sätzen regelrecht auf mich eingeprügelt. Ich war wie bewusstlos, hab nichts mehr denken, geschweige denn etwas sagen können. Nur noch: raus, raus, raus. Aber was das Schlimmste ist, irgendwo in meinem Kopf hab ich ihm sogar irgendwie recht gegeben. Und jetzt sitz ich hier bei dir und frag mich, frage dich: Haben die, hat die Partei nicht recht?

Die Partei, die Partei, äffte ich. Die ist doch nicht der liebe Gott. Und dein Mann, der Steffen, wurde ich ernst: Was sagt denn der dazu?

Kannst du dir doch denken. Den hat die Partei auch zum Gespräch zitiert. Soll in seinem Privatleben Ordnung schaffen, haben die gesagt. Rannten offene Türen ein. Ist ja ohnehin mit Leib und Seele Partei. Der hat die ganze Litanei noch besser drauf als der PV.

Litanei, dachte ich. Genau. Die Kirche mit ihrem sechsten

Gebot, mit Gewissenserforschung, Reue und Beichte, Buße und Vergebung erschien gegenüber dieser Parteimoral geradezu barmherzig. Menschlich.

Ja, aber zu euch beiden, drängte ich. Was sagt er denn, der Steffen?

Schluss machen soll ich mit Kai. Dann will er mir vergeben. Dann wird alles wieder wie vorher, sagt er. Ingeborg seufzte.

Ich verstand sie nur zu gut. Gerade wegen ›wie vorher‹ zog sie Kai vor.

Und Kai? Was sagt der?

Ingeborg lächelte gequält: Der sagt, er wartet auf mich. Nur gut, dass der nicht in der Partei ist. Da können sie nicht auch noch über den herfallen.

Ingeborg hatte unfroh gelacht und von mir erwartet, dass ich Ehe- und Parteileben wieder zurechtrückte.

Was tun? Mag sein, nicht zuletzt unsere Gespräche gaben Steffen noch eine Chance. Der eine Menge einsehen und einstecken musste. Ingeborg kämpfte sich ein Stück weit frei von seiner Bevormundung, und je freier sie sich fühlte, desto eher konnte sie bleiben. Zu Ende freilich war ihre Geschichte noch nicht. Immerhin sahen sich Kai und Ingeborg täglich im Büro. Trafen sie sich weiterhin? So heimlich, dass Ingeborg nicht einmal mir davon erzählte? Wahrte das kommunistische Ehepaar Haller, wie viele bürgerliche Ehepaare auch, nur noch den Schein? Marga behielt im Namen der Partei seither die beiden im Auge. Hatte sie nun mit mir einen zweiten Fall?

Der aber völlig anders lag. Es ging, erklärte mir Marga nach kurzem Nachdenken, ja nur um die Ehe eines Bündnispartners mit einer Irrgläubigen. Die Verbindung mithin aus Sicht eines jeden Rechtgläubigen ein Irrläufer. Der irrende

Mitläufer Markus musste bündnispolitisch in die rechte Spur gebracht, vor einem Ja-Wort zum KB bewahrt werden. Mithin ordnete Marga eine Verschärfung der Bündnispolitik und Ausdehnung meiner Mittel an. Markus musste seine Ehe, wenn nicht als Irrtum, so doch zumindest als gefährlichen Daueraufenthalt in einem ideologischen Seuchengebiet bewusst gemacht werden. Parteiauftrag. Mission für den Sieg des wahren Sozialismus. Agentin im Dienst der großen Sache. Niemand zwingt dich, mahnte Kader Marga Wiedebusch. Aber du weißt ja: Freiheit ist die Einsicht in die Notwendigkeit.

Und was notwendig ist, sagt die Partei, maulte ich. Aber ich maulte im Stillen. Und traf Markus weiter wie bisher. Oder doch ein wenig anders? Jedenfalls bewirkte Margas Ermunterung zum Ehebruch genau das Gegenteil. Ich verhielt mich mustergültig. Im Sinne der sozialistischen Moral und des sechsten Gebotes. Weil mir danach war. Beischlaf für die gute Sache? Nicht mit mir.

Doch Marga ließ nicht locker. So wie sie meine Gefühle für die Zwecke der Partei instrumentalisieren wollte, wären sie mir womöglich noch abhandengekommen, hätte uns nicht Susi Wochen später im Kino gesehen. Hand in Hand, das war uns inzwischen zur Gewohnheit geworden. Die Köpfe zusammengesteckt über einer Tüte Popcorn. Kichernd wie zwei Schulkinder. Oder zwei Verliebte.

Sie wartete beim Ausgang. Das trifft sich ja gut, begrüßte sie uns. Dann, zu mir gewandt: Wir nehmen dich gern mit und bringen dich nach Hause. Demonstrativ hängte sie sich bei Markus ein, linker Hand, seine andere Hand hielt meine. Resolut zog sie ihn zu sich hinüber, ich ließ los, und Markus ging mit Susi im rechtmäßigen Gleichschritt zum Auto.

Gut, dass Michel in diesem Moment aus der Kneipe nebenan kam. Ich stürzte ihm entgegen, wünschte dem Paar noch einen schönen Abend und beschloss denselben mit dem Freund bei einem halben Liter Lambrusco und noch einem im Etrusker.

Sie kennen sich seit Schulzeiten, dachte ich, sie vertraut auf all die gemeinsamen Jahre, die Erinnerungen werden ihn halten, hofft sie, festhalten. Sie wird versuchen, ihn nicht zum Lügen zu nötigen, dazu ist sie zu stolz, und ich hoffe, sie wird nicht weinen, denn das, fürchte ich, wird Markus erschrecken, Tränen würden ihn beschämen, sie, die Starke, schwach zu sehen, wird ihn selber schwach machen, schuldig wird er sich fühlen, erpresst von Tränen. Und zahlen. Wird sie küssen, der gemeinsamen Jahre wegen, aus Mitleid, sei's drum, und mit dem runden weichen Fleisch Versöhnung feiern.

Doch als ich sie Tage später wirklich sah, bei Edeka an der Tiefkühltruhe, neben-ein-ander, wusste ich, dass er sie nur noch schonte. Sie und sich.

Es war Susi, KB-Genossin Placka, die Markus schließlich vor die Wahl stellte. Nicht sie oder ich, forderte sie. DKP oder KB, wollte sie wissen, schilderte Markus die Auseinandersetzung. Die Verbrechen Stalins habe sie ihm an den Kopf geworfen, als habe er, Markus, sie begangen. Von mir rede sie nicht, aber sie warne ihn, zu den Revisionisten überzulaufen. Und: Zeig mir, dass du mich liebst! Wenn er sie liebe, würde er ihre politische Arbeit unterstützen, den Betrieb für ihn habe sie schon ausgesucht, wisse er ja, was sie denn noch mehr für ihn tun könne? Markus sah mich gequält an, als könnte ich ihm diese Frage beantworten.

Ich schüttelte bedächtig den Kopf und dachte: So dumm kann eine Frau doch gar nicht sein. Oder war diese Susi am Ende keiner weiblichen Gefühle mehr fähig, seit dieser KB von ihr Besitz ergriffen hatte und alles Private im

Politischen aufging, alles nur noch Parole und Ideologie. So wie bei Marga.

Susi machte es mir leicht. Sie ignorierte mich als Frau und bekämpfte mich als Partei. Wie blind, wie geblendet von ihrem Glauben an die politische Autorität ihres KB musste sie sein, um sich selbst als Frau derart auszulöschen? Alles Menschliche aus den Augen zu verlieren? Ach, Susi, wärst du meine Freundin gewesen, ich hätte dir wohl einen Schubs in die richtige Richtung geben können. So aber warst du mir im Weg, und ich musste kaum etwas tun, damit du das Feld räumtest. Nur abwarten. Und für Markus da sein. Für den Mann, nicht für sein politisches Bewusstsein. Ein Bewusstsein kann man teilen oder bekämpfen; lieben kann man es nicht.

Kurz vor Weihnachten war es soweit. Nicht mehr auszuhalten sei es gewesen, erzählte Markus, die Wohnung geheimer Treffpunkt, ständig Sitzungen, die Räume belegt, Küche verdreckt, Unbekannte, die im Wohnzimmer übernachteten. Sogar in sein Arbeitszimmer seien sie vorgedrungen. Gestern. Da habe er all die Schlafsäcke und Luftmatratzen in den Müllsack gequetscht, zusammen mit dem ganzen Krempel.

Krempel, damit meinte er die Haufen Schulungsmaterial, Broschüren und Zeitungen.

Darüber sei Susi nach Hause gekommen und habe geschrien: Dann kannst du mich gleich mit einpacken. Habe ihre Sachen geschnappt und sei samt Müllsack und Genossen abgezogen.

Markus schwieg. Ich saß neben ihm auf meinem Sperrmüllsofa und sah ihn nicht an, nur seine Hände, die er ineinanderschlang, als könne er ihnen eine Erklärung abringen.

Ich löste seine Hände aus der Verknotung und hielt sie fest. Dann vergesellschaftete ich einen Aprikosenschnaps, den Marga vom Bruderparteitag in Ungarn mitgebracht hatte.

Na sdorówje, bekundeten wir unsere Solidarität mit dem Sieger der Geschichte. Unsere Gläschen klirrten zusammen, runter damit. Markus brauchte ein paar Schlückchen mehr, um wieder bei sich – und damit bei mir – anzukommen.

Ich hatte es nicht vorbereitet und auch jetzt, in diesem Augenblick, da ich das nächstbeste Buch ergriff, plante ich nichts. Ich schlug das Buch auf und las vor: ›Vielleicht sind in unserem Land noch nie so merkwürdige Bäume gefällt worden wie die sieben Platanen auf der Schmalseite der Baracke III. Ihre Kronen waren schon früher gekuppt worden aus einem Anlass, den man später erfahren wird. In Schulterhöhe waren gegen die Stämme Querbretter genagelt, sodass die Platanen von weitem sieben Kreuzen glichen.‹

Markus setzte sein Glas, das er umklammert hielt, ab, lehnte sich zurück und nickte: Weiter.

›Der neue Lagerkommandant, er hieß Sommerfeld, ließ alles sofort zu Kleinholz zusammenschlagen. Er war eine andere Nummer als sein Vorgänger Fahrenberg, der alte Kämpfer, ›der Eroberer von Seeligenstadt‹ – wo sein Vater noch heute ein Installationsgeschäft am Marktplatz hat. Der neue Lagerkommandant war Afrikaner gewesen …‹

Markus' Hände lagen entspannt gefaltet überm Bauch. Ich las noch ein paar Seiten, dann klopfte Marga an die Tür: Telefon. Frauke wollte wissen, ob wir uns in der Woche vor Weihnachten noch treffen würden. Nein, entschied ich. Die Mutter erwartete mich. Ich war seit Ostern nicht mehr zu Hause gewesen.

Schon im vergangenen Jahr war das Weihnachtsfest beinah wieder in gewohnter Stimmung verlaufen, im Gegensatz zum Jahr davor, kaum zwei Monate nach Vaters Tod. Da war das Fest zu einem zweiten Requiem geworden.

Sicher vermissten wir den Vater, aber wir gedachten seiner in schönen Geschichten, holten ein Fotoalbum hervor, holten ihn zu uns unter die kleine Tanne, die Bertram mit der Mutter aufgestellt und geschmückt hatte. Dass Willy Brandt als Bundeskanzler zurückgetreten war, diskutierten wir, wejen däm Kääl, dem Spion von drüben, dem Guillaume, die Mutter spuckte Gift und Galle. Dat die sisch nit schäme!

Aber dafür sind wir jetzt Weltmeister, versuchte Bertram die Mutter zu trösten. Da konnte auch der Sparwasser nichts dran ändern, grinste er zu mir herüber. Mit dem einen Törchen für das sozialistische Bruderland. Für wen hast du denn gehalten?

Für wen? Ja, was denkst du denn?

Klarer Fall. Mit Michel und Wilfried hatte ich den Sieg des sozialistischen über das kapitalistische Deutschland, zumindest den im Hamburger Volksparkstadion, linientreu gefeiert.

Fußball! Die Mutter blies die Backen auf. Do kann isch mir nix für koofe.

Und in Portugal ist Schluss mit der Diktatur, ergänzte ich die Siegesmeldungen.

Ja, dat is jut für die Menschen da, stimmte die Mutter zu. Dat war schön, die Soldaten mit de Nelken vorne im Jewehr.

Meine größte Freude behielt ich für mich. Das Gedicht *Mein Vater* war in der Leipziger Reclam-Anthologie *Denkzettel. Politische Lyrik aus der BRD und Westberlin* gedruckt worden. Dat Kenk vun nem Prolete in einem Buch zusammen mit Martin Walser, Peter Rühmkorf, Marie-Luise Kaschnitz, Erich Fried, Hans Magnus Enzensberger, Heinrich Böll und vielen anderen. Ach, Pappa!

Jutta kam am zweiten Weihnachtstag dazu. Wie zuvor die Mutter nahm auch sie mich beiseite: Noch allein? Kein Freund? Aber diesmal schüttelte ich nicht mit herabgezogenen Mundwinkeln den Kopf, bewegte ihn stattdessen vielsagend lächelnd hin und her. Und erzählte. Warum zögerst du?, fragte Jutta. Hört sich doch romantisch genug an. Moralisch-romantischer Sozialismus oder moralisch-sozialistische Romantik oder sozialistisch-romantische Moral oder ..., prustete sie.

Oder Fischer Fritze fischt frische Fische, stimmte ich lachend ein. Du hast recht. Mal sehen, was draus wird. Erst mal muss die Doktorarbeit vom Tisch.

Das war sie, im neuen Jahr, Ende Februar. Erlösung. Hilla Palm: *Literatur in der Aktion. Zur Entwicklung operativer Literaturformen in der Bundesrepublik seit Beginn der sechziger Jahre.* Neun Kapitel, eintausendsiebenhundert Anmerkungen. Nun wartete ich auf die Note.

Markus musste nach Susis Auszug nun Geld verdienen und arbeitete halbtags als Hauswart in einem Studentenwohnheim. Er malte wie befreit. Immer neue Bilder standen auf seiner Staffelei, und ich ermutigte und bewunderte ihn. Unsere Seghers-Lesestunden setzten wir fort. Wir lebten mit den Verfolgten. Mit den Denunzianten. Den Leidenden und den Liebenden. Oft fand ich, wenn Markus gegangen war, beim Lesebändchen eine kleine Zeichnung, Szenen der vorangegangenen Lesung, Porträts der sieben Genossen und ihrer Helfer.

War es diese Lektüre, die uns Abend für Abend gefangen nahm, unser Mit-Leben, Mit-Leiden derart herausforderte, dass wir uns vorübergehend eher mit Georg Heisler auf der Flucht vor dem *Siebten Kreuz* aus dem KZ zur holländischen Grenze befanden als auf meinem Sofa in der Eppendorfer Landstraße? Dass wir einander fast vergaßen über der Anteilnahme, die erfundene Geschicke erfundener Menschen uns abverlangte? Dabei entfernten wir uns nicht etwa voneinander. Im Gegenteil. Indem wir, jeder in seiner Sofaecke, einen räumlichen Abstand hielten, kamen wir uns immer näher. Und wenn wir einander Gute Nacht wünschten, prüften wir die Form unserer Schädel mit unseren Händen, spürten die warme Nackenhaut an unseren Fingerspitzen und küssten uns mit halbgeöffneten Lippen, scheu, abwartend und erwartungsvoll, aber wir drängten einander nicht, eine Linie zu überschreiten, die dieses Buch zwischen uns zu ziehen schien, und wenn ich mir später die Decke über die Ohren zog, glaubte ich, Markus' Haar wie ein weiches lockiges Fell in meiner Hand zu spüren, und das war genug. Genug Stoff zum Träumen. Ich musste mich nicht länger zurücksehnen. Ich träumte nach vorn.

Während wir, wenn nicht irgendeine Parteiarbeit anstand, die Abende sozusagen in ehrbarer Vorfreude verbrachten, begegneten wir uns tagsüber, besonders in den frühen Morgenstunden, durchaus hautnah und umfassend. Morgens halb acht im Holthusen Bad. Ich lernte schwimmen. Markus brachte es mir bei.

Wasser hat keine Balken. Mit diesem Bannspruch hatten uns Großmutter und Mutter nachhaltig vor den Verlockungen von Vater Rhein gefeit. Was hatte ich nicht alles angestellt, um mein Unvermögen, mich über Wasser zu halten, zu kaschieren. Jetzt, mit nahezu dreißig Jahren, schaute ich nachsichtig lächelnd der kaum Zwanzigjährigen hinterher, die, gerade ihr Abitur in der Tasche, nun am Dondorfer Baggerloch bei den Kieswerken mithalten wollte. Schwimmen konnte ich nicht, aber ich liebte es, in der Sonne zu rösten, liebte den Anblick der leuchtenden Badehosen und Bikinis im grünen Gras auf Decken oder blauen Luftmatratzen, und ein leichtes Blinzeln machte aus alledem Wolken bunter schwirrender Vögel.

Nur gut, dass ich mir damals von meinem Lohn bei Maternus endlich einen Schwimmkerl leisten konnte. Jahrelang hatte ich die Anzeige, wann immer ich eine *Hörzu*, *Quick*, *Neue Revue* oder sonstige Illustrierte aufschlug, sehnsüchtig verschlungen. Ein daumennagelgroßes Paar in Badekleidung fasst sich um die Taille und versichert:

> Neu! Endlich unsinkbar. Sofort sicher schwimmen ist der Wunsch aller! Garantiert Unsichtbar, die Körperform nicht beeinträchtigend, tragen Sie am Badestrand unter Ihrem Badeanzug und -hose die Schwimmunterlage *Schwimmkerl* DBP m. Goldmed. u. Diplom ausgezeichnet, die sofort sicheres Schwimmen zum frohen Erlebnis macht! Millimeterdünn, auf Taille, aus Wäscheseide, luftdurchlässig, bewirkt anschmiegsamen Sitz und eine diskrete Benützung ohne Beeinflussung der Körperform. Kein besonderer Badeanzug notwendig. Keine Nichtschwimmer und unsich. Schwimmer mehr. Damen und Herren 24,- DM. Übergrößen ab 95 cm Tw. 2,50 DM mehr. Kinder 16,50 DM geg. Nachnahme. Rückgabe innerh. 8 Tage. Taillenweite angeb. Verlangen Sie die kostenlose Schrift: *Sofort sicher schwimmen*. Schwimmkerl – Geier. Abt. 17. Nürnberg.

Meiner Gier nach diesem Gegenstand war mit dem Verstand, vertreten durch Bertrams sarkastische Skepsis, nicht mehr beizukommen. Das Ding musste ich haben.

Das fleischfarbene Gebilde bestand aus sieben schlauchförmig abgeteilten Luftkammern, wurde hinten um die Taille gehakt und lief vorn in der Mitte spitz zusammen. Es erinnerte unangenehm an das rosa Folterwerkzeug, das Tante Berta alljährlich beim Wäschemann erwarb und Korsett nannte. An meinem Teil ragte zusätzlich seitlich ein Schlauch aus der Seide, lang genug, um ihn unter dem Badeanzug hervorzuziehen, an den Mund zu führen und den Schwimmkerl zu beatmen. Stöpsel drauf und ab ins Wasser.

Sobald die Luft rein war, schlich ich vor den großen dreiteiligen Spiegel der Frisierkommode im Schlafzimmer der Eltern. Band mir die Kindergröße 156 cm um den Bauch. Badeanzug drüber.

Leider bescherte mir mein Spiegelbild mitnichten ›ein frohes Erlebnis‹. Schon im Ruhezustand verfächerten sich die sieben Kammern in Falten und Beulen um meinen Rumpf, plumpsrund verschrumpelt stand ich da. Bertram steckte den Kopf zur Tür herein.

›Ohne Beeinflussung der Körperform‹, juchzte er. Und jetzt: Aufblasen! Aber diskret! Vielleicht kommste dann zu deinem ›anschmiegsamen Sitz‹.

Ich war den Tränen nahe, und er lenkte ein: Der gehört ja auch ins Wasser. Da sieht man das nicht so genau. Komm, blas doch mal auf. Ich lach auch nicht. Versprochen.

Am nächsten Morgen radelten wir in aller Frühe los. Bertram hatte in der Schule schwimmen gelernt, doch auch bei ihm wirkte die Einschüchterung aus Kinderzeiten nach, und so nahmen wir sicherheitshalber noch eine Luftmatratze mit.

Der Baggersee war menschenleer. Als mir das Wasser bis zur Brust stand, kommandierte Bertram: Blaas auf!, und ich wand mich unter den tausend Augen unsichtbarer Zuschauer, um diskret den Schlauch aus dem elastischen Gewebe des Badeanzugs zu pulen und mich noch diskreter auf Größe fünfzig fettzupusten. Immerhin, das Ding war dicht, die Wäscheseide plastikverstärkt.

Ich vergewisserte mich des festen Bodens unter den Füßen und löste dieselben von ebendiesem, bäuchlings dem Schwimmkerl vertrauend, dem Schwimmkerl vermählt, sozusagen ein Fleisch. Das trug. Allerdings nur dort, wo die Vermählung stattfand, nämlich von der Taille abwärts, sodass mein Hinterteil aus dem Wasser herausragte, während Brust, Schultern, Kopf der Untergang drohte und mir das Wasser, Schwimmkerl hin oder her, sofort bis zum Hals und höher stand.

Schwimmen, schwimmen, schrie der Bruder, so, so, schrie er, stieß die gestreckten Arme vorwärts und beschrieb beidseitig mächtige Kreise. Ich tat mein Bestes. Mein Hinterteil hielt der Schwimmkerl über Wasser, mein Vorderteil half sich selbst. Drei, vier Stöße gelangen, dann suchte ich in Panik festen Boden unter den Füßen, was kaum möglich war, da mein luftdichter Begleiter genau das zu verhindern trachtete. Mit Erfolg. Prustend und zappelnd zerrte ich den Stöpsel aus dem Schlauch, die Luft entwich in hellem Wassersprudel, als entführe mir ein endlos wilder Wind aus den Tiefen des Bauchraums. Teufel Bertram plumpste wiehernd runter von der Luftmatratze.

Den Schwimmkerl zurückzuschicken, wagte ich nicht, schließlich hatte ich ihn getragen. Ich probierte ihn noch einige Male. Immer mit dem gleichen mäßigen Erfolg. Dann zog ich ins Hildegard-Kolleg nach Köln und der Schwimmkerl ins Exil auf den Speicher. Mit Hugo war, nicht zuletzt wegen seiner Verwachsung, der Wunsch, schwimmen zu lernen, gänzlich verblasst. Nun, nach getaner Doktorarbeit und mit Markus an meiner Seite, würde ich, daran war nicht zu rütteln, endlich unsinkbar werden.

Morgens halb acht, Holthusen Bad. Jetzt war ich es, die zuhören und folgen musste, so wie Markus meinem Vorlesen und Erklären. Und da ich lernen *wollte*, kam ich gut voran. So wie ich Markus in meine Welt der Bücher mitnahm, entdeckte er mir ein neues Element, das Wasser. Hier lernte ich, seinen Händen zu vertrauen, die mich schweben ließen, hielten, sich lösten, vor mir und über meinem Gesicht sein triefender Bart, die vorwärtslockenden Augen, sein ansteckendes Lachen, der ganze Mann ein Sinnbild froher Zuversicht. Hatte ich jemals im Leben irgendetwas so gerne gelernt wie schwimmen? Lesen, gewiss. Und was noch?

Aber die Stimme der Großmutter schwieg nicht. Ich wagte mich nicht ins Tiefe.

Ich schnappte wieder mal nach Luft und grapschte nach Markus, als eine ältere Frau sich dazwischenwarf. Nu is aver man Sluss!, kommandierte sie. Laat Se de Lütte doch mal los! De kann dat nu alleen! Und zu mir: Hür mol, min Deern, kumm, dat maakt wi nu fardig. Sie griff nach meiner Schulter und ließ das Seil, die Grenze zum Schwimmerbecken, ein paarmal auffordernd platschen. Ich erstarrte, suchte Markus' Beistand. Der kraulte sich verlegen am Kopf. ›Wasser hat keine Balken.‹ Ich spürte mein Herz, und ich spürte noch eines, das der Großmutter, die mir noch einmal ihre Angst in meine Brust klopfte. Die beiden Herzen rasten um die Wette. Aber Arme und Beine lösten sich ab von diesem Großmutterherzen, bewegten sich im geübten Rhythmus, sechs Züge, sieben, weiter war ich noch nie gekommen, meine Beine suchten den Beckenboden, da war nichts, kein Widerstand, keine Balken. Meine Atemluft wurde knapp, und ich bildete mir ein, Schweiß rinne mir den Rücken hinab. ›Wasser hat keine Balken.‹ Die Stimme der Großmutter von weither, hallend wie aus einer Gruft. Der Beckenrand schien vor mir zu fliehen, aber meine Augen saugten sich an ihm fest, saugten ihn zu mir hin. Weiter!, hörte ich die Stimme der Frau, die neben mir herschwamm, weiter, du kannst das! Ich hörte die Pappeln rauschen und die Brandung des Rheins um die Kribben, das Tuten der Fähre, Möwengeschrei. Hörte noch einmal die Stimme der Großmutter und wie sie unterging in den Wellen am Rhein im Holthusen Bad.

Mein Körper, rein und leicht, wie aus einem anderen Stoff, dehnte sich in alle Richtungen, im Wasser lag ich, strömte dahin, glitt voran, strich durch diese grenzenlose Sanftheit genannt Wasser, das keine Balken hat.

Und das ganze Schwimmbad klatschte Beifall, als ich wendete und ohne Zaudern allein zurückschwamm.

Anderthalb Monate schon wartete ich auf Nachricht von Griebel. Das sei ungewöhnlich, meinten die Genossen Doktoranden. Michel hatte seine Arbeit kurz nach mir abgegeben und längst Bescheid. Summa cum laude. Keine mündliche Prüfung. Sollte ich Griebel drängen? Nein, entschieden wir, ohnehin sei dieses Zögern kein gutes Zeichen. Wer denn mein Zweitgutachter sei. Die seien oft wahre Biester. Nicht selten würden sie die Gelegenheit nutzen, einem missliebigen Kollegen, also dem Erstgutachter, dem Doktorvater, eins auszuwischen. Keine Ahnung, musste ich gestehen.

Der Anruf von Griebel machte klar: Ich *war* an ein wahres Biest geraten. Griebel hatte meine Arbeit mit sehr gut benotet, der Zweitgutachter, ein Romanist, mit ungenügend.

Also: mündliche Prüfung. Das hieß: Eine Vervollkommnung meiner Schwimmkünste, Ausflüge ins Hamburger Umland, abendliche Lesestunden mussten abgebrochen, Tschirchs *Geschichte der deutschen Sprache*, Böckmanns *Formgeschichte der deutschen Dichtung*, Wolfgang Kaysers *Das sprachliche Kunstwerk* hervorgekramt werden. Der Romanist gehörte zum rechten Flügel des rechten Bundes Freiheit der Wissenschaft und würde, hoffte Griebel, mit entsprechendem Jargon, den er seriöse Altbackenheit nannte, am ehesten zu beeindrucken sein. Hatte der doch, was Griebel mir, entgegen der akademischen Vorschrift zur Verschwiegenheit, anvertraute, in seinem Gutachten vor allem bemängelt, die Arbeit sei in einem Stil verfasst, ›verständlich bis zur Journaille‹.

Also hieß es noch einmal zurück zu: ›Der pathetische Held ist unbedingt‹, ersatzweise universell, kulturell, virtuell, sexuell, äh, das nicht. Ich lernte mit Michel. Der brachte den nötigen Unernst auf, um diese letzte Etappe zum Dr. phil. zu überstehen. Ernst nehmen konnte ich dieses Germanistengeschwurbel schon lange nicht mehr, sei es zur Entwicklung operativer Literaturformen in der Bundesrepublik, zur strukturellen Dynamik des Waldes in den Novellen Eichendorffs oder der Funktionseleganz der Mütze in der Lyrik des jungen Brecht.

Michel half mir, Haltung und Gesicht zu wahren, indem wir die Prüfungssituation ein paarmal durchspielten, uns am Ende mit einer zügellosen Persiflage belohnten und mit Markus und Tim, zu dem sich Michel nun offen bekannte, einen trinken gingen.

Die Prüfung verlief glimpflich. Der Titel war gerettet.

Und so ging ich Anno Domini 1975, im Jahr des Sieges der Kommunisten in Vietnam und des Todes des Faschisten Franco, ins dreißigste Jahr, freigeschwommen und freigeschrieben: Freischwimmerin Dr. phil. Hildegard Elisabeth Maria Palm aus Dondorf am Rhein.

Markus erwartete mich beim Ausgang des Philosophenturms, und mir war, als sähe ich auch ihn zum ersten Mal, blass, mager, die dunklen Augen tief in ihren Höhlen von einem Glanz, als erschiene ihm in der soeben gekürten Dr. phil. eine Märchenfee. Wie so anders als sonst, ganz zu schweigen vom Schwimmbad, ergriff er meinen Ellenbogen, und schon dieses fast unmerkliche Berühren spürte ich heute wie eine Liebkosung. Feierlich und verwegen fühlte ich mich, überließ mich dem leichten Druck seiner Hand auf meinem Arm, unsere Schritte suchten das gleiche Maß, hatten dasselbe Ziel, und in jedem Schritt lag die Erwartung des nächsten gemeinsamen Schritts.

Als käme ich zum ersten Mal vorbei, sah ich das alte Postamt, überwuchert von wildem Wein, den Springbrunnen vor der Bibliothek, seine Fontäne in der Sonne. Meine beiden starken Beine hatten mich hierhergetragen aus Dondorf am Rhein, aus Hugos Armen, von Hugos Grab, aus der Domstadt in die Hansestadt vor den Brunnen am Turm der Philosophen. Im Café von Planten un Blomen bestellten wir Eiskaffee, und der Kellner flitzte und lächelte, als hätten wir ihm einen Feiertag versprochen. Alles schien sich in uns zu spiegeln, sich zu uns zu bekennen, alles war da, einzig und allein, um uns zu erfreuen wie der Glanz der Sonne, das lebendige Wasser, Lebensluft.

Und dann gingen wir nach Haus. Nicht zu ihm und nicht zu mir gingen wir, weit hinaus vor die Stadt fuhren wir, Haseldorfer Marsch hieß das. Dort gingen wir hinein in diesen Sommertag, um uns herum kleine Vögel und Insekten wie besessen in dem sonnesatten Laub.

Wie es war, wollte Markus nun endlich wissen und berührte kaum spürbar meinen Nacken mit seinen Lippen, und ich wusste, er wusste, ich wusste, er wollte ganz anderes wissen.

Gut, gut, murmelte ich darum auch nur und überließ mich dem Druck seiner Hand auf meiner Haut, dem Rascheln der hitzeharten Blätter, dem nahen Summen der Bienen und Hummeln, dem Zirpen und Wetzen der Grillen, dem Schrei eines Kiebitz, dem fernen Tuten der Dampfer draußen auf der Elbe.

Später, umgeben von Weiden im Elbsand, waren wir nackt und allein auf der Welt, vertieften uns in unsere Nacktheit und die Nacktheit des Sandes, der Steine, des nackten Wassers, der nackten Möwen und der nackten Wolken, Sonne umzingelte uns mit ihren grünen Schatten, und ich ließ mich sinken, von Markus' Körper gehalten. Seine klugen erfahrenen Hände nahmen unserem ersten Mal die Dramatik, es war kein erstes Mal, vielmehr die Fortsetzung eines Traums, den ich lange zuvor geträumt hatte, hier begann ein endloser Sommer, wo die Zeit sich festzusetzen schien, lustvolle Rast auf einer Erlenlichtung, Frage- und Antwortspiel unserer Körper in tausend Zungen, Sonnensprenkel, der herbe und wilde Geruch von Brombeeren, Gras und Labkraut, Hitze, die vom Sandboden aufstieg, hoch und höher auf den lüsternen Tönen der Flöte des Pan.

Auf der Rückfahrt jubilierte am Himmel ein Abendrot, Schwalben flogen mutwillige Spiralen und Überschwünge in einen hohen Himmel, in der Abendsonne schillerten die zerfahrenen Wipfel von Pappeln und Birken wie Metall, und über sie hin kreiste ein Bussard und stieß seinen scharfen klagenden Jagdruf aus.

Aus einem alten Gasthof lockte ein Akkordeon, Schifferklavier unter hohen Kastanien, Seemannsmusik und Tabakschwaden, müde Männer, die schwer an der Theke lehnten, ihr Schnapsgläschen hin und her schoben, dazu Bier aus dem Zapfhahn, die Frauen saßen an Holztischen draußen bei uns. *Auf der Reeperbahn nachts um halb eins*, das musste sein, und zu später Stunde flehten wir alle miteinander in die Nacht: *Junge, komm bald wieder*. Und wir fuhren nach Haus.

Zu Hause bat mich Markus an der Tür, einen Augenblick zu warten. Dann empfing mich ein Konzert. Vogelstimmen von einer LP, süße Begrüßung und Anreiz zur Fortsetzung unserer heiteren Empfindungen bei der Ankunft auf dem Lande. Markus hatte das alte Bett entfernt und ein neues aufgestellt. Dazu eine dunkelgrüne Jalousie vors Fenster gehängt, bemalt mit einem üppig tragenden Apfelbaum, Adam und Eva jeweils eine Frucht genüsslich verspeisend, ein drittes Obststück versperrte der Schlange das Schandmaul, und Gottvater selbst streckte aus den Wolken die Hand aus nach seiner vergeblich verbotenen Verlockung.

Am nächsten Morgen musste Markus früh zur Arbeit. In der Küche lag neben meinem Frühstücksteller ein kleines Heft, ein Daumenkino. Ein bärtiger Kerl, eine Art überlebensgroßer Zwerg, jagt eine Prinzessin, die er von ihren Büchern aufscheucht, über Berg und Tal, und schwenkt sie schließlich im Tanz herum. Dabei wechseln sie ständig die Kleider, trägt er einen Frack, sie ein Brautkleid. Oder war es der männliche Part, der in wallendem Weiß flirrte? Hatte die Frau die Hosen an? Ein wunderschönes Durcheinander!

Wie einfach es war, glücklich zu sein! Es gab viele Leute, mit denen ich vieles tun konnte. Markus war ein Mann, mit dem ich auch einfach nichts tun konnte. Nur so, ohne ein schlechtes Gewissen zu haben. Dem ich nichts beweisen musste. Bei dem ich einfach da sein konnte, so wie ich war. War ich das nicht auch bei Hugo gewesen? Ja. Aber. Ja, aber doch immer mit dem Stachel, besser werden zu wollen, als ich gerade war. Unsere Maxime: Gut ist ein Buch, das mich entwickelt. Gut ist ein Mensch, der mich entwickelt. Jede Begegnung mit jedem Menschen kann zu meiner Entwicklung beitragen. Doch Entwicklung bedeutet Bewegung. Und genau die brauchte ich nach all den Jahren der Unruhen und Erschütterungen jetzt nicht. Bei Markus fand ich Ruhe. Er *war* Ruhe. Er war Frieden. Bei ihm konnte ich verweilen. Ohne ins Stocken zu geraten. Verweilen und genießen. Mich genießen. Und damit meine Mit-Menschen, meine Mit-Welt. Ich musste niemandem nichts beweisen. Vor allem nicht mir selbst. Einfach in der Sonne liegen, solange wie ich wollte. Hatte ich das jemals getan? War da nicht immer eine Uhr gewesen? Oder: einfach irgendwohin fahren, aussteigen, wo es mir gefiel, und loslaufen. War da nicht immer ein Ziel gewesen? Das erreicht werden sollte? Pilze sammeln und Beeren, Schäfchen zählen am Himmel und in den Wiesen, auf Schilfflöten blasen und den Kuckuck veräppeln, etwas lernen, einfach so, ohne Verpflichtung, ohne Zensuren, ohne Prüfungen und Leistungsnachweise, wie sie mich mein Lebtag lang begleitet hatten. Schwimmen lernen zum Beispiel oder Skifahren, Langlauf durch den verschneiten Schwarzwald, Feldberg und Kniebis, die Harburger Berge, die Lüneburger Heide ... Einfach so? Ja, einfach so! Sogar die Wolken am Himmel trieben in diesem Sommer in feierlicher Faulheit über uns hinweg in schwere- und klassenlosem Wohlgefallen.

Wie lange kann sie andauern, eine solche Ruhe? Ruhe ohne Bedrohung. Ohne Störung. Hortus conclusus. Ohne Heraus-Forderung. Eine Ruhe, so wie man sich ein Schlaraffenland wünscht, wo einem unablässig gebratene Tauben ins Maul fliegen. Und irgendwann eine Ahnung von Übersättigung erzeugen. Lange kann so eine Ruhe dauern, lange.

Dazu kam: Mit Hugo war das Leben auf ein Wir ausgerichtet gewesen. Ein gemeinsames Wachsen im Dialog. Markus überließ mich mir selbst. So, dass ich mich selbst zu meinem Zentrum zu machen wagte. Gestützt von dem nahezu kindlichen Ernst seiner Liebe, baute ich ein Wissen um mich selbst auf, das sich nicht in erster Linie auf Leistung und Kopfarbeit bezog, sondern ... Ja, was war das Besondere dieser Liebe? Damals dachte ich nicht weiter darüber nach, später ahnte ich, dass es gerade dieser kindliche Ernst war, der ihn – nicht nur für mich – so liebenswert machte. Dass er tief im Innern das Markele geblieben war, wie ihn die Mutter rief. Und so weckte er auch in mir ein Gefühl, wie liebe kleine Kinder es hervorrufen: das Gefühl, schützen und hüten zu wollen, zu verwöhnen auch. Weil ihn, so wie oft auch kleine Kinder, ein Gefühl der Einsamkeit umgab. Aber vielleicht bildete ich mir das alles auch nur ein. Vielleicht war ich jetzt nur alt genug, um diese Einsamkeit wahrzunehmen, die jeden Menschen umgibt. Die jeder Mensch braucht. Markus ließ mir meine Einsamkeit. Nie machten wir den Versuch, fragend in den anderen einzudringen. Markus ließ mir meine Seelenruhe und ich ihm die seine. Auch und vor allem, weil er, anders als ich es seit Hugo gewohnt war, nicht alles in Worte fassen musste. Mag sein, auch nicht fassen konnte. Sonst hätte er wohl nicht zur Malerei gefunden. Diese Kunst der Stille. Wichtiger als Worte war das Atmen des anderen, wenn wir beieinanderlagen, unsere Atemzüge sich veränderten, langsamer wurden, schneller, wir die Luft anhielten, ausstießen und wieder von vorn. Das uralte Spiel von Körper und Seele. Bei dem sich die Seele liebend und gern dem Körper ergab. In Markus' Armen konnte ich vergessen, was sonst noch war, und in den Namen, die er mir dann gab, rollte ich mich zusammen wie eine Katze vorm Ofen.

Mit dem Hunger aufeinander stellte sich ein anderer ein, Hunger auf Speisen und Wein, eine Lust am Essen und Trinken, wie ich sie zuvor nie gekannt hatte. Heißhunger, wenn mein Kochkünstler mir Linsen mit Spätzle, sein schwäbisches Heimatgericht, präsentierte, als wäre es ein gelungenes Bild. Feinschmeckerisch, wenn er mir zuliebe Scampi mit Knoblauch in der Pfanne briet, die er sich selbst ein-, zweimal den Hals hinunterzwang, dann nie wieder. Wollüstig, wenn wir die selbstgesammelten Pilze schmorten, mit sonderbaren Kräutern, deren Namen wir oft nicht kannten.

Was sonst noch um uns geschah, empfahlen wir Gott, an den wir nicht länger zu glauben glaubten, den lieben Gott der guten alten Zeit, Kinderzeit, Kinderglauben, wir glaubten unseren Körpern und unserer Energie, und wir lebten in die Tage hinein im Vertrauen darauf, dass die Erde schön war und die Zukunft hell, eine Zukunft unterm wissenschaftlich exakt bemessenen Himmelszelt, darunter wir mit Flügeln leichten Sinns.

Was mir nicht passte, schüttelte ich ab. Schüttelten wir ab. Parteikram, wie wir das jetzt wegwerfend nannten. Markus war mir zuliebe in die Partei eingetreten. Hineingesungen hatte ich ihn, eines Abends, als er wieder einmal gefragt hatte: Weshalb denn?

Da hatte ich statt eines neuerlichen Referats über Frieden und Sozialismus losgeschmettert: ›Auf, auf zum Kampf, zum Kampf, zum Kampf sind wir geboooren …‹ Alle Strophen.

Markus machte es sich auf dem Sofa bequem: Mehr!

›Von all unseren Kameheraden‹, posaunte ich mit tragischem Unterton, ›war keiner so lieb und so gut wie unser kleiner Trompeheter …‹ Auch das bis zum bitteren Ende des musikalischen Spartakisten.

Und wie war das noch in Spanien?, forderte der Unersättliche. *Spaniens Himmel*, ich wusste, das hatte es ihm angetan. Er sollte es haben. Es sollte ihm den Rest geben. All mein Herzblut legte ich in den – leicht aktualisierten – Schwur: ›Die Heimat ist weit, doch wir sind bereit. Wir kämpfen und siegen für dich: Frei-heit!‹

Markus rutschte tiefer in den Sessel und grinste.

Na warte, dachte ich, holte tief Luft und: ›Tantum ergo sacramentum‹, intonierte ich wie Kreuzkamp vorm Altar, ›veneremur cernui et anti ...‹

Akzeptiert! Markus hielt sich die Ohren zu und setzte sich aufrecht. Du hast es doch sicher schon in petto.

Hatte ich: Bitte sehr. Ich reichte ihm das Beitrittsformular.

Genosse Placka! Haltet die Fäuste bereit!

Und was sonst noch?

Überlass ich dir!

Venceremos!

Die Fäuste bereithalten? In diesem Sommer doch nicht! UZ-Verkauf? Flugblatt verteilen? Aufrufe schreiben zum Mieterskandal? Überließen wir den Aktivisten. Ich zählte nun ohnehin nicht mehr so recht dazu, zur Wohngebietsgruppe mit meinem Dr. phil. Dachte ich.

Doch da überraschte mich eine Einladung. Genosse Bruno Kowalski lud mich zu sich nach Hause. Bruno, der Albert in der Diskussion um Sven Hedin Paroli geboten hatte und danach wieder in sein übliches Schweigen verfallen war. Beinah flehentlich drückte er meine Hand bei seiner Gratulation zu meinem Doktor, dass ich meinen Besuch abzulehnen nicht gewagt hatte.

Bruno wohnte in der Kegelhofstraße. Ich kannte bescheidene Wohnungen wie diese, hatte bei meinen Hausbesuchen als Kandidatin für die Bezirksversammlung manchen Blick durch Wohnungstüren tun können, mitunter sogar in Küche oder Wohnzimmer. Doch die Trostlosigkeit der Behausung des Genossen Kowalski übertraf alles bisher Gesehene. Da waren die Fliegen auf der braunglänzenden Spirale, die von der Lampe überm Küchentisch herunterhing, da war der, sicher noch von der Frau gestickte Kreuzstich überm Herd: ›Froh erwache jeden Morgen‹. Der Linoleumfußboden – oh wie gut kannte ich den aus Dondorf – hatte ein Persermuster, und die Möbel waren aus gemasertem Presspan.

Bruno hatte Tee gemacht und Kuchen gekauft, den wir ins Wohnzimmer hinübertrugen, wo er mich auf ein grünes Plüschsofa nötigte. Über der Rückenlehne gehäkelte Schonbezüge, die dringend gewaschen werden mussten. Der Tee schmeckte nach Chlor, der Kuchen war trocken und krümelig, und Bruno hielt die Gabel viel zu nahe bei den Zinken. Doch was spielte das schon für eine Rolle! Dem Sofa gegenüber stand ein Schrank. Ein Möbelstück wie aus einem anderen Universum. Helles Holz, die Türen aus Glas. Zum Durchblick auf den Schatz des Hauses. Bücher.

Sven Hedin!, rief ich.

Bruno schmunzelte: Das hättest du nicht erwartet, was?

Bruno erhob sich und öffnete die Schranktür: Der steht hier. Aber nicht allein.

Die blauen Bände standen da, Mehring und Lenin, Romane von Gorki, Arnold Zweig, Heinrich Mann, Rolland, Bredel, Döblin, Seghers, Nexø, Kisch und Ehrenburg, die *Gesammelten Gedichte* von Majakowski. Haushofers *Moabiter Sonette*. Aber auch Goethe und Schiller, Mörike und Eichendorff, die Droste. Brecht. Das kleine Heft *Besuch bei Freunden* und die *Denkzettel*.

Es wurde ein unvergesslicher Abend. Nicht etwa, weil der wortkarge Mann plötzlich gesprächig geworden wäre. Oder doch? Bruno las mir Gedichte vor. Aber was heißt lesen? Oft ›las‹ er mit geschlossenen Augen, wusste ganze Strophen auswendig. Sich eine Stimme leihen. Das tat Bruno an diesem Abend. Viele Stimmen. Dichterstimmen. Viele Stimmen und doch nur eine: die Stimme der Dichtung. Oder die Stimme Brunos? Nie war mir so klar geworden, was das heißt: sich etwas aneignen. Bruno machte sich die Worte der Dichter zu eigen. Lieh ihnen seine Stimme, wie sie ihm die ihre. Ein unerhörtes Drittes entstand, das den schlesischen Akzent Brunos und die altertümlichen Redewendungen der Dichter vergessen ließ in einem Zauber reiner Aktualität, als brauche der Dichter für sein Gedicht in diesem Augenblick gerade Brunos und keine andere Stimme. So wie Bruno die toten Buchstaben belebte, belebten die gedruckten Zeichen auch ihn. Verwandelten den scheuen Mann in einen furchtlosen Kämpfer, einen leidenschaftlichen Liebhaber, tollkühnen Draufgänger, besonnenen Denker.

Die Worte der Dichter schwangen sich durch die zigarettengraue Stille, machten das enge, ärmliche Zimmer hell und groß, dehnten die vier Wände des alten Werftarbeiters zum Erdball, so wie sich der Palm'sche Gemüsegarten mit Sven Hedin für mich und den Vater zum Schauplatz endloser Abenteuer geweitet und gewandelt hatte. Bruno Kowalski war ein reicher Mann.

Zu sehen und zu riechen war aber auch durchaus Prosaisches: Brunos tabakbrauner Zeigefinger, der in den Seiten stocherte, durch die Luft fuhr und hin und wieder eine Zeile klopfend unterstrich. Der Zigarettenrauch, der ihm durch die gelben Zähne quoll, die abgetragenen Schuhe, die unbedingt geputzt und zum Schuster gehörten. Schließlich legte Bruno das letzte Buch beiseite und verließ das Zimmer. Ich wollte ihm folgen, er wies mich zurück. Als er wiederkam, umklammerte er mit beiden Armen vor der Brust einen Stapel grüner Lederbände, den er behutsam auf dem Tisch vor mir abstellte.

Für dich, sagte er und setzte sich mir wieder gegenüber.

Für mich?, echote ich ungläubig. Die Bände kannte ich doch. Seit ich sein goldgeprägtes Profil auf den braungrünen Lederbänden zum ersten Mal gesehen hatte, war mir das Bild geblieben: der Kopf mit geschlossenen Augen gesenkt wie bei den Engelchen auf den Dondorfer Kindergräben, welliges, halblanges Haar, ein gerundeter Kinnbart, die schmale Nase, der nach unten gebogene Mund, ein Gesicht, zart und verletzlich, darüber konnte mich der Rahmen aus goldenem Rankenwerk auch heute nicht hinwegtäuschen.

Diese Heine-Ausgabe aus dem vergangenen Jahrhundert, diese Kostbarkeit sollte mir gehören!

Ich griff nach dem obersten Band und reichte ihn Bruno. Er drückte das Buch an die Brust und begann:

> Ein neues Lied, ein besseres Lied,
> O Freunde, will ich euch dichten!

Und ich fiel ein:

> Wir wollen hier auf Erden schon
> Das Himmelreich errichten.

Gemeinsam fuhren wir fort:

> Wir wollen auf Erden glücklich sein,
> Und wollen nicht mehr darben;
> Verschlemmen soll nicht der faule Bauch,
> Was fleißige Hände erwarben.

> Es wächst hienieden Brot genug
> Für alle Menschenkinder,
> Auch Rosen und Myrten, Schönheit und Lust
> Und Zuckererbsen nicht minder.
>
> Ja, Zuckererbsen für jedermann,
> Sobald die Schoten platzen!
> Den Himmel überlassen wir
> Den Engeln und den Spatzen.

Bruno ging noch einmal hinaus, kam mit zwei Gläschen und einer Flasche Sibirskaya Wodka zurück und schenkte ein: Druschba! Auf die Zuckererbsen!, und dann verschwand des Dichters Werk in der Plastiktüte von Edeka.

Ich stand schon in der Tür, da bat mich Bruno noch einmal zurück zum Bücherschrank. Die *Denkzettel* legte er mir vor und brummte: Unterschrift. Dein Name. Mit Datum.

Mein Name?, echote ich. Aber das ist doch *dein* Buch.

Bruno brachte tief in der Kehle so etwas wie ein Lachen zustande, das es nicht bis zu den Lippen schaffte: Hast du die Gedichte da drin nun geschrieben oder nicht? Kannst auch noch dazuschreiben: Für Bruno Kowalski. Dann ist alles klar.

›Hilla Palm‹, schrieb ich, ›Hamburg, 8. August 1975‹. Herzklopfen, als hätte ich etwas getan, das mir nicht zustand. Später fiel mir ein, dass der 8. August, der Tag, an dem ich zum ersten Mal ein Buch signierte, meinen Namen in das Buch mit dem Gedicht *Mein Vater* schrieb, das Datum seines Geburtstages war.

Bei Marga packte ich meine Sachen und zog zu Markus. Sein Parteieintritt hatte mir einen Pluspunkt eingebracht, mein Auszug löschte ihn wieder. Fürchtete sie, ihren Einfluss auf mich vollends zu verlieren? Was scherte mich das! Markus malte, ich bereitete mein erstes Seminar als Lehrbeauftragte an der Bremer Uni vor und verhandelte mit einem Verlag über den Druck meiner Dissertation. Endlich konnte ich der Mutter beides vorweisen: Mann und Titel.

Ihr Besuch stand ins Haus, wenig später würden Bertram und Jutta dazustoßen, aus Portugal, geradewegs aus Grândola vila morena, der braungebrannten Stadt. Im April hatte die Nelkenrevolution ihren ersten Geburtstag gefeiert.

Markus und ich holten die Mutter in Hamburg-Dammtor ab, ein Fehler, sie bis dorthin fahren zu lassen. Allein, erhitzt, erregt lief sie uns in ihrem besten Kostüm, blau mit weißem Kragen, auf dem Bahnsteig entgegen.

Alle sind se am Hauptbahnhof ausjestiegen, begrüßte sie uns, nur isch musste drinbleiben.

Dafür hast du uns doch sofort gefunden, lobte ich sie. Ist doch viel weniger los hier.

Markus wurde scharf gemustert, dabei trug er Zivil, wie wir das nannten, Hemd und Sakko, doch wie sollte die Mutter wissen, dass unter dem rebellischen Äußeren das Herz eines Markele schlug?

Das aber entdeckte die Mutter im Handumdrehen. Es war schön zu sehen, wie schnell sie Vertrauen zu Markus fasste, wie sie ihn ansah, zunächst verlegen, hoffend, zweifelnd, und wie ihr Gesicht zusehends Fülle gewann, die Augen Glanz. Wie sie ihn immer zuversichtlicher anlächelte und fragend meinen Blick suchte. Ich nickte ihr aufmunternd zu. So gut tat es zu sehen, wie die Mutter sich in dieser neuen Umgebung allmählich aus dem übermäßig eng geschnürten Korsett dieser altmodischen Tugenden, wie sie Frauen seit Jahrtausenden zugeschrieben wurden, löste, den Tugenden der Selbstlosigkeit, der Dienstbarkeit, des Für-andere-da-Seins. Nie für sich. Erzogen zum Opferbringen:

für den Mann, die Kinder. So froh machte es mich zu erleben, wie Markus aus der Mutter nach dem Tod des Vaters wieder eine frohe Frau machte.

Ganz neue Seiten entdeckte ich an ihr. Markus war schon zur Arbeit aufgebrochen, wir saßen noch beim Frühstück am Küchentisch. Die Mutter legte ihr Marmeladenbrot auf den Teller, ruckte ihren Stuhl zurück und zog die Schublade ein paar Zentimeter auf.

So ne Schublade, sagte sie versonnen: Wer die wohl erfunden hat? Sie stockte: Isch mein, wer wohl die erste Schublade jebaut hat? Die Mutter wurde rot, schob sie wieder zu und biss energisch in ihr Brot. Wat ene Quatsch! Wies sie sich mit vollen Backen kauend selbst zurecht.

Nein, Mamma, lächelte ich, verblüfft und zustimmend: Du hast recht. Das war ein kluger Mann.

Nä, entfuhr es der Mutter, dat war ne Frau!

Aha! Und wie kommste darauf?

Die Mutter sah mich unsicher an, war mein Interesse echt? Ja, also, stotterte sie, jlaubste denn, nem Mann könnte so wat Praktisches einfallen?

Mamma, du bist richtig gut! Und wir zwei erfinden jetzt die Erfinderin der Schublade. Was meinst du?

Die Mutter kniff die Lippen zusammen. Der Satz war zu viel.

Nach dem Frühstück brachen wir meist zu einem Spaziergang an die Alster auf, Enten füttern, Gänse und Schwäne, wie in meinem ersten Hamburger Sommer mit Michel. Und doch ganz anders. Besonders die Schwäne, die ob ihrer Gefräßigkeit Michels erbarmungslose ästhetische Kritik hervorgerufen hatten, entzückten die Mutter.

Enten und Jäns, sagte sie, dat kann jeder. Aber Schwäne. So stolze Vöjel. Un fressen mir aus der Hand. Wenn dat die Tant sehen könnt!

Konnte sie. Markus machte mit seiner Polaroid-Kamera Fotos von der schwäneumringten Mutter, die gleich nach Dondorf geschickt wurden, wo sie, das verriet ihr breites Lächeln unverhohlen, blanken Neid hervorrufen sollten. Dat Kenk hatte es geschafft. Und jetzt auch noch so wat Herrlisches mit die Schwäne.

Auf dem Heimweg kauften wir ein fürs Mittagessen, und ich sah mit Vergnügen, wie die Mutter ihren Jägerblick immer seltener einsetzte. Diesen Blick, wenn sie beim Metzger das Knochenfleisch prüfte – wo hing das meiste Fleisch dran? –, bei Penny die Konserve zurückstellte – zu teuer. Ihre Beute am Freitag, wenn der Vater ihr die Lohntüte auf den Tisch gezählt hatte.

Wir nahmen mit, was uns schmeckte. Und Markus. Der kam gegen eins nach Hause. Nach dem Essen ruhte die Mutter aus, ich besorgte die Küche, Markus vertiefte sich in seine Skizzen; er arbeitete an einer Porträtserie der alten Genossen unserer Gruppe, ein Gebiet, das er sich erst noch erobern musste.

Nachmittags ging es in die Stadt. Stadt – das war für die Mutter Köln, und auch das nur im Umkreis des Doms, Hohe Straße, Schildergasse, mit Abstechern ins Hildegard-Kolleg und Hugos Vorgebirgstraße.

Und jetzt Hamburg. Beinah doppelt so groß wie die rheinische Domstadt. Wo beginnen?

Im Hafen, wo sonst. Mit einer Hafenrundfahrt.

Durch die Speicherstadt tuckerten wir, dann ein Stück weit in die großen Hafenbecken, kleine Barkassen preschten durch grauschwarze Wellen, die an die Quader klatschten, weiter draußen gruben sich Dampfer durchs Wasser, graue Schlepper rollten die Flut mit stumpfem Bug auseinander.

Der Schiffsführer redete ununterbrochen, bejubelte die Köhlbrandbrücke, seit einem Jahr das neueste Wahrzeichen

Hamburgs; beklagte die Sanierung des Hafenrandes, Hafentreppe weg, schöne alte Kneipen, die Werkstätten vieler kleiner Handwerker, alles weg. Hochhäuser sollten da gebaut werden und eine Promenade für Touristen. Mit Blick auf die Köhlbrandbrücke.

Is doch jut, wat soll der ahle Krom, knurrte die Mutter, und ich dachte an ihre Verachtung für Großmutters Vertiko.

Ohnehin zog sie die gesellige Alster, die lustigen Segelboote, Paddel- und Ruderboote der herrischen Elbe und ihren Ozeanriesen vor. Wie sie ohnehin kleine Vergnügungen mehr als große Unternehmungen schätzte. Aber auch die machten ihr, wohl zu ihrer eigenen Überraschung, Freude.

Zum ersten Mal in ihrem Leben besuchte sie ein Schauspiel, *Zitronenjette* im St. Pauli Theater. Das Schicksal der tapferen Frau nahm die Mutter sichtlich mit, tagelang juchzten wir bei jeder Gelegenheit ›Zitron, Zitron‹.

Im Museum blieb sie vor manchen Bildern lange stehen. Besonders vor denen von Brueghel und Bosch, die sie mir vorlas wie Kindergeschichten. Später gestand sie mir, nicht nur an den Bildern habe das gelegen. Sie war erschrocken über die Höhe des Eintrittsgeldes und wollte mit ihrem Verweilen dazu beitragen, dass sich die Karten bezahlt machten.

Und ich entdeckte ihr Auge für unscheinbare Schönheiten.

Kuck mal, deutete sie eines Tages auf dem Weg an die Alster entzückt auf eine Stelle im Rinnstein. Dort wuchs durch eine Lücke im Katzenkopfpflaster eine Mohnblume.

Dat die hier blüht! Die Mutter drückte die Fingerspitzen an die Lippen wie zu einem Kuss. Dat is doch ein Wunder. Dat wär wat für dä Pappa.

Ja, Mamma, sagte ich und umarmte sie, wie ich es jedesmal tat, wenn die Rede auf den Vater kam. Fühlte ich die alternde Frau in meinen Armen, wusste ich nicht, ob ich ihr Trost spendete oder selbst Trost suchte, sicher aber wollte ich spüren, dass mit der Mutter mein früheres Leben lebendig blieb.

Wie sehr vermisste ich den Vater an unserem Abend im Michel. Zunächst hatte die Mutter gemault, ein Konzert in ner Kirche, dat jehört sich nit, doch Markus versicherte ihr, die St.-Michaelis-Kirche sei ja sowieso evangelisch und die Stücke, die gespielt würden, alle fromm genug, und als sie dann auf der Empore unter der Kuppel des Barockbaus ihren Platz gefunden hatte, fasste sie strahlend mit der Linken Markus', der Rechten meine Hand, schüttelte sie und hielt sie fest. Bis die Musik begann. Bach zuerst. ›Ich habe genug ...‹, da zog sie sacht ihre Hand aus meiner, ließ auch Markus los und faltete die Hände wie zum Gebet. *O Haupt voll Blut und Wunden*, sang der Chor, und sie sah mich zweifelnd an, und ich nickte, ja, das durften die. Zum Schluss jubelte Mozart sein *Exsultate, Jubilate*, und der Mutter liefen die Tränen über die Wangen. Mit beiden Händen knetete sie den Stoff auf ihren Oberschenkeln, und ich sah ihre Hände Ketten knipsen, Setzlinge verziehen, den Putzlappen auswringen, ein Nappo aus dem Silberpapier schälen, und ich hörte die Stimme des Vaters: Pass auf die Mamma auf, und am liebsten hätte ich sie in die meinen genommen, diese hart gearbeiteten Hände.

Mag sein, der Mutter war es gar nicht recht, als nach gut zwei Wochen Bertram und Jutta ankamen. Es wurde eng in unseren zweieinhalb, eigentlich ja nur anderthalb Zimmern. Ich unterbrach meine Vorbereitung für den Lehrauftrag nun vollends und genoss die gemeinsame Zeit. Nur eines trübte sie: Der Vater fehlte. Oder war er doch dabei? Ja, das war er.

Ein Gefühl, das ich mit Bertram teilte. Und die Mutter? Die schloss sich so eng an Markus, dass ich oft dachte, wie viel besser sie zu ihm passte als ich. Zwei Kinder liefen da herum, wenn sich die beiden im Niendorfer Gehege mit Kiefernzapfen und Eicheln bepfefferten, Schattenfangen spielten oder Verstecken.

Besonders Jutta konnte die Verwandlung der Mutter kaum fassen. Immer noch kam es in Dondorf zu Reibereien um Bertrams Gunst. Das war hier gänzlich vorbei. Nicht Bertram, Markus war die Nummer eins im Herzen der Maria Palm, zu unser aller Freude. Mit dieser Frau und Mutter Maria Palm wurden wir für die Dauer herrlicher Ferientage alle wieder zu Kindern, die Mutter unser aller Kind, Kinder wir alle, als holten wir miteinander etwas Versäumtes nach.

Schwebten im Lift ins Restaurant auf den Fernsehturm und genossen von oben gemächlich bei Kaffee und Kuchen die Rundfahrt mit Rundblick auf Hamburger Türme und Masten. Was den Kölnern der Dom ist, ist den Hamburgern ihr Telemichel, spottete Bertram.

Von wegen! Dom? Haben wir auch. Also auf zum *Hamburger* Dom! Da seht ihr mal den Unterschied. Kirmes statt Kirche! Auf zum Heiligengeistfeld.

Abends vorm Einschlafen an Markus' Rücken gerollt, fiel mir ein, was Hugo wohl gesagt hätte zu unseren kindlichen Vergnügungen. Beschämt musste ich mir eingestehen, dass ich nur allzu gern diesen Nachmittag mit einem Gespräch hätte ausklingen lassen, etwa über die Bedeutung des Spiels bei Schiller oder die Bedeutung des Spiels in der Kunst. Reuig lächelnd wies ich die Germanistin Dr. phil. zurecht. Und tat Buße mit einem Kuss in den Nacken des schlafenden Gefährten.

Jutta und Bertram brannten darauf, die Hamburger Genossen kennenzulernen. Das sollten sie, bei einem ganz besonderen Anlass. Nächsten Sonntag gegen Mittag an der Schiffsbegrüßungsanlage Willkomm-Höft würden wir es der verfaulten Bourgeoisie wieder einmal zeigen. Mit Gesinnung, Gesang und Schalmeien.

Wir trafen pünktlich ein. Die Parteileitung war schon da, auch Wilfried, Michel, Franz und Frauke zusammen mit anderen Spartakisten, ich machte sie mit Bertram und Jutta bekannt. Markus gesellte sich zu seiner Malergruppe, ich stellte der Mutter meine Storchennestler vor.

Etwa hundert Frauen, Männer und Kinder waren gekommen, um den Brüdern und Schwestern des sozialistischen Deutschland zu ihrem akustischen Durchbruch zu verhelfen, was umso legitimer war, da nun auch von westlicher Seite auf Anführungszeichen verzichtet wurde. Von der Zone zur DDR: Die Revolution marschierte unaufhaltsam voran. Mit roten Fahnen und rebellischen Bannern standen die Friedenskämpfer am Ufer und auf dem Bootssteg, der weit in den Strom ragte, vorneweg das Schalmeiencorps, direkt unter dem Lautsprecher.

Am Mast wehte die Flagge Hamburgs, das weiße Tor in eine rote Welt, wehte die Deutschlandfahne und die blau-weiß-rote Trikolore mit zwei Löwen und Nesselblatt, die Landesflagge Schleswig-Holsteins. Dort würde, erklärte ein Genosse, für jedes Schiff, das in den Hafen ein- oder ausliefe, die Fahne des jeweiligen Heimathafens gehisst, und was dann komme, würden wir ja sehen – und hören.

Wir mussten nicht lange warten. ›Willkommen in Hamburg, wir freuen uns, Sie im Hamburger Hafen begrüßen zu dürfen. Willkommen in Hamburg!‹, erscholl es aus dem Lautsprecher, ein kolossales Containerschiff, begleitet von zwei Lotsenbooten, steuerte den Hafen an.

›Steuermann! Lass die Wacht! Steuermann! Her zu uns!‹, ließen Wagners Trompeten den *Fliegenden Holländer* los, ein paar Takte nur, dann sang ein gemischter Chor die Landeshymne Hamburgs, *Stadt Hamburg: an der Elbe Auen* und ›Hammonia, Hammonia, o wie so herrlich stehst du da‹.

Und da stand ja auch ich, umgeben von meinen Lieben, keiner aus dieser prächtigen Stadt, nach Hause fahren würden sie bald, ›wenn isch so an ming Heimat denke‹, sang es in mir, ›Hammonia, Hammonia‹, sang mein Mund, ›isch mösch ze Fooß no Kölle jonn‹ mein Herz. Nie war mir so bewusst geworden, was ich verlassen hatte, wie an diesem Morgen, wo ich doch geborgen war beim Freund, der Familie, den Genossen, der guten Sache, der Hingabe an die gute Sache in der Gewissheit, die Sache sei gut, eine freudige Entschiedenheit, die sich in den Gesichtern um mich her spiegelte, wenn sie das ›Hammonia‹ inbrünstiger noch beteuerten als ihr Bekenntnis zur *Internationale*.

Nach der Hamburg-Hymne übernahm eine Männerstimme: Frachter Halle lief ein und mit ihm eine Flut von seemännisch technischen Details. Tausendzweihundert Bruttoregistertonnen, gebaut 1959 VEB Deutsche Seereederei Rostock.

Und dann folgte, weswegen wir uns hierher, vor die Tore der Freien und Hansestadt aufgemacht hatten: Zwar zog man seit den Ostverträgen endlich auch die Flagge der DDR, schwarz-rot-gold mit Hammer und Zirkel, hoch, doch die Nationalhymne des Bruderlandes spielte man – so wie die anderer Staaten – noch immer nicht. Von Johannes R. Becher verfasst, von Hanns Eisler vertont. Der Text war an alle verteilt worden.

Statt der Becher-Hymne triumphierte der Lautsprecher ›Freude schöner Götterfunken, Tochter aus Elysium‹ – für Schalmeien und hundert westdeutsche Kommunistenkehlen das Signal zum Angriff, zum ›Auferstanden aus Ruinen./ Und der Zukunft zugewandt./Lass uns dir zum Guten dienen/Deutschland, einig Vaterland‹. Alle drei Becher-Strophen.

Deutschland, einig Vaterland? War das überhaupt noch politisch und ideologisch sauber? Nach den Ostverträgen? Aber was sonst sollten wir singen?

Wie und was auch immer: Gegen ›Freude, schöner Götterfunken‹ hatten wir keine Chance. Aber es gab ein schönes Foto für die UZ, wie die Halle an unserem fahnenschwenkenden revolutionären Häuflein vorbeizog, Verkünder und Bote des Siegers der Geschichte, wie sein Tuten uns grüßte, Versicherung der bezwingenden Macht des Brudervolks. Freundschaft!

Dat ihr so viele seid, staunte die Mutter ergriffen und mit schwimmenden Augen. Aber warum habt ihr denn wat janz anderes jesungen? Dat hatte doch keinen Zweck. Die hatten doch den Lautsprescher. Un wat die jespielt haben, war doch auch schön. Eijentlisch sojar schöner.

Aber sie verstaute das Papier mit der Becher-Hymne sorgfältig in ihrer Handtasche. Dat les ich zu Haus noch mal nach.

Gretel legte der Mutter die Hand auf den Arm: Wir sind noch viel mehr, Frau Palm. Allein in Hamburg mehr als tausend. Und in der Bundesrepublik über vierzigtausend.

Vierzischtausend! Dat is ja dreimal so viel wie janz Dondorf. Die Mutter nickte mir zu: Wenn dat der Fritz erlebt hätt.

Und deshalb müssen Sie sich um Ihre Tochter auch gar keine Sorgen machen. Die ist bei uns und hier in Hamburg gut aufgehoben. Gretel lächelte mich an.

Dat tu isch sowieso nit, entgegnete die Mutter kurz. Wo is denn der Markus?

Der stand bei seinen Kollegen und plante mit ihnen die nächste Ausstellung. Eine renommierte Galerie hatte drei Bilder von ihm angenommen, eines gleich verkauft. Drei Monatsgehälter hatte ihm das eingebracht. In der Wohngebietsgruppe schmiss er am nächsten Abend eine Runde, und man prostete ihm respektvoll zu.

Die Mutter wurde ungeduldig. Nahm Ingeborg beim Arm und zog sie mit sich auf eine Bank am Ufer. Sie müssen sich doch mal setzen. In Ihrem Zustand.

Ich folgte ihnen. Unter Ingeborgs Sommerkleid wölbte es sich eindeutig. Sicher fünfter Monat, mutmaßte die Mutter. Ingeborg war mit Steffen hier. Doch sie hatte gleich meine Nähe gesucht, und Steffen verlor sich in der Menge, wo ich auch Ingeborgs Kollegen entdeckt zu haben glaubte.

Schon vor Wochen hatte Marga mich wieder einspannen wollen. Ingeborg war schwanger, wusste sie. Aber von wem? Wieder sollte ich im Auftrag der Partei mit Ingeborg reden. Ins Gewissen. Und in die Ehetreue. Auf dass die Genossin einen echten Genossen zur Welt bringe und nicht irgendso ein kleinbürgerliches Subjekt. Keinesfalls jedoch sollte ich verlauten lassen, dass ich im Auftrag handelte. Sozusagen verdeckt ermitteln und steuern. Wie im Krimi.

Tatsächlich machte ich den Versuch eines solchen Gesprächs. Nach ein paar Sätzen wusste ich: Diese Hinterlist war mir unmöglich, und ich schenkte Ingeborg reinen Wein ein. Die hatte endlich die Nase voll: Was geht das die an! Die haben doch kein Recht auf meinen Bauch. Dann, kleinlaut: Ich weiß es ja selbst nicht. Aber kriegen wollte sie das Kind unbedingt. Und jeder der beiden dächte, das Kind sei von ihm.

Da jratulier isch aber herzlisch, beglückwünschte die Mutter Ingeborg. Sowat Kleines is doch dat Schönste, wat einer Frau passieren kann. Da sind die Kääls doch für wat jut. Die Mutter spitzte die Lippen und sah uns beifallheischend an.

Ingeborg nickte heftig, und Gretel, die bei den letzten Sätzen dazugekommen war, geizte nicht mit Zustimmung.

Bierflaschen kreisten, an langen Tischen gab es Tee, Kaffee, Brezeln und Franzbrötchen. Später bliesen die Schalmeien noch einmal, diesmal Lieder von Seefahrt, Liebe und Heimweh, vom Hamburger Viermaster und dem Jung met dem Tüddelband, und als wir schließlich einmütig forderten ›Junge komm bald wieder‹ und in beinah kölscher Gemütlichkeit ›rolling home across the sea‹ Kurs gen Heimat aufnahmen, da erzeugte für die Dauer der Noten dear old Hamburg so etwas wie ein Gefühl gestillter Sehnsucht in mir, rolling home to dear old Hamburg, wenn isch so an ming Heimat denke.

Würde mir das große tüchtige Hamburg jemals ans Herz wachsen wie das kleine Dondorf, das hillije Kölle, sogar über Düsseldorf ließ ich dann und wann die Sehnsuchtssonne aufgehen. Dabei hatte ich zu derlei Gefühlen nicht den geringsten Grund. Aber wer braucht schon Gründe für das, was er fühlt.

Wat für feine Lück, sagte die Mutter auf der Heimfahrt aus tiefstem Herzen zufrieden. Un dat sollen Kommeniste sein?

Gekrönt wurde ihre hohe Meinung von den Genossen, als wir am Tag vor ihrer Rückreise das Café Lindtner besuchten und dort zufällig Gretel trafen, die uns freudig überrascht einlud. Ihr Leben lang war die treue Kleinmädchenseele der Mutter in scheuer Achtung vor den feinen Leuten befangen geblieben, auch wenn sie manch einen von ihnen durchschaute. Im Umgang mit der alten Genossin Lehrerin war davon nichts zu spüren, im Gegenteil. Da saßen die beiden Frauen und erzählten sich Geschichten, und ich sah die Mutter lachen, bis sie japsend nach Luft schnappte, und ich dachte wehmütig an Bertram, der mit Jutta schon zurückgefahren war und sie nicht so erleben konnte: eine in dieser feinen Umgebung außer Rand und Band lachende Mutter. Und noch mehr bedauerte ich, den Vater nie so gesehen zu haben: lauthals lachend, Zähne zeigend.

Gut ein Jahrzehnt später würde ich mit der Mutter wieder ein Lokal besuchen, den Italiener in Dondorf, den wünschte sie sich.

Such dir was Leckeres aus, Mamma, schob ich ihr die Speisekarte zu, die neben dem gedruckten Angebot auch Fotos der Gerichte zeigte. Der Arzt hatte eine beginnende Demenz festgestellt, aber noch kam die Mutter mit Hilfe der Nachbarn, mit Tante und Cousinen, Bertram und Jutta in der Altstraße zurecht.

So richtig gut gehen lassen wollen wir es uns heute, versicherte ich und bestellte einen Vorspeisenteller für zwei Personen, da ist von allem was dabei.

Leuchtend lagen geschmorte Auberginen, rote und gelbe Paprika, Schinken, Salami, gefüllte Oliven auf der Platte, die ein freundlicher Kellner, Buon appetito, mit Schwung aus der Hüfte heraus vor uns platzierte. Einen Chianti für mich, Apfelsaft für die Mutter.

Die Platte war noch lange nicht leer, da griff die Mutter hinter sich nach der Speisekarte: Dat hier, sie presste den Zeigefinger unter ein ziemlich unansehnliches Foto. Vitello tonnato, las ich.

In Ordnung, sagte ich, winkte dem Kellner, Giuseppe, wie ihn alle riefen. Nä, lassen Se dat stehen, stoppte ihn die Mutter, als er die Vorspeisen mitnehmen wollte, aß davon aber nicht mehr. Nur ein Pilzhütchen spießte sie auf die Gabel und drehte es sinnend in einem kleinen Kreis überm Teller: Weißte noch? Die Mutter sah mich an, doch ich wusste, sie sah durch mich hindurch in einen fernen Sommertag, Pilze suchen in der Lüneburger Heide. Die Birken rauschten, ihre gelben Blätter rieselten in den Sand, und uns wuchsen die Pilze unter dem Messer geradezu in den Korb.

Prego, Signora, schnellte Giuseppe das Vitello tonnato vor der Mutter auf den Tisch, ich nickte ihr ermutigend zu.

Misstrauisch musterte die Mutter die beigegraue Oberfläche, hob den Teller an die Nase und schob ihn entschieden von sich: Dat stinkt!

Seufzend zog ich den Teller zu mir heran, wollte probieren, da ruckte sie die Speise wieder zu sich herüber: Dat hab isch bestellt!

Dann musste dat aber auch essen, Mamma, riecht gut, schmeckt lecker, Kalbfleisch und die Soße aus Thunfisch, erklärte ich nachsichtig.

Wo hat mer dat dann schon jehört, Fisch un Fleisch durschenander, empörte sich die Mutter. Herr Ober, die Karte! Un dat hier können Se mitnehmen.

Die Bäckchen der Mutter röteten sich, verschmitzt und herausfordernd, beinah dreist sah sie mich an und orderte bei dem zunehmend verblüfften Kellner ungeniert lautstark und Silbe für Silbe eine In-sa-la-ta ca-pre-se, die dann ebenso wenig Gnade vor Augen und Gaumen der Mutter fand wie die vorangegangenen Gerichte. Triumphierend befahl sie: Weg damit, und orderte Garnelen alla Maserati, worauf Giuseppe mir einen ratlos fragenden Blick zuwarf.

Ich nickte. Hatte die Mutter durchschaut und spielte mit.

Das ganze Lokal sah zu, wie dat Rüpplis Maria eine Vorspeise nach der anderen bestellte – und ohne sie anzurühren, wieder zurückgehen ließ.

Kleinere Portionen, signalisierte ich Giuseppe verstohlen.

Hörense mal, herrschte die Mutter den gutwilligen Helfer an, die Portionen werden ja immer kleiner. Jlaubense, isch merk dat nit? Mir wollen wat auf de Teller haben für unser Jeld, wat, Hilla?

Sischer dat, Mamma, bekräftigte ich ihren Verweis, was Giuseppe mit einem ironisch bedauernden Achselzucken quittierte. Also zwei verrückte Weiber. Auch egal, wenn am Ende die Kasse stimmte.

Nach den Vorspeisen waren die Hauptgerichte dran, Salmone, Dorade, Pesce spada, Saltimbocca, Scaloppine, Filetto und Fegato, nun griff die Mutter zu, und auch mir erlaubte sie, den einen oder anderen Bissen von ihren Tellern zu picken. Doch nur, wenn ich sie jedesmal erneut darum bat.

Und dann erst beim Nachtisch. Als die Orgie ihren Höhepunkt erreichte. Da durfte ich sogar gleichzeitig mit der Mutter den Löffel ins Tartufo senken, ins Tiramisu, Zabaglione, Panna Cotta, Cassata.

Mit der Rechnung kam ein Grappa. Und noch einer. Die brauchte ich. Der Betrag konnte sich sehen lassen. Es war's mir wert. Jeder Pfennig, jede Mark. War nicht das ganze Leben der Mutter auf Sparen und Verzicht angelegt gewesen? Hatte nicht vor jedem Wunsch die Überlegung gestanden, ob man sich das leisten könne? Einmal über die Stränge schlagen, einmal prassen, verschwenden mit aller Unvernunft. Wie die Mutter mich jedesmal angeschaut hatte. Bei den ersten Bestellungen wie ein unartiges Kind, das im nächsten Moment den Rüffel erwartet. Nein, Mamma, dachte ich, einmal in deinem Leben tu nicht das, was man von dir erwartet. Brav sein. Aufessen, was auf den Teller kommt. Zufrieden sein. Sich bescheiden. Mit dem, was dir zusteht. Zugestanden wird. Tu, was du willst. Du wirst nicht bestraft. Nicht zurückgepfiffen.

Ich lächelte. Nickte. Lächelte in ihr kindlich forschendes Gesicht, in dem der ängstliche Trotz vor Zurückweisung einem ungläubigen Staunen wich, das sich allmählich in

Zuversicht und Vertrauen wandelte. Vertrauen zu der Tochter, ja, doch auch Vertrauen zu den eigenen Wünschen und dass sie geäußert werden dürfen, ohne verpönt zu werden, mehr noch, geäußert werden *und* erfüllt. Wie im Märchen. Ja, es war ein Märchen, das wir an diesem Abend erlebten, die Mutter und ich, jede auf ihre Art. Und das blieb es auch.

Zum Abschied legte ich ihr zu einer Packung Weinbrandbohnen einen Hundert-Mark-Schein: Kauf dir was Schönes dafür.

Später erfuhr ich von Bertram, dass sie ihm das Geld geschenkt hatte.

Nach ihrem Tod fand man in ihrem Portemonnaie ein Gedicht von mir, das sie aus der *FAZ* ausgeschnitten hatte. Die Mutter als Käuferin einer *FAZ!* Die letzten Zeilen: ›Wo du hingehst/da will ich nicht hingehn.‹

Ein Erlebnis besonderer Art stand ins Haus, endlich: meine erste Reise in die DDR. Auf Einladung des Kulturbundes der DDR. Sicher hatte Marga dabei ihre Hand im Spiel gehabt, um mich wieder enger unter ihre Fittiche zu kriegen. Doch sollte ihre Indoktrination unerträglich werden, wusste ich mit Michel und Wilfried das nötige Gegengift an meiner Seite. Markus musste zu Hause bleiben, kein Urlaub, und Franz bearbeitete zum x-ten Mal seine Doktorarbeit. In Berlin würden weitere Besucher auf uns stoßen, Genossen und Bündnispartner.

Eine freudige erwartungsvolle Angst breitete sich in mir aus, schließlich kam man von der eigenen, der falschen Seite, wo man zwar auf der richtigen Seite stand, auf die richtige Seite der anderen, für die wir trotzdem von der falschen Seite kamen. Kurzum: In das richtige Deutschland würde ich fahren, das Deutschland der kleinen Leute, die Großes leisteten. Weil man sie leisten ließ.

Dass die DDR der bessere Staat war, friedliebender, gerechter, sozialer, bezweifelte ich kaum. Trotz Mauer und Schießbefehl? Ja. Das hatte ich mir vor meinem Gang in die Bobstraße noch einmal klargemacht. Die Mauer war nicht in erster Linie eine Abwehrmaßnahme der Arbeiter- und Bauern-Macht gegen NATO-Panzer und CIA, wie die Partei es sah. In meinen Augen war sie vor allem ein Schutzwall gegen die Flucht der Ewiggestrigen, damit den aufrechten Genossen ihr neues Land nicht kaputtging. Ich stand auf ihrer Seite.

Längst war ich in ihren Büchern zu ihnen gereist, hatte dort Freunde gemacht und mit ihnen gelebt und gelitten, Land und Leute seit Jahren studiert. Ich kannte doch Franziska Linkerhand, Katja Klee und Marianne Horrath; Edgar Wibeau und seine Charlie; Recha und ihren Nikolaus, Grit Marduk und Tom alle so gut wie persönlich. Hatte mit ihnen um den richtigen Weg gerungen. In ihrem Staat. In Franziskas Neustadt und Rechas Hoyerswerda hatte ich die DDR mit aufgebaut; mit dem Aktivisten Balke für die Steigerung der Produktion gekämpft im verstaatlichten Siemens-Werk; kannte jede Spur der Steine, den Rummelplatz, saß mit gewöhnlichen Leuten in der Aula, hatte die Kraniche am Himmel bei der Ankunft im Alltag gesehen, war mit Ruth auf der Suche nach Gatt und wie Susanne für die Liebe noch zu mager. Anna Seghers, Maxie Wander, Christa Wolf, Irmtraud Morgner, meine geliebte Brigitte Reimann: Ich hatte das versinkende Lesen in andere Leben nie verlernt, las die Geschichten aus der DDR mit derselben gläubigen Begeisterung wie einst die Großmutter ihre Heiligenlegenden. Ich reiste in das gelobte Land. Als Gute zu den Guten. Wo der Arbeiter kraftvoll und strebsam, der Angehörige der werktätigen Intelligenz klug und gebildet, der Student wissensdurstig, der Parteifunktionär gesammelt, konsequent und verständnisvoll war. Oder stur. Daraus ergaben sich dann Konflikte, die aber auf höherer Ebene gelöst wurden. Zu aller Zufriedenheit. Natürlich war der sozialistische Mensch nicht perfekt, noch nicht, er war ja erst auf dem Weg zum allseitig gebildeten, sprich: kommunistischen Subjekt, mithin anfällig für bürgerlich dekadente Entgleisungen wie Neid, Eifersucht, Ehebruch, der auch bereut nicht vergeben wurde. Verdammt wurde er von den parteitreuen Genossen, wie es eine kirchentreue Gertrud von le Fort nicht einleuchtender hätte darstellen können. Wurde Ehebruch den Frauen noch als Ausdruck weiblicher Schwäche vergeben, hatte der Genosse, der Parteifunktionär gar, sich im Griff zu haben, kaum anders als der katholische Geistliche. Hatten mir dieses Ringen um moralische Maßstäbe und die strafenden Konsequenzen beim Abweichen vom vorbildlichen Weg gefallen? Ja, hatten sie. Besser jedenfalls als die sexuelle Beliebigkeit, die meine westlichen Zeitgenossen als Revolution gegen eine spießige und kleinbürgerliche Treue ausgaben.

Wilfried und Michel, die schon einige Male in Berlin gewesen waren, reagierten auf meine begeisterte Erwartung eher zurückhaltend: Wirst schon sehen.

Neben Michel, Wilfried und Marga fuhren Wolfgang, Gründungsmitglied der Musikgruppe Hinz und Kunst, und Adrian, ein Mitglied des Bremer Werkkreises Literatur der Arbeitswelt, mit. Leiter unserer Gruppe war Hubert Mater vom Hamburger Parteivorstand, zuständig für Kultur; er saß am Steuer. Von Hamburg nach Gudow, wo Marga am

GÜSt, wie die gelernten Transitler Michel und Wilfried die Grenzübergangsstelle nannten, unsere Einladung und die dazugehörigen Visa bereithielt.

Guten Tag, Passkontrolle der DDR.

Da stand ich nun an diesem warmen Oktobermorgen auf befreiter Brudererde in der Sonne, sicher vor kapitalistischen An- und Übergriffen – und wurde kontrolliert.

Marga legte die offizielle Einladung vor, was die Prozedur wohl beschleunigte. Sachlich, ohne eine Miene zu verziehen, fertigten uns die uniformierten Genossen ab, denen ich doch am liebsten, jedem einzeln, als Hamburger Genossin der Partei Ernst Thälmanns mit Handschlag zu ihren Errungenschaften gratuliert hätte. Reibungslos durften wir passieren, bis die Reihe an Adrian kam, sonnengebleichtes gut schulterlanges Haar und knöchellanger Trench à la Henry Fonda in *Spiel mir das Lied vom Tod*, Schreibmaschine unterm Arm. Die wurde von einem rotbackig stämmigen Hüter der sozialistischen Gesellschaft gleich beschlagnahmt, natürlich gegen Bescheinigung: Rückgabe bei Ausreise. Das galt auch für die fünf Exemplare von Adrians neuem Gedichtband *Grenzenlos*, und das, obwohl der Einband die Arbeiterfaust mit roter Nelke zeigte. Maters und Margas Proteste blieben wirkungslos.

Die Ware sei nicht angemeldet, beschied sie der Grenzer ungerührt; auch sie werde beim Verlassen der DDR retourniert.

Worauf Adrian eines seiner Bücher schnappte, irgendwo aufschlug und loslegte: ›Sie kommt müde vom Knopfannähen/aus der Kleiderfabrik in ihr Einfamilienhaus/öffnet den Kühlschrank,/benützt stehend den Tisch und einen Kleiderhaken,/dann arbeitet sie am Bügelbrett ...‹, kündete der Dichter mit wehendem Haar, das er ständig vom Mund weg hinter die Ohren streichen musste.

Die Beamten stutzten: Das ist kein Gedicht!, rief einer.

Schluss jetzt, brummte der Stämmige und zog Adrian das Buch aus der Hand. Bei der Ausreise kriegen Sie das zurück.

Kleinlaut stiegen wir wieder ins Auto. Holzauge, sei wachsam, kommentierte Wilfried spöttisch. Michel nestelte in seinem Gepäck herum und steckte Adrian ein *Grenzenlos* zu, das ihm der solchermaßen Geehrte überschäumend dankbar signierte und anschließend seinen Notizblock wohlgelaunt mit vielen kleinen Buchstaben überzog.

Die riesigen Felder waren abgeerntet, eine Falle weniger, wusste Wilfried. Im Sommer lauerte die Grenzpolizei gern geduckt hinter den hohen Halmen, um allzu flinken Westlern saftige Bußgelder abzuknöpfen. Beschwerde zwecklos und schlimmer. Einmal sei er so verrückt gewesen zu protestieren. Da musste er das Auto stehenlassen und zur Aufnahme der Personalien bis zum nächsten Kontrollpunkt mitfahren, reine Schikane, hätte man ja auch vor Ort machen können. Dort hielt man ihn fest, bis er zugab – einsehen nannte man das –, zu schnell gefahren zu sein, und das Bußgeld von zweihundert D-Mark akzeptierte. Einhundert wären es gewesen, wenn er gleich gezahlt hätte. Naja, kriegte Wilfried mit einem Seitenblick auf Mater gerade noch die ideologisch korrekte Kurve: Das Geld sei ja schließlich irgendwie für einen guten Zweck gewesen. Woher sollten sie wissen, dass ich einer von ihnen bin.

Im Berliner Gästehaus der Kultur erwarteten uns die Delegationsmitglieder aus Süddeutschland und eine unauffällige Frau, Mitte vierzig. Käte Pfund, stellte sie sich vor, in den nächsten Tagen unsere Begleiterin.

Gleich nachdem wir unsere Zimmer bezogen hatten, gab es einen Empfang mit Häppchen und Sekt. Wie aus heiterem Himmel wallte Heimweh in mir auf, trug den Vater herbei, sein müdes Gesicht, den Bleistift hinterm Ohr, sein Leichnam im Kerzenlicht der Kapelle in Dondorf am Rhein. Neben mir hätte er stehen sollen, einer von uns. Dennoch: Ich war angekommen. Fühlte mich am rechten Fleck. Fühlte mich als Patriotin. Im richtigen Vaterland.

Begrüßt wurden wir von einem Mitglied des Vorstandes des Kulturbundes, Parteigenosse Geiger, einem Mann von jenem wenig beachtenswerten Äußeren, das allen gut ansteht, die auf Verführung aus sind, wozu auch immer. Noch schlank und sehr gerade gewachsen, das Wort Haltung meldete sich bei seinem Anblick wie selbstverständlich. Seine braunen Augen gefielen mir, ein fester Blick, aber nicht stechend. Ein Mann um die fünfzig, seiner Wirkung bewusst, der perfekte Spiegel für unerfülltes Begehren. Später vertraute Käte uns an, er stehe im Ruf eines Mannes, der die Frauen erfreut und sich an ihnen, so drückte sie sich aus.

Kultur ist, setzte Geiger nach einer kurzen Begrüßung an, wie der ganze Mensch lebt. Den Satz kannten wir aus unserem Parteiprogramm und würden ihn noch oft zu hören kriegen in den nächsten Tagen. Eines der edelsten Ziele, fuhr Geiger fort, und eine der größten Errungenschaften der sozialistischen Gesellschaft ist die allseits entwickelte Persönlichkeit. Michel warf mir einen scharfen Blick zu, und ich wusste, er dachte: Der redet ja wie auf dem Parteitag. Ich runzelte unwillig die Stirn; mir gefiel, was Geiger sagte. Oder war es Geiger, der mir gefiel? Er hatte doch recht. Umso mehr, als er nun darlegte, was unter einer derartigen, nämlich sozialistischen Persönlichkeit zu verstehen sei. Eine besonders charakteristische geistige und moralische Ausprägung des menschlichen Individuums meinte er damit, von dem Marx sagt, ›dass der wirkliche geistige Reichtum des Individuums ganz von dem Reichtum seiner wirklichen Beziehungen abhängt‹. Dafür, so Geiger, sollten wir in den nächsten Tagen unsere Augen und Ohren offenhalten. Denn sozialistische Persönlichkeiten entwickelten sich überall, vor allem aber in ihren Arbeitskollektiven, im Ringen um höchste Ergebnisse im sozialistischen Wettbewerb, beim Lernen, im Sport, bei der Aneignung der Schätze der Kultur und natürlich bei der Leitung und Planung unserer Gesellschaft auf allen Gebieten.

Geiger griff zum Sektglas, prostete noch einmal in die Runde, versicherte uns, man werde sich wiedersehen, und ging. Wie ein Hund, grinste ich für mich, der sein Terrain markiert, hatte er seine Losung hinterlassen.

Nach Geigers Abgang versetzte das Programm die Teilnehmer unverzüglich in Bewegung. Mia, eine Lehrerin aus Rosenheim, hätte sich gern bis zum Abend zurückgezogen, doch das ließ unsere Begleiterin nicht zu. Keinen zurücklassen, war auch hier die Devise; wir schlugen den Weg zum Alexanderplatz ein. Dort war im Café Moskau ein Tisch für uns reserviert.

Auf ging's zur Entdeckung der sozialistischen Persönlichkeit in der sozialistischen Wirklichkeit. Asphalt und Straßenbahnschienen, wenige Bürgerhäuser mit Stuckornamenten inmitten von Neubauten, rechts und links weißgrau gekachelte Wände, dann wieder Mietskasernen der Gründerjahre, von denen der Putz fiel, Granatspuren und Einschusslöcher; verfallene Mauern, vernagelte Fenster, darüber ein frisches Spruchband: ›Meine Hand für Frieden und Sozialismus‹. Von einem Emailleschild aus der Vorkriegszeit grüßte der Sarottimohr; darunter, verwittert, LSR, Luftschutzraum, erklärte Käte. Wer wolle, so Käte, konnte hier sehen, wie zu Kaisers Zeiten die kleinen Leute kleingehalten worden waren von Anfang an, kleingehalten in kleinen Verhältnissen. Und in den Neubauten? Zu gerne hätte ich eines dieser Häuser von innen gesehen.

Nur wenige Menschen waren unterwegs, Frauen zumeist, machten wohl letzte Einkäufe fürs Abendbrot, vor zwei Läden standen lange Schlangen. Käte schob uns eilig daran vorbei.

Ich hörte die deutschen Wörter, las die deutschen Straßenschilder und fühlte mich dennoch fremder im sozialistisch-deutschen Berlin als vor Jahren im kapitalistisch-italienischen Rom.

Am Abend folgten wir der Einladung des Berliner Kulturbunds in deren Residenz, ein neobarockes Sandsteinpalais in der Jägerstraße, einst gebaut für den Club von Berlin, einer der wichtigsten großbürgerlichen Vereine der Kaiserzeit und der Weimarer Republik, jetzt Klub der Kulturschaffenden, offiziell Johannes R. Becher Klub. Bechers Porträt hing neben dem Erich Honeckers im Treppenaufgang und noch einmal im Clubraum, der irgendwie meinen Vorstellungen von englischen Clubs aus Edgar-Wallace-Verfilmungen entsprach: hohe Wände, Bücherregale, eine diskrete Bar, bequeme Sessel um kleine Tische, über den Porträts ein schmales Banner: ›Die Verteidigung des Friedens ist Verteidigung der Kultur.‹

Wieder gab es eine Begrüßung, wieder eine Belehrung: ›Wissen, gewonnen durch Zweifel‹, so hat Brecht die Wissenschaft definiert, rief der Vorsitzende der Berliner Kulturbund-Gruppe, ein großväterlich-jovialer Endfünfziger, streng, und so definieren wir die produktive Haltung zu unserer Arbeit.

Ob sich der Redakteur des *Sonntag* gerade bei diesem Satz tatsächlich oder gezielt theatralisch verschluckte und dramatisch nach Luft rang, gab Anlass zu tagelangen Diskussionen zwischen Michel, Wilfried und mir. Jedenfalls erreichte er, dass der Redner sich wohl kürzer fasste als beabsichtigt, auf eine Definition der Brecht'schen Definition verzichtete und mit einem weiteren Zitat schloss, diesmal von dem Arbeiterdichter Hans Marchwitza, der es bis zum ZK-Mitglied gebracht hatte: ›Kultur ist jeder zweite Herzschlag unseres Lebens.‹ Der Redakteur beschränkte sich auf ein Räuspern, taktvoll, aber vernehmlich. Warnend?

In komfortabler Sesselrunde stellten wir uns alsdann einander vor: zwei Schriftsteller, davon der ältere, auch bei uns, also drüben, mit seinen Romanen bekannt. Ernst Neutert war ein mittelgroßer, mittelalter Mann, der, wenn er nicht sprach, und er sprach kaum, die Stirn gesenkt hielt wie zum Angriff; ebenfalls Arbeiterklasse. Neben ihm nahm sich der Jüngere, Gisbert Mattes, der noch nichts veröffentlicht hatte, recht schmächtig aus mit seinem schütteren Kinnbart, der beginnenden Glatze im fahlen Haar und auffallend schlechten Zähnen, die er beim Lachen mit der Hand zu bedecken suchte wie ein scheues Fräulein in Romanen des neunzehnten Jahrhunderts.

Zwei Lehrer für Deutsch, Russisch und Geschichte waren dabei, ein Psychiater, der sich in seinem Sessel zusammenkauerte, als wolle er in den Polstern verschwinden, und eine gutgelaunte, wohlbeleibte und -betuchte Dame gesetzten Alters, die Kunstweberin Hannelore Kubicki.

Doch Adrian saß augenscheinlich auf heißen Kohlen und ergriff ohne weitere Höflichkeitsfloskeln das Wort. Wie es um die Kultur der menschlichen Beziehungen bestellt sei, wenn man ihn, einen Gast, bei der Einreise des Produktes seiner Arbeit beraube. Völlig unverständlich sei ihm das und mit der gesamten internationalen und internationalistischen Tradition der revolutionären Arbeiterbewegung keinesfalls vereinbar. Schließlich trage jedes Wort seiner Gedichte dazu bei, die Fratze und den Verfall des Imperialismus zu entlarven. In diesem Tonfall ging es eine Weile dahin, bis wiederum ein Hustenreiz sich bellend Gehör verschaffte. Diesmal war es Wolfgang, der Musiker. Als sich aller Augen auf ihn richteten, schlug er der verdutzten Runde vor, Adrian solle doch eines seiner Gedichte vorlesen, am besten das an der Grenze etwas vorschnell zurückgewiesene. Nicht jeder könne den kulturellen Umwälzungen des Sozialismus immer auf der Spur bleiben, fügte er, die eifrigen Beamten fürsorglich in Schutz nehmend, hinzu. Meinte er das ernst? In den Augen dieses sympathischen Musikers las ich jene typische Mischung aus Hoffnung und Kummer eines Spötters, der mit all seiner Spottlust doch immer auf der Suche ist nach etwas, das eben dieser Spottlust standhält.

Vom Vorsitzenden des Berliner Bundes wurde der Vorschlag aufatmend begrüßt, und Adrian erhob sich. Verbeugte sich nach allen Seiten, setzte sich wieder und bediente sich Michels Exemplar – ausgiebig. Nach sieben Strophen imperialistisch bedingter Verelendung ging es weiter mit der skandalösen Umweltverseuchung durch die Monopole, denen, wie der Klappentext versprach, in schnörkelloser Sprache, das ausschließliche Interesse an der Sicherung immer höherer Profite nachgewiesen wurde, bis endlich in kämpferischen Reimen auch der wachsende Widerstand der westdeutschen Werktätigen in die Zeilen brach und Applaus den Vortrag beendete.

Adrian schloss sich nun ohne weiteres die Optikerin aus dem bayerischen Iffeldorf an, Bündnispartnerin Regine Steinle, die aus ihrer geräumigen Handtasche einen schmalen Gedichtband fischte, der den Augen der Grenzer am südöstlichen Übergang entgangen war. *Phönix flieg* aus dem Rote Berge Verlag, ihr erster, wie sie errötend bemerkte. Ihre Stimme bot einiges an Erschütterung auf, die sich bei uns Zuhörern aber nicht so recht einstellen wollte: allzu abgehärmt die Frau, zu siech das Mütterlein, zu dräuend das kapitalistische Elend.

Ausgerechnet der Psychiater war es, der sein anfangs taktvolles Hüsteln solange steigerte, bis die Optikerin aufsah und abbrach. Damit nicht genug, richtete sich der Mann aus seiner Kauerstellung auf und überreichte mir mit einer kleinen Verbeugung die *Denkzettel*.

Sie würden mir, verehrtes Fräulein Palm, und nicht nur mir, vermute ich, eine außerordentliche Freude machen, läsen Sie uns das Gedicht auf Seite 481 vor, Sie wissen schon. Damit reckte er mir den Band entgegen, und ich konnte gar nicht anders als zugreifen und zum ersten Mal in sein Gesicht sehen, ein schmales altes Gesicht, das ein feines Lächeln erhellte, ein Lächeln, das aus den grauen Augen strahlte und dringlicher noch als die Worte bat.

Fragend schaute ich von Wilfried zu Michel und zurück, beide nickten, bitte lies, sagte Wolfgang.

›Mein Vater‹, begann ich. Und musste schlucken. Vorlesen? Fremde Texte, meine Referate oder Artikel: kein Problem. Aber ein Gedicht von mir selbst? Es war das erste Mal. Das erste Mal, dass ich fremden Menschen nicht einfach ein Gedicht, vielmehr *mein* Gedicht, vorlas. Und es ging nur mich etwas an. Ich hatte es für mich geschrieben. Und dann veröffentlicht. Und damit geschrieben für alle. Es war nicht mehr (nur) meines. Ich war eine Leserin von einem Gedicht, das meines war und das von allen. Das alles schoss mir durch den Kopf, während mein Mund die Wörter formte, ohne dass mein Hirn die Laute in Sinn verwandelte, und ich um Fassung rang, um Abstand, im Versuch, aus der Verfasserin eine Vorleserin zu machen.

Während ich also alles tat, meine Stimme klingen zu lassen, als läse ich das Telefonbuch, erreichte ich bei den Zuhörern das Gegenteil dessen, was ich vermeiden wollte, nämlich Ergriffenheit. Was ich aber erst wahrnahm, als ich das Buch zuklappte und hörte, wie Käte sich schneuzte, sah, wie die Kunstweberin sich die Augenwinkel wischte, der Psychiater mir dankbar zunickte. Das erste Mal?, fragte er mich später unter vier Augen und lobte: Gut gemacht. Beim Schreiben schaffen die Wörter den Abstand für den Autor. Der Leser jedoch soll den Autor vergessen, dieser Abstand soll für den Leser beim Lesen wieder verloren gehen. Den sollen die Wörter packen wie ein Biss. Oder ein Kuss. Das ist Ihnen mit diesem Gedicht gelungen.

Ob er auch schreibe, wollte ich wissen. Er schüttelte den Kopf. Bedauernd? Schwer zu sagen. Vielleicht lag es an seinem Beruf. Wie sein Clubmitglied Geiger ließ er sich nicht gern in die Karten schauen, eine Haltung, die mir während meines Aufenthalts in diesem Lande noch öfter auffiel, und das umso deutlicher, je höher der parteipolitische Status reichte.

Angeregt von den Darbietungen der westdeutschen Genossen, wollten sich nun auch die Berliner Kollegen nicht lumpen lassen. Der Erfolgsautor griff einen seiner Gedichtbände aus dem Regal, der Jungautor zog ein schon reichlich zerlesenes Manuskript aus der Jacke, und siehe da, zufällig trugen auch zwei der Lehrer Selbstverfasstes bei sich. Denen ließen die beiden Profis den Vortritt.

Mein Gedicht schien so etwas wie ein romantisch-revolutionäres Scharnier zwischen den beiden Gedichtgruppen zu bilden. Verkam bei Adrian und Regine die Welt zum kapitalistischen Jammertal, so war bei den Genossen Lehrern die Rückkehr ins Paradies nur noch eine Frage der Zeit. Und des richtigen Wegs. Auf dem man sich in freier Fahrt befand, wenn diese auch hin und wieder der Korrektur bedurfte, damit man nicht abkam vom rechten Pfad.

Erlauben Sie, hob Genosse Lehrer an, ein paar einleitende Worte: Umweltschutz und Landeskultur haben wir uns auf unsere Fahnen geschrieben. Sie dienen der sinnvollen Gestaltung der Beziehungen der Menschen zur Umwelt und der Vertiefung ihrer Liebe zur sozialistischen Heimat. Das bezieht sich auf den Arbeitsplatz ebenso wie auf die Wohnung, auf die Ordnung und Sauberkeit in den Städten, die Pflege und Gestaltung der Parks und Grünflächen. Mit meinen Gedichten versuche ich, zur Gestaltung einer Umwelt beizutragen, die die sozialistische Lebensweise und das Schönheitsempfinden der Menschen fördert. Was ein langwieriger Prozess ist, besonders angesichts des Erbes, das wir vom Kapitalismus übernommen haben. Aber das muss ich ja in diesem Kreise nicht betonen.

Was Genosse Lehrer uns dann vortrug, stand in angenehmem Gegensatz zu den einleitenden Floskeln. Unsentimental und in Brecht'scher Knappheit nahm er uns mit in ein Potsdamer Haus am Sacrower See, an den Strand auf Hiddensee, zum Kranichflug auf dem Darß.

Leider hielt sein Nachfolger nicht, was seine Vorbemerkung, auf die auch er nicht verzichten wollte, versprach. Die Entwicklung der Bereitschaft zur Verteidigung der sozialistischen Heimat sowie der Fähigkeit zur selbstständigen geistigen Auseinandersetzung mit der Ideologie und Unkultur des Imperialismus ist eine der höchsten Aufgaben unserer Literatur, wusste er. Dazu gehören auch eine ausgeprägte sozialistische Moral, hohe geistige kulturelle Ansprüche und ein tiefer Sinn für alles Gute und Schöne. Gewohnt, vor Schülern zu reden, deren Aufmerksamkeit Tag für Tag aufs Neue geweckt und gefesselt werden muss, hatte seine tönende Stimme über die Jahre eine pathetisch leidende Färbung angenommen, die jeden Widerspruch erstickte.

Seine Gedichte machten den guten Eindruck seines Vorredners mit ihrem hohlen, Wilfried sagte später, verlogenen

Pathos zunichte. Mindestens fünf Mal sei in den drei Gedichten die Sonne im Osten aufgegangen, lästerte Michel, somit naturgegeben rot, während der Westen, der doch immerhin einen rotgoldenen Untergang aufweisen könne, ausnahmslos von Stürmen und Miseren heimgesucht worden sei.

Kein Wunder, dass bei derlei pausenlosem ästhetischkünstlerischem Erleben, das, wie uns die Kunstweberin wissen ließ, stets den ganzen Menschen erfassen und tief in ihn dringen solle, Unterstützung nottat. Die floss uns zu in Form von Radeberger, Braugold und Köstritzer; Rotkäppchen und Blauer Maus für die Damen; Schilkin Wodka und Goldbrand für die Herren.

Rosenthaler Kadarka und Goldener Nektar aus Ungarn, Weine, die Onkel Schäng als süffig bezeichnet hätte, sorgten dann endgültig für unseren Übergang vom Gedicht zum Gesang. ›In einem kühlen Grunde‹, seufzte die Kunstweberin melodisch, und wir vereinten unsere ost- und westdeutschen Kulturbundstimmen unisono zu der Feststellung: ›da geht ein Mühlenrad‹.

Und dass ein Liebchen verschwunden war, wussten wir auch noch, aber dann ging es erst mal nicht weiter, bis ausgerechnet der Erfolgsautor, aber da war es schon gut nach Mitternacht, loslegte: ›Wenn ich ein Vöglein wär‹, und der Jungautor umgehend sekundierte: ›und auch zwei Flügel hätt‹, wobei er Regine unverhohlen anschmachtete. ›Flög ich zu dir‹, versicherten wir uns über alle Grenzen hinweg. ›Weil's aber nicht kann sein, weil's aber nicht kann sein, bleib ich allhier.‹ Und Käte kniff wie schon so oft an diesem Abend die Lippen zusammen. Mitgesungen hatte sie keinen Ton.

Wenig später im schmalen, gut eingelegenen Bett erfüllte mich in den Armen von Blauem Würger, Goldi, Lauti und Wildschütz eine wunderbare Harmonie. Das Gelobte Land hatte mich mit offenen Armen (und Flaschen) empfangen, Frieden und Freundschaft im Herzen, schlief ich ein, leichthin siegte der Sozialismus über Berg und Tal und Mauern aller Art, und ich machte mir im Traum ein schönes Bild davon.

Am nächsten Morgen ging es mit dem Bus zeitig zur Besichtigung eines VEB Plaste- und Elaste-Verarbeitungswerks nahe Berlin. Ich führte einen harten Kampf gegen die bösen Folgen des Goldenen Nektar, den anderen ging es kaum besser. Bis auf Käte, deren Enthaltsamkeit am Vorabend nun eine ausgeschlafene Munterkeit belohnte, die zum Preise sozialistischer Plaste- und Elaste-Produktion eingesetzt wurde, was wir unter der Maske interessierten Zuhörens dösend über uns ergehen ließen.

Schließlich durchquerten wir ein beschauliches Dörfchen und bogen hinter einem Wäldchen in eine Neubausiedlung ein.

Oha, kommentierte Wilfried die Ansammlung von Hochhäusern.

Plattenbau, murmelte Michel.

Scheußlich, wagte ich zu denken, sekundenlang nur, dann machte mein sozialistischer Auto-Korrektur-Automat sekundenschnell aus dem scheußlich ein praktisch, und ich lächelte Käte, die uns verstohlen musterte, einvernehmlich zu.

Am Werkstor beim Pförtner erwartete uns Brigadier Genosse Manns, der jeden mit einem Handschlag begrüßte, den ich noch stundenlang spürte. Auf dem Weg in eine der Hallen folgten wir einem Mann durch einen langen Gang, an den Wänden Porträts, meist von Männern. Unsere Straße der Besten, erklärte Manns, die Fotos der besten Werktätigen im sozialistischen Wettbewerb. Darüber ein Banner: ›So wie wir heute arbeiten, werden wir morgen leben‹.

Wieder gab es viel zu hören über starre polymere Kunststoffe, Makromoleküle und Ähnliches, doch was sich mir einzig einprägte, waren die Banner über dem grauen Mauerputz: ›Wir gehören zu den Siegern der Geschichte‹. Darunter: ›Jeden Tag mit guter Bilanz‹. Und: ›Arbeite mit, plane mit, regiere mit‹.

In der Werkhalle standen Männer fest mit beiden Beinen in schweren Arbeitsschuhen auf dem Betonfußboden ihres sozialistischen Eigentums an Maschinen, die Plastiktrichter, Schüsseln oder Wäscheklammern auswarfen. Frauen stapelten die Ware in Wägelchen und verteilten sie in der nächsten Halle für die Kolleginnen auf die Fließbänder.

Wieder ein Banner: ›Unser Arbeitsplatz – Kampfplatz für den Frieden‹. Ich seufzte. Was hatte ich mir denn gedacht? Dass es derlei entfremdete Arbeit im Sozialismus nicht mehr gebe? Doch wo war der Unterschied zwischen einem kapitalistischen Acht-Stunden-Tag am Fließband und einem sozialistischen? Naive Frage? Vielleicht. Doch hatten diese Frauen am Fließband hier wirklich mehr zu sagen als bei uns? Im Betrieb oder in der Politik? Konnten sie mitbestimmen, wie schnell das Band lief, wie lang die Pausen waren, wann es die nächste Lohnerhöhung gab?

Genosse Manns ließ derlei Fragen gar nicht erst aufkommen, schleuste die Kulturschaffenden, wie er uns nannte, vielmehr eiligst aus der Produktion heraus und hinein in die sogenannte Werkküche, eine erstaunliche Kantine, die er hochgemut präsentierte und Wilfried ein zweites spontanes Oha entlockte.

In der Mitte des Raumes sprudelte ein Tischspringbrunnen, wie ich ihn aus Quelle-Katalogen und dem Wohnzimmer Tante Bertas kannte. Nur war der hier aus rosaschimmerndem Plastik und mindestens viermal so groß, innen mit gelben und grünen Lämpchen angestrahlt. Gegenüber der

Fensterfront, überwuchert von künstlichem Farn, standen Regale, darin Gartenkalender und Pflanzenbücher, Schwerpunkt Kakteenzucht, mit Titeln wie *Morgenzauber, Rausch* oder *Castaneda*. Nachschlagewerke zur Jagd auf Haar- und Federwild. Parteiliteratur. Eine Wandzeitung feierte mit vielen Fotos den Sieg des Vietcong in Saigon, das Ende des Vietnamkriegs.

Gebannt blieben unsere Blicke an der Stirnwand hängen, an vier Hirschköpfen, deren gläserne Augen dem Betrachter folgten, wie ich es von Gemälden des Genossen Staatsratsvorsitzenden Erich Honecker kannte. Die vier Hirsche vermochten desgleichen. Zwischen ihnen das geringfügig größere Staatswappen der DDR, darüber ein Spruchband: ›Wo ein Genosse ist, ist die Partei‹. Den Tieren glühten Lämpchen in den Ohren, und in den Mäulern steckten Zapfhähne, darunter Biergläser der Brauereien aus Köstritz und Radeberg. Alles aus Plaste, unterstrich Genosse Manns, stolz, wie sonst. Nur, das Bier, reine Natur, scherzte er, wer hat noch nicht, wer will noch mal? Wir wollten alle und durften sogar ein Foto machen von den bierselig triefenden Mäulern. In den Hallen war das streng verboten.

Jeden Monat, fügte Manns hinzu, gebe es hier eine Lesung, danach Freibier. Kürzlich sei Parteigenosse Neutert hier gewesen. Da hätten sie sämtliche Hirschköpp leergesoffen.

Die Betriebsgruppe Jägerlust, die in dem angrenzenden Waldstück jagen dürfe, habe diesen praktischen Wandschmuck in ihrer Freizeit hergestellt, erklärte Manns und winkte uns in einen kleineren Nebenraum. Auf den Tischen drängten sich Engel und Zwerge, Hexen, Elfen und andere Phantasiegestalten in vielerlei Größen und Farben; Vasen, Übertöpfe, Kästen, Lampenschirme, Bälle und Kegel oder einfach verrückte Gebilde. Alles Plaste, alles vom Zirkel

Kunsthandwerk gefertigt, alles zum Verkauf. Der werde erst am Wochenende eröffnet, erklärte Manns, schade, dann wären wir ja nicht mehr da. Die Bilder – Wald- und Jagdszenerien – habe der Malerzirkel beigesteuert.

Zurück in der Werkküche, stieß ein zweiter Brigadier zu uns, der gleich mit Manns zu fachsimpeln anfing. Jeder Betrieb, so Käte, verfüge über eigene Einkaufsmöglichkeiten, sogenannte innerbetriebliche Angebote, die an werksinternen Verkaufsstellen veräußert würden. Die beiden Männer, stellte sich heraus, waren im Konsum- und Gaststättenbeirat des Betriebs, und nun ging es um das Banner zur Winteraktion. Welcher Spruch war der richtige? Musste es sich unbedingt reimen?

›Wenn im Baum die Kerze loht/lockt das Weihnachtsangebot‹, schlug Manns vor. Sein Kumpel zuckte die Achseln: Tut es doch sowieso, locken meine ich, fügte er mit einem Seitenblick auf uns hinzu. Was glaubt ihr, was vor Weihnachten in den Verkaufsstellen los ist, Bückware und so. Wenn es erst mal das Jahresendgeld gegeben hat.

Weihnachtsgeld ist das, warf Käte dazwischen. War sie bei der Bückware zusammengezuckt? Die gab es doch offiziell gar nicht.

Die Männer nickten und wandten sich wieder ihren Sprüchen zu.

Zum Abschied durften wir uns etwas zum Mitnehmen aussuchen, durften wählen zwischen einem gelben und einem grünen Schlüsselanhänger, einem Häslein, das sich auf die Hinterbeine stellt.

Zurück im Bus bastelten wir an Sprüchen für das Banner, und ich vermisste wieder einmal Hugo, mit dem ich Maos rote Parolen so manches Mal hatte blass aussehen lassen. Aber nachdem ich Wilfried und Michel auf die Sprünge, wenn schon nicht den großen Sprung geholfen hatte, taten die ihr Bestes, mit taktischem Geschick den Plaste-Berg zu erobern, steuerten einen Jahresendspruch nach dem anderen bei, was Kätes Miene zusehends verfinsterte. Der Sieger: ›Lecker lockt die Weihnachtsgans/im Plaste- und Elaste-Glanz‹.

Geht leider auch nicht, seufzte Wilfried. Weihnachten. Muss weg. Schließlich haben die ja schon ihren Weihnachtsengel umgetauft: Jahresendflügelfigur heißt der, hab ich gehört.

Wir prusteten los. Eine neue Herausforderung. Aus der Weihnachtsgans wurde ein Festabendgeflügel, dem Weihnachtsmann ein Jahresendwaldmann, dem Weihnachtsbaum ein Tännlein steht im Walde. O du fröhliche!

Nach dem späten Mittagessen genossen wir dankbar eine Stunde Pause, bevor wir den Dorotheenstädtischen Friedhof besuchten, rote Nelken für Brecht, Helene Weigel und Arnold Zweig, weiße für Hegel und Fichte. Und Becher? Dem gönnten wir seine letzte Ruhe. Gemein?

Abends wurden wir im Haus der jungen Talente in der Klosterstraße erwartet, wieder ein prachtvolles Palais, Veranstaltungsort für Sing- und Theatergruppen, Treffpunkt von Zirkeln zum Malen und Zeichnen, Fotografieren, Kunsthandwerk oder um ein Musikinstrument zu lernen.

Heute stellten sich die Siegerinnen und Sieger eines Lyrikwettbewerbs vor, der jährlich vom Kulturbund und der FDJ, der Freien Deutschen Jugend, unter den Absolventen Berliner Oberschulen ausgetragen wurde. Auch Hartmut König würde dabei sein, deshalb finde das Ganze im großen Saal statt, vor rund tausend Zuhörern.

Wieder glänzten die Banner: ›Es lebe der Sozialismus‹ – ›Seid Bereit‹ – ›Freundschaft‹.

Es grüßte die Festgemeinde und die Freunde aus der BRD der Erste Sekretär des Zentralrats der Freien Deutschen Jugend, Egon Krenz, der, wie mir schien, nicht begriffen hatte, dass es hier um Gedichte ging und nicht um Lieder, Songs, wie er sagte, doch dann merkte ich, dass es um beides ging, dichten und singen und zwar in der Gruppe: zusammen tanzen, reden, singen, Probleme austauschen und sich viele Fragen stellen; der Redner wurde nicht müde, den Segen gemeinschaftsbildender Aktivitäten zu beschwören. Ziel muss sein, so Krenz, eine positive, stets aktive und wirklich menschliche Haltung. In der Geschichte und heute den Menschen suchen, der nach Freiheit und Fortschritt strebt. Die sozialistische Gemeinschaft, schloss er herzhaft, hat keinen Platz für Erscheinungen der Missachtung des Menschen, für sorglos egoistisches Verhalten gegenüber dem Einzelnen und der Gemeinschaft. Freundschaft!

Aufrecht, mit angewinkelter, übers Haupthaar gereckter Faust nahm Genosse Krenz den Beifall der Versammlung entgegen. Verharrte in dieser Position, bis ein Chor das Lied der FDJ angestimmt und wir alle, ähnliche Haltungen wie der Vorsitzende einnehmend, mitgesungen und mehrfach versichert hatten: ›Bau auf, bau auf, bau auf, bau auf, Freie Deutsche Jugend, bau auf. Für eine bessere Zukunft richten wir die Heimat auf.‹

Diesmal galt der Beifall der Gruppe und uns allen, wir feierten uns selbst, kamen aus dem Feiern gar nicht mehr heraus, da Genosse Krenz, ehe er sich zu den Honoratioren in der ersten Reihe begab, den Mann ankündigte, dem dieser Saal entgegenfieberte. Ein schlanker junger Mensch, Gitarre im Arm, sprang auf die Bühne, musste nur ein paar Akkorde anreißen und ›Sag mir‹ ausrufen, damit der Saal losbrüllte: ›wo du stehst, sag mir, wo du stehst und welchen Weeeg du gehst.‹ Ja, wir kannten die Antwort, und wer vom rechten Weg abkam, den schubsten wir zurück, was war dagegen zu sagen, das war Genossenpflicht. ›Du kannst nicht bei uns und bei ihnen genießen‹, sang der Sänger, sangen wir, ›drum komm und zeig mir dein wahres Gesicht.‹ Noch war es unvollkommen, das Gesicht des real existierenden Sozialismus im deutschen Bruderland, aber dafür war es nicht verlogen wie die tückisch-verführerisch überschminkte falsche Fratze des Kapitalismus. ›Besser als gerührt sein, ist, sich rühren‹, sang der schmale schwarzhaarige Mann, und wir sangen mit, als wäre es das Lied unseres Lebens.

Dem furiosen Auftakt folgten liebe Schülerverse, unbedeutend das Ganze, zu brav, zu sehr aufs Gewünschte aus. Da half's auch nicht, dass die meisten Verse gesungen wurden, einige sogar getanzt, im Gegenteil, es zog den Abend noch mehr in die Länge. Irgendwann war es dann überstanden, und wir stärkten uns in der hauseigenen Kneipe für den Heimweg.

Wir waren schon im Aufbruch, da hielt mich eine FDJ-lerin zurück: Ob wir noch Lust hätten, woanders hinzugehen, man habe einiges mehr zu bieten als aufbauenden Gesang und lebensbejahenden Volkstanz. Damit steckte sie mir einen Zettel zu und ging demonstrativ an mir vorbei und weiter. Auch Wilfried und Michel wurden in ähnlich beiläufiger Manier angesprochen; die Adressen, stellte sich heraus, waren dieselben. Aber wie dorthin kommen?

Zunächst jedenfalls ging es zurück ins Gästehaus. Doch wie von dort hinaus? Und später wieder hinein? Schlüssel hatten wir nur für unsere Zimmer. Käte legte Wert auf absoluten Zusammenhalt, und das hieß gemeinsames Kommen und Gehen. Ein Haustürschlüssel war da nicht nötig.

Blieb nur eins: durchs Fenster. Wir weihten Wolfgang ein. Sein Zimmer lag im Erdgeschoss, nach hinten raus.

Wir schafften es. Schlichen durch den finsteren Hinterhof, überwanden die kaum kniehohe Mauer, und dann half uns Wilfrieds Berlin-Erfahrung weiter. Die Straßen, nur dürftig beleuchtet, waren menschenleer, aus ein paar Schornsteinen quoll flauschiger Rauch, in der Kurve kreischte eine Straßenbahn, vom Dom schlug es viermal die volle Stunde, elf Schläge folgten. Im Laufschritt trabten wir Richtung Oranienburger Straße und überquerten die Dorotheenstraße, als plötzlich das erste und einzige Auto neben uns stoppte.

Zwei Vopos stiegen aus: Nu bleiben Se mal stehen.

Wir standen.

Sehen Se das da? Die Lichtzeichenanlage?

Hä?, entfuhr es mir.

Wir sahen. Die Ampel zeigte ein rotes Männchen. Das Männchen stand. Wir waren gelaufen.

Se könn'n sich ausweisen?

Wir konnten. Immer den Ausweis dabeihaben, das hatte man uns in Hamburg eingeschärft.

Die Vopos prüften gewissenhaft. Wollten wissen, wo wir in Berlin wohnten. Unsere Adresse nötigte ihnen ein knappes Kopfnicken ab. Respektvoll? Verächtlich? Das wusste ich wieder einmal nicht zu deuten.

Fünf Mark, befand schließlich der Ältere und gab Michel unsere Ausweise zurück.

Gemäß der Straßenverkehrsordnung der Deutschen Demokratischen Republik, ergänzte der Jüngere und zündete sich eine Zigarette an.

Aber hier ist doch weit und breit kein …, versuchte Michel zu protestieren.

Von jedem!, unterbrach ihn der Jüngere, tat einen tiefen Zug und ließ den Rauch genüsslich entweichen.

Zwecklos, murmelte Wilfried und zückte sein Portemonnaie. Wir zahlten. Wolfgang forderte eine Quittung, was ihm der ältere Vopo: Macht, dass ihr weiterkommt, verweigerte. Zu unrecht, wie man uns später bestätigte.

Aber wir kamen weiter. Und wir kamen an. In einer Straße, die fast nur aus bröckelnden Fassaden und Ruinen zu bestehen schien, als sei der Krieg nicht schon dreißig Jahre vorbei. Zwei junge Männer winkten uns verschwörerisch aus einer Toreinfahrt – oder war es die Ruine eines Portals? – zu sich heran und weiter, mithilfe einer Taschenlampe über ein großes verwildertes Grundstück in ein zweites Gebäude, aus dem uns seltsam schwankend in der Lautstärke *Lucy in the Sky with Diamonds* entgegenwaberte.

Im Keller des Gebäudes wurden wir mit Hallo und Klatschen begrüßt, wie gute Freunde oder berühmte Leute, wieder konnte ich mich nicht entscheiden.

Gerti Salmann, stellte sich das Mädchen vor, das mich hierhergelockt hatte. Ich hätte sie kaum erkannt, nicht nur wegen der spärlichen Beleuchtung, nur ein paar Kerzen in Flaschenhälsen auf den Tischen, wie ich das von Partys aus den Sechzigern kannte. Ihr Haar, im Haus der jungen Talente straff hinter den Ohren festgezurrt, fiel offen über die Schultern, statt blauer Bluse trug sie ein enges T-Shirt, dazu Jeans mit künstlich eingerissenen Löchern. Westware? Gerti präsentierte mich wie eine Beute, Wilfried, Michel und Wolfgang wurden gleich weitergelotst, erst mal gab's für alle eine Runde Blauer Würger, wieder dieser Wodka, von dem Michel am Vorabend behauptet hatte, bei drei davon gibt's nen Blindenhund gratis.

Viel Zeit, mich umzuschauen, blieb mir nicht, ein schlaksiger junger Mann in kariertem Hemd klopfte dreimal vor mir auf den Tisch, was wohl meinte, darf ich bitten, und wir legten los, zu *Sugar Baby Love* der Rubettes, nicht anders als in jeder Disko überall auf der Welt. Nur war hier die

Anlage so schlecht, dass die Musik mal laut, mal leise kam, die Platten sich mal zu schnell, mal zu langsam drehten, was machte das schon, der junge Mann gefiel mir, Abbas *Waterloo* gefiel mir, noch einen Blauen Würger an der Bar? Warum nicht, wir steuerten den erkennbar von Laienhand errichteten Holzaufbau, die Hausbar, an, deren Inhalt die Einheit von Form und Inhalt Lügen strafte, eher der primitiven Form den wohlentwickelten Inhalt dialektisch entgegensetzte. Über der Theke, von einer roten Glühbirne angestrahlt, das Foto eines Friedhofs. Auf der Mauer hinter den Gräbern ein Banner: ›Heraus zum 1. Mai‹.

Gerti und Wilfried prosteten uns zu, Michel schüttelte Arme und Beine im Tanz, sein Partner ein gut gewachsener Mann mit einem frechen Hintern in knallengen schwarzen Lederhosen, ›Irgendwann will jeder mal raus aus seiner Haut‹, sang ein skeptischer Bariton, sogar einen Schallplattenunterhalter, wie man hierzulande den DJ nannte, gab es; natürlich ohne amtlichen Ausweis, also nicht vorschriftsmäßig staatlich geprüft, doch das Ganze hielt sich ja ohnehin an keine Vorschrift, frei nach dem Motto, was (noch) nicht entdeckt ist, ist erlaubt. So erlaubte man sich auch, erklärte mein Tänzer, hier nicht nach Vorschrift aufzulegen, nämlich sechzig Prozent Titel aus DDR- und Bruderländer-Produktion, der Rest aus dem kapitalistischen Ausland, imperialistische Unkultur. Erst kürzlich habe die FDJ-Zeitung *Junge Welt* diese Musik kritisiert: Sie mache den kapitalistischen Alltag zu einer willig erfüllbaren Pflicht. Die Disko, wir schreiben die hier übrigens mit k, wie Katastrophe, spöttelte mein Tänzer, die Disko werde zum illuminierten Ghetto, schreiben die, in dem man sich geheime Sehnsüchte einfach von der Seele tanzt, ehe man wieder brav, vor allem ohne Frage, in den Alltag tritt, so in diesem Stil geht das über Seiten. Illuminiertes Ghetto! Mein Begleiter blies verächlich die Backen auf: Tja, so ist das eben. Theorie ist Marx. Praxis ist Murx.

›Als ich wie ein Vogel war‹, sang die Stimme von vorhin, die kannte ich doch, das war doch aus dem Film *Für die Liebe noch zu mager*, die Musik blieb im Ohr. Klaus Renft Combo, erklärte mein Tänzer, und der Gerulf, der Pannach, der den Text geschrieben hat, der darf jetzt endgültig nicht mehr auftreten. Auch nicht mehr inoffiziell.

Wunderbar, brüllte es mir von hinten ins Ohr. Ich schrak zusammen: Jungautor Gisbert vom Abend zuvor. Mit *Una Paloma Blanca* gelang den Lautsprechern gerade wieder ein kraftvoller Höhenflug.

Wunderbar, brüllte er, sei mein Gedicht gewesen. Ob ich einen Moment Zeit hätte. Ich lächelte meinen Tänzer schulterzuckend an und folgte Gisbert in eine Nische, wo man sich, mühsam, aber immerhin, verständigen konnte.

Hier, Gisbert zog eine Papierrolle aus der Steppweste, unschwer als Manuskript zu erkennen, und rollte sie mit einer Geste aus, als breite er mir ein Königreich zu Füßen: Das zeig ich nur dir.

Gestern Abend habe er es nicht gewagt, auch, weil Neutert dabei gewesen sei und der Sekretär des Kulturbundes. Die wüssten, dass seine Gedichte abgelehnt worden seien.

Abgelehnt, entfuhr es mir. Von wem denn?

Abgelehnt, bestätigte Gisbert und goss Blauen Würger nach; er hatte gleich eine Flasche mit in die Nische genommen. Vom Verlag. Man hat meinen Eintritt in die Literatur verhindert. Seine schmale Hand strich das dünne Kinnbärtchen noch dichter zusammen. Aber man weiß ja, wer dahintersteckt.

Prost. Das ist bitter. Ich kippte das Gesöff hinunter und überlegte mit Lenin: Was tun?

Und warum?

Unreifer Klassenstandpunkt. Gisberts Zunge verharrte ein wenig zu lange auf dem L, die S kamen zu weich, das P klang wie B, der Blaue Würger würkte.

Darf ich? Ich griff nach dem Manuskript: *Rotkäppchen lacht.* Untertitel: *Gedichte aus dem Märchenland.*

Oha, hätte Wilfried gesagt. Da lag Ärger in der Luft.

›Meine Mutter kommt aus/mit wenig Schlaf‹, las ich halblaut. ›Das muss so sein/wie sonst/könnte sie mir sonst/eine gute Mutter sein/mit zu wenig Schlaf?‹

Ich nickte anerkennend in Gisberts gespannt abwartendes Gesicht und blätterte weiter. ›Unter dem Kirschbaum allein Liebste/will ich mit dir sein/und nicht/bei laufendem Reim/in einem großen Kessel/voll Buntes.‹

›Wer zahlt/darf die Rolltreppe rauf/fahren und wieder runter/in den Kurven steigen wir/aus und ein/mal wird kein Mal sein.‹

Guuut, sagte ich und wollte, dass es Gisbert guttat, mein Guuut, ohnehin wusste ich nicht mehr, wer stärker war, die Gedichte oder der Blaue Würger.

Unreifer Klassenstandpunkt! Gisbert rollte die Papiere zusammen und drückte sie an die Brust. Aber keine antagonistischen Widersprüche zwischen mir und meinem Land, hat man mir gesagt. Das lasse hoffen. Er lachte bitter und stand schwankend auf. Muss morgen früh raus, entschuldigte er sich. Um 5 Uhr 30 ist Schicht. Brötchen verdienen. In der Produktion. Galvanisiererei.

Das letzte Wort konnte ich nur noch erraten, es hatte entschieden ein paar Silben zuviel. Ich hätte es auch nicht mehr besser gekonnt.

Wir umarmten uns innig, sozusagen von Jungautorin zu Jungautor, und Gisbert gab mir seine Adresse, falls ich eine Möglichkeit wüsste.

Der Keller leerte sich zusehends, viele mussten morgens früh raus. Ich setzte mich zu Gerti, Wilfried und Wolfgang, der sich mit Franzi, einer Kommilitonin Gertis, angefreundet hatte; beide studierten Deutsch und Russisch. Michel saß mit dem Mann in der Lederhose ein wenig abseits. ›Geh zu ihr‹, sangen die Puhdys, ach, diese wunderschöne herzzerreißende *Legende von Paul und Paula*.

Nun erzähl mal deine Geschichte, Franzi, ermunterte Gerti die Jüngere, braunhaarig, zart, einen guten Kopf kleiner als Gerti. Die ließ sich nicht lange bitten. Michel und sein Begleiter rückten näher.

Ist ja eigentlich gar nicht meine Geschichte, sondern die meiner Cousine, begann Franzi. Letztes Jahr passiert. In Zwickau. Zwölfte Klasse. Die sollten ein Kulturprogramm machen. Müssen die Klassen bei uns überall. Jedes Jahr. Nun hatten die aber überhaupt keine Lust und meldeten daher auch nichts an. Das war ungeheuerlich und wurde in der nächsten Pause auf dem Schulhof öffentlich gerügt. Per Lautsprecher. Der Klassenlehrer tobte. Da entschloss man sich auf die Schnelle doch noch zu einem Programm. Und jetzt kommt's. Man einigte sich auf Morgensterns Gedicht *Mopsenleben* und die *Internationale*. Auf Englisch.

Oha, sagte Wilfried. Sprache des Klassenfeinds.

Jaha, ergänzte Michel. Aber das allein ist es sicher nicht. Kennt ihr das Mopsgedicht?

Kannten wir nicht. Aber Michel. Er hatte irgendwann ein Referat über ›Die Funktion des Hundes in Christian Morgensterns Galgenliedern‹ geschrieben.

Erst die Geschichte oder das Gedicht?, fragte er.

Doch Franzi fuhr fort: Meine Cousine, die Krissi, geht also nach Hause und erzählt dort alles. Haarklein. Hat nämlich ein sehr gutes Verhältnis zu ihren Eltern. Die hatten zwar ein bisschen Bedenken wegen der *Internationale*, aber das konnte man ja noch durchgehen lassen, eben dass auch die Amis mal lernen müssen oder so. Das Mopsgedicht kannten sie nicht. Aber gegen Morgenstern war ja wohl nichts einzuwenden. Der Vater übrigens Ingenieur, die Mutter Textilwerkerin. Beide Mitglieder im Kulturbund.

Gern hätte ich gewusst, was das ist, eine Textilwerkerin, aber ich hielt den Mund.

Also: Es kommt zur Aufführung am nächsten Tag. Vortrag des Mopsgedichts. Getuschel. Schweigen. Kein Applaus. Dann die *Internationale*. Zwischenruf: Aufhören! Am nächsten Tag: Alle Klassen, vom ersten bis zum letzten Jahrgang, müssen einen Aufsatz schreiben: ›Wozu ein Kulturprogramm in unserer Zeit? Was hat es uns zu sagen?‹ In der Pause musste Krissis Klasse raus auf den Hof. Auf die Empore. Und die *Internationale* singen. Auf Deutsch, Spanisch, Englisch und Russisch. Alle Strophen.

Auswendig?, stöhnte ich ungläubig.

Dann kam die Stasi in die Schule, fuhr Franzi fort. Zum Verhör. Erst die Lehrer, dann die Schüler. Alle einzeln. Wer war der Rädelsführer, wollten die wissen.

Die *Internationale* auf Englisch! Wer hatte die Idee?

Antwort: Wir wollten den Klassenfeind provozieren.

Wo? Hier in Zwickau?

Auch hier. Überall. Daher ja auch: *Internationale*.

Als Nächstes das Mopsgedicht. Warum ausgerechnet dieses Gedicht?

Hat uns gefallen, sagten wir, habe Krissi berichtet.

Warum?

Weil es lustig ist.

Da hätten die nicht weitergefragt. Nur als ein dickes Mädchen in der nächsten Turnstunde schrie: Ich bin nicht der Mops auf der Mauer, da sei die zugeführt worden.

Häh?, entfuhr es mir.

Also, vor die Stasi zitiert worden: Wie sie das gemeint habe? Wer denn der Mops auf der Mauer sei?

Bei Krissi zu Hause hat man das Ganze nun nicht mehr auf die leichte Schulter genommen. Ihr Vater fuhr mit ihr gleich hierher an die Uni und trug den Fall vor, denn das war das Gedicht geworden. Er wollte der Stasi zuvorkommen. Und Extra-Eingaben beim Ministerium für Kultur hat er auch noch gemacht. Nun wartet Krissi, nun warten wir alle auf die Entscheidung.

Wir schwiegen. Betreten. Das berufliche Weiterkommen dieser jungen Leute hing ab von einem Gedicht? Musste ja ein starkes Stück sein – das Michel zusammen mit Gerti und Franzi so eben zusammenkriegte.

Mopsenleben

Es sitzen Möpse gern auf Mauerecken,
die sich ins Straßenbild hinaus erstrecken

um von sotanen vorteilhaften Posten
die bunte Welt gemächlich auszukosten.

O Mensch, lieg vor dir selber auf der Lauer,
sonst bist du auch ein Mops nur auf der Mauer.

Tja, kombinierte Wolfgang. Vielleicht hätte Morgenstern statt Mauer besser antifaschistischer Schutzwall geschrieben.

Deshalb dieses Gedöns? Wegen des Wortes Mauer? Ich war fassungslos. Wär ich nie draufgekommen! Das Gedicht ist doch moralisch völlig einwandfrei, empörte ich mich. Sich selbst nichts durchgehen lassen, aktiv bleiben: klarer sozialistischer Klassenstandpunkt. Der Mops als Symbol des ausbeuterischen Kapitalisten, der sich die Früchte der werktätigen Masse aneignet und nichtsnutzig genießend auf der faulen Haut liegt.

Gerti schüttelte den Kopf. So weit denken die bei Horch und Guck doch nicht; das sind doch keine Germanisten. Die nehmen's wörtlich. Das hätt ich den Kindern sagen können, das musste nach hinten losgehen. Nichtstun und auf der Mauer liegen. Oha, schloss sie mit einem zärtlichen Seitenblick auf Wilfried.

Wenn es wenigstens im Gras gewesen wäre, ergänzte Franzi. Oder auf der Straße. Wo auch immer. Aber Mauer? Und dann auch noch: *Galgenlieder*. Hoffentlich geht alles gut.

Da kenn ich noch so ein Beispiel, ergriff jetzt Michels Begleiter das Wort, Leo hieß er. Der leichte Berliner Akzent verlieh allem, was er sagte, einen aufsässigen Tonfall. Kulturprogramm auf unserer Abifeier. Unser Klassenbester, der Hans, durfte die Rede halten. Lief auch alles glatt, so in dem Sinne, der sozialistische Mensch solle Eigenarten und Extravaganzen ablegen, um zur Reife zu gelangen, und Bildung sei ein höherer Wert als materieller Besitz, sich einordnen besser, als sich selbst verwirklichen, das kriegen wir ja jahrelang eingebläut. Zum Schluss holte der Hans dann vor zustimmend nickender Festgemeinde zum Lob der Klassiker aus und zitierte am Ende, ja, was meint ihr? Gespannt ließ Leo seinen Blick über unsere ahnungslos gespannten Gesichter schweifen.

Hölderlin!, triumphierte er. Hälfte des Lebens.

Oha, sagte Wilfried.

›Die Mauern stehn/Sprachlos und kalt im Winde/klirren die Fahnen‹, zitierte Leo die letzten Zeilen des Gedichts. Und das waren die letzten Sätze seiner Festrede. Die beinah im Tumult untergingen. Da war Schluss mit dem Germanistikstudium. Ab in die Produktion. In seinem Fall in die

Fräserei. Da ist er heute noch. Nach über zwei Jahren. Wird nirgendwo zugelassen, zur Weiterbildung.

Ungläubig starrte ich Leo an, suchte Wilfrieds Blick, suchte Michels und Wolfgangs Augen. Das konnte doch nicht wahr sein.

Leo griff nach Michels Hand und hielt sie fest, während er mich mit traurigem Sarkasmus ansah: Ihr glaubt ja gar nicht, wie man hier jedes Wort auf die Goldwaage legen muss. Davon habt ihr Bundis doch keine Ahnung. Ihr müsstet mal dabei sein, wenn es jedes Jahr heißt: Ab zum Ernteeinsatz. Natürlich ›freiwillig‹, haha. Da werden Schlachten geschlagen, Ernteschlachten, Helden geboren: ›Mit Mais zum Sieg‹. Frei nach dem großen Bauernführer Lenin: ›Getreide ist Macht‹. Und: ›Von der Sowjetunion lernen, heißt siegen lernen‹. Krönt das Hinterteil so manchen Mähdreschers. Von meinem Vater kenn ich noch den Spruch: ›Große Schläge, guter Bauer, sind Schläge gegen Adenauer.‹ Und heute? ›Ohne Gott und Sonnenschein, fahren wir die Ernte ein.‹ Er lachte bitter. Ist kein Witz. Könnt ihr im Herbst über so manchem Hoftor lesen. ›Ohne Sonnenschein und Gott, macht die LPG bankrott‹; für so ne blöde Verdrehung konntest du bis vor kurzem noch vorgeladen werden. Und dann, so nach dem Kartoffelnsammeln, wenn du dir einen hinter die Binde gekippt hast und loslegst, von wegen Bildung und Wissenschaft ist ein Privileg der herrschenden Ausbeuterklassen nur in Ausbeutergesellschaften. Wie sieht er denn aus, der allseitig entwickelte Mensch im Sozialismus? Was glaubt ihr, was da zur Sprache kommt? Da redet sich manch einer um Kopf und Kragen, will sagen: den Studienplatz. Besonders, wenn er oder sie nicht aus einer lupenreinen Arbeiterfamilie kommt. Die haben doch entweder gar keine Chance auf Uni oder müssen höllisch aufpassen, dass sie nicht geschasst werden. Hier ist man beim Reden sehr,

sehr schnell an der Grenze des Erlaubten. Dann heißt es: statt in den Hörsaal ab in die Produktion. Zur Bewährung. Leo warf seine Locken zurück und griff zum Blauen Würger.

Nicht nur beim Reden, brummte Franzi, neulich wollte bei uns in der Feierstunde zum einjährigen Bestehen unseres Lyrikzirkels einer sein Gedicht zur Gitarre singen, der ist zurückgeschickt worden. Wegen seiner Strickweste. Die war dem Genossen Parteisekretär zu dekadent verzottelt.

Feierabend, rief es von der Theke, der Schallplattenunterhalter packte zusammen, Leo schlug Michel noch einen Absacker in der Schoppenstube vor, keine Chance, wir Bundis mussten geschlossen abziehen und Wolfgang zahlte. Für alle.

Vorm Heimweg stärkten wir uns noch auf Kosten des Hauses mit einer Club Cola, die reichlich mit Eierlikör auf den Namen Fette Henne getauft war und auch so schmeckte. Wilfried verabschiedete sich ausgiebig von Gerti, Michel von Leo, Wolfgang und ich wollten nur noch eines, nach Hause.

Auf dem Heimweg blieben wir auf weithin leeren Straßen prompt an jeder Ampel stehen, das heißt, Wolfgang, der noch den stabilsten Gang aufbrachte, blieb stehen, und wir, fest ineinander untereinandergehakt, maximale Schwankungen solidarisch auffangend, standen mit.

›Auf der Mauer auf der Lauer sitzt ne kleine Wanze‹, fing Michel beim ersten Stopp laut und deutlich zu singen an, und wir zischten: Ruhe! als hätten sie Ohren, die schwarzen Mauern der heruntergekommenen Häuser, die herbstlichen Bäume im ersten Blätterfall, der graue Asphalt der leblosen Straßen, als folgten uns aus den leeren Fensterhöhlen im fahlen Licht der Laternen tausend Augen.

Sie folgten mir in den Schlaf. Der sich lange nicht einstellen wollte. Als hätte mir dieser eine Tag meine Träume zusammengepresst bis zur Unkenntlichkeit. Wie zuversichtlich und voller Erwartungen war ich in den ersten deutschen Arbeiter-und-Bauern-Staat auf deutschem Boden gereist! Ich hatte mir ein Bild gemacht aus Büchern, Wünschen, Träumen. Aber in einem Bild kann man nicht leben.

Guter Gott, was war das für ein Tag gewesen! Was ich bislang hier erlebt hatte, war Zufall, versuchte ich mich zu trösten, waren nur Bruchstücke, Teilchen der wahren Wirklichkeit. Unvollkommenheiten gibt es überall, das wusste ich aus der Geschichte der katholischen Kirche allzu gut. Ich versuchte, die Augen nicht zu verschließen vor der Gegenwart, doch ich richtete den Blick in die Zukunft, bis die Gegenwart sich hinter deren Verlockung verkroch, das Erlebte im Kampf mit dem Wunschdenken beinah unterging. Aber eben nur beinah. Als Sieger erhob sich aus diesem Kampf der Zweifel.

Sagt mal, machte ich mir am nächsten Morgen Luft: Ist das wirklich so, dass Kinder aus Akademikerfamilien nur in Ausnahmefällen zum Studium zugelassen werden?

Die Frage kam nach der kurzen Nacht wohl zu früh, niemand wollte den Genuss von weichem Ei und frischen Brötchen für eine Antwort unterbrechen. Einzig Marga setzte zu einer Erklärung an, wurde aber nach den ersten Worten ans Telefon gerufen.

Die Frage trieb mich um. Ich war gewiss keine Fürsprecherin von Sprösslingen betuchter Familien, aber denen allein wegen ihrer Herkunft das Studium zu verweigern, ging gar nicht. Wo blieb da die Gerechtigkeit? Was zählte, mussten doch Begabung und Fleiß sein. Meinetwegen konnte man ein paar Proletarierpluspunkte obendrauf geben, aber die Bürgerlichen mussten zumindest ihre Chance haben. Sonst war das hier nicht besser als bei uns. Nur mit umgekehrtem Vorzeichen.

Und dann: Vater – Arbeiter. Sohn darf studieren, wird Professor für Germanistik. Und sein Sohn? Darf der nicht mehr studieren?

Und dann: Ab in die Produktion. Der Satz klang mir noch im Ohr. Zur Strafe für ein Gedicht oder abfälliges Reden über die Errungenschaften des Sozialismus: Ab in die Produktion. Ab in die Arbeiterklasse. Als Strafe! zu den Werktätigen. Zu denen, die die Macht hatten im Arbeiter-und-Bauern-Staat. Auf dem Papier. Und im Bündnis mit der Intelligenz. Ach so! Etwa zehn Prozent Arbeiter, neunzig Prozent Intelligenz.

Und dann: Wenn jetzt alle Werktätigen in qualifizierte Berufe strebten, auf Unis und Fachhochschulen, wenn es nur noch Akademiker und Facharbeiter gäbe, wer stünde dann wie der Vater an der Kettenmaschine, die Männer im Plast- und Elast-Werk an ihren Produktionsmitteln, die Frauen am Fließband? Die waren es doch schließlich, die ›unsere Werte‹ schufen, wie ich es in *Lohnarbeit und Kapital* gelernt hatte, das war doch hier nicht anders. ›Alle Räder stehen still, wenn dein starker Arm es will.‹ Letzten Endes lebte doch der ganze Überbau von der Basis. Auch hier. Nur hießen sie nicht Sykophanten der Bourgeoisie, sondern Werkleiter, Akademiker, Minister und Parteisekretäre. Und die lebten seltsamerweise auch hier besser als die werteschaffenden Werktätigen.

Und dann: Wer holte den Müll ab, trüge Briefe und Pakete aus, putzte die Klos? Hatte Marx das überhaupt bedacht? War nicht der Letzte immer der Dumme, ob er nun Werktätiger oder Hilfsarbeiter hieß? War für die Werktätigen im Sozialismus denn die Arbeit ein ›natürliches Bedürfnis‹, wie es Marx forderte, und kein Broterwerb wie im Kapitalismus?

Und dann, und dann, und dann und wann.

Aber wann?

Auf dem Weg ins Pergamonmuseum holte Marga ihre Antwort nach und das ausgiebig. Ich hörte kaum hin, bereute, die Frage überhaupt aufgeworfen zu haben, wusste ich doch, Marga würde antworten, wie die Partei es befahl, besonders, da Käte ihr aufmerksam lauschte.

Im Museum gab es viele Schulklassen und weitere Vorträge, viel hängen blieb nicht. Markus, dachte ich, sollte jetzt hier stehen, vor diesem Altar, diesem Hohelied des Kampfes, des Krieges, der Vernichtung in marmorner Auferstehung. Mich drängte es hinaus ins Oktoberberlin.

Vom Museum ging es ins Café Espresso in der Friedrichstraße, Ecke Unter den Linden. Hier, so Wilfried, träfen sich Studenten und Künstler oder einfach Leute, die Lust auf Gespräche hatten. Einladend sah der Raum nicht aus mit seinem beigen Resopal, Plastiknelken auf Plastiktischen mit Plastikstühlen, dafür nicht ein Banner an der Wand, und es duftete nach gutem starkem Kaffee.

Wir verteilten uns um die festgeschraubten Vierertische, ich setzte mich zu zwei Jungen und einem Mädchen, womöglich Oberschüler. Anna Seghers lasen sie gerade, *Das siebte Kreuz* diskutierten sie, und ich dachte, genau das sollte auch in unseren Schulen Pflicht sein.

Da möchte ich auch mal hin, an den Rhein, seufzte das Mädchen, mal sehen, wie das heute da aussieht. Sie lächelte mich an, dreist, verstohlen, ich vermochte die Mienen der Berliner Landsleute einfach nicht zu deuten. Ich lächelte zurück, worauf sie, ihr Lächeln verstärkend, fortfuhr. Ist doch alles Schnee von gestern, dieser antifaschistische Krampf.

Hörte ich richtig?

Genau, auch ihr Nebenmann, ein dünner Junge in kariertem Hemd und einer Strickweste, dekadent verzottelt wie am Vorabend beschrieben, lächelte mich an.

Ich nickte. Was würde ich noch zu hören kriegen?

Alles Krampf.

Kein Zweifel, ich hörte richtig. Mein Nicken schien ihn zu dieser Meinungsäußerung couragiert zu haben.

Krampf? Na, hör mal. Ich konnte nicht mehr an mich halten: Du willst doch nicht sagen, dass der Kampf gegen Hitler nichts als Krampf war?

Meine beiden Gegenüber starrten mich an, grenzenloses Misstrauen legte sich über ihre Gesichter. Der Junge neben mir rückte auf dem festgeschraubten Stuhl von mir ab.

Wisst ihr, lenkte ich ein, ich komm aus Hamburg. Da wären wir froh, wenn das mal zur Sprache käme.

Wich das Misstrauen aus ihren Mienen?

Bei uns kommt aber *nur* sowas zur Sprache, verteidigte sich das Mädchen trotzig. Ich sah, dass sie schiefe Zähne hatte wie ich in ihrem Alter und dringend eine Zahnspange brauchte. Gab es das denn hier nicht? Für alle?

Genau, bestätigte mein Nebenmann und rückte wieder näher. Den Lehrplan müsstest du dir mal ansehen. Nichts als Becher, Brecht, Zweig, der Arnold, dann die Strittmatters und neuerdings Brigitte Reimann.

Ist doch gar nicht so übel, befand ich. Und gestern die Veranstaltung, dieser Lyrikwettbewerb, da war doch was los.

Gottogott, da hat man dich hingeschleppt, lachte das Mädchen nun unverhohlen. Und? Wie war's.

Naja, sagte ich mit einem Seitenblick auf Käte, die sich am Nebentisch mit Marga unterhielt, doch Augen und Ohren überall zu haben schien.

Ihr ward doch sicher auch da. Wie hat es euch denn gefallen?, gab ich die Frage zurück.

Die drei verzogen keine Miene und schwiegen. Und ich nahm Zuflucht zu einem Wort, hinter dem ich mich während der nächsten Tage noch oft verschanzen würde wie Wilfried hinter seinem Oha.

Wie's war?

Käte schaute nun direkt zu uns hinüber.

Interessant war's. Interessant, sagte ich und dachte, so schnell geht das, irgendein Schlupfloch, eine Lücke, einen Kompromiss zwischen Lüge und Wahrheit zu finden, immer irgendeine kleine Ausrede oder ein alles- und nichtssagendes Wort parat zu haben. Auch entsprechende Betonung konnte einiges richten. Allein ein Wörtchen wie schön konnte so allerlei meinen: Schön! Schön? Schön. Schööön! Schön?! Mit Ja, mit Nein, mit allen möglichen Wörtern konnte man so verfahren. Denn ich wollte Käte nicht enttäuschen und auch Marga nicht, die alles taten, den Aufenthalt hier vielfältig, informativ, eben in-te-res-sant! zu gestalten.

Wie sehr mich auch die Haltung der drei Tischgenossen verdross, ich verzieh es leicht, hatten sie mich doch für eine der ihren gehalten, mich, der man nach Hippie-Zeitrechnung schon nicht mehr trauen durfte, mit ihrem jungen Du bedacht.

Am Nachmittag teilte sich unsere Delegation. Die Süddeutschen, wie wir sie für uns nannten, entschieden sich für den Besuch eines Malers in seinem Atelier; Adrian schloss sich ihnen an. Für uns Hamburger stand die Besichtigung einer Errungenschaft, einer Wohnung aus der Wohnungsbauserie WBS 70/5, die auf der 5. Baukonferenz beschlossen worden war, auf dem Programm, und Käte lobpries, gemäß dem Slogan der Partei: ›Nicht jedem *eine* Wohnung, sondern jedem *seine* Wohnung‹, auf der Fahrt nach Lichtenberg die Vorteile der Plattenbauweise in allen Einzelheiten. Zu vielen Einzelheiten.

Schläfrig hingen wir in unseren Sitzen nach dem opulenten Mittagessen im Goldbroiler, dessen üppiges Angebot weit über Brathähnchen hinausging.

Als wir ankamen, wurde gerade eine speisehungrige Gruppe, offenbar ein Ehepaar und die dazugehörigen Eltern, an der Tür vom Dispatcher, wie der Plätzeverteiler am Eingang hieß, ziemlich barsch weggeschickt: Keene Plätze. Allet voll.

Wir hingegen wurden durchgewinkt. Das Lokal fast leer. Ich sah Käte fragend an, sekundenlang nur, dann musterte ich den Speiseraum, eine ländliche Gemütlichkeit suggerierende Umgebung mit viel Holzverkleidung, und sagte: Schön. Mit resolutem Punkt. Und das, hatte ich mir vorgenommen, würde ich auch zu der Wohnung sagen.

Doch beim Anblick der Siedlung sank mir das Herz. Das sah nicht anders aus als in Hamburg, Mümmelmannsberg, einer Siedlung im Stadtteil Billstedt, bei den Boberger Dünen. Im letzten Jahr hatte die DKP dort zusammen mit Gewerkschaftlern die ersten Kunst- und Kulturtage gefeiert, mit Lesungen, Songgruppen, Straßentheater und großem Programm für Kinder. Markus' Gruppe Werkraum hatte am ersten Haupthaus ein riesiges Wandbild gemalt, Kinder, Frauen und Männer in einem Wald von Sonnenblumen.

Ob die Kästen genauso aussähen, wenn ihre Planer und Auftraggeber selber darin wohnen müssten, hatten wir uns damals empört. ›Der Mensch formiert auch nach den Gesetzen der Schönheit.‹ Wo war die hier? Wo war das, was man nicht wahrzunehmen braucht in seinen Einzelheiten, wohl aber im Ganzen: Wo war die Harmonie?

Am 1. Dezember 1972, erklärte Käte, sei der Grundstein gelegt worden für die Heimat von mehr als fünfzigtausend Menschen, schon jetzt hätten mehr als dreißigtausend hier ihr Glück gefunden. Kein Wunder, sei doch alles vorhanden, von Kinderkrippen und Kindergärten bis zu Schulen, Kaufhallen, Clubgaststätten und Jugendclubs. Die Poliklinik noch im Bau.

Auf dem Weg zu unserer Gastgeberin warf Käte einen, wie mir schien, bedeutungsvollen Blick hinüber zur Normannenstraße, ›Schild und Schwert der Partei‹, murmelte Wilfried, und in der Ho-Tschi-Minh-Straße 21 durften wir eine Tafel bewundern: ›Hier wurde am 14. April 1975 die 500 000 Wohnung des Fünfjahresplans der DDR übergeben‹.

Im siebten Stock des achtzehngeschossigen Plattenbaus an der Leninallee erwartete uns Trudi Bölke, eine freundliche Frau mittleren Alters, die mich, rund und gesund, an Cousine Hanni erinnerte. Gutgelaunt führte sie uns ihre Vollkomfortwohnung vor, als präsentiere sie das Besitztum hohen Adels.

Aus der Wohnung links nebenan plärrte Kindergeschrei; rechts rauschte Wasser und gurgelte in einen Abfluss. Über uns tappten geschäftige Frauenfüße. Es roch nach Zwiebeln, Brot und Bratenfett. Es roch nach zu Hause. Unter genauer Angabe der jeweiligen Quadratmeter – wir rechneten circa sechsundsechzig zusammen – präsentierte Trudi drei Zimmer, Küche, Diele, Bad, stolz verharrte sie vor dieser Tür, die ein Plastikkind auf einem Plastiktöpfchen bewachte.

Im Wohnzimmer hing, ähnlich wie bei Maria und Heiner, Hanni und Rudi, Tante Berta und Onkel Schäng, über Anrichte und Fernsehtruhe ein Öldruck. Nur lockte hier keine wilde kraushaarige Schönheit in sündige Phantasiewelten. Ein junges Paar saß da im Sand am Meer, kehrte den düster dräuenden Wassern der Vergangenheit den Rücken und schaute ernst und entschieden in die lichte Zukunft des real existierenden Sozialismus. Die Frau, aufgereckt im Vordergrund, der Mann bäuchlings hinter ihr.

Schön, nicht wahr? Frau Bölke stemmte die Hände in die Hüften. Ein Meisterwerk. Vom Volk für Walter Ulbricht zum Geburtstag. Der hat es dann dem Volk wieder zurückgegeben. Sozusagen. Damit es sich jeder leisten kann. Und Briefmarken davon gab es auch. Gehen Sie ruhig näher ran!

Das taten wir, und ich dachte an die Mutter. Nach unserem Besuch der Hamburger Kunsthalle hatte sie den Wandbehang mit den röhrenden Hirschen der Tante geschenkt und Liebermanns Gartenbild aufgehängt.

Schön, nicht?, wiederholte Käte mit leicht drohendem Unterton, und wir würgten gehorsam unsere Zustimmung heraus. Was hatte ich erwartet? Ein Schwarzes Quadrat von Malewitsch? Oder einen schwebenden Würfel von Lissitzky? Erwartet, dass im Sozialismus die sogenannten kleinen Leute über Nacht etwas von großer Kunst verstünden? Und überhaupt: Was ist das – große Kunst? Mussten die Genossen nicht auch hier ihren eigenen antikapitalistischen Weg gehen mit ihrem sozialistischen Realismus? Meinen Dondorfern, Mutter und Tante, den Cousinen hätte das schöne Paar am schönen Strand im Sand gewiss gefallen. War das nicht, was zählte? Und die Tante hätte womöglich noch gemault: Die zwei könnten abber en bissjen freundlicher kucken, wat Hilla?

Warum eigentlich sollte ich Mutter, Tante und Cousinen den Hals langmachen nach etwas, das sie gar nicht vermissten? Behielt ich ihnen wirklich etwas vor, wenn ich ihre Lust an meinen geliebten Dichtern, Malern und Musikern nicht zu wecken versuchte?

Bei Bienenstich und Kaffee aus guten Sammeltassen schilderte unsere Gastgeberin, verheiratet mit einem Brigadier in einer Gießerei, drei Kinder im Alter von vier bis acht Jahren, die Scheußlichkeiten ihrer früheren Wohnung in Prenzlauer Berg. Zwei Zimmer, Altbau, Kohleofen, kein Bad und Klo auf halber Treppe für drei Parteien. Dagegen hier: Fernwärme, Tag und Nacht fließend heißes und kaltes Wasser, Dusche und WC, Platz für eine elektrische Waschmaschine. Und das Ganze für zweiundsiebzig Mark im Monat. Warm. Mit Balkon.

Dass wir hier sind, fasste Frau Bölke zusammen, verdanken wir der Partei. Andere warteten jahrelang auf eine Wohnung, liefen von einem Amt zum anderen, versuchten zu tauschen, versprächen Prämien. Sie und ihr Mann hätten es schlauer angefangen. Subbotnik. Kein Geheimnis. Unermüdlich hätten sie sich freiwillig gemeldet und hervorgetan. Auch die Balkonbepflanzung sei nur eine Etappe auf dem Weg zum Ziel: einer Datsche. Gerade werde in der Kolonie Morgentau eine Parzelle frei. Oder etwas weiter im Apfelkern.

Es war schön, Frau Bölke zuzuhören, so, als schwärmte die Mutter von ihrer neuen Waschmaschine, die Tante von der Kartoffelsorte Linda. Frau Bölke wusste, wofür es sich zu kämpfen lohnte. Für das große Allgemeine, um für das kleine Private das Beste rauszuschlagen.

Zum Abschied drückte ich dankbar ihre Hand. Frau Bölke hatte mich ein Stück weit mit der sozialistischen Realität versöhnt. Was war denn der Kapitalismus anders als eine verlogene Fassade, die das bescheidene Sein mit gleißendem Schein überzog? War es da nicht ehrlicher, gesellschaftliche Arbeit mit privatem Nutzen zu verbinden? Da hatten doch alle was davon.

Zurück an unserem Kleinbus, glaubte ich, beim Einsteigen den Fahrer etwas durch die Zähne knurren zu hören, hatte er wirklich Arbeiterschließfächer gesagt?

Zwei Jahrzehnte später bezeichnete Heiner Müller, selbst wohnhaft in einem ähnlichen Gebäude, Wohnungen wie diese als ›Fickzellen mit Fernheizung‹.

Und das Bild da drin? Es ließ mir keine Ruhe.

Kitsch, befand Wilfried.

Immerhin sitzen die beiden nicht auf einem Mähdrescher und kämpfen für das sozialistische Weizenkorn, lästerte Michel.

Naja, vielleicht kein Meisterwerk, räumte ich ein, ihr haltet es wohl eher mit Beuys? Tante Bertas Kunstbetrachtung war mir auch nach mehr als zehn Jahren im Ohr.

Bis in die *Tagesschau* hatte Joseph Beuys es damals für ein paar Sekunden gebracht, lang genug, um nicht nur die Tante gegen sich aufzubringen. In Kopf- und Fuß-Begleitung zweier toter Hasen und Ziegengemecker vom Tonband hatte Beuys acht Stunden auf dem Boden einer Westberliner Galerie gelegen.

Kunst, hatte ich der Tante erklärt, Happening heißt das.

Häppening? Nä, so heißt dä Kääl nit. Un Kunst?, schnaubte die Tante. Dat soll Kunst sin? Dat kann isch och! Do murks isch dem Rudi de Schildkröt aff un dem Maria dat Vöjelschen un dann ab en de Heia, un dat es dann Kunst! Nä! Maria, häs de ne Melissenjeist für misch?

Genügt es also, dass irgendwer behauptet, irgendwas sei irgendwie Kunst?, bohrte ich jetzt weiter. Nur weil es neu ist und irgendwer gutes Geld und gute Worte dafür gibt? Weil der Kapitalismus sich noch für irgendeinen Luftballon seinen Markt schaffen kann?

Des Kaisers neue Kleider, meinst du, Michel wurde nachdenklich. Du magst recht haben. Die Grenze zwischen Kunst und Scharlatanerie? Frag mich was Leichteres.

Aber das isses doch auch nicht, wies Wilfried auf ein Mosaik, an dem wir gerade vorbeifuhren, ein Mann mit erhobenem Zeigefinger umringt von einer Kinderschar. Darüber ein Banner: ›Mit der Kraft des Volkes für das Wohl des Volkes‹.

Und warum nicht?, gab ich patzig zurück und dachte an meine Dondorfer kleene Lück. Denen würde das gefallen. Dann überließ ich Wilfried und Michel das Wort. Ich war ja kein Banause.

Abends im Kulturbundhaus trafen wir auf unsere Atelierbesucher, die uns mit markigen Worten jene kraftvollen Pinselstriche des sozialistischen Realismus ausmalten, die das Arbeiterleben in seiner revolutionären Entwicklung zeigten. Was wir mit unserer Erfahrung real existierender Bausubstanz für die sozialistische Arbeiterfamilie ergänzten.

Dann waren wir nicht mehr allein. Eine zweite Delegation Kulturschaffender war eingetroffen: aus Aserbaidschan. Eine der fünfzehn Sowjetrepubliken, mehr wusste sogar Marga nicht. Käte war vorbereitet, versorgte uns mit Daten und Fakten, wie immer mehr als genug. Fünf Männer waren es, die uns nach dem Abendessen vom Genossen Vorsitzenden des Berliner Kulturbundes vorgestellt wurden, zugeführt wäre das passendere Wort. Männer zwischen fünfzig und dreißig, schätzte ich, westlich gekleidet, durchaus gewandt und des Deutschen soweit mächtig, dass es zu Gesprächen reichte, die sich bis zu Differenzen zwischen Brecht und Becher vorwagen konnten. Mir gefiel Ramid, ein hochgewachsener dunkelhäutiger Mann in den Vierzigern, Professor für Philosophie an der Universität Baku. Dort wohnte er, zusammen mit seiner Frau Leyla, die, so vermutete ich nach einigem Hin und Her, wohl Zahnarzthelferin war. Ob er Muslim sei, wollte ich wissen; ja, sagte Ramid, aber nicht wie die meisten, Sunnit oder Schiit, er gehöre zu den Imamiten, der Zwölfer-Schia. Aber das spiele keine Rolle, er sei Kommunist.

Wilfried hatte sich mit Gerti, die als aktive FDJlerin vor

Kätes Augen Gnade und mithin Einlass gefunden hatte, schon in eine Nische verzogen, Regine aus Iffeldorf mit Abulfaz gleich nebenan. Ich saß in großer Runde, und was die Wörter nicht schafften, schaffte der Würger und ein Schnaps der Bruderdelegation, Tshernaja smert oder ölüm qara, das heiße Schwarzer Tod. Den würden wir besiegen. Mit jedem Na sdorowje wuchs unser Beitrag zur Völkerverständigung, durchbrachen die Gebirge sonnenbeglänzter Zustimmung zu Frieden und Freundschaft die grauen Wolken der Wirklichkeit, und wir schwangen uns zu den Gipfeln himmelstürmender Zukunftslust und schafften sie in die Gegenwart.

Ramid und ich waren die Letzten, unzertrennlich hatte man in der Runde gescherzt, sogar Käte war schon fort.

Vor meiner Tür küsste er mich auf die Wange Gutnacht, Ramid roch aufregend fremd, ich küsste zurück und schloss die Tür auf, da spürte ich seinen Mund im Nacken, seine Hände um meine Brust, Hilla, flüsterte er oder sagte er Allah? Es klang verboten, verlockend, unwiderstehlich, es klang wie Tausendundeinenacht, Hilla, sagte er, Hilla, und da klang mein Name aus seinem Mund nur noch rosenrot und rund, und ich dachte an Markus und dachte an Leyla, in dieser Reihenfolge, und ich machte die Tür zu. Hinter uns beiden. Mein sozialistischer Moralanzeiger, vulgo Gewissen, erlag, vorgeschwächt durch Blauen Würger und Schwarzen Tod, widerstandslos dem höheren Zweck, der Überführung toter Theorie in die lebendige Praxis grundlegender Basisarbeit im Dienste internationaler Völkerverständigung.

Jedenfalls beinah. Denn kaum hatten wir die dazu übliche Position eingenommen, als es warm und dick auf mein Gesicht tropfte, erst langsam, dann immer schneller, kam der jetzt schon ins Schwitzen, dachte ich, so schnell schon ins Schwitzen, vielleicht ist das so bei denen, dachte ich, ich sah auf und sah: Nicht von der Stirne heiß rann der Schweiß, vielmehr aus Ramids Nase floss es, Nasenbluten hatte er. Und wie. Ich bettete ihn mit dem Kopf nach unten, legte ihm ein nasses Handtuch in den Nacken, reichte Klopapier und ging duschen. Als ich zurückkam, war Ramid weg.

Am nächsten Morgen fand ich vor meiner Tür ein Päckchen. Darin ein Parfüm und ein Brief mit viel Entschuldigung. Wofür? Das blieb offen.

Beim Frühstück lächelte Ramid mir unsicher entgegen, ich lachte ihn an, wir lachten uns an, so eine schöne Völkerverständigung. Da, riech mal, streckte ich ihm mein Handgelenk entgegen, das er ergriff, küsste und mir in die Augen sah, so tief, dass es mich noch einmal da traf, wo unsere Körper nachts auseinandergeglitten waren. Diesmal ohne Blauen Würger, an einem ganz normalen Morgen.

Wenn du einmal nach Aserbaidschan kommst, sagte er. Wenn du einmal nach Hamburg kommst, sagte ich. Und ich war ganz sicher, ich würde sehr bald nach Baku kommen, im Duft von Rosenkranz und auf Siebensternenschuhen.

Gleich nach dem Frühstück rief Käte die Bundis zur Abfahrt nach Bad Saarow, zum Eibenhof in Pieskow, einem Erholungs- und Tagungshaus des Kulturbundes, besonders für Kulturschaffende der Literatur, so Käte.

Im Bus saß Regine neben mir. Wir schnupperten. Regine roch genau wie ich. Wir sahen uns an. Ich nickte. Sie nickte. Wir kicherten.

Wie war's?, fragte ich.

Na ja, sagte sie.

Genau, sagte ich.

Wie viel Rosenkränze hatten unsere aserbaidschanischen Genossen wohl noch im Gepäck?

In Bad Saarow bezogen wir unsere Zimmer und machten uns gleich auf zum Johannes-R.-Becher-Platz, tranken dort Kaffee, schlenderten vorbei am Springbrunnen durch ein gutbürgerliches Villenviertel, kaum von westdeutschen Kurorten zu unterscheiden, sah man vom unterschiedlichen Zustand der Häuser ab. Ich konnte meine Augen vor dem Verfall nicht mehr verschließen. Doch es tat gut, die Blicke wandern zu lassen, über Bäume und Büsche, den See, über all das, was sich keinen Deut um kapitalistischen oder sozialistischen Überbau scherte, einfach nur da war zum Labsal der Augen, zur Freude der Menschen in ihrer kleinen Spanne Zeit. Hoffentlich, dachte ich, lässt man uns heute mal für ein paar Stunden verschnaufen, einfach mal den Augen den Vortritt, dem Blick auf die Schwäne im Wasser, die Schafe auf dem Pfad zur Scheune, den Wolken, die sich zum Regen zusammenziehen und wieder auftun für ein paar Herbstsonnenstrahlen. Regine ging schweigsam neben mir her; wenn sich unsere Augen trafen, lächelten wir, einmal drückte sie meine Hand und warf sie mit übermütigem Schwung in die Luft – übermütig?, fragte ich mich später –, oder wollte sie etwas von sich werfen, sich von etwas befreien, wovon nur ich etwas wusste. Selbst meine eigenen Landsleute, ja, dieses Wort dachte ich tatsächlich, verstand ich immer weniger.

Bei unserer Rückkehr vom Rundgang lernten wir neue Gäste kennen, die Brömmers, ein Professorenehepaar mit Tochter, einem pummeligen Mädchen mit rundem, weichem Gesicht und kurzem braunem Haar, sein Alter schwer zu schätzen. Hermine war mongoloid – so sagte man damals, das heißt mit Down-Syndrom zur Welt gekommen. Sie schloss mich gleich ins Herz.

Komm raus hier, Hilla, drängte sie, ich zeig dir was.

Bedauernd schüttelte ich den Kopf und wies zum Clubraum. Der erste Vortrag wartete. Doch Käte nickte Zustimmung, die Eltern auch, und dankbar verschwand ich mit Hermine im Park.

Schau mal, zog sie aus ihrer Anoraktasche ein kleines Plastikfigürchen, das irgendwie an einen Pinguin, jedenfalls an einen Vogel erinnerte: ›Stets dienstbereit zu Ihrem Wohl, ist immer der Minol-Pirol‹, sang Hermine und ließ das Figürchen vor meinen Augen tanzen.

Weißt du denn auch, was das ist, ein Pirol?, fragte ich.

Hermine schüttelte den Kopf. Aber du sagst es mir. Mein Pappah hat es mir auch schon gesagt, aber ich hab's vergessen. Komm, sing mit mir.

Und wir faßten uns bei der Hand und schlenderten tiefer in den Park, sangen vom Minol-Pirol zu Ihrem Wohl, und stapften im Kreis, bis man uns aufspürte und mich doch noch zum Vortrag abkommandierte. Ich setzte mich in die letzte Reihe neben der Tür.

Der Redner, ein Schriftsteller, Vertreter der Arbeiterklasse aus den Zeiten, als sie noch Proletariat hieß, war zu dick, das Jackett zu eng. Spack. Aber die Augen. Zwei schwarze Feuerbälle.

Der Sozialist im sozialistischen Staat fühlt sich frei, weil er die sozialistischen Gesetze und Maßnahmen zum Schutz dieser Gesellschaftsordnung für richtig hält, sprühte und verkündete Genosse Grätsche, und ich sah, wie Michel tiefer rutschte auf seinem Stuhl. Ich versetzte mich in einen Zustand des Dösens, bis mir jemand von hinten die Augen zuhielt. Diese weiche, ein wenig feuchte Hand kannte ich doch, und so legte ich warnend den Finger auf die Lippen und schlich mich mit Hermine davon in den Keller, wo wir so etwas wie Tischtennis spielten. Manchmal traf sie den Ball. Meist nicht. Erwischte sie ihn, pfefferte sie drauflos und amüsierte sich königlich. Alle paar Minuten kam sie angelaufen und gab mir ein Küsschen.

Bis zum Abendessen blieben wir ungestört. Dass ich mich so selbstlos um Hermine kümmerte, wurde mir hoch angerechnet. Nur Wilfried und Michel sahen mich mit komplizenhafter Spottlust an, und ich schnitt ihnen eine Grimasse.

Nach dem Essen vollendete ich mein Opfer, indem ich den dankbaren Eltern erklärte, mit Hermine bis zu deren Schlafengehen Mensch ärgere dich nicht zu spielen. Nicht nur meine Hamburger Delegationsgenossen sahen mir neidvoll hinterher.

Wir spielten irgendwas mit zwei mal vier Männchen, einem Würfel und einem markierten Brett, Hermine ließ die Klötzchen purzeln und gab mir jedesmal einen Schmatz, ach, wie lieb war dieses große Kind, so ohne Arg und voller Vertrauen und Freude.

Dann musste Hermine ins Bett und ich zurück auf meinen Platz an der Tür im Clubraum, wo neben dem Arbeiterschriftsteller Grätsche nun auch der Erfolgsschriftsteller Neutert, zwei Lyriker und eine Romanautorin mit der westdeutschen Delegation diskutierten. Der Sozialismus ist eine unendlich langgezogene Front, sagte gerade einer der beiden Dichter in unverwechselbar sächsischem Tonfall, eine Front, die sich durch alle Länder und Kontinente zieht.

Er war gut Mitte fünfzig, schätzte ich, kurzes Haar, scharf rasiert, Anzug ohne Krawatte, Buchhalter nach Feierabend.

An dieser Front, führte er seine Metapher aus, gibt es Siege und Niederlagen, Offensiven und Stellungen, die gehalten werden müssen, wo sich unsere Abteilungen eingraben. Sie bauen Befestigungen und Lager. Und darum versauern manche, weil die Zeit vergeht und nichts geschieht.

Siegmar Melich, flüsterte mir Adrian zu, hat gerade den Nationalpreis bekommen.

Genosse Melich putzte sich ausgiebig die Nase und ließ seine Blicke über die Versammlung schweifen: Dort nisten sich – bedeutungsvolle Pause – auch Ratten ein, Mattigkeit und Aberglaube. Die besten Menschen werden immer dort zu finden sein, wo Kampf zu bestehen ist. Und die Opfer nicht belohnt werden.

Melich wischte sich mit seinem vollgeschneuzten Taschentuch die Stirn und lehnte sich zurück.

Ihm folgte sein Kollege, Holger Blau, etwa halb so alt wie er und auf Kopf und Kinn gut behaart.

Lasst uns also arbeiten, sagte er forsch, hielt inne und fasste den Arbeiterschriftsteller scharf ins Auge: Aber auch faul sein. Lasst uns Kraftwerke bauen – wieder Pause –, aber auch Luftschlösser. Er richtete sich auf: ohne Luftschlösser keine Kraftwerke.

Beifälliges Gemurmel, Händeklatschen. Ich klatschte mit.

›Stets dienstbereit zu Ihrem Wohl ist immer der Minol-Pirol‹, sang es in meinem Kopf, Luft und Schlösser, ja, wo waren die geblieben, ich schaute zum Fenster, kahle Birkenzweige schlugen ans Glas und machten kleine aufmunternde Geräusche. Stühlescharren, der offizielle Teil war zu Ende, alles drängte an die Bar.

Hermines Mutter kam zu mir und bedankte sich noch einmal. Sie war, wie ihr Mann, Professorin für Germanistik, mit halber Stelle, Hermines wegen, die sie keiner staatlichen Fürsorge überlassen wollte.

Glückwunsch, sagte ich und hob mein Glas, Glückwunsch zu Ihrem glücklichen Kind. Da lohnt sich doch jede Stunde. Ich meinte es ehrlich und war, zu meiner Verwunderung, auch ein bisschen neidisch. Hermines Mutter legte ihre Hand auf meine. Wie Sie mit Hermine umgehen. Hut ab.

Haben Sie das irgendwo gelernt? Ist nämlich genau das, was diese Menschen brauchen: sie für voll nehmen, sie immer wieder fordern, nicht ihrer Hilflosigkeit erliegen.

Frau Brömmer stand auf. Wir sehen uns morgen. Wir möchten Hermine in dieser fremden Umgebung nicht allein lassen. Ich löse meinen Mann ab. Der freut sich auch schon auf Sie.

An der Bar waren sich Arbeiterschriftsteller und Nationalpreisträger mit dem Junglyriker in die Haare geraten über Plenzdorfs *Die neuen Leiden des jungen W.*

Das dialektische Verhältnis von Individuum und Gesellschaft wird vollkommen unausgewogen dargestellt, totale Dominanz der Subjektivität gegenüber dem gesellschaftlichen Prozess, räsonierte Nationalpreisträger Melich.

So isses aber, schnitt ihm der Jüngere gereizt das Wort ab. Was verstehst du denn schon von der Arbeiterjugend. Du weißt doch überhaupt nicht, wie die tickt.

Du aber, wandte sich Melich höhnisch ab. Glaubst mit deinem Büchlein kannste jetzt dicke Lippe machen, Kandidat Blau.

Ich horchte auf. Das also war Blau, dessen ersten Gedichtband ich mir gestern am Alex gekauft hatte: *Geglaubte Steinzeit*. Interessanter Titel.

Hier geht es nicht um Goethe, konterte Blau. Hier geht es um unser Lebensgefühl. Und das trifft Kollege Plenzdorf. Hundert Pro.

Aber, aber, ließ nun die Romanautorin verlauten, eine füllige Brünette, Anfang vierzig, die versonnen dem Kreisen ihres Strohhalms in einem giftgrünen Cocktail gefolgt war. Sie hatte gerade ihr erstes Buch veröffentlicht: *Sommer mit Kranich und Storch* oder so ähnlich, jedenfalls etwas mit Jahreszeit und Zugvogel. Käte hielt sicher ein Exemplar für uns bereit.

Aber, aber, meine Herren. Die Autorin stach den Strohhalm ihren Gesprächspartnern entgegen wie einen verlängerten Zeigefinger. Vergessen wir doch eines nicht: Warum schreiben wir? Doch um auch mit unserem Schreiben die Entwicklung aller menschlichen Fähigkeiten zu gewährleisten, auf dass der Mensch zu sich selbst komme, damit er wahrhaft menschlich lebe, in wahrhaft schöpferischer Atmosphäre unter der Führung der Partei der Arbeiterklasse. Sprach's, senkte den Halm zurück ins Getränk und sog.

Schluss jetzt! Arbeiterschriftsteller Grätsche haute mit seiner Arbeiterhand a. D. auf die Theke, dass die Gläser sprangen. Hier geht es um die Verschmutzung unserer sozialistischen Nationalkultur. Nicht nur, dass unser humanistisches Erbe verschlampt, verhunzt und in den Dreck gezogen wird. Mit niedrigster Fäkalsprache. Ich könnte kotzen vor so einer erbärmlichen Verfälschung unseres sozialistischen Seins und Werdens. Dem Plenzdorf, Grätsche erhob sein bis zum Rand mit einer klaren Flüssigkeit gefülltes Glas, goss es in einem Zug hinunter und blickte mit blutunterlaufenen Augen umher: Dem Plenzdorf sollte man die Hände abhacken. Beide.

Mein Herz überschlug sich, Worte rasten in meinem Mund, mein Mund voller Worte, die mir nicht über die Lippen kamen, ich würgte an diesen Worten, und das Blut brauste in meinen Ohren. Außer mir griff ich nach Wilfrieds Hand, der drückte sie so fest, bis ich wieder hörte, wie alle durcheinanderredeten. Sogar die *Junge Welt*, protestierte Blau, habe das Buch empfohlen, sogar das *Neue Deutschland*, rief Professor Brömmer, höchstes Lob gespendet.

Wir Bundis hielten den Mund.

Hände abhacken, wiederholte der betagte Vertreter des Proletariats, und ich sah, wie Neutert die Lippen zu einem schadenfrohen Lächeln verzog. Er schien es zu genießen, dass sich sein hochrangiger Kollege und Konkurrent vor Gästen aus dem westlichen Ausland derart danebenbenahm. Mit einem verächtlichen Seitenblick auf Grätsche mahnte Neutert die Gesellschaft zur Besonnenheit und zitierte den Genossen Staatsratsvorsitzenden Erich Honnecker, für Literatur und Kunst gebe es ›keine Tabus, wenn man von der festen Position des Sozialismus ausgeht‹. Wobei, dachte ich, das ›fest‹ wohl eher zu dem ›ausgehen‹ gehört; der Sozialismus ist doch eh eine feste Position. Doch derlei grammatische Spitzfindigkeiten spielten jetzt keine Rolle.

Erkannte Grätsche, dass er zu weit gegangen war? Grätsche, gelernter Klempner, mit fünfzehn Mitglied der KPD, aktiv in der Illegalität, als Widerstandskämpfer von den Nazis verfolgt und inhaftiert; jetzt Mitglied im Zentralkomitee der SED. Einer der Verfasser der Zehn Gebote der sozialistischen Moral und Ethik für den neuen sozialistischen Menschen, die Ulbricht auf dem V. Parteitag der SED 1958 bekannt gegeben hatte. Sicher hatte die Zeit im Untergrund aus Männern wie ihm gute, das heißt treue, parteitreue Genossen gemacht. Aber die natürliche Unbefangenheit dem Leben gegenüber, dem Neuen gegenüber, wenn es nicht von der Partei abgesegnet war, die war verkümmert, wenn nicht verloren gegangen. Das war bei Albert so und, weniger auffallend, auch bei Gretel, wenn sie über kurze Röcke und Lippenstift herzog. Leben war kämpfen gewesen. Aber waren sie auch für friedliche Zeiten gerüstet? Verständnis und Güte als Mittel des Kampfes hatten sie nicht gelernt. Den großen Gang der Welt hatten sie begriffen, aber das alltägliche Leben wurde ihnen zusehends fremd. Spürten sie, spürte der altgediente Parteiveteran Grätsche, dass seine Zeit, die Zeit der alten Männer und ihrer Erfahrungen, abzulaufen begann?

Grätsche rutschte vom Hocker, verabschiedete sich militärisch knapp und stakste mit dem krampfhaft aufrechten Gang des Angetrunkenen zur Tür. Der alte Mann tat mir leid – und ich verabscheute ihn. Nein, korrigierte ich mich: Nicht ihn, seine Meinung verabscheute ich. Ich dachte an Albert. An Marga. Und dachte nicht weiter.

Professor Brömmer, die Romanautorin und unsere süddeutschen Delegationsmitglieder folgten Grätsche bald, auch Käte. Hier draußen konnte sie ihrer Schäfchen sicher sein. Marga arbeitete mit dem Genossen Mater in dessen Zimmer an einem Papier, so jedenfalls hatten sie sich verabschiedet. Wir anderen saßen und tranken. Verhedderten uns mit immer schwererer Zunge in immer abstrakteren Definitionen eines guten Menschen. War ein Marxist – schon hier gingen die Meinungen auseinander, was das sei – automatisch ein besserer Mensch? Als ob die Beschäftigung mit dem Marxismus den Menschen automatisch vom Bösen reinigte und besserte. So wie die Taufe den Menschen zum Christen, konnte ich mir nicht verkneifen, was mir verdutzte Blicke von allen Seiten einbrachte. Ich schluckte: Jetzt fehlte Hugo. Oder Lukas. Die würden den Genossen die Verwandtschaft zwischen den Zehn Geboten Mose und denen des Sozialismus schon beibringen.

Dann aber schluckte ich erst recht. Mitten in unseren Definitionswust platzte Neutert, der Erfolgsautor, mit einem Lobgesang auf Königin Elisabeth von England. Königliches Blut, gottgegeben Königreich und Königtum sind die einzig wahre und wünschenswerte Staatsform, ich furze auf die Demokratie, rief er, ich scheiße auf den Arbeiter-und-Bauern-Staat, Neutert hieb auf das Massivholz der Theke wie sein Vorgänger Grätsche, nur ließ er es nicht bei dem einen Schlag, vielmehr hämmerte er im Rhythmus von ›Wir wollen unsern alten Kaiser Wilhelm wiederham‹, das er lauthals anstimmte, um dann zu *Heil dir im Siegerkranz* und *God Save Our Gracious Queen* überzugehen, die Töne sicher grölend, die Texte der beiden Hymnen vermengend, wie es ihm gerade in den Kopf kam.

Die beiden Lyriker schauten uns Bundis vielsagend an und verbargen ihre Schadenfreude so wenig wie Neutert bei der Entgleisung des Kollegen Grätsche. Da hatten sie in Berlin etwas zu erzählen.

Und ich hatte genug, machte ich mich unauffällig davon, ließ Michel, Wilfried und Wolfgang sitzen, die amüsiert dem nostalgischen Gefasel des verkappten Monarchisten in der entwickelten sozialistischen Gesellschaft lauschten.

Sogar Blau und Melich sei es schließlich zu bunt geworden, zu peinlich, was Neutert da abgesondert habe, berichtete Wilfried am nächsten Morgen. Sie brächten ihn jetzt in den Buckingham Palace, hatten sie ihm schließlich versichert, ihn auf die Beine gestellt und in sein Zimmer geschleppt.

Wir sahen die vier nicht wieder. Von Hermine verabschiedete ich mich nach dem Frühstück mit vielen nassen Küsschen, Tränchen auch.

Das vergeht schnell, versicherte die Mutter und drückte mir eine Schokokugel in die Hand: Geben Sie ihr die, das macht ihr den Abschied leichter.

Zum Dank gab es einen strahlend süßen Schokoschmatz für mich, feuchtwarm übers ganze Gesicht. Jetzt war nur noch mir zum Heulen zu Mute.

Im Bus nach Dresden setzte sich Käte neben mich. Wie es mir bislang gefallen habe, wollte sie wissen, und ich zeigte ihr gern mehr als höfliche Begeisterung, die man seinem Gastgeber schuldet. Käte nickte ein ums andere Mal, und wenn milde Kritik, natürlich konstruktiv, in meine Elogen einfloss, schien sie erst recht zufrieden. Es tue ihr gut, in mir eine Genossin zu treffen, sagte sie schließlich, die in der Lage sei, persönliche und gesellschaftliche Interessen auseinanderzuhalten. Zu wissen, was den Vorrang habe. Ich sei eine rundum gefestigte Persönlichkeit.

Oha, dachte ich, das sollte Wilfried hören!

Ob ich mir vorstellen könne, fuhr Käte fort, öfter nach Berlin zu kommen. Die Hauptstadt der DDR habe so viel mehr zu bieten als das wenige, das wir in den paar Tagen erlebt hätten. Ich hätte ja nun schon so einiges aus dem Berliner Kulturleben erfahren. Umgekehrt sei es für sie nicht uninteressant zu hören, wie es im Hamburger Kulturleben zugehe. Natürlich werde meine Reise bezahlt, und eine Aufwandsentschädigung sei auch drin. Ich könne mir das Ganze in Ruhe durch den Kopf gehen lassen. Sie komme bei der Ausreise darauf zurück. Käte drückte meine Hand und nahm ihren üblichen Platz neben dem Fahrer wieder ein, um uns Näheres über unser Reiseziel mitzuteilen.

Höhepunkt unseres Dresden-Besuches sollten nicht etwa die Museen sein, erklärte Käte, sondern ein Besuch bei Constantin von Thürwalden. Betonung auf der ersten Silbe, darauf lege er Wert. Bei ihm zu Hause, seinem Wohnschloss Weißer Hirsch.

Bis vor einiger Zeit habe es in Dresden zwei Klubs der Intelligenz gegeben, erfuhren wir nun. Der Kulturbund sei schon im September '45 gegründet worden, unter anderem von Erich Ponto und Victor Klemperer, nach dem der erste Klub auch genannt worden sei. Dann aber habe Constantin von Thürwalden nach seiner Zeit in der Sowjetunion, wo er bis 1954 zwangsverpflichtet war, die DDR gewählt.

Kein Wunder, knurrte Wilfried, der wieder neben mir saß, wirst schon sehen.

Und nicht nur als Wohnsitz. Auch seine Forschung betreibe er von seiner Wohnung aus. Natürlich, so Käte, musste man dem berühmten Mann entgegenkommen. So habe er zur Bedingung gemacht, einen eigenen Klub gründen zu dürfen, und so sei es 1957 zum Klub der Intelligenz im Lingnerschloss gekommen, wo wir abends essen würden. Nach dem VIII. Parteitag habe Erich Honnecker aber, wie wir ja wüssten, die ›Erhöhung der führenden Rolle der Arbeiterklasse und ihrer Partei‹ ausgerufen, und daher habe man Anfang der siebziger Jahre den sehr vornehmen Klub Thürwaldens und den Victor Klemperer Klub zusammengelegt. Nun konnte jeder Mitglied werden und musste nicht mehr, wie vorher, hineingewählt werden.

Zwangsvereinigt, knurrte Wilfried, war damals richtig Zoff hier.

Am liebsten hätte ich mir die Ohren zugehalten. Ich konnte mir schon vorstellen, wer sich in dem als ›vornehm‹ bezeichneten Verein getummelt hatte. Einzig der Name Victor Klemperer versöhnte mich. Seine Aufzeichnungen hatte mir mein Deutschlehrer zum Abitur geschenkt: *LTI – Notizbuch eines Philologen. Lingua Tertii Imperii. Die Sprache des Dritten Reichs* hatte Klemperer seine Niederschrift aus der Zeit als verfolgter Jude genannt.

Wieder hatte sich unsere Gruppe getrennt, waren die süddeutschen Kulturbundler und Adrian einer Einladung Dieter Grandes gefolgt, katholischer Priester und Mitbegründer des Kabaretts Die Dekana(h)tlosen. Marga begleitete sie.

Kaum auf unseren Zimmern, mussten wir weiter. Wissenschaftler vom Rang eines Thürwaldens ließ man nicht warten. Dass er uns in sein Privathaus geladen hatte, empfand sogar Käte als Ehre.

Bereits die Anfahrt längs des südlichen Elbufers mit Blick auf den Hirschberg schmeichelte den Augen, die ich erst ein paarmal zusammenkneifen und aufreißen musste, nachdem der Bus die Anhöhe Weißer Hirsch hinaufgeschlichen war und vor einem Barockschloss hielt.

Interessant, sagte ich, als Käte ein wenig unsicher lächelnd in unseren Mienen zu lesen versuchte. Es war prachtvoll hier oben, das Schloss, die Parkanlagen, großzügig, wie der Park des Prinzipals, den der Vater nur zum Pflegen hatte betreten dürfen.

Die Stahltür öffnete sich wie von selbst, ein junges Mädchen in einer Art Livree geleitete uns aufs Gelände.

Das Schloss, eine Sammlung von Türmchen und vorwitzigen Zacken aus gelbem Sandstein, thronte auf der Anhöhe wie eine Drachenburg aus Grimms Märchen, geschützt von einem Fahnentrio, rot mit Hammer und Sichel, schwarz-rot-gelb mit Hammer und Zirkel und gelb mit schwarzem Destillierkolben, dem Wappen des Anwesens. Eine weit geschwungene Freitreppe führte ins Haus. Treppen, fiel mir ein, hatte Hugo gesagt, müssen geschwungen sein, dann werden sie zum Abenteuer. Holzgeschnitzte Wegweiser, darauf Name und Adelstitel des Bewohners, führten zu den Institutsgebäuden, über dem Haupthaus das Banner: ›Für Frieden und Sozialismus‹.

Von der Plattform am Ende der Treppe hatte man einen atemberaubenden Blick über den weiten Elbbogen, auf die Dampfer der Weißen Flotte oder Schafherden in den Uferwiesen, auf Dresden und seine Vorstädte. Dies hier, so erklärte das Mädchen, das eine Begeisterung wie die unsere sicher nicht zum ersten Mal erlebte, mit ehrfurchtsvoller Betonung, sei einer der Lieblingsplätze des Königs August gewesen. ›Auf der Höhe saßen sie da, vor dem Lusthause auf einer Bank und erlabten sich an der paradiesischen Aussicht‹, fügte sie wie auswendig gelernt hinzu.

Wie ein Hüttchen nahm sich das Breidenbach'sche Anwesen neben dem Thürwalden-Schloss aus. Die Eingangshalle Marmor vom Boden bis zur Decke, säulengetragen. Schwere dunkle Tische mit hohen Silberleuchtern zu beiden Seiten eines Gemäldes, kristallene Lüster zerstreuten von hoher Decke ihr Licht. Lautlos glitt ein Hund die geschwungene Treppe hinunter, vom schwarz-weiß gefleckten Marmor kaum zu unterscheiden. Ihm folgte, ebenso leise gleitend, eine hochgewachsene schwarzgekleidete Frau unbestimmbaren Alters, aufrecht und schlank wischte sie mit einer Handbewegung aus dem Gelenk heraus das Mädchen, das uns hierhergeleitet hatte, beiseite und hieß uns willkommen, der Herr Baron sei noch beschäftigt. Es freue ihn, dass wir ihn aufsuchten, fügte sie nichtssagend lächelnd hinzu.

Wir folgten der Frau durch einen Säulengang – wie bei einer Schlossführung, dachte ich, fehlen nur die Pantoffeln zum Schutz der Böden – in einen Saal, majestätisch wie die Eingangshalle. Dort wies sie ein zweites Mädchen in schwarzem kniekurzem Kleid und weißer Halbschürze an, uns mit Wasser, Cola, Limonade zu versorgen, und empfahl sich. Ließ uns allein in dem mit grünem und rotem Samt, Brokatesse und Eibenholz in eine märchenhafte Kulisse verwandeltes Gemach, wo gleich der Sultan erscheinen würde im Geschwader seines Gefolges.

Nur langsam fanden wir zur Sprache zurück und auch das nicht gleich in normaler Lautstärke, sogar Wilfrieds Oha verlor sich in einem beinah verschreckten Hauch, doch dann war er der Erste, der volle Atemkraft einsetzte: So-zi-a-lis-mus!, sagte er, jede Silbe auskostend.

Michel goss sich aus der Coca-Cola-Flasche ein, ich griff zur Fanta. Käte und Mater sahen aneinander vorbei. Wer hatte sich diese Begegnung ausgedacht? Fürwahr ein Höhepunkt. Siehe, ich mache alles klein, posaunten die Dinge; jeder Sessel, jeder Tisch, jeder Stuhl, jeder Faltenwurf der kostbaren Decken spottete mit rücksichtloser Energie der sozialistischen Errungenschaften im Arbeiter-und-Bauern-Staat. In dem Frau Bölke die Tür zu ihrem 3,3 Quadratmeter großen Duschklo öffnete, die Tischdecke glattstrich, Plastik, von der jede Flüssigkeit abperlte, fleckenfrei.

Ich stand auf und schlenderte zu einem der Gemälde in den eigens dafür im Marmor eingelassenen Nischen. Es zeigte einen Astronom am Fernrohr, die Augen in die dunkle Nacht auf der Suche nach hellen Sternen gerichtet. *Dem hellen Stern.*

Durch die Dunkelheit zum Licht. Käte trat hinter mich. Wie der Mensch auf dem Weg zum Kommunismus, sagte sie. Dem Weg in ein gutes Leben für alle. Nie vergessen, wir sind auf dem Weg dorthin. Unser Weg ist der richtige.

Auch die anderen gingen wie Museumsbesucher im Saal umher. Wolfgang zog es an den Flügel unter dem überlebensgroßen Porträt eines Mannes – Mozart? –, er klappte ihn auf und schlug ein paar Töne an. Ein paar Töne, die, wir trauten unseren Ohren nicht, doch auf nur einen Akkord hinausliefen, nur eine Melodie zum Klingen brachten, wir kannten sie alle und kannten sie doch nicht. Nicht so. Nicht so süß und verfuhrerisch, sanft und aufrührerisch, frech und ergeben. Wolfgang spielte, was wir, wie oft schon, gesungen hatten mit gereckten Fäusten, wir und Unzählige mit uns überall auf der Welt, wo Menschen für eine bessere Zukunft gegen Unterdrückung und Ausbeutung kämpften. Wolfgang spielte Kampf und Umarmung, Alltag und Traum, er spielte den Marsch und den Tanz.

Darf ich bitten, verneigte sich Wilfried vor mir, ›Völker, hört die Signale‹, walzte es vom Bechstein im Dreivierteltakt, ›auf zum letzten Gefecht‹, rechtsherum linksherum, ›die Iiinternationaaale‹ drehten wir uns um uns selbst, ›erkämpft das Menschenrecht‹, reichte Michel Käte den Arm, die ihn aber verschmähte, ach, diese gelassenen Töne in den tiefen Bässen, die Wolfgang improvisierte, dieser unaufhaltsam grollende Donner unter der leichten und fertigen Tanzmelodie.

Wolfgang brach ab. Die Hausdame, angelockt von den ebenso unverhofften wie ungewohnten Klängen, stand im Saal, ein schwarzer aufrechter Tadel. Sie musste nichts sagen. Wir nahmen unsere Plätze ein. In Wartestellung.

Der Baron ist gleich bei Ihnen, wurden wir noch einmal ermahnt.

Genosse Baron, flüsterte ich Wilfried zu.

Nein, raunte der grinsend zurück, hat der nicht nötig. Der hilft auch so beim Aufbau des Sozialismus, ohne Parteiabzeichen, der rote Baron.

Constantin von Thürwalden, ein eleganter Herr im maßgeschneiderten Zweireiher, deutlich jenseits der besten Jahre, schütteres Haar, das Gesicht eines Löwen ohne Mähne, erinnerte mich an Hugos Onkel Adalbert, nur sprach er statt im singenden Tonfall des Rheinlands mit hanseatisch verstopfter Nase und trennte das S vom T im S-tein, als er uns bat – oder befahl –, Platz zu behalten, bitte, meine Herrschaften. Denn uns hatte bei seinem Eintreten ein unhörbares Kommando auf die Beine gebracht, Käte vorneweg. Nur gut, dass ich auf Breidenbach'schem Terrain einschlägige Erfahrungen gesammelt hatte. So sprang ich leichtfüßig als Letzte aus dem Sessel und schritt lässig aus der Hüfte heraus voran, sah mich, unter der Maske großbürgerlicher Ebenbürtigkeit, huldreich um und reichte dem

Gastgeber meine Hand. Doch nicht, damit er sie ergreife und schüttle, wie zuvor die Hände der anderen, nein, ich überließ ihm meine Rechte, nachdem mich Käte als Dr. Hildegard Palm vorgestellt hatte, dabei den Titel durch respektvolle Betonung hervorhebend, mitnichten stracks zum Griff. Ich bot sie ihm dar, Handfläche locker nach unten. Verstand er die Ironie dieser Geste? Wenn ja, machte er mein Spiel gekonnt zu dem seinen, erhob meine Hand mit den Fingerspitzen und ließ die Lippen für den Bruchteil von Sekunden darüberschweben, ehe er sie mit einem kaum spürbaren, und schon gar nicht sichtbaren, Schleudern abtat, wobei er mir ein dünnes Lächeln schenkte, das die Augen hinter der Silberbrille nicht erreichte. Ich lächelte von Frau Dr. phil. zu Herrn Baron, sozusagen auf Augenhöhe, entspannt zurück.

Umstandslos ließ sich Thürwalden in einem der Sessel nieder, forderte uns mit lässiger Handbewegung auf, es ihm gleichzutun, warf einen Blick auf unsere Getränke und wies das Serviermädchen an, abzuräumen. Die gute Frau S-tenzel, schüttelte er jovial den Kopf, dachte wohl, es sei noch zu früh für geistige S-tütze. Bitte Champagner für die Damen und für die Herren, nun, ich denke, wir bedürfen des Männlicheren.

Käte bedankte sich im Namen des Kulturbundes der DDR für die Gastfreundschaft, Mater im Namen des Kulturbundes der BRD und der Deutschen Kommunistischen Partei. Letzteres rief ein leichtes Zucken der linken Augenbraue des Wissenschaftlers hervor. Wir tranken auf Frieden und Fortschritt im Sozialismus, auf die Völkerfreundschaft, auf die Sowjetunion, Thürwalden stellte uns kurz sein Institut vor, nahezu vierhundert Mitarbeiter seien es zur Zeit, mit Robotron, dem größten Kombinat für Elektrotechnik und Elektronik der Republik, hier in Dresden ansässig, arbeite man gemeinsam an wichtigen Projekten, dann ging er zur Geschichte des Hauses, wie er das Anwesen nannte, über, seine Miene zerstreut, aber höflich, sichtlich bemüht, niemanden einzuschüchtern. Was ließ er uns nicht alles hören, von Erbauern und Vorbesitzern, aber wer wollte das überhaupt wissen, meine Aufmerksamkeit lag ihm buchstäblich zu Füßen, gar nicht lösen konnte ich meinen Blick von den Füßen den Redners, die in weichen Nappaslippern steckten, offensichtlich ohne Socken, zu genau war das Spiel der Zehen durch das weiche Leder zu verfolgen. Das Spiel der Zehen, beinah synchron mit dem der Fingerkuppen auf dem Ebenholz der Sessellehne.

Ob wir noch Fragen hätten, kam er schließlich zum Ende, die goldenen Knöpfe in steifgestärkter weißer Manschette mit einer kaum wahrnehmbaren Bewegung seiner Schulter freilegend, um einen ebenso diskreten Blick auf die Uhr am Arm tun zu können – eine Taschenuhr wie die von Onkel Adalbert wäre passender, ging mir durch den Kopf –, dergestalt zu erkennen gebend, dass Aufgaben seiner harrten, größer als dieser zu nichts nutzende Besuch aus dem feindlichen Lager. Sprach- und fragenlos blickten wir einander an, doch Thürwalden eilte nicht flugs davon, sondern lehnte sich entspannt zurück und erkundigte sich ... nach dem Pianisten. Bis ins Labor habe man den Valse internationale vernommen, oder solle er lieber sagen Etüde, denn ein Übungsstück sei dies ja allemal, oder sollte er lieber sagen: Lehrstück, eine lection internationale de la classe ouvrière.

Wolfgang hob, ganz braver und ertappter Schüler, die Hand. Ob er der Klassik nicht durchaus abgeneigt sei, wollte Thürwalden wissen. Eine Dozentur an der Hamburger Musikhochschule erwarte ihn, warf Mater dazwischen. Von wegen. Wolfgang erwartete einzig und allein ein Berufsverbot.

Dann darf ich bitten. Thürwalden erhob sich, Wolfgang folgte ihm an den Flügel, wobei ihm der Gastgeber etwas zuflüsterte. Die rechte Hand des Wissenschaftlers, berichtete Wolfgang später, sei ein wenig steif, Folge eines Experiments, daher habe der Baron nur, so gut es eben ging, die Begleitung improvisiert.

Das hörten wir gleich bei den ersten Takten des Schubert'schen Liedes von der *Forelle*, das Wolfgang unbekümmert in die Tasten tänzelte. Die begleitenden Bässe hinkten hinterher, waren eigentlich überflüssig. Doch dann begann Thürwalden zu singen, und die Stimme des Forschers war vollkommen auf der Höhe. Der Zeit.

Hatte Wolfgang den Arbeitermarsch in Sachertorte verwandelt, versuchte Thürwalden nun das Gegenteil, indem er dem heiteren Des-Dur, der tänzerisch unbeschwerten Forellen-Melodie, Kampfkraft und Aufruhr der *Internationale* unterschob, ein bizarrer Versuch, ohne jede Aussicht auf ein Miteinander oder gar eine Versöhnung im Zusammenprall der Gegensätze. Die Silben hatten nichts zu tun mit den Tönen, die Wörter nichts mit der Melodie. Hier ließ sich nicht zusammensingen, zusammenzwingen, was nicht zusammen gehör!te.

Zweimal ließen die beiden unter der Hand die launige Forelle stumm und in froher Eil durchs Bächlein schießen, während ihre Lippen sich auftaten, um zu eben dieser Melodie Völker und Signale aufzupeitschen, auf zum letzten Gefecht, im klaren Bächlein helle erkämpft das Menschenrecht.

Nach dem letzten ›Menschenrecht‹ stand der Sänger auf, verbeugte sich, und wir applaudierten, zögernd zuerst, dann entschlossen, darauf schwang er den Gehstock zur Tür, wo ihn die Hausdame in Begleitung eines weiß bekittelten Mannes erwartete. Vor unserer Sitzrunde hielt er noch einmal inne, bedeutete uns, sitzen zu bleiben, und wünschte einen anregenden Abend bei Speis und Trank, so hätte Schubert es gewiss auch gehalten. Er müsse leider fehlen. Die Pflicht, fügte er mit einem mokanten Seitenblick auf Käte hinzu.

Wir waren entlassen. Das Pförtnermädchen geleitete uns wieder hinaus und schloss das Stahltor hinter uns.

Ob wir ahnten, nahm Michel Wilfried, Wolfgang und mich beiseite, was Thürwalden uns mit diesem Lied zu verstehen gegeben habe.

Dass der Widerspruch von Form und Inhalt nicht immer ein dialektischer sein kann. Nicht immer ein Drittes hervorbringt, philosophierte Wilfried.

Einfach schauerlich, dieses Spektakel, schüttelte sich Wolfgang. Und dann dieser Geruch. Aramis. Wie mein Patenonkel.

Wollte zeigen, was er noch alles kann, spottete ich.

Nein, im Ernst, Michel senkte die Stimme. Wisst ihr, wer dieses Lied geschrieben hat? Den Text, meine ich.

Wir wussten es nicht.

Schubart. Pause. Und wisst ihr auch wo? Pause. Auf dem Hohenasperg. Dort hat Schubart zehn Jahre gesessen. Im Kerker. Ist aus seinem Wohnort auf eine ganz heimtückische Art und Weise nach Württemberg entführt worden, weil er offen gegen die damalige Fürstenwillkür gekämpft hat. Schiller war das eine Warnung; der ist daraufhin nach der Aufführung seiner *Räuber* ab ins Exil. Sonst hätte ihm bei seinem Herzog Carl Eugen das Gleiche geblüht. Und der Text hat es auch in sich. Wenn man ihn mal auf das Ländle hier bezieht. Da wird nämlich die Forelle voller Hinterlist aus ihrem Bächlein helle herausgefischt und plattgemacht. Und das Lyrische Ich, also der Sänger und Beobachter, schaut vom Ufer aus zu. Womöglich von der Ufermauer. Mehr sag ich nicht. Mopsauge, sei wachsam!

Immerhin konnten wir auf der Rückfahrt vom Weißen Hirsch ins Hotel noch einmal einen Blick auf die Elbe tun, aussteigen kam nicht in Frage, kurz umziehen, die Damen, so Käte, bitte im Rock. Das hatte mir Marga schon in Hamburg ans Herz gelegt. Es sei zwar nicht mehr so wie in den Sechzigern, als Frauen in Hosen glattweg der Eintritt verweigert worden sei, aber gern gesehen seien die nicht.

Der Klub des Kulturbundes der DDR residierte im Lingnerschlösschen. Kein Wunder, dachte ich, dass die Dresdener Elite bis zur Zwangsvereinigung des Klubs mit dem proletarischen Erstling hier unter sich bleiben wollte und nur gewählte Mitglieder zuließ.

Dass dies jetzt anders war, ließ sich an dem regen Betrieb in der Eingangshalle, pompös wie die des Barons, gleich erkennen.

Auch die Empfangsdame hätte nach Haltung und Habitus eine Zwillingsschwester der Thürwalden'schen Hausdame sein können. Uns mit einem scharfen Blick umkreisend und katalogisierend stellte sie sich vor, um uns alsdann mit einem leicht angewiderten Seitenblick auf die muntere Menge, die am Eingang des Restaurants auf Platzierung wartete, schnellen Schrittes zu einer, ja, geschwungenen Treppe in das obere Stockwerk zu leiten.

Hier, erklärte sie befriedigt, speise man noch wie in alten Zeiten: unter sich.

Die Räume hießen Salon und trugen die Namen berühmter Männer aus Kultur und Wissenschaft, hießen Semper, Bähr und Pöppelmann, Tolstoi und Bulgakow.

Unsere Gastgeber erwarteten uns im Salon Dimitroff, und schon wieder drängte sich mir der Vergleich mit Frau Bölkes Dreizimmerwohnung auf.

Professor Hartmut Weidenfeller, Vorsitzender des Klubs und Lehrstuhlinhaber für Biochemie, stellte uns seine Klubkollegen vor. Frau Dr. Kummet, mit Kurzhaarschnitt, Brille und knappem Lächeln, auf jeder Bühne die ideale Besetzung für den Beruf einer Lektorin, eine Rolle, die sie perfekt ausfüllte, indem sie uns einen ihrer Autoren, Daniel Lühs, korrekt gescheitelt, aber ohne Krawatte, präsentierte und an den befrackten Kellner verwies, der im Hintergrund neben einer Kommode auf Weisungen wartete. Der zog, nach einem Blick auf den Autorenkopf, gleich das fehlende Kleidungsstück aus der Schublade und knüpfte es dem, offenbar dieser Kunst unkundigen Mann um den Hals, worauf Lühs ein Glas Champagner und dann noch eins brauchte.

Aufmerksam war dieser Prozedur das vierte Klubmitglied gefolgt, Andre Mahlmann, Haare in modern moderater Mittellänge, schwarze Weste und rote Fliege, jünger als Lühs, die Augen im blassen Gesicht musterten uns mit der ruhigen Gewissheit der Oberklasse. Vielleicht war er ein Tunichtgut, doch dann ein Tunichtgut von Welt. Unser neuer Mann, so seine Lektorin, wobei sie offenließ, ob ein neuer Thomas, Heinrich oder lediglich ein männlicher Neuzugang. Sein erster Roman, *Störche und Sirenen*, war gerade erschienen und würde verfilmt werden. Auf überaus eindrucksvolle Weise verstehe es Mahlmann, die demokratische Entwicklungslinie der deutschsprachigen Literatur mit der proletarisch-revolutionären Dichtung der Jahrzehnte vor 1945 zu verschmelzen und dergestalt dem spätbürgerlichen Kulturverfall entgegenzuwirken. Frau Dr. Kummet griff ein weiteres Glas Champagner und trank dem so Gepriesenen zu. Daniel Lühs ruckelte an seiner Krawatte, die der Befrackte offensichtlich solide festgezurrt hatte. Der Professor machte eine Bewegung zur Tür, mit wehenden Rockschößen sprang der Kellner herbei und stieß beide Flügel auf.

Es war ein erlesener Anblick in Perlgrau, Beige und Rot, dunkelrote Teppiche, blassrote, silberdurchwirkte Draperien, mannshohe, in die Wände eingelassene Spiegel, verdoppelten die Pracht, weniger prunkvoll als die im Thürwalden'schen Haus, dafür von dieser arroganten Eleganz, die es verstand, durch Untertreibung zu übertreiben. Jedes noch so scheinbar beiläufige Detail stellte klar: Hier servierte niemand zum Essen den falschen Wein, griff niemand am Tisch nach dem Buttermesser zum Fisch, schabte mit der Gabel übers Porzellan.

Hier spielte das Geld keine Rolle. Nicht weil man es hatte, sondern weil man es verachtete. Man brauchte es nicht. Hier war sie, die Schönheit um der Schönheit willen, war Luxus, das Überfließende, jenseits des Nützlichen, ja, jenseits des Angenehmen, denn das Angenehme muss man wollen, wünschen. Luxus, das ist: das reulos Verschwenderische wie die Lindenblüten im Sommer, Eicheln im Herbst.

Vom festlich gedeckten Tisch glänzten silberne Leuchter, funkelten Gläser, Geschirr und Besteck, lockten herbstliche Früchte auf weißem Damast, rechts von mir saß Mahlmann, links Wilfried, Weidenfeller präsidierte und fragte sicher nicht zum ersten Mal nach Eindrücken, von Dresden, von Berlin, vom täglichen Leben im sozialistischen Alltag. Käte ergriff das Wort, und wir waren ihr dafür dankbar, auch wenn wir uns in ihrer Schilderung kaum wiedererkannten. Als die Reihe an mich kam, verschanzte ich mich hinter meinem Interessant und der Vorspeise, die wie aufs Stichwort gereicht wurde.

Zwischen Krabbencocktail und Suppe kam mir Wilfried zu Hilfe, der wortgewandt unseren Ausflug ins Plaste- und Elaste-Reich beschrieb. Auf dem allerbesten Wege sei man dort, die Beziehungen zwischen Persönlichkeit und Gesellschaft harmonisch zu gestalten.

Ganz im Gegensatz zu der Vereinseitigung und Verzerrung der Bedürfnisse der Menschen durch das Monopolkapital in Ihrem Staat, fiel ihm Mahlmann ins Wort, durch die ständige Manipulierung des Denkens werden weite Kreise der Bevölkerung ja geradezu gezwungen, sich der bürgerlichen Lebensweise und ihrem Konsumzwang anzupassen.

Mahlmann hielt sein Glas in die Luft, der Kellner sprang herbei, goss nach.

Somit sind die Werktätigen in Ihrem kapitalistischen Staat nicht nur Objekt der Ausbeutung in der Produktion, ergänzte Lühs, den Gedankengang des Konkurrenten in bündiger Kürze übertrumpfend, sondern auch Objekt der imperialistischen Manipulation ihrer Bedürfnisse.

Ich hatte zu schnell getrunken und entschuldigte mich bei meinem Tischherrn, bin gleich wieder da.

Vor der Flügeltür saß unser Fahrer. Der Mann, der uns an der Grenze abgeholt und seither sicher durch den sozialistischen Alltag gerollt hatte. Saß da und kaute, zerrte einen Fetzen rohen Schinken aus einer Graubrotschnitte, die er in der rechten Hand hielt, in der linken weitere Klappstullen. Im knisternden Pergamentpapier, wie zu Kinderzeiten die Hasenbrote der Großmutter auf unseren Gängen mit dem Großvater an den Rhein. An ihm vorbei trugen Serviermädchen den duftenden Fischgang. Der Sommelier mit dem Wein vorneweg. Unser Fahrer, wir kannten nicht einmal seinen Namen, schnupperte und biss ins Brot.

Ich machte auf dem Absatz kehrt und ging wieder hinein. Platzte mitten in die Diskussion der Frage, wie weit man hierzulande mit der praktischen Umsetzung des Grundsatzes sei: Was der Gesellschaft nützt, soll auch dem Einzelnen nützen. Die Tür ließ ich weit offenstehen.

Die vor den hellen Fenstern hatten den Blick auf Dresden. Unser Fahrer hatte den Blick aufs Klo: Damen und Herren.

Der Fahrer, brach es aus mir heraus, warum isst der nicht hier bei uns? Hier mit uns mit?

Stille. Ein Besteckteil klirrte aufs Porzellan.

Mater hüstelte. Das, Genossin Palm, sollten wir doch unseren Gastgebern überlassen, wies er mich mit schlecht gespielter Liebenswürdigkeit zurecht.

Das, das war nicht vorgesehen, räusperte sich Käte.

Käte kam ins Stottern? Oha, dachte ich.

Nicht vorgesehen, fuhr sie fort. Nicht üblich ist das. Noch nie …

Dann machen wir es doch üblich. Mahlmann lümmelte sich hoch aus seinem Stuhl, schickte einen scharfen Blick in die Tafelrunde und hielt nonchalant noch einmal inne: Die Genossin – nie hatte mir das Wort Genossin derart heuchlerisch geklungen – aus dem feindlichen Lager hat doch recht, Mahlmanns Augen sogen unsere Gesichter geradezu ein: Sollte dieser unser progressiver sozialistischer Prozess, der alle teilhaben lässt an der Verschönerung des Lebens, nicht auch dem Genossen Fahrer zugutekommen?

Der aber hatte die Tür hinter mir wieder zugemacht. Von außen.

Drinnen klopfte nun der Professor für Biochemie ans Glas. Wir ließen die Bestecke sinken.

Wachsender materieller Wohlstand, begann der Biochemiker, als habe es nie eine Unterbrechung gegeben, muss einhergehen mit der Entwicklung geistig-kultureller Bedürfnisse der Werktätigen. Das Prinzip des Sozialismus ›Jeder nach seinen Fähigkeiten, jeder nach seiner Leistung‹ wirkt als Treibkraft neuen gesellschaftlichen Handelns. Die Verwirklichung des Grundsatzes ›Was der Gesellschaft nützt, soll auch dem Einzelnen nützen‹ fördert sozialistische Verhaltensweisen.

Die Werktätigen schätzen durchaus, wenn jemand aufgrund seiner Leistung ein hohes Lebensniveau hat. Sie wenden sich aber dagegen, den gesellschaftlichen Fortschritt ausschließlich an der Steigerung des persönlichen Verbrauchs zu messen so nach der Maxime: Haste was, biste was. Materieller Besitz wird dann zu einer Quelle der Verspießerung.

Der Professor lockerte die Krawatte: Mit der Befreiung von der knechtenden Unterordnung unter das Privateigentum an den Produktionsmitteln befreien sich die Menschen im Sozialismus von dem Streben nach Besitz und Konsum. Nicht die Dinge sollen den Menschen beherrschen, sondern der Mensch die Dinge und dadurch seine Bedürfnisse immer besser befriedigen, seinen Wohlstand erhöhen, seine Persönlichkeit entwickeln.

Der Professor brach ab, hob sein Glas. Wir tranken auf die allseits entwickelte Persönlichkeit – und die Rede entwickelte sich weiter.

Wir ließen die Bestecke liegen. Die Rede dauerte. Die Rede endete. Der Fisch lag kalt in erstarrter Soße.

Der Professor nahm sein Besteck wieder auf. Halblaut rief er mir über den Tisch hinweg zu: Werte Frau Genossin, wir wollen doch die Armut abschaffen und nicht den Reichtum.

Was Frau Dr. Kummet so aus der Fassung brachte, dass ein gewaltiger, vergeblich unterdrückter Schluckauf ihr den Wein aus Mund und Nase trieb.

Der Rehrücken kam, im Duft von Rotkohl und Preiselbeeren, wir fielen darüber her und prosteten uns mit einem 1968er aus bester Lage zu.

Warum, versuchte ich es noch einmal, laden wir ihn nicht wenigstens zum Nachtisch ein?

Genau, sekundierte mir Mahlmann ein zweites Mal: Fragen wir ihn doch. Da kann er selbst entscheiden. Freiheit in lebendiger Einheit.

Oha, murmelte Wilfried.

Der Professor zuckte die Schultern und nickte ergeben. Ich dankte und ging hinaus. Ein zweiter Mann, an seiner Kleidung ebenfalls als Chauffeur erkennbar, saß bei unserem Fahrer. Schenkelklopfend erzählte der seinem Kollegen, dass so ein Mädelchen aus der Bä-Är-Dä die da drinnen aufgefordert habe, ihn! – dreimaliges Schenkelklopfen – bei denen da drinnen mitessen zu lassen.

Mit denen! Da drinnen! Das Wiehern der beiden Werktätigen wollte nicht enden.

Ich stand erstarrt. Floh hinter die Tür Für Damen. Legte mir dort so einiges zurecht. Wartete, bis das Gelächter verstummte. Als ich zurückkam, waren die beiden weg.

Mir schmeckte es nicht mehr. Ich verteilte mein Mousse au Chocolat an Wilfried und Mahlmann, der sich mit den Worten bedankte: Es ist nicht alles süß, was schmeckt. Freiheit ist die …

… Einsicht in die Notwendigkeit, ergänzten Wilfried und ich. Aber wer sagt uns, was notwendig ist und was nicht?, seufzte ich.

Mahlmann neigte sich an mein Ohr und summte verhalten: ›Die Partei, die Partei, die hat immer recht, die Partei, die Partei, die Partei‹. Alles klar? Er richtete sich auf und sah mich gespielt gelangweilt an. Und die Partei hat tausend Augen, fügte er im Tonfall eines besorgten Kinderfräuleins hinzu. Aber das sag ich nur Ihnen. Mahlmann lehnte sich wieder zurück. Und schwieg. Bis auf ein paar Floskeln für den Rest des Abends.

Der nicht lang wurde. Bald nach dem Essen brachen wir auf. Ein anderer Fahrer wartete auf uns. Ablösung, sagte Käte. Auch im Hotel wollte keine rechte Stimmung mehr aufkommen, jedenfalls nicht, solange Mater und Käte noch bei uns saßen. Die aber harrten aus. Unsere süddeutsche Gruppe war noch unterwegs.

Wir vier Hamburger bestellten Bier. Der Wechsel vom Grand Marnier, den es nach all dem Champagner, Weiß- und Rotwein beim Dessert noch obendrauf gegeben hatte, dieser Wechsel zum Radeberger tat gut, obwohl ich schon längst genug hatte. Mein Alkoholkonsum in dieser knappen Woche reichte in Hamburg für ein halbes Jahr. Die harten Sachen für zwei ganze. Immerhin brachte das Bier mich und meine Hamburger Genossen dem Alltag wieder näher. Doch wir blieben einsilbig. Käte und Mater suchten ein Gespräch in Gang zu bringen, wir antworteten mit Belanglosigkeiten. Innerlich aber brannten wir, jeder von uns, von all dem, was wir nicht aussprachen. Nicht auszusprechen wagten. Das spürte ich, und das spürten sicher auch Käte und Mater und trollten sich endlich in ihre Betten.

Da wurden wir wieder wach und machten uns aus dem Hotel in die Dresdener Oktobernacht, Michel, Wilfried und ich, auch Wolfgang gehörte nun dazu.

Doch noch immer sprachen wir nicht viel. Mussten wir auch nicht.

Sooo?, sagte Wilfried langgedehnt. Und ich wusste, wir dachten jeder für sich: So nicht.

Schaut mal die Sterne, antwortete Michel, Wolfgang summte *Der Mond ist aufgegangen*, und Michel zitierte den Verfasser: ›So sind wohl manche Sachen, die wir getrost belachen, weil unsere Augen sie nicht sehn‹.

Belachen ja, dachte ich, aber ›getrost‹?

Aber das sag ich nur Ihnen, äffte Wilfried Mahlmann nach. Habt ihr den Satz in den vergangenen Tagen auch so oft gehört?

Lange standen wir auf der Dimitroff-Brücke, vormals Augustus-Brücke, und schauten ins Wasser, lauschten der Elbe, ich versuchte zu verstehen, was sie sagte. Ich verstand sie nicht. Wir lauschten und schwiegen, und ich dachte: So?

oder So! Soso. Und ich versuchte, das Wasser zu verbinden mit dem Himmel da oben, Mond und Sterne mit ihrem Spiegel im Wasser, das sie mitnahm und weitertrug. So. Und Er sah, dass es gut war. So. Wo der Mensch seine Hand nicht im Spiel hatte, genügte dieses eine Wort: So. Es meinte auch: Danke. Und das sagte mir auch die Elbe, als ich sie schließlich verstand.

Am nächsten Morgen fuhren wir früh zurück nach Berlin. Unsere süddeutschen Gefährten erzählten aufgeräumt von ihrem Besuch bei Dieter Grande und versuchten, die norddeutschen Schlafmützen mit Witzen aus dem Kabarettprogramm der Dekana(h)tlosen aufzumuntern: Was ist der Unterschied zwischen Kapitalismus und Sozialismus? Im Kapitalismus herrscht die Ausbeutung des Menschen durch den Menschen. Im Sozialismus ist es genau umgekehrt.

Tja, gähnte Wilfried. War ihm sein Oha vergangen?

Aber der hier, hört mal. Adrian zückte den Notizblock: Kommt Brigitte Bardot in die DDR. Wird von Honecker empfangen. Der ist von ihr bezaubert und gewährt ihr einen Wunsch. Die Bardot: Herr Staatsratsvorsitzender, machen Sie für eine Stunde die Mauer auf.

Darauf Honecker: Sie Schelmin, Sie wollen wohl mit mir allein sein.

Oha, oha, sagte Wilfried und reckte sich nach vorn, wo Käte neben Marga saß. Die taten, als hätten sie nichts gehört.

Das haben die doch nicht in ihrem Programm?, argwöhnte ich.

Naja, nicht ganz so, gab Adrian zu, aber trotzdem noch schön frech. Guter Typ, der Grande. Sollten wir mal einladen.

In Berlin verabschiedeten wir uns voneinander, wechselten die Busse, Richtung Nord- und Süddeutschland. Unser Fahrer drückte sich scheu an mir vorbei.

Käte gönnte mir kaum einen Handschlag. Nach etwaigen Besuchen in Berlin fragte sie nicht mehr. Adrian versicherte sie, er bekomme Schriften und Schreibmaschine bei der endgültigen Ausreise zurück.

Ob er ihr ein Exemplar von *Grenzenlos* zusenden dürfe? Käte dankte verneinend.

Wieder kam mir die Fahrt endlos vor, diesmal jedoch erwartete ich die entgegengesetzte Grenze mit Ungeduld. Wie begierig hatten meine Augen die weiten Felder, die ausgedehnten LPGs aufgesogen – strotzend, hatte ich gedacht, und stattlich. Jetzt zuckte mein Blick von den mageren Flächen zurück und klammerte sich an den Himmel.

Ich war verzweifelt. Meine verklärenden Augen, die Augen von Gretel, Albert und Helma; die Augen von Recha in Hoyerswerda und Franziska Linkerhand in Neustadt, Ella Busch und Jutta Zech vom Glühlampenwerk Kossin-Neustadt, von Christa T. und Katja Hell: die Augen der Vergangenheit und die von meinen Buchmenschen geborgten Augen. Ich ließ sie in diesem Land zurück. Es hatte mir gezeigt, was von den Träumen übrig war, wirklich geworden war, mir die Augen aufgezwungen für den Blick auf die Gegenwart, die Wirklichkeit. Die musste ich aushalten, anschauen. Mit meinen eigenen Augen.

Nie hatte ich in so kurzer Zeit so viele große Worte gehört. Etwas schön reden. Sich etwas einreden. Sich in etwas hineinreden. Groß reden. Alles groß und schön, kräftig und stark reden. Als wüchsen dann die Dinge den Wörtern hinterher. Doch die Dinge folgten den Wörtern nicht. Die Ereignisse nicht den Entwürfen. Mit den Jahren, dachte ich, ist sie immer größer geworden, die Kluft zwischen Ding und Wort. Dem Versprechen und seiner Einlösung. Anfangs liefen die Dinge den Wörtern noch hinterher. Wollten Wort halten. Das Wort erreichen. Dann aber warteten die Wörter nicht mehr auf ihre Einlösung. Sie wurden immer größer, die Dinge immer kleiner. Die Dinge schienen unter den Wörtern zu schrumpfen. Das Konkrete unter dem Abstrakten zu verwittern. Bis sich schließlich das Umgekehrte des Gewollten einstellte. Was man aber nicht wahrhaben wollte. Nicht wahrhaben durfte. Also floh man in immer größere und abstraktere Worte. Eine Flucht, die in die Lüge führte.

Der Rest war Schweigen. Totschweigen.

Wann war dieser Augenblick gewesen, was hatte ihn ausgelöst, diesen Augen-Blick, der meine Wahrnehmung des deutschen Arbeiter-und-Bauern-Staats drehte, als hätte man einen Necker-Würfel gekippt?

Es war wohl der Chauffeur vor der Klotür gewesen. Da hatte ich meinen Vater sitzen sehen.

Adrian erhielt am Grenzübergang gegen Vorlage seiner Bescheinigung Schreibmaschine und Bücher zurück. Eines sah gelesen aus. Er wollte es dem Grenzbeamten schenken, der zuckte wie vor einem unanständigen Angebot zurück.

Grüßten die Grenzer auf unserer Seite uns wirklich mit freundlicherem Gesicht? War das auch schon so auf der Hinfahrt, der Ausreise aus der kapitalistischen Knechtschaft ins sozialistische Paradies?

Markus erzählte ich nicht viel. Und er fragte nicht viel. Er war einfach froh, dass ich wieder da war. Nur als ich meine DDR-Literatur in einem Karton im Keller verstaute, wollte er wissen? Bist du sicher? Oder ist das nur vorübergehend?

Bücher waren allzu lange meine Bastion gegen die unzuverlässige, mitunter unzumutbare Wirklichkeit gewesen. Das musste anders werden. Umgekehrt. Zwingend war einzig die Wirklichkeit. Und wenn sie noch so schmerzhaft war. Bücher waren an der Wirklichkeit auf Fakten zu prüfen. Dauerhafte Bastionen konnten sie nicht länger sein. Berlin und Dresden: Das war kein sozialistischer Realismus. Das war sozialistische Realität. Die musste gelebt werden. Nicht gelesen.

In der Wohngebietsgruppe bestürmte man uns mit Fragen. Ich musste kaum antworten. Das besorgte Marga. Ich verschanzte mich hinter meinem: Interessant. Zudem gab es ein neues Thema für hitzige Diskussionen: Was war wichtiger: Der Kampf gegen die männliche Herrschaft oder der Kampf gegen den Monopolkapitalismus? Was hatte Vorrang: Frauen- oder Klassenfrage?

Keine Frage, Wilfried besorgte ich fünf Strumpfhosen. Für Gerti. Geschenksendung, keine Handelsware.

Franz lud die Heimkehrer ins Borchers ein, um von Bier zu Bier genauer zu wissen: Wie war's? Michel wurde, je angeregter ich in die Details ging, zunehmend einsilbiger, und schließlich spürte ich von Wilfried einen Tritt gegens Schienbein. Franz' Schwärmerei von den Jugendfestspielen fiel mir ein, seine Prinzipienfestigkeit, die ich oft genug verulkt hatte. Er kannte die DDR doch besser als wir drei zusammen. Nie war auch nur die geringste Kritik über seine Lippen gekommen. *Mopsenleben.* Mir schmeckte das Bier nicht mehr.

Jahrzehnte später erfuhr ich, dass Franz damals als sogenannter Perspektivagent von Partei und Stasi auserkoren worden war. Während seiner Studienzeit war er alle zwei, drei Wochen zu meist kurzfristig angesetzten Treffen nach Berlin geordert und von dort weitergebracht worden, zu ›geheimen Treffen‹ ins Umland, meist nach Köpenick an den Müggelsee. Zwei- bis dreihundert Mark hatte er jedesmal für seine Informationen bekommen, die Quittung mit ›Franz‹ unterschrieben.

Was er denen berichtet hatte? Wohl von Treffen wie diesen. Und von wem erfuhr ich das? Von Franz Düsberg selbst.

So nicht!, hatte ich gesagt. Aber war deswegen die Richtung falsch? Die Theorie? Kreuzritter hatten den Orient verwüstet, Inquisitoren in Europa im Namen Gottes Ketzer verbrannt und Frauen als Hexen auf die Scheiterhaufen geschickt – war deshalb das Christentum am Ende? Die Bibel Teufelswerk?

Nein, befand ich. Wir würden es besser machen. Das hielt mich im Glauben fest, auf der richtigen Seite der Geschichte zu stehen. Nicht *wegen* des real existierenden Sozialismus, nicht *wegen* der real existierenden Modelle, vielmehr *trotz* aller Unzulänglichkeiten, denen ich begegnet war, blieb ich meiner Überzeugung treu. Michel und Wilfried nicht minder.

Und eine Überzeugung, an der man trotzdem festhält, ist weit belastbarer als eine, die nur auf einem Weil gründet, ja, ein Trotzdem ist fast unendlich belastbar, ihm kann die Wirklichkeit kaum etwas anhaben.

Also würden wir uns weiterhin bemühen, uns des Erbes von Albert und Gretel und der Ideen von Marx, Engels und Lenin würdig zu erweisen, überall da, wo wir mit unseren kleinen Kräften etwas ausrichten konnten. Für mich hieß das: meinen Lehrauftrag an der Bremer Uni so zu gestalten, dass ich in meine ›Einführung in die Methoden der Literaturwissenschaft‹ immer auch eine Portion subversives Gedankengut einfließen ließ und mich offenhielt für die Belange meiner Studenten. Etwa, indem ich Lenins *Drei Quellen und drei Bestandteile des Marxismus* in mein VAK 8423 einbrachte und unter Tagesordnungspunkt drei nie versäumte, die hochschulpolitische Situation mit marxistisch-leninistischem Besteck zu zergliedern.

Mein Seminar hatte einen unvorhergesehenen Zulauf. Das rief die Marxistische Gruppe auf den Plan. Die verteilte in einer der Sitzungen Flugblätter gegen diese ›bürgerliche Wissenschaftlerin im marxistischen Schafspelz‹, den man mir, der ›reaktionären Optimistin‹ und ›Imperialistin‹ auch noch herunterreißen werde. Was mir keinen Abbruch tat. Der Hörsaal wurde zu klein. Das erboste die Marxistische Gruppe erst recht.

In der nächsten Veranstaltung forderten sie mich auf, ihre Referate, hingeschmiert und aus meiner Einführung einfach abgeschrieben, mit Sehr gut zu bewerten. Was ich selbstverständlich ablehnte. Daraufhin riss ihr Anführer, ein gewisser Rotferdl, der eigens aus Bayern eingeflogen war, ein Flugblattbündel hoch, sprang auf den Tisch vor ihm, seine Anhänger hinterher. Brüllten Mao-Sprüche und stampften dazu im Takt. Klar, ich sollte das Ordnungsrecht bemühen. Das Ordnungsrecht, das die Universität für Störungen von Lehrveranstaltungen vorsah, konkret, die Polizei sollte ich rufen, damit man mich, auf frischer Tat ertappt, als Handlangerin der Bourgeoisie entlarven konnte. Den Gefallen würde ich ihnen nicht tun.

Ich vertiefte mich in meine Papiere. Jedenfalls so, als ob. Sie würden schon wieder runterkommen von da oben. Doch ich hatte nicht mit dem Kampfeswillen meiner Spartakisten gerechnet. Die sprangen nun ihrerseits auf die Füße, packten, angeführt von spitzen Schreien der Genossinnen, ihre ideologischen Widersacher bei den Beinen und schleuderten sie – Lang lebe Lenin! – zwischen das Mobiliar.

Aufhören!, schrie ich.

Aufhören!, schrie der weitaus größere Teil des Seminars. Als sei der böse Geist aus ihnen gewichen, saßen die feindlichen Brüder nach einem kurzen Austausch von Püffen und Drohgebärden wieder auf ihren Plätzen. Und ich konnte ihnen in aller Ruhe mitteilen, dass die zusätzliche Bewilligung von zwei Stunden, um die Teilung der Lehrveranstaltung zu ermöglichen, vom Akademischen Senat aus formalen Gründen abgelehnt worden war. Das empörte alle. Einstimmig wurde beschlossen, gegen diese Entscheidung Protest einzulegen. Notfalls zu streiken.

Die Doppelung wurde genehmigt. Hatte ich den Tumult nun zweimal in der Woche am Hals? Es blieb friedlich. Obwohl – oder weil? – es sich die Spartakisten nicht nehmen ließen, mich vor jeder Veranstaltung in ihren proletarischen Lederjacken in den Hörsaal zu geleiten.

Eine Verlängerung dieses Lehrauftrags war mir sicher.

Und dann kam der Brief. Vom Hochschulamt der Behörde für Wissenschaft und Kunst der Freien und Hansestadt Hamburg.

›Sehr geehrtes Fräulein Dr. Palm, Sie haben sich im Fachbereich Sprachwissenschaften der Universität Hamburg zum Sommersemester 1976 um einen Lehrauftrag beworben. Es sind jedoch Tatsachen bekannt geworden, die Zweifel an der Erfüllung des Erfordernisses der Verfassungstreue begründen können ...‹

Es folgten Details, die meisten falsch, zu meinen umstürzlerischen Praktiken, die letzte Ungeheuerlichkeit, die man mir vorwarf: ›Am 25.11.1974 haben Sie an einer Bildungsveranstaltung der DKP-Wohngebietsgruppe Eppendorf teilgenommen. Gemäß den in Hamburg geltenden Verfahrensrichtlinien lade ich Sie hiermit zur persönlichen Vorstellung und zwar am Dienstag, dem 1.11.75, 9 Uhr, im Dienstgebäude des Hochschulamtes in Hamburg 76, Hamburger Straße 37, Zi. 411. Sie können, wenn Sie es wünschen, sich durch einen Rechtsbeistand begleiten und beraten lassen. Abschließend mache ich Sie darauf aufmerksam, dass über die weitere Behandlung Ihrer Bewerbung nach Aktenlage entschieden werden wird, wenn Sie nicht erscheinen. Mit freundlichem Gruß.‹

Markus nahm mich in die Arme. Das half mir nun auch nicht weiter. Wenn ich meine Finger in seinem Haar vergrub, seine kundigen Hände meinen Körper liebkosten, war es noch immer Sommer, doch nun verlangte der Alltag sein Recht.

Kopfschüttelnd reichte Wilfried mir den Brief zurück. Das hört sich ja an wie Horch und Guck auf kapitalistisch. Wer sitzt denn da bei euch in der Gruppe? Andererseits: Da stimmt doch die Hälfte nicht. Hast du den Brief schon Griebel gezeigt?

Das tat ich gleich, und mein Doktorvater unterrichtete umgehend den Institutsrat. Einstimmig bei zwei Enthaltungen legte der Protest ein. Ich fasste Mut.

Die Genossen der Wohngebietsgruppe boten mir Unterstützung an, Flugblattprotest und Infostand. Ich lehnte ab. Sie drangen nicht weiter in mich, der Kampf gegen die männliche Herrschaft drohte den Kampf gegen den Monopolkapitalismus immer weiter zurückzudrängen.

Auch einen Rechtsbeistand der Partei schlug ich aus. Ich wollte kein ›Fall‹ sein. Kein Opfer, Mittel zum Zweck des

Kampfes gegen die Berufsverbote. Ich wollte meinen Lehrauftrag.

Sie fragen immer dasselbe, wusste Wilfried von betroffenen Kollegen, und so gingen wir den Fragenkatalog und die besten Antworten darauf ein paarmal durch. Von Markus hinterher mit einer deftigen schwäbischen Spezialität belohnt.

Seriös gewandet in mein rosa Kostüm, vorbereitet wie zu einem Verhör um Kopf und Kragen, stand ich am Morgen des 1. November pünktlich um neun vor ›Zi 411‹.

Allerheiligen – ein gutes Omen, ging mir durch den Kopf, naja, im hillije Kölle und früher mal, wie lange war ich in keiner Kirche mehr gewesen, wie lange schon hatte ich Gott links! liegen lassen?

Ich klopfte. Herein! Ich klinkte die Tür auf. Der Herr Senator persönlich. Wie weit so ein kurzer Weg von der Tür zu einem Schreibtisch werden kann. Von Griebel wusste ich, dass Labias bei einem Unfall ein Auge und die linke Hand verloren hatte. Auch fehlten ihm ein paar Finger seiner Rechten, mit der er gleichwohl meinen Händedruck ungezwungen erwiderte, bevor er mich bat, Platz zu nehmen. Nicht in einen der beiden Sessel an dem niedrigen runden Tisch in der Ecke, in den Stuhl vor seinem Schreibtisch wies er mich, was am Abstand zwischen ihm und mir von vornherein keinen Zweifel aufkommen ließ.

Labias legte seine lederne Linke neben eine Mappe, nicht sehr dick, wahrscheinlich meine Akte, und schnippte sie mit dem einzigen intakten Finger seiner Rechten auseinander.

Geboren ... murmelte er, aufgewachsen in Dondorf am Rhein ... Vater Hilfsarbeiter ... Bürolehre ... Abitur auf dem zweiten Bildungsweg ...

Labias sah auf. Sah mich an, oder sah er durch mich hindurch mit seinem einen Auge, Behördenauge, dachte ich, und dass der Institutsrat mir fachliche, persönliche und politische Zuverlässigkeit bescheinigt hatte. Ich hielt seinem Blick stand.

Labias scharrte unwillig in den Papieren. Was haben Sie sich dabei gedacht? Bei dieser Partei? Sie waren doch auf einem guten Wege. Abitur. Studium. Abschluss. Ihr Vater könnte stolz auf Sie sein. Und Ihre Mutter. Was sagen die dazu? Labias kniff sein gesundes Auge zusammen.

Was haben Sie sich dabei gedacht? Auf diese Frage war ich vorbereitet. Mit einem kleinen Referat über die Ziele der DKP als Kampf für eine friedliche und gerechte Gesellschaft und der Gegenfrage, ob er wisse, dass außer in Franco-Spanien nur in der Bundesrepublik das Bekenntnis zum Marxismus verfolgt werde.

Darauf war ich vorbereitet. *Gewesen.* Ihr Vater könnte stolz auf Sie sein. Darauf war ich nicht vorbereitet. Ja, was hatte ich mir dabei gedacht? Hilflos schaute ich Labias an. Der Fahrer/Mein Vater vor der Klotür, die Mutter/Frau Bölke im Plattenbau. Ich wusste es nicht mehr. Oder doch? Wie so oft nach meiner Rückkehr aus der DDR versuchte ich auch jetzt, mich ans Trotzdem zu klammern. Die revolutionäre Vernunft. Die richtige Seite der Geschichte.

Doch ich sah Labias' kaputte Hand auf dem grünen Leder der Schreibtischplatte und sah die Hand des Vaters, fühlte die Hand des Vaters bei unseren Spaziergängen an den Rhein, da war sie schon weich und dünn, und ich war mit meiner Hand in die Hand des Vaters geschlüpft wie der Vogel ins Nest.

Plötzlich flossen sie, aber nicht die Wörter aus meinem Mund. Aus meinen Augen floss es, flossen die Tränen. Tränen einfach so, fassungslos war ich, fassungslos wie der Kultursenator, der erschrocken ein Taschentuch aus der Jacke fischte und mir über den Tisch hinüberreichte.

Ich, ich, schluchzte ich, schluckte und wischte, putzte mir die Nase, es half nichts.

Senator Labias sagte nichts mehr, kramte weiter in meiner Akte und ließ mich weinen. Weinen um den Tod des Vaters, der meinen Dr. phil. nicht mehr erlebt hatte, weinen um die Aufbauschülerin Hilla Palm auf der Lichtung, um Gretel Fischers ungeborenes Kind, Marias brustlose Brust, weinen um Hugo, weinen um Gretels kaputte Knie und Alberts Rücken, weinen um meinen, von der Wirklichkeit in tausend Trümmer zersprengten Traum.

Behalten Sie das nur, sagte Labias, als ich ihm das Taschentuch zurückgeben wollte. Er stand auf und half mir aus dem Stuhl wie einer Kranken. Ein zweiter Händedruck: Sie hören von uns.

In der Tür hielt er mich noch einmal zurück: Wir wissen doch um Ihre kritische Haltung. Warum zögern Sie? Machen Sie Schluss.

Das hätte er nicht sagen dürfen. Denn genau das hätte ich wohl getan. Wenn er mich nicht so unverblümt dazu aufgefordert hätte. Lehrauftrag gegen Parteiaustritt. Ich ließ mich nicht kaufen.

Der Brief kam wenige Tage später: Hilla Palm durfte im Sommersemester 1976 auch in Hamburg eine ›Einführung in die Methoden der Literaturwissenschaft‹ halten. Nach wie langer Zeit kritzelte ich auf eine meiner Karteikarten statt einer Notiz zu meinen Seminaren wieder ein Gedicht:

    Abendlied

    Den Ring durch die Nase
    die Zunge im Zaum
    Fell über die Ohren
    das Leben ein Traum

Die Füße im Pflock
im Marschtritt ein Reigen
geteert und gefedert
der Himmel voll Geigen

Das Maul gestopft
im Nacken der Schlag
Stock und morgen
ist auch noch ein Tag.

Jahrzehnte später traf ich Gregor Labias bei einem Senatsempfang im Rathaus wieder. Wir wurden einander vorgestellt. Wortlos nestelte der Kultursenator a. D. ein Taschentuch aus der Jacke und reichte es mir mit einer kleinen Verbeugung. Und dann lachten wir. Tränen.

So nicht! Es trieb mich um. Und Wilfried und Michel auch, während Markus sich immer stärker auf seine Malerei und die Gruppe Werkraum konzentrierte. Oder sollte ich sagen: hineinflüchtete? Es war mir recht. Wir blieben einander treu und waren mit- und beieinander zufrieden.

Bei uns dreien aber bestimmte das So nicht! jedes Gespräch, unseren Blick auf jedes Buch, jeden Artikel. Vor allem aber unsere Sicht auf die Partei und deren theoretische Schriften. An der konkreten Arbeit – unsere Wohngebietsgruppe hatte gerade den Abbruch eines ganzen Wohnblocks verhindert – war wenig auszusetzen. Aber um Mietern ihr Recht zu verschaffen, dazu bedurfte es keiner ›revolutionären Umwälzung der Gesellschaft‹. Das hätte jede andere Partei auch fordern können.

So nicht! Aber: Wie dann? Wird eine Idee falsch, wenn sie unzulänglich realisiert wird? Behielt Marx nicht recht mit seinem kategorischen Imperativ, ›alle Verhältnisse umzuwerfen, in denen der Mensch ein erniedrigtes, ein geknechtetes, ein verlassenes, ein verächtliches Wesen ist«. Was hatte der revolutionäre Philosoph unserer Zeit überhaupt noch zu sagen? Wo war sie, die freie Entwicklung eines jeden als Voraussetzung für die freie Entwicklung aller, wie es das *Kommunistische Manifest* forderte? War – mit dessen eigenen, also marxistischen Maßstäben gemessen – die kapitalistische BRD auf dem Weg zu einer sozialistischen Gesellschaft nicht weiter als die sozialistische DDR? Hatten die Arbeiter, hatte das Volk in den volkseigenen Betrieben dort wirklich etwas zu sagen, oder war es nicht vielmehr eine Truppe berufsmäßiger Parteibürokraten, Bonzen, die an der Macht waren und bleiben wollten? Die den Arbeitern Vorschriften machten und bis in die Betriebe hineinregierten? Selbst wenn der Weg ins Abseits führte, erkennbar bereits geführt hatte? Und die dennoch alles, was sich ihnen entgegenstellte, verdammten? Mochte die Demokratie im Kapitalismus eine Scheindemokratie sein, der kapitalistische Staat ein Instrument der herrschenden Klasse: Die demokratischen Möglichkeiten und Institutionen – Parlament, Parteienvielfalt, Presse- und Versammlungsfreiheit, Gewerkschaften – erlaubten der Arbeiterklasse hierzulande immerhin, ihre Kräfte zu bündeln und zu organisieren. Und nicht zuletzt: War der Kapitalismus mit seiner sozialen Marktwirtschaft den sozialistischen Systemen mit ihrer Planwirtschaft im Ergebnis nicht deutlich überlegen? Daran ließ unser Besuch in Berlin und Dresden doch keinen Zweifel. Ketzerische Gedanken, die wir selbst in unserem Trio kaum zu äußern und nur hinter verschlossenen Türen zu diskutieren wagten. Und mit Frauke und Franz schon gar nicht. Die Doktorandengruppe war aufgelöst. Frauke, jetzt Referendarin, hielt sich von Parteiveranstaltungen fern, und Franz gingen wir seit unserem letzten

Treffen im Borchers nach unserer Rückkehr aus der DDR aus dem Weg.

Wir wühlten uns durch die blauen Bände. Der Winter kam und mit ihm der Advent, Weihnachten fuhren wir nach Hause, jeder für sich. Bertram war da, und Jutta holte ihn zur Silvesterparty ab nach Köln; Markus traf einen Tag vorher ein, und wir feierten mit der Mutter ins neue Jahr.

Bertram und Jutta würden im Sommer ihr Diplom machen und bewarben sich schon jetzt. Falls sich außerhalb von Köln etwas ergäbe, müssten es zwei Stellen sein. Unsere gemeinsamen Bekannten trafen sie kaum noch. Arnulf versuchte, in Grafenberg seine zweite Entziehungskur von allen möglichen harten Drogen durchzuhalten, und Katja hatte sich nach Poona aufgemacht in Bhagwans Ashram.

Von Politik war nicht viel die Rede. Die beiden hatten in Essen einen Parteilehrgang mitgemacht, der ziemlich enttäuschend abgelaufen sein musste. Um sozialistische Moral sei es gegangen, erzählte Jutta, unter anderem um eheliche Untreue. Schwanz auf den Tisch, Schuh aus und ein paar Mal drauf damit, habe ein alter Genosse krakeelt. Keiner habe widersprochen. Spanienkämpfer und Buchenwald überlebt, habe der Tagungsleiter hinterher abwiegeln wollen. Aber mit solchen Leuten möchte sie nichts zu tun haben, blieb Jutta fest.

So nicht! Mit solchen Leuten nicht! Da wussten wir uns einig. Es war mir ein Trost, meine Zweifel mit Bertram und Jutta teilen zu können. Ein Trost, den ich mit zurück in meinen Hamburger Alltag nahm. Wo die Diskussionen mit Michel und Wilfried weitergingen, als hätten wir sie nie unterbrochen.

So nicht! Mit solchen Leuten nicht! Aber mit wem? Und wie? Wir lasen und verfassten kleine Referate, die wir einander vortrugen, Wilfried, Michel und ich. Und kamen zu dem Schluss, dass der Marxismus nur unter bestimmten Bedingungen zukunftsfähig ist. Er ist es nicht als ein fertiges System, wie wir es in der DDR nach dem Muster der Sowjetunion kennengelernt hatten. Überleben kann der Marxismus nur ohne theoretischen Dogmatismus und ohne politische Dogmen. Es gibt viele Ansätze, die integriert werden können. Eine permanente kritische Reflexion, fasste Michel zusammen, muss das Grundprinzip marxistischen Denkens sein.

›Wissen, gewonnen aus Zweifel‹, steuerte ich meinen Brecht bei. Aber sollen wir darum auf unsere Utopien verzichten?

Naja, erwiderte Wilfried, müssen wir nicht; aber nur solange wir davon ausgehen, was historisch möglich ist. Sonst kannst du gleich Science-Fiction schreiben.

Historisch, ja. Aber auch menschen-möglich, ergänzte ich.

Und schon hatten wir wieder ein neues Thema: Kann der Marxismus tatsächlich eine Zukunft denkbar machen? Oder war, zitierte ich meinen geliebten Friedrich, ›das kühne Traumbild eines neuen Staates‹ ausgeträumt?

Nein, widersprach ich mir selbst. Wir brauchen Utopien. Visionen. Hoffnung. Vielleicht nicht als pures Gegenbild zum Existierenden. Viel wichtiger ist es, das Verlangen nach einem Wandel in den Verhältnissen menschlichen Daseins wachzuhalten. Verhältnisse, die ein Verhalten nach humanen Grundsätzen möglich machen.

Dafür bräuchtest du wohl einen neuen Menschen, zweifelte Wilfried. Weißt du noch, der Genosse im Plastewerk: Wenn wir die Gesellschaft umkrempeln, krempeln wir uns selber auch mit um. Neue Gesellschaft – neue Menschen.

Und das Bier kommt aus der Wand, seufzte ich. Und die gebratenen Tauben vom Dach in den Mund.

Wir redeten uns durch den Winter ins Frühjahr. Da brachte Michel ein neues Stichwort in die Diskussion, das unsere theoretischen Höhenflüge wieder erdete: Eurokommunismus. Dieser Begriff sei gerade geprägt worden und meine genau das, was wir den ganzen Winter über diskutiert hätten: die unablässige Veränderung der Gesellschaft durch Reformen. Das sei das Stichwort: Reform statt Revolution. Enrico Berlinguer, Generalsekretär der PCI, mache es gerade vor. Einen Compromesso storico habe er vorgeschlagen, einen historischen Kompromiss, sogar mit den Christdemokraten würde er zusammengehen, um den Schandtaten der Roten Brigaden das Handwerk zu legen. Die Christdemokraten zögerten noch, aber eine Regierung unter ihrem Vorsitzenden Napolitano würde die PCI gewiss dulden.

Auch der englische Historiker Eric Hobsbawm, Mitglied der englischen kommunistischen Partei, PCGB, sei ein Anhänger dieses neuen Weges. Oder Jugoslawien. Denen gehe es wirtschaftlich wesentlich besser als den anderen sozialistischen Staaten, weil Tito ernst mache mit der Arbeiterselbstverwaltung in den Betrieben.

Wir hatten ein neues Feld. Lasen die Schriften von Enrico Berlinguer, Antonio Gramsci, Flugblätter, Broschüren, Pamphlete der italienischen, französischen und der spanischen Kommunisten. Michel, der jetzt bei einer linken Monatszeitschrift arbeitete, besorgte uns die.

In unseren Parteigruppen hielten wir den neuen Gegenstand unserer Wissbegier geheim. Dieser demokratische Kommunismus, dieser Dritte Weg, wurde von den Staaten des Warschauer Pakts und damit auch von der DKP als antisowjetisch und daher letztlich antikommunistisch abgelehnt.

Gemeinsam mit Wilfried schrieb ich einen Brief an die Chefideologen der DKP, Robert Steigerwald und Jupp Schleifstein. Auf knapp sechs Seiten bewiesen wir ihnen, warum der Kommunismus sowjetischer Prägung in der BRD keine Chance habe, wohl aber unser Modell eines Demokrommunismus. Demokrommunismus: War das nicht eine geradezu geniale Wortschöpfung aus Demokratie und Kommunismus? Nicht ein Mal kamen das Wort Eurokommunismus oder die Namen seiner Vertreter vor. Es war mein letzter ideologischer Kraftakt. Eine Antwort bekamen wir nie. Jedenfalls nicht von den Adressaten. Oder doch? Indirekt?

Keine Antwort also aus Düsseldorf. Aber eine Einladung von der Hamburger Parteileitung, eher Vorladung, zum Gespräch.

Marga vertrat den Parteivorstand. Sie hatte die Gewohnheit angenommen, bei wichtigen Dingen mit weit gespreizten Fingern vorm Mund zu sprechen, sozusagen durch ein Fingergitter, wohl um ihre Zuhörer zu noch größerer Aufmerksamkeit zu nötigen. So auch heute.

Natürlich ahnten Wilfried und ich, es konnte nur um unseren Brief gehen. Doch zunächst überraschte uns Marga mit einer ganz anderen Geschichte. Man – wer auch immer sich hinter diesem harmlosen Allerweltswörtlein verbarg –, man also habe von unserem nächtlichen Ausflug in Berlin durchaus Kenntnis. Bekannt seien auch unsere Reaktionen auf das *Mopsenleben* sowie auf die Hölderlin-Verse. Anders als das Mopsgedicht sei Hölderlin nicht vorgesehen gewesen. Da habe man wieder eine Wissenslücke schließen können. Der junge Mann sei umgehend zugeführt worden.

Marga machte eine Pause und weidete sich an unseren Mienen. Ihre Worte, als ich sie dann begriff, begreifen musste, waren geballte Fäuste. Aber nicht gen Himmel gereckt, wie wir es so oft gemeinsam getan hatten. Die Fäuste trafen mich da, wo ich in den nächsten Wochen noch viel zu verdauen haben würde: Sie schlugen mir in den Magen und lösten dort einen Schmerz aus, leiblichen Schmerz, der sich in eine graue Trauer verwandelte, weit quälender als die verkrampften Muskeln im Bauch.

Das Mopsgedicht und Gerti, fuhr Marga fort, das wirke immer. Es sei so eine Art Lackmustest für parteiliche Zuverlässigkeit. Marga warf einen Seitenblick auf den Hamburger Landesvorsitzenden. Deutete ich dessen Gesichtsausdruck richtig? Dieses Schwanken zwischen Neugier und Unglauben?

Dann, wieder scharf an uns gewandt, sprach Genossin Wiedebusch weiter: Bekannt seien aber nicht nur unsere Reaktionen auf dieses Gedicht, auch über den Zusammenstoß mit der Polizei und alle anderen Gespräche sei man unterrichtet. Und was du, wandte sie sich an mich, dir in Dresden geleistet hast, muss ich hier nicht wiederholen.

Getäuscht habe man sich in mir. Dabei habe man Großes mit mir geplant. Käte habe ja schon mit mir gesprochen. Nun, man habe meine ideologische Unzulänglichkeit noch früh genug erkannt. Da helfe mir auch meine lupenreine Abstammung nichts. Arbeiterklasse müsse man eben nicht nur qua Geburt sein, sondern vor allem im Kopf. Marga lehnte sich zurück und nickte dem Hamburger Landesvorsitzenden auffordernd zu, der umgehend auf unseren häretischen Brief zu sprechen kam.

Marga goss Milch in ihren Kaffee und ließ die Tasse an der Unterlippe kreisen. Wie Maria, dachte ich und fühlte eine unbestimmte Sehnsucht nach deren Kaffeetisch, dem Quelle-Katalog, nach Bienenstich und Kanarienvogel. Nach Hause.

Wilfried übernahm unsere Verteidigung. Ich hörte kaum zu. Was hatte Marga mit Großes vorgehabt gemeint? Öfter nach Berlin fahren, Treffen mit Käte, den Berliner Genossen aus dem Hamburger Kulturleben berichten? Zielte das etwa auf eine Anwerbung zur Mitarbeit in einer Organisation, die mir bislang vor allem durch die Verleumdungen westdeutscher Medien bekannt gewesen war, Verleumdungen, die Marga mir gerade als Wahrheit offenbart hatte? Meine Wut überwandt die Trauer. Hilflose Wut. Wann hatte ich mich zuletzt so wehrlos gefühlt? So verletzt? Als Kind, wenn der Vater den Gürtel aus der Hose gezogen hatte. Wie musste es Menschen zu Mute sein in Staaten, wo Leute wie Marga an der Macht waren. Herrschaft ausübten im Arbeiter-und-Bauern-Staat. Wo Menschen so viel unkontrollierte Macht über Menschen hatten. Und sich dazu auf der richtigen Seite wähnten. Der Geschichte. Falls sie das überhaupt noch taten. Wenn nicht die Machtlust den Glauben an die gute Sache längst aufgezehrt hatte. Mir war zum Heulen. Doch den Gefallen wollte ich ihnen nicht tun. Ich presste die Nägel in die Handballen, biss die Zähne zusammen, dass die Kiefer schmerzten, und machte den Mund erst wieder auf, als ich Wilfrieds Ausführungen wieder zu folgen vermochte, und steuerte dann auch ein paar Floskeln bei.

Später, Jahrzehnte später, erfuhr ich, dass Marga bereits viel früher die Hand im Spiel gehabt und schon die Begegnung mit Hansdieter Kurwak in Köln eingefädelt hatte. Nach der Diskussion in der Bobstraße um das ›Herz‹ war ich als ›unsicheres Element‹ eingestuft worden. Der Blick auf Hansdieters Rücken beschlossene Sache. Er sollte mich zurück auf Linie bringen.

Und ich erfuhr, dass man mich zur Bezirksversammlung hatte kandidieren lassen, um ein Berufsverbot gegen mich zu erzwingen. Man wollte mich als Hauptamtliche in der Partei.

Und ich erfuhr, dass es in der Kaiser-Wilhelm-Straße einen speziellen Briefkasten gegeben hatte. Dort konnte man! anonym seinen Umschlag mit Beobachtungen und Ansichten über die eigenen Genossen einwerfen. Hätte ich damals von dem Briefkasten gewusst, selbst nur geahnt, dass auch in unserem gemütlichen Storchennest immer einer, heute weiß ich, es war *eine*, dabeisaß, die diesen Kasten bediente, der Abschied wäre mir wohl leichter gefallen, der Absprung schneller geglückt.

Das alles wusste ich nicht, als ich nach dieser Vorladung von der Parteileitung mit Wilfried im Borchers saß.

Fünf Paar Strumpfhosen, sagte ich.

Aber das war's wert, grinste Wilfried. Haben mir ein paar ›schöne Stunden‹ eingebracht, wie du immer sagst. Soviel zum Thema sozialistische Moral. Ich sage nur: Reeperbahn. Hab ich ja erzählt. Weißt du noch?

Sicher wusste ich noch. Kurz vor unserer Reise in die DDR waren Franz und Wilfried von der Hamburger Parteileitung zur Betreuung zweier Genossen, Dramaturgen aus Berlin, bestellt worden. Mit Thalia Theater, Schauspielhaus, Oper hatten sie denen ein kulturelles Spitzenprogramm geboten. Doch die Besucher interessierte einzig – die Reeperbahn. Zur Erprobung der Belastbarkeit ihres sozialistischen Ethos, erklärten sie. Sie seien ideologisch ausreichend gefestigt, um den Verführungen des gleißenden Kapitalismus die Stirn zu bieten. Wo, wenn nicht in diesem Meer pervertierter Gefühle und verstümmelter Seelen könne man die Unmenschlichkeit imperialistischer Lebensweise und moralischer Verkommenheit umfassender und aus nächster Nähe studieren.

In dieses Studium, so Franz und Wilfried, hatten sich die lernbegierigen Genossen rückhaltlos bis zum Morgengrauen vertieft. Mit ganzem Einsatz. Aus nächster Nähe.

Und Wilfried hatte die Zeche gezahlt. Aus der Parteikasse.

Ich trank ein Bier und sah mir meine rechte Hand an, Innenseite, Außenseite, noch ein Bier. Innenseite, Außenseite linker Hand, noch ein Bier. Bis meine beiden Hände still vor mir auf dem Tisch lagen. Ich war ganz ruhig und klar im Kopf: So nicht! So nicht weiter! Aber wie dann?

Es war wie in einer Beziehung zwischen Liebenden. Oder, wem das zu pathetisch ist, zwischen guten Freunden. Zwischen zwei Menschen, die sich einander angeschlossen haben im Vertrauen darauf, dass es der andere ehrlich meint. Aber eine Trennung? Die der Senator mir zudem noch nahegelegt hatte? Labias. *Er* hatte offen mit mir geredet. Von meinen eigenen Leuten fühlte ich mich verraten. Meine Offenheit wurde als Betrug angesehen, unsere Kritik an der Parteilinie war als ›Verletzung sozialistischer Gesetzlichkeit‹, wie es der Landesvorsitzende formuliert hatte, gebrandmarkt worden. Destruktiv, ja, feindselig. Welche Folgen hätte unser Brief in der DDR gehabt?

Am Schlimmsten aber trafen mich die Offenbarungen über unseren Berlin-Besuch. Trotzdem – oh, dieses Trotzdem! – schoben sich noch und immer wieder die lebendigen Zeugen vergangener Kämpfe für die gute Sache vor jeden Entschluss, lud mich Gretel, die merkte, dass ich mich zusehends weiter entfernte, immer öfter zu sich ein, taufte Ingeborg ihre Tochter auf meinen Namen, Hildegard. Diese Zusammensetzung aus Kampf und Schutz, also Hildegard: Schutz im Kampf, gefiel ihr. Ich wurde ihre Taufpatin. Ingeborg hatte sich für ihren Bürokollegen entschieden. Wolfgang hätte einer Taufe nie zugestimmt. Gleichwohl war der Kollege Ingeborg zuliebe in die Partei eingetreten, und die kleine Familie tat alles, um mich darin zu halten.

Auch der Gedanke an Markus machte es mir nicht einfach, hatte ich ihn doch vor noch gar nicht langer Zeit von der historisch notwendigen Unabdingbarkeit seiner Mitgliedschaft überzeugt.

Ich wusste nicht weiter.

Ich betäubte mich mit Arbeit. Bereitete meine Seminare vor, als ginge es jedesmal um ein Examen. An Gruppenabenden nahm ich immer seltener teil. Wurde Mitglied im Hamburger Schriftstellerverband und schloss mich den linken Kollegen an. Aktuelle Politik interessierte mich nur noch am Rande. Die DDR gewann bei der Olympiade in Montreal vierzig Goldmedaillen und wurde damit Zweiter hinter der Sowjetunion. Italien bekam einen kommunistischen Parlamentspräsidenten, und in Vietnam vereinigten sich die beiden Staaten zu einer sozialistischen Republik unter Führung der Kommunistischen Partei. Saigon hieß nun Ho-Tschi-Minh-Stadt. Vor ein paar Jahren noch soviel Grund zu reiner Freude.

Wieder standen Bundestagswahlen ins Haus. Ich rührte keinen Finger und ging stattdessen in den Semesterferien mit Markus auf eine ausgedehnte Zelttour durch Südfrankreich. Irgendwo in der Camargue kriegten wir mit, dass Mao gestorben war, und wieder einmal vermisste ich Hugo. Gemeinsam mit ihm und unseren Sprüchen wär's eine Lust gewesen, den großen Vorsitzenden auf dem Weg ins rote Jenseits zu begleiten.

Anfang Oktober fuhren wir über Köln und Dondorf zurück nach Hamburg. Zu den Bundestagswahlen kamen wir gerade rechtzeitig. Bis in die Wahlkabine wusste ich nicht, wohin mit dem Kreuzchen.

Quer über meinen Stimmzettel knallte ich: Das-ist-das-Haus-vom-Ni-ko-laus. Jeder Strich saß.

In Dondorf hatte es Neuigkeiten gegeben. Bertram und Jutta hatten Arbeit in einem schwäbischen Jugendheim gefunden und bereiteten ihren Umzug vor. In Rottlingen würden sie keinen Kontakt zu einer Parteigruppe suchen, ihre Mitgliedschaft versanden lassen. Mit ihnen konnte ich so offen reden wie mit Wilfried. Markus hörte mit großen

Augen zu, nickte ein paarmal und sagte dann: Denkt an Malewitsch. Der hat schließlich seine eigenen Bilder verworfen. Bei uns in der Gruppe – da ist der Kuno ein ganz scharfer, von wegen sozialistischer Realismus und so. Ist mir aber egal.

Er hatte recht. Und es konnte ihm auch egal sein. Seine halbe Stelle im Studentenheim machte ihn finanziell unabhängig. Er war sein eigener Herr. In jeder Beziehung. Er ging in seiner Malerei auf. Was für eine gelungene Metapher.

Ich hingegen musste mich in meinen Seminaren ideologischen Debatten und politischem Tagesgeschehen stellen. Das wurde mir zusehends schwerer. Wollte ich mir selbst treu bleiben, musste Schluss sein mit diesem feigen Schweigen zu diesem kritiklosen Nachbeten von Prinzipien. Ich musste zurück zu meinen eigenen Wörtern und in meine eigene Sprache. Nicht nur in meinen dichterischen Geheimschriften. Auch im Alltag. Warum noch immer dieses Zögern? Wovor hatte ich Angst? Die Genossen zu enttäuschen? Das waren sie doch schon. Gretel lud mich nicht mehr ein. Hätte Bruno Kowalski mir jetzt noch seinen Heine geschenkt?

Mit Spannung erwarteten Michel, Wilfried und ich den 13. November. Wolf Biermann, in der DDR seit Jahren mit Auftritts- und Reiseverbot belegt, sang in Köln auf Einladung der IG Metall. Mit Erlaubnis der DDR-Behörden. War es ein abgekartetes Spiel? Drei Tage später entzog ihm die Staatsmacht die Staatsbürgerschaft. Der Grund: ›feindseliges Auftreten‹. Und verweigerten ihm die Heimreise in sein sozialistisches Vaterland. Robert Havemann, der gegen diese Ausbürgerung mit einem Appell an Honecker im *Spiegel* protestierte, wurde daraufhin zu unbefristetem

Hausarrest verurteilt. Die Stasi erstellte eine Liste von siebzig Personen, die sein Grundstück nicht betreten durften. Darunter Diplomaten und Journalisten.

Es gab nur noch ein Thema. Jetzt galt es, Farbe zu bekennen. Marga wurde nicht müde, die Maßnahme, wie sie es nannte, nein, nicht direkt zu verteidigen, eher auf sophistisch verdrehten Schleich- und Schleimwegen zu beleuchten, ihre historische Notwendigkeit nachzuweisen. Wie es ihr auch mit der Rechtfertigung des ›antifaschistischen Schutzwalls‹ stets so trefflich gelang.

Im Vorstand des Schriftstellerverbandes, dem ich seit ein paar Wochen angehörte, protestierten wir einstimmig gegen die Ausbürgerung des Kollegen Biermann. Marga gehörte zu den ersten Unterzeichnern. Zwei Tage später rief sie bei mir an, sie möchte mich bitte sprechen. Im Café Lindtner. Sie lade mich ein. Möchte, hatte sie gesagt, und bitte.

Marga schien nervös. Ihre sonst so ruhig und locker gespreizten Finger vorm Mund spielten wie abwesend an ihrer Unterlippe. Sie nahm die Hand aus dem Gesicht und kam gleich zur Sache.

Ihre Unterschrift sei ein Irrtum gewesen. Das könne ich doch bezeugen.

Bezeugen was?, fragte ich argwöhnisch. Ich hatte doch ihre Hand mit dem Stift auf der Unterschriftenliste mit eigenen Augen gesehen.

Dass ich unterschrieben habe. Marga grub die Zähne in ihre Oberlippe.

Natürlich hast du unterschrieben.

Nein, ja, äh, ich meine, du kannst doch bezeugen, dass ich *nicht* unterschrieben habe. Marga winkte dem Kellner, bestellte einen Kognak. Für dich auch?

Nein, danke. Soviel Kognak, bis der Margas Hand auf dem Papier löschte, konnte ich gar nicht trinken. Aber du hast unterschrieben, sagte ich kopfschüttelnd. Was soll das denn?

Ja, aber es war ein Irrtum, versicherte Marga.

Was, die Ausbürgerung oder der Protest?

Die Ausbürge- äh, der Protest natürlich.

Aber du hast doch gelesen, was da stand, und alles gehört. Clas hat die ganze Resolution vorgelesen. Da gab es Weißgott nichts falsch zu verstehen. Du kannst doch nicht tun, als hättest du von nichts ne Ahnung gehabt.

Ich hab nicht unterschrieben, beharrte Marga.

Das glaubst du doch selber nicht. Langsam wurde es mir zu bunt. Was soll das denn?, wiederholte ich.

Hör mal, Marga beugte sich vor, fasste mich scharf ins Auge und spreizte die Finger vorm Mund: Wie war das denn mit dem Ramid in Berlin? Schön? Ob das dem Markus gefällt, wenn ich dem das erzähle? Sie lehnte sich zurück und winkte wieder nach dem Kellner: Herr Ober, noch einen.

Zwei, ergänzte ich. Jetzt brauchte ich den auch.

Wir schwiegen. Der Kognak kam. Ich sah Marga, die mir zutrinken wollte, nicht an. Kippte das Zeug hinunter und schüttelte mich. Nicht wegen des Alkohols.

Heißt das, du willst mich ... erpressen?

Na, hör mal, ist doch ein Geschäft. Gut für uns beide. Und auch höheren Orts könnte ich ein gutes Wort für dich einlegen, bist da nicht mehr gerade gut angesehen. Unter dem Banner des Kampfes gegen den Dogmatismus bist du von der Linie des Marxismus-Leninismus doch erheblich abgewichen. Marga streckte sich. Der letzte Satz aus dem einschlägigen Phrasenkasten schien ihr das Rückgrat zu stärken.

Meins aber auch. Ich stand auf und wünschte ihr noch einen Guten Abend. Zahlte meinen Kaffee und Kognak und ging.

Kaum zu Hause, kam ein Anruf aus Düsseldorf. Der Kulturbeauftragte der Partei befahl mir – als Bitte konnte und sollte die Tonart seines Anliegens kaum verstanden werden –, den Vorstand des Schriftstellerverbandes umgehend davon zu benachrichtigen, dass Genossin Marga Wiedebusch niemals den Protest gegen die Ausbürgerung unterschrieben habe.

Ich schwieg. Die Leitung rauschte. Oder war es das Blut in meinen Ohren?

Hast du mich verstanden, Genossin Palm? War das dieselbe Stimme, die mich für meinen Beitrag zur Lyrik Pablo Nerudas auf der Literaturkonferenz so überschwänglich gelobt hatte? Die abends eines dieser schönen alten Arbeiter- und Volkslieder nach dem anderen angestimmt hatte? Unvergessen auch das genüssliche Knurren, mit dem sich der Kulturbeauftragte ein von italienischem Olivenöl durchtränktes Stück Brot auf der Zunge hatte zergehen lassen.

Hast du mich verstanden, Genossin Palm?, schnitt die Stimme ein zweites Mal in mein Ohr.

Ja, brachte ich hervor. Nein.

Was jetzt, ja oder nein?

Ja, verstanden. Nein, sie hat unterschrieben, würgte ich hervor.

Und dabei bleibst du?

Ja.

Er legte auf. Ich legte auf. Hob wieder ab. Das Freizeichen. Mir zitterten die Knie. Und doch war es wie ein Omen, dieses Frei-Zeichen. Einfach auflegen. Und wieder abheben. Und eine andere Nummer wählen.

Doch Wilfried bettelte noch einmal um Geduld. In Westberlin war ein Arbeitskreis westeuropäischer Arbeiterbewegung gegründet worden, der eurokommunistische Ideen vertrete, wo sich zum ersten Mal Mitglieder der DKP, der Jusos und andere Linkssozialisten zusammenfänden. Meine Seminare ließen die Teilnahme am ersten Treffen nicht zu; Wilfried nutzte die Weihnachtsferien, fuhr hin und kam, wenn nicht voller Hoffnung, so doch zuversichtlich zurück. In aller Offenheit, ohne Aggression oder Arroganz seien die Diskussionen verlaufen, Beschlüsse seien keine gefasst worden, dazu sei es nach einem ersten Treffen auch noch zu früh.

Erneut wurde er vor den Landesvorstand zitiert. Auf einer Mitgliederversammlung der Lehrergruppe hatte er als Beispiel, dass man Fehler eingestehen und korrigieren könne, den Stalinismus angeführt. Dessen Verbrechen hätten die Kommunisten aus eigener Kraft überwunden. Verbrechen des Stalinismus? Ein Tabubruch. Man habe ihm mit dem Parteiausschluss gedroht.

Warum zögerte ich immer noch? Ja, warum? Warum zögert man, eine Scheidung zu vollziehen? Eine Kehrtwendung? Einen Menschen, eine Sache, eine Überzeugung fallen zu lassen – wieder ein sprechendes Wortbild.

Ich war enttäuscht. Vom real existierenden Sozialismus. Den Genossen. Von Marga. Am meisten aber von einer. Von mir selbst. Unablässig kreiste in mir der Vorwurf, wo ich denn meinen ansonsten so hochgepriesenen Verstand gehabt hätte. Wie konnte ich nur. Ja, wie?

Hätte ich das nicht alles wissen können? Seit langem? Auch schon vor der Berlin-Reise? Hatte ich mich nicht genügend informiert? Immer noch zu wenig gelesen? Nein, aber nur das, was ich lesen wollte. Und wenn ich anderes las, hielt ich es für Hetze. Letzter Fluchtpunkt: Auch das Christentum hat schwere Fehler gemacht und gelernt. Selbst wenn der real existierende Sozialismus kein Vorbild war: Wir in der BRD würden es besser machen. Aus Fehlern lernen. Vor allem daran hatte ich mich geklammert.

Es gibt Trennungen, die einen auch dann überraschen, wenn man sie längst hat, hat kommen sehen. Plötzlich bricht etwas hervor, wird sichtbar, plötzlich ist etwas geschehen, was man sich bis dahin nicht eingestehen wollte. Eine Fremdheit, die man bis dahin überspielt hat mit Zitaten alter Gewissheiten und Vertraulichkeiten.

Es war ein Buch, das meine endgültige Trennung noch einmal verzögerte. Peter Weiss' *Ästhetik des Widerstands*. Selten hatte ich mit soviel zustimmendem Furor gelesen, Anstreichungen, Randbemerkungen, Widerspruch. Hier war einer, der sich ohne ironische Überheblichkeit dem Scheitern zu stellen vermochte. Dem Scheitern der Arbeiterbewegung – in einer Epoche. Nicht generell. Auch Peter Weiss, beziehungsweise sein Roman-Ich, hatte den Widerspruch zwischen realer und idealer Partei schmerzhaft gespürt – und ausgehalten. Also konnte ich das auch. Dachte ich. Noch. Noch immer. Noch einmal.

Da erreichte Wilfried ein Brief. Von einem der Initiatoren dieses Westberliner Arbeitskreises, von Christoph Kievenheim. Ein Abschiedsbrief. ›Ich resigniere allein vor mir selbst‹, schrieb er, ›vor meiner Unfähigkeit, mein Leben so zu strukturieren, dass aus alldem ein vernünftiger Beitrag wird für unsere gemeinsame Sache, aus der Unfähigkeit, mich im Kampf für eine rationale, für eine gute Sache rational und stark zu verhalten ... Man muss verhindern, dass sich Menschen wie ich so zerstören.‹

Christoph Kievenheim hatte sich erhängt.

Und Wilfried und ich schrieben einen offenen Brief an den Parteivorstand.

›... wer die Arbeit in politischen Gruppen und Parteien kennt, die ihre Wertvorstellungen größtenteils aus dem Veränderungswillen zum Bestehenden beziehen, weiß, dass diese Gruppen, je kleiner sie sind und je stärker der Druck von außen sie bedrängt, sie umso enger zusammenrücken. Sie befriedigen damit das Bedürfnis ihrer Mitglieder nach Sicherheit, gleichzeitig fordern sie von ihnen jedoch unbedingte Identifikation mit ihren Auffassungen, Handlungen und Zielen. Kritiker innerhalb der eigenen Reihen können diese Gruppen nur sehr schwer ertragen, sie werden schnell als unsolidarisch und Schlimmeres verteufelt, um die Harmonie, die außerhalb der Gruppen nur schwer zu finden ist, wenigstens in den eigenen Reihen aufrechtzuerhalten. Aufgrund dieses Harmoniedenkens werden für politisch motivierte Differenzen und Rückzüge eilfertig private Motive gesucht, politisches Abweichen als Abweichen auch von individualpsychologischen Normen, wie sie die Gruppe für richtig hält, angesehen. Einem ähnlichen Mechanismus mag Chr. K. zum Opfer gefallen sein: von der Rolle einer Person, deren politische Ansichten unbequem sind, bis zur Person selbst, die unbequem ist – und sie ist es umso mehr, je stärker sie sich mit ihren politischen Auffassungen identifiziert –, ist es nur ein kleiner Schritt.

Wir verlangen und erwarten von politischen Gruppen und Parteien nicht, dass sie gruppentherapeutische Aufgaben übernehmen, wohl aber, dass abweichende politische Meinungen offen und solidarisch diskutiert und nicht in einer Weise als ›verdächtig‹ abgetan werden, die nicht selten nicht nur die Meinung, sondern auch deren Träger trifft.‹

Statt einer Antwort erhielten wir erneut eine Vorladung; diesmal nach Düsseldorf. Ich lehnte ab. Ich war zu Blockseminaren, marxistische Literaturtheorie, an die Universitäten Zürich, Bern und Basel eingeladen, und die Meinung der Parteizentrale war mir inzwischen völlig einerlei. Wilfried fuhr hin. Und kam enttäuscht zurück. Wie sonst? Was hatte er erwartet? Dass die Deutsche Kommunistische Partei ihre Meinung zu Biermann und Eurokommunismus ändern würde? Dass die Verbrechen Stalins endlich offen zur Sprache gebracht würden? Selbst mit Wilfried darüber bei einem Bier zu diskutieren, wurde mir zunehmend lästig, geschweige denn, mich auf Gruppenabenden den vorwurfsvollen Fragen auszusetzen. Ich blieb zu Hause, konzentrierte mich auf meine Lehrtätigkeit. Und schrieb wieder Gedichte; kritzelte sie wie vor Jahren während meiner Doktorarbeit auf kleine Zettel und die Rückseiten von Manuskripten.

Auf die Kehrseite meiner Anmerkungen zu Boris Pasternaks Gedicht *Die hohe Krankheit* – ein Poem vom Schicksal der Dichtung in der Revolution, in dem Pasternak allein Lenin *und* dem Dichter das Recht zuspricht, in der ersten Person, als ›Ich‹ zu handeln – notierte ich mein Gedicht:

> Ihr Kampfgenossen all
>
> Ihr könnt mich mal
> mir hängt mein Grinsen
> schon längst zum Maul raus ich
> geh lieber in die Binsen
>
> schnitz mir aus Schilfrohr
> eine helle Flöte
> blas auf dem letzten Loch
> der Abendröte
>
> ›Dem Morgenrot entgegen‹.

Wenige Jahre später wurde das Gedicht in meinem ersten Gedichtband *Herz über Kopf* gedruckt. Ich erhielt Leserbriefe. Einen von Bruno Kowalski, fast auf den Tag genau, an dem er mir vor Jahren seine Heine-Ausgabe geschenkt hatte.

Kurz nach unserem Treffen war er damals mit seinem Bücherschrank nach Emden gezogen, und ich hatte nichts mehr von ihm gehört. Doch muss er mich immer im Auge behalten haben.

Enttäuscht habe ich ihn, ließ er mich seine schwer lesbare Handschrift entziffern, ob es denn nichts Wichtigeres gebe als immer nur Liebe, Liebe und dazu auch noch so unglücklich. Und wo ist das Gedicht *Mein Vater*, dein schönstes Liebesgedicht? Gut, in den ›Gedichten über‹, wie Bruno es formulierte, *Hildegard L. Kommandanturstabsmitglied der SS in Majdanek, Branko M., Ein alter Brauch, Fernsehbild vom Foto einer jüdischen Frau im KZ* könne er zur Not die alte Hilla noch erkennen, obwohl von ihrem kämpferischen Klassenstandpunkt nicht mehr viel zu erkennen sei, bestenfalls humanistischer Liberalismus, ja, das schrieb Bruno so. Aber dann: *Ihr Kampfgenossen all.* Was ich mir dabei gedacht hätte! Ob ich ihn, Bruno, Albert oder Gretel gemeint hätte mit den ersten Zeilen. Doch er habe weitergelesen und meine Verzweiflung gespürt und mir schließlich vergeben, da ich es nicht vergessen hätte, das Positive, die Perspektive, die Treue zu unserer Sache. So also hatte Bruno die letzte Zeile gedeutet. Zu seinen und meinen Gunsten.

Der Brief tat weh. Er ließ mich noch einmal die Entfernung spüren, die Mühsal des Weges bis zu diesen Gedichten. Aber ich wusste: Es war vorbei wie eine abgetane Liebe. Ein Wort, ein Versprechen, das zurückgenommen werden muss, kann eine Schande sein, wenn man es stehenlässt.

Ich schrieb ihm einen freundlichen Dank und Gruß zurück und hörte nichts mehr von ihm.

Nach der Wiedervereinigung erreichte mich zuerst die Nachricht von seinem Tod, man munkelte etwas von Selbstmord, wenig später kam ein Päckchen von ihm. Bruno vermachte mir seine drei Bände *Ästhetik des Widerstands* und die *Notizbücher* von Peter Weiss, durchgearbeitet und mit Anmerkungen am Rand von der ersten bis zur letzten Seite. Kein Brief, kein Kommentar für mich.

Rainer öffnete die Tür, beinah wie vor Jahren, als ich eingezogen war. Marga war nicht zu Hause. Ihre Zimmertür geschlossen, aber nicht versperrt.

Ich will nur etwas zurückgeben, sagte ich. Rainer nickte und ging in sein Zimmer. Wir hatten uns nichts mehr zu sagen.

Margas Schreibtisch war mustergültig geordnet. Ich legte mein Parteibuch auf die Broschüre: *Die Veränderung der Welt durch die Oktoberrevolution und ihre Bedeutung für die BRD*. Warf einen letzten Blick auf die blauen Bände und klinkte die Tür hinter mir zu.

Wie froh war ich, dem Vater all dies nicht erklären zu müssen. Dem Vater, dem ich erst vor wenigen Jahren gläubig ›ein Sechstel der Erde rot auf den Tisch gezählt‹ hatte. Immer klarer wurde mir, dass ich mein Versprechen, das ich dem Vater gegeben hatte, am besten würde einlösen können, wenn ich meinen eigenen Weg gehen, Meister Eckhart folgen würde: ›Genk âne wek/den smalen stek‹.

Nach meinem Eintritt, meiner Unterschrift in der Bobstraße hatte ich zu Hause lange in den Spiegel geschaut. So wie nach der Nacht auf der Lichtung, der ersten Nacht im Kölner Hildegard-Kolleg, Hugos erster Umarmung. Nach seinem Tod. Jedesmal hatte ich das Bedürfnis, nach sichtbaren Veränderungen zu forschen. Jetzt, in Hamburg, schaute ich wieder hinein, als müsste ich es genau beschreiben: Da lag Dondorf, die Altstraße, da wuchsen die Weiden am Rhein, da ging es nach Großenfeld, nach Riesdorf, nach Kölle am Rhing, über die Elbbrücken bis in mein Gesicht vor dem Spiegel in der Helsdorferstraße. Alles war noch da. Am Rhein saß die kleine Hilla im Schatten einer Kopfweide mit einem Buch, und der Strom, die Macht des Stromes floss durch sie hindurch und trug sie fort, Elbe und Alster entgegen, und die Pappeln am anderen Ufer berührten die Sterne, und die Sterne und die Pappelsamen wanderten mit.

›Schreibe, was du siehst und hörst‹, diesen Satz Hildegard von Bingens hatte ich mir vor so vielen Jahren in mein Heft *Schöne Wörter, schöne Sätze* notiert. Ich hatte einen weiten Weg gemacht. Einen großen Umweg. War zu Boden gegangen. Und wieder hochgekommen. Nie ohne eine Hand, die mir aufhalf, weiterhalf. Auch Albert und Gretel, sogar Marga waren zum richtigen Zeitpunkt die richtigen Menschen gewesen. Und das *Kommunistische Manifest* das richtige Buch?

Wenn es zutrifft, dass der Konservative von seiner Vergangenheit her denkt, während der Progressive auf die Zukunft hin lebt, dann war ich eine progressive Konservative. Man muss wissen, woher man kommt, um zu wissen, wohin man will. Vielleicht waren mir deshalb die exakten Wissenschaften immer ein Greuel, wegen ihrer Geschichtslosigkeit. Und ich liebte daher die Wissenschaft vom Menschen. Wandelbar, widersprüchlich und unvollkommen wie diese. Und vielleicht war ich deshalb beides: eine progressive Konservative oder eine konservative Progressive. So wie Lukas sich einstmals einen kommunistischen Katholiken oder katholischen Kommunisten genannt hatte.

Ich war in eine Falle getappt. Und die Falle hatte zugeschnappt. Nach Christoph Kievenheims Tod gab es nur eins:

raus hier. Wie hatte die Großmutter gedroht, wenn ich als Kind ihre Ermahnungen und Warnungen in den Wind geschlagen hatte: Wer nit hören will, muss fühlen.

Nichts ist schmerzhafter als eine Bindung, die man selbst und freudig eingegangen ist, als Fessel zu erkennen, und sich dann aus den selbstgewählten Fesseln zu befreien. Der Bruch mit der Partei hieß der Bruch mit lebendigen Menschen, mit Albert, Helma, Gretel, mit der vor allem. Es tat weh. Traurig aber machte mich vor allem der Tod meiner Illusion, ein langsamer, schmerzhafter, mitunter widerwilliger Abschied.

Doch jetzt musste ich weitergehen. Allein. Und was auch geschehen möge: immer mit offenen Augen und Ohren. Wenn mich mein Weg eines gelehrt hatte: Nicht auf Theorie und große Worte kam es an. Was zählte, war die Praxis. Schau dir an, was du tust, und du weißt, was du willst. Ein Satz, der kein Eigentlich duldet. Kein Wenn und kein Aber. Keinen Konjunktiv. Den ich aber liebte. Gerade weil ich ihn immer hatte wegdrängen müssen, um in der Wirklichkeit meinen Platz zu finden und zu verteidigen. Meinen Platz – einen Platz – den Platz? Den einzigen? Soviele ungelebte, unentdeckte Plätze. Also doch: Leben im Konjunktiv. Ja. Im Wort. Wo alles möglich ist. Bei Gott ist kein Ding unmöglich. Und nicht auf dem Papier. Leben im Konjunktiv heißt leben im Wort.

Nie würden wir dem Bösen endgültig ein Ende bereiten können. Das musste ich akzeptieren. Und dennoch würde ich weiter versuchen zu leben und zu handeln, als ob eine bessere Menschheit eines Tages Wirklichkeit würde. Als ob: der Schlüssel zu meinem Vertrauen in meine Möglichkeiten.

Ich würde immer auf das Eine und das Andere ausgerichtet sein. Mein Pol, um den sich die Nadel bewegte: die

Sprache, die Schrift. Das bewirkt Unruhe, ein Leben lang. Ein geliebter Mensch kann dazu beitragen, dass die Nadel nicht ständig flackert oder um sich selbst kreist.

Genossin Palm. Auch diese Rolle hatte ich ausgespielt. Meine Gewissheiten hatte ich verloren, nicht aber meine Träume. Mein Platz im Leben würde sein, keinen Platz zu haben. Und der einzige Platz für keinen Platz ist der Platz am Schreibtisch. Wo ich mich täglich verwandeln kann, mich nicht festlegen muss. Tausend Leben leben kann, in denen das meine verschwindet – und überall wieder auftaucht. In jeder Silbe.

Und meine Doktorarbeit? Am Schreibtisch gewann ich zurück, was mir in der Dissertation beinah verloren gegangen war: dass sich Kunst nicht propagandistisch-agitatorischen Aufgaben politischer Tätigkeit unterordnen darf, auch nicht allein Politisches thematisieren muss. Ich gewann sie mir zurück, die Literatur, die Kunst als ein eigenständig-selbstständiges Medium von Wirklichkeitsaneignung und Bewusstseinserweiterung.

Vertraute wieder meinem Freund und Mentor aus Kinder- und Jugendtagen: Dass auch er zeitweilig einer Illusion aufgesessen war im Kampf für liberté, egalité, fraternité, war mir ein Trost. Seine aus Ernüchterung gewonnene Erkenntnis sollte mir Richtschnur sein: ›Freiheit ist nur in dem Reich der Träume, und das Schöne blüht nur im Gesang.‹

Ich hatte Pegasus die Flügel amputiert. Ihn auf das Nützliche zurechtgestutzt. Ein Arbeitspferd. Ein Gaul. Ackern konnte er. Aber nicht mehr fliegen. Auch das war mir klar geworden: Kunst muss nicht nützlich sein, sondern unentbehrlich.

Für

diese alten Männer
mit den billigen Gebissen
die zischen und Speichel verlieren
wenn sie KZ sagen und Sachsenhausen
denen der Unterarm wegzuckt
wenn das Hemd die Nummer freilegt
die ein Stahlkorsett tragen
nachts schreien im Schlaf.

Für

diese alten Frauen
die vom Schminken nichts wissen
wollen und nichts von der wilden Ehe
die eben noch Kuchenrezepte erklärten
und jetzt erzählen von
Dunkelhaft Einzelhaft Schlägen Tritten Abort
die ihre Tage verloren
immer frieren
viel Wärme brauchen.

Das Fest

›Dem Sieger will ich das verborgene Brot geben; auch einen weißen Stein will ich ihm geben und, auf den Stein geschrieben, einen neuen Namen, den niemand kennt als der, der ihn erhält.‹

OFFENBARUNG 2,17

Es war an einem der ersten warmen Frühlingstage am Rhein, an der Alster, der Elbe, ich saß auf einer Bank und ließ die Augen wandern über die Weiden, Kopfweiden und Trauerweiden, über Wellen und Strudel, Schleppkähne von Rotterdam nach Ludwigshafen, Container von Hamburg nach Singapur, die Piwipp vom Jungfernstieg zur Krugkoppelbrücke. Schaute hinauf in die Wolken, die von Köln nach Dondorf nach Hamburg zogen, und ich stellte mir vor, sie schauten zu mir hinunter, wie ich dahinzog von Hamburg nach Dondorf nach Köln und wieder zurück und von vorn. In den Trauerweiden beim Alstercliff vibrierte das späte Licht, oder war es der neue Dondorfer Kirchturm über den Linden vor der Marienkapelle am Überseehafen bei Blohm + Voss.

Ich saß auf der Bank und lauschte dem Rhein, lauschte Elbe und Alster, sie sprachen mit einer Stimme, und der Großvater griff in die Luft: War sie schon dick genug zum Säen? Dünn genug zum Ernten? Und ich hängte mein Weidenkörbchen übern Arm und rief den Bruder aus dem Sandkasten, es ging an den Rhein, ans Wasser an Elbe und Alster, und wieder hatte ich sie nicht kommen hören, die kleine dunkle Frau. Zuletzt war das in Hamburg gewesen, damals, nach meinem Schwur auf *Internationale* und ›Menschenrecht‹ im Congress Center. Wie lange war das her? Damals, in der Novembernacht in Planten un Blomen.

›Der Mensch, das Spiel der Zeit ...‹, begrüßte sie mich

auch heute, und diesmal ergänzte ich die Zeile ›spielt, weil er allhie lebt im Schauplatz dieser Welt‹.

›Er sitzt und doch nicht feste‹, fuhren wir gemeinsam fort.

›Nichts ist, das ewig sei‹, die Frau ergriff meine Hand und hielt sie fest: ›Noch will, was ewig ist, kein Mensch betrachten.‹

Es ist alles eitel, murmelte ich.

Ja, sagte die Frau und drückte meine Hand fester: ›Noch will, was ewig ist, kein Mensch betrachten.‹ Das ist die letzte Zeile seines Sonetts. Nun komm ich zum dritten Mal zu dir. Beinah ein halbes Jahrhundert ist es her, dass wir uns nach deinem Parteitag trafen. Erinnerst du dich, was ich dir damals sagte?

Und ob ich mich erinnerte! Einen Umweg hatte sie meine Gefolgschaft genannt und mich gemahnt: Bleib dir treu. Du bist deine Geschichte. Vergiss das Staunen nicht. Und die Wörter dafür.

Das hatte ich versucht. Versucht, meine Welt um mich zu spinnen und trotzdem in der Wirklichkeit zu weben. Meine Sprache zu finden. Den Wörtern treu.

Heute habe ich dir nichts mehr zu sagen. Die dunkle Frau legte den Arm um mich, wie damals in Köln auf dem Geburtstagsfest von Hugos Vater, als Hugos Schwester mir vorgeworfen hatte, den Bruder nur wegen Geld und Geltung der Familie umgarnt zu haben. Umgarnt. Das Wort hatte ich nie vergessen.

Den Arm um mich legte die schattendunkle Frau an Elbe und Alster, am Rhein und zog mich an ihre Brust wie ihr Kind. Sie roch vertraut, nach angesammelter guter Zeit.

So saßen wir lange, in uns eingesponnen, fühlten unseren Atem steigen und fallen, so warm und halb im Schlaf, Heimkehr in unseren Körper, unsere Atemzüge verbunden zum freiesten Atmen der Welt, bis ein paar Tauben aufflogen, oder waren es Möwen, Krähen, egal, wir schreckten hoch und fuhren auseinander.

Das hier ist für dich. Ihre Stimme klang sanft und zuversichtlich. Und nach Abschied.

Die Frau griff in ihren Umhang und reichte mir einen Brief: Der kommt von ihm. Du weißt schon. Den du nie vergessen hast. Sie erhob sich leichthin, las einen flachen Stein vom Ufer und ließ ihn aus Hand- und Schultergelenk übers Wasser flitzen, wie es nur der Großvater gekonnt hatte, am Dondorfer Rhein. Verzaubert zählte ich die blitzenden Sprünge ans andere Ufer. Und als ich mich umwandte, war sie auch diesmal verschwunden.

Ein Brief, federleicht, das Papier hell und glänzend, die Buchstaben, Wörter, Sätze sonderbar klar, doch nicht das war das Seltsame dieses Briefes, oder wie sonst soll ich nennen, was mir hier in den Händen lag? Es war seine Handschrift gewiss, und es war doch soviel mehr, meine Augen lasen, aber ich las mit der Stimme des Absenders, auf dem Weg von den Augen ins Begreifen verwandelten sich die Lettern in Laute. Meine Augen erlasen seine liebe vertraute Stimme aus dem Papier.

›Hilla, meine geliebte Frau‹, ja, das war seine Stimme, umgeben von Stille und einem unvergleichlichen, vollendeten Wohlklang: ›Jetzt kannst du mich hören. Jetzt darf ich es dir sagen: Du wirst erwartet. Von mir, natürlich, von mir. Deinen Dondorfern. Von mir, von ihnen, von allen. Zum Fest. Ein Fest für dich allein und mit allen. Das Fest deines Lebens.‹

Ich ließ den Brief sinken. Die Stimme verstummte. Woher hatte die Unbekannte diesen Brief? Woher kam diese Botschaft?

Ich nahm die Bögen wieder auf. Kein Datum, keine Adresse. Ich las weiter, was Hugo sprach: ›Denn du glaubst gar nicht, wer alles schon zu deinem Empfang bereit ist. Wen immer du gern dabei hättest, kannst du hier treffen. Namen? Personen? Obwohl: persönlich? ... Erklär ich dir später, wenn du hier bist. Doch dann ist das nicht mehr nötig. Bis dahin glaube mir nur soviel: Sicher ist, die Welt besteht aus mehr als Einsen und Nullen. Denn wer hierher eingeladen ist, wird nicht nur erwartet. Verwandelt wird er. Was immer ihm fehlte, wird ihm gegeben. Alles Stückwerk vollendet sich. Alles Leere verwandelt in Fülle. Jedes Geheimnis offenbar.‹

Wieder ließ ich den Brief sinken. Die Stimme schwieg. Er kann es nicht lassen, lächelte ich, gerät er erst mal in Fahrt, geht es mit ihm durch und ab ins Pathos.

Ich las weiter und lachte hellauf. ›Ich weiß, was du jetzt denkst‹, fuhr Hugo fort, ›immer noch eins drauf und eines zu viel.‹

Doch ich bleibe dabei: Du wirst erwartet, um vollendet zu werden. Vollkommen. Was das heißt? Naja, jede und jeder, der hier ist – gibt es übrigens auch nicht mehr, diese Gender-Spitzfindigkeiten –, ist so schön und gut, wie sie schon immer sein wollte. Kann auch alles und das perfekt. Weil alle alles haben und alle alles sind, was sie sein wollen. Ach, zu erklären ist das nicht. Besser als Goethe in seinem *Faust* kann ich es auch nicht sagen: ›Was einmal war in allem Glanz und Schein/Es regt sich dort, denn es will ewig sein.‹

Weißt du noch, wie wir über Gott und die Sprache, unsere Menschensprache, philosophiert haben? Dieser unscheinbare Haufen scheinbar sinnloser Gebilde, die Buchstaben, um Welten zu gestalten. Einzeln nichts wert, aber in Gemeinschaft, in geordneter Gemeinschaft, ewig und unerschöpflich wie Gott. Die Sprache. So haben wir argumentiert. Weißt du noch?‹

Ja, die Sprache, ich erinnerte mich sehr wohl. Im Anfang war das Wort. Und das Wort war bei Gott. Und Gott war das Wort.

Gott, zu diesem Schluss waren wir damals gekommen, hatte sich in der Sprache seine eigene Konkurrenz geschaffen. Gott konnte alles. Alles schaffen und erschaffen. Wörter auch. Und überhaupt: Hätte Gott ohne Wörter überhaupt etwas schaffen können? Waren Wörter mithin am Ende nicht sogar mächtiger als unser Derdaoben? Es mochte eine Welt geben ohne Gott, aber keine Welt ohne Wort. Jedenfalls nicht für unseren Planeten.

Genauso, dachte ich, und schaute übers Wasser, das ein Südwind stromauf drückte, genauso hatten wir damals das Hohelied der Sprache gesungen.

›Ja, unsere kleine Menschensprache‹, las ich weiter. ›Mit der kann ich dir, was dich erwartet, auch nicht annähernd beschreiben. Hier sprechen wir alle eine Sprache, die ich am ehesten mit Pfingstlisch umschreiben kann. Eine grenzenlose universelle Verständigung. Schwer zu erklären, ich weiß. Doch sobald du bei uns bist, begreifst du es, das verborgene Wort.‹

Ach, Hugo, dachte ich, mir würde es doch vollkommen genügen, du wärest irdisch hier bei mir und wir wären wieder jung und verrückt und unvollkommen. Eben irdisch. Himmlisch wäre das.

›Meine Hilla, meine geliebte Frau. Du wirst erwartet. Und was dich hier erwartet ist: die Liebe. In unbeschreiblicher, unvorstellbarer Fülle. Versuche dennoch, dir ein Bild zu machen. Der Schlüsselsatz: Aller Hass der Welt verwandelt in Liebe. Alles Verheerte geheilt.‹

Ich ließ den Brief sinken: ›Aller Hass der Welt verwandelt in Liebe.‹

Ich führte den Brief an die Lippen. Streichelte das Papier

und spürte Hugos Haut unter meinen Fingerspitzen, küsste die Buchstaben, seinen Namen, drückte meine Lippen auf seine.

Jetzt?, fragte ich in die Dunkelheit. Jetzt?

Die Wellen schienen das Jetzt heranzuholen, zu wiederholen, ans Ufer zu spülen und wieder zurück, lockend, verheißungsvoll: Jetzt?

Und die Pappeln am Elbufer rauschten, die Kopfweiden am Rhein und die alten Eichen im Alsterpark: Jetzt?

›Lass dir Zeit‹, schloss Hugo. ›Ich kann warten. Hier hat keiner keine Zeit. Weil es keine Zeit mehr gibt. Wir alle hier können warten. Es gibt kein Warten, wo der Augenblick in Ewigkeit verweilt. Und in Schönheit.‹

Mir Zeit lassen. Das würde ich tun. Wusste ich doch:

Irgendwann
   werde ich mir
      die Schuhe binden
         mein Weidenkörbchen über den Arm hängen
           und dem Großvater folgen:
Lommer jonn!

Textnachweis

S. 121: Pablo Neruda, Der Gesang Nummer 9, aus: Pablo Neruda, *Der große Gesang*, aus: *Das lyrische Werk*, hrsg. von Karsten Garscha, Deutsch von Erich Arendt, © Luchterhand Literaturverlag, in der Verlagsgruppe Random House GmbH, 1984, 2009.

S. 298: August von Platen, Es sehnt sich ewig dieser Geist ins Weite, aus: Kurt Wölfel, Jürgen Link, *August von Platen. Werke*, Bd. 1, Winkler-Verlag, 1982.

S. 305: Friedrich von Hagedorn, Die Alster, aus: o. Hrsg., *Des Herrn Friedrichs von Hagedorn sämmtliche Poetische Werke*, Bd. 2, Johann Carl Bohn, 1757.

S. 373: Emily Dickinson, I Took My Power In My Hand, aus: Emily Dickinson, *Gedichte*, englisch und deutsch, Hanser, 2006.

S. 499–500: Heinrich Heine, *Deutschland, ein Wintermärchen*, Reclam, 1989.

S. 543: Christian Morgenstern, Mopsleben, aus: Christian Morgenstern, *Alle Galgenlieder. Galgenlieder, Palmström, Paula Kunkel, Der Gingganz*, Diogenes, 2014.

Die Deutsche Verlags-Anstalt dankt allen Rechteinhabern für die Abdruckrechte.

Die meisten der in diesem Roman zitierten Gedichte der Autorin finden sich in: *Gesammelte Gedichte*, Deutsche Verlags-Anstalt, München, 2013.

Sollte diese Publikation Links auf Webseiten Dritter enthalten,
so übernehmen wir für deren Inhalte keine Haftung,
da wir uns diese nicht zu eigen machen, sondern lediglich
auf deren Stand zum Zeitpunkt der Erstveröffentlichung verweisen.

Verlagsgruppe Random House FSC® N001967

PENGUIN und das Penguin Logo sind Markenzeichen
von Penguin Books Limited und werden
hier unter Lizenz benutzt.

1. Auflage 2019
Copyright © 2017 by Deutsche Verlags-Anstalt, München,
in der Verlagsgruppe Random House GmbH,
Neumarkter Straße 28, 81673 München
Umschlag: Hafen Werbeagentur, Hamburg
Umschlagmotiv: © ullstein bild – RDB/Blick
Druck und Bindung: GGP Media GmbH, Pößneck
Printed in Germany
ISBN 978-3-328-10539-8
www.penguin-verlag.de

Ein Roman über die Frage, die in jeder deutschen Familie irgendwann gestellt wird: Was hast du im Dritten Reich gemacht?

Katja glaubt, auf einem Foto der Wehrmachtsausstellung ihren Vater zu erkennen. Sie weiß, dass er als Soldat in Russland war. Inzwischen ist er 82 Jahre alt und verbringt seinen Lebensabend in einer Senioren-Residenz. Der Oberstudienrat galt den Kollegen und Schülern als ein Humanist alten Schlages. Für Katja war er ein vorbildlicher Vater. Nun, fast sechzig Jahre nach Kriegsende, sieht sie dieses Foto. Es bleibt nicht mehr viel Zeit, um ihn nach seinen Erlebnissen im Zweiten Weltkrieg zu befragen …

»Wunderbare kleine Geschichten voller Sehnsucht, Zärtlichkeit und Leidenschaft.«
Madame

In jedem Leben gibt es Wendepunkte, nach denen nichts mehr so ist wie zuvor – war das Glück überwältigend, wird es plötzlich brüchig, selbstlose Hingabe wechselt in eitle Eigenliebe, Leidenschaft wird Verzweiflung. Ulla Hahn erzählt von diesen Wendepunkten, und jeder Wendepunkt stellt eine Variation auf die Liebe dar.

»Es ist das Liebesglück und Liebesleid allein oder zu zweit, als dessen präzise Beobachterin sich Ulla Hahn in ihren Geschichten erweist.« *Der Spiegel*

Jetzt reinlesen auf www.penguin-verlag.de